PATRIOTAS

WILL FOWLER

PATRIOTAS

mr

Bajo el sello editorial MARTÍNEZ ROCA M.R.
Avenida Presidente Masarik núm. 111,
Piso 2, Polanco V Sección, Miguel Hidalgo
C.P. 11560, Ciudad de México
www.planetadelibros.com.mx

Primera edición en formato epub: mayo de 2024
ISBN: 978-607-39-1225-9

Primera edición impresa en México: mayo de 2024
ISBN: 978-607-39-1274-7

Impreso en los talleres de Impregráfica Digital, S.A. de C.V.
Av. Coyoacán 100-D, Valle Norte, Benito Juárez
Ciudad De Mexico, C.P. 03103
Impreso en México - *Printed in Mexico*

Para Caroline

«El mexicano no es una esencia sino una historia».

Octavio Paz

CAPÍTULO PRIMERO

El precio de la libertad

I

—Apúrale, Pancho. Que ya es hora.

—Ahora o nunca, cabrón.

Es hora. Hay que irse. El tiempo huye. Las campanas de la iglesia de Nuestra Señora de Loreto han dado ya la medianoche. Pancho apenas distingue los rostros de sus compañeros en el pasillo. Está oscuro. La llama de la vela prendida al fondo tirita nerviosa repartiendo siluetas de pesadilla por las paredes. Los reconoce por sus voces. A Lucas lo conoce mejor que a José María, ya que ingresó al mismo tiempo que él hace cosa de año y medio en el Colegio de San Ildefonso. A José María, no tanto. Es un año mayor que ellos.

—¿Qué te pasa, Indio? ¿Tienes miedo? ¿Te nos rajas?

Lo llaman Indio, a veces, porque no es blanco como los demás internos criollos que viven y estudian allí: Pancho *El Indio* Cienfuegos.

—No. No es eso.

—¿Entonces? ¿Qué esperas, cabrón? Apúrale.

—No hablen tan alto, carajo. Que nos van a oír —sisea Lucas entre dientes.

—Vámonos.

—Tengo que despedirme de Amalia primero.

—No chingues.

—No me puedo ir sin decirle adiós.

—Pero ¿de qué carajos nos estás hablando? ¿Quién diablos es Amalia? No hay tiempo.

—Una vez que estemos fuera, digo. Si voy a morir, necesito verla antes.

—Pero ¿qué dices, Pancho? ¿Ahora la quieres ver? —gime Lucas.

José María no puede más. Agarra a Pancho por las solapas de la levita. Lo aplasta contra la pared. Pancho le puede oler el aliento de lo cerca que está. Un tufo agrio a tabaco, cebolla, cilantro, chocolate.

—Escúchame bien, Indio, chinga tu madre —le gruñe al oído atropelladamente, a golpes de susurros amenazadores—. Nos vamos con la revolución, ¿me entiendes? Es ahora o nunca. Y yo no voy a dejar que un niñato como tú me venga a chingar el plan porque se le metió en la puta cabeza que tiene que ver a su Dulcinea del pinche Toboso antes de que nos vayamos. ¿Me oyes, Indio? Porque como nos descubran nos va la vida en ello, cabrón, y yo me voy con los insurgentes, ¿me entiendes? Me voy con los insurgentes, sea como sea, porque ya no puedo más, y como tú lo eches todo a perder, te mato, cabrón. ¿Me oyes? ¡Te mato!

—Maldita sea, Robles. Déjalo —susurra, histérico, Lucas, que siempre llama a José María por el apellido cuando las cosas se ponen serias.

—¿Quién anda ahí?

—¡Chin! Es don Beto.

Los oyeron. Hay que salir de ahí. Dejan de hablar. Los tres se apresuran por los pasillos. Envueltos en un silencio frágil como el cristal a punto de romperse. Atraviesan el patio interior bajo la luna deslumbrante de enero. El conejo que Quetzalcóatl dejó plasmado en ella los observa cómplice desde un cielo sin estrellas. Y Pancho siente que el corazón le va a reventar. Le tamborilea frenéticamente en su interior, es un tambor de guerra que le sacude y hace temblar con un zapateo vertiginoso de terror. Vuela detrás de Robles y Lucas, sin detenerse a pensar. Sin detenerse. Lo sabe él, lo saben todos. Hay que escapar. Luego luego. Ya no hay vuelta atrás.

—¿Quién va? ¡Deténganse! —La sombra de don Beto aparece en el rellano de las escaleras, los ojos centelleándole en la oscuridad. Con el candelero en una mano intenta ver por dónde huyen los tres bultos que desaparecen bajo los arcos del patio.

Pancho intenta no pensar en lo que dirá su padre. En lo disgustado que estará. En lo preocupada que estará su madre. O lo mortificada que estará su hermana Clara cuando su marido le eche en cara que le salió un hermanito insurgente. Se esfuerza en solo pensar en salir de ahí. Rápido. Antes de que don Beto dé la alarma. Pancho corre detrás de Robles y Lucas. Y Robles parece saber lo que hace. En vez de dirigirse a la puerta principal que da a la calle y donde debe estar uno de los bedeles haciendo guardia, se internan por más pasillos, un laberinto de idas y venidas, hasta llegar a la cocina donde doña Gloria los está esperando.

—¿Por qué se demoraron? Apúrenle, chamacos. No hay tiempo. Por aquí.

Aunque Pancho sabe que Lucas sobornó a doña Gloria hace cosa de una semana con la mesada que le dio su padre para que les permitiera escapar por la puerta de la servidumbre, no deja de sorprenderle ver que la vieja cocinera los esté ayudando.

—Córranle, córranle.

—Gracias, doña Gloria —dice Robles.

—Vayan con Dios, mis valientes —le oyen contestar a la vez que salen corriendo por la banqueta rumbo a las calles que se esconden detrás de la catedral. Y Pancho juraría que le oye susurrar a doña Gloria mientras emprenden la fuga y cierra la puerta tras ellos—: ¡Viva la Virgen de Guadalupe! ¡Mueran los gachupines!

II

En su camisón, envuelta en la oscuridad, escondida entre las cortinas pesadas de tergal francés, Amalia mira por las rejas de la ventana abierta del salón que da a la esquina. Ya deben ser casi las dos y no hay rastro de él. La luna la mira oronda y triste desde las alturas, rodando despacio, inmensa, por encima de los campanarios y las torres de la catedral. Pancho le dijo que pasaría a despedirse. Que se iba a luchar. Contra el mal gobierno. Por la libertad. Que se iba con sus compañeros de clase José María Robles y Obando y Lucas Gonzalbo de Guevara. Que se iba con ellos a unirse a las fuerzas del padre Morelos.

Amalia se pregunta si se ha olvidado de que le prometió que se despediría de ella antes. Si la ha olvidado, a secas. Su tía Gertrudis no se cansa de decirle todas las tardes que así son los hombres. «Unos desmemoriados a quienes les importamos solo para una cosa». Y siempre que lo dice, su tía se santigua y luego se abanica frenéticamente. «Pero Pancho no es así», se dice Amalia. No es como los hombres de los que habla su tía Gertrudis. Pancho es dulce, tierno, honrado. Y es alto, flaco y estirado, como si estuviera hecho de alambre, con piernas largas como zancos y hombros puntiagudos. Pero es apuesto. Al menos ella cree que lo es. Tiene ojos negros, sensuales, gigantes, como lagos, en los que se sumerge y bucea desnuda cada vez que la envuelven con la mirada. Pero no aparece por ninguna parte y cada vez se hace más tarde. Las campanas de la iglesia de Santo Domingo hace mucho rato que dieron la una. Sabe que si la descubren sus padres despierta a esas horas, de pie en camisón junto a la ventana de la sala del piano que da a la calle, la crucificarán. A su pobre madre le dará un ataque de apoplejía. Le consta que la corroe por dentro el qué dirán. Es capaz de castigarla encerrándola en un convento para que nunca más la lleven sus pensamientos pecaminosos a cometer la clase de indiscreciones que luego envenenan el tema de conversación del nido de víboras que se reúne y sisea en la tertulia de los jueves que frecuenta su madre en la casa de doña Celia de Champurcín. Pero una vida de monja es preferible a que le haya pasado algo a Pancho. De eso no le cabe duda alguna. Su adorado Pancho. Todo menos que lo hayan atrapado. Amalia reza para que no le haya pasado nada.

«Es prieto», le dijeron sus amigas cuando lo conoció, cuando su padre hace unos cinco meses dejó que su hermano Reynaldo trajera a algunos de sus amigos de San Ildefonso a su fiesta de presentación al cumplir Amalia los quince años. Su amiga María de los Ángeles puso el grito en el cielo. Hacía falta haber estado allí para creer que pudiera ser tan odiosa.

—¡Ay, Dios mío! —dijo, maliciosa, haciéndose la escandalizada—. Hay un lépero en tu casa, Amalia. Pero ¿cómo puede ser? Que lo saquen de aquí, ¿no?

Eso dijo su amiga María de los Ángeles que, con la cantinela de que no creía en decir mentiras, se permitía ser todo lo grosera que quisiera siempre que se le antojara. Amalia hizo caso omiso. Reina por una velada, Amalia tuvo la osadía de hablarle y luego de aceptar bailar con él en el salón de los espejos.

—¿Quién era ese joven indito que bailaba con Amalia? —había oído preguntar a su padre hacia el final de aquella noche.

—Lo trajo Reynaldo. Va a San Ildefonso con él. Es Francisco Cienfuegos —le oyó contestar a su madre.

—¿*Ese* es el hijo de Braulio Cienfuegos? ¿El de las minas de plata?

—Ese.

—Ah, caray.

Y sigue sin aparecer. El tiempo se vuelve espeso. Los minutos se atoran. Amalia no entiende por qué no viene. Quizá lo atraparon y ya está en una celda esperando a que lo fusilen o que lo lleven a la isla de San Juan de Ulúa para que se pudra allí en un calabozo insalubre infestado de zancudos. Prefiere no pensarlo. Se debe haber demorado. «Pero ¿dónde está?», se pregunta. Amalia empieza a temer lo peor. No que lo hayan apresado. Pero que no viene porque no la quiere. Eso sería peor que nada. Amalia se siente caer por un abismo. Y sabe que no puede estar allí toda la noche. Tarde o temprano despertarán los criados. Tarde o temprano amanecerá. Necesitaba verlo una última vez, despedirse. Ni modo. Se voltea para regresarse a su dormitorio y es entonces que oye los pasos de alguien que corre por la calle hacia la ventana. Se vuelve y es él.

—Pancho.

—No tengo tiempo. Ya nos vamos —balbucea Pancho, jadeante.

—Pensé que no venías.

—Lo siento. Quería venir antes. No fue posible.

Pancho se arrima a las barras de la ventana y encuentra los labios de Amalia con los suyos y los besa. Con las manos acaricia la cara de su amada a través de las rejas.

—Te amo, Amalia, vida mía.

—Yo te amo a ti.

Amalia es feliz porque ha venido. Porque no la ha olvidado. Lo tiene ahí delante de ella al otro lado de la ventana. Pero siente ganas de llorar al mismo tiempo porque sabe que Pancho se va, y que es posible que no lo vuelva a ver nunca más.

—Cuando nos volvamos a ver seremos libres. ¿Te das cuenta? Nosotros seremos los amos de nuestro destino. Nosotros y nadie más.

—Ojalá.

—Y le pediré a tu padre que te cases conmigo.

—Pues cuida que no te maten.

—Así haré.

—Júramelo. Me lo tienes que jurar, Pancho.

—Te lo juro.

Se vuelven a besar. Una última vez. Los dos saben que quizá sea la última vez. La última vez que se besen. La última vez que se vean siquiera. Allá a lo lejos, más allá de las calles oscuras, más allá de los volcanes nevados, una vez que se vaya, saben que lo espera el horror de la guerra, aunque no conozcan todavía de cerca cómo es la cara y la pestilencia de ese horror.

—Me tengo que ir. La revolución me llama. Me esperan.

—Aún no, ten. —Con unas tijeras que tiene preparadas sobre la repisa de la ventana, Amalia se corta un rizo de su cabellera espesa y negra y se lo da en un guardapelo de plata—. Para que no me olvides.

—No te olvidaré, Amalia. Nunca. Adiós, mi vida.

III

La sala de actos es un pandemonio. Don Beto ha reunido a todos los colegiales allí tras establecer quién se ha fugado. Han prendido todas las velas. El rector, don Pablo Sotomayor, se ha despertado con los gritos de don Beto, alarmado de que tres de los alumnos hayan podido escaparse. Corre el rumor de que se han escapado para unirse a los rebeldes, algo que no sentará bien con las autoridades y aún menos con los padres de los chamacos. Era cosa de tiempo antes de que los hijos de la flor y nata de la sociedad novohispana se volvieran contra la metrópoli. Ya lo dice el refrán: cría cuervos y te sacarán los ojos.

Don Pablo se pregunta cuándo se empezó a torcer la situación; si no fue mucho antes de que Napoleón invadiera España, décadas incluso antes de que se llevara a Carlos IV y a Fernando VII presos a Francia e impusiera a su hermano Pepe Botella en el trono. Se pregunta si no se echó a perder todo hace cuarenta y cinco años, en 1767, cuando él tenía apenas once años y se encontró que a su maestro lo sacaban de la escuela a culatazos al haber decretado Carlos III que se expulsaba a los jesuitas de España y de sus posesiones por hacerle más caso al papa de Roma que al rey de España. Ya después nada fue igual, se dice a sí mismo, mientras rumia qué les debe decir a los muchachos y en qué momento advertirán a la comandancia local que deben dar caza a tres de sus pupilos. Don Pablo piensa en Iturrigaray, el virrey que fue depuesto por los españoles de la ciudad hace cosa de cuatro años, en septiembre de 1808. Otro gallo cantara de haberle dejado formar una junta con el ayuntamiento como lo habían hecho tantos otros ayuntamientos en las Españas. El sueño de la independencia no se habría convertido en ese canto de sirena que está llevando al navío del reino contra las rocas. Pero de nada sirve lamentarse por lo que ya no tiene remedio. El padre Hidalgo abrió la caja de Pandora con su pinche grito de Dolores y ya no hay vuelta atrás. Con tantas represalias, tanta matanza...

Don Pablo no puede evitar compadecerse de los tres chicos que se han fugado. Son jóvenes. Impulsivos. Idealistas. Robles tiene apenas diecisiete años. Gonzalbo y Cienfuegos no deben tener más de dieciséis. Hay parte de él que no quiere apresurarse en alertar a las autoridades de lo que acaba de suceder, que quiere darles tiempo a los muchachos para que escapen, para que no los apresen y les hagan daño. Son tan jóvenes.

—Silencio —dice y todos callan—. Ya deben haber oído que tres de sus compañeros han desaparecido. José María Robles y Obando, Francisco Cienfuegos y Lucas Gonzalbo de Guevara. Si alguno de ustedes sabe adónde se fueron, ahora es el momento de hablar.

—¡Señor rector!

Don Pablo escudriña la sala y lo ve, en la segunda fila, con la mano en alto. Es Basilio Gurruchaga Ibarra, el hijo menor del coronel realista Epitacio Gurruchaga Collantes, el mismo que hace tan solo un par de meses dejó colgados de los árboles en las afueras de Querétaro a los diecisiete insurgentes que se escondían en la Sierra Gorda y tras cazarlos los hizo ahorcar delante de la población a modo de escarmiento en plena plaza mayor. Basilio tiene los mismos ojos asesinos que su padre. Pero es perversamente hermoso como su madre, la imposiblemente bella marquesa doña María Dolores Ibarra Rubalcaba de Gurruchaga: rubio y de rasgos clásicos.

—Dígame, Gurruchaga.

—Se fueron a uno de los tianguis cerca del Parián donde los está esperando un carro de fruta para sacarlos de la ciudad.

—¿Cómo sabe usted eso?

—Se los oí decir cuando lo estaban planeando. Y fue doña Gloria quien los dejó salir por la puerta del servicio. —Y señala a la cocinera que está de pie a un lado del salón junto a don Beto. Antes de que don Pablo pueda reaccionar, el joven Gurruchaga señala al maestro de latín, don Evaristo, que está de pie a su lado y grita—: ¡Y don Evaristo es un Guadalupe y los ayudó!

Una explosión de voces y gritos irrumpe en el salón golpeando las vigas y las paredes con sus exclamaciones de asombro y desconcierto. El ruido es ensordecedor. Todo el mundo está hablando a la vez. Doña Gloria protesta que eso es mentira, pero ¿cómo se le ocurre al niño decir esas cosas?

—¡Silencio! —chilla don Pablo y se apaga el griterío de repente, como una ola que se va. La sala recobra el silencio, un silencio tenso, sepulcral, aunque quedan algunos susurros suspensos en el aire, aleteando como murciélagos—. Esas son acusaciones muy graves, Gurruchaga. Pero que muy graves. ¿Se da usted cuenta de lo que dice, de las implicaciones? Usted sabe que con estas cosas no se juega.

Impertinente, desafiante, Basilio sostiene la mirada austera del rector.

—Es usted libre de creer lo que quiera, señor rector, pero yo le digo la verdad. Doña Gloria ayudó a esos infelices a escapar por un par de reales y don Evaristo pertenece a esa sociedad secreta...

Antes de que termine de hablar, doña Gloria vuelve a protestar su inocencia, y a la vez que le insiste al rector que nada de lo que dice el chamaco Gurruchaga es cierto, a don Evaristo le entra el pánico. Pierde el control de sí mismo. Torpemente intenta salir corriendo, solo que lo detiene enseguida el bedel. El enclenque profesor de latín gimotea, patético, las lentes de sus quevedos empañadas, a la vez que la conmoción vuelve a llenar la sala de gritos escandalizados: una auténtica irrupción de improperios y ululatos.

—¿A qué espera, don Pablo? —le grita Basilio Gurruchaga Ibarra, insolente, agrandándose en medio de la barahúnda—. ¿Qué no va a alertar a las autoridades? ¿Va a dejar que se escapen Robles, Cienfuegos y Gonzalbo? ¿Es usted un Guadalupe también?

Don Pablo reacciona.

—¡Silencio! Don Germán, vaya enseguida a avisar que han escapado tres de nuestros alumnos y que creemos van escondidos en una carreta de fruta. Que manden guardias para escoltar a don Evaristo y a interrogar a doña Gloria.

IV

No saben si están frente a la garita de Belén, pero lo intuyen. ¿Por qué si no se detuvo el carro? El carretero está hablando con alguien. A través de la tela Pancho alcanza a ver las antorchas que se acercan y se alejan, sospecha que son los guardias de la garita que revisan a quienes entran y salen de la ciudad rumbo al sur. Se da cuenta de que debe permanecer inmóvil. Que debe respirar como los peces, mudos bajo el agua, sin hacer ruido.

—¿Adónde va, dice? —Oye que le gruñe alguien al carretero.

En seguida siente cómo Lucas le da un codazo.

—¿Qué hacemos? Estamos perdidos.

El pavor de Lucas tiembla en cada sílaba y Pancho se da cuenta de que tiene miedo, igual que su compañero. Se da cuenta, de repente, como si no se le hubiera ocurrido hasta ese momento, que puede morir. Esa misma madrugada. Antes siquiera de que salga el sol. Se da cuenta, de repente, de que, cuando don Evaristo les insistía en que si se empecinaban en fugarse para unirse a la revolución debían entender que podían morir en el intento, aquello no era ninguna broma, lo decía en serio.

—Calla —masculla José María.

—Son los costales en los que traía la fruta nomás, jefe... Échele una ojeadita si quiere.

Pancho teme que en vez de levantar los sacos para ver qué hay, se pongan los guardias a destriparlos a sablazos; que se pongan a punzar los bultos que hay en el carro con sus lanzas o bayonetas.

—¡Cómo no! Se come bien rico en mi pueblo —dice, incongruentemente, el carretero.

—Si nos descubren, a correr —murmura José María.

—¿Correr adónde, carajo? —le contesta Lucas, histérico.

El carretero y los guardias están riendo ahora. Quién sabe por qué. Mejor que rían a que estén enojados. Aunque la risa del carretero parece forzada. Pancho teme lo peor. Tiene un mal presentimiento. Las advertencias de don Evaristo se han vuelto muy reales. A los insurgentes los matan, los degüellan. No por nada está la cabeza del padre Hidalgo pudriéndose cubierta de moscas colgada en una jaula de una de las esquinas de la alhóndiga en Guanajuato. Así acaban quienes se rebelan. ¿Qué pensará su padre? Su padre, con quien tuvo largas discusiones durante el verano anterior sobre lo que estaba pasando en el mundo; su padre, que es incapaz de entender las injusticias que les aquejan, la necesidad de levantarse en armas. Su padre, a quien quisiera ver ahora, una última vez, para decirle que lo quiere, para pedirle perdón, para abrazarlo.

—Tenemos órdenes... —le oye decir a uno de los interlocutores del carretero. Pero el final de la frase se pierde en la noche. Noche que se va volviendo interminable. ¿Órdenes de qué?

—Yo me ocupo —dice otra voz.

—¿Mi capitán?

—Descanse, Rodríguez. Dije que yo me ocupo de revisar el carro.

—Sí, mi capitán.

Se acercan unos pasos al carro. Pancho aguanta la respiración. El capitán levanta uno de los costales. Sus ojos se encuentran con los de Pancho. Antes de que Pancho pueda reaccionar, el capitán lo vuelve a cubrir.

—Aquí no hay nada. No perdamos más el tiempo. Que pase.

—A sus órdenes, mi capitán.

—Gracias, jefe —dice el carretero.

—Vaya con Dios.

Pancho no entiende lo que acaba de ocurrir. El carro se vuelve a poner en marcha. ¿Es la Virgen de Guadalupe que vela por él? Debe haber una explicación racional. El capitán debe pertenecer a la misma sociedad secreta a la que pertenece don

Evaristo. Debe ser un Guadalupe. Si no, no se entiende. El carro vuelve a rodar, zarandeando a los tres muchachos de un lado a otro bajo el manto de los costales.

—¿Qué carajo? ¿Qué pasó? ¿Cómo fue eso? —oye exclamar a José María, atónito igual que él.

Pancho se siente tan confundido como cuando descubrió con nueve años que su madre, a quien adoraba, su madre, que lo apapachaba todos los días, que lo llamaba su frijolito, no era su madre después de todo. Tiene la misma sensación de intenso desconcierto, de perder la noción del tiempo y del espacio, de hallarse en un mundo movedizo donde nadie es quien dice ser y donde todo son espejismos. Se lo confirmó su padre en la biblioteca de la casa grande, allá en San Luis Potosí, después de que se hubiera peleado con Facundo Casares en el patio de la escuela cuando este le dijo que su madre no era quien pensaba que era, sino una puta. Que lo sabía todo el mundo menos él.

—¿Por qué te crees que eres tan prieto, pendejo?

Pancho tumbó a Facundo Casares al suelo, hincó las rodillas sobre sus brazos, y le pegó en la cara hasta que le saltaron los dientes, y se cubrieron sus odiosos mofletes de sangre y moretones, y el padre Guedea tuvo que apartarlo de ahí a la fuerza, blasfemando.

Descubrió que su madre, la que lo trajo al mundo, no era otra sino la nana india que había cuidado a su hermana Clara, de bebé, y estaba ahora en el cielo, ya que murió al parirlo a él.

V

Hace ya varias horas que dejaron atrás el convento de Churubusco, el pueblo de San Agustín de las Cuevas, los canales y las chinampas de Xochimilco. El sol de la mañana luce fuerte y alto en el cielo azul, un cielo imposiblemente transparente. Empieza a apretar el calor. Pancho, Lucas y José María se han quitado las levitas y llevan ya rato sentados, en mangas de camisa, viendo al mundo pasar a la vez que el carro empieza a ascender la cuesta rumbo al sur. Pancho contempla los volcanes irguiéndose majestuosos en la distancia, a espaldas de José María, a quien tiene sentado enfrente: el Iztaccíhuatl, que parece una mujer dormida, y el Popocatépetl, altivo, haciendo guardia junto a ella. Atrás va quedando el inmenso valle de México. Se alcanza a ver la Ciudad de México en medio del valle, allá a lo lejos, un espejismo de campanarios, torres e iglesias.

Hace tiempo que nadie dice nada. Están vivos. Eso es lo que importa. Cada quien revive los acontecimientos de la noche en su interior, en silencio, en un estado confuso de estupor. Como si todo aquello hubiera sido un sueño. Los eventos de la noche anterior los han cambiado para siempre. Tienen que estudiar sus rostros para asegurarse de que son los mismos. De alguna manera, han dejado de ser niños, se han hecho mayores. José María contempla el valle y el horizonte meditabundo. Lucas también está serio. Pancho piensa en su padre, en cómo le decía el verano pasado aquello de que la independencia no es, como creen los rebeldes, el remedio a todos los males.

—¿Se han puesto de acuerdo en qué clase de gobierno tendremos cuándo seamos dizque libres? ¿Ya saben si vamos a tener de rey a quien pueda demostrar ser descendiente de Moctezuma? ¡Papanatas! ¿Se dan cuenta siquiera de lo difícil que va a ser formar un gobierno independiente? Como que se creen que con declarar la independencia de la noche a la mañana lo tendremos todo. Empleos, honores y riqueza. ¡Mentecatos!

Pancho sabe que le dolerá a su padre cuando le digan que se fugó su hijo. Si lo envió de interno tan solo una semana antes de que estallara la revolución en septiembre de 1810 fue precisamente para que estuviera a salvo, para que no se metiera en líos. Su padre intuía que algo iba a pasar, que se estaba fraguando una tormenta. La gente conspiraba en la calle a plena luz del día. San Luis Potosí sufrió lo suyo los cinco meses que estuvo ocupada por los insurgentes. Las cartas que le mandó su padre de octubre de 1810 a marzo de 1811 llegaron llenas de exclamaciones y lamentos, de noticias de ejecuciones de europeos y de saqueos, y la amarga queja de cómo en nombre de la «nación» se presentaron los insurgentes en sus minas y le confiscaron un titipuchal de barras de plata que tenía ahí almacenadas. Esas Navidades Pancho no regresó a casa, por estar San Luis en manos de los revoltosos. Se quedó con la tía Virginia en su casa de la Ciudad de México. Mejor que siguiera apartado del teatro de la guerra, le había dicho su padre. En la Ciudad de México estaría seguro. Era importante darle una buena educación. Al Colegio de San Ildefonso iban los hijos de las familias más pudientes e ilustradas de la Nueva España. Ya luego podría ingresar en la Real y Pontificia Universidad de México. Su padre, que lo reconoció como hijo legítimo suyo cuando podría fácilmente no haberlo hecho. Su padre, que lo quiere tanto que cuando lo abraza lo hace con tal fuerza que casi no lo deja respirar. A Pancho le sabe mal el disgusto que le dará a su padre su decisión de irse con los insurgentes. Pero no podía ser de otra manera.

—No tenemos derecho a decidir nuestros negocios por la simple razón que nacimos aquí en estas tierras, padre. No nos dejan. ¿En qué cabeza cabe que eso es justo? Que porque nació un pinche gallego en Vigo puede venir aquí y decirnos cómo debemos gobernarnos. ¿Va a saber mejor que nosotros que nacimos y vivimos aquí cómo debemos solventar nuestros asuntos? No puede ser, padre. Todos los puestos se los dan a peninsulares. Toda nuestra plata se la quedan ellos. Nos tratan con desprecio, como si fuéramos sus siervos. Ya basta, ¿no?

—¿Y tú crees que nos va a ir mejor con una pandilla de curas fanáticos al frente de la nación, con la Nueva España convertida en una teocracia? No me hagas reír, Pancho.

Pancho piensa en su sacrificada y santa madre, en el disgusto que le dará también a ella; madre que sin haberlo traído al mundo lo adoptó como si fuera suyo desde que nació, que lo ha cuidado y amado incondicionalmente desde entonces, toda su vida, aun y cuando fue fruto de una de las canas que echó al aire su padre, como decían las malas lenguas y como lo sabía todo el mundo; su madre, que lo quería sin importarle que fuera el producto de una dolorosa infidelidad con la nana, una india huasteca, el hijo de una lacerante traición y un adulterio. ¿Qué dirá a todas esas señoras sanluiseñas que culparán a la mala sangre india que lleva su hijo dentro por sus extravíos, que le recordarán que tarde o temprano aquello era inevitable, que era obvio que le iba a salir rana el chamaco siendo hijo del pecado de su padre, por tener el alma sucia de los indios?

Y piensa en Clara, su hermana, cinco años mayor, que siempre ha velado por él, que hizo llorar al primo Anastasio con una sonora bofetada que se oyó por toda la casa la ocasión en que se le ocurrió al infeliz burlarse de Pancho por no ser como los demás Cienfuegos, cuando se refirió a él riendo, sin pensarlo, como «el indio bárbaro ese». La tía Felisa puso el grito en el cielo.

—Tu hija, Braulio, es una salvaje. ¡Qué no viste! Le pegó a mi hijo. ¡Mira cómo le quedó la cara!

Y Clara tuvo la osadía de decirle:

—Pues enséñele a mi primito modales, tía, y la gente no se verá en la necesidad de molerlo a cachetazos.

Clara, su adorada hermana, que lleva ya tres años casada; que, como a su madre, se le mueren los hijos cuando nacen, que ha sufrido ya dos malpartos; casada con un hombre quince años mayor que ella, un hacendado de Rioverde que poco caso le hace pero que, según sus padres, era un «buen partido». ¿Qué dirá su hermana cuando se lo digan? ¿Qué le dirá a don Marcos, su marido, cuando se entere de que su hermano se fue con los insurgentes?

—¿Estás bien? —le pregunta José María—. Se te ve triste.

—Pienso en mis padres. En mi hermana. En qué dirán.

—No te preocupes por eso, Pancho. Lo hecho, hecho está. Mejor piensa en esa Amalia. Que por ella casi nos agarran a los tres, cabrón. Debe ser guapa, ¿no? Porque si no, es para estrangularte. —Y José María ríe. Se inclina hacia adelante y le da una palmada en el hombro—. No estés triste, Pancho. Ánimos. Que nos llama la patria, compañero. Vamos a ser héroes, ya verás.

—¿No te preocupa cómo se lo tomarán tus padres, José María?

—Mi viejo apoyará a quien gane. Si ganamos la guerra, me celebrará la gracia. Si no, me desheredará. Y como ganaremos, pues no es problema —José María le guiña el ojo y ríe.

—Yo, como tengo once hermanos allá en Xalapa y ni soy el más pequeño ni el más grande —dice Lucas—, como que mi padre tardará en ubicarme cuando le digan que me fui con Morelos. —Y pone la voz de barítono de su padre y lo imita—: ¿Lucas, dice? ¿Lucas quién? ¿Qué yo tengo un hijo que se llama Lucas? ¡No es cierto! ¿Y eso? ¿Desde cuándo? ¿Está seguro de que se llama Lucas? ¿Y por qué le daría yo ese nombre a un hijo mío? ¿Cuántos años dice que tiene? ¿Que se ha hecho insurgente? Pos que le vaya bonito.

Los tres ríen. La luz de la mañana es singularmente nítida. Como si alguien hubiera limpiado el aire además de los cristales de las ventanas. Pancho saca el guardapelo de plata de su bolsillo. Contempla el rizo de Amalia que lleva dentro. A la luz del día se da cuenta de que el pelo de Amalia no es negro como pensaba, no del todo o no tan solo negro como el ónix, sino que es de un negro de miles de matices distintos, que esconde las diferentes sombras de la noche, y que incluso aparecen en él algunos cabellos oscuros como el fondo del mar. Pancho piensa en Amalia. Revive su último encuentro. El tacto de sus labios; labios como pétalos de rosa. La dulzura de su mirada. Cómo se le acelera el corazón cuando la siente cerca. La manera en que suspira ella, en que se le corta por un instante la respiración cuando le roza la nuca con las yemas de los dedos. Recuerda a Amalia a la salida de la catedral tras la misa de los domingos. La recuerda las veces que Reynaldo lo invitó a casa a merendar y encontraron Amalia y él la manera de estar a solas unos minutos, minutos que se hicieron dichosamente eternos aun si fueron minutos contados; como lo fueron los de las ocasiones en que logró ingeniárselas para toparse con ella en la Alameda durante el paseo del sábado, acompañada por la tía Gertrudis. Revive sus citas con ella a escondidas, cuando sin decírselo a nadie empezaron a verse los dos en esa esquina apartada de la casa, con las rejas de la ventana de por medio. Recuerda su risa. ¿Qué le dirá Amalia a su hermano Reynaldo cuando le pregunte si sabía que Pancho se iba a ir con la revolución? Pancho levanta la vista. Los tres vuelven a estar callados. Están vivos, se dice. Eso es lo que importa.

VI

Amalia no sabe qué cara poner. Se han sentado a cenar y la noticia de la huida de tres colegiales de San Ildefonso ha caído como una bomba en el comedor. Lo acaba de anunciar Reynaldo, que va al colegio durante el día, pero vuelve a casa para comer y dormir. Su amigo Pancho, «el indito Cienfuegos que trajo a la fiesta de presentación de su hermana», está entre los tres que huyeron esa madrugada para unirse a la revolución. Amalia percibe que a su hermano le duele que Pancho no se lo dijera, que no se le ocurriera siquiera intentar convencerlo de que fuera con él.

Su madre está fuera de sí. No ha probado bocado desde que Reynaldo compartió la noticia. Sus gritos son tan estridentes que duelen en los oídos:

—¿A esto hemos llegado? ¡En el colegio donde mandamos a Reynaldo a estudiar ni más ni menos! —El que don Evaristo estuviera comprometido y que la cocinera los ayudara a escapar la han sacado de quicio—. ¡Esto es el acabose! ¡Que haya Guadalupes entre los profesores! ¡Imagínense! —Su madre parece incapaz de pensar antes de hablar. Le salen las palabras a borbotones, en un torrente de exclamaciones, como si se estuviera desbordando el río de sus incontinencias verbales allí mismo, delante de todos, inundando la sala, ahogando a todos los presentes con su disgusto—. Si es que ya no se puede fiar una de nadie. —Y su madre no entiende cómo su marido no parece alterado en lo más mínimo, cómo es capaz de seguir comiendo después de lo que les acaba de anunciar Reynaldo—. ¿Qué dirá Celia de Champurcín? —La tía Gertrudis, en cambio, se ha puesto pálida y parece como si estuviera a punto de desmayarse.

—¿Qué vas a hacer, Nicanor? Porque algo harás ¿verdad? Irás a hablar con don Pablo, imagino. ¿O es que te parece bien que uno de los amigos de tu hijo se haya hecho insurgente? ¡Nicanor! ¡Di algo!

—Vivimos tiempos complicados, Úrsula —se limita a decir el padre de Amalia—. ¿Qué vamos a ganar con que vaya a hablar con don Pablo?

—Pero ¿qué no escuchas? ¿Qué no le oíste decir a Reynaldo que Pancho, el mismo Pancho que estuvo en esta casa, en-esta-casa, el indito como le llamabas, el hijo de don Braulio Cienfuegos, un amigo de tu hijo, ese, se ha ido a luchar con los rebeldes? ¿Qué no oíste? ¡Con los insurgentes, Nicanor! Con los in-sur-gen-tes. ¿Te parece bien?

—Está bien, mujer, hablaré con don Pablo.

El padre de Amalia, como siempre, calla. Prefiere decirle que sí a todo a su señora esposa con tal de que guarde silencio y él pueda volver a sus libros cuando terminen de cenar y no tenga que sufrir otra arenga como las que es capaz de dar doña Úrsula cuando se aferra a una idea y no la deja ir hasta que ha vapuleado a todo Dios con ella.

—¿Sabías lo que estaba tramando Pancho? —le vuelve a preguntar su madre a Reynaldo, machacona—. ¿Sabías que era un degenerado? Si es que te podría haber pervertido a ti, hijo mío, con sus ideas siniestras. ¡Virgen Santa!

—No, no me dijo nada, madre. Yo no sabía. —De repente Reynaldo se vuelve a Amalia—: Pero tú sí sabías, ¿verdad, hermanita?

—¿Y por qué lo iba a saber tu hermana? ¡Qué preguntas!

—A veces coincidíamos con él en la Alameda —interrumpe la tía Gertrudis inesperadamente, sin pensarlo.

—¿De qué hablas, Gertrudis? Pero ¿cómo que coincidían en la Alameda? ¿Con el Pancho ese?

Su tía, de estar blanca como una sábana se vuelve roja de golpe, como un jitomate.

—No sé lo que digo, Úrsula. Perdóname. No me hagas caso. Ya sabes. Me confundo fácilmente. Era otro chamaco, creo, ahora que dices...

Amalia se encuentra con que su madre, de repente, la está mirando ahora de otra manera, como si acabara de descubrir que está sentada a la mesa con los demás y que esconde un secreto nefando.

—No entiendo qué es lo que está pasando. ¡Que alguien me haga el favor de explicarme qué está pasando ahora mismo! ¡Ahorita, ahorita! Y quiero que seas tú, Amalia, quien me lo diga.

—Lo amo —dice Amalia, la voz sofocada, con el corazón a punto de reventarle. Apenas se le oye. Pero lo dijo. Y la oyeron.

Si la noticia de la fuga de los tres colegiales cayó como una bomba, las palabras de Amalia destrozan el comedor en mil pedazos. Los cristales del candelabro se estrellan contra el suelo en una lluvia vítrea. Los vasos revientan en sus manos. Las paredes de la casa se les caen encima como si hubiera un terremoto. Y justo cuando su madre está a punto de pegar un grito que se podría llegar a oír en la calle de al lado y de las de más allá, intercede su padre, sin dejar de cortar la pechuga de pollo que tiene en el plato enfrente.

—El muchacho está enamorado de nuestra hija, Úrsula. Y ella, por lo que se ve, está enamorada de él. Eso es todo. Son jóvenes, ya se sabe. Y ahora hazme el favor de calmarte, que te va a dar algo si sigues así.

—A ver. ¿Cómo es eso, Nicanor? ¿Me haces el favor de repetirme lo que acabas de decir?

Don Nicanor deja los cubiertos apoyados en el plato, se lleva la servilleta a la boca y la vuelve a dejar sobre los pantalones. Suspira profundamente, levanta los ojos y le sostiene la mirada a su mujer con una expresión de desafiante serenidad. Amalia recuerda las contadas veces en que su padre le ha plantado cara a su madre y sabe, como lo saben todos los presentes, que esta va a ser una de esas raras ocasiones.

—Ya que me lo preguntas, querida, sería una falta de educación por mi parte no contestarte. —Su padre habla pausadamente, sin levantar la voz, tomándose el tiempo que haga falta en responder—. Seré breve porque el mole que nos ha preparado hoy Carmencita está muy rico y quiero que acabemos la cena en paz y mientras los platos estén todavía calientes. El muchacho en cuestión lleva ya semanas frecuentando a nuestra hija. Seré viejo, pero no soy ciego ni sordo y como no voy tan distraído como andas tú con los cotilleos de nuestra buena amiga Celia de Champurcín, no me han pasado desapercibidas las atenciones del joven Cienfuegos. Y si el joven Cienfuegos le hace gracia a mi hija y él la respeta, no soy yo quién para aguarles la fiesta.

—Pero, Nicanor, ¿estamos hablando del mismo Pancho? Pancho Cienfuegos es prieto...

—No me interrumpas, Úrsula. El joven Cienfuegos puede ser todo lo prieto que tú quieras, pero pertenece a una de las familias más ricas de San Luis Potosí. El que sea el producto de una de las correrías de don Braulio, como seguramente dice nuestra buena amiga Celia de Champurcín, no viene a cuento ni me importa en lo más mínimo, ya que aun si fuera cierto lo reconoció como hijo legítimo suyo desde que nació. Es gente decente, pues. Un hombrecito de bien como los demás pimpollos que deambulan por las salas y los salones de las casas que frecuenta nuestra hija. Así que no quiero oírte mentar el color de su piel nunca más.

—Pero, Nicanor...

—Hablo muy en serio, Úrsula. Y en cuanto a que se haya fugado para unirse a los insurgentes. ¿Qué quieres que te diga? Es desafortunado, sí. Sobre todo porque puede que lo maten. Pero es una decisión que, aunque impetuosa y, lo más probable, trágica, muestra valor por su parte. De volver a ser joven, quien sabe, a lo mejor yo haría lo mismo.

—Pero, Nicanor, ¿cómo puedes decir semejante barbaridad?

—Tú no sabes o prefieres no darte cuenta, Úrsula, del tiempo que llevamos soportando los abusos de los españoles. ¿Tienes la más mínima idea de la cantidad de contribuciones, impuestos, suscripciones, préstamos forzosos, donativos y tributos que nos hacen pagar? Y todo, ¿para qué? Yo soy un hombre de letras, como bien sabes, un hombre pacífico, y soy del parecer que la violencia solo conduce a la violencia y difícilmente me pondré a pegarle tiros al vecino por un ideal. Pero estando como están las cosas, entiendo por qué tantos de nuestros paisanos están levantados en armas. Esto no puede seguir así.

Doña Úrsula ha enmudecido. Nadie dice nada. Un silencio preñado de estupefacción y asombro envuelve el comedor. Don Nicanor retoma sus cubiertos, corta un trozo de pollo, se lo lleva a la boca y lo mastica en silencio mientras los demás siguen callados, convertidos en estatuas.

—Recemos porque no le pase nada al chamaco —concluye, y se vuelve a Reynaldo—: Eso sí, a ti ni se te ocurra unirte a la revolución. Tú a terminar tus estudios, que no queremos darle más disgustos a tu madre.

VII

Doña Cristina relee la carta que le ha tendido Braulio. De la hoja saltan frases sueltas que encuentra imposibles de creer. *Anoche después de que se hubieran ido los internos a dormir, D. Francisco Cienfuegos se fugó con otros dos alumnos sin noticia del camino que hubiese tomado*. No ha visto a Braulio tan decaído desde que los insurgentes inundaron la mina de La Potosina al desalojar la región. *Entonces inmediatamente di aviso a las autoridades y hasta el momento no hemos tenido razón del paradero de este sujeto*. Afuera, las campanas de las iglesias, que se apiñan juntas en el centro de San Luis, tocan las once de la mañana bajo un cielo pálido y despejado, casi blanco por el resplandor. Las cúpulas de azulejos de la capilla de Aranzazu y del convento de San Francisco que se yerguen por encima de las casas aparecen difuminadas detrás de la cortina de calor que cuelga frente a ellas. *He sabido de su tutor que lo es el Sr. don Evaristo de Ibarrola Escamilla que efectivamente se ha ido con los rebeldes*. Doña Cristina se siente desvanecer. *El honor de este colegio se lastima, aunque solo sea con las gentes de poca consideración*. Ese sujeto, como lo llama el rector, es su hijo Pancho, su frijolito.

—¿Qué vas a hacer, Braulio?

—¿Qué quieres que haga?

—No sé. Algo.

—Si pudiera hacer algo lo haría. Créeme.

Cristina y Braulio se miran de pie en la sala de estar de la casa grande y no encuentran palabras que expresen todos los temores que los embargan. Por las cosas que le decía Pancho a su padre el verano pasado, quizá no les debiera sorprender. Pero una cosa es que se hable de injusticia, otra es lanzarse a poner fin a ella arriesgando el pellejo.

—No pensé que lo haría —balbucea Braulio al cabo de un rato, incapaz de sentarse, de permanecer quieto, nervioso junto a la ventana.

Braulio no llora porque nunca ha llorado y si llorara no lo haría delante de ella o de nadie. Pero se le ve roto. Como si hubiera encogido. Braulio, que es tan alto y estirado y de quien heredó Pancho la estatura y esa fisonomía enjuta, parece encorvado, empequeñecido de repente por el peso de la noticia. Cristina contempla a su marido envejecer delante de ella y, de alguna manera, se siente sola y siente lástima por él al mismo tiempo.

—Se pondrá en contacto cuando pueda —le dice Cristina—. Ya verás.

—¿Tú crees que me odia? ¿Que se fue para hacerme daño? ¿Para darme una lección?

Cristina no puede contenerse más. Se sienta en el sillón y solloza. No le preocupa el que su hijo crea que estarían mejor si se pudieran gobernar a sí mismos en vez de dejar que lo hagan los españoles desde el otro lado del Atlántico o que llegó la hora de decirle basta a todos esos gachupines que vienen acá y hacen lo que les da la real gana: «basta a sus continuos excesos mientras que nuestros compatriotas se mueren de hambre». Ni siquiera le inquieta que su hijo haya tenido la osadía de apoyar a los que luchan en defensa de los curas y de la libertad contra el mal gobierno de todos esos virreyes despóticos y afrancesados. Lo que la paraliza es el miedo a perderlo, a que le pase algo, a que se muera con sus dieciséis años recién cumplidos.

Cristina recuerda cuando Braulio trajo a Pancho a casa recién nacido, hacia el final del día, cuando estaba a punto de anochecer, y le volvió a pedir perdón por sus infidelidades, por seducir a Chuyém, insistiendo que nunca más la traicionaría de esa manera, y le rogó que aceptara como suyo aquel bebé que llevaba en los brazos, que sabía que aquello era mucho pedir, pero que Chuyém había muerto del parto y él le había prometido que cuidaría de la criatura si le pasaba cualquier cosa, que se trataba de su hijo, un hijo varón. Cristina revive el dolor que sintió cuando descubrió que Braulio estaba viéndose con Chuyém a escondidas, lo mortificada y repudiada que llegó a sentirse cuando supo que Chuyém había quedado embarazada y que tendría un hijo de su marido cuando a ella, salvo Clara, se le morían todos. Y, sin embargo, al ver sus manitas angelicales, su cara chafada, y oírle, indefenso, gimotear como un cachorro, sintió la necesidad de abrazarlo y apapacharlo y protegerlo de todos los males del mundo. ¿Quién lo iba a proteger ahora que se había ido a la guerra?

VIII

Pancho observa a los hombres y mujeres a su alrededor. Deben ser unos veinte. La mayoría son gente del campo, sencilla como la tierra y el maíz. Los une el odio que sienten por los gachupines y hablan de expulsarlos del país para siempre, de matarlos si no se van, de ocupar sus cargos y apropiarse de sus fortunas; fortunas acumuladas tras años de abusos y pillaje. Eso al menos dice el cura que parece estar al frente de la gavilla a la que se han unido Pancho y sus compañeros rumbo al valle de las Amilpas donde, por lo que parece, Morelos está reuniendo una gran fuerza para acabar con el ejército realista de una vez por todas.

Sentados alrededor de la fogata comen y beben lo que les dio el ranchero para que no le quemen la casa ni hagan daño a su familia. El padre Mijangos habla apasionadamente de la libertad; no la que abrazaron los inicuos franceses en contra de Dios, dando rienda suelta a sus pasiones aborrecibles, sino la que consiste en que cada individuo sea el único dueño del trabajo de sus manos; esa libertad que protege sus bienes de los rapaces déspotas impíos e irreligiosos que los esquilman a golpe de usuras y gabelas. Al que le dicen el Alacrán lo único que parece interesarle, por eso, son los reales y las alhajas que les va a sacar a los pinches gachupines una vez que se pongan a saquear sus casas. Pero el Alacrán no habla por todos. Hay quienes están allí porque los realistas quemaron su pueblo por haber dado de comer a un grupo de insurgentes que estaba de pasada y no tienen adónde ir y quieren vengarse. Al que cruelmente llaman el Chamuscado porque tiene la cara quemada quiere degollar a todos los hacendados, porque está cansado de que los tengan trabajando para ellos como esclavos. No le importa si son españoles o americanos. Si no fuera porque forman ahora un solo grupo y son todos del mismo bando, Pancho reconoce que tendría miedo de algunos de sus correligionarios, especialmente si se topara con ellos de noche. Sin embargo, también es consciente de que, a diferencia del cura y sus dos amigos, si no fuera tan alto, son todos como él. Aquí Pancho no es el indito. José María y Lucas, en cambio, son los güeros. Si no hubieran abrazado la causa de la revolución, José María y Lucas podrían fácilmente ser confundidos por españoles.

—Estamos aquí, hijos míos —retoma el padre Mijangos la palabra—, porque venimos a defender nuestra sagrada religión católica. No lo olviden. Venimos a defenderla de los emisarios de Napoleón, para que los gachupines no entreguen nuestra patria y nuestra universal patrona, la siempre Virgen María de Guadalupe, a Francia, una nación abominable y detestable.

Pancho, igual que Lucas, calla, sin atreverse a hablar. Se siente cohibido entre estos hombres y mujeres que han sufrido ya lo inimaginable, que son mayores que él, y que, en su mayoría, están allí porque no les queda de otra, no porque hayan tenido el lujo de elegir el camino de la revolución por encima de terminar los estudios rodeados de doctos libros. Pero José María, que no tiene miedo a nada ni a nadie, interrumpe al padre Mijangos y se lanza a hablar.

—Dice bien, padre. Debemos luchar por la santísima ley de Jesucristo que profesamos, claro, pero es igual de importante luchar para que podamos gozar de la plata y el oro de este nuestro continente, para que los productos de nuestra tierra, los frutos de nuestro esfuerzo, nuestras riquezas, estén allí para nosotros que somos los hijos de esta nación y que no se los lleven nuestros opresores los europeos para seguir saciando su codicia. Y es hora de que nos gobernemos a nosotros mismos con los principios de la sana política, de que sea nuestro pueblo, de que seamos nosotros mismos los hijos de esta tierra quienes decidamos el curso a seguir y gocemos de los mismos derechos de los que gozan las naciones que son libres e independientes.

—Eso está muy bonito, colegial —masculla el Alacrán—, pero yo vengo a cortar pescuezos, mijito, a chingar, y a embolsarme todo lo que me aporte esta santa revolución, a Dios gracias.

El padre Mijangos no deja que el Alacrán tenga la última palabra y vuelve a hablarles a todos de la justicia de Dios, de los franceses ateos, de los americanos cristianísimos, de la causa justa y santa que defienden. Allá a lo alto se extiende el firmamento con su infinidad de astros y Pancho repara en los cocuyos que se les unen en el cielo, chispeando encantados por entre las ramas de la higuera que se alargan por encima de su cabeza. En los fulgores de los cocuyos centellea la esperanza. Más allá, en la inmensidad de la noche por donde fluyen las constelaciones, dando vueltas en remolinos diamantinos atiborrados de estrellas remotas, Pancho percibe por primera vez la eternidad del universo. Una sensación de vértigo se adueña de él al verse incapaz de entender la magnitud de ese infinito que se extiende por encima; una infinitud inefable. Entremezclado en ella atisba el misterio de la vida y la muerte. Se siente insignificante, como un grano de arena perdido en la enormidad del desierto, y se pregunta quién es él y qué hace allí, un chamaco mestizo de familia bien huyendo para batirse con los gachupines, por qué nació siquiera, qué hacen allí todos ellos, de hecho, y si Dios todopoderoso es consciente de su existencia y sus inquietudes, y de las de todos y de cada uno de los individuos que lo rodean, si sabe todo lo que piensan y si los ama a todos igual aun cuando se levantan en armas para matar a sus hermanos. Desde más allá de su desasosiego y sus pensamientos le llega la voz del padre Mijangos que dice:

—El que muere por la verdadera religión y por su patria no muere infausta sino gloriosamente.

IX

Don Pablo no acaba de llegar y los alumnos, mientras lo esperan, sin nadie que los supervise, se van volviendo cada vez menos tímidos, a la vez que el chapoteo de sus voces y sus risas va subiendo de volumen y creciendo como las aguas de un río a punto de desbocarse por una cascada. Se burlan unos de otros, hacen payasadas, y se olvidan de que entre que se va un maestro y llega otro deberían permanecer sentados y repasar los apuntes de la lección anterior en silencio. Don Pablo, además de ser el rector, da clase de historia, pero se debe haber demorado. No hay rastro de él.

Landavazo, que ya tiene las manos y hasta la boca manchadas de tinta sin que nadie sepa cómo hace para ponerse así de pringado todas las mañanas, se inclina hacia Reynaldo y le pregunta si sabía que Pancho planeaba fugarse la otra noche.

—No. No me dijo nada —contesta Reynaldo de mal humor y añade al cabo de un momento—: aunque se lo dijo a mi hermana.

—¿A Amalia?

—Ya ves, y dice que lo ama la muy sonsa. Si apenas lo conoce, carajo.

—¿Y no te dijo nada ella? ¿No lo delató?

—¿Qué no te digo que dice que lo ama, la muy estúpida? Y luego va mi padre y le celebra la gracia al Indio, ¿tú te crees?, que si él volviera a ser joven, va y dice, también se haría insurgente, que si los españoles llevan choporrecientos años chingándonos. Era verlo para creerlo.

—¿Eso dice tu padre? —es la voz de Basilio Gurruchaga Ibarra, que está sentado detrás de ellos y los está escuchando.

—¿A ti qué te importa, Basilio? No te metas donde no te llaman...

—Eso es un delito.

—No chingues.

Basilio se apoya con los codos en el pupitre y alarga la cabeza hacia adelante para que Reynaldo lo oiga perfectamente. Parece una cascabel.

—Escúchame bien, pedazo de estiércol. Tu padre es un degenerado y lo voy a denunciar, ¿me oyes? Y a tu hermana, si no fuera porque le gustan prietos, me la tiraría con mucho gusto.

—Como me vuelvas a mentar a mi hermana te parto la cresta.

Reynaldo se para en alto y se encara a Basilio que permanece sentado.

—¿Tienes algo más qué decirme?

Hay una pausa en la que la algarabía cesa al darse cuenta todos de que va a haber una pelea. Los muchachos callan de golpe.

—No, nada —sonríe Basilio, y espera a que Reynaldo vuelva a sentarse para decirle—: Si le gustan prietos debe chingar con cualquiera, ¿no?

Reynaldo se abalanza sobre Basilio y caen los dos en el suelo golpeándose con rabia, frenéticamente. Los pupitres y las sillas vuelan a su alrededor, caen patas arriba, a la vez que se forma un corro, y retumba el aula con gritos de «¡dale fuerte!, ¡dale!». Tiene que ser don Pablo el que interrumpe la riña, y se ve en la necesidad de hacer llamar a don Beto y al bedel para que juntos y entre los tres puedan separar a los jóvenes a la fuerza.

Con un ojo hinchado y sangre chorreándole de la nariz, mientras los apartan uno de otro, Basilio mira a Reynaldo lleno de odio y le dice:

—Esto me lo vas a pagar caro, hijo de puta. ¡Ya verás cómo me lo vas a pagar!

X

Con las manos temblando, Clara lee la carta que le ha llegado de Pancho. Está fechada el 4 de febrero de 1812, en las afueras de Cuernavaca. Interrumpe su lectura Marcos que entra, divertido, en la sala de estar con la *Gazeta de México* en una mano y un puro encendido en la otra. Marcos no se da cuenta de lo alterada que está su esposa. Se sienta en uno de los sillones como tiene costumbre de hacer todos los días a media mañana tras leer el periódico, y se pone a perorar y dilucidar sobre las noticias y el estado en que se halla el mundo, envuelto en una nube de cinismo y tabaco.

—¡Es que no tiene pérdida! Toditos dicen que están en contra de Napoleón y los franceses, y toditos dicen que anhelan con ardor el regreso de nuestro deseado rey Fernando VII. ¡Todos, Clarita! ¿Tú lo puedes creer, mi amor? Realistas e insurgentes. Es para desternillarse de la risa. Pues para qué matarse unos a otros, digo yo, ¿no? Como que se podrían ahorrar todo este relajo si todos quieren expulsar a los gabachos de las Españas y devolver a Fernandito al trono.

A Clara le cuesta escuchar a su marido. La letra de su hermano, como arañas que se persiguen espantadas por la hoja de papel, es inconfundible. Incluso sus palabras parecen huir unas de otras como si corrieran desesperadamente por la página en busca de la insurrección. Panchito le dice que está bien. Que no se preocupe por él. Que espera no haberles causado un disgusto demasiado grande a todos, a su adorada hermana, a sus papás; a sus papás en particular. Dice que va con los dos compañeros de San Ildefonso que se fugaron con él, que se cuidan unos a otros, que se unieron a una gavilla de revolucionarios y que se encaminan hacia Cuautla, donde esperan integrarse a las fuerzas del padre Morelos. Clara se siente desvanecer. Su hermanito Pancho. Al menos está vivo, intenta consolarse. O lo estaba cuando le escribió.

—Ya sabes, Clarita, que yo no respeto ni a tirios ni a troyanos. Yo, como el Mercucio de Shakespeare frente a la estupidez asesina de los Capuletos y los Montescos, maldigo a las dos familias...

—Pues a veces ¿sabes qué, Marcos?, a veces hay que tomar partido —le reprocha Clara inesperadamente, y Marcos se da cuenta, de repente, de que su esposa está llorando y que lleva todo este tiempo sentada en el sofá inglés sujetando una carta en una mano.

—¿Qué te pasa, amor? No sabía...

—Es de Panchito.

—¿Está bien? ¿Dónde está?

—La puedes leer tú mismo. Cuando la escribió estaba cerca de Cuernavaca. Lo más seguro es que esté en Cuautla ahora, a menos de que lo hayan atrapado por el camino. Con Morelos.

—¿Con Morelos, dices? ¿El padre Morelos?

Clara recuerda cuando le dijo a Pancho, hace tres años, que se iba a casar con el hacendado don Marcos Peredo Gutiérrez, que una vez que se casara se tendría que ir a vivir con su marido a Rioverde y dejaría de estar allí en casa, con él y sus padres. Ella estaba por cumplir los dieciocho años. Pancho apenas tenía trece y la voz le estaba cambiando. Sonaba como un acordeón desafinado cada vez que hablaba. Era cómico oírle hablar. Por momentos hablaba con la voz aflautada del niño que era y había sido hasta ese momento, y de repente tenía la voz cavernosa de un hombre de la edad de piedra que resultaba totalmente incongruente proviniendo de esa cara infantil. Clara recuerda la cara dulce de niño de su hermano, cara en la que llevaba puesta una expresión de permanente asombro y en la que todavía, por aquel entonces, no asomaba siquiera la sombra de un bozo. El mocoso la había interrogado. Que si era eso lo que ella quería, que si amaba de veras al hacendado vejestorio ese que, aunque tenía solo treinta y tres años, a Panchito se le figuraba anciano, que siempre podía decirle que no a don Marcos y a sus padres, que debía ser libre de enamorarse y casarse con quien quisiera. Clara le había contestado que tenía mucha suerte de que Marcos se hubiera fijado en ella, que era un hombre muy generoso, con ojos bondadosos y que así era como se hacían las cosas, que no se preocupara por ella, y que los visitaría a él y a sus padres seguido, que Rioverde tampoco estaba tan lejos después de todo. Panchito la había abrazado y había llorado desconsoladamente. Desde que se casó hace tres años, Clara se da cuenta de que ha visto a Panchito en tan solo contadas ocasiones.

Clara mira a su marido de pie frente a ella. Ha dejado el puro y sus opiniones sardónicas humeando en el cenicero, y está visiblemente perturbado y deseoso de darle ánimos a su mujer de alguna manera, de poder prometerle lo que no puede prometer: que su hermano vivirá, que no le harán daño, que él y ella tendrán hijos algún día, que serán felices...

—¿Qué quieres que haga, mi amor?

—Cuando llegue el momento, si llega, Marcos, y solo si llega, prométeme que ayudarás a mi hermano, prométeme que si para ello tenemos que apoyar a los insurgentes, los apoyaremos. Prométemelo.

—Lo que tú digas, mi amor.

—Quiero que me lo prometas.

—Te lo prometo.

XI

El lugarteniente Galeana los ha puesto a fortalecer el parapeto de una tronera donde termina Cuautla y empieza el campo, rumbo al oriente, por la carretera de Cuahuixtla. Ha determinado que colocarán allí un cañón de a cuatro arrebatado a las fuerzas del almirante Porlier en la acción de Tenancingo de hace escasas semanas. Unos cavan una trinchera al otro lado de la muralla. Otros van y vienen trayendo leña, piedras, cubos de tierra y agua, lo que encuentran fuera y dentro del pueblo que sirva para darle mayor altura y espesor a los muros.

—No se detengan.

Galeana les insiste en que deben de estar listos para cuando vengan los realistas. Se rumorea que Calleja los atacará con el Ejército del Centro y todas las fuerzas a su disposición cuando se entere de que Morelos y sus huestes están en Cuautla. Hablan del mismo Félix María Calleja que destrozó las fuerzas de Hidalgo en la batalla de Puente de Calderón. Enclenque y enjuto, de cejas y patillas pobladas, rizos canosos, arrastrando cincuenta años, y con aires de hacendado criollo venido a menos, Hermenegildo Galeana parece fuera de lugar allí dando órdenes a los hombres y mujeres que están junto a Pancho fortaleciendo las defensas de la plaza bajo el duro sol de la Tierra Caliente.

Frente a Pancho se esparce un campo seco, pardo y amarillento, del que surgen un par de palmeras estiradas, nopales solitarios, y alguno que otro corrillo apartado de hayas y eucaliptos. Se alcanza a ver la casona de un rancho en la distancia. Más allá se extiende la franja de montañas azules que forman el valle de las Amilpas. En el cielo de un zafiro intenso dos zopilotes se alzan en las alturas planeando, trazando círculos perfectos en el aire alrededor del sol. Pancho está cansado. Tiene sed.

Lucas deja de cavar al lado de Pancho y se detiene para recobrar el aliento y reparar en los alrededores.

—Cansa un chingo, ¿verdad?

No están acostumbrados a esta clase de labores, aunque los dos son jóvenes y no se cansan fácilmente. José María se les aproxima, cubeta en mano.

—¿Qué no trabajan, carajo? ¿Qué se creen? ¿Que esto es jauja? —les dice riñéndoles en broma—. Ya oyeron a Galeana. Que no decaiga...

—Tú lo tienes fácil, cabrón —le replica Lucas —, paseando ese cubo de aquí para allá como si fuera un perro faldero.

—No te creas.

Llegaron hace tan solo dos días. Un oficial uniformado, de los pocos que llevan los pantalones blancos y la casaca azul de uno de los regimientos de dragones que se pasó al bando insurgente, ha puesto a los reclutas que llegaron con el padre Mijangos a trabajar con las fuerzas que están bajo las órdenes de Hermenegildo Galeana. Por lo que han podido averiguar, les podría haber tocado otro cura de comandante, el padre Mariano Matamoros, o uno de los hermanos Bravo, don Leonardo o don Víctor. Dicen los que llevan más tiempo en aquel ejército improvisado que Galeana es el más exigente y serio de los cuatro, pero también el más justo.

Lucas, de repente, dice, atolondrado: «¡Es él! Viene hacia aquí», y Pancho no sabe de qué habla hasta que se voltea y se encuentra con que se aproxima el padre Morelos a su parapeto. Morelos es inconfundible. Lleva envuelta la cabeza con un paliacate que le da cara de Mahoma, como le dicen los españoles, unos porque parece que lleva un turbante, otros porque según los gachupines los insurgentes lo siguen como si fueran musulmanes infieles y fanáticos. El mismo día que llegaron lo vieron a distancia, dando una arenga desde el atrio de la parroquia de Santiago a las tropas reunidas en la plaza mayor, hablando de cómo debían gobernarse a sí mismos en nombre de Fernando VII, del imperativo de destituir a todos los gachupines de cargos públicos, de cómo ya no iban a pagar las contribuciones impuestas por el gobierno virreinal, y de que en la América libre y soberana iban a gozar de la igualdad, una igualdad sin distinción de castas o de raza, sin importar si fueran mestizos, zambos, lobos, chamizos, cambujos, negros o indios: americanos todos, sencillamente, americanos todos los que habían nacido en aquellas tierras, americanos que por haber nacido en ellas les pertenecían, tierras que los europeos les habían usurpado; hijos de una América libre donde se abolía la esclavitud para siempre y se ponía fin al pago de los tributos; hijos de una América protegida «por nuestra santísima madre la Virgen de Guadalupe» y por Dios todopoderoso, que había determinado el castigo de los europeos y que los americanos recobraran sus derechos. La suya era una guerra santa.

Pancho no puede creer que tiene a Morelos delante suyo. Su voz es profunda, carrasposa, y tiene una carcajada contagiosa, expansiva, que llena el aire a su alrededor como una explosión. Le da un abrazo a Galeana y luego le pide que su lugarteniente le presente a los nuevos reclutas que ha puesto a fortalecer el parapeto de la tronera de Cuahuixtla. Uno por uno Galeana los presenta. Este es el Alacrán, este es el Jaibo, esta es la Chabelita. Cuando llega a José María, Lucas y Pancho y dice que los tres son colegiales fugados de San Ildefonso, Morelos se detiene. Pancho no sabe dónde ponerse. No da crédito de que Morelos les vaya a hablar. A ellos. No sabe qué cara pondrá Amalia el día que le cuente que Morelos se paró a dirigirle la palabra.

—Lo que ustedes hacen es todo un sacrificio. Dios se lo tendrá en cuenta. Dejar los estudios para luchar por nuestra santa causa, esas son palabras mayores. Si llevara sombrero, me lo quitaría, pero como llevo paliacate... —Morelos suelta una de sus sonoras carcajadas.

José María de repente le pregunta:

—Padre Morelos, explíqueme, ¿qué falta nos hace tener a Fernando VII de rey si vamos a ser independientes? Mejor romper del todo con España, ¿no le parece? Mejor forjar nuestra propia república como han hecho en los Estados Unidos de Norteamérica.

—¿Oíste al colegial, Hermenegildo? —Morelos ríe de nuevo, sin reserva—. Ya dice bien, joven, ya dice bien. Eso mismo digo yo, ¡qué caray! Ya no hay España, porque el francés está apoderado de ella. Ya no hay Fernando VII, porque él o se quiso ir a su casa de Borbón a Francia, y entonces no estamos obligados a reconocerlo por rey, o lo llevaron a la fuerza, y entonces ya no existe. Y aunque estuviera, a un reino conquistado le es lícito reconquistarse, ¿verdad?, y a un reino obediente le es lícito no obedecer a su rey, cuando es gravoso en sus leyes que se hacen insoportables, como las que día en día nos han ido recargando en este reino los malditos gachupines. ¿A que sí? Pero aquí el sobrino Pablo de mi compañero Galeana, igual que la mayoría de los hombres sabios que forman nuestra Suprema Junta Nacional Americana, le dirán que no es una contradicción defender a Fernando VII, y que es, de hecho, deseable ser una nación independiente que forme parte de la monarquía española; que nos irá mejor si somos libres pero miembros de algo así como una gran fraternidad o alianza de naciones vinculadas todas ellas a la Corona española.

—Pero usted, padre, usted mismo dice que ya no hay Fernando VII...

—Yo acato las órdenes de la Suprema Junta, soldado. Usted debe hacer lo mismo. Usted que tiene estudios sabe también que, lamentablemente, para nuestro pueblo todavía vale más una moneda de cobre con el busto de Fernando que una de plata con el sello de la América. En estos momentos no vamos a renunciar al rey. Pero por eso es tan importante la educación. Tenemos que educar a nuestro pueblo, educarlo bien, para que no solo sepa las primeras letras sino para que sepa sus derechos y entienda por sí solo cuándo hay que romper con el pasado. Pero ya basta de palique o el compañero Galeana me va a regañar por distraerlos. ¡Bienvenidos a la insurgencia! ¡Venceremos! ¡Viva la Virgen de Guadalupe!

—¡Viva!

XII

Su madre insiste en que Amalia toque el piano. Es sábado. Han venido a almorzar sus hermanos mayores, Fernando y Andrés, con sus esposas y sus hijos chiquitos, y varios amigos de sus padres, entre los que se encuentran los Ávila, don Alfredo Moreno con su hijo Hernán, el padre Tomás, Celia de Champurcín y su hija Pilar, y el primo Rigoberto. Pilar de Champurcín toca mucho mejor que ella, pero Amalia no sabe cómo hacer callar a su madre y cede.

—Está bien, madre, como usted diga.

—¿Nos tocas una de esas sonatas que tanto me gustan, Amalia querida? Esa de Volván Amadeo Mozar —le ordena mientras se afana en ir de un lado a otro del salón, reacomodando los cojines y asegurándose de que todos los invitados están bien y no falta nada.

—¡Bravo! —aplaude Hernán, que no entiende por qué Amalia no le hace caso desde que él se peina con un rizo en la frente y va vestido a la moda con el frac solapado y un chaleco ombliguero. Lleva toda la tarde mirándola como un cachorro abandonado.

Amalia se sienta al piano y busca la partitura de la sonata número 16 de Mozart, a la que se refiere su madre. Su madre está insoportable. Está haciendo un esfuerzo descomunal para dar la impresión delante de los invitados de que todo marcha bien; haciendo una representación digna del Teatro Príncipe de Madrid para aparentar que nada ha cambiado, que sigue en control de lo que sucede en esa casa, que no podría estar ella mejor. Pero su madre no es la misma desde que se fugaron los tres colegiales de San Ildefonso, y que su marido fuera capaz —¡Jesús, María y José!— de profanar la casa de la familia dando a entender que simpatizaba con la causa de los insurgentes.

Por si esto fuera poco, el pendenciero y pendón de su hijo Reynaldo no había tenido mejor idea que liarse a puñetazos con el hijo del coronel Epitacio Gurruchaga Collantes, ¡válgame Dios!

Quizá lo más difícil para su madre debe haber sido darse cuenta de lo sola que está en aquella casa, piensa Amalia. Su marido apenas le habla; ahora incluso menos que antes, prefiriendo esconderse de ella con la excusa de tener mucho trabajo. Sus dos hijos mayores, Fernando y Andrés, llevan tantos años de vivir lejos de casa que hace ya tiempo que dejaron de hacerle caso, prefiriendo prestarle atención a sus adoradas esposas y cuidar de sus chiquillos. El ensimismado de Reynaldo se pasa el día en San Ildefonso. Y al haber castigado Úrsula a Amalia por enamorarse de Pancho retirándole la palabra y el afecto a la espera de que su hija recapacite, se ha topado con que, de puertas adentro, Amalia es tan terca como lo era la abuela Trinidad —¡Virgen Santa!— y puede pasar días enteros sin tan siquiera darle los buenos días. Sin embargo, es cosa de ver cómo se pone de atolondrada cuando aparece la Champurcín por casa; lo que más le debe doler a Úrsula no es que su hija esté enamorada de un insurgente o que un hijo suyo le dé golpizas como un salvaje al primogénito de un militar realista de mucho abolengo o incluso que su señor esposo prefiera encerrarse con sus libros a hablarle; es sobradamente obvio que lo que más le da pavor es que el mundo entero descubra que su marido y dos de sus hijos son unos impresentables.

Delante de los demás Amalia no cree en contrariar a su madre más de lo que ya ha hecho y le sigue el juego y mantiene las apariencias, igual que su padre y Reynaldo, capaces todos de sonreír y unirse a la cháchara de la tertulia como si nada, y empieza a tocar los primeros compases juguetones de la sonata. A quien le cuesta disimular su zozobra es a la tía Gertrudis, que se pasa los días suspirando y santiguándose desde la noche del escándalo. Pero cuando le preguntan esa tarde qué le pasa, si se siente mal, aunque se ruboriza, logra decir que no es nada, que siempre se pone triste por San Valentín.

La mención del Día de los Enamorados hace que Amalia vuelva a preguntarse dónde debe estar Pancho, y qué debe estar haciendo en esos momentos. Mientras ella se encuentra tocando el piano, rodeada de su familia, con los últimos rayos del sol cubriendo las paredes, los cuadros y los espejos de aquel salón con la luz anaranjada del atardecer, envuelta en el calor y lujo de aquella casa palaciega de techos altos, él debe estar a la intemperie, corriendo toda clase de peligros. No sabe nada de él. No ha sabido nada desde que lo vio detrás de las rejas de la ventana la noche que se fue.

Una serie de aldabonazos interrumpe el recital. Resuenan como cañones. Como si un gigante estuviera a punto de tirar las puertas abajo. Amalia deja de tocar. Todos callan.

—¿Quién será?

—¿Esperas a alguien más, querida?

—Ya irá Carmencita o don Enrique a ver quién es.

En el salón irrumpen seis guardias y un oficial. Se llena de botas, polvo, bayonetas, gritos y uniformes azules, antes de que el viejo mayordomo pueda anunciar su llegada. El oficial, un madrileño arrogante y con mirada desdeñosa, se dirige al padre de Amalia, que se ha puesto de pie para recibirlos.

—¿Es usted Nicanor Figueroa Ortiz?

—Sí, soy yo, ¿quién me busca?

—Va a tener que acompañarnos.

—¿Y se puede saber a qué se debe este honor?

—Hemos recibido una denuncia.

—¿Cómo una denuncia?

Úrsula pierde el control. No puede más.

—¿Denuncia? ¿Una denuncia? ¿Qué denuncia? —Se levanta del sillón donde apenas lleva sentada cinco segundos y se aferra a su marido y no lo suelta mientras da alaridos y les chilla a los soldados—: ¿Saben con quién están hablando? ¿Saben con quién? ¡Nadie denuncia a mi marido! ¡Nadie! ¿Me oyen? ¡Esto es un escándalo! ¡Es intolerable! ¡Como se lo tenga que decir al virrey...!

Lo peor para ella debe ser que la Champurcín lo esté presenciando todo.

—Compórtese, señora. Hágame el favor de cerrar la boca.

—¡Usted no me puede hablar así!

—Hágale cerrar la boca a su esposa o le parto la cara.

Todos menos Úrsula se dan cuenta de que es mejor no contrariar al oficial.

Los sobrinitos de Amalia se han puesto a llorar, asustados.

—Pero ¿habrase visto hombre más grosero? ¿Cómo se atreve?

—Cálmate, Úrsula. Calma, mujer. Calla. No pongas nervioso al oficial. Debe ser un error. Seguro que lo aclaramos. Ya verás —le dice Nicanor, insistente, desesperado por hacer callar a su mujer, temeroso de que el oficial y los mastodontes que lo acompañan hagan daño a alguien.

—Se le acusa de albergar ideas subversivas y de tener contacto con la insurgencia. Ahora acompáñenos, no tengamos que hacer uso de la fuerza.

—No entiendo... —confiesa Nicanor, claramente sorprendido por lo que le acaba de decir el oficial—. Cuando dice que me han denunciado... ¿Quién me ha denunciado?

—Por el amor de Dios —intercede el padre Tomás—. Debe haber un malentendido.

—Aquí ha habido una equivocación. Oiga señor oficial —añade el licenciado Ávila—, don Nicanor es uno de los notarios más leales de la Corona...

—Pregúntele a su hijo el señor Reynaldo y sabrá cómo llegó a nuestra atención que alberga usted ideas antipatrióticas.

—¿Reynaldo? —pregunta Nicanor, estupefacto. Mira a su hijo sin entender.

—Debe haber sido el hijo de puta de Basilio —dice Reynaldo horrorizado a la vez que se pone de pie.

—¡Reynaldo! ¡No hables así! —le amonesta su madre.

—¿El joven Gurruchaga?

—Lo siento, padre —dice Reynaldo. Tiene miedo. Lo golpea, de repente, la enormidad de lo que está pasando. Se siente avergonzado, responsable—. Lo siento. Lo siento mucho. Padre. No sabía. No pensé que llegaría a esto. Nunca imaginé... Me oyó decir que...

El oficial no lo deja terminar.

—Ya basta. Vámonos.

—¿No habrá quizá alguna manera que podamos entendernos, llegar a un arreglo...? —empieza a decir Nicanor, pensando rápido.

—Yo no acepto sobornos de criollos malparidos. ¿Me oye? Así que ni se le ocurra. Venga, vamos. No me haga perder más el tiempo.

—¡Padre, no vaya! —grita Fernando—. Esto es un atropello.

Andrés sigue el ejemplo de su hermano. Se interpone entre su padre y el oficial con la intención de hacerles entender a aquellos guardias que nada de esto tiene sentido. Acerca la mano al brazo del oficial para hablarle. Un guardia lo derriba al suelo de un culatazo. Andrés cae pesado como un saco de papas al lado de su hijo de dos años. Se estrella contra una mesita de la que saltan por los aires varias tazas de porcelana que se estrellan contra el suelo en mil pedazos alrededor de su hijo que chilla, histérico. De golpe todo el mundo está de pie. Todos gritan. El salón se llena de alaridos, de terror. Es como si hubiera un temblor. A Reynaldo también lo golpean. Un porrazo en la cabeza que hace que le brote sangre de la frente a chorros como un manantial.

—¡Atrás! ¡Atrás! —grita el oficial.

—¡Animales! —Amalia se abalanza sobre el oficial para hincarle las uñas en la cara. Un guardia la agarra por detrás, por la cintura, y la aparta del oficial estampándola contra el piano, cegándola de dolor.

—¡Alto! ¡Alto! ¡Quietos todos, coño! ¡Quietos, coño! ¡O los meto a todos en el calabozo, me cago en la puta! ¿Me oyen? ¡Alto! —El oficial desenvaina la espada y la blande en el aire, amenazador.

—Estén todos quietos, por favor —ruega Nicanor, despavorido—, ya oyeron al oficial —sin entender qué está pasando, preocupado por evitar a toda costa que aquellos salvajes hagan más daño a sus hijos—. ¡Cálmense todos! ¿Reynaldo, estás bien? ¿Andrés? ¿Amalia?

Se impone un silencio crispado de calambres interrumpido por los berrinches de las criaturas asustadas. Se oyen los quejidos de Reynaldo que está en el suelo, con las manos en la cabeza, junto a un charco espeso y bermellón de sangre; su sangre. Andrés tampoco se levanta. Amalia no deja que el dolor impida, por eso, que abrace a su padre. Fernando y su esposa Esmeralda también se apiñan con ella alrededor de sus padres desconcertados.

—Señores, por amor de Dios —dice don Alfredo —. Esto es un absurdo. La casa de los Figueroa es una casa realista y decente...

—¡Ya basta! Cállese usted o lo hago arrestar ahora mismo. ¡Se callan todos, coño! Por última vez, señor Figueroa, hágame el favor de acompañarnos y como alguno de ustedes diga o haga algo para impedirlo les juro por la puta madre de Dios que los hago fusilar aquí mismo. ¿Me oyen? ¡Los mato a todos! ¡A todos! ¿Ha quedado claro?

—Sí, sí. No se altere, caballero. Por favor. Aquí me tiene a su disposición —Y Nicanor se vuelve a Úrsula buscando la manera de mostrarse fuerte y sereno ante la adversidad—. Tú tranquila, ya verás cómo es una equivocación y que todo se aclara. Cuiden a su madre, por favor —les dice a Amalia y a sus hermanos—. Y llamen al doctor Ramírez inmediatamente para que le eche un vistazo al corte que tiene Reynaldo en la cabeza y a Andrés.

¡Qué bestias! —Y vuelve a dirigirse a sus hijos—: Cuídense. Cuídense mucho.

—Venga, fuera de aquí, coño.

—Voy. No se altere.

Amalia ve perpleja y llena de rabia cómo aquellos hombres se llevan a su padre, que se agranda rodeado de esos soldados miserables y demuestra no haber perdido su sentido del honor o la dignidad mientras sale del salón, escoltado.

XIII

Todos gritan. Huyen. Corre la voz de que todo está perdido. Al Alacrán le estalla la cara salpicando a Pancho con sus sesos y cae al suelo a su lado, arrugado como una pila de ropa sucia y ensangrentada. El griterío es infernal. Donde termina la calle es todo humo. Se ven los destellos de las carabinas realistas que disparan en su dirección, como chispas que salpican la espesa humareda con oropel. Las casas arden a ambos lados de la calle. Las llamas se dejan ver a latigazos, asomándose de las ventanas a intervalos por entre las cortinas espesas de humo negro que suben en espirales violentas hacia el cielo ceniciento. Los combatientes llenan el aire de alaridos escalofriantes. Pancho se queda sordo por el espantoso coro de dolor humano que lo envuelve, por el estruendo de la tormenta de disparos y explosiones que retumba en torno a él. Hace rato que no sabe dónde están Lucas o José María. Está lloviendo un granizo de balas que va cubriendo la tierra de marcas de viruela y cicatrices abiertas. La artillería enemiga debe estar a medio tiro y avanza por la calle Real hacia la plaza de Santo Domingo, donde solo parecen quedar de pie y dispuestos a frenarlos Pancho y cuatro niños aterrorizados de diez a doce años, una pandilla de chamacos escuálidos que llaman los Emulantes porque quieren emular a Morelos. Ellos, sin quererlo, se han convertido en la última defensa ante las trincheras abandonadas. Si él y los Emulantes caen o huyen, piensa Pancho, se ceñirán los realistas sobre la plaza de Santo Domingo, que está a sus espaldas y arrasarán con ellos, con todo; plaza de Santo Domingo donde sabe que se encuentra Morelos dirigiendo la batalla desde la azotea de una casa, defendiéndose con el Niño, una culebrina risible que usaban los Galeana en su hacienda antes de la guerra para hacer los salvas los días de fiesta. «Pequeño pero matón». ¿Cómo diablos pueden resistir ese embate? ¿Cómo pueden defenderse con armas de segunda mano o pinches cohetes de feria?

Fue a eso de las siete de la mañana cuando avistaron las fuerzas de Calleja avanzando hacia Cuautla en cuatro columnas, la artillería en el centro, la caballería por los costados, y el rugido de los cañones sacudió el valle con un furor tremebundo, y se fueron cubriendo el campo, las trincheras y las casas de las afueras del pueblo de explosiones apocalípticas que hicieron temblar la tierra y llorar los tímpanos. Galeana les gritaba que solo dispararan desde los parapetos cuando los tuvieran encima, cuando estuvieran seguros de acertar en el blanco, que había que cuidar de no desperdiciar bala alguna. Galeana mandó que hombres escogidos abrieran fuego sobre la próxima avanzada realista y lograron matar a otro de sus coroneles ante la vista de todos los presentes. Pero a partir de entonces los recuerdos de la matanza se confunden, se atropellan unos a otros, la lucha por impedir el avance de la tropa española se volvió encarnizada, acelerada, caótica. El nublado de pedrea de los indios honderos causó estragos en sus fuerzas, pero siguieron viniendo, ola tras ola de soldados realistas que empezaron a ir tomando cuadra por cuadra, forzando la retirada de los insurgentes, que desertaran sus posiciones, que abandonaran sus trincheras.

Un granadero realista se adelanta a sus hombres, sale corriendo y gritando de en medio del humo y la mosquetería como un espectro atroz y se abalanza sobre el niño que Pancho tiene más cerca, a dos pasos de él, que acaba de descubrir que se llama Narciso Mendoza y que recién cumplió los doce años hace unos días, y le hunde el sable en el brazo izquierdo. Pancho se tira encima del granadero y caen los dos rodando por el suelo mientras Narciso se lleva la mano al brazo chillando. Sabe que si no mata al granadero será el granadero quien lo mate a él. Le hinca la navaja en el cuello, es una acción torpe, brutal. El granadero, convertido en un niñato como él, solo que uniformado, grita de dolor a la vez que la sangre le cubre el cuello y la cara, así como las manos de Pancho. Antes de que Pancho pueda recapacitar sobre lo que acaba de hacer, ve como los Emulantes se adueñan del cañón de bronce de montaña de a cuatro que está en la trinchera abandonada a su izquierda y que Narciso, herido, se arrastra hasta él, toma la mecha que está clavada en el suelo, y el espacio a su alrededor retiembla de repente estremecido por el inmenso estampido que sacude la calle. Cuerpos de soldados realistas aparecen desperdigados por la calzada de tierra y los adoquines como tiras de carne o los deshechos de una piñata reventada, descuartizados por el cañonazo del niño Narciso.

Parece que los realistas se retiran. De momento, al menos.

Pancho se levanta y va hacia Narciso temblando violentamente y lo abraza, y le dice que estará bien, que hay que llevarlo a enfermería al ver la tajada que tiene el brazo, a la vez que Galeana vuelve a pasar a su lado a caballo, incansable, restableciendo el orden entre las fuerzas insurgentes que vuelven a adueñarse de la calle real, gritando:

—¡Vamos! ¡A sus posiciones! ¡Vencer o morir! ¡Viva la Virgen de Guadalupe!

XIV

Nicanor no puede dormir. No se atreve, aunque le cuesta permanecer despierto del cansancio. Ha decidido sentarse con la espalda contra la pared. Le duele todo. Se siente sucio, miserable, mezquino. Se siente viejo y derrotado. Se asombra de que pudiera haber paseado por la calle frente a la cárcel de la Acordada durante tantos años, y que jamás se le hubiera ocurrido pensar cómo debía ser por dentro, cómo dejan las autoridades del rey que los presos se pudran ahí, que se mueran de hambre o enfermedad, o que se acaben matando unos a otros sin importarles lo más mínimo. Ahí están confinados presos políticos y ladrones, asaltantes, violadores, maleantes, asesinos, rateros desgraciados, revueltos y entremezclados en celdas comunes donde no hay aire, que nadie viene a limpiar, que huelen a mierda y meado, donde apenas entra luz por unas ventanas enrejadas que están demasiado altas para que se pueda uno asomar y ver la calle. Los presos políticos se han adueñado de una esquina de aquella celda multitudinaria para cuidarse unos a otros, para protegerse de la banda del Resucitado que tiene a todos los presos de la Acordada aterrorizados, cobrando dinero y favores a diario a cambio de no rajarlos. Fueron ellos los que acogieron a Nicanor cuando cayó golpeado y zarandeado en ese calabozo lleno de miseria y violencia.

Nicanor tiene la boca seca, una sed que le quema por dentro, que hace que le sea imposible tragar, pero no se atreve a pedir agua, un agua hedienta que sabe a fango y en la que flotan manchas y escamas sospechosas. Siente náuseas tan solo en pensar en las pitanzas asquerosas que les dan de comer. Se abraza las rodillas y cierra los ojos, sentado en la estera mugrienta que le dieron al entrar, envuelto en una vieja frazada que apesta a sudor rancio ajeno, a moho, orines y a miedo, y desea ardientemente, con todo su ser, volverse tan pequeño que pueda desaparecer de allí. Quiere volverse sordo para dejar de oír todos esos gritos y sollozos. Quiere perder el sentido del olfato. Si no va a salir de ahí nunca más, quiere morir.

Cuando lo interrogaron no les dio ni un solo nombre de los Guadalupes. Aun cuando le golpearon fuerte. En el estómago. En los costados. En la espalda. En los costados de nuevo. Hasta hacerle crujir las costillas. Aun cuando le preguntaron una y otra vez por qué como notario había arreglado los asuntos de más de un criollo antipatriótico. «¿Qué no entiende? Yo me ocupo de arreglar los protocolos de compraventas, arrendamientos y testamentos de quien se presente en mi notaría. No defiendo o represento a nadie y menos a ningún insurgente». Si no les dio los nombres de ningún Guadalupe, no fue porque fuera valiente. Simplemente, no conocía a ninguno. De haberlo sabido se los hubiera dado. Seguro. Aunque cuando le mostraron una carta que un insurgente le había escrito a su hija y que habían interceptado, en vez de horrorizarse o pedir clemencia, le salió una rabia que no sabía escondía dentro y los llamó hijos de la chingada, y los mandó a todos al carajo, y se levantó con la intención de agredirles, y les dijo que lo podían matar a él y a miles de paisanos suyos, pero que tarde o temprano esa guerra la iban a perder porque ningún país puede subyugar a otro para siempre.

Los presos políticos que se apiadaron de él intuyeron que era uno de los suyos por su manera de vestir. Ya se sabe. Lo saben todos los que acaban allí. Los hombres de bien que van a parar a la Acordada son, por regla general, idealistas empedernidos, caballeros adinerados y ociosos que tienen tiempo de sobra para reunirse en tertulias interminables, en reuniones clandestinas, y hablar y hablar y hablar, ora sobre las injusticias de la vida colonial, ora sobre la clase de mundo al que aspiran un día pertenecer. Nicanor sabe que no era uno de ellos cuando lo arrestaron y lo sacaron de su casa a golpes. No era como el licenciado Bolado o el bueno de Rubén, convencidos los dos de la justicia de la causa y la necesidad de sublevarse, más jóvenes que él, que lo llevan cuidando desde que terminó en ese agujero infernal. Pero lo es ahora. Pensar que Nicanor era de los que decían aquello de que «hablando se entiende la gente». Ahora, mientras desespera por quedarse dormido y olvidar, piensa que hay que matarlos a todos. Si le dieran un arma y pudiera, lo haría, matar a los pinches gachupines y a todos los hijos de la chingada que los apoyan y los defienden. Ahora siente una tristeza infinita por Úrsula y sus hijos que deben estar fuera de sí sin saber qué hacer, sin saber a quiénes llamar para que los socorran, y no sabe cuándo los volverá a ver, y al mismo tiempo, siente un odio como nunca ha sentido antes, en ninguno de sus sesenta y tres años de vida, un odio visceral y titánico hacia los guardias y las autoridades virreinales que llevan años extorsionando y maltratándolos a todos; autoridades coloniales que, ahora se da cuenta, sin lugar a dudas, han destrozado su vida y la de su familia para siempre.

XV

La berlina se hace camino por la ciudad, tambaleándose de regreso a casa como si estuviera borracha, los cascos de los caballos reverberan sobre los adoquines, persiguiéndose unos a otros sin jamás llegar a darse alcance. Por la ventanilla, Amalia ve cómo los edificios palaciegos y las iglesias y conventos que dominan el centro de la capital van temblando en dirección contraria a su paso zarandeado bajo el sol implacable del mediodía. Su madre no deja de llorar. Celia de Champurcín se negó a recibirlas.

Llevan ya un par de semanas de encontrarse las puertas cerradas; mayordomos que les dicen que los señores no las podrán ver porque están ocupados o de viaje. Ni siquiera el virrey Venegas tuvo el detalle de darles audiencia y escucharlas, para así darse cuenta de que se ha cometido una grave injusticia, y tuviera la bondad de ayudarlas a sacar al pobre Nicanor de la cárcel. Pero es inútil, nadie las quiere ver. O mejor dicho, nadie quiere ser visto con ellas. La gente de bien de la capital, sin importar que haya sido amiga de la familia todos estos años, teme que si pasa tan siquiera cinco minutos con ella y su hija se contagiará de su mala suerte y desgracia. Al menos así es cómo, a todas luces, se comporta la flor y nata de la alta sociedad novohispana capitalina.

Don Alfredo Moreno, que ha tenido el detalle de ser de los pocos que sigue tratando a Úrsula y a sus hijos, a diferencia del padre Tomás y los Ávila, miserables, les dijo que Venegas anda muy alterado desde el descalabro de Cuautla, que seguramente si no las atendió fue porque la noticia de que las huestes de Morelos habían incomprensiblemente resistido el ataque de Calleja del día 19 lo ha sumido en un estado de abatimiento total. El virrey no está recibiendo visitas de nadie en estos momentos. Según los contactos palaciegos de don Alfredo, que le pasan toda clase de información confidencial, pero que resultan totalmente ineficaces a la hora de ayudarlo en interceder por su buen amigo Nicanor, Calleja se ha visto precisado a poner a Cuautla bajo sitio al no haber sido capaz de tomarla a viva fuerza. Venegas no entiende cómo Calleja, su general de generales, no destrozó las fuerzas de Morelos en un santiamén; no comprende cómo una pandilla de indios y bandidos harapientos y mal armados pudo resistir al ejército del Rey, un ejército reforzado, es más, con batallones expedicionarios recién llegados de la península que humillaron, en su día, hace cuatro años, al invasor francés en Bailén.

—¿Qué vamos a hacer? —gime doña Úrsula rayando la histeria—, ¿qué vamos a hacer? ¡Ay, Dios mío! ¡Díos mío! —Antes de que Amalia pueda contestar, su madre continúa lamentándose, temblando del disgusto y sin dejar de morderse los puños—. ¿Te das cuenta, hija, del tamaño de nuestra desdicha? Pero ¿te das cuenta? ¡Ay, Dios mío! Celia de Champurcín se niega a recibirnos. ¡Doña Celia! Lo nunca visto. ¡Ay, qué deshonra, qué deshonra, qué deshonra!

—¿Y le sorprende, madre?

—Estamos hablando de Celia de Champurcín, hija. ¡No seas así!

—Ni que estuviéramos hablando del papa de Roma, madre —contesta Amalia, dura, impaciente, hastiada del histrionismo de su madre, de su obsesión con el qué dirán—. La Champurcín es una pinche víbora desgraciada.

—¡Ay, Amalia! ¡No hables así de mis amigas! ¿Cómo puedes...? —Úrsula vuelve a llorar de forma sonora, decibélica, como si llevara dentro una orquesta de llanto.

—¿No hable cómo? ¿Amigas, dice, madre? ¡Menudas amigas! ¡Arpías, mejor dicho!

—¡Ay, Amalia! ¡Jesús! —le cuesta interrumpir la sinfonía disonante de su pena para hablar—. No entiendo cómo nos has podido salir así, tan contestona y pendenciera. ¡Ya párale! ¡Párale, por favor, por Dios! ¿No entiendes lo que esto significa? ¡Cómo vas a entender! ¡Si no entiendes nada! ¡Si nunca has entendido! Con la cabeza quién sabe dónde. Igualita a tu padre. Ay, si no fuera porque le hiciste caso a ese niño prieto...

—¿Qué? ¿Qué hay que entender, madre? —estalla Amalia, que últimamente ha dejado de preocuparse por mantener las apariencias—. Que se niega a vernos la Champurcín, una mujer imbécil, presumida y arribista que se cree más importante que la reina de Saba. ¿Y qué? ¡Que se vaya al infierno, madre!

—¡Hija!

—¡Y no me vuelva a hablar de Pancho Cienfuegos en esos términos! ¿Me oye? ¡Ya basta! Pancho no metió a mi papá en la cárcel. Lo metieron los pinches soldados del rey. Miéntele la madre al virrey y no se la miente a mi Pancho. ¡Qué caray! Lo que yo no entiendo, madre, es cómo pudo hacerse usted la idea de que la bruja-araña esa desgraciada iba a mover un dedo para que saquen a mi papá de la cárcel. Si la Champurcín solo piensa en ella misma. Es una sanguijuela chupasangre retrógrada.

—¡Ay, hija!

Úrsula llora amargamente, desconsolada. No le quedan fuerzas para reñir con su hija. Amalia mira a su madre hundiéndose a su lado, llorando a lágrima viva, su mundo deshecho, desplomándose violentamente a su alrededor, y siente lástima. Debería ser más comprensiva con ella. Amalia sabe, en el fondo, que, aunque sus padres nunca han sido una pareja notoriamente cálida, táctil o afectuosa, de esas que dan la nota con grandes y repetidas muestras de cariño, ello no quiere decir que no se amen. Amalia es consciente de que son muchos los años que han vivido juntos, muchas las vivencias, tanto buenas como malas, que han compartido los dos. A fin de cuentas, los tuvieron a ella y a sus hermanos Fernando, Andrés y Reynaldo, y a otras tres criaturas angelicales que devastadoramente murieron antes de llegar a los tres años. Debería ser menos crítica con su madre.

—No llore, madre —dice, mostrando compasión.

De repente su madre deja de llorar. Se suena la nariz y se queda mirando a su hija por un momento que se hace eterno, seria y recompuesta, como si hubiera experimentado algo así como una epifanía. Se le hace obvio a Amalia que su madre se ha dado cuenta, por primera vez, de una verdad incontestable. Tiene la mirada de alguien que ha encontrado la paz interior en la certidumbre de un descubrimiento indiscutible. Acerca su cara a la de su hija y dice:

—Eso sí, no puede haber confusión alguna, Amalia. Pero que de ninguna manera. De ahora en adelante. Ahora me doy cuenta. Es importante que todos sepan que Nicanor es un preso político, y a mucha honra. ¡No sea que vayan diciendo por ahí que somos una familia de rateros! ¡Por ahí sí que no paso!

XVI

De camino a casa, de vuelta del colegio, Reynaldo llega a la plaza mayor y se adentra en el mercado del Parián, que se erige en una de las esquinas frente al palacio virreinal. La catedral se yergue imponente a un lado, altiva en la oscuridad bajo el firmamento, convertida en la sombra de una montaña churrigueresca. La explanada que ocupa el corazón de la capital de la Nueva España es una constelación centelleante de velas y candelas que resuena con el bullicio y la cacofonía de las voces de los vendedores y encantadores de ingenuos que se esparcen por toda ella. Reynaldo debería regresar a casa directamente, pero se distrae contemplando los escaparates de los comerciantes gallegos, repletos de joyas y artefactos exóticos procedentes de las Filipinas: muebles enconchados cubiertos de incrustaciones de nácar, cajas musicales de carey, arcones de plata, estatuillas y figurines de oro y porcelana, collares de coral y de perlas, y esculturas religiosas policromadas. Prefiere perderse en la contemplación de todas esas piezas de lujo, hipnóticas todas ellas, a tener que regresar a un hogar donde su madre no deja de llorar y su hermana parece haberse convertido en la dueña de la casa.

En el colegio todos hablan de su padre caído en desgracia. El que fuera hace tan solo cosa de semanas un notario respetable y respetado se ha convertido hoy en un traidor a la patria, un reo miserable condenado a pasar el resto de sus días en los calabozos de la Acordada. Reynaldo se siente solo. Muy solo. Quiere que el tiempo se detenga mientras se distrae admirando esas piezas de lujo procedentes del otro lado del mundo, de un universo oriental y remoto adonde le gustaría viajar para desaparecer y dejar atrás y para siempre el pesar y el sentido de culpa que lo embargan, que no lo dejan dormir, que lo acompañan a todas partes como un dolor de espalda que le punza al momento en que se mueve, cuando se levanta o se sienta, cuando permanece quieto incluso, desde que despierta hasta que se encierra en su cuarto por las noches y le resulta imposible conciliar el sueño. Quiere que el mundo lo deje de atormentar. Quiere dejar de sentir y de pensar, de castigarse a sí mismo quemándose el antebrazo con las colillas de los cigarros que fuma a escondidas, apagándolos en su piel.

—Oye, chavalote, que me gastas la mercancía de tanto mirarla. Anda y sal por ahí y diviértete, caramba, que eres joven y este no es un lugar para mocosos como tú.

Reynaldo sale del Parián malhumorado. No tiene prisa. Se toma su tiempo, las manos en los bolsillos. Deambula ocioso por entre los tianguis populares que se esparcen alrededor del mercado español de piezas finas. Camina sin rumbo o propósito, lento, arrastrando los pies. A su alrededor se suceden los tenderetes improvisados de fruta, pollo, y comida corrida, entremezclados con los mercaderes ambulantes y los buhoneros chillones que no dejan de incordiarle, de decirle que pase: «pásele, güerito, pásele, corazón. Sí, tú, ¡el de los ojos tristes!». Lo envuelve el griterío de vendedores que no se rinden, que insisten, dale y dale, aun cuando se está haciendo de noche y van quedando pocos clientes, y pronto se habrá retirado todo el mundo a sus casas. «¡Hay gorditas de horno calientes, mi alma!, ¡gordiiitas!, y petates de Puebla». Se vende melcocha, caramelos de espelma, bocadillos de coco, elotes, nueces, castañas calientes y tamalitos. Reynaldo sabe que no puede estar ahí para siempre, que tarde o temprano va a tener que regresar a su casa, a los alaridos de su madre, los mandados de su hermana, y el odio que siente por sí mismo: inútil, mal hijo, joven ninguneado de pocos amigos que merece el desprecio del universo.

Es el momento en que deja atrás el palacio y la catedral cuando se da cuenta de que lo siguen tres hombres. No los vio cuando estaba husmeando por el mercado y los tianguis aledaños. Pero es consciente de su presencia ahora. No se detiene para reparar en quiénes son. Visten como léperos y Reynaldo sospecha que lo quieren asaltar. Camina. Es preferible no detenerse. Si sigue caminando les será más difícil atracarlo. El corazón se le acelera. Nota que se le va la respiración. Son tres y él va solo. Son tres hombres. No son colegiales como él. No quiere delatar que sabe que lo siguen. Es el momento en que pasa junto a una callejuela lateral mal iluminada que decide perderles de vista. Cruza la calle rápido y se mete inesperadamente en ella. Lo hace veloz. Sigiloso. Ahora sí. Pero antes de que pueda darse a la fuga siente una mano que le cae pesada encima del hombro. El impacto le rompe la mejilla. Su cara se hunde con una punzada intensa de dolor, de cristales rotos que se esparcen por su rostro, y cae al suelo. El hombre lo vuelve a golpear. Fuerte. Con puños de hierro. Con furia. Se le unen los otros dos hombres. Le pegan patadas. En la cabeza, en el vientre, en la espalda, en las piernas. Le pisan. Siente cómo el cuerpo se le llena de astillas por dentro, de púas y espinas. En la cara. En la espalda de nuevo. Reynaldo es apenas capaz de cubrirse la cabeza con las manos. El dolor es tan intenso que lo envuelve como una nube asfixiante. No puede respirar. Reynaldo siente que se desvanece, que va a perder la conciencia. Es entonces cuando lo oye, cuando distingue la voz de Basilio Gurruchaga Ibarra que ordena a los tres hombres que paren.

—Ya basta. Acá tienen. Váyanse ahora. Fuera de aquí.

No puede abrir los ojos de lo hinchados que están ni mover los labios al tener la boca destrozada, pero percibe en medio de la niebla del dolor que lo abruma, que Basilio se le acerca, que se pone de cuclillas junto a él y le susurra al oído:

—Esto es para que aprendas, cabrón. Para que aprendas a no meterte nunca más conmigo. Chinga tu madre.

XVII

—Estoy embarazada, madre.

—¿Desde cuándo?

—Hace ya dos meses que no me viene la regla.

Cristina toma las manos de su hija. Le aparta los bucles rizados de cabello dorado que cuelgan a ambos lados de sus ojos expectativos y le acaricia la cara. La abraza. Quiere decirle que esta vez todo saldrá bien. Quiere celebrar la noticia por todo lo alto, darle la enhorabuena. Pero no se atreve. Son ya dos las veces que su hija ha quedado embarazada y perdido a la criatura; dos embarazos que empezaron con la ilusión de traer una nueva vida al mundo y que terminaron en malpartos prematuros y desesperación; bebés que no supieron que todavía no era hora, que debían esperar tantito, que murieron por impacientes, por querer ver la cara de su mamá y ser apapachados por ella antes de tiempo. Se apartan la una de la otra. Se miran a los ojos. En las pupilas ven reflejadas madre e hija el parpadeo de una frágil esperanza que desaparece tan pronto como perciben al mismo tiempo el terror de otro malparto.

Afuera la luz es casi blanca, un resplandor que ciega y entra por las anchas ventanas de la hacienda con rayos violentos en los que flotan suspendidas constelaciones de polvo que apenas se mueven en la quietud de la tarde. Cristina llegó a Los Jazmines, cerca de Rioverde, hará cosa de una hora, para visitar y quedarse con su hija por una semana aprovechando que Braulio está de nuevo fuera de casa inspeccionando las minas del Cerro de San Pedro y La Potosina.

—¿Lo sabe Marcos?

—No, no se lo he dicho todavía. No me atrevo, madre. Con todo lo que ha pasado, con lo que está pasando... No quiero darle esperanzas. Porque no sé qué haré si lo pierdo, madre. Le juro que no sé. No puedo pasar por eso otra vez, no puedo...

Clara se aferra a su madre, que la abraza y no la suelta.

—Yo te tuve a ti, Clara. Te tuve a ti, mi amor. No es imposible, hija mía, hija mía de mi alma...

Es una de las muchas pesadillas que no dejan dormir a Cristina, que le pican y cubren su piel de ronchas y sarpullidos de ansiedad, incapaz de relajarse, de concentrarse en leer un libro, o hacer punto, o escuchar a Braulio hablar de las minas, o rezar el padrenuestro. No puede soportar la idea de que su hija tenga que volver a pasar por el horror de otro malparto, horror por el que pasó ella tantas ocasiones hace todos esos años. Es ese temor que viene cubierto de púas de fatalista certeza el que no deja vivir a Cristina en paz, el que llena sus ojos de destellos que la ciegan, una tormenta de chispas que luego da paso a jaquecas que la paralizan, que martillean despiadadamente sus pensamientos funestos, convencida de que se cumplirán cada una de sus peores pesadillas. Pero sabe que no puede mostrarle a su hija el pánico que la corroe por dentro, que puebla sus venas de dudas que circulan por su sangre chillando. Debe darle fuerzas y ánimos a su hija. Porque no queda de otra. ¿De qué serviría compartir con ella sus peores temores, decirle que lo más probable es que la criatura que lleva dentro morirá antes de tiempo, como lo hicieron sus hermanitos, como lo hicieron todos los tíos y las tías que nunca llegó a tener?

—No me dé esperanzas, madre. Que luego es peor...

—Tenemos que ser fuertes, mijita. Hay que tener fe, mi amor. Es una noticia maravillosa. Y la debes compartir con tu marido y con todo el mundo. En serio.

—Y luego mi hermanito me tiene preocupada, ¡tan preocupada, madre! ¿Ha tenido usted noticias de él?

—No, nada. Parece que solo te escribió a ti.

Esa es otra pesadilla que tiene a Cristina crispada, teme, sabe, que tarde o temprano llegará una carta en la que se le notifique de su muerte. Es inevitable. La sensación de que cualquier día de estos todo se va a venir abajo, de que todo va a cambiar de modo dramático e irreversible, la acompaña a todas partes y vuelve a extender su siniestra sombra sobre todo lo que Cristina hace y ve. Lo teme. Lo sabe. A Pancho lo matará una bala realista mientras se hace, estúpido, el héroe. Clara volverá a tener un hijo muerto. Braulio la defraudará de nuevo. Es inevitable. Ese es su sino. Y antes de que se den cuenta todos de que es demasiado tarde, la guerra lo destrozará todo y no quedará nada de la Nueva España o de las vidas que se han acostumbrado a llevar.

—No pienses en Pancho ahora —le susurra, valiente, a su hija—. Piensa en la criatura que llevas dentro. Yo te tuve a ti. Un día Dios se apiadará de ti y dejará que puedas tener un hijo. Hija mía de mi alma. Mi Clara, Clara mía. Ya verás.

Afuera el sol de la tarde incendia la tierra agrietada. Se oyen lejanos los balidos de las ovejas y cabras que aguantan el calor Dios sabe cómo y se desplazan despacio y en grupos como ejércitos derrotados en retirada, esparcidos por los treinta y tres sitios mayores que pertenecen a la hacienda de don Marcos y que se extienden hasta donde alcanza la vista.

—Ya verás, Clara mía, mi Clarita. Ya verás.

XVIII

¿Dónde están? Pancho no deja de otear el horizonte. De un momento a otro deberían aparecer José María, Lucas y la partida con la que salieron de madrugada para acceder a una de las tomas de agua bloqueadas. Debieran ya haber vuelto. Se oyó una explosión seguida de disparos y gritos en la distancia hace poco; el sonido inconfundible de odio, miedo y de lucha encarnizada. Pancho se teme lo peor. Siente náuseas con solo pensar que les pueda haber pasado algo a sus amigos. Tiene ganas de vomitar. No aparta los ojos del campo abierto que tiene frente a él, el campamento enemigo más allá. El paisaje se difumina de tanto mirarlo. Lo engaña. Se convence de que los ve, solo para darse cuenta de que son los mismos arbustos o nopales que hace apenas unos minutos creyó eran ellos corriendo hacia él.

Lo que le preocupa es que empieza a ser de mañana. Las sombras de la noche baten en retirada, desaparecen las estrellas y el cielo se va tiñendo de un azul rosado y claro a la vez que el sol, escondido todavía detrás de las montañas, comienza a desperezarse. Si no vuelven pronto, estarán a la vista de todo Dios. Se expondrán a que la artillería realista pueda hacer práctica de tiro con ellos cuando intenten atravesar el campo abierto que separa las trincheras enemigas de Cuautla. Caerán como moscas. Es una locura. Los hombres salieron bajo el manto de la oscuridad esa madrugada para buscar la manera de romper la presa que Calleja ha erigido una y otra vez para cortar el suministro de agua que entra desde Xuchitengo. Lo que ya no se oyen son los cacareos de los gallos. Hace semanas que se los comieron.

¿Por qué no vuelven? Pancho no deja de mirar, ansioso. Ya no puede más. No sabe qué hacer. Se les acaba el agua. No tienen comida. La situación es desesperada. Y sus amigos no vuelven. No pueden durar por mucho más tiempo así. Lo saben todos. Lo debe saber Morelos. Llevan ya más de mes y medio de soportar un sitio que se está haciendo interminable, devastador. Están ya a 19 de abril. ¡A 19 de abril! Si tan solo llegara la época de lluvias ya de una vez. Se llenarían entonces los aljibes de agua, al menos. Se limpiaría el aire; este aire tóxico que respiran todos los días, aire en el que flota el olor nefasto de todos los muertos que se descomponen al sol, de toda la mierda de los ya menos de tres mil insurgentes que aguantan en la ciudad, sin agua para limpiarse o para deshacerse de sus heces. Pancho sabe ahora lo que es sentir hambre. Un hambre que duele como si tuviera flato a todas horas. Y sed. Una sed que hace que le duela tragar, que le abrasa la boca, que le deshidrata las palabras y le dificulta hablar. Se siente débil y cansado a todas horas. Agotado, mientras que las chinches lo están devorando. Se lo comen vivo, por mucho que dedique las horas de calma y espera a rastrear su cuerpo en su busca, aplastándolas de una en una entre el pulgar y el índice cuando por fin las encuentra. Estallan entre sus dedos manchándolos de su propia sangre.

De repente Pancho los distingue. Unos diez o quince hombres que corren a campo través hacia Cuautla. Corren desesperados. Unos llevan palas. Otros, escopetas. Corren en zigzag para que le sea más difícil a la fusilería realista alcanzarlos. Desde enfrente les empiezan a disparar. Mientras corren, los acompaña el traqueteo de los mosquetes del otro bando. Corren. Corren. De repente, Pancho los reconoce por su manera de correr. A José María y Lucas que corren lado a lado. Están vivos los dos y corren. Pancho oye cómo empiezan a gritar los compañeros que como él llevan toda la madrugada haciendo guardia, esperando su regreso. Les dan voces de aliento: «¡Vamos! ¡Córranle! ¡No se atoren! ¡Ya casi están!». Pancho se va a poner a gritar también cuando ve que aparecen dos dragones a caballo, que los persiguen, que galopan hacia ellos. Pancho se queda sin voz. No puede hablar siquiera. Se le atragantan las vocales. Quiere disparar el cañón a su cargo, matar a los dragones a bombazos, pero mataría a sus propios hombres de paso.

Ve cómo José María tropieza y cae al suelo. Lucas no se da cuenta y sigue corriendo. Para cuando José María se levanta, el dragón que le está dando caza ya lo ha alcanzado. Lo lancea por la espalda. José María cae de bruces atravesado. El dragón desde el caballo lo vuelve a lancear. Dos, tres, cuatro veces. Luego espolea el caballo y se vuelve al campamento enemigo. Lucas llega a las posiciones insurgentes, exhausto, sudando, con los otros supervivientes de la expedición. Está a punto de celebrarlo cuando ve la expresión en la cara de Pancho. Se voltea y se da cuenta de que es demasiado tarde. José María ha quedado atrás. Su cuerpo es un bulto inerte. Yace muerto en el campo, entre Cuautla y el campamento realista, con diecisiete años, a la vez que el sol surge por detrás de las montañas azules y cubre el valle de una luz brutal e inmisericorde.

XIX

Desde que murió su padre, Amalia tiene dos sueños recurrentes. En el primero llega a casa en la berlina y alcanza a verlo en el umbral de la puerta que da a la calle. Lo ve sonreír y desaparecer dentro de casa. Amalia se interna en la casa para saludarlo. Lo busca. Solo que no lo encuentra en ninguna parte. Recorre toda la casa de arriba abajo. Entra en todos los salones, todas las habitaciones, todos los dormitorios. Entra y sale del patio interior. Nada. Lo llama, pero no contesta. No está. Es entonces cuando despierta sobresaltada, el corazón palpitándole violentamente. Se da cuenta de que ha sido un sueño. Solo que se da cuenta al mismo tiempo que, aunque haya sido un sueño, la realidad es peor. Su padre ha muerto y nunca más lo va a ver.

En el segundo sí lo encuentra. Está en la biblioteca. «¡Ahí está!», le dice ella. Solo que cuando va a abrazarlo descubre que le es imposible hacerlo. Su padre está frente a ella, pero no siente sus brazos sujetándola contra él. No siente nada cuando ella intenta abrazarlo. Es como si abrazara el aire. Ve que su padre la mira triste. Se da cuenta de que no puede abrazarlo porque ya no está. De nuevo, es entonces cuando despierta. La golpea la realidad; una realidad peor que la pesadilla que acaba de tener porque ni siquiera lo puede ver ahora en la vida real. Su padre está muerto. Lo enterraron hace ocho días, de noche para que nadie fuera testigo de su último viaje de la cárcel al cementerio de Santa Paula, allá en las afueras, donde van a parar los enfermos del hospital de San Andrés y las víctimas de la viruela o del cólera cuyos cadáveres han de ser enterrados lejos de donde los vientos del valle de México puedan contagiar a los vecinos de la ciudad con los aires pestilentes de los difuntos.

Su padre murió de tifo. Es lo que dijeron. Amalia nunca llegó a poder visitarlo en la Acordada. Fueron sus hermanos,

Fernando y Andrés. Les dejaron verlo un par de veces. Su mamá no fue porque solo dejaron entrar a los hombres. La segunda, se les hizo obvio que para entonces su padre ya estaba en las últimas. Lo encontraron muy mal, muy desgastado. El cuerpo esquelético. Los ojos hundidos. El cráneo visible bajo la piel transparente, frágil y estirada. Sufría ya por entonces una fiebre escalofriantemente alta. Tenía alucinaciones. Les murmuró a los dos que creía que le debía quedar menos de un día de vida, que le dolía la cabeza, el estómago, los músculos, todo.

—Esto se acaba, hijos míos. Qué rabia. Qué manera tan degradante de morir, ¿no? En la pinche Acordada. En fin. Ya ven, ¡qué cosas! La vida es una broma de mal gusto.

—No diga eso, padre.

Les pidió que hicieran llamar al cura para que se pudiera confesar y le diera los santos óleos. Lo encontraron empapado de sudor, extenuado, gris de piel, incapaz de ponerse de pie o andar hasta ellos sin apoyarse en los guardias que lo acompañaron hasta la sala oscura que hacían servir para las pocas visitas que estaban permitidas.

—Fue mejor que no lo vieras —le dijo Andrés a Amalia—, así lo recordarás como era antes de que se pusiera enfermo.

También le dijo Andrés a Amalia, la primera vez que lo fueron a ver, que su padre le había encargado que le dijera que, aunque no había visto la carta, sabía que Pancho estaba vivo y que le había escrito.

—Díganselo a Amalia, díganselo, por favor. Le hará ilusión saberlo, mi Amalita, mi consentida; saber que el joven Cienfuegos sigue pensando en ella. Que la debe querer todavía, esté adónde esté el pobre chamaco. Yo no la vi porque me dijeron que la interceptaron. Pero me consta que le había escrito desde el campo insurgente.

Nicanor Figueroa Ortiz murió tras haber estado cosa de dos meses en la cárcel de la Acordada. Amalia lo extraña con toda su alma. Extraña a su papá. Lo recuerda, con insistencia, a cada momento. Se tropieza con él. Como si al irse su padre, al desaparecer, algo dentro de ella estuviera haciendo lo imposible para mantenerlo vivo; para mantener viva su memoria. Cada rincón de la casa es un recuerdo. Cada sonido. Cada olor. Es entrar en el comedor y verlo sentado a la mesa degustando, apreciativo, uno de los manjares exquisitos de Carmencita. Es pasar a la biblioteca y encontrarlo envuelto en el humo de su pipa, leyendo junto a la ventana, las piernas cruzadas, sin percatarse de que lo está mirando. Es el doblar de las campanas de Santo Domingo y recordarlo burlándose de su cuñada, la tía Gertrudis, con aquello de que los campaneros están tocando «la hora de doña Gertrudis». Ahí está su recuerdo. Constante. Pero no está él.

Quienes vuelven a estar de visita son los Moreno. Esta vez han venido solo don Alfredo y su hijo Hernán. Amalia sospecha que Fernando les ha pedido que pasen de vez en cuando para distraer a su madre, para darle ánimos. Su madre lleva días sin decir nada. Desde el funeral. Es raro verla tan callada. Es como si la muerte de su marido la hubiera dejado sin voz. Amalia pensaba que estaría llorando histérica sin parar, pero la que ha estado llorando como una Magdalena es ella y no su madre. Su madre, de luto desde hace ocho días, apenas habla. Se sienta en la sala de estar y mira el vacío. Se puede estar así durante horas. Carmencita viene y le pregunta si se le antoja algo y le ofrece té, un cafecito, agua de Jamaica, galletas monjiles. Su madre asiente y le da las gracias, pero luego se olvida de beber el té o comerse las galletas.

—¿Cómo está, mi querida doña Úrsula? ¿Qué podemos hacer hoy por usted? ¿Le apetece salir a pasear por la Alameda? ¿Quiere que le lea o que le cuente los últimos chismes de palacio? Fíjese que dicen que Venegas teme que Calleja vaya a tener que levantar el sitio de Cuautla ahora que llegan las lluvias. Increíble que sigan resistiendo.

—Estoy bien, don Alfredo, gracias. Es usted muy amable —susurra Úrsula—. Estoy segura de que Amalia les tocará alguna sonata en el piano si así lo desean.

—Ni hablar. No queremos importunarles. Todo lo contrario. Venimos a entretenerlas. Al ser cuatro, si se animan podríamos jugar al tresillo, ¿cómo ven? —Y don Alfredo se lleva una pizca de rapé a la nariz y estornuda estrepitosamente.

—No creo que estén de humor, padre. Podemos sencillamente hacerles compañía si así gustan. Y si no, las dejamos en paz y volvemos mañana.

Amalia agradece la intervención de Hernán. El hijo pesado de don Alfredo, el estudiante de tercer año de medicina que la sigue mirando con ojos de peregrino frente al altar de su devoción. Sin embargo, Amalia reconoce que, desde el arresto de su padre, Hernán ha sabido mostrarse atento con ella de un modo singular. Ha sido capaz de anticipar sus necesidades más inmediatas. La ayudó a sentarse después de que aquel soldado la lanzara contra el piano. Estuvo pendiente de ella mientras todos, tras el pandemonio del arresto de su papá, estaban absortos en buscar calmar a su madre y atender a Andrés y a Reynaldo, que yacía sangrando en el suelo. Le trajo un vaso de agua el otro día sin que ella lo pidiera, acertando en adivinar que tenía sed. Fue todo un detalle. Sencillo. En apariencia nimio o irrelevante. Y, sin embargo, la enterneció. Hubo algo entrañable en la manera en que le tendió el vaso; en la manera en que se preocupa por ella. Desde el día del arresto tampoco ha vuelto a hablar de peinados, sastres o fracs solapados, como si aquel comportamiento vanidoso y superficial hubiera sido puro teatro, su modo torpe de presentarse en sociedad, como si alguien le hubiera dicho que hay que hablar de moda a la fuerza cuando se está de visita. Aunque es algo tímido y se le ve incómodo cuando se encuentra ahí delante de todos, ha adquirido cierta seriedad y madurez que Amalia agradece dadas las circunstancias. No la debiera sorprender. A fin de cuentas, tiene cinco años más que ella y va a la Universidad.

—Tiene razón mi madre —dice levantándose y yéndose a sentar delante del piano—. A mi papá no le hubiera gustado vernos tristes todo el tiempo. Les tocaré, si me permiten, una de sus sonatas favoritas.

—No sienta que nos debe entretener —empieza a decir Hernán.

—Para nada. Será un placer.

Amalia empieza a tocar de memoria. El aria inicial de las variaciones Goldberg de Juan Sebastián Bach. La sala entra en un estado de melancólica paz y quietud a la vez que las notas lentas y pensativas de aquella música parsimoniosa resuenan llenas de delicada belleza por los pasillos y salones vacíos de la casa. Cuando Amalia levanta la vista, lo vuelve a ver. A su padre. Sonriéndole desde el librero en una de las esquinas del salón, de pie junto al umbral de la puerta, como solía hacer. Habiendo dejado lo que estaba haciendo en la biblioteca, atraído a la sala de música por el sonido de ella tocando el piano. Y se da cuenta de que allí estará. El recuerdo de su presencia. Acompañándola. Siempre.

XX

Basilio los detesta y al mismo tiempo quiere que lo quieran. Es así de retorcida la situación. Lo sabe. Estúpido no es. No se le escapa la ironía. El coronel Epitacio Gurruchaga Collantes y la marquesa doña María Dolores Ibarra Rubalcaba están en la Ciudad de México de visita por unos días. Se trata de una visita relámpago. Y ahí están, sin prestarle atención, sentados a la mesa, los invitados de honor. El coronel tiene asuntos pendientes que arreglar con su cuñado, pero debe regresar a Querétaro tan pronto le sea posible. Se lo recuerda a todo el mundo. No una, sino numerosas veces. No se vayan a creer. No está la guerra como para que pueda ausentarse de la guarnición por más de una semana. Son tiempos bravos. No pueden permitirse el lujo de bajar la guardia. Hay que perseverar con la campaña de terror hasta donde haga falta, hasta las últimas consecuencias. Y a su hijo que le den morcilla.

—Estos indios desagradecidos no respetarán ni a su padre si no los aplastamos debidamente. ¡Desgraciados! Mano dura, es lo que yo digo. Sin cuartel y a degüello. Que aprendan los malnacidos a no traicionar a la Madre Patria. Que escarmienten. Aquí no se tolera la insubordinación.

Los padres de Basilio se están quedando con los primos en su casa de Tacubaya y han aprovechado su estancia para verlo. Les hace ilusión tener la oportunidad de ver cómo está y saber cómo le va con los estudios. Eso dicen, al menos, aunque cualquiera les cree. Han pedido que pase Basilio a verlos por obligación, porque es lo que toca, por el qué dirán. Y Basilio se les ha unido para el fin de semana, pero sabe que no aprueban su conducta, que no saben qué hacer con él, que no lo quieren como a sus demás hijos. Lo sabe él. Lo saben sus hermanas Inés y Soledad, que apenas le dirigen la palabra porque le tienen miedo. Lo sabe hasta el perro faldero de la tía Marisa, canijo y chillón. A Basilio le cuesta concentrarse en lo que dice su padre de lo irritado que está. ¿Por qué no se calla ya de una vez? Después de llevar un par de décadas a este lado del Atlántico, ¿por qué se empecina en hablar de esa manera, deprisa, las palabras atropellándose al salir de la boca, golpeteando el aire como si fuera una tabla? ¿Por qué no se molesta el pinche viejo en dirigirle la palabra, siquiera, en preguntarle cómo está, en averiguar qué piensa de lo que está pasando en el mundo?

—Es difícil entender cómo puede haber criollos capaces de volverle la espalda a España —prosigue su padre, serio, incansable—. Ahora cuando necesitamos estar unidos frente al avance del ejército de Napoleón. Es que no tiene nombre. Me resulta aberrante. Que se pongan del lado de la indiada. Cuando sin nosotros este país no sería nada; pura tierra de caníbales e idólatras. ¿O no? Estarían todavía sacrificando a su gente, a sus padres y a sus hijos, arrancándoles los corazones, los bestias, ofreciéndoselos a sus dioses crueles; todo con tal de que saliera el sol al día siguiente. ¡Por favor! ¡Menudo pueblo de salvajes! Les trajimos a Dios. Les volvimos cristianos. Les dimos la lengua de Cervantes. Les dimos decencia, ¿o acaso todavía andan por ahí en taparrabos? Les dimos modales y civilización. Y se vuelven ahora contra nosotros cuando estamos distraídos con nuestra guerra contra los franceses. Es que no tiene perdón. No tiene perdón.

—Mi marido, como pueden ustedes imaginar, además de estar indignadísimo, les está dando allá en Querétaro y la Sierra Gorda toda una lección, ¿verdad que sí, amor? —comenta su madre sonriendo, odiosa, sin que se sepa si está siendo sincera o si es posible distinguir en su voz un tono descaradamente sarcástico—. ¿Cómo va esa frase que tanto te gusta decir, cariño? ¡Ah sí, ya recuerdo! Hay que exterminarlos *a sangre y fuego*. Eso. A sangre y fuego. Y, no se crean, cuando mi marido habla de exterminarlos a sangre y fuego, lo dice de forma bastante literal,

¿no es cierto, mi amor? ¡Olvídense de los sacrificios de los aztecas! Lo de mi marido, eso sí que es ejemplar. Como que los pueblos insurgentes de Querétaro están ardiendo o se están desangrando. Una de dos. Así aprenden.

Desde que murió su idolatrado hermano Íñigo, su padre solo habla de la guerra y su madre ha dejado de interesarse en él o en la vida en general. Íñigo murió por España, como un santo, como no se cansan de recordarle, hace más de un año, el 19 de febrero de 1811. Se sacrificó por el rey y la patria en la batalla de Gévora, pendejo él, durante el asedio francés de Badajoz. Claro que Basilio no era nada comparado con su hermano mayor, incluso antes de que muriera el mentecato, héroe y mártir. Nunca lo fue. Íñigo era más alto, más listo, más fuerte, más guapo, más bueno. Cinco años mayor que él, no había nada que Íñigo no pudiera hacer, nada que no hubiera ya hecho antes mil veces mejor que Basilio. No había nada que pudieran hacer tampoco Inés y Soledad que pudiera compararse con los logros de su adorado y detestable hermano. Aunque en el caso de sus hermanas no importaba ni debiera sorprender por ser ellas mujeres. Pero que se extendiera y siga extendiendo esa falta de interés o entusiasmo por lo que Basilio pueda o no dejar de hacer lo carcome por dentro como si tuviera termitas mordiéndole bajo la piel.

Durante toda su infancia la comparación entre los dos había sido constante, nefasta, insidiosa. Fue tan perfecto el imbécil que se fue a España a seguirle los pasos a su señor padre para ingresar con dieciséis años como cadete en el Real Colegio de Artillería en el alcázar de Segovia. El levantamiento popular del 2 de mayo de hace cuatro años lo halló estando ya allí. Fue tan ridículamente perfecto y necio que se fue a defender la patria lejos de su ciudad natal de Querétaro, lejos incluso de los antiguos feudos vascos de los Gurruchaga, en los campos áridos de Extremadura, y murió con apenas veintiún años de un bayonetazo francés que lo abrió por la mitad como una sandía. De no haberlo matado los franceses, con gusto lo habría matado Basilio.

—Si me disculpan —se excusa Basilio y se levanta—, ¿puedo salir al jardín? Necesito estirar las piernas, si no les es demasiada molestia.

—Sí, claro. ¿Cómo no? —contesta su tío Julián—. Está rica la tarde. Si quieren los jóvenes salir a tomar el aire libre, aprovechen. No sientan que tienen que estar aquí escuchándonos perorar a los viejos.

Basilio sale al jardín. Lo sigue el primo Feliciano. Ve un gato negro sentado, lamiéndose una de las patas, junto al estanque, pendiente de las carpas que de vez en cuando se asoman a la superficie entre los nenúfares. Agarra una piedra y se la tira con rabia. Acierta. Le da tan fuerte que lo tumba. El gato maúlla sobresaltado. Lanza un maullido estridente como un grito humano. De alguien desgarrado. Desaparece corriendo.

—¡Le diste! —dice Feliciano lleno de admiración.

—Claro que le di, ¿qué te crees?

Feliciano debe tener trece o catorce años. Dos o tres años menos que Basilio. Lo admira y le tiene miedo al mismo tiempo. Todo el mundo le tiene miedo. Es algo que no le desagrada a Basilio. El miedo es una clase de respeto.

—¿Tienes novia? —le pregunta Feliciano inesperadamente.

Basilio ni se lo piensa.

—Sí, claro. Tengo varias.

—¿Varias? —contesta Feliciano, asombrado.

—Pues, claro. ¿Qué te piensas, enano?

—¿Cómo le haces?

—Uno que puede.

—¿Y te gusta una más que las demás?

—Sí. Hay una, ya que preguntas —Basilio sonríe malévolo—, aunque no sabe que es mi novia todavía.

—¿Y eso?

Tira otra piedra. Esta casi le da a un cenzontle que se ha parado en una rama.

—Porque no se lo he dicho, imbécil. Aunque hace semanas que rondo su casa y la espío. Cuando se lo diga, no me rechazará. Será mía. Ya verás.

—¿Tan seguro estás?

—Más seguro no lo podría estar.

—¿Es guapa?

—Muy guapa. ¿Cómo crees? No le iría detrás si fuera fea, menso.

—¿Cómo se llama?

—Amalia. Se llama Amalia.

XXI

Braulio se sienta en la cama y contempla el cuerpo desnudo de la mujer que tiene al lado, la sábana apenas tapándole de la cintura abajo. Repara en la piel suave, achocolatada, que ha acariciado y recorrido con sus labios tantas veces, todos estos años; pezones que ha lamido con insistencia, nalgas que ha agarrado con fuerza una y otra vez, curvas que sus manos conocen de memoria de lo mucho que se han deslizado cariñosamente por ellas, buscando y encontrando el paradero del placer. Hay una reconfortante familiaridad en el olor a sexo que impregna el dormitorio a la vez que empiezan a entrar, tímidos, los primeros rayos de la mañana; el olor de Chuyém que cubre su sudor. Le gusta oler a ella. Que ella huela a él. Es un olor parecido al del pan recién salido del horno. Más dulce quizás. Un olor a mazapán y felicidad.

La mira. Ella sigue dormida. Sin saber que la está admirando. Los labios carnosos en forma de beso. Los ojos apaciblemente cerrados, las largas pestañas formando sus propias sonrisas en su rostro descansado y en paz. El rostro maravilloso de Chuyém. Su Chuyém. Una Chuyém desnuda que duerme a su lado con una expresión de dichosa entrega, sin preocupación alguna que la haga fruncir el ceño o resalte las arrugas que empiezan a aparecer en su frente y alrededor de sus ojos. La trenza deshecha es una cascada de cabello negro en la que se vislumbran algunas canas mientras cae alrededor de sus hombros y sobre la almohada. Se fija en las delicadas manos de su amante, sus hombros perfectos, esos senos que ha besado, sujetado, apretado; los pies pequeños que se asoman de debajo de la sábana al final de la cama y que tantas veces con solo rozar los suyos lo han llenado de deseo. Pensar que se llevan acostando juntos, retozando, desde hace más de veinte años; desde que Clara vino al mundo y Chuyém se presentó en la casa grande de San Luis Potosí para hacer de nana, recomendada por su madrina que trabajaba entonces para los Bustamante. Aunque los dos han envejecido desde entonces, para Braulio, Chuyém a los cuarenta es tan guapa como lo era a los veinte.

Él prefiere no mirarse al espejo que se yergue en la penumbra, en una esquina del dormitorio. Sigue siendo alto y fuerte. Pero carga a cuestas cincuenta y dos años de vida intensa, vivida a golpes de engaños y desengaños. Por mucho que presuma estar bien por su edad, y lo está, ya casi no le queda pelo en la cabeza, y el que le queda es gris o plateado. Cada vez se parece más a su padre, que en paz descanse. Se está haciendo viejo. Mejor no pensar en ello. Habría quien diría que las canas le dan cierto aire distinguido. Él preferiría tener diez años menos, la verdad, todo con tal de volver a tener la melena que una vez, hace tiempo, lució sin pensar que un día la dejaría de tener. Por suerte para él, cuando hacen el amor, él solo la ve a ella, a Chuyém cabalgando encima de él, mordiéndose el labio inferior, gimiendo de placer, como una gata, mirándole a los ojos cuando la penetra, arañándole los hombros y la espalda, susurrándole que no pare, que no se detenga, que lo ama, hablándole en tének cuando se viene, *tu lej k'anidhál*, pudiendo admirar su fina espalda indígena y nalgas redondas y duras cuando la posee por detrás.

Braulio se desliza poco a poco fuera de la cama, sigilosamente para no despertarla. Se cubre con un rebozo que hay en el suelo, como si se tratara de una capa, y sale del dormitorio de puntillas. Baja las escaleras de madera. Despacio. Crujen, pero no lo suficiente como para interrumpir el sueño de Chuyém. Una vez abajo, sale al corral a orinar bajo el duraznero. Afuera lo reciben el sol de la mañana que ya calienta la sierra parda que tiene en frente, los impresionantes cactos de órgano y el huerto de Chuyém que se extiende delante de él, detrás de la casa, su casa chica, cubierto de filas de jitomates carmines y plantones de lechuga y chícharos. Le dan la bienvenida los perros de Chuyém, que se desperezan y menean la cola al verlo ahí afuera. Lleva saliendo a orinar a ese rincón, cuando se queda a dormir con Chuyém, desde hace ya quince años, desde poco después de que nació Pancho y se inventaron la historia de que Chuyém había muerto, y Braulio la instaló en ese rancho de las afueras del pueblito de Monte Caldera, cerca de las minas del Cerro de San Pedro, lejos de Cristina y San Luis Potosí. Una vez que Cristina los atrapó desgarrándose la ropa en la sala de juegos, encima de la mesa de billar, no le quedó de otra que despedirla, jurarle a su esposa histérica que nunca más la volvería a ver y, eventualmente, montarle a Chuyém una casa donde pudiera vivir a su gusto y se pudieran seguir viendo a solas los dos en secreto.

Braulio entra en la casa, todavía desnudo si no fuera porque le cubre los hombros el rebozo verde-gris que ha encontrado en el suelo, y se va a la cocina donde alumbra el fuego y pone el agua a calentar. Braulio siempre está de buen humor cuando se encuentra en la casa de Monte Caldera. Se siente joven. Lejos de las preocupaciones de las minas de plata. Lejos de las noticias cada vez más deprimentes de lo que acontece en las dos Españas, la vieja y la nueva. Lejos de Cristina y sus constantes ataques de nervios, su pesimismo, sus reproches, su cara de sufrimiento, como si anduviera estreñida por la vida. Cualquiera se creería que se había tragado un limón entero. Seca por dentro y por fuera. Acartonada. Todos los malpartos, tanto sufrimiento, el que no le pudiera dar un hijo... No es excusa, rumia Braulio para sí, pero de alguna manera los distanció. Aunque se casaron por conveniencia, se rompió algo entre los dos. Algo inefable. Irreparable. Irremplazable. Cristina se volvió dura, gris. Como las piedras. Y apareció Chuyém. Chuyém que era vida, calor, sexo. Chuyém que es vida, que lo sigue siendo. Y amor. Su *alabel ts'ik'ách*.

Braulio saca del armario el frasco de barro donde sabe que Chuyém guarda los granos de café y muele un puñado en el molinillo que hay junto a la pared, sobre la mesa, dándole vueltas a la manivela.

—Buenos días, mi amor —oye decir a Chuyém detrás de él.

—Buenos días, mi vida.

Se voltea y la encuentra descalza, adecentada, envuelta en la sábana de la cama, el cabello cayéndole de cualquier manera, desbordante, por los hombros y la espalda. Ella se pone de puntillas. Se besan.

—Siéntate, mi amor. Deja que te haga el cafecito y unos huevos como a ti te gustan.

—Gracias. Eres un sol.

Braulio se quita el rebozo y se lo envuelve alrededor de la cintura como si llevara una falda. Se sienta a la mesa, enciende un cigarro y contempla a Chuyém afanándose en la cocina. Ella bate los huevos, sirve el café, calienta los frijoles y pone las tortillas sobre el comal, todo a la vez, mientras que con una mano se asegura de que la sábana no se le caiga y siga cubriéndole el cuerpo al mismo tiempo que corta los chiles serranos, las cebollas, el cilantro y los jitomates para hacer la salsa de pico de gallo que acompañará el revoltillo.

—¿Te dije que los hijos de don Octavio se fueron con los insurgentes?

—¿Don Octavio?

—El que tiene el rancho de acá al lado. El de La Rosita. ¿Lo ubicas?

—Sí, sí, claro. Don Octavio, el de La Rosita. ¿Todos ellos se fueron?

—Pos sí. Toditos los cinco.

A Braulio se le nubla la cabeza. No piensa. Es un acto reflejo. Lo dice. Se le escapa.

—Hace ya tres meses que Pancho se fue también.

Se da cuenta del error en el momento que menciona a Pancho. Es lo que acordaron hace todos esos años. Cuando Chuyém quedó embarazada. Cuando Braulio insistió en que tuviera a la criatura con la esperanza de que fuera varón. Cuando Chuyém aceptó tenerlo y entregárselo a Cristina para que lo criara con el cuento de que había muerto en el parto. Cuando aceptó tenerlo y entregárselo a la esposa de Braulio con la condición de que él nunca le hablaría de él, de que jamás de los jamases lo mentaría delante de ella. Como si nunca lo hubiera tenido. Como si aquellos espantosos nueve meses, aquel parto violento, aquel bebé precioso mestizo no hubieran tenido nada que ver con ella. Como si ella no hubiera estado presente. Como si aquello le hubiera pasado a otra mujer llamada Chuyém.

Chuyém mira por la ventana de la cocina hacia el mundo que se pierde allá afuera, en la distancia, hacia ninguna parte. No dice nada. Lo ignora.

—¿Me ayudarás a arreglar la barda luego? —dice de repente como si nada—. ¿La que está detrás del gallinero? La tiró el viento la otra noche.

—Sí, claro —balbucea Braulio.

Chuyém se vuelve hacia él. Le sonríe.

—¿Están ricos los huevos?

—Riquísimos, gracias.

—Como le gustan a mi hombre.

—Están de maravilla.

—Disfrútalos, mi amor. Me voy a vestir. Ahorita vuelvo.

XXII

Hace ocho noches ya hubo un amago de huida. Pero lo delataron dos desertores, dos músicos cobardes hijos de la rechingada que huyeron y se entregaron al otro bando. Calleja estaba prevenido y los estaba esperando, el cabrón. La noche se llenó de gritos escalofriantes y el tronar de la artillería enemiga. Emboscaron a la partida de reconocimiento que salió adelantada al resto de las tropas en la cañada que hay entre Santa Inés y el hospital. De los que fueron casi nadie regresó. El padre Mijangos estaba entre los que no volvieron. El 21 de abril partió el cura Mariano Matamoros al frente de cien hombres con órdenes de forzar las líneas enemigas y regresar con un convoy de víveres, pero no se ha vuelto a saber de él. Hace cuatro días hubo otra partida que salió a reconocer el terreno por el rumbo de Tlayecac. La localizaron los realistas. Fue diezmada por su artillería. Pero ya no pueden esperar más. Pancho no puede más. La situación es tan desesperada que los hay que se comen pedazos de cuero como si fuera chicharrón y luego se la pasan vomitando. Están cayendo todos enfermos. Mueren entre veinticinco y treinta hombres al día. El tifo se ha adueñado de Cuautla. Si no salen van a morir todos.

¿Es este el precio de la libertad? Pancho mira a su alrededor mientras espera a que se acaben de formar todos los compañeros y no sabe cuál es la respuesta correcta a esta pregunta. ¿Por qué cuesta tanto? Esa libertad que el padre Morelos les dice les concedió el Autor de la Naturaleza y de la cual tratan los españoles de despojarlos injustamente. ¿Por qué es tan cara? Tiene la imagen de José María lanceado quemándole todavía en las pupilas. ¿Sirvió de algo su muerte? Con lo bueno que era moldeando ideas, armando discursos, convenciendo a los más reacios a ver el mundo como él lo veía, ¿no le hubiera ido mejor a la libertad si en vez de irse a luchar hubiera apoyado la causa desde un pupitre, sano y salvo, con papel y tinta y la pluma en una mano? ¿Qué consiguió José María con su muerte? ¿Qué han conseguido con aguantar en Cuautla durante lo que parece una eternidad si, al final, lo único que van a hacer es huir? Y, de lograr romper el cerco y escapar, ¿qué conseguirán llevando la lucha a otra parte? ¿Cuánta gente debe morir para que sean libres? ¿Por cuánto sufrimiento ha de pasar la población antes de que haya justicia? Las preguntas se suceden, una tras otra, estallando como cañonazos dentro de su cabeza adolorida y cansada. ¿Estaba tan mal la situación antes como para que toda esta agonía valga la pena? Pancho ya no sabe. Se siente molido. Tiene un hambre que lo devora por dentro; un hambre con garras que rasguña y hiere sus entrañas. La imagen del dragón y José María la tiene tatuada en las pupilas. La ve a cada instante. No puede deshacerse de ella. Quién sabe cómo estén sus padres o su hermana Clara después de que se enteraran de su partida. ¿Cómo estará Amalia? ¿Lo habrá perdonado Reynaldo por no decirle que se iba? ¿Cuál habrá sido el impacto de su decisión de unirse a la insurgencia en las vidas de todos ellos? Y doña Gloria, y don Evaristo, ¿qué habrá sido de ellos? Pancho ya no sabe nada. Ahora lo que importa es que salgan de ahí de una vez por todas. Que salgan con vida.

Hace cuatro horas Morelos tomó la decisión de que saldrán ahora, justo cuando acabe el primer día del mes y sea ya el 2 de mayo, después de la medianoche, cuando esté la luna llena oronda y brillante como un faro prendido allá a lo alto, por encima de los campanarios, y les sirva de guía y les ayude al alumbrar su huida. Uno de los espías de Morelos le ha asegurado que los realistas están durmiendo. Es ahora o nunca. Saldrán sigilosos y en silencio por el baluarte del agua en medio del Calvario y Amelcingo. Es lo que les han dicho. Pancho y Lucas se formaron en cuanto les avisaron. Hay que salir de ahí. Como sea. La luna ya vuela allá a lo alto. Que Dios se apiade de ellos.

Galeana da la orden de ponerse en marcha y, de forma sorprendentemente rápida, considerando lo agotados que están todos, se ponen a caminar deprisa, apartando a las mujeres, viejos y niños que se ponen en medio, que intentan aferrarse a ellos para que no los abandonen. Pancho y Lucas marchan con paso decidido, sin hablar, la vista al frente, ignorando las súplicas de una abuela que intenta detenerlos, arrastrando a su nieto de la mano, y en cosa de minutos ya están desfilando por el campo que se extiende en las afueras de Cuautla, convertidos en una fila de siluetas que avanza en silencio por un paisaje misterioso plateado bajo la clara luz de la luna. Y de momento no se oye nada. Solo sus pasos. Caminan. No se detienen. No se pueden detener. Atrás queda el tenue rumor de los plañidos de la gente de Cuautla que no puede acompañarlos. Quizá lo logren después de todo. Avanzan.

Cerca de dos mil soldados.

Empiezan a cruzar el río por tablas que han improvisado para atravesarlo.

Las tablas crujen bajo los pasos de la soldadesca, pero avanzan.

Lo están logrando. Lo van a lograr.

De repente se oye una voz que grita:

—¿Quién vive?

Sigue el tronido de un trabucazo.

—¡Córranle!

Es ahora o nunca. Empiezan todos a correr hacia adelante. Hacia el punto de Guadalupita. Ese es el objetivo. De la oscuridad, a ambos lados, de la nada, se ilumina la noche con el fuego vivo de la mosquetería realista; como si fuera noche de feria, la oscuridad iluminada por el centelleo de los cohetes. Galeana acoge el ataque con un estentóreo «¡Viva nuestra Señora de Guadalupe! ¡Viva la América!», y todos, Pancho incluido, sin pensarlo, sacan fuerzas de quién sabe dónde, inspirados por su jefe, y gritan a una sola voz y a todo pulmón «¡Viva nuestra Señora de Guadalupe! ¡Viva la América! ¡Mueran los gachupines!». Se despliega la brigada de Galeana, siguiendo las órdenes, y devuelven el fuego a las fuerzas enemigas que los flanquean, para abrir paso a la gloriosa salida de Cuautla del ejército de Morelos.

CAPÍTULO SEGUNDO

Puruarán

I

—Güelo —dice Luisito. O eso quiere creer Braulio que le ha dicho su nieto, que ha logrado acercarse, habiendo dado la vuelta a la mesita interminable que hay en medio del salón. Medio a gatas, medio de pie, dando pasos inseguros y desconfiados como un acróbata sobre la cuerda floja, apoyándose en los muebles y las rodillas de Clara, Marcos y Cristina, Luisito ha llegado hasta él de milagro.

—Güelo, upa. Upa.

—Quiere que lo levante en brazos, padre —dice Clara sonriendo, radiante.

Braulio se para del sillón y levanta a Luisito en brazos. Es la cosa más dulce del mundo. Le da un beso en las mejillas. Le da otro. Luisito se retuerce como un gato que no quiere que lo abracen y Braulio lo deja en el suelo. Solo que Luisito no se va. No quiere irse solo. Levanta los brazos con las manos abiertas para que las tome su abuelo en las suyas y le ayude a seguir explorando. A Braulio no le queda más remedio que acompañarlo, la espalda doblada, como si quisiera tocarse los dedos de los pies. Deja que Luisito decida el rumbo a seguir y así pueda, paso a paso, poco a poco, recorrer las salas y los pasillos de la casa grande de los abuelos a sus anchas, sin caerse, con el güelo, servicial, sirviéndole de estabilizador.

—¿Adónde quieres ir, Luisito?

—Si no quiere, no sienta que debe acompañarlo, don Braulio —le dice Marcos, que lleva desde el desayuno preguntándole qué piensa de la Constitución, las Cortes de Cádiz y las elecciones populares que se avecinan para elegir a los diputados y los miembros de las nuevas diputaciones provinciales y ayuntamientos—. En serio. Ya se espabilará él solo. Necesita aprender a andar por su cuenta. Si deja que lo tiranice de esta manera, le va a destrozar la espalda.

—Por mí, que me tiranice mi nieto todo lo que quiera —ríe Braulio.

Hace tiempo que no ríe de esta manera, que no es tan feliz. Se siente dichoso de tener a Clara, Marcos y su nieto Luisito de visita con Cristina y él en San Luis Potosí, de que hayan decidido pasar unos días con ellos para celebrar el primer cumpleaños de su nieto. Aquel fue un día que pensaban todos nunca llegaría a darse. Hace un año exactamente que nació Luisito, el 4 de noviembre de 1812. Hace un año que nació *con vida*.

Luisito ríe, hace ruidos que expresan su entusiasmo y curiosidad por todo lo que está a su alrededor, a la vez que se encamina hacia las ventanas que dan a la calle y a la vista de la bóveda de la capilla de Aranzazu, que se levanta más allá, difuminada por la luz cegadora del mediodía. Se tambalea alegre con Braulio detrás, sujetándole las manos, encorvado como si estuviera empujando una carretilla. Luisito le recuerda a Pancho cuando tenía su edad. Son casi idénticos. Solo que Pancho era del color de piel de Chuyém, tenía el pelo azabache de Chuyém y los ojos grandes y negros de Chuyém. Luisito tiene los rizos rubios de Clara y es blanco como todos los Cienfuegos, como todos menos Pancho.

Braulio recuerda cómo le costaba a Pancho quedarse dormido por las noches. Se le oía llorar y llorar desde su cuarto, hasta que al final alguien cedía. Un llanto lastimoso que desgarraba el aire por toda la casa, que la llenaba de arriba abajo de tristeza y desesperación. La mayor parte de las veces iba Cristina en su camisón, que desde lo de Chuyém había prohibido que entrara otra niñera en casa. Ni nanas ni nodrizas, había decretado. Sería ella la que lo haría todo. No le importaba que le tocara ocuparse plenamente de cuidar a su hijo adoptado, de limpiarlo, vestirlo, darle de comer, entretenerlo. Incluso levantarse de noche y arrullarlo hasta que se volviera a dormir. Todo menos poner más tentaciones delante de su marido. Pero a veces iba él. Lo sacaba de la camita aullando y lo abrazaba hasta que se calmaba y dejaba de llorar. Pancho, como un cachorro, gimoteaba nerviosamente al principio. Luego, se tranquilizaba, poco a poco, a la vez que lo mecía Braulio en sus brazos, la cabeza de su hijo apoyada en el hombro y le cantaba las mismas canciones ancestrales que le había cantado su padre hace todos esos años, canciones que su abuelo le debió cantar a su padre y que el bisabuelo le cantó al abuelo, procedentes de una tierra lejana y mítica de valles verdes, llovizna y mar gris que Braulio nunca había llegado a conocer, pero que llevaba dentro y presente de alguna manera: «dicen los gües de la Xuana que nun comen bien la yerba; llévalos al agua, Xuana, al fonte de la Peña».

Estas Navidades se cumplirán dos años desde que Braulio vio a Pancho por última vez. No hay día que pase en el que no piense en él. Sigue sin entenderlo. Y le duele. Profundamente. Dos años. Dos años es mucho tiempo. Dos años desde que se vieron en aquella casa y discutieron. Antes de que Pancho se regresara al Colegio de San Ildefonso y desde allí tomara la decisión incomprensible de abandonarlo todo para irse a luchar con los insurgentes. Desde entonces no ha vuelto a tener contacto con él. Por las tres cartas que le ha escrito a Clara en todo este tiempo, sabe que está vivo, o al menos que lo estaba todavía en el verano; que está entre las hordas que comanda el cabecilla Hermenegildo Galeana, que tras romper el sitio de Cuautla ha acompañado a Morelos en sus campañas por el sur, que estuvo en Orizaba y Antequera, y que llevaba meses asediando el puerto de Acapulco la última vez que escribió. Pensar que Pancho tiene dieciocho años ahora... Si está vivo, los cumplió en octubre, hace cosa de un mes.

A Pancho, por lo que le dice a su hermana en su última carta, lo han promovido a alférez o subteniente dentro del ejército rebelde. Como si aquel fuera un rango verdadero y el ejército por el que lucha fuera un ejército de verdad. Por sus amistades,

Braulio sabe que Calleja, que acabó reemplazando a Venegas de virrey allá por marzo de 1813, como era de esperarse, ha aprovechado los siete meses que Morelos lleva enfrascado en ocupar Acapulco en reforzar las tropas realistas movilizadas para defender la Ciudad de México, Puebla, Guadalajara, Guanajuato y Valladolid. Sabe que cuenta con comandantes militares audaces y aguerridos de carrera y de primer orden que saben poner a los insurgentes en su sitio: José Gabriel Armijo, Agustín de Iturbide, Ciriaco de Llano, Epitacio Gurruchaga Collantes. Y como ha sido el caso durante todo este tiempo, durante estos dos años interminables, mientras que Braulio se alegra de las noticias de las victorias de las fuerzas leales a España y el Rey, le angustia al mismo tiempo pensar lo que aquello implica para Pancho. Le da pavor que llegue el día en que cuando toque celebrar la derrota definitiva de Morelos, tenga que afrontar la noticia de la muerte de su hijo.

Luisito decide soltar las manos de su abuelo y proseguir a gatas hasta la ventana donde hay una mesita en la que se yergue un frasco de porcelana lleno de alcatraces. Todavía es más rápido gateando que caminando parado.

—Cuidado que no tire el jarrón al suelo —dice Cristina, que los está observando. Cristina no se puede contener. Deja la taza de café en el platillo sobre la mesita, se levanta y en un abrir y cerrar de ojos se desplaza al otro lado del salón y recoge a Luisito en brazos—. ¡Ay, mi niño precioso! Ven conmigo, lindura. —Lo abraza y se lo lleva a ver al cotorro, que yace callado en una jaula que hay en el rellano de las escaleras—. ¿Vamos a ver al cotorrito? ¿A ver si nos habla?

Desde las escaleras se oye a Cristina que dice:

—Cotorrito... cotorrito... Dile cotorrito, mi amor.

Y el cotorro contesta, gutural:

—Cotorrito, cotorrito, ¡viva el rey!

II

El río Mezcala es ancho y de un azul vertiginoso y rápido que refleja el cielo cerúleo que se extiende pulcro y sin nubes por encima de ellos. Fluye veloz y silencioso rumbo al Pacífico. Un guía los ha llevado hasta ese punto para atravesarlo; para engañar a Calleja, que se cree que Morelos se dirige a Puebla desde Chilpancingo, cuando el plan es atravesar el Mezcala, donde nadie se lo espera, y caer encima de Valladolid por Navidad para liberarla de una vez por todas. El punto elegido para cruzarlo tiene la ventaja de no ser profundo, de que solo en el centro el río rebasa los hombros de la tropa que desfila por sus aguas cristalinas de un banco a otro, las armas y las bolsas en los aires, como si se rindieran ante los dioses del río con los brazos en alto. Parecen una procesión de púas o pinchos con los brazos extendidos por encima de las cabezas. Los hay que tienen miedo del agua, pero los cabos y los sargentos están ahí para asegurarse de que no se vuelvan para atrás, a base de gritarles y humillarlos. Lo que tiene de inconveniente el punto, por eso, es que, por ser tan ancho, necesitan balsas para poder llevar los cañones de un lado a otro, y las balsas que han tenido que improvisar con los árboles que han talado junto al Mezcala apenas flotan bajo el peso de las culebrinas y las piezas de a seis, y son difíciles de controlar ante la fuerte corriente del río. Mientras los soldados cruzan de un lado a otro, como una fila interminable de hormigas que se adentra en el río y lo atraviesa, congregándose en la otra orilla tras casi desaparecer debajo del agua hacia la mitad de la travesía, otros luchan con el río para guiar las balsas cargadas de cañones, pólvora y municiones.

Es el turno de los hombres de Pancho de atravesar el Mezcala. Al igual que los oficiales que lo han precedido, les grita que no se detengan, que se internen en el río, que hay que llegar al otro lado, por la Virgen de Guadalupe, para que la declaración de independencia firmada en Chilpancingo hace apenas unas semanas, el 6 de noviembre de 1813, se dé a conocer y se convierta en realidad, y para que no tenga que meterles un pinche cohete en el culo, porque se lo meterá si pierden un minuto más dilatándose allá en la orilla.

—¡No se atoren, carajo! ¡A cruzar el río, he dicho!

—¡No sé nadar, mi jefe!

—Si va por donde van los demás no tendrá que hacerlo. ¡Al agua, carajo!

Pancho no es el mismo colegial que salió esa noche lunada de San Ildefonso lleno de ilusión y esperanza hará dos años en enero. La guerra lo ha secado por dentro. No lo puede negar. Ha endurecido. Hay días incluso que piensa que se ha hecho viejo, que tiene sesenta en vez de dieciocho años. Algo en él ha cambiado. Para siempre. Algo se ha apagado. Y lo sabe. La muerte de José María le duele, pero ya no tanto como al principio. Porque desde entonces ha visto cosas que nadie debería ver, acciones que quisiera borrar de sus pupilas. Ha hecho cosas que jamás contará a nadie, cosas de las que no se siente orgulloso, de las que se arrepiente cuando se hace de noche y el recuerdo de ellas lo viene a atormentar. Crueles. Brutales. Espeluznantes. Cometidas en momentos de rabia, en el fragor de la batalla, en una niebla espesa de odio y aguardiente. La lucha, lo reconoce, ya no es tanto por la libertad de su patria, por la santa religión, contra el mal gobierno, aunque nunca lo ha dejado de ser, sino más bien para sobrevivir, para seguir con vida, sea como sea, y para herir y matar a todos los que han herido y matado a sus compañeros, para herirlos y matarlos antes de que lo hieran o maten a él.

Durante la toma de Antequera de Oaxaca el 25 de noviembre de 1812, hace poco más de un año, muchos fueron quienes lo vieron tomar el sable de un capitán caído y seguir avanzando por el medio de la calzada, animando a los hombres de su batallón para que no se amedrentaran, sin detenerse, como si fuera insensible a la balacera, en medio del fuego graneado que les llovía desde las azoteas de la casa del chantre del convento del Carmen, donde se había parapetado un grupo de frailes realistas. Quienes estuvieron con la vanguardia de Galeana ese día vieron cómo Pancho irrumpió en la casa del chantre y cómo apareció como una bola de fuego en una de las azoteas, cortando a los frailes con el sable como si fueran espigas de trigo. Tiró a dos de ellos a la calle desde las alturas sin pensarlo.

En parte es la experiencia de todo ese horror lo que lo ha vuelto pedregoso, árido, incluso más reservado de lo que ya era antes. En parte la vivencia de los últimos meses también lo ha hecho dudar del liderazgo de Morelos. Ha ensombrecido su ilusión. Apagado su entusiasmo. Ha visto cómo Morelos ha dejado que el poder se le suba a la cabeza y Pancho ha empezado a dudar, a dudar de todo. En Chilpancingo, al inaugurarse el Supremo Congreso Nacional de Anáhuac —un nombre grandilocuente para una reunión de cuatro gatos dizque representantes de Michoacán, Oaxaca, Puebla y Tecpan—, eligieron generalísimo a Morelos. Para colmo, decretaron que se le trataría de ahí en adelante como «su alteza serenísima». Morelos dijo que no, es cierto, gracias a Dios, que él no era más que el «siervo de la Nación». Pero luego disolvió la Suprema Junta Nacional Americana y solo hay que verlo ahora, ahí frente al Mezcala, emperifollado en su uniforme nuevo de capitán general, como un papagayo, luciendo una exageración de cruz sobre el pecho. ¿Cuántos siervos van por ahí con la cruz del obispo de Puebla colgando ostentosamente sobre el pecho? Y para colmo del nepotismo fue y nombró coronel a uno de sus hijos naturales, el chamaco Juan Nepomuceno Almonte, que no debe tener más de diez años. ¡Coronel! ¡Por favor!

Al menos han dejado de mentar a Fernando VII. Al menos ahora sí ya luchan clara y abiertamente por la independencia de la América septentrional, aunque Rayón se haya manifestado en contra y los líderes del movimiento sigan desavenidos. Ahora sí que ya se habla sin fisuras de que han roto para siempre toda dependencia del trono español, de que la América es libre e independiente de España y de toda otra nación, gobierno o monarquía. Tendrán su propia constitución. Se abole la esclavitud. Y el Morelos de Cuautla, el que oyó Pancho hablando inspirado frente al atrio de la parroquia de Santiago, no ha desaparecido del todo detrás de los títulos pomposos y las alabanzas descomedidas de sus aduladores.

Con sus hombres ya metidos en el río hasta la cintura, Pancho y Lucas se les unen. Se adentran en el Mezcala antes de que empiecen a cruzar las fuerzas del batallón que viene después de ellos y que ahora lidera el Chamuscado. Si no fuera porque están de campaña y urge atravesar el Mezcala y proseguir hacia Valladolid a marchas forzadas, Pancho es muy consciente de que en otra vida se detendría asombrado ante el espectáculo que les brinda el río, tan ancho y azul, y se tomaría su tiempo en admirarlo. Pero no hay tiempo. Hoy en día ya nunca lo hay. El único tiempo que hay se lo lleva la guerra, con sus muertes repetidas e infinitas y su eterno sufrimiento y dolor.

III

Amalia no entiende cómo la familia Hortigón puede hacer tanto ruido. Es ensordecedor. Se intenta reponer en el cuarto de la planta baja que ahora sirve de dormitorio para ella y la tía Gertrudis, la cabeza a punto de estallarle. Desde el salón de música le llegan los alaridos y las risas de Pepe y Paco, los mellizos insoportables de don Melchor y doña Angustias Hortigón. No paran de perseguirse y pelear por toda la casa gritando, escaleras arriba abajo, desde que amanece Dios hasta que se hace de noche. Especialmente los fines de semana. Cuando no están aporreando el piano están rompiendo todo lo que encuentran a su paso. El otro día le preguntaba Hernán a Amalia, sin que lo oyera mamá Hortigón, si Napoleón de niño no debió ser tan destructivo como ellos. Pepe y Paco, convertidos en Atilas chiquitos con tan solo once años de edad. Los Nerones y Calígulas de la familia Hortigón. Y se oye la voz estentórea y pontifical de don Melchor, que nunca calla, que habla pomposo por encima de la barahúnda que están armando sus angelitos diabólicos como si estuvieran todos sordos o se dirigiera a un público congregado al otro lado de la ciudad. La risa chillona, falsa y forzada de doña Angustias, —que se siente en la necesidad de reír por todas las ocurrencias disparatadas de su señor marido, y todas las gracias de su prole grosera y cacofónica— también logra atravesar las paredes y acuchillar las sienes heridas de Amalia que, desesperada, esconde la cabeza debajo de la almohada. No puede más. Aunque, gracias a Dios, las hijas de la familia Hortigón, Martirio y Socorro, han salido de compras, porque, de estar allí, las oiría también, haciéndose escuchar a golpe de berrinches, pataletas y abanicazos, escandalizándose hasta de la injusticia de tener que hacer el esfuerzo de mover la boca para hablar.

A quien no se oye es a Segismundo, el pobre universitario asustado que llegó con cara de ganso perdido de las remotas Californias, que ha rentado una de las habitaciones de la segunda planta y que se pasa la vida fuera, todo con tal de no tener que escuchar el griterío constante de los Hortigón. Si pudiera esconderse, Amalia también lo haría. Pero la necesita su madre. A todas horas. Para ayudarla a cuidar de los huéspedes, a tener la casa ordenada, a estar pendiente de sus necesidades, a ayudar con la compra de la comida y con la gestión de los gastos. Al final no le quedó más remedio a doña Úrsula. Si querían conservar la casa y seguir allí, sin medios para vivir tras la funesta muerte de don Nicanor, no tenían más opción que desplazarse a las habitaciones de la planta baja de la casa y alquilar las de las dos plantas superiores, ofreciendo como parte de la renta mantener los aposentos limpios y dar de comer a los inquilinos, con la ayuda de Carmencita y don Enrique. A Reynaldo, al terminar el curso hace ya más de un año, lo mandaron a vivir con Andrés y su familia, allá por San Cosme, habiéndolo puesto a trabajar en la imprenta de su hermano.

Amalia sabe que Hernán la ha venido a visitar, porque oyó cómo don Melchor le dio la bienvenida hace cosa de diez minutos, pero no se atreve a salir a rescatarlo. Prefiere hundir la cabeza todavía más debajo de la almohada. Hernán hace lo imposible para encontrar tiempo y seguir visitándola a pesar de que la ciudad lleva meses presa de una epidemia de fiebres misteriosas como nadie recuerda haber visto jamás y que el buenazo de Hernán se pasa los días últimamente trabajando a todas horas en uno de los lazaretos que han montado para suplir la falta de hospitales. Suman ya diecisiete mil los que han muerto por el apellidado «tifo de Cuautla».

Amalia se arma de valor, se arregla el peinado, alisa su vestido y sale del cuarto. Efectivamente, ahí están los cuatro sentados: Hernán, la tía Gertrudis, don Melchor y doña Angustias. Pepe y Paco se están matando en otra parte de la casa. Amalia sonríe a Hernán, que la mira, como siempre, con esa mirada de cachorro desamparado, como si fuera capaz de morirse de pena allí mismo y en ese instante si ella fuera tan cruel como para ignorarlo o despreciar, castigadora, su dedicación y atenciones con un comentario mordaz. Pero Amalia no sería capaz de tal cosa, no después de todos estos meses de dejar que Hernán la venga a ver, de aceptar los avances de su amistad. Tiene ojos saltones, pelos pinchos, un rizo ridículo en la frente, es bajito y el viento bien podría llevárselo por los aires de lo delgaducho y frágil que parece, pero es buena persona y atento con ella. Apenas tienen tiempo para saludarse y don Melchor vuelve a tomar la palabra sin que nadie se la haya cedido.

—Efectivamente, nos hallamos ante una enfermedad cuyas causas son ocultas e indomables. Ocultas e indomables, sí. Ya lo decía el gran barón Alexander von Humboldt, a quien tuve el honor de acompañar cuando decidió subir al Popocatépetl hace ya cosa de diez años... ¡Cómo corre el tiempo! Ocasión memorable que en otro momento me complacerá tener el gusto de compartir con ustedes. Pues eso, como decía mi amigo el barón Von al disertar sobre el vómito negro y los males tropicales que afligen a este nuestro desgraciado e infortunado rincón del mundo, desgraciado e infortunado, sí, «limpieza y sanidad son amigos de verdad». Eso dijo, «limpieza y sanidad son amigos de verdad». Contundente fue. Tajante. Claro que no sé cómo lo diría en prusiano, ya que, aunque un servidor habla perfectamente el austriaco, otra cosa es el prusiano.

—¡Amalia! —dice doña Úrsula, que irrumpe en la sala buscando a su hija. Pero antes de que pueda pedirle que la ayude con los menesteres de la casa se da cuenta de que Hernán está allí.

Su madre lleva ya un par de meses cultivando el afecto que evidentemente y a vistas de todo el mundo siente el hijo de don Alfredo por Amalia. El otro día incluso tuvo la osadía de preguntarle a Amalia si le hacía tilín el joven Hernán y de decirle, antes de que pudiera siquiera contestar, que, si le pedía la mano en matrimonio, tenía la esperanza de que su hija tendría el sentido común de decirle que sí, y que no se saldría con una de las suyas, con el despropósito de que seguía enamorada del indio ese Cienfuegos.

Amalia le pidió a su madre que no dijera disparates, ni imaginara cosas que no son, que ella y Hernán eran buenos amigos y eso es todo. No quiere pensar en ello; en qué le dirá a Hernán si llega el día en que le diga que quiere casarse con ella. No es que no haya llegado a sentir afecto por él. Lo siente. Está ya acostumbrada a verlo casi todos los días, y la hace reír. Si no fuera porque hace una semana don Enrique fue a buscar a Amalia a su cuarto y le dio una carta de Pancho, quizá entonces hubiera empezado a pensar de otra manera.

Hacía tanto tiempo que no había tenido noticias suyas. Era la primera carta que había recibido Amalia en todo este tiempo, aunque en ella hacía mención de otras anteriores que le había escrito; como la que mentó su padre a sus hermanos antes de que muriera. Pancho le escribía desde Chilpancingo con noticias de la declaración de independencia. Le contaba su vivencia de los últimos meses, del asedio de Acapulco, de lo duro que ha sido, de las muchas deserciones que han padecido sus fuerzas. Le decía lo mucho que la extrañaba. Terminaba la carta diciéndole que la amaba más que a su vida. Que lo esperara. Que no lo olvidara. Que un día serían libres y que volvería para pedirle a su padre su mano en matrimonio. Tuyo, Pancho.

Si no hubiera recibido esa carta, después de todo este tiempo, de todo este tiempo de no saber nada de él, después de todos los detalles que ha tenido Hernán con ella... ¿Quién sabe qué le hubiera dicho a Hernán si se hubiera puesto de rodillas y le hubiera pedido la mano en matrimonio, sabiendo además lo que aquello significaría no solo para ella sino para su madre y para Reynaldo y para su tía Gertrudis?

IV

Basilio se acaba el tequila de golpe y contempla la sala de espera de la casa de mancebía con una mezcla de impaciencia y hastío a la vez que el alcohol le abrasa las entrañas. Llevan él y sus amigos Macario y Amadeo ya más de una hora allí. Desde que va a la casa de doña Irina, dependiendo del humor en que se encuentre, le gusta ir con Artemisa, Iris o Perséfone. Artemisa tiene por lo menos veinte años más que él, pero tiene arte, mano experta. Fue con ella que perdió la virginidad. Iris, en cambio, tiene morbo, es una escandalosa, ríe y grita cuando fornican, lo llama «mi bachillerzote» y «mi licenciado», se divierte hablándole a su verga y se deja hacer de todo. Con Perséfone, es otra historia. Perséfone es joven como él. Y, aunque no se parezca en nada, tiene algo que le recuerda a Amalia. Una Amalia en versión cobre. Cuando está con Perséfone le dice que se calle, que cierre la boca, que no diga nada. Le gusta imaginar que le está haciendo esas cosas a Amalia y que Amalia se las está haciendo a él y olvidar mientras dura aquello que está sodomizando a una puta indita agotada y adolorida en una cama crujiente cubierta de pulgas que huele a sudor y semen de otros hombres.

—Oye, ¿qué es eso de que estás cortejando a una tal señorita Socorro? —le pregunta Macario.

—Pertenece a la familia que lleva viviendo en casa de los Figueroa desde hace ya varios meses —contesta Basilio.

—¿Y eso?

—¿Hace falta que te lo deletree, imbécil?

Al principio, las primeras veces, cuando Basilio le dirigió la palabra a Amalia después de misa los domingos a la salida de la catedral, fue cortés con él. Le sonrió y dejó que las acompañara a ella y a la tía Gertrudis de vuelta a su casa. Fue el momento cuando dejaron de hablar del sermón de aquel día o del buen tiempo que hacía, y que Amalia descubrió quién era, que le dijo que no quería saber nada más de él y que no volviera a dirigirle la palabra.

Basilio mira al idiota de Macario sentado a su lado y le da una palmada en la espalda.

—No te preocupes, Macario. No hace falta que te calientes los sesos demasiado intentando entenderlo. Es un plan relativamente sencillo. Si Socorro deja que la pretenda, tarde o temprano me dejará entrar a verla a la casa. Y una vez que pueda frecuentar la casa y entrar en ella, podré frecuentar a Amalia, tanto si le gusta como no. Y una vez dentro de la casa, mi querido Macario, todo es posible. ¿Entiendes ahora, menso?

—¿Don Basilio? —Le sonríe doña Irina—. Perséfone lo está esperando.

V

¿De qué lado está Dios? Si Dios es insurgente, ¿por qué no dejó que tomaran Valladolid anteayer? ¿Por qué los ha desamparado? ¿Por qué deja que los golpeen las fuerzas realistas como hicieron anoche? De esa manera tan contundente, tan despiadada. Pancho no se lo puede explicar. No lo entiende. No tiene sentido. Tras dos días de combate intenso. Tras el intento fallido de tomar Valladolid. Tras ser rechazados. De esa forma brutal. Nada tiene sentido. Dejaron atrás más de setecientos compañeros muertos; esparcidos, descuartizados, por las afueras de la ciudad como si el campo hubiera sido alfombrado deliberadamente de esa manera siniestra: cubierto adrede de cadáveres mutilados, sangrientos y manchados de pólvora, por un dios cruel y sanguinario que se entretiene y divierte, sádico, en decorar sus posesiones mundanas con los cuerpos despedazados de los sacrificados. Y total, ¿para qué? Para que se los coman los perros y los zopilotes. Nada más.

Después vino la matanza de anoche. Una masacre. Lo inimaginable. Como si lo de Valladolid no fuera ya bastante; un golpe tremebundo del que difícilmente se podrán recuperar. No. Aquello, obviamente, no fue castigo suficiente. Si es que se trataba de un castigo. Aunque, quién sabe por qué Dios los quisiera castigar cuando son ellos los que luchan por Él. Después del asalto fallido de Valladolid tuvo que venir el ataque salvaje al que fueron sometidos ayer. Debieron morir más insurgentes; morir en oleadas de cien, doscientos, quinientos hombres, de nuevo rociados por el campo como si hubieran llovido muertos; una tormenta de cadáveres deformados caídos del cielo en una tromba de horror que azotó las posiciones de Morelos, dejando la tierra cubierta de charcos de sangre. ¿Cómo pudo Dios dejar que fueran atacados por sorpresa, de noche, en el mismísimo campo donde Morelos

los había puesto a acampar? ¿En Nochebuena, además? ¡En Nochebuena! Cuando todos tenían presente que hace 1813 años, esa noche, en un portal de Belén, estaba a punto de nacer el hijo de Dios. No tiene sentido. Nada tiene sentido ya.

Pancho contempla lo que queda de su compañía con Lucas al lado, bajo el duro sol de la mañana, el día de Navidad, y le cuesta creer lo que ha pasado. Ahí los tiene. Los sobrevivientes. Se les ve intentando limpiarse las heridas con las hojas de los machetes al rojo vivo tras ponerlos a calentar en las fogatas que prendieron de madrugada una vez que vinieron a parar, huyendo, a ese cerro olvidado de Dios. Puerto Viejo. Nadie habla. Nadie canta. Solo se oyen gemidos y suspiros. Pancho no entiende lo que ocurrió, los eventos de los últimos dos días, si es que Dios está de su lado. No lo parece. Cuando se están muriendo por Él. Cuando luchan para terminar con el mal gobierno de los españoles, para afianzar su independencia, su libertad, y por la religión y la patria, para defender a Dios de los asaltos y los ataques de los impíos franceses y los condenados borbones afrancesados que los apoyan. ¿Dónde está Dios, carajo? Ahí están muriendo por Él, como dice el padre Morelos, para destruir el altar de Baal y romper las cadenas de su esclavitud y va Dios y deja que los maten como a hormigas; a pisotones. No lo entiende. Si la suya es una causa santa y lo que sostienen son derechos sagrados; si son ellos los que luchan para que no se ofendan y violen los respetos de la santa iglesia; si son ellos los que se sacrifican, mártires, al servicio del Eterno, ¿por qué no interviene Dios a su favor?, ¿por qué no deja que triunfe su causa?, ¿por qué diablos no hace nada para ayudarlos? Pancho bebe otro trago de aguardiente.

Pancho mira a la tropa descompuesta, viva apenas, y no sabe cómo van a encontrar fuerzas para reintegrarse a las demás brigadas del ejército disperso de Morelos y seguir luchando. No sabe cómo pueden seguir así por mucho más tiempo cuando Dios parece haberlos olvidado. Hace dos años todo era tan sencillo. Hace dos años, cuando le levantó la voz a su padre, exasperado, tenía muy claro lo que debía hacer y lo que tenía que pasar. Pancho apura el aguardiente. Ahora ya no sabe nada.

VI

—Amalia, ¿te quieres casar conmigo?

Hernán está de rodillas frente a Amalia en la biblioteca de su difunto padre. Apenas terminaron de comer. Los Hortigón, el espectro de Segismundo, don Alfredo, la tía Gertudis y su madre están todos todavía en el comedor, de sobremesa, tras la comilona de Navidad. Amalia mira a Hernán confundida. Se oye la voz estentórea de don Melchor reverberando a través de las paredes, por encima de la conversación y las risas de los demás. Se oyen los berrinches de Pepe y Paco que están armando la de aquí te espero para que los dejen ir a jugar. Cuando sugirió Hernán que fueran a la biblioteca a buscar el tablero y las fichas de ajedrez ni se le ocurrió a Amalia que pudiera pedirle su mano en matrimonio. No cuando está toda la casa reunida ahí dentro. No cuando son buenos amigos y nada más. Aun si no están sus hermanos Fernando y Andrés. Estuvieron con ellos anoche para Nochebuena. Diga lo que diga Amalia, ahora se armará un escándalo. Habrá alaridos de alegría o suspiros y balbuceos incómodos de decepción. Es una trampa. Su madre y don Alfredo deben saber lo que está ocurriendo. El día de Navidad, además. ¿Cómo se le ocurre? Deben haberle deseado buena suerte a Hernán. Su madre y don Alfredo deben estar en esos precisos instantes a la espera de saber qué le contesta, deben estar los dos mirando a cada rato la puerta por donde han salido Hernán y ella.

—Mi señor padre ve nuestra unión con buenos ojos y tu señora madre me dio permiso. Claro que, si no quieres, Amalia, si no quieres, lo entenderé. No soy alto o fuerte. Soy poca cosa, lo sé. No insistiré. ¿Cómo ves?

Amalia no sabe qué decir. Las palabras se han esfumado de su mente y no encuentra ni siquiera una, ni siquiera un vocablo, ni una sílaba.

—Pero que sepas que te adoro, Amalia. Que siempre te he adorado. Que velaré por ti siempre. Te cuidaré y daré todo mi amor y cariño. Todos los días. Te proveeré con todo lo que tengo y haga falta tener. Seré fiel como no lo es nadie. Seré siempre amable y respetuoso. Te lo juro. Ya sabes que lo soy. Haré siempre lo que me digas. Te escucharé. Seré tu buen amigo de por vida. Y, si me dejas, también seré tu amante y atento esposo. Estos últimos años que nos hemos llegado a conocer mejor, especialmente este último año, me he dado cuenta de que estamos hechos el uno para el otro. Nos complementamos. Si no me amas como yo te amo a ti, tal vez con el tiempo sí llegues a amarme. ¿No crees? Esa es mi esperanza. Lo suficiente para que seas dichosa casada conmigo. Sabes que vengo de familia con medios. Que soy trabajador. Pero no dices nada, Amalia. Y temo ponerte en un compromiso. Yo lo que quiero es hacerte feliz. Si no lo vas a ser conmigo, dímelo y olvidaremos esta bochornosa escena, y con el tiempo sabremos reírnos de ella. Ya que aun si me dices que no, y siempre y cuando quieras que así sea, yo querré seguir siendo tu amigo aun si me rechazas como marido. ¿Qué me dices, Amalia, mi amor? ¿Te casas conmigo?

Amalia mira a Hernán, incrédula. El corazón le late con violencia, le sacude el pecho. No sabe si le late así porque le alegra o espanta lo que le pide Hernán. Sabe que sus vidas, las de todos, serán tanto más fáciles si le dice que sí. Sabe que la adora y que no miente y que Hernán se desvivirá por hacerla feliz. ¿Cuántos hombres hay por ahí dispuestos a darlo todo así por una mujer? Por ella. Sus ojos implorantes la miran desesperados llenos al mismo tiempo de admiración y miedo; miedo de que lo rechace. Su buen amigo Hernán. Oye el eco del nombre de Pancho en su interior. Pero lo ignora. Pancho es un recuerdo, después de todo, de otra época, otros tiempos; tiempos que, como su padre, no volverán. En el comedor están esperando la respuesta; su respuesta.

—Dime algo, mi amor, porque no creo que pueda seguir así de rodillas por mucho más tiempo. Creo que me va a dar calambre...

Hernán la hace reír.

—Sí. Sí quiero.

—¡Amalia! ¡Mi amor!

VII

—No quiero que vayas, Marcos.

—No seas así, mujer. No me va a pasar nada.

Luisito levanta las manos en el aire. Lloriquea:

—Upa —dice—, upa. —Y Marcos, que está sentado en el sillón de cuero de la biblioteca de Los Jazmines, deja el puro que está fumando en el cenicero que hay en la mesita a su lado, y levanta a su hijo en brazos. Luisito intenta tomar la cara de su padre con sus manitas pequeñas y rechonchas para que le haga caso.

—Ya tengo bastante con que mi hermano se metiera en política. Ni siquiera sé si está vivo.

—Yo no me voy a ninguna guerra, Clara. No confundas. Estamos hablando de la Diputación Provincial. Me eligieron. Es mi deber.

Luisito se escurre de entre los brazos de Marcos para que lo vuelva a dejar en el suelo.

—'Amos —dice—, 'amos. Mamá. —Clara, que está de pie junto a la mesa castellana que sirve de escritorio para su marido, con las estanterías y los anaqueles cubiertos de libros detrás, vuelve a mirar la hoja que tiene en las manos donde viene la instrucción de que los diputados propietarios elegidos por San Luis Potosí acudan a la junta que se convoca en la capital de la provincia a mediados de enero.

—¿Qué falta hace que te metas ahora en líos? Estamos bien aquí. Con Luisito. Aquí los tres. ¿No tienes ya bastante con llevar los asuntos de la hacienda?

—No creo que tenga que pasar demasiado tiempo fuera de casa. Clara, cariño, si es eso lo que te preocupa. Si veo que debo pasar mucho tiempo seguido en San Luis, siempre puedes venir con Luisito y pasamos una temporadita con tus padres.

—No lo digo por eso.

—¿Entonces?

—Estamos en medio de una guerra civil, Marcos. La gente anda muy loca. Me preocupa. ¿Qué quieres que te diga? Si somos invisibles no hay por qué nos tenga que pasar nada. Aquí en Los Jazmines no molestamos a nadie. Los peones de la hacienda nos quieren. Don Lorenzo es como si fuera de la familia. ¿Me entiendes? Si te metes ahora a hacer política, a legislar, ya la cosa cambia. La gente te conocerá. Y habrá quien te odie. Por lo que hagas cuando estés en la Diputación de diputado o suplente o como lo llamen. Por ser un hacendado, caramba, Marcos. ¿Qué no ves? Hay mucha envidia ahí afuera. Mucho odio.

—Pero ¿qué no te das cuenta de lo que esto significa? No lo digo por mí o por nosotros tres. —Luisito, de nuevo, quiere que Marcos lo tome en sus brazos—. Lo digo por nuestro pueblo, lo digo por lo que significa para nuestro pueblo, nuestra patria. El que las Cortes de Cádiz nos hayan dado voz y voto. ¡A los criollos! ¡A los mestizos! El que podamos formar nuestras propias autoridades locales y determinar por nuestra cuenta lo que nuestro rincón de la monarquía necesita sin tener que esperar a que lo determine un virrey gachupín allá en la Ciudad de México o desde un salón perdido en algún pasillo remoto de la Casa Real al otro lado del Atlántico.

—Lo sé, Marcos, lo sé. Y sé la ilusión que te hace que te hayan elegido. Pero con todo ese cuento de que eres como Mercucio y de decirle a todo el mundo que se equivocan tanto los realistas como los insurgentes, que ni los curas ni el virrey, no te vas a ganar más amigos si vas. ¿Qué no te das cuenta? Te vas a crear enemigos. Y no necesitamos enemigos, en estos momentos, Marcos. No los necesitamos. Luisito te necesita aquí. Necesita a su papá.

—Luisito más que nadie necesita que vaya. ¿Verdad, hijo? Para que cuando sea mayor haya terminado esta guerra fratricida y hayamos sido capaces de aprovechar esta extraordinaria oportunidad para demostrar a los gachupines y al mundo entero que somos capaces de gobernarnos a nosotros mismos, de que nosotros sabemos mejor que nadie lo que este país necesita y debemos ser quienes determinen lo que hay que hacer.

Clara vuelve a mirar la hoja que tiene en las manos. La deja sobre la mesa. Se va a la ventana y contempla el campo árido que se extiende más allá hasta el horizonte, bajo el cielo intensamente azul del nuevo año. 1814. La tierra es parda; un llano seco, rojizo, que ondula como el mar hasta que se termina la vista, salpicado de cactos y arbustos chaparros y retorcidos que flotan sin moverse en su marejada desértica. Toma a Luisito de los brazos de Marcos. Sabe que no va a convencer a su marido. Luisito está cansado. Reposa la cabeza casi enseguida en el hombro de Clara, al momento en que lo abraza, y cierra los ojos.

—Si vas, prométeme que tendrás cuidado.

—Te lo prometo.

VIII

Puruarán. Nombre de la ignominia. Morelos se fue. Los abandonó. Se lavó las manos. Los dejó a su suerte. A su ejército que se lo llevara el diablo. Todo con tal de salvarse el pellejo. ¿Quién lo hubiera dicho? Morelos. Que se retirara el generalísimo a la hacienda de Santa Lucía donde estaría a salvo mientras que se sacrifican sus hombres en nombre de Dios y la libertad. ¿Quién te convenció, Morelos, de que aquello tenía sentido o era justo? Su vida es obviamente más importante que la de todos ellos. Galeana le preguntó que por qué esperaban a las fuerzas de Iturbide en la hacienda de Puruarán cuando tenía más sentido que se atrincheraran en la de la Loma. Galeana y Matamoros se lo dijeron. Incluso se lo dijo el cabrón de Rayón. Pancho oyó cómo se lo dijeron. Y cómo intercedió el gordo del hacendado de la Loma, un tal Múzquiz, que si por favor, padre Morelos, en la Loma no, que si iban a su hacienda destrozarían sus sementeras de caña, que se lo rogaba de todo corazón, por favorcito, mi generalísimo, en la Loma no, que un ejército aguerrido como el suyo bien podía resistir los embates de los realistas allí en Puruarán. Morelos le dijo que sí para que callara. Que se quedarían. En la hacienda de Puruarán. Para que lo dejara de atosigar con sus ruegos lastimeros. Pero Morelos no se quedó. Morelos se fue. Ellos, en cambio, ellos sí se quedaron. Pancho y los hombres de Galeana se quedaron ahí en Puruarán con el padre Matamoros a esperar a los realistas. Ellos dieron la cara. El cabrón de Rayón, que no es estúpido, se llevó a sus quinientos hombres al otro lado del río. Dizque para apoyarlos con su artillería desde el cerro de enfrente. Pero era obvio que de ahí no había manera de que los pudiera socorrer cuando empezara la batalla. Estaba demasiado lejos para que llegaran desde ahí sus balas. Y además el pinche río de por medio, carajo, y un puente tan estrecho que de nada iba a servir. Ni para que Rayón los socorriera, y una vez que empezara la carnicería, para que ellos pudieran replegarse. Desde ahí Rayón podía largarse cuando las cosas se pusieran feas. Es lo que hizo. Eso sí, a las sementeras de caña del pinche hacendado de la Loma seguro que no les pasó nada, gracias a Dios. Puruarán. 5 de enero de 1814. ¡Qué vergüenza! Lugar y fecha llenos de ignominia; lugar y fecha que pasarán a los anales de la historia como los de su deshonra.

Pancho ve que sus hombres dejan las armas en el suelo, los que siguen de pie, eso es. Los que como él siguen vivos, de milagro. Los que no han caído, los que no se están ahogando en el río al intentar atravesarlo para huir, los que no yacen despatarrados en el campo, muertos o agonizando, sus cuerpos deformados por la metralla. Ellos levantan las manos en el aire. Ve que dejan las armas en el suelo y levantan las manos, que gritan que se rinden frente a los jinetes realistas que cabalgan hasta ellos y los rodean. Tienen a los caballos encima. Relinchan. Las lanzas y espadas de los dragones realistas rechinan a su alrededor. Son muchos. Y Pancho hace lo mismo. Ya no puede más. Morelos se fue.

—¡No nos maten! ¡No nos maten! ¡Nos rendimos! ¡Cuartel! ¡Cuartel!

Chinga su madre. Chinga su puta madre.

IX

El cochero golpea el tejado de la berlina. Marcos se asoma por la ventana. Hay una gavilla de unos diez hombres esperándolos en medio del camino. Van montados a caballo. Varios de ellos llevan trabucos.

—¿Qué hacemos, don Marcos? No tienen cara de querer platicar —pregunta el hijo de don Lorenzo, el Dientes, que va armado junto al cochero, a la vez que el carruaje avanza por la carretera temblequeando.

—Detén el carro, Memo.

—Esto no me gusta nada —contesta el cochero—, ¿está seguro de que quiere que nos detengamos?

—¿Qué vamos a hacer si no? No nos queda de otra. Pero tengan listas las pistolas.

Marcos rápidamente carga las dos pistolas de chispa de dos cañones que lleva consigo, a la vez que Memo hace que los caballos se detengan. ¡Qué mala suerte! Estaban por llegar a Los Jazmines. Cosa de media hora y hubieran llegado. Tenía ganas de contarle a Clara cómo le fue con los otros miembros de la Diputación, ahora que por fin se reunieron en San Luis Potosí; de volver a ver a su hijo precioso —«Luisito de mi vida»— y tomarlo en brazos y apapacharlo y hacerle cosquillas y cubrirlo de besos. Ni modo. Que sea lo que Dios quiera.

Marcos se acuerda de *Hamlet* no sabe bien por qué. Le viene el recuerdo de leer la obra hace cosa de cinco años en la traducción de Moratín. La escena en la que el príncipe de Dinamarca le dice a Horacio antes de que se enfrente a Laertes aquello de que no sabemos cuándo moriremos. De que puede ser en cualquier momento. De si pensamos que será ahora, será luego; de si nos convencemos de que será luego, será ahora, ignorantes de nuestro destino; lo importante es estar listos. Él está listo, se dice a sí mismo y se apea de la berlina. Afuera hace sol, un sol de mil demonios. Tarda unos segundos en acostumbrarse a la luz deslumbrante del mediodía. El calor es intenso. El horizonte tiembla como si el aire bailara en la distancia. Se cubre los ojos con la mano. Tres de los jinetes se acercan a caballo despacio. Van embozados. Los otros se quedan donde están, observándolos en silencio, esperando. El Dientes se baja del pescante con el trabuco que lleva encima y se pone junto a Marcos.

—Yo me ocupo del de la izquierda, don Marcos. Usted dispare al de en medio y...

—Tú, quieto, Dientes. Son muchos. Deja que les hable.

El Dientes es impetuoso. Cumplió los diecinueve hace cosa de un mes. Es valiente hasta el punto de ser temerario. Lo fue siempre. En la hacienda todos recuerdan cómo de niño rescató a un cordero herido cuando lo iban a atacar varios coyotes.

—Buenos días, mi jefe —le dice el que va en medio de los tres a la vez que detiene su caballo frente a ellos. Debe tener unos cuarenta y tantos años. La cara la lleva medio tapada por un paliacate negro. Apenas se disciernen sus ojos, dos puntos oscuros bajo el sombrero de ala ancha. Tiene la voz carrasposa y habla con un tono irónico que suena a insolencia y resulta amenazador.

—Buenos días. ¿Con quién tengo el gusto de hablar? —le contesta Marcos, cortés, como lo es siempre. Sin que se le noten los nervios. Como si estuviera de palique en una tertulia de caballeros en San Luis y los acabaran de presentar.

—Pues, fíjese, mi jefe, ya que me pregunta, no hace tantito estaba yo de peón en su hacienda. Qué casualidad, ¿no?

—No lo reconozco. Lo siento.

—Claro, como tiene tantos peones...

—No tantos como para que no sepa quién trabaja para mí.

—¿Me está llamando mentiroso, mi jefe? Nadie me llama mentiroso, ¿sabe? Al último que lo hizo le corté la lengua.

—Será que no lo reconozco porque va embozado. Discúlpeme. ¿En qué lo puedo ayudar?

Marcos está sudando. Siente como si en vez de sangre fluyeran rayos por sus venas. Siente la sangre que circula por su interior a una velocidad vertiginosa. Siente las descargas de la electricidad de los corpúsculos erizados hasta en las puntas de los dedos. El jinete se quita el sombrero, se seca la frente con la manga de la camisa, y se lo vuelve a colocar en la cabeza.

—Ya hace bien en preguntar, mi jefe. Yo le digo, no se preocupe. Nos hemos levantado contra el mal gobierno. Fíjese. Contra el mal gobierno y los pinches hacendados que nos llevan chingando desde siempre. Hacendados como usted. Y pos andamos cortando pescuezos y, de vez en cuando, pidiendo una ayudita para la causa. Ya ve. Tómeselo pos como una contribución, como de las tantas que le hicieron pagar los pinches gachupines, mi jefe, solo que esta es pa nosotros, pa apoyar la revolución. ¿Cómo ve?

—Mi cuñado es insurgente. Es subteniente en el ejército del padre Morelos. Los entiendo. Entiendo por qué andan levantados. Pero ahora es distinto. Se lo aseguro. No es como antes. Tenemos el voto...

—¿Y a mí qué me explica? Como si su cuñado fuera el mismísimo padre Hidalgo, que en paz descanse. Denos la plata que fue a sacar del banco allá en San Luis. Nos quedamos también con los caballos. Y en paces, mi jefe. ¿Le parece?

—No fui a San Luis a sacar dinero. Fui a representarle en la Diputación Provincial.

—Yo a usted no lo elegí, don Marcos. Déjese de pendejadas. Ahora denos la plata y los caballos y quedamos amigos. Unidos los dos contra el mal gobierno, si prefiere. Y así quizá otro día nos vuelva a ayudar con otra contribucioncita para acabar con los gachupines que nos tiranizan.

—Yo sí sé quién eres —dice inesperadamente el Dientes—, Melesio Márquez. Tú no eres un patriota, cabrón. Eres el ratero que mató a la familia de los Torrijo.

El trabucazo hace que la cara del jinete explote delante de ellos. Carne picada, salpicada de sangre y pólvora. Su cuerpo se desploma del caballo que sale galopando espantado. Antes de que Marcos le pueda preguntar al Dientes que qué diablos hace, suenan varios disparos. Memo acierta en darle a los otros dos jinetes, que caen de sus caballos como si un gigante invisible los tirara por los aires. El Dientes deprisa se afana en quitarles las armas a los bandidos caídos. Les grita a los otros si quieren correr la misma suerte.

—¿Qué esperan, jijos de la rechingada?

Marcos ve cómo Memo recarga sus pistolas, todavía sentado en el pescante. Ve cómo el Dientes dispara en la dirección de los seis jinetes que quedaron más atrás. Ve que se voltean y se van a galope. Siente como si le ardiera el corazón. Se lleva la mano al pecho y está mojado. No entiende. Su camisa está empapada. No puede ser el sudor. Se mira la mano. Está cubierta de sangre. El descubrimiento lo aturde. Hasta que se da cuenta de lo que sucede. De lo que acaba de suceder. Uno de los jinetes lo alcanzó con un tiro antes de que Memo lo matara. Oye al Dientes que le grita.

—¡Está herido, don Marcos!

Es en ese instante cuando Marcos se da cuenta de que va a morir. Lo sabe con una certeza como jamás ha experimentado antes. Y lo embarga una tristeza como tampoco ha sentido nunca. Una tristeza hecha de todo lo que ya no podrá hacer, hilvanada con todas las memorias que jamás tendrá, de aquellas que ya no recordará. Resulta que no estaba listo después de todo. Tampoco lo estaba Hamlet, a decir la verdad. Había tantas cosas que quería hacer. Le quedaba por leer el *Rey Lear*. No sabrá ya nunca cómo será Luisito de mayor. Si su hijo crecerá en una Nueva España en guerra o llegará a conocer la paz. Si su país se independizará de España algún día o será parte de la monarquía hispana con su propio gobierno. A Marcos le duele, más que la bala que se le ha incrustado en el corazón, el que ya nunca más podrá sentir los dedos de Clara acariciarle la nuca, o besar sus labios, o abrazarla y mirarle a los ojos y decirle lo mucho que la ama. Se da cuenta de que no se lo dijo lo suficiente, todas las veces que pudo; todas las veces que le hubiera gustado decírselo. Ya no se lo podrá decir. No volverá a ver el cielo llenarse de estrellas al hacerse de noche o salir el sol majestuoso por encima del llano u oler la fragancia del atole que prepara doña Rosario muy de mañana o inhalar el humo sabroso de un puro veracruzano. Le sabe mal morir ahora; ahora que había descubierto que el cínico que siempre fue y había sido o que pensaba que era, en el fondo y después de todo, no era más que un idealista ingenuo con todas las de la ley. Ahora que ha redescubierto esa ingenuidad casi infantil de creer que se puede cambiar el mundo haciendo política, es ahora... No es justo.

—¡No se me muera, don Marcos! —grita el Dientes, asustado—. ¡No se nos muera, patrón!

Pero Marcos no contesta. Ya no puede contestar. No oye. Tampoco respira. Nada. El Dientes se pone a llorar. Parece un niño asustado de rodillas al lado del cuerpo inerte del hacendado. El cochero se baja del pescante y consuela al joven. Don Marcos está muerto.

X

Ayer, 3 de febrero, a eso del mediodía, los realistas fusilaron al padre Matamoros. Por ser un cura insurgente. Por ser uno de los cabecillas de la revolución. A los demás prisioneros de Puruarán —son más de setecientos, apelotonados todos juntos en la cárcel de Valladolid desde hace ya varias semanas, donde sencillamente no caben por ser tantos, donde no hay espacio para todos ellos y es difícil respirar— les dijeron que cabe la posibilidad de que los indulten. Al menos a los soldados, a quienes se desprendieron de sus armas y se rindieron. Eso han dicho los sacerdotes que visitan las celdas y el patio de la cárcel y se ofrecen a mediar entre los presos y las autoridades realistas. A diferencia de cómo trataron a Matamoros y a casi todos los oficiales —azotes, cadalso y horca—, los realistas les ofrecen la oportunidad de volver a sus casas, de ser libres, si se arrepienten de sus acciones, públicamente eso es; si piden perdón, y juran ser fieles al rey y a la patria de ahora en adelante. Los que no lo hagan de modo convincente serán puestos a realizar trabajos forzosos a modo de castigo, para que escarmienten.

—No quieren gastar municiones en hacer ejecutar a setecientos reos que ya están, de todas maneras, fuera de acción —dijo Lucas cuando se enteraron ayer, poco después de que se oyeran los disparos del pelotón de fusilamiento que acabaron con la vida de Matamoros—. No tienen el estómago tampoco para ahorcarnos o cortarnos el pescuezo a todos, uno tras otro. Somos demasiados. Y tampoco quieren darnos de comer. Eso está claro. Somos muchas bocas hambrientas. No saben qué hacer con nosotros. Si no, no se explica.

—Y quieren dárselas de misericordiosos y magnánimos, no te olvides —fue la contestación ácida de Pancho—, que les estemos eternamente agradecidos y endeudados por perdonarnos la vida. Cabrones.

—Sí, eso también.

Pancho y Lucas estuvieron toda la noche oyendo a los hombres a su alrededor hablar de lo que dirán cuando les toque su turno defenderse ante el oficial que se puso a entrevistar a los reos y examinarlos desde primera hora de la mañana. Se explayarán en contarle al excelentísimo señor comandante y a su secretario cómo fueron forzados a luchar para el padre Morelos. Insistirán en recalcar que llegaron los insurgentes a su pueblo y se los llevaron amenazando matar a sus familias ahí mismo si no lo hacían. Jurarán que aman al rey de todo corazón y odian al francés con toda el alma, por su madre y la Virgen de la Soledad, y que nunca, nunca más, aunque vuelvan los insurgentes a ocupar su pueblo, tomarán las armas contra el rey y la patria, que Dios es su testigo y juran por su vida que así harán. Mentirosos. Cobardes. Cobardes todos.

A Pancho se le atraganta la fórmula que va corriendo de voz en voz y que deberá aceptar cuando llegue el momento: *revolucionario derrotado, enemigo de las tropas del rey y de la patria, aprehendido en la batalla de Puruarán, se declara culpable y pide perdón al rey*. Es todo tan humillante. No se siente culpable. O no se debería sentir culpable. Pero lo corroe por dentro el que haya terminado su gran aventura justiciera de esta manera tan penosa y patética. ¿Por esto dejó los estudios? ¿Por esto se peleó con su padre? ¿Por esto estuvo dispuesto a no volver a ver a su madre y a su hermana, a no ver a Amalia nunca más? Arriesgarlo todo para acabar teniéndole que pedir perdón al pinche rey ausente de España. ¡Qué asco! El recuerdo de la muerte de José María lo vuelve a azotar. Como un latigazo que le estalla en la cara y lo ciega de dolor. ¿Por esto murió José María lanceado a las afueras de Cuautla? Si se siente culpable es por haber fracasado; porque quizás se equivocó cuando lo abandonó todo para unirse a las fuerzas de la revolución. ¿Es eso lo que le van a exigir sus interrogadores? ¿Que se declare culpable de haber causado tanto dolor a sus personas queridas y por nada? No quiere sentirse culpable. Si se fue lo hizo para contribuir a la liberación de la patria, para terminar con tanta arbitrariedad e injusticia, para poner fin al mal gobierno. No se debería sentir culpable.

Lo que sí se siente es derrotado; vergonzosamente derrotado. Hundido. Miserable. Eso no lo puede negar: es un revolucionario derrotado aprehendido en la batalla de Puruarán. De eso no cabe duda alguna. Tiene ganas de gritar hasta que se le acabe la voz; darse de cabezazos contra la pared hasta que las piedras queden estampadas con la sangre de sus ideas rotas y de su amarga decepción.

XI

Cristina acaricia los rizos sudados de su nieto Luisito mientras se va quedando dormido. Es la hora en que hace la siesta. Cristina calla. No hace falta que le siga cantando, que lo arrulle con más nanas. Por fin está quieto. Parece un querubín. Tiene los puños cerrados a ambos lados de su cara sonrojada, y respira pausadamente, la boquita abierta. Cristina tiene ganas de levantarlo en brazos y comérselo a besos, aunque lo despierte, pero no lo hace. Aunque la calma se ha adueñado del dormitorio, el silencio es interrumpido por la cacofonía del mundo que no se detiene y sigue girando más allá de las ventanas, detrás de las paredes. Desde afuera llegan las campanadas de las iglesias de San Luis Potosí que tocan los cuartos y luego las horas al dar las dos de la tarde. Desde la sala de estar llegan las voces de Braulio y Clara, que siguen hablando acaloradamente, voces que llevan subiendo y bajando la última hora, a veces interrumpidas por sollozos, a veces duras como el llano, desafiantes.

Clara vino anteayer desde Los Jazmines para ver al notario. Para la lectura del testamento del pobre de Marcos. Se lo dejó todo a Clara. No hay nada que puedan hacer los hermanos de Marcos para rectificarlo, aunque Braulio, malpensado, sospecha que lo intentarán de todos modos. Suerte que don Lorenzo es un buen mayordomo de campo. Su hijo, el Dientes, adoraba a Marcos. Clara dice que don Eugenio también es buen administrador, que se podrá entender con él. Pero Braulio ya le ha dicho a Clara que tendrá que dedicarse, estar encima de ellos para que no se aprovechen de ella por ser mujer, que tendrá que ser fuerte, hasta despótica si es necesario, para hacerse respetar. Para Braulio el mundo es un lugar inhóspito, salvaje, donde si no te aprovechas de los demás serán ellos los que se aprovechen de ti. Cristina contempla el rostro pacífico de su nieto y suspira.

La pobre criatura no entiende cómo se está viniendo abajo el mundo a su alrededor. No lo entenderá por muchos años.

Detrás de las conversaciones circulares sobre la administración de la hacienda y el arrendamiento de los ranchos que yacen en ella, está la tristeza espesa del luto de su hija que se ha esparcido por toda la casa eclipsando la poca luz que quedaba ahí. Se trata de una pena titánica, devastadora, que siente Clara por la muerte intempestiva de su marido, que la ahoga, que ha arrasado con todo. Pero también está la rabia volcánica que la posee a golpes y la vuelve irascible, casi histérica, cada vez que piensa en los hombres que asaltaron a Marcos. Clara no parece la misma. No es la misma. Tiene arrebatos de cólera que la vuelven irreconocible. Cuando Clara habla de castigos, la voz cargada de odio, Cristina no puede evitar pensar en Braulio. Cuando se pone así, Clara se parece a su padre. Escupe la palabra «insurgentes». No le importa que fueran insurgentes falsos o verdaderos los que mataron a Marcos. Después de lo que le pasó, de lo que le hicieron, los odia a todos. Que los maten a todos. Y cuando Clara se pone a hablar así, Cristina piensa en Pancho y se estremece.

Braulio no ayuda. No la intenta calmar. Más bien hace lo contrario. Cuando hablan de justicia y de venganza, de darles una lección a todos esos malnacidos que andan revueltos atacando, robando y matando a la gente honrada, a hombres de bien como el bueno de Marcos, pone leña al fuego. Maldice las Cortes de Cádiz. Lamenta que la Constitución le ate las manos a Calleja. Anhela que llegue el día cuando Calleja ignore las disposiciones de las Cortes y de las diputaciones provinciales y tome las riendas del gobierno de la Nueva España. Que vuelva Fernando VII a España de una vez por todas y clausure las Cortes, abola la Constitución e imponga orden. Hace falta orden.

—Ya sé que tu marido tenía grandes esperanzas en que se podrían resolver todos nuestros problemas con las diputaciones provinciales. Marcos era un buen hombre. Sin duda. Y en otro contexto yo también estaría a favor de dar voz al pueblo y mayor autonomía a las autoridades locales. Pero estamos en guerra, carajo, y mucho me temo que no está el patio como para tirar cohetes o ponerse a dialogar con los desafectos. Hace falta mano dura. ¡Mano dura! Empezando por ahorcar a todos los rateros e hijos de la chingada que nos roban todos los días en nombre de la independencia. Como los malparidos que ocuparon mis minas. Como los desgraciados que mataron a mi yerno.

Cristina contempla el rostro dormido de su nieto. Todo en él es paz y abandono. El sueño de los inocentes. De los ignorantes. De los que no saben lo que pasa a su alrededor. Todo este odio. Tanta rabia. Piensa en Pancho. Su hijo Pancho. Que por insurgente está con los rateros, los malnacidos, los malparidos y los hijos de la chingada que su marido y su hija quieren ver ahorcados y descuartizados. No piensan en él cuando dicen esas cosas. No pueden estar pensando en él. Y, sin embargo, ahora, cuando oye a los dos hablar de torturas y ejecuciones, de hacerles sufrir a esos desgraciados todo lo que les han hecho sufrir a ellos y más, ya no está tan segura.

XII

Úrsula anda muy pero que muy ocupada. Por si no se han enterado, se casa su hija. ¡Se casa su hija, válgame Dios! Los preparativos de la boda de Amalia y Hernán la tienen desbordada. Es el cuento de nunca acabar. No hay suficientes horas en el día. ¡Hay tantísimo que hacer! Está muy agitada. Pero que muy agitada. Necesita acordarse de respirar. ¡Virgen Santa! Como que no hay tiempo ni para eso —«respira, Úrsula. Respira, mujer. No te olvides de respirar»—. Desde que despierta hasta que se va a dormir se le van los días haciendo planes, escribiendo listas que luego rehace, yendo de un lado a otro haciendo encargos. ¡Jesús, María y José! Que si hay que ir a ver a la costurera, al platero, a la florista, al pastelero, a los músicos. Eso sí, suerte que el padre Anselmo ha aceptado casarlos. ¡Gracias a Dios! Hubo un momento terrible en el que pensó que porque su marido murió en la Acordada acusado de sedición el cura se negaría a casar a su hija por pertenecer a una familia de apóstatas.

Suerte que don Alfredo se ha ofrecido a ayudar con cubrir los gastos de la fiesta porque si no, Úrsula no sabe cómo hubiera podido organizar una comilona medio decente. Se las hubiera arreglado, claro. Pero no hubiera sido lo mismo. Aunque ahora teme que hayan invitado a demasiada gente. ¿Cabrán todos? Porque después de la ceremonia en la iglesia de Santo Domingo vendrán todos a casa a celebrar el casorio. ¿Cómo no? Como tiene que ser. Y al mismo tiempo, como si eso fuera posible, teme que sean demasiados pocos. De momento estarán sus hijos y sus familias, la familia de los Moreno —son pocos, bendito sea Dios— y algunos amigos de antaño, aunque después de lo de Nicanor, ya no quedan tantos de ellos, para ser sinceros; al menos de los que se puedan llamar amigos de verdad. Aun así, por pertenecer los Figueroa y los Moreno a familias respetables, Úrsula agoniza sobre si debe o no extender la invitación a más personas distinguidas, llenar la casa con la flor y nata de la sociedad novohispana. Que se enteren de que siguen vivos y coleando. Que lo de Nicanor no acabó con ellos, no. Que son gente decente, a fin de cuentas y a mucha honra. Y aquí está el meollo del asunto, el intríngulis de la cuestión espinosa y alambicada, como diría el pomposo de don Melchor, sí, lo que la tiene despierta por las noches, la razón de su desasosiego: no sabe si debe invitar a la Champurcín o no, aunque Amalia se lo haya prohibido terminantemente.

Reynaldo, aunque es un ángel, tampoco está siendo particularmente útil. Andrés lo ha dejado hoy venir a casa durante el día para aligerar sus labores y hacer algunos de los recados, pero anda muy distraído, ¡Virgen Santa!, y le está dando más trabajo a Úrsula de lo necesario. Desde la paliza aquella no ha vuelto a ser el mismo. Lo sabe Úrsula. Lo saben todos. Se volvió taciturno e introspectivo. Tristón. Fernando cree que su hermano no se ha recuperado tampoco de la muerte de su padre. Por eso anda siempre cabizbajo, con las manos en los bolsillos y los hombros encogidos. Le dio más duro que a los demás. Pero para Úrsula no es el momento de ir por ahí con la cara larga o de hablar en gruñidos y monosílabas de ultratumba. A ver si espabila, caramba. Arreando, que es gerundio. ¿Que no se dan cuenta de que falta menos de un mes para la boda? Ya tienen fecha. Será el 15 de mayo. Y ahora Úrsula ha cometido el error de pasar a la sala de estar rumbo a la biblioteca y la ha atrapado don Melchor. Suerte que una vez que se case Amalia, y Hernán se venga a vivir a casa, los Hortigón y el estudiante vampiro de las Californias, ese que se esconde en el cuarto de arriba y hace quién sabe qué cochinadas ahí dentro, se tendrán que ir de casa.

—Madre —los interrumpe Reynaldo—, ¿qué hace Basilio Gurruchaga en el patio? —Se le ve nervioso. Alterado.

—Es amigo de la familia —le contesta don Melchor sonriendo—. Bueno, de mi hija Socorro más bien. Si me entiende —y le guiña el ojo—. Desde hace un par de meses viene seguido. Es un joven muy atento, sí. Estarán platicando, imagino, los dos con mi señora esposa y mi otra hija, Martirio, allí afuera con su tía Gertrudis, como suelen hacer a esta hora de la mañana cuando se asoma por aquí para saludarlas. ¿Por qué? ¿Lo conoce?

—Me tengo que ir.

—¿Adónde? ¿Cómo que te tienes que ir? —exclama Úrsula.

—No puedo estar aquí, madre. No puedo.

XIII

Cuando abrió la puerta y se lo encontró allí, en la calle, como un espejismo, mirándola con ojos tristes, Amalia tardó un par de segundos en reconocerlo. Aquel joven indio alto que tenía frente a ella le recordaba a Pancho. Se le parecía mucho, pero era más mayor, más flaco, más duro. Se veía dañado, de alguna manera. Roto. La ropa la tenía arrugada. Sucia.

—Pancho, ¿eres tú?

No hay nadie en casa. Su madre se fue de compras muy de mañana con la tía Gertrudis y Carmencita y no volverán hasta bien tarde. Los Hortigón están visitando una casa en Tacubaya buscando adónde mudarse. Quién sabe dónde anda Segismundo. No podía dejar a Pancho ahí afuera. Lo dejó entrar.

Fue un error.

Lo tiene ahora en la sala de estar. Agitado. Desmoronándose frente a ella. Como si fuera una bola de papel y alguien lo estuviera arrugando y estrujando delante de ella.

—¿Cómo quieres que me ponga? ¡Dios! No lo puedo creer. ¡Amalia!

—Te fuiste, Pancho. ¡Te fuiste! Y ya no supe nada de ti.

—Pero te escribí.

—No recibí tus cartas.

—¡Te escribí!

—No las recibí, Pancho. Ninguna de ellas. ¡Ninguna! ¿Me oyes? ¿Qué quieres que hiciera?

—¡Que me esperaras!

—Solo la que me mandaste desde Chilpancingo. Esa fue la única. ¡La única! Y hace tanto tiempo de ello. No puedes decirme que debía esperar y esperar. ¡No puedes!

—¿Ninguna?

—¡No! ¡Ninguna, Pancho! ¡Lo siento! ¿Qué quieres que te diga? Te di por muerto. O pensé que me habías olvidado. ¡Yo qué sé! La vida sigue.

—Yo jamás te olvidé, Amalia.

Amalia tiene ganas de llorar. No sabe qué hacer. Ahora que regresó. Ahora que lo tiene allí. Delante de ella.

Es Pancho. Su Pancho. Le cuesta creerlo.

—Se murió mi papá. Se murió mi padre. Lo metieron en la Acordada, Pancho. Y se murió.

Pancho calla y la mira, horrorizado. Callan los dos. Por fin. Por un largo instante. La sala queda en silencio; un silencio que interrumpen el sonido de las carrozas y los caballos que pasan por la calle afuera y el piar de los canarios y periquitos que viene del patio. Un silencio impregnado de dolor, en el que gritan roncas las promesas que no se cumplieron, y en el que sollozan las vidas paralelas que no pudieron disfrutar.

—De tifo —añade Amalia al cabo de una eternidad—. Acusado de simpatizar con los insurgentes. Y ya luego fue difícil para mi mamá salir adelante. Y Hernán es buena persona.

—Siento lo de tu padre, Amalia. No sabía...

Amalia mira a Pancho detenidamente. Se toma su tiempo. Lo observa de pie frente a ella. Los ojos los sigue teniendo inmensos. El recuerdo de cómo deseaba bañarse en ellos desnuda la toma por sorpresa. Aunque la guerra se lo ha devuelto más frágil, fracturado por dentro, se da cuenta de que es el mismo. El mismo Pancho que adoraba hace dos años. Los rasgos de la cara se le han endurecido. Ya no tiene cara de niño. Son más angulares. Menos suaves. Pero sigue siendo hermoso. Sigue teniendo la voz melosa de siempre. Esos timbres tiernos. Y lo posee todavía ese sentido de urgencia. La pasión que lo llevó a frecuentar la ventana de la sala de música todas las tardes después de que oscureciera. A arriesgarse a ser visto acariciándola y besándola por entre las rejas. A irse a luchar por Dios y libertad.

—Yo te esperé, Pancho. Te esperé. Te lo prometo. Quería esperarte.

—Amalia...

—Pero no sabía ya si ibas a volver.

—Ya sé.

—Si me caso con Hernán, mi mamá podrá volver a llevar la vida que tenía antes. Nos resolverá tantas cosas...

—No hace falta que digas nada, Amalia. Lo entiendo. No soy quién para pedirte explicaciones. Pensé que la revolución triunfaría. Que estaría de vuelta en cosa de meses y podría pedirle tu mano en matrimonio. Pedírsela a tu papá. Ya ves. Nada fue como debió ser. No tienes la culpa. Perdóname. No te culpo de nada. Es solo que me rompes el corazón...

Amalia no piensa. Se acerca a Pancho. Le acaricia la cara. La nuca. Acerca sus labios a los de él. Se besan. Se abrazan. Se vuelven a besar. Son besos en los que se funden los dos; en los que desaparecen las recriminaciones, en los que se derriten los rencores y los remordimientos. Besos tiernos en los que los sentimientos sustituyen a las palabras. Amalia siente las manos fuertes de Pancho en su espalda, cómo la aprieta contra él. Y se siente dichosa y triste a la vez. Dichosa de poder tocar y ser tocada por Pancho, de sentir el calor de su cuerpo sin las barras de la ventana de por medio, la excitación mutua, de poder entregarse a él en cuerpo y alma en ese instante, de perderse en su abrazo. Triste de saber que lo que está viviendo difícilmente volverá a repetirse. De que, si bien en otro universo les sería posible amarse así, todos los días, desde siempre y para siempre, lo que está pasando en ese instante está teniendo lugar de alguna manera a destiempo, en un paréntesis temporal que existe como el recuerdo de cómo debiera haber sido su vida; vida que no fue, ni es, ni será. Pero no es momento de distraerse con las mil complejidades e imposibilidades de sus circunstancias. Amalia resuelve no pensar. Toma a Pancho de la mano y se lo lleva a su cuarto. En silencio. Desabrocha su camisa. Entre besos y caricias. Y él se toma su tiempo, entre caricias y besos, en desnudarla a ella. Que digan sus cuerpos lo que las palabras nunca alcanzarán a poder expresar.

XIV

—¿Nos volveremos a ver?

Amalia observa a Pancho desnudo, parado junto al pie de la cama, las manos en las caderas, rastreando el suelo con la mirada en busca de sus calzones. Pancho deja de mirar el suelo por un momento. Deja caer las manos a los lados y la mira detenidamente.

—No sé.

Amalia observa su mirada triste, sus grandes ojos negros, los rasgos huastecos de su rostro; rasgos dignos y nobles. La nariz y los pómulos de indio. La piel de bronce. Suave. Su cuerpo esbelto, de atleta, delgado. Los músculos de los brazos y de los gemelos de las piernas pronunciados de tanto luchar y correr. Hombros anchos. Su figura estirada de criollo. Alto como lo debieron ser sus ancestros europeos. El miembro que le cuelga, grueso y largo, dormido por primera vez desde esta mañana. Los pies gigantes.

—Me hubiera podido acostumbrar a verte así desnudo todos los días. Así desde la cama. A verte buscar los calzones, encuerado.

Pancho la observa a ella sonriendo tristemente, valientemente buscando el ángulo cómico a la situación. La admira sentada en la cama. Desnuda, como él. El cuello alto de cisne. La cabellera negra cayéndole por los hombros sin llegar a esconder sus senos jóvenes y turgentes. Los pezones como pequeñas flores silvestres. Las sábanas apenas tapándole la cintura y el vello rizado del pubis.

—No sé si jamás me hubiera llegado a acostumbrar, Amalia, de lo hermosa que eres. Pero me hubiera gustado. Verte así todos los días. ¡Cómo me hubiera gustado!

Ve los calzones asomándose por debajo de una de las mantas que yace arremolinada en el suelo. Se los pone. Se pone los pantalones. La camisa. Se abrocha los botones despacio. Se concentra al hacerlo. Prefiere observar de cerca el movimiento de sus dedos al introducirlos en cada ojal a tener que mirarla a ella; a enfrentarse a la terrible despedida que les espera. Que no puede posponerse por mucho más tiempo. Despedida inminente. De la que no se van a poder librar. Y cuando llegue el momento, encarar la brutal desesperación que sabe lo va a trastocar: la desolación de tener que irse y dejarla. Quizá para siempre.

Hablaron de ello. Cuando no estaban explorando y descubriendo el paradero del placer en las geografías de sus cuerpos. Cuando no se estaban besando. No hay alternativa. Amalia se casará con Hernán. Se va a casar con el doctorcito. Pancho se tiene que ir a San Luis con esa carta de seguridad que necesita ahora llevar a todas partes, firmada por el subteniente que autorizó su indulto en la cárcel de Valladolid. Pancho se va para tener que pasar los siguientes años lejos de la Ciudad de México, en el norte de la Nueva España, allí donde casi empieza Nuevo Santander, vigilado por las autoridades hasta que termine la guerra del todo y él deje de ser una amenaza a la tranquilidad pública. No hay de otra. No se pueden fugar juntos a ninguna parte, aunque en algún momento Amalia, medio en broma, medio en serio, insistió que se podían ir a Europa o a los Estados Unidos, y empezar de nuevo. ¿De qué vivirían? Un día u otro los realistas lo acabarían por atrapar.

Amalia se sienta al borde de la cama. Los pies tocan el suelo y siente el frío de las losetas recorrerle el cuerpo como un cosquilleo. Se frota el cabello suelto. Suspira. Se tiene que poner en cuclillas para encontrar las enaguas, primero, y luego la camisa, que han quedado desperdigadas por el dormitorio; camisa larga que se pone y le llega hasta las rodillas. Le pide a Pancho que la ayude con la cotilla. Que le ate los cordones que tiene en la espalda. Poco a poco, en silencio, se acaban de vestir los dos. Debe faltar poco para que sean las cuatro. La madre de Amalia debe estar por regresar.

—No quiero decirte adiós —dice Amalia.

—Yo tampoco quiero.

Se besan junto a la puerta del dormitorio. Saben que una vez que salgan de allí, Pancho se tendrá que apresurar en salir de la casa para que nadie lo vea. Se debió ir hace ya más de una hora. La madre de Amalia no se puede demorar por mucho más tiempo y los Hortigón también deben estar por caer de un momento a otro, de vuelta de su excursión a ver la casa que piensan alquilar en Tacubaya.

—Te tienes que ir.

—Lo sé.

—Pero no quiero que te vayas.

—Créeme. Me has de creer. Ya verás. Lo nuestro no termina aquí. Aunque lo parezca. Aunque no nos veamos ahora por años. No puede terminar aquí.

—Te amo, Pancho Cienfuegos. Mi vida.

—Y yo te amo a ti, Amalia Figueroa Valdés. Te amaré siempre.

Se besan una última vez. Un beso que sabe salado de las lágrimas que corren por las mejillas de los dos.

Pancho sale del cuarto de Amalia. Enfila por el pasillo con Amalia detrás. Sale a la calle. Se voltea y mira a Amalia una última vez. Hermosa como solo lo puede ser ella. Hermosa como solo lo es quien acaba de hacer el amor con el amor de su vida. Consciente de que él es el amor de su vida. Que ella lo es de él. Y parte, oliendo a ella, rumbo a la plaza de armas, sintiendo cómo algo se desgarra en su interior, cómo se resquebraja por dentro.

XV

Basilio se queda mirando a Amadeo, atónito.

—A ver, a ver, repíteme eso. ¿Qué dijiste?

El Gordo, como llaman a Conrado Santorcaz Herrero, que está haciendo de banquero, se impacienta.

—Oye, Basilio, o te concentras en el juego y apuestas, o te sales y nos dejas terminar la partida. ¿Estamos?

Están jugando al monte en la casa de Jesús Reinoso Reverte, el que fuera de joven el don Juan de la Nueva España; el célebre hijo único pendón y soltero, heredero de la fortuna de los Reinoso de Monterrey y los Reverte de Zacatecas. A punto de cumplir los cuarenta, con más canas de las que quiera acordarse, y con fama de juerguista, mujeriego, amante de las fiestas y los juegos prohibidos, don Jesús es un despilfarrador nato a quien le gusta rodearse de jóvenes calaveras como lo fue él una vez y como le gustaría seguir siendo. De lo que no cabe duda es que es extremadamente popular entre los vividores, catrines, parranderos y tarambanas que frecuentan Basilio y su círculo de amigos. Lo llaman el Emperador. Y aunque es un secreto a voces que don Jesús es un equilibrista, de los que apoyan al rey y a Morelos al mismo tiempo, dependiendo de las circunstancias y de lo mejor que le convenga a sus haciendas, minas e intereses, nadie lo delata o lo cuestiona al respecto, porque todos se benefician de su magnanimidad y patronazgo.

La sala está llena de humo. Como si una niebla espesa hubiera penetrado la casa. Visto desde el umbral de la puerta, parece un acuario tenuemente iluminado por los quinqués y el candelabro que, como una medusa, flota en el aire; pecera de aguas turbias, poblada de sombras verde oscuro y caimanes, entre las que se alcanzan a ver, apenas, las formas tenebrosas de todos esos varones criollos privilegiados y marrulleros que se hallan congregados allí a las altas horas de la noche, riendo histéricos, convencidos de su inmortalidad y de que es su derecho humillar y atropellar a los que son menos afortunados que ellos. Unos juegan al billar. Unos cantan, desentonados, coplas estudiantiles. Otros hablan en corrillos, sentados o de pie. Pero la mayoría rodea y está pendiente de la partida de monte que están jugando el anfitrión, el Gordo, un oficial gracioso recién llegado de Sevilla, y el tramposo de Basilio Gurruchaga Ibarra.

En medio de la mesa, como una pila de hojarasca están los billetes que se llevará quien gane la próxima jugada. Una pequeña fortuna.

—No seas así, Gordo. Que me está hablando mi amigo, carajo.

—Y yo me estoy jugando ciento cincuenta reales que no es moco de pavo y como no me digas si le entras o te rajas, seré yo quien te raje a ti. ¿Entendiste, cabrón?

Don Jesús ríe achispado, como si todo aquello fuera de chanza. La ceniza se desprende de su puro y cae sobre el tapete verde de la mesa como una cola de cerdo chamuscada.

—¿Juegas o te vas?

—Espera tantito, Gordo. Quiero que mi cuate aquí, este que acaba de llegar y a quien no he visto en cosa de dos semanas, me repita lo que acaba de decir. Es que no creo que le oí bien, Gordo. Y si entendí bien, quiero que me lo repita porque como que es medio importante. O lo es para mí. ¿Sale? Y como te pongas chingón, Gordo, que quede claro: te voy a pegar una patada en los huevos que te va a saltar la yema a la cara.

Don Jesús se desternilla de la risa.

—¡Esa sí que es buena!

El Gordo refunfuña y calla.

—A ver, Amadeo. ¿Me haces el grandísimo favor de repetir lo que acabas de decir?

Amadeo titubea, nervioso. Todos lo están mirando. Se pensaba que la noticia era divertida; un chisme curioso. Sabrosón.

Nada del otro mundo, por eso. No para detener la partida de monte; no para estar a punto de provocar un altercado. Basilio lo está mirando fijo a los ojos. Como un jaguar.

—¿Qué te comió la lengua un gato?

—Dije: «¿A que no sabes a quién vi la semana pasada?».

—Sí, esa parte la recuerdo perfectamente. No es eso lo que quiero que me repitas, imbécil. Quiero que me digas a quién viste.

—Al Indio Cienfuegos.

—¡No chingues! ¿Al Indio? —exclama Macario.

—¿El que se fugó del colegio hace todos esos años con Robles y Gonzalbo de Guevara? ¿Ese? —pregunta uno.

—Se hizo insurgente —le contesta otro antiguo colegial de San Ildefonso.

—Lo han debido indultar —ríe don Jesús, como si aquello fuera lo más divertido del mundo.

—¿Dónde lo viste? —le pregunta Basilio a Amadeo, serio de golpe, sin quitarle los ojos de encima.

—Estaba el Indio Cienfuegos saliendo de la casa de los Figueroa. Ahí lo vi. La semana pasada. Iba yo rumbo a la plaza de Santo Domingo. Lo vi despidiéndose de la hermana de Reynaldo. De la señorita Amalia.

XVI

—¡Vivan los novios!

Amalia deambula, ausente, por los salones de la casa, acompañada de Hernán, saludando a los invitados. Es como si no estuviera. Oye lo que dicen: sus risas, sus felicitaciones, sus bromas y muestras de cariño. Deja que la abracen, que la cubran de besos, que tomen sus manos en las suyas y le den sus parabienes, que celebren lo guapa que está con la mantilla española que lució su madre cuando se casó con su padre, que en paz descanse, hace ya treinta y dos años. Deja que Hernán, su marido desde hace cosa de un par de horas, ¡su marido!, la guíe de la cintura, o de la mano, o tomándole el codo, y la lleve de una sala a otra, de un grupo de amigos o familiares a otro, mientras la casa reverbera con brindis, carcajadas, vivas y un coro humano bullanguero, alegre y festivo. Pero Amalia no está. O es como si no estuviera.

—¡Qué guapos que se ven los dos!

—¡Son la pareja perfecta!

—Es que se ve con solo mirarlos. Están hechos el uno para el otro.

Amalia tiene la sensación de que es invisible, aunque todos la miran y le hablan. Aunque todos están hablando de ella. De ella y Hernán. Siente que, de alguna manera, se fue y la que está allí no es ella. O que se ha convertido en dos personas, si eso fuera posible. Está la Amalia que, a todas vistas, ve todo el mundo, la que se esfuerza en sonreír, la que asiente con la cabeza y dice: «gracias», repetidamente, incluso a la víbora de la Champurcín que anda por la casa, hipócrita, como si nunca los hubiera ninguneado, y está la otra Amalia, la que se esconde en su interior, la que quiere huir de allí para apretarse y pegarse al cuerpo desnudo y ardiente de Pancho y fundirse en su piel bañada en sudor. Esa no la ve nadie. La que ven es la Amalia que se encuentra en esos momentos de pie junto a Hernán, agradeciendo los cumplidos de la tía Gertrudis, que ha tomado más sidra de la que debiera, que le está diciendo que parece una reina de lo linda que está, que no ha visto nunca a una pareja tan hermosa.

La que no ven es la Amalia que desespera muy adentro, en su interior, la que sabe que todo aquello es una farsa, puro teatro, una vida que está trascurriendo en otra parte, en un mundo paralelo del que es consciente, pero al que no pertenece. O al que no cree que pertenece, al que no debiera pertenecer, aunque fue ella quien dijo que sí delante de todos, frente al altar de la iglesia de Santo Domingo; ella la que, hace apenas un par de horas, le juró a Hernán Moreno Montesinos, ante Dios, fidelidad, en la salud y en la adversidad, hasta que la muerte los separe. Es ella la que está casada para mejor servir a Dios. Casada por Dios nuestro Señor y la Santa Cruz. Nadie sospecha ni es capaz de sospechar que Amalia no es honesta. No lo fue delante del padre Anselmo. Delante de la congregación. No lo es con Hernán. No del todo.

Al entrar en el salón de los espejos, donde doña Úrsula decretó que será la comida, por ser el salón más grande de la casa, oye a su madre que le está diciendo a don Alfredo que no puede esperar a que Amalia y Hernán les den muchos nietos:

—Pero ¡que muchos!, ¿verdad que sí?, ¡que se vuelva a llenar la casa de alegría y felicidad!

Las mesas ya están puestas y servidas, cubiertas de platos picosos de pollo, tocino, frijoles, arroz rojo, tortillas y jarras de horchata, agua de tamarindo, chilacayota y zapote negro, para los que no toman, junto con todas las botellas de vino que quedaban en la bodega de su padre, para los que sí. Los invitados van entrando y se empiezan a sentar.

—¿Estás bien, cariño? —le pregunta Hernán.

—Sí. ¿Por qué?

—Te veo extraña.

—Estoy bien. Un poco mareada. Eso es todo. Pero no te preocupes. Se me pasará. Hace mucho calor, ¿no?

—¿Nos sentamos?

—Sí, claro.

Amalia deja que Hernán la acompañe hasta su mesa y la ayude, caballeroso, a sentarse, antes de que se siente él a su lado. Ve a sus hermanos que la saludan alegres. A Fernando y Andrés con sus esposas e hijos. Incluso Reynaldo le sonríe. Ve a su madre, que no cabe en sí misma de lo feliz que está. A don Alfredo, su suegro ahora, que le habla al padre Anselmo de lo divididos que parecen estar los independientes desde que el congreso rebelde —dizque Nacional Americano— destituyera a Morelos de su cargo de generalísimo y lo separara luego del Poder Ejecutivo insurgente. Y vuelve a mirar a su buen amigo Hernán, a su lado, que le toma la mano y se la aprieta y la besa en la mejilla. Amigo que es ahora su esposo. Amalia hace un esfuerzo para estar, pero sigue ausente. Como si no estuviera. No lo puede evitar. Mientras Hernán le llena el vaso de agua de tamarindo, Amalia ve a Pancho desnudo al pie de la cama buscando su ropa desperdigada por el suelo. No deja que se vista. Lo vuelve a atraer hacia ella. Para que se quede. Para que no se vaya. Lo abraza, le besa y siente cómo se vuelve a excitar. Hace que regrese a la cama con ella.

—¡Un brindis! —exclama Fernando, poniéndose de pie, copa en mano—. ¡Por Hernán y Amalia!

—¡Hernán y Amalia! —gritan todos llevándose las bebidas a sus bocas.

—¡Vivan los novios!

—¡Viva!

XVII

Pancho mira por la ventanilla del carro de colleras que lo lleva rumbo a San Luis Potosí. Hace ya casi dos años y medio desde que estuvo la última vez. Parece increíble. Por un lado, siente como si fuera ayer que estaba en el mismo coche, de vuelta a casa. Que se hallaba en ese carro tambaleándose por ese mismo paraje, ansioso, ardiendo de patriotismo y a la vez preocupado de ofender a su padre, habiendo dejado atrás San Ildefonso para el receso de Navidad, a la vez que las noticias de la guerra que llevaba rugiendo desde hacía ya dos años volvían a alentar a los independientes al saberse de las victorias del padre Morelos. Por otro, es como si se tratara de un recuerdo remoto, casi ajeno, que perteneciera a otro Pancho, no a él. Como si quien recordara ese zarandear de las ruedas, el camino dizque real convertido en uno de baches continuos, sobresaltos y golpes tremebundos, no fuera él, sino otra persona: alguien a quien conoció de casualidad hace muchos años, demasiados quizá, y que cambió con el tiempo; tanto, de hecho, que es como si se tratara de un desconocido. Aquel que volvía a casa con las ideas de libertad, igualdad y fraternidad de José María y don Evaristo bulléndole en la cabeza; aquel que tenía la esperanza y convicción de que juntos iban a cambiar el mundo, y si no el mundo, definitivamente la manera en que se gobernaba la América católica y mestiza que le vio nacer, libres de la codicia y los abusos de los españoles; aquel todavía no había matado a ningún hombre, ni visto matar a sus amigos, ni sufrido el horror de la más absoluta de la derrotas, ni pasado por la humillación de tener que postrarse prisionero, como un perro, y pedir perdón al pinche rey de España. Ese Pancho, el de hace dos años y medio, tampoco había sentido temblar de dicha y placer la piel trémula y erizada de Amalia, ni sabía cuánto la amaba ni cuánto lo amaba ella a él. ¿Quién te recuerda, Pancho Cienfuegos? ¿Quién? ¿Quién se acuerda de cómo eras a los dieciséis años de edad? Ese colegial idealista que tenía la certeza de que si todos le ponían ganas serían los dueños de la Nueva España y de su destino. Antes de que le diera por enfrentarse a su padre y escaparse con José María y Lucas para salvar a la patria. Ay. ¿Cuál patria, Pancho? ¿Cuál? ¡Quién te ha visto y quién te ve!

El paisaje es el mismo que recorrió todas las veces que volvió a casa desde San Ildefonso: un paisaje seco y pardo que se extiende ondulante, ininterrumpido, como una alucinación, con sombras violáceas y rojas, salpicado de matorrales y cactos hasta el horizonte remoto, inmenso e infinito como el mar bajo el cielo zafiro, por el que se acercan y alejan las lomas purpúreas y agrietadas de la sierra. Es un paisaje indiferente al sufrimiento. Al llano no le preocupa la política. No le importa que más allá de la sierra, al otro lado del Atlántico, es posible que esté Fernando VII entrando en Madrid, que haya clausurado las Cortes y abolido la Constitución; el Deseado convertido en Tirano. A las montañas en la distancia les vale madres que Morelos haya ordenado la retirada de Acapulco o que Oaxaca vuelva a ser de los realistas, que su comandante Hermenegildo Galeana, que huyó de Puruarán para volver a ser derrotado en Chichihualco, pueda caer preso de los realistas cualquier día de estos y acabe su vida, fusilado, una triste mañana de junio de 1814. Las rocas callan y a Pancho le cuesta encontrarle sentido al universo. Lo tenía todo tan claro antes. Hace dos años. Pero, ahora... Tras dos años de matar y ver matar, y ver que la gente es indiferente, que prefiere no hacer nada, desertar, que defiende, ignorante, lo indefensible y apoya a los realistas y su pinche «causa buena»... es como arar el mar. ¿Qué tienen que hacer para terminar con tanta injusticia, tanta ignominia? ¿Hace falta tiranizar al pueblo para liberarlo?

Pancho había pensado que, a la vez que el movimiento cobrara fuerza, la gente cobraría confianza también, que se alzaría en armas y se uniría, todos a una, para acabar juntos con el mal gobierno y así romper las cadenas y los eslabones que les pusieron los malditos gachupines. Pensó que los insurgentes estarían unidos y que sus líderes no andarían pleiteados, conspirando unos contra otros, con el poder subiéndole a la cabeza a más de uno. Nunca imaginó que el pueblo tendría tanto miedo. De ellos más que de los españoles. Y no sabía entonces, hace dos años y medio, que algo se te muere adentro cuando matas a un hombre. Cada vez que destrozas una vida. A base de cuchillazos. Con la bayoneta. Con el sable. De pura rabia. Que los colores vibrantes que llevas dentro se vuelven grises, van adquiriendo tonos opacos a la vez que se alarga la contienda y te encuentras cortando pescuezos y manchándote de sangre ajena sin pensarlo. Como si fuera lo más natural del mundo irrumpir en la casa del chantre y ponerte a matar curas retrógrados de piel blanda a sablazos. Hay partes de ti que se secan. Que se han secado. Para siempre. Como ese llano que va desfilando ante los ojos de Pancho; llano que nunca ha visto llover o no se acuerda de cuándo fue la última vez. Llano sin lluvia y sin esperanza.

Pancho ve el mundo pasar por la ventana y se siente impotente e insignificante. Calla. No habla con los otros tres pasajeros que van con él. Dos hombres de negocios parlanchines y un letrado taciturno como él. El mayordomo de la tía Virginia se ocupó de encontrarle un cochero dispuesto a llevarle a San Luis junto con ellos, de negociar el precio y pagarlo. La tía Virginia se ocupó de todo. Todo con tal de cumplir con su hermano Braulio. La tía Virginia que siempre ha sido cordial con Pancho por ser el hijo único de su hermano, pero que siempre ha evitado presentarlo a su círculo de amigos en la capital por tener cara de indio. Pancho mira el paisaje inhóspito y a la vez hipnótico; monótono y absorbente. Por aquello de cuántas más personas, menos peligro, su carro de colleras va avanzando por el llano detrás de una ruidosa caravana de arrieros, con sus recuas, mulas y carretas, de regreso al norte. Tras haber llevado la conducta de plata a la Ciudad de México con toda clase de mercancías: cuero, sebo, harina y hasta vino del Paso del Norte, ahora retoman el camino de vuelta cargados con telas de lana de Puebla, mercurio, hierro, acero y toda clase de productos europeos y asiáticos. Pancho repara en los lanceros que acompañan el transporte por aquello de que el camino real, desde que estalló la guerra hace cuatro años, está plagado de insurgentes y bandidos, o de bandidos insurgentes. Maldice.

¿Se equivocó al pensar que si se unía a la revolución podría contribuir a la salvación de su patria criolla e indiana? ¿Debiera haber callado y mostrado humildad y resignación? Continuado con sus estudios. Hecho caso a su padre. Permanecido quieto. ¿Era posible no hacer nada ante tanto atropello y tanto abuso? ¿Es siquiera posible hacerlo ahora aun cuando no es más que un miserable revolucionario derrotado, aprehendido en la acción de Puruarán? Es como intentar hacer callar al viento con las manos o apagar un incendio con una cubeta de agua. Es como esperar que el río cambie de rumbo si se le pide a gritos las suficientes veces. ¿Qué pueden hacer una persona, cien, mil incluso, para cambiar el mundo, corregir sus agravios, enmendar sus injusticias? Las grandes ruedas políticas del mundo giran y van girando y tiemblan y se desplazan tectónicas impasibles sin que él ni nadie pueda hacer nada para influir en el rumbo que han de tomar. O al menos así se siente Pancho en esos momentos a la vez que el coche, tirado por seis mulas, va avanzando sin prisa por la llamada carretera de plata que une la Ciudad de México con las zonas mineras del norte, habiendo ya dejado Querétaro y Guanajuato atrás. Si no fuera por Amalia...

Pero Amalia es ahora de otro. Amalia no es suya, ni lo será. Se casó ayer o anteayer con ese Hernán Moreno. El recuerdo de sus besos duele. Como una herida que no cicatriza; una quemadura que no se acaba de sanar.

Pancho regresa a San Luis. Derrotado. Humillado. Transfigurado.

Solo.

XVIII

Amalia está sentada en su camisón delante del tocador cepillándose el cabello largo y espeso que le cae por los hombros cuando lo ve reflejado en el espejo entrar en el dormitorio. Es Basilio. Lo ve sonreírle impertinente a la vez que se lleva un dedo a los labios y cierra la puerta tras de sí.

—No chilles, corazón.

Desde afuera les llega la voz de barítono de don Melchor dando instrucciones a los mozos que han venido desde muy temprano a ayudar con la mudanza a la casa de Tacubaya, empacando y cargando las interminables posesiones de la familia Hortigón.

—¿Cómo te atreves? ¡Sal de aquí!

Amalia se pone de pie. Rápidamente mira por el dormitorio en busca de un arma. Cualquier cosa.

—No seas así, Amalia. Ahora que por fin encontré la oportunidad para venir a saludarte a tu cuarto. ¡Por favor! Me podrías mostrar tantito respeto, ¿no? Pero si somos casi amigos, caray.

—Como no salgas de aquí ahora mismo vas a saber lo que es bueno.

—¿Como que se entere todo Dios que tuviste al Indio Cienfuegos aquí en tu casa la semana antes de tu boda? ¿Quieres que todos se enteren *de eso?* ¿Cómo le hacemos? ¿Quieres ser tú la que se lo diga al cornudo de tu marido? ¿O se lo digo yo?

Amalia se queda de piedra. No entiende. No se explica cómo lo sabe Basilio. Y Basilio sonríe viperino. Por su expresión siniestra es obvio que ella no ha podido disimular su zozobra. Se lo ha confirmado. Lo sabe ahora seguro. Se acerca a ella confiado, arrogante. Le pone una mano en la cara.

—Veo que mis fuentes no mienten. No te alteres, corazón. Yo creo que nos vamos a entender. Ya verás.

Amalia no puede soportar el tacto de los dedos pastosos de Basilio al rozarle la mejilla. Los aparta violentamente.

—¡No me toques!

—Vaya. Veo que no acabas de entender la situación en la que te encuentras. Pero no te preocupes, Amalia, yo te explico. Mira...

—Aquí no hay nada qué explicar. O sales de aquí o me pongo a gritar.

Amalia tiene miedo de repente. Miedo de verdad. No sabe qué hacer. Miedo de que Hernán descubra lo que ha hecho. Miedo de que Basilio le haga daño.

—Yo lo veo de otra manera, Amalia. Antes que nada, sugiero que te calmes, por tu propio bien, y dejes que yo te explique lo que vas a hacer. Porque si no, entonces sí que se va a enterar todo Cristo de que eres una puta calenturienta a quien le gusta fornicar como una perra con un pinche indio prieto. ¿Cómo ves?

Y Basilio se le acerca. La agarra de la muñeca con fuerza. Se la tuerce. Con la otra mano la agarra del cuello, de repente. La aplasta contra la pared. Amalia deja de forcejear. Por un segundo. Se siente paralizada de terror. A Basilio le apesta el aliento a tabaco y café. Amalia quiere gritar, pero no puede. El índice y el pulgar de Basilio le pinzan la yugular.

—Tengo una propuesta que creo que te puede interesar.

Aun así, no se deja. No se va a dejar. Intenta escurrirse. Pero Basilio es demasiado fuerte.

—Vete a la mierda —le escupe.

—Pero si no sabes todavía de qué se trata, Amalia. Espérate. —Basilio aprieta con la mano. Aprieta más. Con rabia. Brutal. A Amalia le cuesta respirar—. Deja que te explique, putita. Esto es lo que te propongo. Yo no le digo nada a tu maridito el doctorcito de que has estado chingando de lo lindo con el Indio Cienfuegos a sus espaldas a cambio de que tú y yo nos veamos de vez en cuando y, pues eso, pasemos un buen rato juntos, ya sabes, igual que disfrutas haciendo cochinadas con ese pelado.

¿Cómo ves? Si te gusta que te dé por culo un indio, te sabrá de maravilla que te dé por un culo un hijo de español, ¿no?

—Chinga tu madre.

Amalia vuelve a forcejear. Es inútil. Basilio la tiene atrapada.

—Me parece que no entiendes. Te lo voy a poner más fácil.

Basilio intenta besar a Amalia en la boca. Aplasta su boca contra la de ella. Intenta meterle la lengua dentro. Amalia no se deja. Le muerde los labios. De golpe. Fuerte. Le hinca los dientes en el labio inferior y no lo suelta. Basilio aúlla de dolor. Intenta dar un paso atrás, pero los dientes de Amalia no lo sueltan. Los atenaza. Basilio gime. Muge. Hasta que Amalia deja de morderlo y lo empuja para atrás.

—¡Sal de aquí, hijo de puta! ¡Sal antes de que te rompa la cabeza!

Amalia agarra el candelabro que está sobre la mesita que hay al lado de la cama.

Basilio se lleva las manos a la boca, estupefacto, que le empieza a sangrar. A borbotones. La mira, furibundo.

—¡Estás loca! ¡Pinche puta! ¡Mira lo que me hiciste!

—¡Sal de aquí!

Basilio saca un pañuelo y se lo lleva a la boca. A través del pañuelo que se vuelve rojo enseguida le grita.

—¡Te vas a arrepentir de esto, Amalia! ¡No veas cómo te vas a arrepentir!

—¡El que se va a arrepentir eres tú, chinga tu madre, como no salgas de aquí ahora mismo!

Se oye la voz de Carmencita afuera.

—¿Estás bien, niña? ¿Qué pasa ahí dentro?

Se oye la voz de don Melchor.

—¿Qué sucede?

—Esto lo vas a pagar. Caro. ¡Vas a ver! ¡Se va a enterar todo Dios, empezando por tu pinche marido, que eres una puta adúltera! —ruge Basilio y sale de la habitación dando un portazo, con el pañuelo ensangrentado en la boca.

XIX

Braulio observa a Pancho sentado, insolente, en la cocina a punto de desayunar. Doña Simona le acaba de servir los huevos al señorito, ahora que por fin se ha dignado levantarse y ha bajado para hacer acto de presencia. ¿Qué horas son estas de despertarse? Braulio no se lo puede creer. Quiere exigirle una explicación, una disculpa. ¡Esto es ya el colmo! Aunque eso sí, el joven al menos se ha molestado en peinarse y ponerse la ropa limpia que le dejó anoche Cristina junto a la cama. Deben darle las gracias a Pancho, pues, piensa Braulio, sardónico, de que haya tenido su hijo el detalle de salir de su cuarto y de asomarse a saludar a sus padres. Está a punto de reclamárselo, pero no lo hace. Se reprime.

Desde que llegó la semana pasada parece otro. Es y no es su hijo. Ahí está el problema. Lo reconoce y, al mismo tiempo, ya no sabe quién diantre es ese hombre que está delante de él sentado sorbiendo el café, mirándolo desafiante con algo parecido al desprecio. Le cuesta ver a su hijo en ese hombre extraño, huraño, distante, frío, duro, que se ha instalado en su casa. Cuando lo oye hablar de sus amigos los insurgentes a Braulio le hierve la sangre. Pero sobre todo le duele. En su interior. Como si algo se le hubiera muerto dentro. Como si uno de sus órganos hubiera dejado de funcionar y se le estuviera pudriendo en su interior.

Cristina es capaz de olvidar o ignorar el que su hijo se haya pasado los últimos dos años matando a gente decente. Que haya podido, de buena gana y por voluntad propia, irse con la canalla y gentuza que robaron la plata e inundaron las minas de la familia, que asesinaron al pobre de Marcos. Cristina prefiere ignorarlo cuando se pone Pancho a defender a rateros como Morelos, y todos esos léperos e indios sublevados a quienes hace falta ahora castigar duramente, ahora más que nunca, para que aprendan, para no se vuelvan a atrever a atacar el orden establecido. Pero Braulio no puede ignorarlo. Él no. Cristina quiere volver el tiempo atrás y se engaña creyendo que si hacen como quien oye llover cada vez que Pancho alaba a los insurgentes y despotrica contra los realistas, todo esto pasará y que, por arte de magia, un buen día despertará su hijo convertido en un fiel súbdito de la Corona. Y claro que a Braulio le gustaría también volver el tiempo atrás. Lo desea con ardor. Más que nada en el mundo. Recuperar al Pancho que tanto adoraba. Su hijo. El de antes. Pero eso es imposible. Él no se engaña como Cristina. Su hijo es otro. Habla otro idioma. Un idioma que Braulio no entiende. Como si les hablara a sus padres en tének.

Cuando lo vio llegar, parado allá afuera en la calle polvorienta, bajo el sol cegador de la mañana, con los ojos tristes, derrotado y demacrado, pensó que quizá se había arrepentido de todo. Que volvía a casa con la cola entre las piernas dispuesto a pedir perdón y someterse a la autoridad de su padre. Y no se pudo reprimir. Lo primero que hizo fue abrazarlo. Abrazarlo con fuerza. Con una fuerza capaz de exprimir toda la vida de las montañas. Lo abrazó por un tiempo indeterminado, incapaz de soltarlo. Lo apretó contra sí. Como un oso. Y aunque no lloró, porque Braulio Cienfuegos Lascuráin no llora, se le humedecieron los ojos y tuvo que aclararse la garganta y sonarse la nariz antes de poder hablarle cuando por fin lo dejó ir. Pero el calor del reencuentro no duró.

Llevan una semana discutiendo.

Cuando Pancho se pone así, le cuesta a Braulio recordar cómo era su hijo hace tres o cuatro años. Cuando lo acompañaba a pescar mojarra en el Rioverde. Cuando jugaban al ajedrez. Cuando su hijo lo miraba con adoración y escuchaba todo lo que le decía. Ese hombre furibundo, asesino, que echa pestes del rey no tiene nada que ver con el Pancho de entonces. ¿Para esto lo reconoció como su hijo? ¿Para esto le dio su apellido y les plantó cara a todos aquellos que osaron mentar que tenía un hijo prieto?

Años de defenderlo, cuidarlo, educarlo y asegurarse de que no le faltara nunca nada. Total, ¿para qué? Desagradecido. Tiene toda la vida por delante. Podría sentar la cabeza y seguirle los pasos a su padre y ocuparse de las minas y hacer algo provechoso con su vida. No es tarde. Nunca es tarde. Pero es verlo comiendo allí grosero y prepotente, y desesperar al ver que su hijo está empecinado en echar a perder todas las oportunidades que le está brindando la vida. Dispuesto a tirar su vida defendiendo lo indefendible. La cabeza llena de odio e ideas absurdas. Pero Braulio recuerda los deseos de su esposa y se muerde la lengua. Decide ser suave, gentil.

—Buenos días, hijo.

—Si usted lo dice.

—En algún momento tendremos que hablar de las minas.

—No pienso ir.

—Me haces falta allí. Con Heriberto.

—Primero quiero ver a mi hermana.

—No te digo que no. Me parece bien. Le hará también ilusión a Luisito conocer a su tío. ¿Qué tal si vas primero a pasar unos días a Los Jazmines con Clara? ¿Por una semanita? Y luego te regresas y te acompaño a La Potosina.

—Yo no voy a ir a La Potosina, padre. Se lo llevo diciendo desde que llegué. Eso es cosa suya. Vaya usted. Me quedaré aquí cuando vuelva de ver a mi hermana. Ya encontraré trabajo. No se preocupe. Encontraré algo que hacer aquí en San Luis. Prefiero ganarme la vida haciendo un trabajo honrado, honesto, a tener que explotar a mis hermanos y compañeros.

Braulio tiene ganas de abofetearlo, pero se aguanta. Por Cristina.

—Bueno, bueno. No hace falta decidir nada ahora. Mandaré a don Gaspar para que avise a Clara que piensas pasar unos días en la hacienda.

Braulio decide dejar a su hijo desayunando a solas. No lo puede soportar. No soporta el hombre en el que se ha convertido. Soberbio en sus convicciones revolucionarias. Que se cree mejor a todos porque sabe lo que necesita el país. No como el retrógrado de su padre que obviamente no tiene ni puta idea. Aunque gracias a su padre Pancho lleva esa camisa de hilo de Holanda puesta y está comiendo los huevos de doña Simona y las autoridades locales están dispuestas a que pueda ir y venir por San Luis con total libertad, como si nada.

XX

Hernán irrumpe en la casa de Jesús Reinoso Reverte acompañado de dos de sus amigos médicos, Esteban Hernández Gómez y Ramiro García Casas. No se molesta en quitarse la capa. Avanza decidido por las escaleras, subiendo los peldaños de dos en dos, y se enfila por los largos pasillos con sus techos altos, pasada la galería de cuadros que cubre las paredes con los retratos de los diversos miembros de las dinastías de los Reinoso y los Reverte, todos ellos con caras pálidas largas y privilegiadas, y expresiones de infinita soberbia, de un aburrimiento apabullante y agotador. No se detiene. Las voces varoniles lo guían hasta la sala de juegos llena de humo donde el anfitrión está jugando a los albures rodeado de unos doce hombres que se voltean para mirarlo al entrar.

—¿Dónde está Basilio Gurruchaga Ibarra?

—¿Quién lo busca? —contesta Basilio mismo, sentado al lado de don Jesús, que al ver a Hernán deja de sonreír y añade irónico—. ¡Hombre! ¡El doctorcito! ¿A qué debo este honor?

—Ah, ¿es este el marido de la Figueroa de la que nos hablabas...? —oye Hernán susurrar a don Jesús, entretenido.

Amalia se lo contó todo. Cómo Basilio empezó a frecuentarla a la salida de misa hace ya casi dos años, hasta que ella descubrió quién era: que había sido él quien se peleó con su hermano Reynaldo en el colegio aquella vez y que luego denunció a su padre a las autoridades. Cómo le prohibió a Basilio que le dirigiera la palabra, pero cómo luego encontró la manera de entrar en casa, cada vez con mayor frecuencia, al empezar a frecuentar a Socorro Hortigón Bolaño. Le contó alterada, casi temblando, que la semana pasada, el mismo día que los Hortigón estaban de mudanzas, haciendo las valijas para dejar la casa ya de una vez por todas e irse a vivir a Tacubaya, Basilio pasó a verlos esa mañana, y al estar en la casa, aprovechó para entrar en su dormitorio e intentó besarla. Que ella se defendió y sola fue capaz de echarlo de casa. Que daba el asunto por zanjado y no quería que Hernán hiciera nada estúpido al respecto, que no era cuestión de que cometiera ahora una locura por cuestión de honor. Que quería que él supiera lo que había sucedido, pero que no hacía falta montar un escándalo y armar la de san Quintín al haber podido ella sola darle una merecida lección al lujurioso hijo repelente del coronel Gurruchaga Collantes. Y Hernán le hizo caso. Es lo que quería su esposa. Si daba ella la cuestión por resuelta y ese hijo de puta no volvía a intentar ponerle una mano encima, estaba dispuesto a dejarlo pasar. Hernán le hizo caso al principio.

Pero todo eso había cambiado anteayer, el momento en que le había llegado a los oídos que Basilio estaba yendo por ahí diciendo que su esposa le había sido infiel con un indio desgraciado. Al enterarse Amalia también de ello se adelantó para jurarle a Hernán que aquello no era cierto, que al que llamaban Pancho *El Indio* Cienfuegos había sido amigo de su hermano Reynaldo cuando iba a San Ildefonso. Pero que una vez que se fue Pancho nunca más lo había vuelto a ver y que si Basilio iba por ahí diciendo eso era para vengarse de que ella hubiera rechazado sus avances y lo hubiera echado de patitas a la calle. Hernán no tenía razones para dudar de Amalia. Cuando le dijo a Amalia entonces que ahora sí solo había una manera de poner fin a ese ultraje, Amalia se puso a llorar y le imploró que no lo hiciera.

—Te va a matar, Hernán. No lo hagas. Por piedad. No vale la pena. ¿Qué importa lo que diga un malnacido como él?

—Es cuestión de honor, Amalia.

—Pero ¿qué no ves, Hernán? Él es hijo de militar. Tú eres médico —y un espantapájaros frágil y delgaducho, debió pensar—: ¿Cuándo fue la última vez que disparaste una pistola?

—Te adoro, Amalia —le había dicho Hernán—. Lo eres todo para mí. Sin ti, mi vida no tiene sentido. Tú eso lo sabes. Y yo no voy a dejar que nadie, nunca, se atreva a decir semejante falsedad de ti. ¿Me entiendes? Hay cosas que no puedo ni voy a tolerar.

Hernán mira a Basilio y se le hace obvio con solo verlo la clase de persona ruin y odiosa que es. Arrogante, egoísta, que se cree que el mundo se lo debe todo. Que se divierte haciendo daño a los que considera más débiles que él. Hijo de puta. No puede dejar que un pendejo miserable como Basilio diga esas cosas de Amalia; que se salga con la suya. Que pueda ir por ahí haciendo que el mundo entero cuestione la honestidad y la virtud de su adorada Amalia, y que de paso se ría de él por ser un lamentable maridito cornudo. Ahora va a ver lo que es bueno. Lo va a humillar. Delante de todos. Para que aprenda el malparido que las acciones tienen consecuencias, especialmente si se mete con él y con quien más ama en el mundo.

—Tómese una copa, don Hernán. Es don Hernán, ¿verdad? Nos hemos visto, doctor, alguna vez en la casa de los Figueroa cuando he pasado a ver a la señorita Socorro. Tomémonos un trago juntos y lo platicamos como hombres civilizados, ¿no le parece?

Hernán no deja que lo detenga el hecho de que Basilio no se levanta y permanece sentado, insolente. Se va directo hasta él y con el revés de la mano derecha le cruza la cara. Con fuerza. Se oye la bofetada por todo el salón. Casi lo tumba al suelo. Todo son gritos, de repente. Un pandemonio. Los hombres se abalanzan unos sobre otros para impedir que Hernán mate a Basilio allí mismo, a la vez que Basilio se levanta indignado llevándose la mano a la cara.

—Lo espero mañana en el cementerio de San Lázaro, Basilio Gurruchaga Ibarra —dice Hernán, serio, por encima del vocerío—. A las siete de la mañana. Duelo a muerte. Pistolas o espadas. Les dejo aquí a mis padrinos don Esteban y don Ramiro para que concreten el lugar y los detalles. ¿Queda claro?

Basilio asiente de mala gana. Le arde el lado derecho de la cara, que se ha vuelto rojo como si tuviera sarampión.

—No llegue tarde. No falte. A menos de que quiera que sus camaradas sepan que es usted un cobarde y un infame.

Hernán se da la vuelta para salir cuando oye a Basilio que le dice a sus espaldas:

—Entendido. Ahí estaré, doctorcito. No se preocupe. Aunque sepa que aun si usted me mata mañana y así logra dizque salvar su honor, que quede claro y lo sepan todos los aquí presentes: la infeliz de su esposa se acuesta con el Indio Cienfuegos y esa es la mera verdad.

XXI

—¡No me hables de política, Pancho! No quiero saber. ¡Te dije que no quiero saber! ¿Me oyes? ¡Basta! Calla, cállate ya de una vez.

Su hermano, desde que regresó, desde que ha llegado a Los Jazmines, se empecina en arremeter contra el mundo, en despotricar contra todo y todos. Amargo. Pendenciero. Perdido en un laberinto angustioso que se esconde en su interior, dentro de su cabeza atormentada. A Clara le cuesta entenderlo. Reconocerlo. Es como si Pancho se hallara en la necesidad de justificarse ante ella, de defenderse de lo que pueda o no pueda pensar su hermana de lo que hizo, de acusaciones que no le ha hecho ni le pensaba hacer. Antes que escuchar prefiere atacar, contratacar antes de que lo ataquen. Embiste contra todo lo que tiene a su alrededor, esté cerca o lejos. Que si su padre, que si Calleja, que si los pinches realistas que mataron a su amigo Robles, que si los ingenuos que se creen que cambiará la situación ahora que regresó Fernando VII al trono...

—Trata de entender, Clara —insiste.

—No hay nada que entender —le dice ella, cansada. Ya no puede más—. Esos malditos insurgentes a los que quieres tanto son los mismos hijos de la chingada que mataron a mi Marcos. ¿Me oyes? ¡Los mismos! ¡Desgraciados todos! Así que ¡párale, ya! No quiero saber.

Y lo que le saca de quicio a Clara es que solo piensa en él, en su mala suerte, su captura, el que se encuentre allí. En los reveses que está sufriendo la insurgencia. En los males que padece una patria que no existe excepto en su estúpida cabeza. ¿Qué no ve? Su patria no es más que una entelequia. Una quimera sin fronteras claras, sin un solo pueblo, de miles de voces discordantes. No es capaz de mirarla a ella y verla y darse cuenta de lo mucho que ha sufrido también. Le duele a Clara que no se le ocurra a su hermano pensar cómo le ha podido golpear la muerte de Marcos. Otro que se estrelló contra las rocas, que lo perdió el canto de sirena de la política. Le enfurece que no repare Pancho en lo terrible que fue la muerte de su marido. Lo tremenda. Asaltado. Asesinado. Le asquea que siga hablando en términos absolutos desde que llegó a Los Jazmines, machacándola con términos maniqueos que él mismo sabe, que debe saber, en el fondo, no reflejan lo compleja que es la situación.

—¿Y los realistas qué, Clara? Despotricas contra los insurgentes, pero ellos son peores. Mil veces peores. Yo he visto con mis propios ojos cómo cuelgan a los muertos de los árboles. Cómo les cortan las cabezas a nuestros paisanos. Cómo queman nuestros pueblos. Su crueldad. Su despotismo. Su desprecio. Cómo nos tratan por no ser españoles, por no ser como ellos; por ser criollos, mestizos, mulatos, indios... ¡Como estiércol nos tratan! Te metes conmigo, Clara, y con los insurgentes, pero son ellos, hermana, ellos los que nos roban y nos matan. Nos llevan robando y matando desde hace trescientos años. Los gachupines, los ricos, los hacendados...

—¿Hacendados como Marcos? ¿Cómo yo? Cállate la boca. Ni se te ocurra. Ni-se-te-ocurra. ¿Cómo te atreves, Pancho?

—¡Yo no lo maté, carajo! Yo me fui a luchar porque la patria me necesitaba. ¡Clara, por Dios! ¡No seas así!

—¿Qué pinche patria, Pancho? ¿Cuál patria, dime? ¿Y tu familia? ¿Y yo? ¿No te importamos? Y nosotros, ¿qué? Porque somos gente de bien nos desprecias. No como tus nuevos amigos asesinos. Léperos y rateros todos ellos.

—No es eso. No hables de ellos así.

—¿Cómo quieres que hable de los asesinos de mi marido?

—Tú sabes por qué me tuve que ir. Te lo puse en más de una carta.

—Fíjate que yo sí te defendí, Pancho. ¡No sabes tú cómo! Cuando desapareciste. Cuando te fuiste a matar gachupines. Te defendí ante mi papá, Pancho. Te defendí ante Marcos. Marcos, es más, me prometió que te defendería también. Eras mi hermano, a fin de cuentas. El único que tengo y quería creer que había justicia en tus acciones. Algo honrado y admirable. Aunque fuera peligroso. Aunque podías morir. Aunque nos podías comprometer a todos nosotros. Yo te defendí. ¡Como siempre te he defendido, ingrato! Pero, te veo ahora y te escucho y me doy cuenta de que me equivoqué. Eres un idiota; más idiota de lo que pensaba. Necio. Eres necio, Pancho, y, además, lo que es peor, eres egoísta. ¡Tan egoísta! Solo piensas en ti mismo. Y ahora, después de todo lo que ha pasado. ¿Sabes que te digo? ¡Que maten a todos los insurgentes malparidos! ¡Que se vayan todos al infierno! ¿Me oyes? Y tú te puedes ir a la chingada, también. Así que no me vengas a dar el sermón de que si la patria y los pinches gachupines. ¡Ya basta! No quiero saber más.

Clara pierde control de lo que dice. La rabia la ciega.

Dice lo impensable.

—Mejor que regresarte a San Luis, ¿sabes qué te digo? Ya que nos rechazas por ser gente de bien, por explotar a la indiada, ¿por qué no te vas con tu madre, Pancho? ¡Mejor vete con ella!

Es obvio que Pancho no entiende lo que le acaba de decir Clara.

—¿Cómo mi madre?

—No digo *mi* mamá, Pancho. No quiero decir la *mía*. Digo la *tuya*, necio. La *tuya*. La puta india que te parió. ¡Esa!

Pancho se queda de piedra. Mira a Clara sin comprender. Horrorizado. El comedor se ha llenado de estatuas. Se detiene el tiempo. Se caen las paredes y aparece un abismo. Entra un frío helado que lo congela todo.

Pancho habla despacio.

—Mi madre murió cuando nací.

Clara se arrepiente enseguida de lo que acaba de decir. Siente náuseas. Pero es demasiado tarde.

Lo dijo.

No lo puede retirar.

—No debí...

Pancho la mira incrédulo. La cara transfigurada. Convertida en una mueca grotesca. Como si estuviera cayendo por un precipicio en ese instante. Y Clara lo ve cayendo, caer y seguir cayendo. Ya no lo puede salvar. Se pierde en el abismo.

—Eso es lo que le dijo nuestro papá a mi madre. Que murió Chuyém. Cuando naciste. Es lo que nuestro padre nos dijo a todos. Pero no es verdad, Pancho. Lo siento. —Es ahora Clara la que habla despacio. Está agotada. Una tristeza apabullante la aplasta de golpe, la hace sentir débil. Como si tuviera de repente más de trescientos años. Habla como si estuviera sonámbula—. Chuyém vive. Lo siento, Pancho. No te lo debí decir así. No te lo debí decir nunca. Me muero de cansancio. No sé qué decirte. Lo siento.

—No entiendo —susurra Pancho—. Todo este tiempo...

Pancho se descompone delante de ella como un ramo de flores que lleva días en el frasco sin recibir agua. Se deshoja.

—Nuestro padre le montó un rancho en las afueras de un pueblito que cae cerca del Cerro de San Pedro. Se llama Monte Caldera. Ahí la puso a vivir. Ahí se montó él su casa chica, pues. Ahí la va a ver seguido. Todavía, por lo que tengo entendido. Aunque mi mamá no lo sepa. Aunque no lo sospeche. Y si lo sospecha, se lo calla. Nuestro padre ha estado viendo a Chuyém todos estos años. Sí, todo este tiempo. Cada vez que dizque se va a inspeccionar las minas. Chuyém es su amante. Su amante de casi veinte años. Y vive. Nunca murió. Eso fue un cuento que se inventó nuestro padre.

Las velas tiritan. La noche agoniza. Afuera lloran los grillos.

—¿Cómo sabes tú eso? —logra balbucear Pancho, atónito.

La rabia ha desaparecido bajo una ola de tristeza que azota las paredes e inunda la sala, cubriendo los muebles y las paredes, que lo empapa todo.

—Cuando yo debía tener unos doce años se lo oí decir una tarde al socio de papá, don Heriberto, estando él de visita. Yo estaba detrás de la puerta y los oí hablar de Chuyém. Durante años me lo callé, aunque observaba sus idas y venidas y el tiempo me lo fue confirmando. Fue antes de casarme cuando le dije que lo sabía. Se lo pregunté. Directamente. Y me lo explicó todo. Aunque me rogó que le jurara que no se lo diría nunca a nadie. Que no te lo diría a ti. Sobre todo a ti.

Pancho se levanta como un espectro. Traslúcido. Vacío.

—Me voy a ir a dormir. Es tarde.

—Sí, es muy tarde. Y hemos bebido más de la cuenta y nos hemos dicho cosas terribles que jamás nos debiéramos haber dicho. Lo siento, Pancho. De veras que lo siento.

—Sí. Yo también.

—A pesar de todo, sabes que te quiero, ¿verdad?

—Sí, y yo te quiero a ti, hermana. Pero ahora necesito dormir. Estoy muy cansado de repente. Necesito hacerme a la idea... Estoy muy cansado.

—¿Qué vas a hacer?

Pancho se lo piensa.

—No sé. Mañana ya veré. Lo más seguro es que me vaya. Que la vaya a ver. A mi madre. La tengo que ver.

XXII

Reynaldo corre hacia el hospital de San Lázaro. El cementerio yace detrás. Se lo dijo ayer Torcuato, en el taller de la imprenta. Que su cuñado Hernán había retado a Basilio Gurruchaga a un duelo. Reynaldo quiere ver a Basilio morir. Quiere ver cómo su cuñado lo mata. De un tiro certero en la cabeza o de una estocada en el corazón. Tal vez, si Basilio muere, podrá entonces dormir por las noches. Podrá volver a sentirse él mismo. Como era. Como fue. Como antes. Antes de que todo se fuera al carajo. Antes de que muriera su padre.

Desde entonces nada ha sido igual. Aunque su hermano Andrés y su esposa Luisa lo tratan con cariño y sus sobrinos lo adoran, Reynaldo está perdido. No encuentra la salida. Da vueltas y más vueltas y nunca llega a ninguna parte. No sabe quién es, ni adónde va. No sabe cuál es su destino o su propósito en la vida. Y se desprecia a sí mismo. No sirve de nada. Con su presencia lo empeora todo, para todos. Por su culpa murió su padre. Por mucho que se apague los cigarros en el antebrazo que tiene luego que cubrir con gasas y vendas para no manchar las mangas de la camisa con sangre, sigue sintiéndose miserable, mezquino, despreciable. Y aunque hace años que se ha sentido incómodo en su piel, que ha sabido que no es como los demás, que tiene pensamientos pecaminosos que no se atreve ni a confesar ante Dios, no deja de culpar a Basilio de toda la amargura que lo embarga desde que se pelearon aquel día en clase. Si Basilio muere, quizá entonces se restituya en Reynaldo algo parecido a una paz interior; si es que puede llamarse paz a aquel andar desasosegado, odiándose a sí mismo por no sentirse normal, como sus amigos.

Da la vuelta a la iglesia y al encararse al cementerio los ve. Allí están. Hernán y Basilio en mangas de camisa, cada uno empuñando una espada de duelo. Detrás de ellos están sus padrinos y amigos. Los criados sujetan sus capas y fracs, al haberse desprendido de ellos para poder luchar desembarazados, aunque por ser tan temprano hace un frío hiriente y cortante. Debe haber unos cuarenta hombres circundando a los duelistas entre los ahuehuetes; cuarenta o quizá más. Es difícil saberlo con exactitud al hallarse todos apiñados en grupos alrededor de Hernán y Basilio. Están allí para atestiguar el enfrentamiento; para ver quién muere. A la salida del camposanto con sus cruces, tumbas, mausoleos y cipreses, están los caballos y las calesas que los han traído hasta allí, cuidados por los lacayos y mayordomos que esperan el desenlace fumando, indiferentes. Al acercarse Reynaldo reconoce al abogado Herminio Gálvez Palacios, que frecuentaba a su padre, y que está allí para levantar el acta de los hechos y marcar con este protocolo las diferencias y dejar constancia del significado y consecuencias del duelo dependiendo de cuál de los hombres logre defender su honor matando al otro.

—Caballeros —oye Reynaldo decir al licenciado Gálvez Palacios con su voz estentórea —, cuando gusten... *En garde. ¡Allez!*

Basilio no espera. Se abalanza sobre Hernán. Las espadas chocan llenando el aire quieto de la mañana con un tintineo brutal y frenético. Es todo tan rápido. Basilio ataca. Lanza una acometida tras otra que Hernán desvía como puede. Se defiende. Pero ¿por cuánto tiempo puede hacerlo? Reynaldo tiene ganas de vomitar. Se da cuenta de repente de que su cuñado va a morir, que era absurdo pensar que sería capaz de matar a Basilio; hijo de militar, formado rodeado de armas. Era absurdo pensar que el doctorcito tendría posibilidad alguna de salir airoso de cualquier duelo, especialmente contra Basilio Gurruchaga Ibarra. No es todo defensa. Hernán tiene momentos en que contrataca, veloz, tras desviar una acometida de Basilio, y es Basilio el que tiene que defenderse, deprisa; el zumbido y chocar mortífero de las espadas es lo único que se oye en estos instantes eternos. Pero es Basilio quien está dominando. Arremete furioso contra Hernán. Sin parar. El sonido metálico de las espadas llena el aire de escalofríos. Hernán logra, una y otra vez, evitar que la espada de su enemigo encuentre su piel, moviendo la punta de su espada bajo la de Basilio en un movimiento rápido, repetido, casi invisible, que la desvía hacia el flanco izquierdo de su oponente. Basilio no varía su táctica. Sigue atacando, lleno de odio. Y Hernán resiste. Resiste y contrataca. Desvía y acomete contra el hijo del coronel. Sobrio. Sereno. Mientras que Basilio lanza estocadas sin ton ni son, furibundo, en un movimiento impetuoso, continuo y explosivo, Hernán se defiende con sangre fría, calculador. Basilio sigue atacando, rabioso, a la vez que Hernán continúa parando y desviando las estocadas de su adversario sin acabar de lograr pincharlo cuando contrataca. Esto no puede durar para siempre. Alguien tiene que cometer un error de un momento a otro. Y entonces sucede. Hernán desarma a Basilio con un movimiento repentino que hace que la espada salga volando por el aire. Antes de que pueda reaccionar, lanza una estocada que se detiene a una pulgada del cuello de Basilio. Le podría haber atravesado la garganta en ese instante. Podría clavarle la estocada más abajo en el corazón allí mismo si quisiera.

Basilio cae de rodillas al suelo y pide clemencia, aterrado. Se le ve histérico. Chilla, aterrorizado. Tiembla violentamente, el cuerpo sacudido por espasmos de pavor. Está llorando. Como un niño. Es espantoso. De forma lastimera. Las palabras le salen de la boca como balidos o mugidos. Es una escena incómodamente vergonzosa. Sin dignidad. Sin honor.

—¡No me mate! ¡Por lo que más quiera! ¡Se lo ruego! ¡No me mate, por favor!

Hernán mantiene la punta de la espada junto al cuello de Basilio impertérrito. Podría terminar con la vida de Basilio en un abrir y cerrar de ojos. ¿Qué espera? Reynaldo teme ahora que lo vaya a perdonar. No puede dejarlo ir. No puede. Tiene que matarlo. Reynaldo desea con toda el alma que Hernán lo mate ya de una vez. De una estocada limpia que le atraviese el cuello o el corazón.

—Señores —dice el licenciado Gálvez, grave—, el duelo es a muerte. Es lo que acordaron.

Basilio llora ridículo, lastimero, con plañidos patéticos de colegial que se ha orinado encima.

—Por clemencia, por piedad —gime entre quejidos y sollozos, como si se hubiera roto el brazo o la pierna, o lo hubieran puesto a arder en una hoguera.

—Usted no tiene honor —dice Hernán, despacio—. Retire lo que dijo delante de todos los presentes.

—Lo retiro, lo retiro. Por piedad. No me mate. Por favor. —Basilio sigue llorando, casi a gritos, descontrolado.

—Reconozca que fue mentira.

—Sí, mentí. ¡Mentí! Su esposa nunca estuvo con el Indio Cienfuegos. No me mate. Por lo que más quiera.

—Pida perdón.

—Perdón. Perdón. ¡Perdóneme! Por piedad. ¡Perdóneme! ¡Lo siento!

Si no lo mata ahora llegará el día que el hijo de puta de Basilio se vengará de esta humillación tan pública. Reynaldo está convencido de ello. Su cuñado no debe ni puede perdonarlo. Si lo hace, acabará por arrepentirse de ello. Pero Reynaldo no puede influir en lo que está pasando delante de él. Lo que es obvio es que todos contemplan a Basilio disgustados y con desdén. Con un desprecio amargo y hondo que se esparce entre los antiguos amigos de Basilio como un mal olor, entremezclado con la vergüenza ajena que obviamente padecen por sentirse de alguna manera engañados, por haber creído que su cuate era un hombre fuerte, un ganador; no esa figura miedosa, lamentable y ridícula que no deja de chillar y llorar como una Magdalena. No hay nadie allí que quiera verse asociado con él.

Hernán baja la espada y contempla a los hombres que lo rodean y que observan la escena en silencio, petrificados.

—Este hombre no tiene honor. Basilio Gurruchaga Ibarra no tiene honor. Son testigos de ello. Todos ustedes. Mintió sobre mi esposa. Que quede constancia de ello en el acta. Y de lo que acaba de jurar. Son todos ustedes testigos de ello. Le perdono la vida. Porque matarlo sería librarlo del castigo de tener que vivir con esta humillación y deshonra para el resto de su vida.

Reynaldo ve cómo nadie se acerca a Basilio para consolarlo. Se van todos, dejándolo allí arrodillado y llorando, con solo su lacayo dispuesto a esperarlo. Hay parte de Reynaldo que disfruta viendo a Basilio allí, vencido y humillado. Pero hay otra parte que teme lo que pueda pasar algún día en el futuro. Mientras Basilio Gurruchaga Ibarra siga vivo, Reynaldo sabe que no podrá descansar. Mientras esté vivo, quedará latente la terrible posibilidad de que algún día vuelva a entrometerse en sus vidas y cuando lo haga, su perniciosa influencia tenga consecuencias nefastas y devastadoras para todos.

XXIII

—Te pareces a tu padre. Y, de alguna manera, al mío también. Cuando era joven. Cuando yo era niña.

Pancho observa a Chuyém, su madre, a la vez que le habla de pie desde el umbral de su casa. No lo ha dejado entrar. No lo ha invitado a pasar. Es una mujer de unos cuarenta años. India. Bajita pero hermosa. Todavía. Se conserva bien. Se reconoce en ella. Esos ojos grandes y negros. Esa nariz. Esa manera de callar y contemplar la lejanía. El parecido lo desconcierta, aunque no debiera. Esa semblanza, ese parentesco y ese poder percibir, de repente, de forma misteriosa, un lazo invisible que lo une a ella y que desconocía hasta hace poco. Que no sabía existía. Como si la conociera de toda la vida. Aunque no sabía cómo reaccionaría Chuyém al verlo, lo que no sospechó o intuyó es que lo tratara de esa manera indiferente, casi hostil.

—No debiste venir a verme. No tengo nada qué decirte.

—¿No me va a invitar a pasar adentro? Vengo de Ríoverde. Llevo cabalgando desde ayer.

—No. No quiero que pases. No quiero hablar contigo. Lo siento. No quiero tener nada que ver contigo. Me sabe mal que hayas perdido el tiempo en venir a verme. En venir hasta aquí. No tengo nada para ti.

—¿Podemos hablar acaso?

—¿Y decirnos qué? No te quiero ver. No quiero saber nada de ti. Olvídate de mí.

A Pancho le cuesta aceptar que aquella mujer, su madre, no quiera tener nada que ver con él; que no tenga curiosidad por conocer a su hijo ahora que se ha presentado delante de su casa, dieciocho años después de que lo tuvo y lo vio por última vez.

—Pero... usted es mi madre. Me lo dijo mi hermana. Me acabo de enterar. No sabía que estaba viva.

—No te quería tener. Por mí, mi comadre se hubiera asegurado de que no nacieras. Como no nacieron los demás. Yo no quiero hijos. Nunca los quise tener. Renuncié a tenerlos. Y renuncié a ti. Si te tuve es porque Braulio insistió en que te tuviera. No lo hizo con los demás.

—Me cuesta creer...

—Escúchame. Yo no soy tu madre. Tu madre es la señora Cristina. No me vengas a buscar nunca más. Olvídate de mí. Adiós.

Chuyém se va a meter dentro de la casa y empieza a cerrar la puerta tras de sí.

—Por favor. Madre... Un momento.

La mañana es soleada. El cielo de finales de junio es deslumbrantemente azul y se extiende sin nubes, infinito por encima del llano y la sierra. El rancho de Chuyém reluce blanco y bien cuidado en medio de esa inmensidad, con tiestos llenos de flores y jaulas en las paredes donde cantan, dulces, los jilgueros. Pero, aunque hace un día transparente, de luz resplandeciente y vivos colores, Pancho siente como que está oscureciendo dentro de él. Como que algo se apaga. Como si se hiciera de noche. Una noche negra y larga sin luna ni estrellas. Como el fondo de un pozo negro sin luz, tan profundo que es imposible ver el cielo allá arriba.

—Necesito entender. Por favor.

—No tengo nada qué decir. Yo no soy parte de tu vida. Nunca lo fui. Y no lo seré. Olvídate de mí.

—Madre...

—Pero si quieres un consejo, ahí te dejo este. Me preguntas quién eres. La respuesta a esa pregunta no está aquí ni te la puedo dar yo. Yo no te conozco. Ni te quiero conocer. Pero no hace falta que yo te explique nada. Yo no tengo la respuesta. La respuesta a esa pregunta la tienes tú. La has tenido siempre tú. Siempre la tendrás. Tú eres quien quieras ser. ¿Me oyes, Pancho? Puedes ser todo lo que quieras. Como puedes no ser nada ni nadie. Eso depende de ti. Que Dios te acompañe. Adiós.

Ahora sí se mete Chuyém dentro de la casa y cierra la puerta. Ni se voltea una última vez para ver a Pancho. Y Pancho siente como si alguien hubiera hecho desaparecer el suelo, el mismo suelo sobre el que se yergue, que pisa con los pies; como si la tierra sobre la que estaba parado hace apenas un segundo se hubiera desvanecido de golpe. Se abre un abismo. Y Pancho cae. Se siente caer. Inexorablemente. Hacia abajo. Como una roca despeñada por un acantilado. Rodando hacia abajo. Cayendo por el aire. Hacia el vacío. Hacia la nada.

XXIV

Amalia entra en la cocina. Le golpea el olor del café que está calentando Carmencita. Huele raro. Siente de repente náuseas. Se da cuenta de que va a vomitar. Tiene que salir corriendo de la cocina para llegar al baño a tiempo. Es horrible. La última vez que se sintió así fue hace cosa de cuatro años cuando comió un huachinango que le sentó fatal y estuvo varios días enferma. Cuando termina de devolver hasta lo que no tiene en el estómago y se recompone delante del espejo, se da cuenta de que sigue sintiéndose ligeramente mareada. No comió nada la noche anterior que pudiera hacerla sentir así. No sabe qué pensar. Lo que sabe es que desde hace ya semanas procura no pensar en Pancho. Sabe que no volverá, que lo que tuvieron los dos, por mágico y tierno que fuera, es algo que allí quedará, en el pasado. Como un recuerdo de algo muy especial que vivió y compartió con él. Sabe que su presente y su futuro ha de ser con Hernán, a quien admira y aprecia. Hernán es un buen hombre, se dice a sí misma una y otra vez como si rezara el rosario. Pero procurar no pensar en Pancho no es lo mismo que no pensar en él. Y ahora esto.

Cuando reaparece en la cocina, el olor del café, oscuro, amargo, bilioso, le sigue pareciendo insoportable.

—Pero ¿qué demonios de café es ese?

Su madre la está mirando detenidamente, de una manera extraña.

—¿Qué le pasa, madre?

Lentamente doña Úrsula deja en el platillo la taza de café de la que acaba de tomar un sorbo y se pone a reír de repente. Es como si se hubiera vuelto loca. Chilla histérica, eufórica.

—¡Lo sabía! ¡Lo sabía! ¡Ay, hija mía! ¡Qué dicha!

Se levanta y de forma absurda se pone a aplaudir a Amalia batiendo las palmas frenéticamente como si estuviera en el teatro y acabara de ver una magnífica representación.

—¡Ay, qué ilusión! ¡Qué ilusión!

Se abalanza sobre Amalia. La abraza. Cubre su cara de besos.

—¿Qué no entiendes, tonta? ¿Qué no ves?

Incluso Carmencita está riendo.

Amalia no reacciona. No sabe cómo reaccionar.

—Pero vamos a ver. Dime, Amalita. ¿Cuándo fue la última vez que te vino la regla, hija? ¿Que no entiendes lo que está pasando? ¿Lo que te pasa?

Amalia contesta despacio a la vez que se da cuenta de que lo que empezaba a intuir y sospechar es ya un hecho real e incontestable.

—Hace cosa de seis o siete semanas.

—¡Eso es que estás embarazada, mijita! ¡Estás embarazada! ¡Ay, que ilusión! ¡No sabes lo feliz que me haces! ¡Voy a ser abuela otra vez!

XXV

Pancho volvió para decir adiós. Su padre le dijo que si se iba lo desheredaría. Que ya no lo reconocería como su hijo. Su madre, Cristina, sufrió un ataque de nervios y tuvo que ser atendida por el doctor Jansana. Especialmente cuando todo saltó por los aires. Cuando Pancho, desbocado, en un momento de rabia incontrolable golpeó la mesa y acusó a su padre de ser un hipócrita, un pinche mentiroso, y soltó la bomba de que sabía que su madre, la verdadera, la que lo parió, esa indita Chuyém, no había muerto cuando nació, como le hicieron creer durante todos estos años, sino que estaba viva, que su padre la veía a escondidas todo este tiempo, y recién venía de haber hablado con ella en Monte Caldera.

—¡Mentira! ¡Todo es mentira, padre! ¡Es usted un mentiroso!

El recuerdo de esa última tarde en San Luis le quema dentro. Le arde. Como si se hubiera tragado una jarra de aguardiente. Hace que se sienta enfermo por un momento a la vez que el caballo lo va llevando por un sendero serpenteante que se adentra en la Sierra Gorda, rodeado de barrancas que se abren frente a él como heridas brutales, salvajemente infligidas en la piel seca de aquella tierra milenaria y agrietada, exponiendo a la cruel intemperie las venas abiertas de su patria dolida.

Pancho había arremetido contra su padre y todo lo que representa. Lo sacudía la rabia y la vergüenza. Lo injusto que había sido todo. Lo tremendamente nefasta que era la situación. A grito pelado le había acusado de no tener sentido de la moral, de no pensar en nadie más que él mismo, de ser un explotador y un canalla que pensaba con la verga, en su fortuna y nada más, de defender la tiranía de España, de ser un retrógrado y un vampiro de mierda que chupaba la sangre del pueblo. ¿Acaso era él el que arriesgaba el pellejo internándose en sus pinches minas desde que amanecía hasta que se hacía de noche? ¡Hijo de puta! Le había dicho que le valía madres lo que pensara de él, que él se iba, aunque las autoridades dieran luego órdenes de aprehenderlo y ejecutarlo por romper los términos del indulto, por darse a la fuga. Aunque fuera su propio padre el que los alertara de su huida, el que lo delatara. Porque estaba seguro de que eso haría, ¿a que sí?

—Usted dice que es mi padre. Pero usted no es un padre para mí. Mentiroso de mierda.

Pancho había empacado lo esencial y la misma tarde que había vuelto a la casa grande de San Luis, tras pelearse con su padre había tomado varias de sus armas y uno de sus caballos sin preguntar y había salido de allí a la vez que se hacía de noche, rumbo al sur. Desde una habitación perdida en el interior de la casa se oía el llanto de la que había sido su madre todos estos años. Se volvía con los insurgentes. Aunque quedaran cada vez menos. Aunque Morelos, por lo que se sabía, estaba en retirada o huía de las fuerzas realistas que lo asediaban. Pancho no tenía adónde ir. No podía soportar la idea de permanecer en casa con el mendaz de su padre. No iba a pudrirse en la Potosina, tampoco, haciendo el trabajo sucio de su señor progenitor. Su madre Chuyém no lo quería ver nunca más. Se lo había dejado más que claro. Su hermana era ya una hacendada hecha y derecha, con todas las de la ley. Si no se había pasado al otro bando como tal, lo defendía de todas maneras, ofuscada por la trágica muerte de su marido. Y Amalia debía ya estar casada con el doctorcito. No iba a poder volver con ella, aunque se moría por hacerlo. Se moría por volver a verla, tocarla, sentirla. Hubiera dado su alma al diablo a cambio de estar con Amalia, de poder mirarla a los ojos una vez más y acariciarle la cara.

La idea de que está solo y lo que eso implica lo golpea. Como un martillazo en la frente. Allí en medio de aquel cañón inmenso. Lejos de Amalia. Sin esperanza de verla. Una hormiga que avanza nerviosa, imperceptible, por ese paisaje inhóspito y a la vez hipnóticamente bello de rocas como montañas y montañas como dioses. Tierra de gigantes por la que avanza insignificante y sin nadie que lo acompañe. Solo en la Sierra Gorda. Solo en el mundo. En el universo. Solo a secas. Rechazado por su padre y por su madre. Pancho se siente huérfano de alguna manera allí ante los valles titánicos de la sierra. Ni criollo ni indio. Ni una cosa u otra. Incapaz de hablar en tének, aunque lo apoden el Indio. Católico y castellanoparlante y, sin embargo, destinado a levantarse en armas contra el mundo de su abuelo asturiano y su padre. Que busca liberar a un pueblo que parece, a veces, no querer ser liberado, que ve en el rey de España una figura absurdamente mesiánica y todopoderosa. Pancho es hijo de la nada. Se rebela contra su padre y su madre. No tiene pasado. O uno al que quiera pertenecer, desheredado. Solo presente.

Y el futuro. Tiene el futuro.

Por incierto que sea.

XXVI

Doña Úrsula no sabe si puede seguir allí junto a su hija. Pensó que la podría ayudar al ser su madre y por haber pasado ya por tantos partos. Pero le cuesta verla sufrir de esa manera. Cada vez que grita Amalia se le eriza la piel y se quiere esconder. Hubo un momento en que se tapó los oídos con las manos para no poder escuchar aquellos gritos desgarradores. Su hija lleva ya más de catorce horas de parto. Horas eternas que se confunden a la vez que la noche anterior se funde y se mezcla con esta mañana del día 2 de febrero de 1815 en la mente de doña Úrsula; mañana en que apenas empieza a clarear afuera. Ya se sabe que el primer parto suele ser el más largo. Con Fernando, Úrsula estuvo batallando por casi un día entero. Pero esto es un suplicio. La comadrona tampoco ayuda. Es una india estoica que apenas habla y cuando lo hace es tan solo para decir lo obvio, que aún falta, que no empuje la señora, que se espere tantito. Aunque ahora parece que la criatura debe estar por llegar. Debe faltar poco. Por fin. Porque Amalia está desesperada y grita como si la estuvieran matando. A Úrsula se le hace insoportable ver a su hija así. Con lo fuerte y con lo terca que es Amalia, Úrsula no sabe cómo calmarla o darle ánimos ahora que la ve tan frágil y desgastada.

—No, no puedo. De veras que no puedo.

—Claro que puedes.

—¿Cuánto tiempo falta? ¿De verdad que falta poco? ¿Me lo jura, madre?

—Créeme, falta poquito. Si no, que te lo diga doña Merencia. Ahorita vuelvo.

—¿Adónde va? No se vaya. Por favor.

—Tranquila, hija, es un segundo. Doña Merencia está aquí contigo.

—Juro que nunca más voy a tener hijos. Nunca más.

—Eso lo decimos todas cuando estamos de parto.

Doña Úrsula sale del dormitorio. Se santigua. Respira hondo. Tiene la cabeza llena de todos los gritos que ha dado su hija a lo largo de la noche. Ya no caben más. Su cabeza está a punto de estallar. Se va a la cocina a servirse un vaso de agua. Se encuentra a Carmencita, que está preparando otro café para los señores.

—¿Cómo le va a la niña?

—Ya falta poco, Carmencita. Ya falta poco, gracias a Dios. De tanto grito creo que me he vuelto sorda. ¿Y el padre de la criatura?

—Ahí está en la sala de estar hecho una bola de nervios con el señor cura y la señora Gertrudis. Estuvieron jugando al tresillo toda la noche para distraerse. O eso o hablan de política. Sin parar. Pácatela y pácatela. Mejor vaya a saludarlos. Aunque sea por un momentito.

—¿Cómo está Amalia? —pregunta Hernán al verla, ansioso. Todavía se oyen los gritos de Amalia que vienen desde el dormitorio golpeteando las paredes como pájaros atrapados dentro de la casa.

—Bien. Está bien.

—¿De veras? ¿Me lo promete? Le oímos gritar y no sabemos qué está pasando. Pobrecita. No sabemos qué hacer.

—Don Hernán se distrae contándonos todo lo que sabe de política —murmura Gertrudis, agotada.

—Tranquilo. Es normal. No te preocupes. Ya falta poco. No se puede tardar mucho más. Paciencia.

Doña Úrsula hace de tripas corazón y vuelve a adentrarse en el dormitorio de su hija. Se pregunta si debería llamar al doctor Ramírez, que estuvo para los partos de todos sus hijos, incluyendo el de Amalia. Aunque tienen un doctor en casa, cualquiera le pide a Hernán que vea a su esposa en ese estado. Además, qué saben los hombres de los partos. Para eso están las comadronas.

Por un segundo Úrsula piensa en Nicanor, en la ilusión que le haría volver a ser abuelo, en lo feliz que le haría saber que Amalia está felizmente casada con el hijo de don Alfredo y que está a punto de parir. También sabe que, de estar, Nicanor se encontraría escondido en su biblioteca como si nada de esto estuviera sucediendo y solo reaparecería, con un libro en la mano, una vez que la criatura de su hija hubiera venido al mundo.

Es entrar en el dormitorio y saber que la criatura está por nacer. Amalia grita y grita entre que empuja con todas sus fuerzas. Como si la torturaran. Volviéndose violeta. Empuja y gruñe. Como una fiera. Y los gruñidos se convierten en chillidos ensordecedores. Es entonces cuando doña Merencia dice: «Ya viene», y Úrsula oye el lloriqueo inconfundible de un bebé recién nacido que ilumina la habitación con su nueva voz recién descubierta y se siente de repente superada por la emoción y se pone a llorar y abraza a su hija sudada que está llorando también de felicidad. Es el milagro de la vida. Amalia llora y ríe al oír los berrinches de su criatura, y la comadrona anuncia: «¡Es un niño! Tuvo un niño la señora», a la vez que envuelve al bebé en una mantita de lana tras limpiarlo.

Doña Úrsula deja de atender a su hija para darle la bienvenida a su nieto. Extiende los brazos hacia doña Merencia. Solo que cuando ve a su nieto no entiende lo que ve. Como si tuviera un derrame cerebral. El bebé que sujeta la comadrona, envuelto en sus brazos, es indito. Debe haber un error. Debe ser un engaño de la luz. No puede ser. Y no lo puede reprimir. No se puede contener. Se pone a gritar histérica:

—¡De mayor será blanco el niño! ¡Será blanco! ¡Ya lo verán! ¿Me oyen? ¡Será blanco!

CAPÍTULO TERCERO

El sueño de las tres garantías

I

Pancho ve los carros y los caballos de la conducta asomarse por entre el verdor de los árboles, al darle la vuelta a la colina. Ya están aquí. Prende fuego a la mecha y sale corriendo. Los llevan esperando toda la mañana, envueltos en la neblina y la llovizna. Él y su banda de guerrilleros jarochos. Tarde o temprano tenían que pasar por ahí; bajando de Perote por el Camino Real, procedentes de México cargados con toda clase de mercancías rumbo al puerto de Veracruz. El barril de pólvora enterrado hace estallar la carretera y los árboles a su alrededor justo cuando la escolta de dragones realistas que va delante está a punto de cruzar el tramo donde Pancho y sus hombres tienen tendida la emboscada. El estampido es ensordecedor. Lo sacude todo. El bosque de niebla se llena de humo negro, llamaradas y los gritos escalofriantes de los soldados que han sido despedazados junto con sus caballos por la explosión. De las copas de los árboles salen volando nubes de pájaros espantados. Lo sigue el traqueteo de los fusiles de la guerrilla de Pancho que desde la maleza rocía de perdigones a los hombres que acompañan el convoy. Varios de ellos, soldados, cocheros y arrieros, caen muertos y heridos sin tiempo de ponerse a cubierto. Son demasiados como para intentar quitarles algunas de las mercancías que llevan rumbo al puerto. Pero les causan bajas, los atormentan con ese tiroteo intenso que dura por varios segundos más hasta que se impone el silencio y los hombres del mayor Pancho Cienfuegos desaparecen en la maraña, obedeciendo sus órdenes estrictas de atacar y retirarse. La intención no es expropiar esos bienes o extorsionar a los comerciantes realistas. La idea es interrumpir el flujo del comercio de la colonia; es hostigar a los terratenientes, mineros, hacendados, mercaderes y hombres de bien con ataques relámpago. Chingarlos una y otra vez con operaciones como esta, a base de golpe y fuga, sin darle tiempo al enemigo de reaccionar e infligir bajas entre sus hombres. Que no lleguen las mercancías a tiempo. Que lleguen con estropicios, maltrechos, agujereados, llenos de plomo y pólvora. Que no lleguen, a secas. Chingarlos hasta que se den cuenta de una vez por todas que mientras México no sea independiente no habrá paz ni prosperidad.

Pancho deja atrás los gritos de los hombres que acaban de atacar, de los que agonizan y gimen desesperados, presos del dolor; y el silencio absoluto de los muertos que yacen inertes y desfigurados en el suelo, entre la verdura. Muertos que deben tener madres, esposas, hijas que no volverán a ver nunca más. Así es la guerra. Se retira rápido por entre la densa maleza. No piensa. Hace ya años que Pancho no se detiene a imaginar las circunstancias de cada individuo que muere o queda desmembrado tras una de sus acciones. Del mismo modo que los realistas no piensan en las suyas cuando salen a cazarlo las tropas de la guarnición de Xalapa y él se pierde y se vuelve invisible en la espesura impenetrable que va de Xalapa a Córdoba y Orizaba, espesura tropical que cubre las cuestas esmeraldas y empinadas del muro de montañas que se alzan contiguas y juntas, y que esconden y conducen al altiplano allá arriba, allá detrás, más allá de sus picos y cumbres. Selva empapada de humedad, abrigada de musgo, bromelias y epifitas, donde nada se seca, aunque apriete el calor durante el día, y que desde hace ya cinco años se ha convertido para Pancho en su terruño y su hogar.

Cinco años. Se dice fácilmente. Híjole. Cinco años que no dejan de ser toda una vida; toda una eternidad. Cinco años de vivir a salto de mata, durmiendo al aire libre, comiendo cualquier cosa, devorado por los zancudos, acampando en la profundidad de aquellos bosques atiborrados de árboles, helechos y densa maleza, sobreviviendo a veces de milagro, a veces solo, a veces con algunos de sus hombres; eso es siempre y cuando Pancho no encuentre campesinos de simpatías insurgentes, que los hay, que estén dispuestos a alojarlo en sus hogares por un par de días, allá en los pueblos perdidos de donde vienen sus soldados y que yacen selva adentro, en las entrañas de las cuestas que ascienden empinadas y frondosas, rodeadas de cascadas, hacia el Cofre de Perote y, más allá, las largas faldas del inmenso volcán nevado Citlaltépetl —el Pico de Orizaba—. Cinco años de no dormir en el mismo lugar para que no lo atrapen las autoridades realistas, a menos de que Lucas lo pueda esconder por una semana, aquí y allí, en uno de los barracones vacíos que se encuentran repartidos por entre los cafetales que pertenecen a su padre, más allá de Coatepec y rumbo a Xico. Cinco años de estar en constante movimiento.

Pancho se interna en el boscaje, sin parar, sin mirar atrás, el Cofre de Perote asomándose a golpes por entre las ramas y el follaje allá a lo alto a un lado, bajo el cielo azul que se vislumbra apenas por encima de la neblina que todavía se aferra a los troncos de los árboles, envolviéndolos como telarañas. El Pico de Orizaba se deja ver por momentos antes de volver a desaparecer; volcán remoto e imponente, colosal y altivo, que lo orienta cuando surge majestuoso de entre las nubes en la distancia detrás de las lianas y la espesa vegetación. Han quedado en reunirse en un claro que yace a media hora de allí, rumbo a Coatepec, junto a un corro de hayas inmensas, escondido entre los cafetales y platanales que se suceden y se entremezclan a ambos lados del río Pixquiac. Han quedado en reunirse el mayor Cienfuegos y su guerrilla de doce combatientes aguerridos a quienes el general Guadalupe Victoria, que debe andar escondido por Huatusco en esos momentos, le ha dado por llamar los «doce apóstoles». Así se lo dirá lo próxima vez que se reúnan y salude a Pancho y le pregunte:

—¿Cómo le va a mi carnal y sus doce apóstoles?

Al saberse fuera de peligro, Pancho deja de correr. Se detiene y se da tiempo para respirar. Lo hace por la patria. Esa patria que todavía no tiene nombre ni goza de la libertad. Esto es su vida ahora. Por Dios y libertad. Lo ha sido por más de cinco años; tras la aprehensión y ejecución del padre Morelos a finales de 1815, cuando las fuerzas insurgentes se dispersaron y las pocas que permanecieron activas se vieron forzadas a dedicarse a la guerra de guerrillas. Repartidos aquí y allí. Los que no fueron derrotados. Los que se negaron a acogerse a indulto alguno. Como avisperos aislados que cuando se interfiere con ellos atacan y pican a quienes pasan por su costado. Cada quien tomó su rumbo. Hicieron de los cerros y los bosques que yacen cerca de los pueblos que los vieron nacer y crecer su área de operaciones, su campo de batalla particular y en chiquito. Sin un gobierno rebelde al que obedecer, es cosa de luchar cada uno por su cuenta. Lo importante era y es no rendirse. Asegurarse de que los pocos que quedan alzados, dedicados a mantener la guerra viva y azuzar a las autoridades realistas de su región, lo hagan como puedan. Ahí sigue Vicente Guerrero al frente de las fuerzas que continúan luchando en la Tierra Caliente, con Juan Álvarez realizando ataques esporádicos en las cercanías de Atoyac. Como ellos, otros patriotas, aunque sean cada vez menos, realizan emboscadas y asaltos en sus valles y vegas de origen.

Pancho estuvo entre los que se fueron de Temalaca para integrarse a las fuerzas que organizó el general Guadalupe Victoria alrededor del puerto de Veracruz, dedicados a atacar los convoyes y las fuerzas realistas que tenían que pasar por el Camino Real y el Puente del Rey de vuelta o rumbo a la Ciudad de México. Hace ya más de dos años que Victoria no participa en las emboscadas. Se esconde. Es difícil dar con él. Se ha convertido en algo parecido a un ermitaño. Una sombra amenazadora que se pierde en la foresta. El temido loco de la selva. Pero se niega a claudicar y mientras siga vivo y libre se ha convertido en algo así como la encarnación viva de esa América mexicana que no se rinde, que lucha para que un día sea libre, independiente y soberana. Victoria todavía logra difundir inesperadas proclamas que encuentran imprentas que las hacen circular de forma clandestina y que arremeten contra el gobierno colonial. Puede haberse vuelto huraño, escurridizo, solitario; no deja de estar en contacto con los insurgentes activos en la región; pocos, pero buenos. Insurgentes como Pancho. Pero hoy lo que es hoy, este martes 6 de marzo de 1821, es Pancho, el mayor Indio Cienfuegos, quien mantiene la lucha viva en las cercanías de Xalapa, interrumpiendo el comercio que va del interior de la colonia a Veracruz y de ahí a la opresora metrópoli con una emboscada que ha hecho saltar por los aires a los dragones y a los carros que iban delante.

Sale el sol y empieza a apretar el calor, casi de repente; un calor intenso y húmedo que hace que Pancho se ponga a sudar de nuevo, ahora sin haber hecho el mínimo esfuerzo. Vuelve a sacar el pañuelo que lleva en el bolsillo de los pantalones para secarse el sudor sobre la marcha. Es cuando lo devuelve al bolsillo que su mano se topa con el guardapelo de plata de Amalia. Ahí sigue. Lo lleva a todas partes. Todavía. Se siente desvanecer. Respira hondo. Se arma de valor. Lo abre y ahí está. El cabello de los mil matices de la noche y las sombras eternas del azabache. Y lo golpea el recuerdo. Como si fuera un golpe físico. Un empujón violento. Un puñetazo en el vientre. El peso de ese pasado que es incapaz de soltar, aunque ya no tiene sentido aferrarse a él. Este mayo que viene hará siete años desde que vio a Amalia por última vez. Todavía piensa en ella como una obsesión. Todos los días. En algún momento. Se tortura pensando en lo que pudo ser. Lo que debiera haber sido. Lo que nunca será.

Es cierto que, en Xico, Amparo, la viuda con quien se queda de vez en cuando, lo lleva a su cama cuando se encuentra allí de pasada, y se acuestan juntos en la oscuridad una vez que cae la noche y los chamacos se han quedado dormidos. Son dos almas perdidas y solitarias que se reconfortan las raras veces que se ven. Se dan calor, se consuelan y ahuyentan con tristes besos y caricias desesperadas los recuerdos de amores pasados que no volverán, aunque sea por un par de horas que luego se desvanecen fantasmales en el negror de la noche como el humo de las hogueras cuando se apagan. El marido de Amparo, ahorcado por tropas realistas hace dos años. Amalia, casada desde hace siete años con el doctorcito aquel. Pancho no es capaz de soltar a Amalia, de dejarla ir, de aceptar que aquello fue un amor de juventud, que la vida sigue y no habrá manera de volver el tiempo atrás.

Hará también siete años desde que vio a sus padres y a su hermana por última vez. Siete años. Su recuerdo también viene envuelto en tristeza. Pero es distinto. Está la nostalgia por una época remota en que adoraba a sus padres, a Braulio y a Cristina, cuando no sabía de la existencia de Chuyém, y en la que lo adoraban a él. A menudo recuerda los abrazos de oso de su padre, el cariño infinito de su madre adoptiva. Ahí están impresos en su corazón. Y, sin embargo, le subleva la actitud de su padre, todavía, siete años después, sus mentiras, lo que le llegó a decir las últimas veces que se vieron, convertido en un viejo despótico, retrógrado, cascarrabias, egoísta y explotador. Le subleva la pasividad de su madre Cristina, su debilidad, su postergación ante su padre. Le quema el rechazo y la indiferencia de su madre Chuyém. Y le pasa lo mismo con su hermana; es todo tan complicado, es todo contradicción, el amor intenso que siente por ella, fraternal, indeleble, viene penosamente arropado en prendas llenas de remordimiento, rabia, desencanto y decepción. Recuerda cómo ella lo defendía de chiquito, cuánto la veneraba y quería. Pero ahí queda también el mal sabor de todo lo que se dijeron esa última noche en Los Jazmines. La viuda del hacendado mártir convertida en hacendada realista y reaccionaria. A ella sí le ha escrito. Y ella le ha contestado. Con Lucas sirviendo de enlace en Xalapa. De ahí que sabe que sus padres siguen juntos. Que su padre debe continuar viendo a Chuyém. Que a su madre se le está yendo la memoria y hace cosas extrañas. Que padece frecuentes ataques de nervios. Que sus padres no han vuelto a hablar de él desde que se fue. Excepto en lo que se refiere a la herencia, al haber cambiado su padre el testamento, cediéndolo todo, el día que se muera, a su nieto Luis, dejando que Clara, como apoderada, gestione las minas hasta el día que su hijo sea mayor de edad, de morirse él antes.

Pancho cierra el guardapelo de plata cuidadosamente y se lo vuelve a poner en el bolsillo. Con el pañuelo se vuelve a secar el sudor y las lágrimas que corren por sus mejillas. Reemprende la marcha. Con determinación. Intentando no recordar. Intentando no pensar. A la vez que el sol se hace cada vez más alto y la niebla desaparece y el cielo se despeja, el Pico de Orizaba reaparece por entre las ramas y se deja admirar, espectacular e imponente en la distancia, rumbo al oeste, impertérrito y solemne ante los vaivenes de los siglos y el sufrimiento de la humanidad.

II

—¡Nicanor! ¡Nicanor! ¡Ven aquí!

Nicanor quiere seguir jugando con el cachorro de su tío Reynaldo. El perro brinca a su alrededor meneando frenéticamente la cola. Le ladra. Se le arrima y le lame la cara haciéndole cosquillas, haciéndole reír. Le insiste que le tire la rama que encontró en el suelo y sale corriendo tras ella para luego volver y dejársela junto a los pies.

—Estoy jugando con Simbad, mamá —contesta Nicanor, sin voltearse para mirar a Amalia, que se encuentra sentada junto a su hermano en la cantera que le da la vuelta a la fuente que tienen chapoteando detrás de ella, en medio de la Alameda, con Lupita, que tiene ya tres años y se chupa el pulgar queriendo que su madre la envuelva en sus brazos.

—Déjalo, Amalia —le dice Reynaldo sonriendo—. Está feliz, mujer. No hay prisa. Que juegue un ratito más. Si me cansa al perro, dormirá y dormiré esta noche.

Los dos se quedan mirando a Nicanor allá en una de las esquinas de la glorieta, entre las parejas y familias que van y vienen de paseo. Criatura angelical de seis años. Precioso. De tez morena y ojos inmensos, y, como saben los dos, clavadito a como imaginan debió ser Pancho *El Indio* Cienfuegos cuando tenía esa edad.

Para Amalia es imposible no pensar en Pancho cuando lo ve todos los días reflejado en la cara de Nicanor. Es ver a su hijo y verlo a él. En sus ojos. En esa nariz. En la figura estirada. En el color de la piel. Pero hace tiempo que aceptó que aquello terminó y que su vida es con Hernán. Que es absurdo aferrarse a algo que fue y terminó. Pasajero. Efímero. Por intenso que fuera. Especialmente cuando su madre estuvo a punto de sufrir un patatús al ver que Amalia había parido a un niño indito, Hernán dijo enseguida y contundente que su hijo les había salido idéntico a su bisabuelo Manolo que era medio gitano, sin que se le notara en lo más mínimo el tremendo disgusto que debió sentir para sus adentros al darse cuenta de que lo que había dicho Basilio era cierto y que su amada esposa le había engañado y mentido. Lo dijo sin que se notara tampoco que estaba mintiendo como un cochino sobre cómo era el abuelo de su madre difunta. Un viejo blanco como la sal.

—¡Pero fíjense! —había exclamado—. ¡Si es igualito al bisabuelo Manolo! ¡Morenito, igual! ¡Qué curioso! ¡Qué cosa tan dulce!

Ya después, cuando a solas Amalia le contó todo, llorando a lágrima viva, avergonzada, y le pidió perdón, y le dijo que había sido un error, que no lo volvería a hacer, que si no quería saber nada más de ella, lo entendería perfectamente, Hernán le había contestado que era incapaz de dejarla, que la amaba demasiado, que su vida sin ella no tenía sentido, y que aunque la infidelidad le había dolido y le dolía, sobre todo el que le hubiera mentido, si Amalia decía que lo quería y estaba preparada a seguir viviendo con él, él no iba a poner impedimento alguno, no iba a tirarlo todo por la borda; más bien, haría todo lo que hiciera falta para que Amalia llegara un día a amarlo como amaba a Pancho Cienfuegos, y cuidaría al hijo de Pancho como si fuera suyo.

—Nunca me he engañado. Si ni siquiera te fijabas en mí hace todos esos años. Yo soy tu fiel amigo. Eso sí. Lo sé. Así es como me ves. Un buen amigo. Y yo no tengo problema con eso. De veras. Es lo que soy y seré siempre, Amalia. Tu buen amigo Hernán. Y Pancho Cienfuegos nunca será tan buen amigo como lo soy yo para ti. Ni te querrá nunca con la consistencia y la dedicación que yo te quiero. Pero fue tu amor. Tu amante. Y no me lo puedes negar. Y quizá con el tiempo, quizá algún día sí me llegues a amar con esa intensidad que guardas para él.

Aunque Nicanor le recuerda a Pancho, todos los días, ya son demasiados años de vivir con Hernán, de compartirlo todo con él; demasiadas vivencias, tanto entrañables como brutales, experimentadas juntos y en carne propia, lado a lado, compenetrados, unidos contra el mundo, como para que el recuerdo de un amor de juventud, cada vez más lejano, pueda distraerla del profundo sentimiento de cariño, respeto, afecto y amistad que siente por su marido. Marido que ha sido y es un padre ejemplar para Nicanor. Marido con quien tuvo a Lupita. Y también a Alfredo que, tristemente, murió tan solo dos días después de haber nacido. Compañero que la consoló cuando perdió a Alfredo. Que defendió su honor contra Basilio hace ya siete años llevando a que ese desgraciado y lujurioso hijo de la chingada no haya vuelto a asomarse nunca más en sus vidas. Amigo del alma que está ahí, por y para ella, todos los días. Hombre que, digno y honrado, se dedica a curar los enfermos todos los días en el hospital de San Andrés. Su Hernán. Su buen Hernán. Su fiel y querido amigo.

—Mamá, quiero ir a casa —murmura Lupita.

—Ahorita vamos, cariño. ¡Nicanor!

Nicanor hace como que no oye a su madre. Vuelve a lanzar la rama y Simbad sale corriendo tras ella. Amalia y Reynaldo se ponen de pie y Lupita le pide a su madre que la lleve en brazos.

—¿Qué me decías, Reynaldo, de ese Plan de Iguala? Perdona. No te estaba escuchando del todo. Estoy agotada.

—Nada. No te preocupes. Ya te enterarás. Nos han pedido en la imprenta, así de modo clandestino, que imprimamos varios miles de ejemplares para ir distribuyéndolo.

—¿El Plan de Iguala, dices?

—El Plan de Iguala, sí. Un plan para terminar la guerra. Para que seamos independientes y libres, pero para que los españoles se puedan quedar aquí también. Un plan que ha propulsado el que era un militar realista bastante sanguinario, Iturbide, ¿te acuerdas de él? Solo que se ve que tiene el apoyo del cabecilla insurgente, Vicente Guerrero. Un plan que se reduce a tres garantías. Religión, Independencia y Unión. Está interesante.

—Bueno. Si tú lo dices, Reynaldo. ¡Nicanor! ¡Ven aquí ahora mismo! Yo ya no me creo nada, ¿sabes? Ni me espero nada. Llevamos tantos años de convulsiones y guerra, que si ahora nos rige la Constitución de Cádiz, que si ahora no, que si ahora nos vuelve a regir. No sé ya qué pensar. ¿Nos acompañas a casa? Esta pobre se cae del sueño. ¡Nicanor!

—Quedé con Abelardo.

—Bueno, pues salúdamelo, por favor.

—Sí, claro. Y tú salúdame a Hernán, hermanita, y dile que a ver si trabaja menos.

—Ya se lo diré. Ojalá te haga caso. Te veo bien, Reynaldo. Desde que estás con Abelardo. De veras.

—Lo estoy.

Fue a ver a Abelardo en la imprenta de su hermano Andrés, una tarde de hace cosa de cinco meses, poco después de que se volviera a decretar la libertad de imprenta por orden del gobierno constitucional de Madrid, y darse cuenta Reynaldo de que aquel hombre, que venía a que le publicaran un libro sobre Nezahualcóyotl, lo miraba de otra manera. Reynaldo no se pudo resistir. De repente, fue como si se le quitara un peso enorme de encima, y podía ser él mismo. Sin arrepentirse. Sin sentirse confundido o equívoco. Independiente. Libre. Reynaldo no había creído que fuera posible amar a otro hombre o que un hombre lo pudiera amar a él. Ya después le dijo a su madre que con veinticinco años era demasiado mayor para continuar viviendo en casa de su hermano, y que se iba a vivir con un amigo poeta y periodista allá por la calle de los Donceles. Y su madre y todos, menos Amalia, se creyeron y creen que Reynaldo se ha convertido en todo un catrín, y que él y su amigo se la pasan llevando una vida donjuanesca conquistando de noche los corazones de la mitad de la población femenina de la ciudad, la buhardilla de don Abelardo convertida en algo así como la guarida de dos casanovas incorregibles.

—Mamá, ¿se puede venir Simbad a vivir con nosotros?

—No, Nicanor. Porque Simbad vive con tu tío Reynaldo y su amigo Abelardo.

—¿Y por qué no vive con nosotros?

—Pues, porque es de ellos.

—No estés triste, sobrinito. Prometo que te vendremos a visitar un día de la semana entrante y podrás jugar con él.

—Es mi perro favorito, tío.

—El mío también. ¿Y sabes qué?

—¿Qué?

—¡Que tú eres mi sobrino favorito! ¡Pero no se lo digas a nadie!

III

Braulio tose. Vuelve a toser. Hasta que se le acaba la respiración y parece que se va a ahogar. El pañuelo que se lleva a la boca se vuelve a teñir de sangre. Estampado de coágulos salpicados, un archipiélago de motas rojas. Está sudando y tiembla de frío. Sentado en la cama, sostenido apenas por las almohadas, con cara espantada, cadavérico, el cuerpo frágil y hundido, la piel pastosa y maloliente de tonos grises y amarillos, lo que queda de Braulio se descompone delante de su socio y amigo. Está enfermo. Muy enfermo. Lo saben todos, aunque aparte de Braulio nadie lo admite o lo quiere reconocer. Todos hacen lo imposible para aparentar que aquello es normal, un mal pasajero, una influenza cualquiera, y que no hay razón para preocuparse. Heriberto, doña Simona, el padre Aguinaga, incluso el doctor Jansana. Todos menos Braulio, que no se engaña ni se deja engañar, que sabe que algo se le está pudriendo dentro, y se prepara para enfrentarse a la muerte. La hora final.

Se ha quedado solo con Heriberto. Los demás se retiraron por ser ya media mañana y porque, de momento, no hay nada qué hacer. También porque se dieron cuenta de que Braulio quiere hablar con su socio a solas.

—Te hice llamar —logra decir una vez que recupera el aliento, exhausto—. Que te fueran a buscar a La Potosina. Porque para mí esto se acaba, Heriberto, amigo, y quiero dejarlo todo arreglado y en su sitio. ¿Me entiendes? ¡Qué asco hacerse viejo! Que el cuerpo se descomponga de esta manera. Inútilmente. Que se rinda. Es patético. Que se arrugue y se ablande y se vuelva decrépito y enfermo. ¡Qué asco, Dios! ¡Le debería dar vergüenza a mi cuerpo ponerse así! Permitir que uno se haga viejo de esta manera. Es indigno.

—Aquí estoy, Braulio. Ya ves que vine. Estoy a tus órdenes, viejo amigo.

Cristina entra en el dormitorio y se sorprende de ver a su marido en la cama hablando con don Heriberto.

—¿Qué haces todavía en la cama, Braulio? ¿Qué horas son estas de estar durmiendo? Pero si tenemos visita. Buenos días, don.... —Antes de que Heriberto note que Cristina no se acuerda de quién es, dice rápido—: Voy a llamar a la criada por si se le ofrece algo, caballero. ¡Levántate, Braulio! ¡Levántate, por Dios! —Aunque, antes de irse, se detiene, se voltea y pregunta consternada—: Braulio ¿has visto a Pancho?, ¿sabes dónde está? No lo encuentro. —Solo entonces, sin esperar a que le conteste, sale del dormitorio arrastrando los pies y se vuelve a perder por los pasillos de la casa, por donde deambulará el siguiente cuarto de hora antes de volver y sorprenderse de nuevo de ver a su marido en la cama con don Heriberto a su lado.

—¿Cuánto tiempo lleva así Cristina, Braulio? —le pregunta Heriberto, triste, una vez que ha vuelto a desaparecer su esposa.

—Desde que volvió Pancho aquel día, iracundo tras haber ido a ver a Chuyém. Desde ese día. El mismo día que se fue Pancho ya para siempre. ¿Te acuerdas? ¿Cuánto hace de eso? ¿Siete años? Fue en junio o julio de 1814. Pues desde entonces que no es la misma. Si ya te lo llevo diciendo desde hace tiempo...

—Sí, ya, pero esto. El que no se acuerde de que nos viera aquí juntos hace apenas quince minutos.

—Cada día está peor, Heriberto. Últimamente está fatal. Desde hace ya cosa de dos o tres semanas no para de preguntar por Pancho. Como si se creyera que todavía anda por la casa. Como si todavía fuera chamaco. Tarde o temprano dejará de reconocerme. Lo veo venir. Eso es si no me muero mañana o el día después. Si no muero antes de que ella deje de saber completamente quién es y dónde está. Pobre. Te ocuparás de ella, ¿verdad?

—Sí, claro, lo que haga falta.

—Y de Chuyém.

—Cómo no. De Chuyém, también.

—No aparece en el testamento, Heriberto, pero debe recibir su mesada. Están todas las cuentas en el cajón de arriba de mi escritorio. Ahí te lo he dejado todo escrito.

—¿Ya viste que hay un nuevo movimiento a favor de la independencia? —comenta Heriberto, sin dejar de mirar por la ventana. Lo comenta valientemente, piensa Braulio. Heriberto está intentando heroicamente cambiar de tema para distraerlo. Hacer que Braulio olvide, aunque sea por tan solo cinco minutos, que se ha convertido en un viejo patético y menguante, que está desapareciendo delante de su amigo, encogiéndose lenta pero irremediablemente, eclipsándose, poco a poco; que tarde o temprano pasará de quedar paulatinamente a la sombra, en las tinieblas, sin luz, a ofuscarse del todo.

—¿El de Agustín de Iturbide? —logra contestar.

—En efecto. El Trigarante —responde Heriberto, aliviado de que Braulio todavía parece capaz de hablar de política. De que se anime.

—Ya viste que Iturbide le ofrece la Corona de México a Fernando VII y lo invita a venir a aquí.

—Estaría bueno. Aquí cuidaríamos de él y no dejaríamos que lo revolvieran todo esos jacobinos gaditanos. Claro que es una pena que se volviera Calleja a España. Lo echo en falta.

Parece que va a volver a toser, pero es una falsa alarma. Se aguanta. La conversación lo absorbe de momento. Por un instante Braulio parece el Braulio de antaño. Por segundos es posible percibir aquella voz de mando, esa confianza que siempre tuvo en sí mismo. Heriberto se alegra de ver a Braulio casi animado con la conversación. Irónico. Sagaz. Combativo como lo solía ser antes, cuando no se le había quebrantado la salud.

—Después de once años de guerra, quién sabe, quizá ya toca. Jamás pensé que diría semejante cosa. Pero es que la guerra no ha terminado, Heriberto... No acaba de terminar nunca. Aunque hace ya cosa de seis años que no tenemos batallas campales, así a lo grande, ni se oye hablar de ejércitos insurgentes sobre la marcha o ciudades ocupadas. Lo de la expedición de ese loco liberal, y para colmo español, Mina, de hace tres años fue una quijotada y nada más. Pero ahí siguen esas bandas sueltas de insurgentes asaltando, robando, quemando las propiedades, matando, haciendo daño. Dale que te pego. No se acaban de rendir nunca. Y no se cansan de chingar. Nuestros militares matan a unos, arrestan a otros, y luego van y aparecen más, quién sabe de dónde. Y ¡venga a chingar! ¡Carajo! ¿Quién sabe? Quizá, si nos volvemos independientes, mi buen amigo Heriberto, con Fernando VII en el trono o con Iturbide de emperador, entonces dejarán de incordiar esos pinches insurgentes que quedan por ahí atacando nuestras conductas y volveremos a ser ricos otra vez. ¿Te imaginas? Ricos una vez más.

—¿Lo dices por Pancho?

No hay día que Braulio no piense en su hijo. No lo puede remediar. Se le aparece como era. De niño. De adolescente. Antes de que se fuera a cursar los estudios en San Ildefonso. Antes de que lo malearan. Extraña a ese Pancho. Lo extraña tanto que le duele. Siente su ausencia como si se hubiera muerto. Como si siguiera de luto por él después de todos estos años. Se muere por volver a abrazarlo. A diferencia del Pancho insurgente que se fue y se dio a la fuga hace siete años. Ese, para Braulio, no merece nada más que su desprecio. Lo desheredó. Reescribió el testamento delante del notario. No se llevará ni un duro el día que él muera. Se lo da todo a Luisito. Que Clara se ocupe de las minas mientras su nieto no se haga mayor. Que Heriberto cuide de que su esposa y Chuyém estén bien proveídas. Pero a Pancho no le deja nada. Y se dice a sí mismo que no lo quiere volver a ver. Ningún hijo suyo es ratero.

—No, no lo digo por él —contesta contundente—. Para mí, Pancho está muerto.

IV

La plazoleta frente al porche de la hacienda, bañada en la cegadora luz de la mañana y cubierta de polvo, viento y arena, se ve presa de la agitación y el trajín apresurado de gente que viene y va sin tiempo que perder. Don Memo y el Dientes amarran los caballos y suben los bagajes a la berlina que van trayendo, de prisa, los criados de la casa. El padre Hernández, la mano firmemente puesta en el sombrero de teja negro para que no salga volando como un cuervo asustado, y que ha venido a despedirse, se para con la sotana arremolinada junto al carro, zarandeado por los torbellinos que pasan a su lado y se persiguen como trompos por el patio, levantando espirales de polvo y ansiedad.

Solo los jinetes que van a formar la escolta privada de la señora Clara parecen ir a otro ritmo. Fumando, apretándose los paliacates que llevan en la cabeza unos, ajustándose los cintos de las cartucheras otros, es como si pertenecieran a otro grupo, otro lugar, otro momento en el tiempo. Ahí están junto a la berlina, seis hombres armados que ensillan sus caballos despacio, metódicamente, o limpian sus pistolas, serios todos ellos, sin hablarse, a la vez que se preparan para acompañar a la jefa a San Luis. Clara ha dejado muy claro que tiren a matar si se encuentran con bandidos por el camino; bandidos como los hijos de la rechingada que mataron al señor don Marcos, que descanse en paz.

Clara apenas cumplió los treinta el pasado mes de marzo, pero parece mayor. Los golpes de la vida la han endurecido, marchitado. Visiblemente. Ya no tiene las mejillas sonrojadas de antes. Esa chispa traviesa en el mirar. Apenas sonríe. Lo han notado todos: don Eugenio, don Lorenzo, el padre Hernández. En estos últimos años se ha vuelto pedregosa, enjuta, de rasgos angulares, impaciente, de mirada severa, aunque sigue siendo estirada como lo son todos los Cienfuegos. El sufrimiento y los padecimientos no la han doblegado, no han encorvado su espíritu o su silueta alargada en lo más mínimo. Camina con orgullo, alta y recta como un palo y hoy en día habla con la voz de mando de su padre.

Le dice a don Eugenio que hace falta resolver de una vez el asunto de la zanja y el río. Cuando regrese quiere que ya lo haya solucionado. ¿Me entiende? Ha de llegar agua a los pocos campos de riego que tienen porque no pueden seguir disputándosela a la gente del pueblo. Esto se tiene que terminar. Y le recuerda que es imprescindible cobrarles el arrendamiento a los Mejías y a los Pedroza, que ya les deben dos meses y no pueden estar en los ranchos de La Zagala y El Jacal por más tiempo sin pagar, por muy mal que les haya ido la siembra este año, que esto no es un establecimiento de beneficencia, ¡qué caray! Que ya debería saber ese viejo gordo de don Justo Mejías que porque ella sea mujer no significa que no tiene los cojones más grandes que él. Si hace falta echarlos de sus tierras, lo hará. Y que por favor no olvide asegurarse de que don Lorenzo esté encima de don Gonzalo y don Clotaldo para que se lleven los rebaños que tienen pastando allá por el cerro del Diablo rumbo al valle de los Vegallana, y que esté encima también de doña Fernandina para que se ocupe, por favor, de los menesteres de la casa. Y ya finalmente, que la tenga al tanto de todo, lo que recalca: «De todo, todo, todito, ¿me oye, don Eugenio?», que para eso está el niño Edmundo que cabalga veloz como el viento, para ir y traer las cartas que se manden el uno al otro mientras ella esté en San Luis, por lo que le insiste que no tome don Eugenio ninguna decisión de mayor envergadura sin su consentimiento: «¿Estamos?». A lo que don Eugenio contesta que sí a todo, los pocos cabellos canos que tiene en la cabeza, largos y despeinados, bailando incongruentemente en el viento sobre sus lentes espesas y su ceño fruncido.

—Bien, ¡vámonos! No hay tiempo que perder —dice Clara a la vez que atraviesa la plazoleta y se sube a la berlina.

Espera alcanzar a ver a su padre antes de que fallezca. La carta que recibió esta madrugada de don Heriberto y que trajo el mensajero de su padre a galope desde San Luis da a entender que le faltan días, quizá horas. Pinche viejo adúltero y mentiroso. Con esto y con todo, Clara lo va a extrañar el día que se muera. Mucho. Y lo sabe. De la misma manera que extraña a su madre que, aunque sigue viva, ya no es ella y es como si hubiera muerto. No hace falta que haga sus paces con él. Siempre se han entendido. Es su hermano el que no tendrá ocasión de despedirse, de pedir perdón, de que se absuelvan el uno al otro y se puedan decir lo mucho que se quieren por muy desavenidos que hayan llegado a estar. Pero ese es su problema y no el suyo.

—Pero ¿dónde carajo están la señorita Enriqueta y mi hijo?

—Ahí vienen, señora.

—Vámonos, pues. ¡Ándele! ¿Qué esperan?

V

Al fondo, en la distancia, escasamente iluminados por las pocas velas que están prendidas, se alcanzan a ver apenas en la oscuridad el retablo mayor y la bóveda que se pierde allá arriba en la penumbra. Como si se tratara de las profundidades de una caverna subterránea a esas horas de la noche, repleta de estalactitas y estalagmitas de oro. Una cueva en la que se discierne, como por encanto, la forma dorada de Jesús crucificado con la figura de San Felipe Neri más arriba, alzándose en los cielos sobre su cabeza envuelta en nubes y querubines. La luz tiritante de los cirios hace que relampagueen como chispas los relieves de oro que enmarcan las columnas de mármol, y el fulgor cálido y mágico que desprenden las plumas de las alas de los ángeles que se arrodillan frente al Señor. Es un cenote espiritual. El olor del incienso de ceremonias que debieron tener lugar en el oratorio esa misma tarde o quizá desde siempre es perceptible todavía y se mezcla perfumado y polvoriento con el aroma seco de la madera centenaria de los bancos de la iglesia, de la cantera y del tezontle, y con la fragancia mística de la devoción.

Basilio se siente nervioso allí de pie, en la penumbra, no sabe bien por qué, junto al altar de la Virgen de la Inmaculada Concepción que flanquea el altar mayor, rodeado de las sombras y siluetas de unos siete u ocho hombres que resultan amenazantes y siniestros tan solo porque es imposible verles bien la cara, alumbrados todos ellos de forma tenebrosa por las velas alargadas cuyas frágiles llamas arden temblorosas y de forma sinuosa a sus costados. Los oye respirar. Toser. Tosidos que reverberan por la nave, perseguidos por sus ecos espantados. Alguno que otro cuchichea en voz baja dejando que sus susurros caigan y se esparzan sobre el suelo ajedrezado donde se los lleva la corriente de aire volando a ras de las baldosas blanquinegras hasta llegar a los portones del templo, por debajo de los cuales salen a la calle donde se pierden ya para siempre en el silencio tétrico de la noche. Están esperando a que aparezca el canónigo Matías de Monteagudo de un momento a otro y que, igual que a él, imagina Basilio, los ha convocado allí a esa hora inmunda para hablar de un asunto de suma importancia y del que, de momento, nadie aparte de los convocados puede saber nada so pena de muerte.

Basilio repara en el retablo de la Purísima que tiene a sus espaldas, al no saber qué hacer consigo mismo mientras esperan, y se fija en el rostro de la escultura de la Virgen de la Inmaculada Concepción, que es asombrosamente parecido al de la Güera Rodríguez; «esa mujerzuela», dijo Monteagudo malhumorado la última vez que lo vio, que los engañó a todos diciendo que persuadiría a Iturbide de alzarse en armas para que el virrey rompiera con la España de la Constitución de Cádiz y le ofreciera el trono mexicano a Fernando VII. Nadie le dijo a esa furcia independentista que usara su belleza sobrenatural y sus notorias artimañas femeninas para que su pinche amante se pusiera a negociar con Guerrero y llegara a acuerdos con los malditos insurgentes.

Se oyen pasos que se acercan por la nave, seguidos por una sombra larga que se esparce por toda la iglesia. Es él. Se acerca a los hombres, los bendice, les da la bienvenida y agradece que estén allí. La causa necesita caballeros valientes y aguerridos como ellos. Se acerca a Basilio al reconocerlo en la penumbra y le da un fuerte apretón de manos.

Monteagudo debe tener unos cincuenta y tantos años. Es delgado, tiene la frente ancha, pelo corto y cano, y habla deprisa como hacen tantos gachupines, los vocablos apelotonándose unos sobre otros, saliendo de su boca ceceante como un redoble de tambores. Tal y como Basilio sospechaba, se trata de orquestar un golpe. Ya nadie ahí cree que Apodaca sea capaz de frenar la locura que han desatado los eventos en la metrópoli. Hace falta que alguien tome control del gobierno de la Nueva España y aplaste el movimiento Trigarante del desagradecido de Iturbide. Por eso están aquí. Y el general Francisco Buceli toma la palabra para dejar claro que está convencido de que puede convencer al mariscal de campo Francisco Novella de que se ponga a la cabeza del golpe. Todos concuerdan en que es el hombre de la situación, el líder perfecto para la asonada. Y cuando se dé el golpe hará falta que el ayuntamiento se ponga del lado de las nuevas autoridades, y para eso Monteagudo cuenta con que el joven concejal Gurruchaga convencerá a los demás miembros de la corporación de la necesidad de apoyar el nuevo orden. A lo que Basilio asiente y dice lo que debe decir y lo que Monteagudo y los hombres presentes quieren escuchar. Es solo después de que han entrado en detalle en lo que cada quién debe hacer y a quiénes contactarán y buscarán reclutar, que Monteagudo vuelve a recalcar aquello de que es esencial que nadie, pero absolutamente nadie, sepa lo que están tramando. Les va la vida en ello. Como alguien los delate, la conspiración fracasará, y de ella depende el futuro de la Nueva España y de la monarquía. Esto va en serio.

—Les recuerdo que, si ustedes sospechan que alguien ha descubierto nuestro plan, se lo hagan saber enseguida al amigo Deza, aquí presente. Inmediatamente. Deza se ocupará de silenciar a cualquier delator. Sea quien sea. Para siempre.

Basilio observa la figura siniestra de Deza, de pie a su lado, corpulento, de barba puntiaguda y sonrisa asesina, los ojos centelleándole perversos a la luz de las velas, y se le ocurre una idea.

VI

La cascada de Texolo cae desde las alturas y se estrella contra las rocas en el fondo de la cañada, llenando el aire de espuma, nubes de vapor y una fina llovizna que sube del río hacia arriba formando constelaciones de gotas desorientadas. No se oye otra cosa que la rabia de la cascada. Excepto que Pancho sí oye, de repente, el silbido distintivo de Lucas a través del sonoro bramido del río; silbido que imita el cantar del cenzontle y que usa para llamarlo y avisarle que lo viene a ver, que no lo sigue nadie y que Pancho puede arriesgarse a salir de su escondite.

Pancho sale de la cueva junto a la cascada en la que se lleva refugiando las últimas tres semanas, va hasta Lucas, a quien ve aproximándose por la orilla en su levita de caza verde oscuro, la escopeta colgándole de la espalda, y lo abraza.

—Traigo noticias.

—Imagino. Si no, no me vendrías a buscar. ¿Y? Desembucha. ¿Qué esperas?

—¿Ya viste esto?

Lucas saca un par de hojas de periódico manoseadas de la mochila que trae consigo, la misma en la que trae provisiones para su amigo, y se las alcanza.

—Lee.

—¿Y esto?

—El Plan de Iguala.

—¿Qué Plan de Iguala?

—Ya imaginé que no te habías enterado, escondido aquí desde tu última hazaña. ¡Qué bestia! Dejaste un cráter en el camino real que ni que hubiera caído ahí un meteoro. Pues nada, que esto te va a interesar, amigo. Porque, además, cuando lo hayas leído, que sepas que hay alguien que me mandó buscarte y espera que te unas a sus fuerzas que recién han ocupado Córdoba.

—¿Córdoba? ¿Ocupada por quién? ¿Qué dices? ¿De quién hablas?

—Del coronel José Joaquín de Herrera.

—¿Herrera? Pero ¿qué dices? ¿Herrera, el comandante realista?

—Ya no es realista.

—¿Y eso? No entiendo. ¿Qué no es realista entonces? ¿Y qué quiere? Espera. No tan aprisa.

Pancho se sienta sobre una roca junto al río y lee mientras fuma. Lucas se sienta a su lado, bebe un sorbo de agua de su cantimplora y enciende su propio cigarro. Al principio a Pancho le cuesta encontrarle sentido a aquellas palabras que se suceden unas tras otras, prometiendo a todas vistas metas completamente contradictorias. ¿Qué hay aquí, se pregunta Pancho, que no pueda convencer a todos de que se unan detrás de la bandera de Iturbide sin importar sin son de un bando u otro? A unos les ofrece la independencia. A otros, la posibilidad de permanecer aquí con Fernando VII de rey. A todos les promete que la religión católica, que es, a fin de cuentas, la religión de todos, es y será la religión del nuevo país, sin tolerancia de ninguna otra. Lo que se busca es defender la Religión, la Independencia y la Unión. Una unión entre antiguos realistas y patriotas, entre americanos y gachupines, que traiga paz, después de once años de guerra, y logre reconciliar a tirios y troyanos.

—¿Cómo ves? —le pregunta Lucas, al ver que Pancho ha terminado de leer el texto en sus manos.

—¿Tú te fías?

—Mira, Pancho, tú llevas desde hace cinco años aquí en Veracruz. Viviendo Dios sabe cómo a salto de mata. Y chingar al prójimo, lo que se dice chingarlo así de a de veritas, no te lo niego, has sabido chingar de lo lindo a todos los realistas que has querido y que han pasado por aquí. Pero seamos honestos, carajo. Ni tú ni Guadalupe Victoria ni los demás insurgentes que quedan por ahí alzados, perdidos en la selva o en los cerros o donde sea, van a conseguir jamás vencer al ejército realista. Eso lo sabes tú, mejor que nadie. Después de todos estos años. Solos, los insurgentes, no han logrado la consumación de la independencia en los once años que lleva durando esta pesadilla. ¡Once años, Pancho! No la hemos logrado ni la lograremos. No nos engañemos. Ahora sí podemos. Si ustedes que andan todavía alzados se unen al movimiento trigarante, no habrá pinche realista que los pueda parar. Y escúchame. Se están pasando todos los militares al bando independiente, Pancho. Toditos. Es increíble. Es verlo para creerlo. Son todos ahora insurgentes, Pancho. O trigarantes, que es lo mismo. E igualito las corporaciones de las ciudades. ¿Te puedes creer que Bustamante, al ocupar Guanajuato, mandó que quitaran las cabezas de Hidalgo y los otros insurgentes que llevan colgando de las esquinas de la Alhóndiga desde hace ya diez años? Eso hizo Anastasio Bustamante. ¡Bustamante! ¿Lo puedes creer? Incluso Santa Anna, carajo, se ha adherido al Plan de Iguala.

—¿Santa Anna? ¡No chingues, mano!

Pancho contempla la cascada y el río que fluye agitado e inexorable montaña abajo hacia el mar. Hay algo inevitable en su violento chapoteo y avanzar. Nada lo detendrá. Nada lo puede detener. La idea de que, de repente, de la forma más inesperada, sea posible la consumación de la independencia golpea a Pancho con toda su magnitud, después de haber dedicado los últimos nueve años de su vida a luchar por ella; lo golpea con la misma fuerza con que la cascada de Texolo cae de las alturas y se desploma allí sobre las rocas y sobre el río que tiene enfrente, brutal e imparable.

VII

Cristina no está bien segura de dónde está o cómo ha llegado hasta allí. Está otra vez en un pasillo que le resulta increíblemente familiar. Sabe que lo debería reconocer o que lo reconoce, pero no es capaz de situarlo en el tiempo o el espacio. Es un pasillo de una casa grande que podría ser su casa o la de sus padres, pero no acaba de ubicar las baldosas o su techo alto o esas paredes lisas y blancas que se extienden a sus costados con una serie de puertas a cada lado y una escalera al final desde donde se oye la voz irónica de un cotorro. De una de las puertas le llegan voces que sabe, aunque no recuerda por qué, anuncian que algo terrible está pasando. La impresión definitiva de que ha visto algo espantoso hace poco le produce una sensación de náusea. Pero no sabe de qué se trata. Porque no sabe exactamente dónde se encuentra. No recuerda. Da varios pasos hacia adelante. A tientas. Hacia la habitación de donde se oyen murmullos y el llanto de una mujer. El llanto le recuerda, de repente, a su madre. Cuando la casa se cubrió de luto al llegar la noticia de que su padre había muerto durante un viaje a La Habana, en alta mar. Quiere ver a su mamá y se apresura para ir a consolarla. Solo que, cuando llega al umbral del dormitorio de donde vienen las voces, no se encuentra a su madre. En vez de ella, hay un viejo enfermo en una cama y junto a él un cura, dos caballeros que medio reconoce y una mujer de unos treinta años que debería saber quién es, pero que no le es posible ubicar.

Siente el pánico volver, ese miedo atroz de hallarse frente a personas que le resultan conocidas y que le hablan como si la conocieran, pero que ella no acierta a saber quiénes son. Prefiere huir a hacer el ridículo y dejar que se note que no se acuerda de ellos. La acomete un sentido profundo de vergüenza que es, al mismo tiempo, una forma de terror: el terror de saber que está totalmente perdida y que se halla en una pesadilla de la que nunca se acaba de despertar, donde nada ya tiene sentido y donde todo es confuso, y donde ella no es capaz de recordar lo que sucedió apenas hace unos instantes. Es entonces que se le viene a la memoria su hijo Pancho y pregunta por él. Se aferra a la esperanza de que quizá él sí la pueda ayudar. Aunque es entonces que la azota, al mismo tiempo, la congoja y la acuciante inquietud de que hace mucho tiempo desde que lo vio por última vez. Se siente desmayar con solo pensar que le ha pasado algo. O lo que es peor. Pensar que le pasó algo terrible a su hijo, y que ella no lo recuerda, que no es capaz de recordarlo.

La mujer que está ahí llorando sentada junto al viejo postrado en la cama la mira, la saluda, la llama madre y le dice que se acerque.

—Venga, madre. Venga a despedirse de su marido.

Cristina mira al viejo amarillento y hediondo que respira con dificultad, como si tuviera cangrejos dentro de los pulmones, y no sabe quién es. Ella no tiene marido. No sabe de qué le está hablando esa mujer que extiende su mano hacia ella.

—Cristina —dice el viejo, apenas audible—, Cristina, perdóname.

El viejo le da asco. Parece una momia. Apesta. Ese no es su marido. Sabe que estuvo casada una vez. Algo recuerda. Con un hombre poderoso. Criollo, hijo de asturiano. Alto. Fuerte. Apuesto. Que tenía voz de mando y hablaba con autoridad, siempre seguro de sí mismo. Después se torció y desapareció. No sabe adónde fue o qué le pasó. Su marido no es ese anciano que ve allí postrado tosiendo y que la mira, patético, pidiendo que lo perdone. Definitivamente no es él. Nunca se le hubiera ocurrido casarse con un viejo enfermo y asqueroso como él. ¿Qué ocurrencias? A quien necesita ver es a Pancho. Urgentemente. Él la puede salvar. Sacar de allí. Ayudarla a salir de su propia cabeza aturdida y confusa. A mostrarle la salida de ese laberinto sin sentido en el que se halla, donde nada está donde debiera estar y donde se encuentra rodeada de extraños que misteriosamente le hablan como si la conocieran. Mira a la mujer con lágrimas en los ojos que se ha puesto de pie y está intentando hacer que se acerque a ese viejo adúltero cochino y mentiroso y se lo pregunta.

—¿Sabe usted dónde está Pancho, mi hijo? No lo encuentro por ninguna parte.

—Ay, madre. Pero si Pancho lleva años que no vive aquí. Se fue, ¿qué no lo recuerda?

En el umbral detrás de ella aparece un niño perseguido por una joven con cara de gallina asustada.

El niño va hasta Cristina y le toma la mano.

—Venga conmigo, abuela. Vamos a ver al cotorrito.

El niño le recuerda a Pancho. Pero no es Pancho. O no está segura de que lo sea.

—¿Tú eres Pancho?

El niño ríe.

—No, abuelita, yo soy Luis.

—¿Luis? Entonces, ¿dónde está Pancho?

Cristina tiene miedo. Vuelve a sentirse aterrorizada. Está perdida. Nada tiene sentido. No sabe dónde está. No sabe con quiénes está. Necesita salir de allí. Necesita encontrar a Pancho. ¿Dónde puede haberse metido? No quiere ser grosera con esa gente, por eso. Sus padres le enseñaron a cuidar de los modales, a comportarse en sociedad. No quiere desairarlos.

—Es un placer. Mucho gusto. Han sido muy amables. Pero se me ha hecho tarde. Adiós. Tengo que ir a ver a Pancho.

Cristina sale de aquel cuarto lleno de gente y que huele tan mal. Oye que le hablan, que la llaman, pero los ignora. Mira el pasillo que se alarga frente a ella. Pero no sabe qué dirección debe tomar. No sabe dónde está Pancho. No sabe cómo salir de allí. Tiene ganas de llorar. Echa a andar. Es lo único que puede hacer. Si camina, tarde o temprano habrá de encontrar la salida.

Angustiada, Cristina se hace paso hacia la escalera. Y empieza a gritar. Tal vez él la oiga si grita.

—¡Pancho! Pancho, hijo, ¿dónde estás? ¡Pancho! ¡Pancho!

VIII

Cuando ve a Guadalupe Victoria aparecer de detrás de la maleza, le cuesta a Pancho por un momento reconocerlo. Se le ve muy deteriorado. Está todavía más demacrado y macilento que la última vez que lo vio. La ropa que lleva encima le queda grande de lo mucho que ha adelgazado y está mugrienta y arrugada. Camina con dificultad. Como si le doliera todo. Aunque tiene tan solo diez años más que Pancho parece viejo. Anciano. La barba y los pelos de punta le dan cierto aire de loco escapado del convento de San Hipólito. O de pordiosero enfermo que no ha probado bocado en meses. Si no supiera quién es, difícilmente lo reconocería. Nadie diría que es el general Guadalupe Victoria. Aun así, Victoria le sonríe al verlo. Y su sonrisa es inequívoca. Como lo son sus ojos centelleantes; ojos que echan chispas. Especialmente cuando se anima y le entra a la conversación.

—Hombre, pero si es mi carnal, el mayor Cienfuegos.

—Mi general.

—Veo que esta vez trae a sus doce apóstoles consigo. Debe ser cosa seria.

Pancho sabía que lo encontraría allí. Victoria lleva ya más de un año que se esconde en aquella barranca entre Huatusco y La Soledad, a medio camino entre Córdoba y Veracruz, donde la pendiente empieza a bajar de forma vertiginosa a la vez que la selva se va llenando de palmeras, y aprieta todavía más el calor. Eso le dijo Pancho a Herrera, después de que se presentara en Córdoba con sus hombres, dispuestos todos ellos a dejar sus familias por el tiempo que hiciera falta para consumar la independencia, ahora que parece que lo van a lograr, que la victoria definitiva está a la vuelta de la esquina o al otro lado de las montañas. El recién ascendido teniente coronel Pancho Cienfuegos le prometió a Herrera que persuadiría a Victoria de unirse al

Ejército Trigarante. Del mismo modo que Guerrero e Iturbide trabajan juntos ahora para obtener la independencia, importa que Victoria se integre a las fuerzas de Herrera y Santa Anna allá en la provincia de Veracruz. Que un líder insurgente dé legitimidad al impulso trigarante en tierras jarochas; que se una y sea uno de los jefes del nuevo ejército independiente que se está congregando y fortaleciendo en Córdoba y Orizaba mientras Santa Anna se encarga de liberar Alvarado.

Le ofrecen comida a Victoria —tortillas y cecina, tamales y aguacates— que engulle ruidosamente, furioso, tras sentarse en una roca, como si no hubiera comido en años. Le dan agua. Y mientras Victoria devora todo lo que le dan, y se chupa y relame los dedos, y mastica y ronronea, felino, como una de las bestias que se esconden con él en la selva, Pancho lo pone al día. Le enseña el texto del Plan de Iguala. Se lo explica. Le habla de cómo todavía se resisten las fuerzas realistas de Perote, Xalapa y el puerto de Veracruz. De cómo el plan eventual es unirse a Iturbide y las demás fuerzas trigarantes que avanzan hacia Puebla, para ocuparla, y de ahí asaltar la Ciudad de México al otro lado de los volcanes.

—Me mandan decirle, mi general, que Santa Anna le ofrece el mando de sus fuerzas. Que sepa que lo respetan y admiran y quieren que salga de su escondite y se ponga al frente del movimiento independiente aquí en Veracruz. Santa Anna dice que se pondrá a sus órdenes tan pronto se presente, mi general, y se incorpore a su regimiento libertador.

A Victoria no se le escapa palabra alguna. Las devora todas con los oídos con la misma concentración e intensidad con que devora con la boca toda la comida que le ponen delante. Cuando, finalmente, Pancho termina de hablar y aguarda para ver qué le contesta, Victoria se levanta despacio y da varios pasos nerviosos hacia un claro donde cae un rayo espeso de sol que, como un inmenso tronco de luz, brilla radiante y cegador por entre las ramas y las hojas en medio de aquel rincón del bosque.

Victoria estira los brazos y se despereza. Se lleva las manos a la espalda al mismo tiempo que saca el pecho, alarga el cuello y mueve la cabeza de un lado a otro. Se oye cómo crujen sus articulaciones y huesos agarrotados. Luego, se queda parado dejando que el sol le bañe el rostro y recaliente y cubra su cuerpo engurruñado y enmohecido. Se tarda unos momentos en asimilar todo lo que le ha dicho Pancho.

Victoria mira entonces a su carnal a los ojos, vuelve a sonreír, esta vez dejando que se vean todos los dientes y, de repente, se pone a hablar. Lanzado. Le habla a Pancho atolondrado, de forma atropellada, vertiginosa, comiéndose las sílabas, recalcando que hace falta que se unan todos para conseguir la independencia, pero todos, que tiene sentido que pongan a un lado sus diferencias, ya era hora, que ha sufrido por el espacio de treinta meses continuos tantos y tan extraordinarios sacrificios que ya no puede más, la verdad, pero que lo que le dice su carnal le da esperanzas, muchas. Porque este debe ser el momento. Debe ser definitivamente el momento, ¿verdad? El momento que tanto tiempo llevan esperando. El momento de la libertad.

—¿Para qué le cuento? Usted me ha visto tan desnudo como Adán, solo, enfermo, botado en el suelo sin más alimento que yerbas y raíces de árboles, acompañado únicamente de las fieras, errante y perseguido por todas partes sin tener un momento en que respirar.

No ha podido Victoria, en todo este tiempo, dice, salir a la luz para gozar del dulce placer de verse incorporado entre los gloriosos defensores del pabellón mexicano. Porque andaban todos en retirada y escondidos. Pero si todo lo que le dice Pancho es cierto, si es verdad, entonces la cosa cambia y es obvio que se ofrecerá de nuevo a la disposición de los que luchan por la libertad de la patria, como hizo desde el principio, como hizo siempre, cuando lideraban sus fuerzas hombres de la estatura de Galeana y Morelos. Si de algún modo su persona les es de alguna utilidad a los que ahora se llaman trigarantes, claro que los apoyará. «Unión eterna», repite varias veces, como si hablara solo, desacostumbrado a tener quien lo escuche, como si se dirigiera a una tropa imaginaria antes de emprender una batalla, dirigiéndose lleno de fervor a los doce apóstoles de Pancho, que lo miran desconcertados, sin estar seguros de si su general se ha vuelto loco de remate tras haber pasado demasiado tiempo solo escondido en la selva. «Unión eterna, compañeros, unión eterna, y así nos haremos invencibles, ¡unión eterna!». Le sonríe a Pancho. Ríe, de repente. Lo abraza. Se le ve electrizado por todo lo que le ha dicho Pancho. Recupera de golpe su antigua gallardía de general. Su serenidad. Esa voz de mando de antaño que le sale de dentro de su cuerpo raquítico y endeble llena de fuerza, entusiasmo y esperanza.

IX

Hernán no entiende cómo doña Úrsula puede amar a uno de sus nietos más que a otro, cómo puede, es más, mostrarlo delante de ellos, delante de todos, sin vergüenza alguna, sin molestarse siquiera lo más mínimo en intentar disimularlo. Como si aquello fuera lo más normal del mundo. Que adore a Lupita de esa forma tan pública y escandalosa, mientras que parece hasta ponerle ganas en demostrar a todo Dios que encuentra a Nicanor insoportable, que lo halla repelente y travieso, y no quiere tener nada que ver con él. Hernán no entiende cómo puede ser posible que su suegra trate a un niño de seis años de esa forma tan abismalmente cruel. Con ese nivel de desprecio. Que lo ignore, que lo regañe a la primera y por cualquier cosa, que no le dé besos o muestre cariño alguno, que pueda ser tan aterradoramente dura y fría con él, mientras que a Lupita la apapacha todo el santo día, diciéndole con voz infantil y meliflua que es su princesa y su reina, su ángel y su cosa linda. «Ven a probarte este vestidito que te acaba de comprar tu abuelita, preciosa de mi vida. Deja que te peine, mi amor. Ven y dame un besito y mira qué te traje del Parián». Otra muñeca, otros zapatitos de charol con bucles de plata, otro collarcito de perlas. Todo al mismo tiempo que a Nicanor lo ningunea, o le dice barbaridades como que a los niños malos como él se los lleva el diablo por las noches cuando se quedan dormidos, que si no se calla y se va a hacer ruido a otra parte eso mismo le pasará a él. ¡Tiene seis años!

A la vez que Hernán camina por las aceras del centro de la ciudad de regreso a casa, a tiempo para el almuerzo, pasando tenderos, vendedores ambulantes, pordioseros y toda esa humanidad en movimiento que viene y va, a pie y a caballo, en calesas ruidosas o dando gritos, por las banquetas y la calzada, despacio y aprisa, yendo y volviendo de trabajar o ir de compras, bajo el sol de las dos de la tarde, se pregunta si debería decir algo. Ya son años que lo comentan Amalia y él. Pero Amalia no acaba de enfrentarse a su madre. Le cuesta. No se atreve a decirle sin pelos en la lengua que eso debe parar. Se limita a mandarle indirectas que doña Úrsula no capta o no quiere captar. Y le dice a Hernán, como si la excusara, que su madre siempre fue así. Que su hermano Andrés siempre fue el favorito, mientras que a los demás los toleró a secas. Que es imposible cambiar a las personas. Pero Hernán sospecha que, en el fondo, Amalia teme que su madre sabe que lo del bisabuelo gitano de Hernán fue una mentira ocurrente de su yerno para evitar el escándalo que se hubiera armado de darse a conocer que su nieto Nicanor era así de prietito porque el padre no era otro sino ese Indio Cienfuegos del que su hija, estúpida, se había enamorado; secreto a voces que Hernán imagina todavía repiten las malas lenguas y las amigas malpensadas de doña Úrsula que frecuentan las tertulias envenenadas de la Champurcín. Amalia no quiere enfrentarse a su madre para que no se diga en alto lo que nadie menciona delante de Hernán después de lo del duelo de hace todos esos años. Que Nicanor no es su hijo. Hernán intuye que Amalia no quiere forzar la situación, provocar a su madre y darle la excusa perfecta para que le conteste a gritos que cómo puede querer a un niño indito de padre insurgente, hijo del pecado y la idiotez de su hija. Pero la culpa o el miedo al qué dirán no debe ni puede impedir que le digan a doña Úrsula que esto se tiene que acabar, que no puede continuar idolatrando a Lupita mientras que a Nicanor lo trata como a un delincuente. Que si no cambia su actitud se tendrá que ir a vivir a otra parte, o se irán ellos.

Y todo ello se le hace todavía más incomprensible a Hernán, cuando se tiene en cuenta lo hermoso y bueno que es Nicanor. Es una criatura adorable. Dulce, generoso, atento con los demás, increíblemente paciente con su hermanita Lupita. Tierno y reflexivo. Hernán jamás iba a abandonar a Amalia, aun y cuando el nacimiento de Nicanor confirmó todo lo que había dicho el maldito de Basilio Gurruchaga Ibarra, porque la ama demasiado, porque sin ella su vida no tiene sentido, porque amar es dar, sin condiciones, sin pedir nada a cambio. Pero dejando todo eso de lado, una cosa no quita la otra. Aparte de que Nicanor es el hijo de Amalia y, por lo tanto, el nieto de doña Úrsula, es un niño encantador. Hernán disfruta leyéndole por las noches antes de que se vaya a dormir. O contándole cuentos que se inventa sobre un niño llamado Nico, diferente a los demás, que tiene el poder especial de saber volar. Hernán es profundamente feliz cuando juega con Nicanor, contemplándole dibujar, todo concentrado, cuando lo abraza al llegar a casa del trabajo. ¡Dibuja tan bien, además! Nicanor es su hijo y siempre lo será. No tiene sentido maltratarlo como hace su suegra. Debe parar ya de una vez y para siempre. Aunque a Amalia le cueste, Hernán decide que no pueden seguir así. Necesitan hablar con su madre y decirle que ya basta.

—¿Doctor Moreno?

—Sí, soy yo.

Hernán se detiene en la calle para ver quién le habla. El hombre que le acaba de dirigir la palabra saca una navaja de debajo de la capa y le corta el cuello con un movimiento tan rápido que Hernán apenas tiene tiempo de darse cuenta de que lo acaban de matar. El suelo se alza en el aire y se desploma sobre su cuerpo y golpea su cabeza. No recuerda ahora qué le iba a decir a doña Úrsula cuando llegara a casa. La oscuridad lo envuelve. Se nubla todo. Deja de ver, de pensar. Deja de respirar. Su cuerpo inerte queda despatarrado sobre los adoquines, a la vez que un charco de sangre se esparce vertiginoso alrededor de su cabeza, y la calle se llena de los gritos de los viandantes que se aglomeran en torno de él espantados de encontrarlo muerto, asesinado en el centro de la ciudad a plena luz del día.

X

Afuera diluvia. Cae el agua como una cascada, inundando las calles y el patio interior de la casa. Las habitaciones, que se encuentran sumergidas en una penumbra gris y apesadumbrada que se ha adueñado del mundo desde media tarde, se llenan, cada dos por tres, repentinamente, de la luz cegadora de los relámpagos que entra violenta por las ventanas. Detrás del deslumbrante fulgor de los rayos irrumpen las explosiones de truenos ensordecedores que hacen temblar los cristales y espantan a los perros del vecindario que se ponen a aullar. Es como si se estuviera librando la peor y más sangrienta de las batallas en el cielo, encima de ellos. Es el fin del mundo. El rugir de los cañones que viene de allá arriba es aterradoramente brutal. Como lo es el sonido espantoso de la lluvia que cae azotando las ventanas, los adoquines allá afuera, las baldosas del patio, salpicándolo todo, golpeteando frenéticamente las superficies, haciéndolas resonar de dolor con un tacatá martirizante que no cesa.

El funeral de Hernán fue esta tarde. Amalia podía ver cómo se iban formando y llegando esas nubes de tormenta amenazadoras desde el camposanto donde su difunto marido fue enterrado en el mausoleo de la familia Moreno; nubes inmensas que se iban arremolinando y rejuntando en el cielo plomizo como galeones de guerra, espesas y altas, ominosamente negras, de grises oscuros y pesados, que escondieron la luz del sol y llenaron el aire de frío y humedad. Por suerte no empezó a caer la tromba de agua hasta que ya estaban todos de camino a casa, guarecidos en las berlinas que se abrieron paso chapoteando por las calles inundadas de la ciudad; calles convertidas en ríos en un estado de alarmante ebullición, los viandantes buscando refugiarse bajo los portales, las entradas empapadas de las casas y los atrios de las iglesias que apenas se vislumbraban, difuminadas, detrás de la cortina del torrencial.

Nicanor y Lupita no entienden. ¿Cómo van a entender? Excepto que su padre no está y su madre no para de llorar. Que todos los adultos están muy tristes. Incluso el abuelo Alfredo, que llegó a desplomarse en la iglesia y cuyos hombros temblaban como si alguien lo estuviera sacudiendo violentamente y soltó un gemido horrendo de animal mortalmente herido. El tío Reynaldo les ha traído a Simbad para que lo cuiden y se entretengan. Abelardo está en la cocina afanándose en ayudar a Carmencita a preparar más café y chocolate para los pocos familiares que han acabado en la casa de los Figueroa debido a la lluvia, a pesar de que la criada lo regaña y le dice que no hace falta que se moleste el señorito, que ella ya puede sola. Amalia, de negro, sorbe el café de la taza que tiene en las manos, sentada en la sala de estar, y contempla el aguacero que se desploma insistente y lúgubre en el patio, sin saber qué decir o pensar, consciente de que a su lado su madre intenta consolar a don Alfredo, a la vez que la tía Gertrudis se está hartando de comer galletas por no saber qué otra cosa hacer. Andrés y Fernando se volvieron a sus casas con sus familias después del entierro.

Es todo tan irreal. Cuando le dijeron a Amalia que lo habían encontrado muerto en la calle, que lo habían asesinado, al principio pensó que era una broma pesada. No tenía sentido. No podía estar muerto. No podía ser verdad. Primero su padre. Luego el bebé Alfredo. Ahora su marido. Hay golpes en la vida que arrasan con todo. Como un huracán. Incluso con la esperanza o el sentido que le puedas dar a la vida. El alguacil les hizo toda clase de preguntas. Interrogó a los amigos y conocidos de Hernán. Nadie sabe nada. Nadie vio nada. Aunque lo mataran a plena luz del día, en medio de la ciudad. Reynaldo está convencido de que fue Basilio Gurruchaga Ibarra; que él está detrás de ello, que nunca perdonó a Hernán por humillarlo de forma tan pública cuando lo retó a ese duelo hace todos esos años. Es el único capaz de algo semejante. Se lo dijo a Amalia. Que se lo temía. Que nada de esto hubiera pasado si Hernán hubiera matado a ese hijo de la chingada de una estocada cuando pudo. Pero ¿por qué haría que mataran a Hernán ahora? No, no puede haber sido él. Aunque no le robaron nada a Hernán. No fue un atraco que acabó mal como quiere creer don Alfredo. Fue un asesinato. Y que Amalia sepa, su marido no tenía enemigos. Solo Basilio.

Carmencita y Abelardo aparecen los dos con bandejas en las que traen más café, chocolate y galletas. Abelardo se acerca a Amalia y le pone una mano sobre el hombro.

—¿Se te ofrece algo? ¿Puedo ayudarte en algo más?

—No, gracias. Estoy bien, por ahora.

Afuera la lluvia sigue cayendo. Cae. Inundándolo todo. Inmisericorde. Aunque los truenos y relámpagos han cesado. Y si no han cesado del todo, el estampido y retumbar de la tormenta es cada vez menos frecuente y se va alejando en la distancia. Solo se oye el agua que cae inclemente desde los cielos como una inmensa catarata. Amalia ve a Nicanor y Lupita entrar en el salón riendo, corriendo detrás de Simbad con su hermano Reynaldo detrás, y sabe que la vida sigue, que ha de seguir, que por ellos habrá que seguir luchando, y que por mucho que le duela la muerte de Hernán y por muy desesperada y sola que se sienta en estos momentos, no se va a rendir, porque no puede, y encontrará la manera de salir adelante y sobrevivir. Sin Hernán. Pero con Nicanor y Lupita. Sea como sea, y por imposible e implausible que parezca en estos momentos.

XI

Es difícil imaginar ahora que hace apenas tres días las calles empinadas de Xalapa reverberaban con el traqueteo violento y los silbidos continuos del tiroteo durante el asalto de sus hombres a la ciudad. Con el teniente coronel Antonio López de Santa Anna encabezando la ahora llamada División de Tierra Caliente del Ejército de las Tres Garantías, y Pancho al frente de los doce apóstoles y un batallón de unos sesenta infantes reclutados de la guarnición de Córdoba, se adentraron juntos en la villa la mañana del 29 de mayo, tomando calle tras calle, yendo de casa en casa, avanzando cuesta arriba, hasta llegar al recinto de San Francisco, donde las tropas realistas se vieron forzadas a parapetarse y defenderse a la desesperada. Por mucho que resistieran, el resultado de aquella contienda era inevitable. Lo sabían todos ellos. Al final, tras tres horas de combate intenso, con cargas de bayoneta y lucha cuerpo a cuerpo, al general alicantino realista Juan de Orbegoso no le quedó de otra que izar la bandera blanca y rendirse. La tropa del Ejército de las Tres Garantías ocupó a continuación, eufórica, el centro de la villa, siendo acogida con vítores y abrazos por una población despavorida que, poco a poco, tímidamente al principio, fue saliendo de sus casas para darle la bienvenida al ejército libertador.

Aquello fue hace tres días. Todo es tranquilidad ahora. De momento, al menos. Sentado en el jardín amurallado de la casa de la familia Gonzalbo de Guevara, Pancho sorbe el café que le ha hecho traer la madre de Lucas mientras espera a que se le una su amigo. Se toma su tiempo en disfrutar ese instante de sosiego en el que, de forma milagrosa, puede permitirse el lujo de no hacer nada. La dicha de poder permanecer sentado en un jardín rebosante de flores, sorber un café y dejar que el sol de mediodía bañe los verdes intensos que se esparcen en torno de él mientras espera a que llegue Lucas. No recuerda la última vez que tuvo el inmenso placer de no hacer nada, de dejarse envolver por un instante de quietud como el que ahora lo embarga.

Habían ido Santa Anna y él a exigir a los miembros del ayuntamiento un préstamo forzoso de doce mil pesos para sustentar el ejército. No hay peros que valgan. Alguien tiene que pagar por sus haberes, incluso el uniforme de teniente coronel trigarante que ahora luce Pancho, y que tanta gracia les hizo a las hermanas de Lucas cuando lo vieron llegar, con sus botas negras, pantalones blancos, faja celeste al cinto y esa vistosa casaca azul marino de pechera roja que lleva puesta desde que se unió a Herrera en Córdoba, con tiras de galoncillo de oro y las correspondientes charreteras doradas.

—¡Qué guapo que está! —las oyó decir.

—¡Qué callado que se lo tenía nuestro hermanito!

—¡Y sí que es un indio de a deveras!

—Sí, ¡pero un indio muy alto!

—¡Y muy guapo!

Cuando uno de los regidores le dijo, furibundo, a Santa Anna que quién diablos le daba a él la autoridad para dictar qué debían hacer y cómo, al ser ellos las autoridades constitucionales electas y que no valía el argumento de ser militar para ser jefe político, este, sin perturbarse en lo más mínimo ni mencionar las tropas que tenían acampadas en Las Ánimas, le contestó sonriendo y de la forma más suave posible que se dejara el caballero de pendejadas. Tras la rendición de Orbegoso, él ahora reunía el poder político y militar de Xalapa. Su autoridad de jefe político dimanaba directamente del general Agustín de Iturbide, el señor primer jefe del Ejército Trigarante. Además, los ayuntamientos de Alvarado, Orizaba y Córdoba ya lo habían reconocido como jefe político, del mismo modo que todo el reino está en el proceso de reconocer al señor Iturbide como primer jefe. Santa Anna le recomendó al señor licenciado que mostrara un poco de serenidad. Ahora lo que hacía falta era socorrer las necesidades de la considerable división que se hallaba bajo su mando. Aquello no admitía espera. Claro que, si los señores concejales querían vérselas con sus tropas, ahí afuerita estaban con sus bayonetas a la espera de que se impusiera el nuevo orden que Santa Anna y el teniente coronel Cienfuegos, aquí presente, representaban allí.

—¡Pancho! ¡Ahí estás! Me dijeron que me habías venido a ver. ¡Qué ilusión! Estaba ahora en casa de mis tíos. Perdona.

Lucas atraviesa el jardín hasta él.

—Tu madre y tus hermanas han estado muy atentas.

—¡Qué bueno tenerte aquí! Por fin.

Se abrazan.

—Oye, te queda muy bien el uniforme.

—No empecemos.

—No, lo digo en serio —y Lucas suelta una carcajada—. ¡Se te ve muy importante!

—Cabrón.

Ríen y, a continuación, se sientan, junto a la mesa de hierro forjado donde descansa la taza de café vacía de Pancho.

—Oye, dime, ¿y esa bandera que traen con ustedes y que colgaron de las casas consistoriales y de la iglesia?

—Es la bandera trigarante.

—Ah, caray. Uniformes y hasta bandera tienen. Esto promete.

—El blanco representa la religión católica que profesamos; el rojo, la unión entre europeos y americanos, y el verde, la independencia absoluta de este reino respecto de España. Me gusta. ¿Qué quieres que te diga?

—No te digo que no. ¿Y ahora qué?

—Victoria se ha ido a reunir con Iturbide. Herrera y Santa Anna han acordado que Santa Anna se ocupará de tomar Perote y el puerto de Veracruz. Yo tengo órdenes, ahora que hemos liberado Xalapa, de volverme con Herrera y acompañarlo en la campaña por tomar Puebla y ya después la gran Tenochtitlán. Ya ves.

Lucas se toma un momento para mirar a su amigo, que no ha visto desde que lo fue a buscar a su escondite de la cascada de Texolo.

—Se te ve bien, Pancho.

—Esto se acaba, Lucas. Parece increíble. Pero lo vamos a lograr. Si tan solo estuviera José María aquí para verlo.

—Pues sí que te veo convencido de ello. Ojalá así sea. Son ya demasiados años, la verdad. Por cierto, antes de que me olvide. Ahora que te veo. Llegó una carta para ti, hace un par de semanas. Creo que es de tu hermana. Ahora te la traigo.

Cuando regresa y se la tiende, Pancho reconoce enseguida la letra de su hermana.

—Te dejo un momento para que la leas. Deja que vaya a ver qué nos va a preparar doña Rosaura para comer. A ver si puede hacernos ese mole verde. Ya luego tendremos tiempo de sobra para platicar. Ahorita vengo.

Lucas se vuelve a adentrar en la casa. Pancho abre la carta y la lee. La primera vez la lee rápido, con prisas, saltándose las palabras. Su padre ha muerto. Su madre está loca. Chuyém vino a exigir que se le continuara pagando la mesada que le hacía llegar su padre. Pancho no ha heredado nada. Clara se está planteando mudarse a la casa grande de San Luis Potosí con Luisito, para dirigir las operaciones de las minas además de las de Los Jazmines desde allí, y, de paso, cuidar a su madre. Al principio, Pancho lee lo que le relata su hermana como si leyera el periódico o el parte de un oficial desconocido, como si todo aquello no le concerniera, como si las personas y los eventos que aparecen en esas hojas desdobladas de papel fueran personajes de una novela o gente que apenas conoce. Es por ello que Pancho no entiende de dónde surge la ola de emoción que de repente lo golpea. O que le resulte imposible frenar el llanto que muy de repente irrumpe de sus adentros. Se encuentra llorando, desconsolado. A lágrima viva. Como un niño. Las lágrimas lo ciegan, cubren sus mejillas y permanece allí sentado, solo, bajo la higuera, sollozando, el cuerpo sacudido por una pena y un dolor inmensos que casi no lo dejan respirar. Y es la muerte de su padre, claro, lo que lo destroza; lo definitiva que es, el que nunca más lo podrá ver y abrazarlo, y el que su madre ya no sabrá quién es el día que la vuelva a ver. Le duele cómo ha acabado toda una época. Cómo, del mismo modo que su padre está ahora muerto y su madre ya no recuerda quién es, hay un Pancho dentro de él que murió con su padre y que no podrá resucitar; como hay un Pancho cuyos recuerdos ya no tienen sentido en la actualidad. Son tantos años de guerra y ausencia que hay momentos en que Pancho ya no sabe quién es.

Cuando regresa Lucas y lo encuentra todavía sentado en el jardín, hundido, con los ojos enrojecidos y poseído por el pesar, no le pregunta lo que ya intuye. Tan solo se le acerca, le pone la mano en la espalda, y le dice:

—Tiempos recios. Nos ha tocado vivir tiempos bien recios, amigo. Ni modo.

XII

Anoche todo trascurrió como lo habían planeado Monteagudo y Buceli. Buceli entró en palacio e irrumpió en la sala donde estaba reunida la Junta de Guerra. Le exigió a Apodaca que ofreciera su resignación y se hiciera a un lado. El brigadier Benito Espinosa propuso ahí mismo que el mariscal de campo Francisco Novella aceptara tomar control de la situación como capitán general, y este dijo estar dispuesto a hacerlo si así se lo pedía la Junta de Guerra por el bien de la patria. Cuando Apodaca contestó que no haría tal cosa, Buceli le dijo que de ser así no respondería de la seguridad de su persona ni de la de su familia. Ya luego, según le ha comentado Monteagudo a Basilio esta mañana, aunque el general Pascual de Liñán, que era el único militar allí que no estaba al tanto de la conspiración, se opuso y dijo que aquello era una infamia y un acto desleal y deshonroso, el virrey acabó por claudicar, poniendo por condición que Novella le garantizara que no le pasaría nada ni a él ni a su esposa, ni a sus hijas y dos hijos, y que los escoltarían al puerto de Veracruz al día siguiente para poder volver a España. Esta madrugada, al dar las siete las campanas de la catedral, Apodaca y su familia partieron sin demorarse un instante más.

Como es de esperarse, la noticia del golpe ha sacudido la capital. Después de que los conspiradores pasaran las altas horas de la noche despachando oficios a diestra y siniestra comunicando lo acontecido en palacio y exigiendo la obediencia de las diferentes autoridades militares, civiles y eclesiásticas, asegurándose de que los periódicos incluyeran la renuncia de Apodaca en los ejemplares de esta misma mañana del 6 de julio, entre desconcertada y temerosa, la población se ha quedado en sus casas por miedo a que las calles de la ciudad amanezcan zarandeadas por tiroteos y cubiertas de muertos. Basilio sabe de familias pudientes que ya han empezado a empacar sus cosas para salir de la ciudad lo antes posible y refugiarse en sus casas de campo y haciendas, lejos de los desórdenes que amenazan en estos momentos con estallar de un momento a otro por diferentes puntos de la capital de la Nueva España.

La renuncia de Apodaca corre de voz en voz, a gritos que se persiguen y se repiten de calle en calle —«¡Se fue el virrey! ¡Se fue Apodaca!»—. «Entrego libremente el mando político y militar de estos reinos, a petición respetuosa que me han hecho los señores oficiales y tropas expedicionarias, por convenir así al mejor servicio de la nación, en el señor mariscal de campo D. Francisco Novella». Constata Apodaca en su carta de renuncia que deja a cargo de Novella toda la autorización competente, y que a partir de ahora será el mariscal el que dé las disposiciones y órdenes para la continuación del orden y tranquilidad pública. Será Novella desde ese momento el que se entienda con las autoridades tanto eclesiásticas como civiles y militares del reino.

En el ayuntamiento no se lo acaban de creer. Ahora le toca a Basilio cumplir su parte del plan e insiste en que sus muy respetables colegas no tienen más remedio que aceptar el nuevo orden establecido. Hay que reconocer y someterse a la autoridad que Apodaca le ha conferido a Novella, y hacer todo lo posible para que se preserve el orden público. Basilio habla con fuerza y como le ha pedido Monteagudo que haga.

—Ahora no es momento, señores, de insistir en que nos atengamos a protocolos constitucionales que solo lograrán que perdamos tiempo precioso ante la amenaza de que la plebe se aproveche de nuestras disensiones y saquee nuestra ciudad. Y saquearla lo hará, no lo duden, si no mostramos unidad y apoyamos a Novella.

Sin embargo, como imaginaba sería el caso, nadie allí piensa como él. Además, ya han recibido noticia de que la Diputación Provincial y la Audiencia se niegan a reconocer a Novella.

—¿Se van a responsabilizar de los disturbios que van a estallar de un momento a otro si no reconocemos a Novella? ¿Me van a decir que no les importa la tranquilidad pública? ¿Se creen que vamos a poder frenar el movimiento independentista del señor Iturbide si nos dedicamos a desobedecer y ponerle pegas al gobierno que el mismísimo Apodaca ha nombrado al renunciar a su cargo de virrey? ¡Por favor, señores! ¡Seamos serios!

Los demás concejales y regidores allí presentes le abuchean. Le dicen que dejarse vapulear por una soldadesca bárbara e insolente representa claudicar de sus responsabilidades, responsabilidades que son sagradas y que les ha otorgado el pueblo al elegirlos. Y eso sería una traición. Un acto de cobardía. Están todos hablando a la vez. La sala consistorial reverbera con el eco de su escandalizada indignación. Basilio los escucha, paciente, porque sabe que, en cosa de un día o dos, el temor a una oleada de saqueos, robos y disturbios, y a que la leperada se haga con la ciudad, llevará a que el ayuntamiento y la Diputación Provincial opten por dejar a un lado sus principios y escrúpulos liberales, y acepten, aunque sea a regañadientes, el nuevo orden. Porque no les queda de otra. Porque las bayonetas pueden más que las leyes. Porque hay que ser pragmáticos para sobrevivir. Pero Basilio también sabe, por muy convencidos que estén Buceli y Novella de sus capacidades de restaurar el orden colonial, que tienen los días contados. Por mucho que se hagan con el palacio del virrey —la esposa de Novella ya se ha mudado a él y dicen que se ha puesto a redecorar las recámaras tan solo entrar— el movimiento trigarante es imparable. Es absurdo negarlo. Basilio no se engaña. Desde hace ya varios meses los generales realistas se están pasando al bando independiente con una velocidad que pareciera que aquello es una hemorragia. Cada día llegan noticias de más ciudades que se han pasado al bando trigarante: Valladolid, Tulancingo, San Juan del Río, Guadalajara, Colima, Tlaxcala, San Luis Potosí, Querétaro... Se sabe que este primero de julio las fuerzas trigarantes rodearon Puebla y que se halla ahora bajo sitio.

Basilio observa cómo gesticulan y chillan histéricos los miembros del cabildo y no tiene claro cómo acabará todo esto. Si ha sacado algo en claro, por eso, es que hay que ser pragmáticos para sobrevivir. Eso y que, al final, supo vengarse de la humillación por la que le hizo pasar Hernán Moreno Montesinos hace todos esos años. De pronto logra Novella a largo plazo imponerse a la situación. Quizá hasta venza a Iturbide. Lo más seguro es que no. En cierta manera, no importa. Lo que importa es que Basilio encontró la manera de aprovecharse de aquella coyuntura para lograr sus fines, y le pudo decir al sicario Deza que el doctorcito de la puta de Amalia había descubierto el plan de Monteagudo y que si no lo liquidaban rápido lo delataría a Apodaca al frecuentar su padre don Alfredo el palacio virreinal. No ha sido todo en vano. Basilio vuelve a tomar la palabra, machacón.

—Déjense, señores, de remilgos. ¡Por Dios! Aquí lo que importa es que se conserve la tranquilidad pública. ¡La tranquilidad pública, señores! ¡El orden y la tranquilidad pública ante todo! ¡Por favor!

XIII

Las tropas de Pancho han acampado en las afueras de Puebla, junto a la carretera que parte rumbo a Cholula. Frente a ellos se levantan el Popocatépetl y el Iztaccíhuatl, imponentes, más allá de las milpas. Nubes de tormenta se baten en retirada arrastradas por el viento por encima de sus picos y lomas nevadas, llevándose las lluvias y sus aguaceros al otro lado de los volcanes donde todos saben que les espera la Ciudad de México. Allí están, la Ciudad de México y la libertad: libertad que será por fin realidad una vez que hayan ocupado la capital. Ay, la libertad. Ese ideal por el que llevan luchando casi once años algunos de los combatientes. Por los que Pancho lleva más de nueve. Una libertad de tantos y tan variados significados que para cada quien tiene tonalidades y matices distintos, sentidos diferentes, pero que, al fin y al cabo, todos saben lo que es. Es un anhelo, un sentimiento, una emoción profunda y arraigada imposible de ignorar. Una esperanza. Es ser libres del dominio español. Libres de decidir cómo han de gobernarse sin que se lo dicten los gachupines, sean serviles o liberales, allá en la lejana metrópoli. Libres de ser mexicanos y a mucha honra. De beneficiarse de la riqueza de estas tierras bendecidas por Dios. Libres de abolir la esclavitud y todas las leyes, impuestos y gabelas que, injustamente, les han hecho sufrir los españoles durante cosa de trescientos años. Libres, nomás.

Es cierto que está por saberse qué forma cobrará la libertad cuando consigan hacerse con la Ciudad de México. Si la libertad tendrá tendencias constitucionales. Si vendrá vestida con una túnica imperial y monárquica. Si será igualitaria y estará pendiente y cuidará de que todos puedan disfrutar de sus valores y virtudes de la misma manera. O si será una libertad que solo unos pocos podrán gozar mientras las circunstancias de la mayoría permanecerán iguales: el palacio vaciado de gachupines viciados y viciosos para que lo rellenen criollos viciosos y viciados. Aunque Pancho no ha tenido ocasión de hablar personalmente con Iturbide, lo ha visto ir y venir, a la vez que estrecharon el sitio de Puebla, y le es difícil ver en él al libertador que todos alaban y proclaman o asociarlo con la causa de la libertad. Parece demasiado presumido y arrogante, demasiado autoritario, demasiado preocupado porque lo adulen, y no puede evitar recordar cómo fue él quien destrozó las fuerzas de Morelos en Valladolid y Puruarán: sus fuerzas, sus hombres. Pero Pancho no deja que su impresión de Iturbide amargue sus anhelos de libertad.

Los comandantes realistas de la piadosa Puebla de los Ángeles capitularon el 28 de julio. Pancho está a la espera, de pie junto a su tienda de campaña, de que le digan cuándo ocuparán la plaza, con su desfile correspondiente, celebraciones y tedeum cantado en la catedral. Pancho vuelve a otear el horizonte: los volcanes y los sueños que esconden detrás. Piensa en cómo será regresar a la Ciudad de México, siete años después. Esta vez uniformado y con los galones de teniente coronel. Parte del ejército libertador. Si tendrá el valor de asomarse por la casa de Amalia una vez que hayan liberado la capital de la Nueva España y ver cómo está. Sin pensarlo se lleva una mano al bolsillo y se asegura de que el guardapelo de plata sigue allí con el mechón de su amada. Piensa en su hermana que dio a luz a su sobrino Luis y se pregunta si Amalia y el doctor con quien se iba a casar cuando se vieron la última vez habrán tenido hijos también. Si serán felices juntos. Si Amalia lo recuerda, si lo querrá ver a él.

Un teniente enviado por Herrera desmonta del caballo e interrumpe la cabalgata de pensamientos que procesan por la mente del teniente coronel Cienfuegos.

—Mi teniente coronel.

—¿Trae noticias de mi coronel Herrera?

—Entraremos en Puebla mañana, día 2 de agosto.

—Perfecto. Puebla mañana, pues, y México el mes que viene.

—Ojalá así sea, mi comandante.

—Así será. Téngalo por seguro, teniente.

XIV

Chuyém sale al corral que hay detrás de la casa, con su duraznero y el huerto más allá. Los perros celebran su aparición brincando alrededor de ella, ladrándole felices, meneando la cola. Los regaña cariñosa: a Bruto, Coco, Café y Taco. No le vayan a ensuciar el vestido blanco con ponerle las patas encima. Les dice que se estén quietos, que párenle ya, que no le salten encima porque la van a dejar hecha un batidillo. Son sus guardianes, sus entrañables y adoradas fieras que no dejan que nadie se acerque a la casa si su ama no quiere. Y desde que enfermó Braulio y dejó de venir, desde que murió, los perros son sus únicos acompañantes en aquel rincón olvidado del Cerro de San Pedro, allá a las afueras de Monte Caldera.

Chuyém apenas habla con la gente. Nunca fue dicharachera, por eso. De vez en cuando ve a don Octavio del rancho vecino. Don Octavio sí le cuenta sus cosas. Le gusta hablar. De la siembra y el ganado. Del tiempo. De sus hijos y sus nietos. Ella lo escucha, pero poco le cuenta. Poco tiene que contar. Don Saturnino y doña Eugenia, que venían una vez a la semana, desde que Braulio la instaló allí hace todos esos años, para ayudarla con los menesteres de la casa, hace tiempo que dejaron de venir. En vez de eso mandan a su hijo Samuel durante la semana para que ayude a Chuyém a cuidar del huerto, hacerle las compras y los recados, y para que haya un hombre en la propiedad dispuesto a defenderla si alguien piensa que se puede aprovechar de que está sola. Especialmente ahora que ya no viene el señor Cienfuegos. Aunque pocos son los que se atreverían con Chuyém, la verdad. En el pueblo tiene fama de ser dura, fuerte, independiente. De conseguir lo que quiere.

Dos veces a la semana Chuyém se acerca a Monte Caldera. Le gusta caminar, ir a pie. Los miércoles se asoma para hacer algunas compras, los domingos para ir a misa. Tiene ocasión de hablar con las tenderas, con doña Ana y doña Xareni, en particular. Con el padre Jeremías. Pero no necesita a la gente. Se basta sola. No necesita a nadie. Es feliz en su casa. Se distrae limpiándola, desempolvando las estanterías y sus adornos, barriendo el polvo que entra de la sierra, teniéndolo todo en su sitio, preparándose enchiladas, cabuches, escamoles al ajillo. Se toma su tiempo en asear las habitaciones, lavar y poner a colgar la ropa y las sábanas al viento, y disfruta con esa rutina diaria, con tener un hogar que puede llamar propiamente suyo, orgullosa de que esté tan ordenado y bonito. Le gusta sentarse a la sombra por las tardes en una mecedora de anea que tiene allá afuera, y bordar los quechquémeles que no se pone desde que empezó a vestir como una europea, pero que le recuerdan sus orígenes, con sus motivos huastecos de líneas y formas rojas, rosadas, verdes y anaranjadas, que le regala al padre Jeremías para que se los dé a las mujeres indígenas de la parroquia. Le gusta sentarse allá afuera y contemplar el cerro y la sierra, así sencillamente, y ver cómo las nubes, peregrinas, atraviesan el cielo azul despacio y pacientes por esa época del año y se pierden eventualmente en el distante horizonte. Es feliz estirándose en la hamaca y admirando los atardeceres y cómo el cielo se puebla de estrellas al hacerse de noche. A veces canta para sí las canciones que le cantaba su madre, que en paz descanse; a veces los corridos que le oía entonar a su padre, antes de que se volviera malo y Braulio y ella lo mandaran a la chingada. Se distrae cuidando del jardín, dando de comer a las gallinas y los perros, adecentando el gallinero, escuchando a los jilgueros. Cuando sale a pasear por los campos que se esparcen alrededor de la casa, se lleva los perros consigo, que la acompañan felices y sin hacer preguntas, alegres de poder salir con ella.

A veces, cuando va al pueblo siente pena por las demás mujeres. Las ve santiguándose, acarreando bebés chillones, con niños mocosos lloriqueando agarrados a sus faldas, martirizadas por sus hijos, maltratadas por sus maridos, sin tiempo para respirar, teniendo que hacérselo todo a los varones día y noche, esclavas, a secas, sin otro propósito en la vida que parir, dar de comer a todo Dios, y tener a sus hombres borrachos contentos, desde que les viene la regla hasta que se mueren. No pueden escoger. No tienen tiempo para ellas mismas. Siente pena y al mismo tiempo siente la profunda satisfacción de no ser como ellas. Ella tomó otro camino. Y a su manera fue libre e hizo lo que quiso. Es libre. Ahora más que nunca, ya que no tiene que preocuparse por tener a Braulio contento.

Sabe que en el pueblo las mujeres la condenan por sus elecciones; por su libertad. La envidian, aunque no lo expresen de esa manera. La ven como a una loca. Les da miedo. Sabe, también, que inquieta a los hombres. En una ocasión oyó cómo a sus espaldas le decía un niño a otro: «Esa es la Malinche. La que te decía». Pero a ella poco le importa lo que puedan pensar. Hace su vida. La hace como siempre la quiso hacer. Se confiesa y el padre Jeremías la absuelve de sus pecados. No es madre. No es esposa. Fue amante, sí. Pero lo fue porque quiso y, al serlo, logró montarse una casa y una vida como siempre deseó tener. Sin estar sufriendo todos los días como todas esas mujeres que la miran con ojos de reprobación y que la condenan porque no han sabido ser como ella. Chuyém es libre, ellas no.

A principios de julio San Luis Potosí se pasó al bando trigarante y un tal José Antonio de Echávarri está ahora de comandante general de la provincia. Los vecinos de Monte Caldera han puesto colgaduras tricolores en las casas y en el pueblo todos hablan ahora de independencia y libertad. Varios sábados seguidos desde entonces le han llegado desde el pueblo el sonido de las fiestas y la música. Don Octavio está contento de que sus hijos —los que sobrevivieron, los que no murieron en la guerra— ya no tienen que esconderse por haber apoyado la insurgencia. El otro día Chuyém incluso aceptó tomarse un pulquito con don Octavio y brindar por los buenos tiempos que se avecinan. Aunque lo hizo por no desairar al vecino, todo sea dicho. Chuyém no se acaba de fiar. Tampoco es que le importe demasiado quién esté en el poder, si dejarán de ser parte de la Nueva España y pasarán a pertenecer a un nuevo país independiente llamado México. En el fondo sospecha que poco va a cambiar. Quienes van a mandar serán los mismos. Tendrán nombres y rostros distintos. Pero serán todos blancos. Y ricos. Su gente, gente a quien le dio la espalda hace todos esos años para ser la amante de Braulio, nunca tendrá voz. No de manera significativa. Al final, poco importa lo que pase, porque poco cambiará. Los que tienen plata seguirán mandando y los que no, no. Y don Jeremías seguirá siendo el cura párroco. Doña Ana continuará vendiéndole las tortillas. Doña Xareni, el tocino y la carne de res. Esté quien esté de virrey o emperador allá en la lejana Ciudad de México.

Lo importante es que ella pueda continuar con su vida. No va a dejar que nadie le quite lo que ha podido disfrutar durante tantos años, aunque Braulio ya no esté y extrañe el calor de su cuerpo las ocasiones cuando la venía a visitar. Nadie. Ni la emberrinchada señora Clara, ni ese hijo del que no quiso saber nada desde el momento que lo parió y que se presentó hace cosa de siete años esperando quién sabe qué de ella. Afuera hace sol. Los perros están contentos de verla. Debe faltar poco para que llegue Samuel. Chuyém siente el calor de la mañana en la piel. Respira hondo. Toca dar el alpiste a los jilgueros. Se acerca a ellos y los oye piar. Cuando llegue Samuel le dirá que se cuide de regar el huerto de arriba abajo y que puede apartar media docena de huevos de los que traiga del gallinero para sus padres. Va a hacer un día bonito. Como tiene que ser.

XV

Don Melchor y doña Angustias llevan ya más de dos horas allí sentados y no se acaban de ir nunca. Dijeron que pasarían a saludarlos este jueves a media mañana al tener previsto pasar el día en la ciudad haciendo no sé qué pesquisas. Hace ya horas, o así se lo parece a Amalia, que don Melchor les contó cómo les va a Socorro y Martirio, ambas casadas con hombres de bien, como era de esperarse, viviendo una en San Agustín de las Cuevas, la otra aquí cerca, y con hijos chiquitos que ven bastante seguido, gracias a Dios, preciosos todos ellos. A Basilio Gurruchaga lo dejaron de ver una vez que se mudaron a Tacubaya. Efectivamente, dejó de frecuentar a Socorro aunque, por lo que saben, es concejal ahora en el ayuntamiento. En cuanto a Pepe y Paco, ya son hombres hechos y derechos —¿quién lo hubiera dicho?—, el uno estudiando para ser abogado, el otro encaminado a ser sacerdote.

Eso sí, don Melchor y doña Angustias les volvieron a dar el pésame por la muerte de Hernán cuando llegaron y, cuando se acuerdan de él, repiten aquello de que fue una verdadera tragedia, una manera horrenda de morir, y que era un joven muy capaz y una muy buena persona. También preguntaron, como lo hace todo el mundo, si no se sabe todavía quién fue e, igual que todo el mundo, no volvieron a sacar el tema una vez que Amalia contestó que nadie sabe quién mató a Hernán, permitiéndose don Melchor, como tantos otros antes que él, usar el asesinato como pretexto para lamentarse de lo peligroso que se ha vuelto salir a la calle hoy en día. Si Amalia ha estado a punto de echar a los Hortigón de casa ha sido cuando Nicanor entró un momento en la sala de estar y doña Angustias se le quedó mirando medio horrorizada, perpleja, con cara de asco o circunstancias, y estuvo a punto de hacer algún comentario sobre el color de su piel o sus rasgos indígenas; interjección que supo afortunadamente guardarse para sí a tiempo. Pero doña Úrsula tampoco le dio tiempo a doña Angustias a meter la pata, pues le ordenó a su nieto que se fuera a jugar a otra parte ahora mismo, como suele hacer cada vez que se topa con él por la casa. Amalia sigue sin encontrar el momento o la manera de decirle a su madre que deje de tratar a Nicanor como si no lo quisiera, como si no perteneciera a la familia. Es vergonzoso.

—Fíjense que antes nos horrorizaba la idea de la independencia —diserta don Melchor—. Nos oponíamos virulentamente a ella, sí. Virulentamente. Y se entiende. Yo era de los primeros que celebraban los triunfos de las armas realistas. ¡Cómo no! Y ahora, ya ven, ¡qué transformación la mía! Una auténtica mutación. Pero igual que yo, pues casi todos han cambiado de parecer, diría. Todos, sí. ¿No? Porque claro, ahora es distinto de antes. Ahora la independencia de estos reinos es no solo inevitable, sino deseable. Deseable, sí. Pareciera cosa de magia. Y es que el contexto es otro. Las cosas han cambiado. El movimiento del señor Iturbide nada tiene que ver con el del padre Hidalgo de hace once años. No es el Plan de Iguala un grito tumultuoso como el de Dolores de 1810. No son indios armados de hoces, piedras y hondas los que gritan ahora confusamente y en desorden aquello de mueran los gachupines, viva la señora de Guadalupe. No. Para nada. El señor Iturbide es un jefe acreditado por su valor. Es gente decente. Lo apoya el voto nacional. Lidera tropas disciplinadas, habla en nombre de los pueblos y reclama derechos ya demasiado conocidos. Es más, según dicen los periódicos, ya llegó a Veracruz el jefe político enviado de la península para hacerse cargo de la Nueva España, don Juan O'Donojú, y ha aceptado entrevistarse con Iturbide en Córdoba. ¿Ya vieron? Es obvio que se van a entender. Hoy lo que es hoy, yo apoyo la independencia, y ustedes deberían hacer igual. Hay que adaptarse a los tiempos.

Amalia se rinde. Deja que don Melchor siga hablando, dando discursos que, poco a poco, como el humo de un cigarro, llenan el aire a su alrededor, asfixiantes. Opta por dejar de escuchar. Mira a través de los cristales de la puerta que da al patio interior que hay detrás de ella, y se pregunta, de nuevo, si Pancho estará vivo; si es posible que ande entre las fuerzas trigarantes que se van acercando a la capital. Se pregunta si lo volverá a ver. Si lo quiere volver a ver. Parte de ella se enoja de que pueda seguir pensando en él después de todo este tiempo y todo lo que ha pasado. Le recuerda que ya ni lo debe conocer. Que lo más seguro es que no lo reconocería si lo viera en la calle. Si está vivo, la guerra lo habrá cambiado, se dice a sí misma. Es absurdo querer volver a verlo. Es ridículo que se le ocurra semejante idea siquiera. Ya no lo conoce. Pero parte de ella lo sigue recordando con insistencia, como si fuera ayer que estaban abrazados desnudos, sudados, la piel ardiente, retozando en aquella cama estrecha del cuarto de abajo. Parte de ella se muere por volverlo a ver. Extrañamente ahora más que nunca.

XVI

Al ser septiembre, Luis ha empezado a ir al colegio en San Luis Potosí. Clara lo acompaña de camino a la escuela. La semana que viene ya se ocupará doña Simona de llevarlo por la mañana y de recogerlo al terminar el día. Si es que hace falta. Caminan y Clara se esmera en hablarle a Luisito de lo mucho que aprenderá en el colegio. El colegio está tan solo a cuatro cuadras. Lo acompaña, de todas maneras, para que no tenga miedo. Es todo tan nuevo. Son tantos los cambios. Pero Luisito no quiere que vayan cogidos de la mano. Al estar por cumplir los nueve este noviembre próximo, Luis es todo un hombrecito. Tiene la figura estirada y los ojos de su abuelo Braulio, la sonrisa de Marcos, su papá. Clara reconoce que es a ella y no a él a la que le cuesta adaptarse, la que sufre pensando que a Luisito le será difícil acostumbrarse a estar todo el día con otros niños en vez de estar siempre enfrascado en sus libros en algún rincón de los muchos salones de Los Jazmines, acompañado de la eternamente perpleja señora Enriqueta, que, por regla general, le ha dejado hacer siempre lo que le ha dado la real gana. Es Clara la que teme que a su hijo le costará hacer amigos, siendo como es, tan listo, tan precoz, tan mimado, tan suyo. Que no hará lo que le manden hacer los curas por creer que sabe más que ellos y se meterá inevitablemente en problemas. Pero Luis se despide de su madre al llegar a la verja de la escuela sin siquiera dejar que le dé un beso, sin voltearse para decirle adiós, y desaparece contento con los otros niños que van internándose dentro del edificio, envueltos en una algarabía de risas y gritos, pasado el padre Romero que está allí todas las mañanas para darles la bienvenida bonachón y rubicundo.

Las otras madres saludan a Clara allí junto a la valla de hierro forjado y ella les devuelve los parabienes y les da los buenos días, pero no tiene tiempo para detenerse a la salida de la escuela y platicar con ellas y hacer planes para verse y tomar café un día de estos. A diferencia de ellas, Clara se ocupa ahora de dirigir dos minas de plata en el Cerro de San Pedro y una de las haciendas más grandes de Rioverde.

Clara rehace a paso rápido el camino que acaba de hacer de vuelta a casa sin tiempo para preocuparse del qué dirán. El sol todavía está por asomarse detrás del horizonte. El cielo, de un azul pálido y frágil, se esparce tímidamente por encima de las azoteas y los campanarios de casas e iglesias que se presentan a esa hora todavía grises en la penumbra de la madrugada. Sin hacer frío empieza a refrescar por las mañanas y algunos de los vendedores ambulantes que se dirigen ya hacia el centro van envueltos en zarapes y rebozos. San Luis a esa hora matutina le trae recuerdos de infancia y mocedad, de todos los años que vivió Clara en esa capital de provincia minera antes de casarse y partir para Los Jazmines. Son recuerdos atolondrados, arbitrarios, que vienen y van sin tener relación entre sí, que la asaltan por el camino, a cada paso, al compás del frufrú del vestido, conjurados más por el paisaje, las fachadas reconocibles de las casas y las esquinas de las calles, tan familiares todas ellas, que por un deliberado intento por su parte de invocar el pasado. Son recuerdos de cuando acompañaba a Pancho a ese mismo colegio todos los días antes de volver a casa a ayudar a su madre. De algunas de las conversaciones que tuvieron. De los temores que tenía su hermano de que los demás niños se metieran con él por tener cara de indio, de cómo ella le daba valor, lo reconfortaba. De cuando abofeteó a su primo Anastasio. De lo mucho que adoraba a su padre. De lo mucho que amaba a su madre. Tiempos pasados que, por instantes, parecen tan remotos que es como si hubiera leído sobre ellos en una novela antigua y no tuvieran nada que ver con ella. Las calles por las que camina son las mismas; son iguales ahora a como eran hace diez, veinte años. Y, sin embargo, ya nada es igual. México está a punto de consumar su independencia de España. Su padre está muerto. Su madre, ida. Y Pancho…

Clara recibió una carta de Pancho a principios del verano, con San Luis ya en manos de los independientes. Le había escrito desde Xalapa. Triste de no haber hecho las paces con su padre. Dolido por su muerte. Arrepentido de haber causado tanto dolor. Preocupado por el estado mental de su madre. Se mostraba reconciliado, por eso, con la idea de que su padre lo hubiera desheredado. Lo aceptaba a secas. No lo lamentaba o lo rebatía. Se mostraba convencido también de que su hermana sabría salir adelante al frente de las minas sin dejar de ser una exitosa hacendada. «Lo harás muy bien, hermana. Estoy seguro de ello», le decía. Le reiteraba lo mucho que la quería. Su adorada hermana Clara. Pancho le contaba cómo se había unido al ejército trigarante; que era teniente coronel ahora. Palabras mayores. Cómo había participado en la liberación de Xalapa y estaba por salir rumbo a Puebla de un día a otro. Se le veía convencido de que antes de que terminara el año las fuerzas de Iturbide ocuparían la Ciudad de México y serían, por fin, independientes de España. Le prometía que entonces la vendría a visitar a San Luis, a verla instalada en casa de sus padres. A conocer mejor a su sobrino. Le resultaba difícil creer que cumpliría nueve años este noviembre. A ver si podía hacer algo por ayudar a su madre. Pero antes de eso, le tocaba contribuir su grano de arena a la liberación de la Ciudad de México y hacer lo propio para consumar, de esta manera, una obra por la que llevaban luchando los más veteranos por cosa de once años.

Pancho debe estar por estas fechas en el Valle de México, piensa Clara. Las últimas noticias que han llegado del sur es que solo la Ciudad de México y los puertos de Acapulco y Veracruz permanecen ocupados por fuerzas expedicionarias españolas opuestas a la independencia. Cuentan que el jefe político recién llegado de España, un tal Juan de O'Donojú, y el ya harto famoso señor Iturbide firmaron unos Tratados en Córdoba el 24 de agosto por los que O'Donojú, como capitán general y jefe superior político de este reino, nombrado por su majestad católica, convencido de la necesidad de conciliar los intereses de ambas Españas, se mostró dispuesto a reconocer la independencia del Imperio mexicano. Ya no hay vuelta atrás. Deben faltar tan solo días para que la América mexicana se independice de España. Es ya inevitable.

De tan inevitable que es, hará cosa de una semana, Clara tuvo una cita de trabajo con dos caballeros británicos que aparecieron en San Luis Potosí de forma inusitada, cargados los dos de preguntas y libras esterlinas, deseosos de saberlo todo sobre las minas de plata de la región y de cómo podrían las máquinas de vapor de la pérfida Albión, traídas aquí, regenerar y revolucionar el proceso de la extracción del agua de las minas inundadas. Se llaman míster James Bramwell y míster George Gould. Resultaron encantadores y extremadamente corteses, a pesar de su castellano pésimo y de sus rostros bermellones, quemados inmisericordemente por el sol de México. Mientras este reino pertenezca a la Corona española, le dijeron de forma contundente a Clara, no había nada qué hacer. Sin embargo, al tener entendido que era tan solo cosa de tiempo antes de que se consumara la independencia del país, como estaba sucediendo en las nuevas repúblicas de Suramérica, Bramwell y Gould estaban allí para empezar a explorar las oportunidades que el libre mercado les podría brindar en aquellas tierras que el Barón von Humboldt había descrito como fabulosamente ricas a pesar de ser remotas e inhóspitas; empezando por averiguar cuáles serían las minas de plata en las que podrían invertir su capital, comprar incluso, y aportar sus conocimientos tecnológicos.

Al llegar a la casa, la puerta cerrada con pestillo y cerrojo para evitar que doña Cristina escape, Clara se dirige a la cocina, donde doña Simona le está preparando el café. Se huele desde el zaguán de la casa. Como empieza a ser costumbre, se tomará el café y luego se pondrá a trabajar en el que era el despacho de su padre, empezando a habituarse a volver a vivir en aquella ciudad piadosa y polvorienta, de chapiteles y luz cegadora, lejos de los horizontes infinitos de la hacienda. Se encuentra a su madre por el camino, en camisón, caminando por uno de los pasillos en dirección contraria con la joven Encarna, la sobrina de doña Simona, yéndole detrás, contratada desde hace ya varios meses para cuidar y estar pendiente de ella.

—Buenos días, madre.

Su madre la mira con una cara de horror y desconcierto que trágicamente ha acabado convirtiéndose en su expresión habitual, capaz de reconocer a su hija sin saber decir quién es. Balbucea un saludo y, a continuación, pregunta:

—Perdone la molestia, señora, pero ¿sabe dónde está Pancho?

—Ay, madre —Clara le da un beso en la mejilla y le acaricia los cabellos canos despeinados—. Creo que está a punto de liberar México. ¡Imagínese!

—¿Pancho?

—Sí, Pancho.

—¿Mi Pancho?

—Sí, su Pancho.

—¿Y lo puedo ver?

—Pronto lo verá. Se lo prometo.

—Ay, ¡qué felicidad!, ¡qué dicha!

Clara deja a su madre para ir a la cocina. Oye cómo vuelve a preguntar dónde está su hijo. Y oye cómo le contesta Encarna, la sobrina de doña Simona:

—Está por venir, señora. Ya se lo oyó decir a la señora Clara. Ahorita viene su hijo Pancho, el libertador.

Clara sonríe tristemente y se pregunta qué diría su padre de haber sabido que su hijo acabaría siendo conocido en su casa como Pancho el libertador.

XVII

Es hoy. Llegó por fin el día tan anhelado por todos. Jueves 27 de septiembre de 1821. Pancho y Herrera esperan montados a caballo al frente de sus tropas para su turno a integrarse al desfile que apenas empieza a adentrarse en la ciudad, habiendo principiado la marcha desde la garita de Romita, en el suroeste de la que será la capital de este nuevo y maravilloso país independiente. Sí, país independiente. Lo dice bien. Se dice fácil. Pero ¡cuánto ha costado llegar aquí! Independiente después de once años de guerra. O como hubiera dicho el bueno de José María, independiente *una vez más*, después de trescientos años, después de que cayera Tenochtitlán en 1521 y acabaran matando los españoles al último emperador azteca, Cuauhtémoc. El paréntesis de la colonia se cierra hoy. La nación recobra el hilo conductor de su historia donde lo dejó en 1521. País que será un imperio, el gran Imperio mexicano, cuyas inmensas y portentosas tierras van desde los salares de Utah allá al norte, más allá de las Californias y Nevada, hasta el istmo de Panamá, rumbo al sur, al haberse unido la Capitanía General de Guatemala al glorioso Plan de Iguala. Día anhelado que por años pareció imposible. Una quimera. Una pesadilla bañada en sangre. Día de paz, que pone punto final a la violencia y los odios de la última década. Es hoy. Hoy. Increíble. Es para ponerse a reír, o llorar. De felicidad, pero también de pena. Por todos aquellos que murieron por el camino para afianzar esta libertad, que ya no están aquí. Hidalgo, Morelos, Matamoros, Galeana... y el bueno de José María que yace enterrado con diecisiete años en los campos de Cuautla, lanceado por un dragón realista.

Todos esperan pacientemente a integrarse al desfile triunfal que acaba de comenzar. Ya son las diez de la mañana. Desde la explanada allá junto a la garita de Romita les empiezan a llegar las voces de la población que recibe a los héroes y los aclama y vitorea eufórica, a Iturbide y sus hombres a la vez que se internan en las calles de la capital. Viva el Imperio mexicano. Viva la independencia. Viva la Virgen de Guadalupe. Viva la libertad. Viva Iturbide. Viva el Ejército Trigarante. Viva México.

—¿Listo mi teniente coronel Cienfuegos? —le pregunta, sonriente, Herrera.

—Nunca podría haber estado más listo, mi coronel —le contesta Pancho.

—Órale, pues.

Pancho se coloca el bicornio en la cabeza y se unen a la procesión, con sus hombres a pie detrás, y empiezan a desfilar, despacio, dispuestos a disfrutar de cada paso de aquella marcha triunfal, única e histórica, hacia el centro de la capital y del gran Imperio mexicano. El entusiasmo de la población, todavía en la distancia, es ya palpable, es ensordecedor, y a Pancho le recorre un escalofrío y no puede sino sentirse profundamente emocionado. Son libres. Por fin. Parece increíble. Llegó el día de la independencia. Es verlo para creerlo. Y se da cuenta de que necesita ver a Amalia, ardientemente, sin importar si está felizmente casada y tiene quién sabe cuántos chamacos. No le importa. La tiene que ver. Y la verá, sea como sea, cuando termine el desfile. La irá a buscar. Lo prometido es deuda.

XVIII

Basilio distingue a Iturbide al frente del desfile. Lo ve entrar en la calle de San Francisco a caballo procedente de la de la Profesa, las tropas trigarantes y los músicos detrás, y dirigirse hasta el ayuntamiento donde él se encuentra esperándolo con los demás miembros del cabildo. Lo esperan dignos y emperifollados, de frac y repeinados, delante de las casas consistoriales, frente al convento de San Francisco, junto al inmenso arco de triunfo que han erigido los albañiles de la ciudad a marchas forzadas, en cosa de días, cubierto de guirnaldas de flores verdes, blancas y encarnadas, y que abarca toda la calzada, yendo de un lado a otro, alto y formidable, como un espléndido arcoíris tricolor.

Iturbide saluda desde el caballo a la extática población. Da las gracias. Se detiene. Se apea del caballo y se deja abrazar por el alcalde primero, don José Ignacio de Ormachea que, visiblemente emocionado, lo estrecha contra sí a la vez que le golpea la espalda con una mano para disimular las ganas que tiene de ponerse a llorar. El vocerío que los envuelve es un rugido de vivas, alabanzas y loores. Basilio no se corta, da dos pasos hacia adelante y estrecha la mano de Iturbide en el momento que Ormachea lo suelta para sonarse la nariz. Le da la mano con fuerza.

—Dios lo bendiga, mi general —le dice—, Basilio Gurruchaga Ibarra a sus órdenes —Y se voltea para dirigirse al público que los rodea y grita a todo pulmón—: ¡Viva Iturbide!

A lo que un coro de voces exaltadas contesta al unísono:

—¡Viva! ¡Viva Iturbide!

Varios de los miembros del ayuntamiento siguen el ejemplo de Basilio y felicitan y dan la mano al adalid. El aire vibra tembloroso por las continuas ovaciones. Basilio no pierde tiempo en este instante en arrebatar el cojín bermellón en el que trae la llave de la ciudad un concejal para pasársela a Ormachea, al ser el alcalde primero el que se la debe ofrecer a Iturbide. Se ocupa Basilio de ser el que anuncia con voz estentórea que es el momento de la entrega.

—¡Señores! ¡La llave de la ciudad!

Los miembros del ayuntamiento dejan de estrecharle la mano a Iturbide y atosigarlo, dan un paso atrás creando un semicírculo a su alrededor en medio de la calle, y Ormachea toma el cojín de las manos de Basilio y ofrece la llave de oro que hay en él al libertador.

—Es para el ayuntamiento de esta honorable ciudad un inmenso placer y un auténtico honor el poder brindarle al generalísimo señor don Agustín de Iturbide las llaves de esta excelsa villa que desde hoy es libre por siempre y para siempre, y para que sepa el primer jefe del Ejército de las Tres Garantías lo agradecidos que estamos, y que siempre será bienvenido, que esta es su casa, y que puede entrar y salir de ella cómo y cuándo guste.

Iturbide inclina la cabeza, agradecido, honrado, y toma la llave ante el estruendo de los gritos entusiastas del pueblo, los aplausos, con las campanas de todas las iglesias del universo sonando acaso más fuertes en ese instante. Y Basilio lo alcanza a oír decir entre aquella barahúnda de aclamaciones patrióticas e infinita felicidad:

—Estas llaves son las de unas puertas que deben estar cerradas siempre a la desunión y el despotismo, y siempre abiertas a todo lo que pueda hacer la felicidad común.

A lo que la población contesta con más vítores, más ovaciones y más loas a Iturbide y a la independencia. ¡Viva Iturbide! ¡Viva la religión! ¡Viva la Independencia!¡Viva la unión!

El caudillo se monta al caballo, mientras los vivas de la población vuelan como bandadas de palomas alrededor de sus cabezas, y, blandiendo la llave, saluda al pueblo, y reinicia la marcha triunfal hacia la plaza mayor y el palacio donde lo espera

O'Donojú, a quien se unirá para ver desde el balcón a su ejército desfilar con la misa de acción de gracias prevista en la catedral para las tres de la tarde.

XIX

Pancho llega hasta la puerta de la casa de los Figueroa, allá cerca de la iglesia de Santo Domingo, tras haber pasado junto a la ventana de la esquina donde hace diez años cortejaba a Amalia, donde hace nueve la besó por entre las rejas antes de partir. Todavía se oyen en la distancia los vítores y las celebraciones de la gente que sigue de fiesta, aunque hace ya horas que terminó el desfile y se cantó el tedeum en la catedral. Está por dar un aldabonazo, pero duda, de repente. Siente algo parecido al vértigo. ¿Qué hace aquí?, se pregunta. ¿Cómo se le puede haber ocurrido semejante idea? Es un despropósito.

Y está a punto de volver hacia la guarnición, donde ha dejado el caballo en las caballerizas con su ayudante de campo, cuando un impulso que le viene de muy adentro, sin consultarlo consigo mismo, le lleva a dar dos golpes sonoros en la puerta antes de que tenga siquiera tiempo de recapacitar. ¡Qué hace! Tiene miedo, de repente. Está a punto, de nuevo, de enfilar la calle rumbo a la plaza de Santo Domingo, antes de que nadie conteste, cuando se abre la puerta y aparece Carmencita, con el delantal puesto, que se queda patidifusa al verlo. No sabe qué decir. Es Pancho el que se arma de valor y habla angustiado.

—Vengo a ver a Amalia —logra susurrar.

—Ahorita la voy a buscar. Espérese aquí tantito.

Es entonces cuando un niño que debe de tener unos seis años se asoma al umbral. Es idéntico a como era Pancho de niño. Tiene los mismos rasgos indígenas. La misma mirada de asombro. Es igual de estirado y flacucho. A Pancho le cuesta creer lo que está viendo. Aceptar lo que está viendo y lo que significa. Como si algo hubiera dejado de funcionar en su cerebro. Se halla incapaz de formular una frase. De formular *esa* frase: la de que está frente a su hijo. Hijo que desconocía tener. Lo golpea la visión de ese niño perfecto y angelical como una pedrada en la sien. Y el niño, tímido, se queda mirando aquel hombre de uniforme, la espada colgada del cinto, el bicornio emplumado bajo el brazo, igual de estupefacto; sorprendido de que aquel rostro le resulte tan familiar, aunque no lo conozca. Antes de que Pancho se deje llevar por la corriente violenta del río que lo acaba de envolver, hace un esfuerzo sobrehumano, logra sonreír y pregunta:

—¿Cómo te llamas, mijo?

—Nicanor.

—Bonito nombre. Como el de tu abuelo.

—¿Y usted? ¿Cómo se llama?

—Pancho.

—¿Yo a usted lo conozco?

Pancho no sabe qué decir. Se queda mirando a Nicanor sin acabar de creer que está hablando con su hijo; un hijo que engendró con Amalia, es más. Le sobreviene una ola de emoción tan grande que cree que se va a ahogar. Antes de que pueda contestar, junto a Nicanor aparece una niña de unos tres años, adorable, con cara pícara como imagina debió ser la de Amalia de niña. Tiene los mismos ojos, el mismo cabello espeso y extraordinariamente negro.

—Esta es mi hermana. Se llama Lupe —le dice Nicanor, cada vez más valiente.

—Hola, Lupe.

—Lupita —corrige Lupita—. Me llamo Lupita y tengo tres años.

Y le muestra la mano con el pulgar y dos dedos en alto.

—Hola, Lupita. Encantado de conocerte.

Doña Gertrudis aparece detrás de ellos, atolondrada, justo cuando les está diciendo que dónde se meten, que hagan el favor de no andar huyendo de ella, de no acercarse a la puerta de la calle cuando está abierta. Ve a Pancho allí enfrente, y da un paso atrás, espantada, se santigua, y balbucea: «¡Virgen Santa!».

Es entonces cuando la ve. Amalia llega hasta la puerta y se le queda mirando como si necesitara un momento para cerciorarse de que es verdaderamente él. Lo escudriña. Lo mira de arriba abajo y, al cabo de lo que a Pancho le parece una eternidad, sonríe.

—Hola, Pancho. ¿Se puede saber qué horas son estas de llegar?

—Amalia, yo…

—No fui con mi madre a ver el desfile por miedo a que vinieras a buscarme y no me encontraras en casa. ¡Fíjate qué cosas!

Amalia ríe. Está más guapa que nunca. Acaso los años la han hecho más hermosa, si eso fuera posible. Y la ve alegre.

—Me da gusto verte, Pancho —le dice—. Me hace muy feliz. Por un momento pensé que quizá no vendrías. Que con tantos galones me habrías olvidado.

—Te prometí que volvería. Y aquí me tienes, Amalia. Aunque, no sé si tú…

—Te estaba esperando. Te llevo esperando desde hace mucho tiempo, Pancho. ¿Qué te crees?

—Mamá, ¿quién es este hombre? —pregunta Nicanor.

—Es un muy buen amigo de tu mamá. Y ahora, por lo que veo, todo un señor general.

—Teniente coronel.

—Bueno. Para nosotros, Nicanor y Lupita, pos háganse a la idea como si fuera un general. ¿No les parece? Tía Gertrudis, se acuerda del teniente coronel Cienfuegos, ¿verdad?

Doña Gertrudis se vuelve a santiguar y asiente con la cabeza.

—No tenga miedo de él, tía. Por el amor de Dios. No muerde.

—¿Qué dirá tu madre?

—Mi madre tendrá que aprender a quererlo, tía. Como todos. ¿No le parece?

Amalia se queda mirando a Pancho a los ojos y Pancho siente como si no cupiera en sí mismo del inmenso amor y cariño que siente por ella. Como si no hubiera pasado el tiempo.

Como si hubieran los dos reencontrado ese hilo prodigioso y eterno que los une, que los ha unido desde siempre, desde antes de que se conocieran y que los unirá, se da ahora perfectamente cuenta de ello, hasta el fin de los tiempos. Y es en ese preciso instante que Pancho es consciente de un sentimiento único y veraz, espiritual y violentamente físico, extrañamente blasfemo y, a la vez, profundamente religioso, que le permite casi entender lo que es la eternidad: un amor que no tiene tiempo, que se sale de él, que lo desafía, que existe antes y después de él, que es permanente y circular, mágico e incomprensible, inefable y milagroso.

—¿Te piensas quedar ahí afuera toda la vida? —le pregunta Amalia, socarrona.

—No quiero molestar. Tu marido...

—Mi marido murió. Pero ahora no es momento.

—Lo siento.

—Ven y abrázame.

Pancho y Amalia se abrazan. Se funden en un abrazo que dura otra eternidad; eternidad en la que cada uno revive el dolor de la separación y la ausencia de todos estos años, y busca y logra reavivar la ternura que sintieron siempre el uno por el otro y que los une ahora, por fin, más que nunca.

—¿Qué hacen? —oye que pregunta Lupita—. ¿Por qué se abrazan por tanto tiempo?

Se apartan el uno del otro. Amalia acaricia la cara de Pancho, cariñosa. Se vuelve a Lupita.

—¿Lo dejamos pasar? ¿Cómo ven?

—Un ratito nomás —contesta Lupita, seria.

—¿Un ratito? Y tú, ¿qué piensas, Nicanor?

—Yo digo que pase el general Pancho.

Doña Gertrudis se vuelve a santiguar.

—Ay, ¿qué dirá mi hermana?

—No tiene por qué decir nada, tía. Aquí nadie está haciendo nada mal. Y si quiere, que se lo diga a su amiga la Champurcín. ¿Qué, Pancho? ¿Te animas? ¿Entras a tomar un cafecito?

—Sí, claro.

—Ya luego vemos qué hacemos. Tenemos mucho de qué hablar. Pásale, corazón.

CAPÍTULO CUARTO

La polka de míster Polk

I

Clara mira a Pancho. Está sentado donde solía ponerse su padre. En el sillón junto a las ventanas de la sala de estar de la casa grande de San Luis, a un lado del jarrón chino con su ramo fresco de alcatraces. Está sentado en la misma posición incluso, las piernas cruzadas, las manos descansando en un nudo de nudillos. No importa el color de su piel, o los rasgos indígenas de su rostro. De alguna manera, cada vez se parece más a él, especialmente ahora que tiene el cabello cano, y lo lleva corto. Repara en su cara demacrada y arrugada, los ojos tristes, y no sabría decir cuándo exactamente se hizo viejo su hermano. Cuándo se hicieron todos viejos, maldita la gracia. Clara suspira. Eso sí, aunque tenga ya cincuenta y dos años, Pancho anda derecho, el pecho fuera, sin que se le encojan los hombros como les pasa a tantos señores que terminan volviéndose encorvados con el peso y el paso de los años.

El sol de la tarde entra fuerte por los ventanales, abrasador, con ímpetu, casi violentamente. La bóveda de la capilla de Aranzazu se vislumbra transformada en una silueta temblorosa detrás de las cortinas y el muro de calor. Es como si el paisaje de la calle allá afuera, difuminado por la luz, fuera una litografía a medio hacer en blanco y negro, los colores y los relieves quemados por el sol.

—Partimos mañana. Vine a despedirme.

Pancho lleva en San Luis desde principios de octubre. Llegó con Santa Anna y una gritería de tropas, caballos, carruajes, cañones y músicas marciales. Lleva ya cuatro meses reclutando y adiestrando a los pobres desgraciados que han acabado formando el ejército que saldrá mañana 28 de enero rumbo al norte. Es verlos y sentir pena por ellos: chamacos aterrorizados, con caras de espanto, a quienes no les acaba de sentar bien el uniforme y no saben dónde están o qué diablos hacer consigo mismos desde que fueron arrebatados de sus madres y traídos a San Luis Potosí a la fuerza, desde la sierra o de donde fuera, y que no les quedará de otra que morir o hacerse hombres de golpe al enfrentarse dentro de muy poco a las fuerzas estadounidenses que llevan chingando desde abril del año pasado. Se están internando cada vez más en el país, adentrándose por la frontera del norte. Fue tan solo a finales de septiembre que cayó Monterrey.

—Ya debes estar acostumbrado.

Clara no sabe bien qué decir. Tiene la sensación apesadumbrada de haberlo visto todo antes. Hace poco más de una década estaban allí en San Luis Potosí su hermano y Santa Anna organizando un ejército expedicionario igualito a este para cruzar el desierto rumbo al norte y enfrentarse a los esclavistas norteamericanos que se querían quedar con Texas. Esperemos que esta vez les vaya mejor. Son tantos los años de tener a Pancho luchando en un frente u otro. La golpea el recuerdo confuso y atolondrado de todas las veces que ha recibido una carta suya diciéndole que se va a la guerra, que la quiere mucho, que no se preocupe, que la mala hierba nunca muere. Años de suprimir revueltas armadas y perseguir a fuerzas pronunciadas, de alzarse luego contra el gobierno cuando se ha vuelto despótico, de pelearse con sus paisanos en un círculo infernal e interminable de represalias, insurrecciones y contrainsurrecciones. Aparte de los dos años que Pancho se dedicó a la política, cuando lo eligieron diputado y Guadalupe Victoria fungía de presidente, ha pasado su vida lejos de casa, de su familia, luchando: la invasión de Barradas, la guerra civil del 32, la revuelta de Durán y Escalada, Texas, la guerra de los Pasteles, Yucatán. Es el cuento de nunca acabar. Cuento macabro y espeluznantemente violento. Y ahora esto. Una guerra contra los Estados Unidos. Lo que faltaba. Guerra que estalló el abril pasado cuando algunos de nuestros soldados abrieron fuego sobre algunos de los suyos al estar ellos donde no debían estar. La excusa perfecta que buscaba míster Polk para invadirnos después de estar meses ansiando y prometiendo a sus electores hacerse con las Californias y todo el territorio que hay de por medio entre Nueva Orleans y La Paz. Su destino manifiesto.

—Uno nunca se acostumbra, Clara. Cada campaña es diferente.

—¿Ya se lo dijiste a Amalia?

—Le escribí esta mañana para decírselo.

—Ella tampoco se debe acostumbrar.

—Yo no escogí la carrera de las armas. La carrera de las armas me escogió a mí.

—Eso dices. La debes extrañar.

—Siempre.

—Y a tus hijos y nietos.

—A todos.

Clara piensa en la última vez que vio a Amalia. Debe hacer cosa de dos años, cuando fue a pasar unas semanas en la Ciudad de México. Su cuñada estaba tan hermosa como siempre. No sabe cómo lo hace, qué magia negra usa para no envejecer. Pancho estaba de regreso de la campaña de Yucatán. Estaban todos. Pancho y Amalia. Sus hijos: Nicanor, Lupe y Raúl. Felisberto, el hijo de Andrés y Luisa que acabó viviendo con ellos cuando tenía tan solo dos añitos al morir sus papás y hermanos de cólera durante la epidemia del 33. Estaban las parejas de Nicanor y Lupe: Cándida Mendieta Artigas y Víctor López Planas. Estaban los nietos. Los hijos de Nicanor y Cándida. Las hijas de Lupe y Víctor. Incluso fue James con Clara, quien, por una vez, tuvo a bien dejar que George Gould se ocupara de La Potosina y el detalle de tomarse unos días de descanso para hacer el viaje a la capital y acompañarla como buen marido a ver a Pancho y a su familia. Estuvieron todos menos Luisito; Luisito, que hizo caso de su padrastro inglés y se fue a estudiar a Cambridge para nunca regresar. Se enamoró de una escocesa, una cosa llevó a la otra, y ya se sabe, se casó, y acabó haciendo su vida allá de profesor de filosofía y letras en la remota Universidad de Saint Andrews, junto al oscuro mar del Norte.

No hay día que Clara no piense en su hijo, que no sienta su ausencia como un sinsentido; una sensación de vacío que también es zozobra, desolación, vértigo. Como si le hubieran amputado un brazo o extirpado un órgano; parte del cuerpo que sigue sintiendo como si estuviera allí aún, cuando hace años que se la arrancaron de cuajo. Clara y James hicieron el viaje a Inglaterra y Escocia hace ocho años, y Clara pudo conocer a la familia de James, por primera vez, y también a la esposa pelirroja de su hijo, Catherine MacDiarmid. Pero todavía está por conocer a sus nietos: Marcos —a quien llaman Mark—, Tobías, Emily y Jane, que recién nació hace nueve meses.

—¿Se te ofrece algo más? ¿Otro café? —le pregunta Clara.

—No, gracias. No hace falta. De hecho, me tengo que ir.

Clara ve cómo Pancho repara un instante en el cuadro que su padre encargó hacer de su madre, Cristina, que cuelga en una de las paredes del salón, junto al espejo veneciano. Debe tener unos treinta años en el retrato. Se le ve seria, casi melancólica. Ya debía haber sufrido todos esos malpartos cuando la retrataron. Su marido ya debía estar acostándose con Chuyém. Este año se cumplirán veinte desde que murió. El 3 de abril de 1827. Al final era incapaz de hablar. No reconocía a nadie. Ni siquiera a Pancho, aunque estuvo preguntando por él hasta que perdió la habilidad de formular frases y las palabras se atoraron y devinieron tristes gruñidos y gemidos abruptos en su boca. Susurros y lamentos trágicos y patéticos, en un idioma incomprensible.

—Supongo que no sabes nada de Chuyém —le dice Pancho inesperadamente. Hace años que su hermano no pregunta por ella.

—No. Solo que sigue viva. Que está en Monte Caldera. Sigo pagando su mesada.

Chuyém debe rondar los setenta.

Pancho va a decir algo, pero se lo guarda. Es la hora de partir.

—Bueno, me voy, hermana.
—Cuídate mucho. Rezaré por ti.
—No te preocupes. Ya sabes. La mala hierba...
—Nunca muere, ya sé. Es lo que dices siempre.

II

Amalia no entiende por qué se retrasa Nicanor, por qué no ha llegado. ¿Dónde puede estar? ¿Qué le puede haber pasado? La comida lleva lista en la cocina desde hace al menos media hora.

—¿Sirvo, señora Amalia? —le vuelve a preguntar doña Pascuala.

Están todos sentados en la mesa del comedor. Llevan ya más de media hora allí. Su señora madre, aunque se muere de gusto, rodeada de sus hijos, nietos y bisnietos, dice que tiene hambre.

—Pero ¿qué horas son estas de almorzar, díganme? Si ya deben ser más de las cuatro. ¡Amalia! ¿Mija? ¿Qué estamos esperando? ¿Dónde está la comida? ¿Qué no está lista ya?

Doña Úrsula cumple los ochenta hoy. Ha sobrevivido a la gran mayoría de sus conocidos; al menos los de su generación. Hace ya tiempo que pasaron a mejor vida sus amigas de antaño, la Champurcín y las víboras que acudían a sus tertulias. A mejor vida, si es que no han ido a parar toditas al séptimo círculo del infierno. Amalia se regaña a sí misma por ocurrírsele semejante idea. Sonríe para sí, por eso. Qué mala que eres. Hace años que también falleció el pobre de don Alfredo. Poco después de que asesinaran a su hijo.

—Está usted tan guapa como cuando la conocí allá en tiempos de la guerra de independencia —le dice el vejestorio de don Melchor a doña Úrsula, los mofletes sonrojados tras haberse tomado más de un pulque de piña con canela.

—Me halaga, don Melchor, pero no me engaña. Es usted muy zalamero, oiga. Ya quisiera yo tener cuarenta años menos. ¡Sesenta incluso! Pero ¿sabe qué le digo? Y no es broma. De a de veritas. No siento que tengo ochenta años. ¿Cómo ve? ¡Para nada! Aparte de las rodillas que se me resienten cuando hace frío por las mañanas, me siento bien, fuerte. ¡Como un toro!

No como la pánfila de mi hermana Gertrudis que se la pasa quejándose todo el santo día, Ave María Purísima, de que si la espalda, que si la tos, que si las jaquecas, ¡qué martirio! ¡Y eso que tiene cinco años menos que yo! ¡Fíjese!

—No sea mala, madre —ríe Reynaldo.

—¿Qué hacemos? —le pregunta Amalia a su nuera, que ha tenido que volver a regañar a Julio y a Alejandro por estar insultándose el uno al otro, aburridos de estar sentados a la mesa desde hace una eternidad. Con diez años el uno y ocho el otro, quién sabe dónde han aprendido ese lenguaje, esos improperios.

—No espere a Nicanor. La comida está caliente. ¡Niños, ya basta! —le contesta Cándida—. Ya vendrá.

—Pero ¿dónde está?

—Ya sabe cómo es. Se le debe haber ido el santo al cielo. Cuando se concentra, ya sabe. El trabajo. Se debe haber demorado. Pero seguro que está por llegar de un momento a otro. No se preocupe. En serio.

—Comemocos.

—Pues tú eres un comecaca, pendejo.

—¡Julio! ¡Alejandro!

Amalia sabe que su hijo nunca se ha llevado bien con su madre. Quizá no le debiera sorprender que no le importe desairarla, que no vea por qué tiene que acudir, obsequioso, a la fiesta de cumpleaños de su abuela. Su madre fue odiosa y ruin con Nicanor a lo largo de su infancia, tratándolo como a un lépero comparado con Lupe y Raúl, avergonzándose de que la vieran con él en público, de que se supiera que tenía un nieto prieto, hijo del pecado. Ya luego, cuando les salió pintor y se fue a estudiar a la Academia de Bellas Artes de San Carlos y se montó su taller cerca de la plaza del Volador, dejó muy claro doña Úrsula que no consideraba aquello un oficio respetable o digno de un miembro de su familia. ¿De qué iba a comer su nieto si se dedicaba a pintar paisajitos y bodegoncitos? ¡Por favor! Además, ya se sabe que los artistas tienen todos fama de ser unos degenerados, siempre rodeados de modelos desnudas, ¡Virgen santísima! Pero Amalia lo duda. Nicanor no es así, no es rencoroso.

Amalia le dice a doña Pascuala —tan seria y antipática comparada con cómo era Carmencita— que vaya sacando los entrantes: la sopa de pan espesa acompañada de huevos cocidos, garbanzos y perejil, los tornachiles de queso, una bandeja con pedazos de chicharrón, y la lengua con aceitunas y alcaparras que tanto le gusta a su señora madre para empezar. Con suerte llegará Nicanor a tiempo para el mole verde que ha preparado doña Pascuala hoy, con guajolote, y que le sale medianamente bien. Nada que ver, por eso, con los platos suculentos que cocinaba Carmencita, que en paz descanse.

—Ahora viene la comida, madre. No se enoje.

—¡Ya era hora, hija! ¡Que nos morimos de hambre!

—Tampoco será para tanto.

Amalia se sienta a la cabeza de la mesa, donde debiera estar Pancho. Todos saben que se ha vuelto a tener que ir a la guerra. Claro que de estar de permiso o basado en el cuartel de la Ciudadela, quizá Pancho hubiera encontrado una excusa para ausentarse de la fiesta. De todas maneras, de no hallarse en el lejano norte del país sacrificándose por la patria, no le cabe duda alguna de que Pancho hubiera estado allí. Es obvio que hubiera estado. Por complacerla a ella, y para poder estar con sus hijos y nietos. Con la fama que tiene de feroz entre la tropa, retratado en la prensa como el «inmisericorde» general Cienfuegos, el Tigre de El Palmar, el Verdugo de Goliad, siempre fue un padre tierno y afectuoso con Nicanor, Lupe, Raúl y Felisberto cuando eran niños. Es verlo con sus nietos, jugando a las batallas con Julio y Alejandro, contándoles cuentos, de rodillas en el piso dejando que Conchita y Mar se suban a él, persiguiéndolas por la casa, haciéndoles cosquillas y comiéndoselas a besos, y resulta imposible imaginarlo severo, dando órdenes a sus tropas, preparándose para entrar en batalla como debe estar en estos momentos. Que Dios lo proteja.

Si no fuera porque Pancho vuelve a no estar, y no sabe qué diablos ha sido de Nicanor, y hay quienes dicen que esta guerra va a ser la peor de todas, Amalia tendría hartos motivos para sentirse feliz. Es bueno tomarse un momento para acordarse de ello, reconocerlo. Y no es que olvide a sus difuntos: su querido papá, el buenazo de Hernán, los hijos que no sobrevivieron, su hermano Andrés, a quien se lo llevó el cólera junto con su esposa y los niños, pero en estos momentos ahí tiene reunida a su familia. Y eso hay que valorarlo. Está casi toda. Allí están su madre y la tía Gertrudis. Sus hermanos Reynaldo y Fernando. Fernando que ha venido con Esmeralda y sus hijos y nietos. Están Cándida, Julio y Alejandro. Nicanor debe estar por llegar. Están Lupe y Víctor y las niñas. Y aunque no le gusta la manera en que Víctor le habla a su hija delante de todos, y bebe demasiado, están allí, y eso se debe poder celebrar. Está Felisberto, a quien adoptaron con dos años cuando murieron sus padres, y que cumplirá los dieciséis el mes próximo y quiere ser militar como su tío Pancho, Dios nos libre. Incluso han venido algunos amigos de la familia. Don Melchor, las hermanas Serrano, el padre Anselmo. Y su madre está feliz, que es lo que importa. Si tan solo llegara Nicanor ya de una vez.

De repente se oye un portazo. Pasos apresurados. Aparece Nicanor como un torbellino, sudado y jadeando, en el umbral del comedor, quitándose la levita y dándosela a don Gregorio, como si estuviera en llamas y le fuera la vida en desprenderse de ella mientras se excusa precipitadamente. Desarma a su madre con tan solo mirarla y brindarle su mejor sonrisa, guapo y alto como lo era su padre cuando tenía treinta y un años, como él.

—Lo siento. Perdón. Perdón. Siento llegar tarde. De verdad. Lo siento. Pero ¡qué bueno que ya hayan empezado!

—Nicanor —le susurra Cándida con tono recriminador.

—Luego te explico, mi vida. ¡Feliz cumpleaños, abuela!

—Gracias, nieto.

—¿Dónde has estado, hijo? Nos tenías preocupados —le dice Amalia.

—Nada. Un nuevo encargo, madre. Ya sabe cómo es. El senador Felipe Díaz Giménez me ha pedido que pinte el retrato de su esposa. Y, en fin, al ser la primera sesión, pues se alargó más de la cuenta. ¿Qué quiere que le diga? Lo de siempre. Lo siento. ¡Qué rico que se ve todo!

III

Los hombres de Pancho avanzan cuesta arriba hacia las posiciones de los angloamericanos. El tiroteo es continuo; los cañonazos, un sobresalto constante, intenso. El ruido es ensordecedor, a la vez que saltan las rocas por los aires y el paisaje se vuelve volcánico. Como si de la tierra fueran estallando fumarolas. Como si hubiera un temblor. El paisaje desaparece y reaparece en medio de las explosiones. La barranca por la que ascienden es un infierno de fuegos, lava y erupciones, y el olor a pólvora es asfixiante. Lo impregna todo. No deja respirar. No deja ver. A Pancho le escuecen los ojos a la vez que las balas silban a su alrededor. Montado sobre su caballo, va y viene a galope por entre sus tropas, sin descansar, espada en mano, alentándolos a seguir adelante, gritándoles, animándolos a continuar ascendiendo la ladera, aunque los estén rociando de metralla, dándoles la bienvenida a base de bombazos.

Igual que Santa Anna, Pancho es de los que cree que los generales deben liderar desde el frente, dar ejemplo. No es de los que se quedan atrás, cobardes, dando órdenes desde una tienda de campaña a cien leguas del fragor de la batalla, viendo a sus hombres morir a través de un catalejo. Pero es duro. El granizado de metralla enemiga va diezmando a sus tropas, derritiendo a sus soldados como si estuvieran hechos de manteca. Se deshacen en charcos de coágulos de sangre. Caen unos tras otros soltando alaridos escalofriantes, y los que siguen de pie, bayoneta enhiesta, obedeciendo al Indio Cienfuegos, que les grita y grita; algunos, porque le tienen más miedo al Verdugo de Goliad que a los pinches yanquis, van haciéndose camino por entre sus compañeros muertos, montaña arriba, por encima de los cadáveres amontonados, de los bultos uniformados, deformes, a veces sin más remedio que pisarlos, la cuesta sembrada de cuerpos inertes mutilados, de todos aquellos que iban en la vanguardia, al frente, delante de ellos y que perecieron en el intento. Por la patria. Todo por la patria. Ahora es su turno.

—¡Vamos!

Pancho le sugirió a Santa Anna esperar, pero ayer, día 21 de febrero, era su cumpleaños y quería poder celebrarlo con una sonora victoria.

—Acabo de cumplir cincuenta y tres años y ni Taylor ni la madre que lo parió me va a aguar la fiesta, mi amigo Pancho. Señores, que nadie aquí se confunda. Ni la aspereza de las montañas que tienen ahí enfrente, ni lo fuerte de las posiciones, ni sus ventajas, sean las que fueren, detienen al soldado mexicano cuando pelea en defensa de los derechos de su patria. ¿Me oyen?

—Sí, mi general.

—Mañana a las seis, tan pronto amanezca, vamos a chingarlos de lo lindo. ¿Estamos?

Un proyectil se lleva el hombro izquierdo de Pancho. Es como si se lo cortaran de un machetazo. Los huesos y los cartílagos quedan hechos trizas. La piel y la carne se desprende de donde estaba su hombro como un erizo ensangrentado que irrumpe espinoso por entre la charretera despedazada, salpicada de pólvora. La fuerza con la que el siguiente balazo le estalla en la clavícula junto a la cara lo derrumba del caballo. Lo tumba violentamente. Cae para atrás y se estrella contra el suelo. Contuso, no sabe dónde está o qué está pasando. Todo le da vueltas. El estruendo de la batalla lo envuelve todo. El dolor es tan intenso que no se puede mover. Se le nubla la mente. Alcanza a mascullar sardónico aquello de que la mala hierba...

IV

—¿Le gustaría retratarme desnuda?

Nicanor deja un momento de pintar sobre el lienzo que tiene en el caballete y se queda mirando atónito a la esposa del senador Felipe Díaz Giménez. No da crédito de lo que le acaba de decir. Está posando para él sentada junto a la ventana de su casa señorial de la Calle Nueva, luciendo un vestido largo verde claro, de cintura estrecha y bajo escote que le deja exhibir su cuello largo y un formidable collar de perlas. Con sus veinticuatro años recién cumplidos, su figura esbelta, el corsé ajustado, rubia como el sol y de ojos vivaces, azules e inmensos, Cayetana es sencillamente perfecta; la mujer más hermosa que pisó la tierra. Todo en ella es vida, juventud, belleza. Su sonrisa es pícara y traviesa. Lo ilumina todo a su alrededor. Su voz es irresistible y ahumada.

—Qué cosas se le ocurren, senadora. Sospecho que a su marido no le haría demasiada gracia —logra contestar Nicanor.

—Todo lo contrario. Imagino que le encantaría tener un cuartito así retirado o escondido donde poder ir y contemplarme tal y como Dios me trajo al mundo. Porque lo que es en la vida real, yo no dejo que ese viejo asqueroso se me acerque o me ponga las manos arrugadas y temblorosas encima. ¿Qué se cree?

Nicanor sabe que el senador tiene más de sesenta años y que se casó con Cayetana hace cosa de cuatro meses, después de que falleciera su primera esposa; que tiene una fortuna que se valora en varios millones de pesos, y que es una de las voces cantantes del partido moderado; ese partido que es liberal y progresista, pero que gusta de tomarse las cosas con tiempo y sin prisas excepto cuando se trata de derrocar a sus primos los liberales puros o radicales. Puede ser viejo, pero es un hombre influyente. No es alguien con quien quiere tener problemas o complicaciones.

La mira detenidamente mientras limpia el pincel con un trapo. Afrodita junto a la ventana.

—Claro que me gustaría pintarla desnuda. Es usted muy hermosa. Demasiado. Pero los dos sabemos que no es algo que podamos hacer.

—No me sea timorato, don Nicanor. No me va a decir que nunca ha pintado un desnudo. ¿Es o no es usted artista? ¿De qué tiene miedo?

Nicanor sonríe, aunque se siente incómodo. Nunca se ha encontrado en situación semejante. Es cierto que desde que don Felipe le presentó a su joven esposa, con el encargo de que la retratara, solo piensa en ella, en su belleza, de día y de noche, a todas horas, como una obsesión. No es capaz de quitársela de la cabeza. Como si lo hubiera hechizado.

—No sé qué responderle, la verdad. Estoy casado. Tengo dos hijos. Soy padre de familia.

—¿Y eso qué tiene que ver?

—Supongo que nada. Pero...

—Se mira, pero no se toca, don Nicanor. Mirar no es pecado.

—Quizá no. Aunque en el confesionario el padre siempre me habla de pensamientos pecaminosos.

—Pero a usted no se le ocurriría tener pensamientos pecaminosos sobre mí, ¿verdad? ¿O acaso sí?

Cayetana ríe. Con la alegría de una fuente. De agua que cae. Libre.

—No, claro que no.

Cayetana se lame el labio superior, luego lo mira a los ojos fijamente, le sostiene la mirada y sonríe coqueta.

—¿Te puedo llamar Nico?

—Si usted quiere.

—¿Nos podemos tutear?

—No tengo inconveniente.

—Llámame Cayetana, por favor.

—Está bien. Cayetana.

—Si me fueras a pintar desnuda, entonces, Nico, ¿me querrías totalmente desnuda? ¿O te gustaría que llevara puesto mi collar de perlas o alguna prenda de ropa? ¿Una sábana posada sobre la cadera, quizá? ¿Un rebozo? ¿Unas ligas?

—No sé a dónde nos lleva esta conversación.

—No seas aguafiestas, Nico. Ándale. Consiénteme esta fantasía, nomás. Por esta vez. Aunque nunca me pintes desnuda. Mi vida es tan aburrida. Encerrada aquí todos los días. No te imaginas. En esta jaula de oro. Prisionera de un anciano porque así lo quiso mi padre, un anciano decrépito de manos largas que tiene lana, cierto, muchísima lana, pero que es más feo que un sapo y huele a decrepitud y podredumbre. Ándale, Nico. Fantasea conmigo. Un ratito nomás.

Se abre la puerta y aparece don Felipe, cuyos pasos vienen acompañados del tac-tac de su irritante bastón.

—¿Qué? ¿Cómo va? —Se acerca a Nicanor y se queda mirando admirado lo que lleva pintado.

—¡Es extraordinario! Le está saliendo de maravilla el retrato, joven. El parecido es asombroso.

—Aún falta, don Felipe. No está acabado.

—Ya sé, ya sé. Pero no me puede decir que no se empieza a ver. Está quedando espléndidamente. ¡Qué talento el suyo! Ya me dijeron que es usted todo un artista. Y ¿cómo está mi senadorcita? —Don Felipe, de repente pone voz infantil cuando se dirige a Cayetana—. ¿Cómo está mi con*ch*entidita? Está bien, *¿chí?*

—Aburrida.

—¿Aburrida? *Pobechita*. No puede ser.

—Aquí donde lo tiene, el señor Moreno Figueroa es un tirano y un antipático y no deja que me mueva y no me hace caso. Me tiene sentada aquí todo el santo día como una estatua.

—Es lo que toca, cariño. Pero cuando veas el cuadro terminado verás que valió la pena. Ah, y antes de que me olvide, me acaba de llegar una invitación de tu padre. Va a hospedar un baile pasado mañana por la noche. ¿Te apetece ir, amorcito? *¿Chí?*

—¿Nos puede acompañar Nicanor?

Nicanor está a punto de contestar, pero don Felipe no le deja.

—No sé si se ha dado ya cuenta de ello, joven, pero a mi consentida Cayetana no se le puede decir que no. ¿Qué nos dice, pues, don Nicanor? ¿Se nos une?

—Está bien, está bien. Se hará como diga su señora esposa. Ahí estaré. Pero ahora estese quieta, que no hemos terminado.

V

Víctor entra en la casa, tropezando con el perchero de la entrada. Lupe sabe enseguida que está borracho.

—¡Lupita! ¡Ya llegué!

Entra en el comedor donde Lupe lo está esperando desde hace rato. Apesta a alcohol. Tiene los ojos sanguinolentos y esa mirada ausente y confundida que se hace dueña de él cuando toma demasiado, cuando deja de ser Víctor; el Víctor con quien se casó, aquel que tenía planes, proyectos y esperanzas, el que la apapachaba y le hacía caso y la llamaba su cosa linda y la hacía reír. Este es el otro Víctor, un Víctor patético, pendenciero, egoísta, celoso e inseguro. Violento.

—¿Dónde has estado?

—No empecemos —Víctor se sienta a la mesa del comedor como si esperara que Lupe le fuera a servir la cena de un momento a otro y no fuera ya pasada la medianoche—. Pos ya que preguntas, vengo de la logia. ¿Pasa algo?

Se ríe de repente. De forma incongruente.

—¿De qué te ríes?

—Imagínate. Allá tienes a tu padrastro el Indio, vete a saber dónde, peleándose con los norteamericanos allá bien lejos, requetelejos, caray, allá por Saltillo, que es como decir en la pinche luna, carajo, y acá, como que les vale madres la guerra a mis hermanos masones. ¿Tú te crees?

—Estás borracho.

—Que te lo digo en serio, Lupita. Te lo juro por mi madre. Por mis muertos te lo juro. A los políticos de acá no les importa la guerra. Como que no está pasando. No les incumbe. Es como que está pasando en otra parte. Lo que digo. Les vale madres. Lo que sí los tiene alterados, por eso, lo que les hace hervir la sangre y los tiene a todos apopléjicos clamando al cielo es lo del pinche decreto del 11 de enero. ¡No veas qué gritos y qué cosas dicen! ¡Uta! Eso sí que los tiene bien encabronados, Lupe. Si los hubieras visto, ¡hijo su madre! Eso sí que está cañón, carajo. Están que trinan. Que si cómo se atreve el vicepresidente, ya sabes, el Gómez Farías ese, a ponerse a confiscarle la plata a la Iglesia. ¡Puro tenía que ser el cabrón! *¡Sans culotte!* Que si Santa Anna es un corrupto de mierda que se quiere embolsar la plata de la Iglesia para comprarse más haciendas. Acá lo que quieren es venganza, deshacerse de Gómez Furias y Santa Anna e impedir que se vendan las propiedades de la Iglesia. Así como te lo digo. Que lo de Dios es de Dios y lo del César es de... Santa Anna. —Y Víctor suelta una carcajada grotesca antes de proseguir—. Se va a armar la de Dios es Cristo, Lupita. No veas. Eso andan diciendo. Ten por seguro que en cosa de días se va a poner la cosa bien interesante. Y ya luego, después de la logia pos me fui de copas con Ramón y el Picapleitos y estuvimos platicando y platicando sobre cómo tiene los días contados el gobierno y que una vez que se carguen a Gómez Farías y su canalla, pinches demagogos y rateros todos ellos, carajo, pos ya veremos cómo nos las arreglamos con ese míster Polk. Que hablando la gente se entiende, ¿no? ¡Qué caray! Oye, ve y tráeme la botella de mezcal que está en la despensa, ¿no? Ándale, chula, sé buena y hazme el favorcito.

—Ya te la bebiste.

—Pos hazme algo para comer, ¿no? Que me quedé sin cenar, pues.

—No hay comida.

—¿Como que no hay comida? ¿Y yo no te doy lana para que vayas al mercado, mala mujer?

—No, no me das nada, Víctor. Tengo que ir pidiéndole prestado a mi madre. Es penoso. Te lo gastas todo en aguardiente.

—A mí tú no me levantas la voz porque te parto la cara, ¿eh? ¿Quién diablos te crees que eres hablándome a mí así? Cuidado, eh...

Se oyen los lloros de una de las niñas. Lupe sabe enseguida que es Mar. La más chiquita. Vuelve a tener miedo.

—Ya despertaste a las niñas. Desgraciado. Vete a dormir y hablamos mañana.

—¿Dónde vas?

—Me voy a dormir al cuarto de las niñas. Me das asco.

Lupe se va deprisa al cuarto de las niñas y cierra la puerta con pestillo antes de que Víctor tenga tiempo de reaccionar. Se mete en la cama con María del Mar, a quien abraza e intenta calmar.

—No llores, mi vida. Ya estoy aquí, mi amor.

Desde abajo se oye el estruendo de los platos y los vasos que a Víctor le da por estrellar contra las paredes de la cocina, sus gritos de animal herido, insultos irrepetibles que desgarran la noche y que Lupe intenta evitar que oiga Mar tapándole los oídos con las manos, hasta que se oye el portazo que anuncia que ha vuelto a salir, en busca del maldito penúltimo trago.

VI

Raúl se aplica apresuradamente a la cara los polvos de arroz que le ha conseguido doña Hilaria, que viene todos los lunes a limpiar, y a quien le pagó generosamente para que no se lo diga a nadie. No quiere que lo descubran. Le avergüenza tener que hacerlo. Se mira en el pequeño espejo que tiene colgado sobre la aljofaina de su celda espartana donde suele lavarse y rasurarse la cara. En la penumbra del cuarto, es difícil saber si está surtiendo efecto. Se lleva los polvos a las mejillas y los refriega casi con violencia, restregándolos luego por la frente y las sienes. Odia el color de su piel. Desde niño lo odia. Aunque no es prieto como Nicanor, que todos saben es también hijo de su padre, aunque nadie lo diga, ya que cuando nació, su madre estaba entonces casada con el doctor Moreno Montesinos, Raúl quiere ser blanco como su hermana Lupe; quiere ser blanco como todos los miembros de su familia.

Nunca ha querido ser como Nicanor y su padre. Desde niño se sintió diferente a ellos. Su padre nunca estaba. Su padre estaba ocupado con sus conspiraciones y batallitas. Y Nicanor, que le lleva diez años, nunca tuvo tiempo tampoco para él. Estaba demasiado distraído haciendo reír a sus amigos, echándoles piropos a las hijas de los amigos de sus padres, siendo el centro de atención. Para cuando Raúl hizo la primera comunión, su hermano mayor ya estaba dando la nota enfrentándose al viejo, diciéndole que se iba a hacer pintor tanto si le gustaba como si no, que había nacido artista, que lo de matar soldaditos bien le podía gustar a su señor padre y que él no tenía nada en contra, todo sea dicho, pero él prefería sus pinturas, sus pinceles y sus lienzos y se iba a estudiar a San Carlos y sanseacabó. Ya de niño, Raúl se sintió más a gusto estando en la compañía de los padres, de sus amigos monaguillos, de la Virgen y el Niño Jesús; feliz solo en la paz interior de la nave de una iglesia, orando frente al tiritar de los cirios entre el incienso, oyendo el cantar angelical del coro o las notas místicas del órgano, arrodillado ante la figura divina y milagrosa de Jesucristo, sacrificado en la cruz.

Desde que tiene memoria Raúl ha sabido, ha sentido en lo más hondo de su ser, que Dios lo protege y lo ama. Gracias a Dios nunca está solo. Dios siempre vela por su alma. Lo acompaña y lo reconforta. El país allá afuera se puede estar desmoronando —¿cuándo no se ha estado desmoronando este pobre y sufrido país?—, no importa, porque la paz se halla en lo divino, en el abrazo de Dios misericordioso y sus representantes en la tierra. En la iglesia está su asilo. Si su hermano Nicanor supo de joven que quería ser catrín y artista, él supo de niño, desde que conoció al padre Arsenio, que su vocación era servir a Dios. El padre Arsenio fue como un padre para él. En la casa del Señor lo recibieron con los brazos abiertos; como a un hijo. Desde siempre lo ha sabido: cuando reza y comulga, cuando ayuda al padre Arsenio, a sus hermanos y a su rebaño, sea con la liturgia, los sacramentos o con actos de caridad, es entonces cuando la vida cobra sentido, y él se siente realizado y fuerte, capaz de enfrentarse al mundo, y de ahuyentar los demonios de la soledad que lo vienen a atormentar cuando se impone el silencio, cuando emerge de las sombras ese desprecio que siente por sí mismo, por ser medio indio, incapaz de ser un héroe como su padre o popular como su hermano. En el convento lo aprecian. La familia de la Iglesia sí lo quiere. El padre Arsenio lo quiere. Hace tan solo seis meses el arzobispo ofició su ordenación de diácono de la archidiócesis, y eso que tiene solo veintiún años. Bendito sea Dios.

Se da cuenta de que algunos polvos le han manchado la sotana. Irritado, se pasa un pañuelo donde el negro del hábito ha quedado ligeramente blanqueado. Gris. Como si se hubiera salpicado de ceniza. De repente alguien llama a la puerta de su celda.

—¿Podemos pasar, hermano?

—Sí, claro, ¿a qué se debe este honor? ¿Les puedo ayudar en algo?

Los conoce, aunque es más de vista que porque haya pasado tiempo alguno con ellos. Son buenos amigos del padre Arsenio. Los dos deben tener entre treinta y cuarenta años. Jorge Madrigal es alto y delgado. Vicente Pozo es chaparro y gordo. Madrigal tiene el cabello espeso y desordenado, como si se acabara de levantar o hubiera estado en el ojo de un huracán. Pozo es calvo como la luna. Los dos tienen caras cansadas y apesadumbradas. Se da cuenta en seguida de que el padre Pozo trae una bolsa pesada de cuero consigo.

—Siéntense. Por favor.

Raúl se sienta en la silla de anea que está junto a la mesita donde tiene la Biblia, sus apuntes y el tintero. Madrigal y Pozo se sientan encima del camastro. Les nota nerviosos. La pierna derecha de Pozo no deja de moverse frenéticamente desde el momento en que se sienta, haciéndole bailar la sotana.

—Venimos a hablarle de un asunto delicado.

—Confidencial —añade Madrigal.

—A pedirle un favor, de hecho.

—Nos dijo el padre Arsenio que nos podemos fiar de usted.

—Cualquier cosa, hermanos. Díganme.

—Nos urge hacerle llegar esta bolsa al general Matías Peña y Barragán.

—¿Y eso?

—Contiene 5 985 pesos. En pagarés y monedas.

—No se lo puede decir a nadie.

—Se trata de un primer préstamo —añade Pozo.

—El plan es irle pasando dinero todos los días mientras dure el pronunciamiento y haga falta. El padre Arsenio está de acuerdo. Podemos obtener más fondos prestados de la Concepción, pero también del convento de Santa Clara, de la cofradía del Rosario y del prepósito de la Profesa. Es más que probable que consigamos fondos también de Santa Catalina y San Lorenzo. Estamos todos acordes. Tenemos que parar este gobierno hereje. Hacer que se anule la ley herética del 11 de enero.

—No lo sabe el arzobispo, por eso —se apresura a decir Pozo— que hemos acordado financiar la revuelta del general Peña.

—Peña piensa dar el grito mañana o pasado.

—Como eres el hijo del general Cienfuegos, nadie sospechará de ti, si pides ver al general Peña esta tarde. Hemos pensado, pues, que quizá tú…

—Necesitamos que le lleves esta bolsa. Por el amor de Dios…

—Es por la causa del Supremo Hacedor, hermano Raúl. Para poner fin al gobierno del condenado de Gómez Farías.

—Nos dijo el padre Arsenio que nos ayudarías.

Raúl no tiene que pensarlo.

—Sí, claro.

—Bendito seas, hermano. ¡Que Dios te ampare!

—¡Alabado sea Dios!

VII

Pancho es consciente del zumbido de las moscas. A veces siente sus patas, cuando se posan sobre su cara y se pasean por ella. Siente cómo recorren su piel a sus anchas y no puede hacer nada para ahuyentarlas. Es consciente del olor a pus, el olor agrio y putrefacto de heridas infectadas, de sudor viejo, y del olor a miedo, olor que se entremezcla con el hedor del odio y la vergüenza, de la derrota y la rabia. A su alrededor todo son gemidos. Hace calor. Un calor infernal. Los estragos de la guerra no tienen dónde o cómo esconderse del sol del norte. Sol del desierto. Sol abrasador que deja que Pancho pueda apreciar con una claridad salvaje la escena horrorosa y grotesca que se está desarrollando a su alrededor, de catres cubiertos de hombres sucios y mutilados, sangre por todas partes, caras aterrorizadas, arañadas de dolor, desfiguradas todas ellas; oficiales, algunos de los cuales apenas están vivos, otros que deben haber ya fallecido aunque sigan con los ojos abiertos; todos ellos petrificados, agonizantes, retorcidos de sufrimiento, sigan con vida o no.

Pancho también es consciente del dolor; de lo mucho que le duelen el hombro y el lado izquierdo del torso. Si se intenta mover le duele como nunca; como si tuviera cristales rotos, clavos o astillas punzándole dentro del hombro, que están buscando la manera de salir a la superficie de debajo de la piel estirada. Y tiene sed. Una sed atroz.

—Oye. Tú. Matasanos. ¡Sí, tú!

Lleva ya varias horas despierto; desde que volvió en sí y se encontró allí postrado, medio desnudo, el hombro y el pecho vendados. Le dijo el facultativo que tuvo suerte. Que le pudieron sacar las balas. Limpiar y coser la herida. Que Santa Anna en persona dio órdenes estrictas de que se lo llevaran a enfermería en el momento que lo avistaron abatido, y que no lo dejaran morir.

Está vivo.

—Tiene suerte de que Santa Anna se interese por su salud, mi general. Muchos de los que cayeron, ahí se quedaron. Ya sabe cómo es la guerra.

Santa Anna también tuvo suerte, se ve. Una ráfaga de artillería yanqui se llevó por debajo el caballo en el que iba montado, pero esta vez se libró de ser herido. No como en Veracruz en el 38, cuando un cañonazo le mató el caballo y se llevó media pierna por delante; pierna que luego le tuvieron que amputar del todo. Y pensar que hay quienes dicen que es un traidor y que le vale madre la patria.

Claro que los hay que sospechan que Santa Anna se trae algo entre manos. ¿Por qué si no lo dejaron los yanquis regresar a México de su exilio cubano pasado el bloqueo naval? ¿Cómo se explica eso? Se sabe que Polk pidió dos millones al congreso de los Estados Unidos para dizque arreglar la cuestión mexicana. Los malpensados dicen que Santa Anna se ha embolsado toda esa lana para comprar a los políticos y aprobar un tratado de paz ignominioso que les sentará como anillo al dedo a los pinches yanquis. Cómo no. O eso, o que va a perder la guerra a propósito. ¡Qué estupidez!

Pancho conoce a Santa Anna desde que liberaron Xalapa juntos. Ha estado con él en una campaña tras otra: en Tampico; en la guerra civil del 32; contra Durán, Escalada y Arista; en Texas; en la guerra de los Pasteles; en Acajete; contra Bustamante en el 41... Ha luchado con él una y otra vez y sabe de qué está hecho. Pancho reconoce que, al igual que tantos militares y políticos que han estado en el Palacio Nacional, Santa Anna se ha enriquecido con dinero que no es suyo. Eso no lo niega. Y aunque Pancho es honesto y Amalia nunca querría que fuera de otra manera, sí ha habido veces que se han preguntado los dos si no han sido tontos por no haberse aprovechado como los demás. Pero una cosa es que Santa Anna sea un pícaro y un sinvergüenza, y otra, un traidor.

Dicen que la estatua de Santa Anna que había en la plaza del Volador mirando hacia el norte no es que estuviera señalando con el dedo índice la lejana provincia de Texas que un buen día, sin duda, iba a reconquistar, sino el edificio de la tesorería que tenía enfrente, y cuyas arcas iba a vaciar.

—Agua, carajo. ¿Es que nadie me puede dar un sorbo de agua?

Nadie le trae agua. Nadie le logra decir, tampoco, si ganaron la batalla o no. Según el facultativo no ganó nadie. «Les hicimos sufrir de lo lindo por dos días enteros y luego dejamos de atacarlos. Se acabó la comida. Se acabó el parque. Y ya no podíamos más. El campo de la Angostura es un mar de muertos. Está sembrado de dolor. Menuda carnicería». Cuando Pancho insiste, el matasanos le comenta que hay quienes dicen que «si les hubiéramos seguido dando fuerte así por un día más, se hubieran rendido y tendríamos a Taylor de prisionero. Pero no se pudo».

Los recuerdos de todas y cada una de las guerras en las que ha combatido Pancho se apelotonan y confunden en su conciencia herida que viene y va entre el dolor que lo despierta al mismo tiempo que el cansancio y la morfina se adueñan de él. El dolor y las moscas. A estas alturas, le cuesta a Pancho recordar qué fue lo que lo llevó a fugarse de San Ildefonso para unirse a la revolución cuando tenía tan solo dieciséis años. Hace tanto tiempo de eso. Han pasado tantas cosas. Han cometido tantos errores, tantas atrocidades...

—Pancho. Pancho, hermano. ¿Cómo estás?

Pancho se voltea y ve que Santa Anna lo ha venido a ver. Los que pueden, al verlo, se ponen de pie y lo saludan mano en alto.

—¡Mi general!

—¡Firmes! ¡Atención! ¡El Presidente!

Le está hablando a la vez que se le aproxima. Lo ve acercarse a su camastro, cojeando con esa manera tan suya de cojear, como si se pudiera cojear con desparpajo, y como hace desde que le amputaron la pierna; pierna amputada y venerada que luego una turba desenfrenada de léperos desagradecidos robó del cementerio de Santa Paula durante la Revolución de Tres Horas del 44, y pateó por las calles de la capital, después de tirar al suelo la estatua de la plaza del Volador, hasta que no quedó trazo alguno de ella.

—Estás vivo. Eso es bueno. Es lo que importa. Ya dices bien, Pancho: la mala hierba...

—Nunca muere. ¿Ganamos o perdimos, Antonio? Nadie me lo sabe decir.

—Triunfamos, amigo. ¿Qué te crees? Les tomamos sus mejores posiciones. Les quitamos seis piezas de artillería y dos banderas. Si lo hubieras visto... —Santa Anna mira a Pancho a los ojos y sabe que Pancho intuye que no le está diciendo la verdad; toda la verdad, al menos. Su voz cambia de tono—. Triunfamos, Pancho, de eso puedes estar seguro, pero Taylor se escapó. ¿Qué quieres que te diga? No acabamos con ellos del todo. Qué carajo. De haber tenido más municiones, comida... hubiéramos arrasado, amigo.

—¿Y ahora qué?

—La guerra sigue. Nos han llegado informes de que los yanquis están pensando mandar una expedición a Veracruz, si no es que ya ha partido rumbo al Golfo. Hay que regresar a México, ¿qué remedio?, para reorganizarnos y enfrentarnos a ellos si es que se atreven a desembarcar. A seguir luchando, pues. Ni modo. No nos queda de otra.

A su alrededor se siguen oyendo los lamentos de los heridos y los moribundos. El granero sigue oliendo a dolor y muerte.

—Me vas a hacer falta, Pancho. Me hacen falta más hombres como tú. Maldita sea. Pero ahora debes descansar. Recuperarte. Me aseguraré de que te lleven a San Luis. Descuida. Que allí te cuide tu hermana. Estate tranquilo. No te voy a dejar aquí. Y cuando te recuperes, tan pronto puedas, quiero que estés en México. Te me unes. Esté donde esté.

—Ahí estaré.

—Sale, amigo.

—¡Viva México, mi general!

—Viva México...

VIII

Van dando vueltas como trompos. Como una gran noria de parejas que van haciendo piruetas simultáneamente, persiguiéndose unas a otras alrededor del gran salón del palacio del padre de Cayetana. Nicanor sostiene la mano de Cayetana con la suya, los brazos alargados, el cuello estirado, mientras Cayetana le mira fijamente a los ojos. Tiene la otra mano posada delicadamente sobre la piel ardiente de la espalda de Cayetana, casi rozándole el hombro desnudo por detrás, mientras dan un paso, girando sobre sí, trazando un círculo de espirales en continuo movimiento bajo los candelabros, pasando delante de don Felipe de forma repetida que aplaude, idiota, sin darse cuenta o sin querer ver que su esposa está disfrutando demasiado en los brazos de un hombre treinta años más joven que él.

La orquesta llena el aire con las notas festivas y los compases enérgicos de las polkas de moda. Las entonan con alegría y virtuosidad, acompañando el claqué de los pasos de los invitados que se han lanzado a bailar en perfecta sintonía. Dos pasos para adelante, dos para atrás, seguido de vueltas y más vueltas, orbitando esta colorida y llamativa rueda del destino. El frufrú de los vestidos elegantes de las damas que se deslizan, sigilosos, sacándole brillo al piso reluciente bajo sus pies, pasa casi desapercibido, ahogado por la música y las risas burbujeantes; imperceptible como la soberbia y la petulancia de la compañía presente. La polka suena convertida en algo así como una seña de identidad, el himno que distingue a este grupo nutrido y presuntuoso de gente de bien, refinada, de caballeros de frac, nobles y ricos, y mujeres enjoyadas, que los separa de la leperada y los muertos de hambre que ocupan en estos momentos los pasillos del Palacio Nacional. Unos bailan la polka, otros roban a los curas.

Si no fuera porque Nicanor no le puede quitar los ojos de encima a Cayetana, y disfruta bailando, cuerpo a cuerpo, rodeado de copas de champán, brindis y opulencia, prestaría más atención a lo que dice la gente a su alrededor, lo que murmura, caprichosa y consentida, acostumbrada a hacer lo que le venga en gana, sin importarle si gusta o no a los demás, especialmente a quienes son menos afortunados. Repararía en los candelabros, en los centenares de velas que iluminan aquella sala como si fuera de día, las paredes cubiertas de espejos inmensos que sirven de ventanas, permitiendo apreciar, a quien se asome, la ostentosa (inmoral, dirían algunos) riqueza de las familias allí reunidas. Sin embargo, Nicanor solo ve a Cayetana. Sus ojos jóvenes inmensos en los que se pierde. Su sonrisa, que lo derrite por dentro. Su contagiosa vitalidad y energía. Y el tacto, de alguna manera prohibido, de la piel desnuda de la espalda de Cayetana electriza las puntas de sus dedos. Mientras bailan y dan vueltas y más vueltas, la proximidad de Cayetana despierta deseos en Nicanor como no ha sentido en años. No quiere pensar en Cándida, a quien quiere mucho; esposa entrañable que se ha convertido, por eso, sencillamente, en una compañera, se dice a sí mismo, la madre de sus hijos; amiga que ha dejado de ser, con el paso de los años y la monotonía de la rutina, la amante que, no hace tanto, lo había vuelto loco de amor. Hoy en día Cándida nunca tiene ganas. Siempre está cansada. Pero no es momento de pensar en su esposa. Tiene a la hermosa Cayetana en sus brazos. Y Cayetana es feliz bailando con él, parece adorarlo, lo mira a los ojos riendo y se deja llevar por él, dando vueltas y más vueltas, en una vertiginosa espiral de tentaciones prohibidas.

La polka termina y el salón deja de girar a su alrededor. El mundo se detiene de golpe. Cayetana ríe irresistible, mientras Nicanor intenta recobrar el aliento. Los bailarines que se esparcen por el salón se dan las gracias, sueltan carcajadas, mientras que los que se quedaron de público, sentados o de pie alrededor de aquella sala, aplauden y brindan. ¡Viva! ¡Magnífico! Antes de que Nicanor y Cayetana puedan hablar, don Felipe se les acerca agitando el bastón y grita: «¡Bravo! ¡Bravo!», y se les une un señor de unos cincuenta años, distinguido y bien conservado, a quien Cayetana saluda efusiva.

—Este es mi padre, señor Moreno. Deje que lo presente.

—Encantado. Es un honor.

—Ah, usted es el pintor.

—Efectivamente.

—Me ha hablado mi buen amigo don Felipe mucho de usted. Fíjese, ¡qué feliz casualidad! Por fin nos conocemos.

—Espero que no le haya dicho nada malo.

—No, no, para nada. Todo lo contrario. Dice que es usted un artista de primera. Un prodigio. Todo un Velázquez.

—Bueno, tanto como eso...

—Hizo el retrato del conde de la Cortina que cuelga en la biblioteca de su hija, ¿no es cierto?

—Sí, ese es mío.

—¡Excelente! Me hará ilusión ver el retrato de mi hija cuando esté terminado.

—Cómo no.

—Se llama Nicanor, ¿verdad? Nicanor Moreno Figueroa. Su padrastro es entonces el general Cienfuegos.

—Así es. Veo que está muy bien informado.

—El Tigre de El Palmar —el padre de Cayetana lo dice despacio, casi con ironía—. Y sí, no se equivoca. Yo lo sé todo. Así que ojo. Váyase con cuidado. —Y le guiña a Nicanor, de una forma que le resulta siniestra de repente—. Quizá le divierta saber que cuando éramos colegiales hubo una ocasión en que hasta me lie a puñetazos con su tío Reynaldo. Hacía años que no pensaba en ello.

—¡Pero, Papá!

—Lo siento, Cayetanita, pero es cierto. ¿Qué le puedo hacer?

—Vaya. Espero que fuera cosa de niños.

—Sí, cosa de niños debió ser.

—Perdón. Pero me tiene que disculpar. Sé que es usted el padre de la señora Cayetana, y es todo un honor conocerlo, pero se me escapó su nombre. ¿Cómo me dijo que se llama?

—Basilio Gurruchaga Ibarra. A sus órdenes.

—Ya le diré a mi tío cuando lo vea que le manda usted sus saludos, don Basilio.

—No sé si le hará demasiada gracia —ríe el padre de Cayetana.

Un cañonazo hace temblar las ventanas. Lo sigue otro estampido que llena el salón de pavor, antes de que la gente termine de chillar o recuperarse del primer sobresalto. Las voces y exclamaciones ni siquiera se han apagado cuando vuelve a tronar el cañón. El salón se llena de susurros y ansiedad. La gente se mira sin comprender, pregunta qué debe estar pasando. Ruge otro cañonazo. Como si el cañón estuviera marcando los minutos en la calle aquí mismo, aquí abajo. Las lágrimas de los candelabros tintinean sobre sus cabezas.

—¿Qué está pasando?

—No se espanten —dice Basilio a la concurrencia. Tiene una voz estentórea que enseguida capta la atención de todos los presentes. El padre de Cayetana se aparta de ella y de Nicanor, ocupa el centro del salón, y se engrandece ante el temor de los invitados, a la vez que se empiezan a oír disparos—. No hace falta alarmarse. ¡Calma! ¡Tranquilos todos! Son las fuerzas de nuestro amigo el general Matías Peña y Barragán. Por fin van a poner término al maldito gobierno de Gómez Farías. No sientan que se tienen que ir. En serio. Por mí pueden seguir bailando. Hay motivos para estar contentos. Para cuando termine la fiesta, Gómez Farías ya no estará en el Palacio Nacional y se habrá abolido el decreto sobre la ocupación de bienes eclesiásticos. ¿Cómo ven? ¿Se quedan? ¿Lo celebramos? ¿Se animan? ¡Champaña! ¡Música, maestro! ¡Polkas!

IX

—Señora, por ahí no se puede pasar.

Lupe necesita llegar hasta el Monte de Piedad. Va acompañada de Concha y Mar. No podía dejarlas en casa con Víctor estando como está. No quiere que su madre y sus amigas sepan lo mal que le va. Que se enteren.

—Llévese esas criaturas de aquí enseguida. ¿Que no ve que aquí corren peligro?

Frente a ella hay una barricada improvisada de muebles rotos y carrozas despedazadas, un extraño muro de palos y astillas, de sillas incongruentemente colgadas de estanterías hechas trizas sobre un piano malparado, con camastros y colchones incómodamente amontonándose unos sobre otros. La barricada ocupa la calle, la atraviesa de costado a costado. Más allá está el flanco derecho de la catedral, gris y sombrío bajo el cielo tímido y azul de la mañana. El Monte de Piedad está a la vuelta de la esquina, ahí mismo. Es tan frustrante. No hay por qué no la pueden dejar pasar. Es allá a lo lejos, muy al fondo, al final de la calle, donde ni siquiera se ve desde aquí, donde se halla el Zócalo, con el Palacio Nacional bajo asedio desde anoche. Eso es lo que le acaban de decir. Pero no hay por qué no la puedan dejar pasar.

—Por favor, señor oficial...

—Regrésese por donde vino, señora. No debe estar aquí.

Los voluntarios de la Guardia Nacional que ocupan la barricada parecen todos españoles, güeros y arrogantes, y hablan como si tuvieran bolas de algodón en la boca. Interrumpen la conversación con «o seas» y alusiones a lo que les compraron sus papás cuando las cosas no iban tan mal como ahora. Lupe no puede evitar notar cómo van todos repeinados. Llevan los uniformes perfectamente arreglados, como si sus mamás se hubieran afanado en darles los toques finales antes de dejarles salir de casa, sacado brillo a los botones dorados, como si fueran a una fiesta de disfraces o se tratara de un día de desfile. Juraría que algunos incluso huelen a agua de colonia, perfumaditos de pachulí o bergamota antes de ir a batalla.

—Necesito llegar hasta el Monte de Piedad —dice avergonzada—. Por favor. Es urgente.

—Pero si el Monte de Piedad debe estar cerrado.

Si no, no sabe cómo les dará de comer a sus hijas. Tiene ganas de llorar. No pueden estar yendo todos los días a casa de su madre. Tarde o temprano se va a dar cuenta, si no lo ha hecho ya.

—Está todo cerrado, señora.

—¿Que no ve lo que está pasando?

Si tan solo la dejan pasar y puede empeñar las alhajas de la bisabuela que le dio su madre cuando se casó con Víctor, tendrá lo suficiente para costear sus gastos por un mes, quizá dos. Son las últimas que le quedan. Lleva ya varios meses yendo a empeñarlas.

— Por favor. Déjenme. Usted no sabe si no está abierto...

—Váyase de aquí. Llévese a sus hijas. Por el amor de Dios, señora.

Concha, que tiene seis años, parece entender a su madre. Parece apreciar que la situación es desesperada y que debe ser fuerte para su mamá. Mar, que tiene cuatro, en cambio, lloriquea. Quiere irse a casa. No comprende por qué la viene arrastrando su madre por las calles del centro de la ciudad a esas horas de la mañana, cuando ni siquiera desayunaron.

—No entienden. Por favor. Tengo que pasar. Me tienen que dejar pasar.

—Es usted la que no entiende.

—O sea, ¿cómo quiere que se lo expliquemos? Está todo cerrado, señora. O sea. Hay revolución.

Lupe ya no se pregunta cómo han podido llegar hasta aquí. Que su marido se haya convertido en un borracho que se pasa las mañanas durmiendo inconsciente, pidiendo perdón cuando despierta, todo el santo día, jurando que nunca más lo volverá a hacer, que no volverá a probar otra gota de alcohol en toda su vida, que ahora sí va a encontrar un trabajo que le pague bien, para luego, una vez que anochece, volver a las andadas. Y, sin embargo, a pesar de todo, por ridículo y absurdo que parezca, por mucho que la enfurezca, Lupe sabe que, en el fondo, sigue amando a Víctor. No lo puede evitar. Desesperadamente. Lo ama, maldita sea. Lo quiere y lo quiere ayudar y le duele como si le arrancaran un órgano que su marido no sea capaz de desprenderse de lo que sea que lo está martirizando por dentro, de superarlo. Que tenga que beber de esa manera para no oír las voces que lo atormentan. Que no le explique qué le dicen los demonios que trae dentro, que le hacen tomar y tomar. Parte de ella todavía alberga la esperanza que un día Víctor recobrará la felicidad. Reza por ello todas las noches, cuando Víctor está fuera y las niñas se han ido a dormir. Que Dios la escuchará y los ayudará. Que Nuestra Señora la Virgen de Guadalupe hará que Víctor recobre esa sonrisa de oreja a oreja de cuando lo conoció hace ocho años; esa sonrisa con hoyuelos. Que un día la Virgen le devolverá al Víctor de aquel entonces, el que hablaba de montar su propia sastrería, de vestir a las familias de los presidentes de México y conocer París. Que un día dejará de tomar, y sabrán dar juntos un vuelco a su situación y recobrar las personas que fueron no hace tanto. Pero cuando Víctor vuelve a casa embriagado no hay quien pueda razonar con él. Es imposible cuando le sale todo el odio que lleva dentro, un odio que lo está ahogando, hacia sí mismo, hacia el mundo entero, hacia Dios, hacia ella y las niñas... Imposible, cuando el odio se desborda y el alcohol lo distorsiona todo y le hace ver y decir cosas que no son y se pone violento. No pueden seguir así. Lupe no puede seguir así.

Una ráfaga de disparos corta el aire. Suena como una matraca. Las balas zumban a su alrededor. Una hace estallar los vidrios de la ventana de la casa que tienen a un lado. Otra le da a Mar en la pierna, que cae chillando de dolor sobre los adoquines de la calle que se cubren enseguida de sangre, como si su hija fuera una muñeca de trapo y alguien la hubiera tirado por el aire.

—¡María del Mar!

X

—¿Por qué le quieres poner de titular «La revuelta de los polkos», Abelardo? ¿Por qué «los polkos»?

—Porque los revolucionarios son unos pinches niños bien que se la pasan bailando la polka, ¡qué carajo! ¡Obvio!

—Pues yo no lo veo tan obvio, Abelardo. Para mí con ese titular es como que estamos diciendo que la revolución es a favor de míster Polk, de los yanquis...

—¡Pero es que es eso también, carajo! Eso están haciendo precisamente esos hijos de la chingada, aunque se crean, pendejos, que hacen todo lo contrario. ¡Dizque liberales! ¿Qué no ves, Reynaldo? ¡Moderados de la chingada! Si es que Polk va a tener un orgasmo que se va a oír desde aquí cuando le digan que, en vez de estar preparándonos para luchar contra su ejército, los mexicanos nos estamos matando unos a otros así de lo lindo en la capital. Es que es ridículo. ¿Y todo por qué? Porque la pinche Iglesia no quiere que su lana se gaste en defender la patria. Aunque eso sí, para gastársela en financiar revueltas estúpidas como esta, tiene toda la plata que haga falta y más. ¡Chinga su puta madre!

Abelardo puede ya estar rondando los sesenta y tener la cara cada vez más llena de arrugas, y quejarse a menudo de que le duelen la espalda y las rodillas, no por ello deja de enardecerse como hacía cuando Reynaldo y él se conocieron. Cuando vivían juntos en la buhardilla de la calle Donceles. Cuando Abelardo decía que le valía madre lo que pudieran decir los curas de los sodomitas y reinterpretaban los dos a su manera el abrazo de Acatempan. Antes de que Abelardo tirara la toalla y acabara casándose con la pobre de Maricela Santillana Valverde, por aquello del qué dirán.

En la habitación destartalada que Abelardo usa de departamento de redacción de *La Voz de Anáhuac* y que se encuentra en la sala contigua a la imprenta de la calle Ontiveros que lleva Reynaldo desde que murió de cólera su hermano Andrés, todo es conmoción. Les ha llegado un ejemplar del plan que circula desde esta mañana, con fecha del 27 de febrero de 1847, firmado por el general Peña Barragán, aunque el tiroteo empezó anoche a las ocho y media. Exige que «cesen desde luego en sus funciones los poderes generales legislativo y ejecutivo en ejercicio, por haber desmerecido la confianza nacional». Pero si se pensaban los moderados que Gómez Farías se haría a un lado y que los puros y los santanistas cederían a sus demandas así de fácil, el general Peña se equivocó. Según lo que han podido averiguar, los pronunciados han ocupado las calles próximas al Palacio Nacional, con fuerzas desplazadas sobre las torres de la catedral y las azoteas de los edificios circundantes. Pero las fuerzas de Gómez Farías se han podido mantener firmes en el Palacio Nacional y el vicepresidente tiene guardias avanzadas y cañones con mecha ardiendo en derredor de la Universidad y el Colegio de Santos. Es más, según Tiquismiquis, que quién sabe cómo siempre está al tanto de todo, el general Joaquín Rangel, que se había comprometido a apoyar a los revoltosos con las fuerzas del 6.º regimiento de infantería que tiene bajo su mando en la Ciudadela, y donde hubo gran fermento ayer, acaba de hacer público que se mantiene leal al gobierno y que moverá cielo y tierra para estampar el pronunciamiento. Esto va para rato. El Tiquis es uno de los redactores fijos de *La Voz de Anáhuac* y no hay chisme que no conozca con pelos y señales. Está informado de todo lo que ocurre en la capital tanto de puertas afuera como de puertas adentro. De todo, todito, y más.

—El Congreso —chilla, exaltado, temblando como un matorral del desierto sacudido por el viento— se va a poner del lado de Gómez Farías. ¡Evidente! Ya lo verán. Me lo dijo un diputado cuyo nombre me está vetado divulgar. Secreto profesional. Les van a ofrecer una amnistía a los revoltosos si dejan las armas en cosa de dos horas. Eso me dijo. Y no pregunten, que no les diré quién es. Porque claro, todos sabemos que Gómez Farías, digo Gómez *Furias*, no dimite. A ese lo van a tener que sacar a rastras del Palacio Nacional. Aunque tampoco va a renunciar Peña y Barragán ahora que se ha lanzado. ¡Evidente! Está ya demasiado comprometido. Así que háganse cuenta de cómo van a ser las próximas semanas. ¡Uta! Esto va a ser el no va más. Aquí nadie se va a bajar del burro antes de que mueran no sé cuántos inocentes y nos dejen el centro de la ciudad hecho una mierda y cubierto de cadáveres. ¡Evidente! Una pinche pila de muertos y escombros. ¡Desgraciados todos ellos! Tengan en cuenta que Gómez Farías debe poder contar con el apoyo de unas tres mil trescientas tropas leales, y los pronunciados, pos otros tres mil trescientos hombres también.

—¡Tío Reynaldo! —El chico Felisberto entra en la redacción, sofocado.

—¿Qué pasa, Felis?

—Me manda su hermana, la tía Amalia, que venga a casa, deprisa. Córrale, tío, córrale. Que la niña Mar está herida. Que se nos muere.

—¿Cómo que Mar se nos muere? Pero ¿qué dices, bruto? ¿De qué hablas?

—No sé, tío, no sé. Solo sé que le dieron un disparo en la pierna, se lo juro, que se la hicieron trizas, que está ahora en casa de mi tía, que acaban de llamar al doctor. Que se está desangrando. ¡Apúrele!

—Enseguida voy. Abelardo, te dejo que te ocupes.

—Descuida.

Abelardo le aprieta el hombro a Reynaldo. Para reconfortarlo. Para darle ánimos. Hace años que no lo toca. El contacto de su mano, la fuerza con que le aprieta el hombro, hace que, por un segundo que se alarga por varios años, Reynaldo recuerde lo felices que fueron juntos los dos todo ese tiempo atrás.

Lo golpea una extraña mezcla de sensaciones: nostalgia, dolor, amor. Una añoranza desgarradora por el pasado que casi lo ahoga; por ese pasado, tiempo de esperanza y abandono, cuando fueron capaces de amarse, aunque a escondidas, desenfrenadamente; tiempo que hace años se esfumó, y que nunca más podrá volver. Y con la nostalgia lo vuelve a azotar el dolor que le causó Abelardo cuando le dijo que no podían seguir así o los descubrirían, que aquello debía terminar, y que se iba a casar con Maricela Santillana Valverde; dolor que daba por olvidado pero que ahí sigue, y que tiene esa tendencia a reemerger y cubrirlo todo de tristeza cuando menos se lo espera. Pero no hay tiempo para detenerse en añorar todo aquello que fue y pasó. Igual que con las esperanzas que tenían todos de que con la independencia vendrían tiempos de abundancia, de paz y prosperidad. Mejor dejarlo, mirar hacia delante.

Reynaldo se pone la levita deprisa y sale a la calle alborotada, llena de gente ruidosa, de carros y caballos, el sonido de disparos entremezclado con el olor a pólvora y ceniza perceptible en el aire, y a paso acelerado intenta no perder de vista a Felisberto que corre como un demonio delante de él rumbo a la casa de su hermana, sin tiempo para detenerse o esperarlo.

XI

—Le vamos a tener que amputar la pierna.

Amalia mira al doctor Casares incrédula. No quiere aceptar lo que le acaba de decir a su hija. Debe haber una equivocación. Y Lupe no dice nada. ¿Qué puede decir? Se debe estar imaginando a Mar coja para siempre. Se vuelve pálida. Es su yerno quien reacciona. Violentamente.

—Como le toque la pierna a mi hija, lo mato. ¡Lo mato, cabrón!

—Escúcheme bien. Si no le amputamos la pierna, su hija se muere. ¿Entiende? Así que hágame el favor de serenarse y dejarse de chingaderas.

Víctor le pega un puñetazo a la pared y grita como un animal; un oso herido, rabioso, acorralado. Grita de rabia y de dolor. Reynaldo y don Gregorio intentan calmarlo. Se ciernen sobre él. Lo sujetan.

—¡Párale, ya, Víctor! ¡Basta! —Impiden que agreda a nadie; solo la pared que ha quedado malparada tras ese encuentro con él; ligeramente agrietada, la forma de su puño intrigantemente visible como una mancha junto al cuadro que pintó Nicanor de su padre con uniforme de brigadier hace cosa de cinco años.

—Aunque pudimos extraerle la bala, cuando la hirieron hace dos días, me temo que se ha gangrenado la herida. No tenemos otra opción.

Amalia se acerca a su hija y la abraza. Mira al inútil de su yerno y no dice nada. Se lo calla. Se lo guarda para sí. Como ha hecho desde que Lupe lo trajo a casa hace siete años y pensó que su hija se merecía un hombre tanto mejor que ese sastrillo de poca monta, inseguro de sí mismo, que compensaba sus complejos con fanfarronadas, sin dejar hablar a los demás, dándoselas de sabelotodo, bebiendo más de la cuenta. Nunca entendió qué es lo que vio su hija en él. Sin embargo, Amalia prometió nunca ser como su madre; nunca juzgaría al marido de su hija, aunque le cayera mal. Sabía lo tóxico que había sido ese desdén que había mostrado doña Úrsula abiertamente hacia Pancho; cómo la había vuelto contra su madre, cómo las había distanciado irremediablemente, enfriando su relación. Amalia no quería que pasara lo mismo entre ella y Lupe. Pero no era lo mismo, qué caramba. Doña Úrsula se la tenía jurada a Pancho porque parecía un indio. Era pura estupidez. Ella, en cambio, encontraba a Víctor insoportable por la manera que trataba a su hija. Por hacerla llorar. No era lo mismo. Eso era imperdonable. Pero mientras Lupe no le dijera nada, Amalia había jurado no entrometerse. Mientras no le confesara que su marido la maltrataba, como sospechaba Amalia, o que bebía demasiado, como lo había podido apreciar todo el mundo, no iba a tomar cartas en el asunto.

El que Lupe hiciera traer a María del Mar a la casa de los Figueroa cuando la hirieron de un balazo el sábado era prueba en sí de que su hija se sentía más segura allí que en su propia casa. Era obvio que pensó que aquí habría manera de atender y salvar a su hija. Que, si se la llevaba a su casa, lo más seguro es que Víctor hubiera sido incapaz de hacer nada y se habría muerto desangrada. Pero no es momento de decir nada. Amalia se muerde la lengua. Y como Víctor lo único que hace es sollozar y Lupe se ha quedado sin poder hablar, es Amalia la que le dice al médico:

—Haga lo que tenga que hacer, doctor. Todo para que no se muera mi nieta. Gracias.

—A sus órdenes. Vamos a necesitar agua hirviente, toallas, gasas...

Cándida, con quien Concha ha pasado los últimos dos días, aparece en el umbral de la sala de estar, tras venir de la calle con ella y sus hijos, Julio y Alejandro. Está a punto de preguntar cómo está su sobrina Mar, pero enseguida se da cuenta de que algo terrible acaba de suceder.

—Hola, hija. —Amalia se desprende de Lupe para darle la bienvenida.

—Mejor que te vuelvas a llevar a Conchita a tu casa, Cándida, cariño. Van a amputarle la pierna a Mar.

—Oh, no. Qué horror. Cuánto lo siento. Sí, claro.

—¿Y Nicanor?

—¿No está aquí?

—No. Pensé que estaría contigo.

—No. Se fue a eso de las nueve de la mañana.

Los interrumpe doña Pascuala, que viene del mercado alterada, blandiendo una copia de *El Republicano* en la mano.

—¡Miren! ¡Hay noticias de la guerra! ¡Derrota de los angloamericanos en Agua Nueva!

El doctor Casares no se detiene para averiguar lo que trae el periódico. Se vuelve al dormitorio donde está convaleciendo Mar y donde le están haciendo compañía su bisabuela Úrsula y la tía abuela Gertrudis. Lupe tampoco hace caso. Se va, patética, a consolar a Víctor, que se ha sentado en un sillón, y a buscar que él también la reconforte a ella. Amalia, en cambio, arrebata el periódico de doña Pascuala para ver si trae noticias de Pancho. Lee el reporte deprisa, brincando de línea en línea. Santa Anna atacó a los enemigos que se hallaban posesionados en un punto fuerte de la sierra a cuatro leguas de Saltillo, llamado La Angostura. Les tomó sus mejores posiciones. Les quitó seis piezas de artillería y dos banderas. Sostuvo con gloria y ventaja una reñidísima acción. La tropa peleó sin descansar. El segundo del general Taylor ha muerto. A Santa Anna le mataron el caballo. Ha habido entre muertos y heridos cerca de cuatro mil hombres. Nuestras tropas se han cubierto de gloria y han decidido la suerte de la patria. Santa Anna ha dado un triunfo a la nación y ha desmentido con su heroica conducta las viles calumnias con que lo quisieron manchar.

Amalia llega al final del reporte. No hay mención de Pancho. A Amalia se le clava en la sien la cifra de cuatro mil muertos. Sabe que cuando dicen cuatro, son más bien ocho mil. Teme que Pancho sea uno de ellos.

XII

—No sé si deberías ya estar paseando por la casa.

Pancho se voltea y ve a Clara recriminándolo desde el umbral del comedor. Hace ya tres semanas que lo hirieron en La Angostura; una desde que llegó a la casa grande de San Luis, su casa de infancia, casa que ha sido de su hermana desde que murió su padre hará veintiséis años el mes próximo. Tiene órdenes estrictas de convalecer y recuperarse, pero le es imposible estar en esa casa y quedarse quieto. Los recuerdos lo golpean a cada paso. Después de estos últimos veintiséis años de vida independiente, quién sabe si su padre le hubiera dicho aquello de «¿Ves cómo tenía razón?». Pinche viejo. Maldito sea. Veintiséis años de guerras fratricidas, de ser incapaces de gobernarse, de estar siempre convocando congresos constituyentes para luego clausurarlos o descubrir que las constituciones que aprobaron resultaron totalmente impracticables. Aunque Pancho le volvería a insistir a su padre en que no podían seguir por más tiempo explotados por la Corona española, y le podría decir ahora que aparte de Cuba y Puerto Rico, todo Dios en las Américas acabó por independizarse de España, las noticias de los sucesos en la capital parecieran darle la razón a don Braulio. Es como si lo oyera riéndose de él. Golpeando la mesa y burlándose. Están en guerra contra los Estados Unidos y no se les ocurre mejor idea a sus paisanos que empezar otra guerra civil en vez de unirse contra el invasor. Se lo puede imaginar sentado a la cabeza de la mesa riendo sarcástico, diciéndole: «¡Vergüenza de país! No nos merecemos ser independientes, hijo. De veras. ¡Menudo escándalo! No sabemos qué hacer con nuestra independencia. Mejor haber permanecido unidos a España, coño. Si ya te lo decía entonces. Ya te avisé. Nada de esto hubiera sucedido de haber seguido formando parte de la monarquía española». Padre que podía ser tan exasperantemente retrógrado y cariñoso al mismo tiempo. Padre que lo apapachó a su manera: Pancho, su hijo favorito. Hasta que Pancho se fugó para unirse a la insurgencia, eso es. Ya después nunca más lo perdonó. Padre que lo abrazaba siempre con fuerza, como si quisiera fundirlo en aquel abrazo, exprimirlo entre sus brazos apretados.

—Ya no sangra la herida, Clara. Mira, ya cicatrizó. Lo peor ya pasó. Ahora es cosa de que los huesos y los músculos del hombro se recompongan. El doctor Jansana dijo que eso tardará. Que me dolerá. Ya sé. Que mejor no hacer movimientos bruscos. Pero dijo que una vez que se cerrara la herida no había razón por la que no podía hacer mi vida.

—Yo estaba allí, Pancho. Dijo que tardará meses antes de que puedas mover ese brazo como antes. Que tienes que tomarte las cosas despacio.

—¿Cómo puedo tomarme las cosas despacio, carajo, cuando los pinches moderados se han pronunciado contra el gobierno?

Las noticias procedentes de la Ciudad de México son tan absurdas como escalofriantes. El centro convertido en un campo de batalla. Gómez Farías, desafiante, en el Palacio Nacional. Peña y Barragán y los moderados alzados sin soltar sus posiciones, aunque a estas alturas deben saber que solos, aunque se están beneficiando del apoyo de la Iglesia y de los conservadores, no lo podrán derrocar.

—Ya sé que no me vas a hacer caso, Pancho —le dice Clara—. Pero yo de ti me estaría quieto. Descansa. Reponte. Deja que tu cuerpo se sane. No estás en condiciones de ir a ninguna parte.

Santa Anna le dejó una nota diciéndole que partía para la capital para encontrar la manera de pacificar a los partidos y dar unidad al gobierno, y en que le rogaba se le uniera tan pronto pudiera.

—Santa Anna me necesita.

—¿Sabes quién te necesita, Pancho? Amalia te necesita. Tu familia te necesita. *Vivo*, carajo. Te necesitamos *vivo*. Descansa, por Dios. Hazme caso. Hazle caso a tu hermana mayor ya de una vez.

Pancho se da cuenta de que necesita sentarse. El esfuerzo de pasear por la casa de arriba abajo lo ha agotado. El peso de los recuerdos. Se siente ligeramente mareado.

—Está bien, hermanita. Me estaré aquí quieto unos días más. Lo que tú digas. Pero ya después saldré para la capital.

Cuando se sienta a la mesa, Pancho ve el recuerdo de su padre reflejado en las vitrinas del armario de los platos de Sèvres, mirándole con esa mirada consternada de reprobación con que lo acogió a su retorno, indultado, de Puruarán. Es una mirada de desaprobación capaz de helarle la sangre, con la que don Braulio parecía retirarle el afecto, del todo, cuando estaba disgustado con él, dejándolo de alguna manera desamparado, huérfano, totalmente solo en el universo. Para sus adentros, Pancho manda a su padre a la chingada, como suele hacer cuando su fantasma viene a incordiarlo, aunque no deja de decirle que sigue pensando en él. Todos los días. Y que, a pesar de todo, por mucho que lo haya decepcionado, lo recuerda con cariño. No le deja de sorprender, por eso, lo parecido que es el reflejo del recuerdo de su padre al de su propio rostro que aparece allá junto a él en los cristales de aquel mueble vetusto que abarca una de las paredes del comedor.

XIII

Están bombardeando a su patria. Literalmente. Desde la cubierta del vapor *HMS Tweed*, Luis puede ver y oír los cañonazos con que la flota estadounidense está agrediendo Veracruz. Es terrible. No paran. No se lo puede creer. Un cañonazo tras otro. Frente a él se esparce un bosque de mástiles y velas, con banderas estadounidenses, que hace retumbar el aire con explosiones que luego envuelven a las fragatas y los vapores en nubes blancas de humo a la vez que más allá se ve cómo saltan en pedazos los edificios que alinean el malecón del puerto. Ve cómo se van abriendo boquetes en las paredes, allá en la distancia, pasada la flota angloamericana, en las murallas de San Juan de Ulúa y de las defensas de Veracruz, cómo se van derrumbando las casas y las palmeras, cómo están matando a no sé cuánta gente. Es espeluznante. Una vergüenza. Un escándalo. Bajo la mirada impertérrita del Pico de Orizaba, que se yergue piramidal y nevado al fondo, por detrás y encima de las llamaradas furiosas y la espesa humareda negra que emana de la plaza asediada levantando fumarolas de zopilotes aturdidos, Luis es consciente de que está atestiguando la destrucción despiadada de Veracruz. Su caída irremediable. Trágicamente dolorosa. Heroica Veracruz.

Es una escena infernal y Luis no puede hacer absolutamente nada. Lo consume la rabia y una sensación desesperante de impotencia infinita. No quiere ver lo que está pasando, pero no se ve capaz tampoco de regresar a su camarote y cerrar los ojos y taparse los oídos e intentar irse de allí, desaparecer, olvidar las imágenes odiosas que se han incrustado en sus pupilas; volverse sordo a esos estampidos continuos que retiemblan en sus adentros, como si fueran sus propios órganos los que estallan cada vez que ruge uno de los cañones de la flota invasora. Con esa clase de artillería pesada, con tantos cañones a su disposición, tantos proyectiles de largo alcance, ¿qué puede hacer su pueblo mal armado y con la tesorería vacía para defenderse? Hijos de la chingada.

Por lo que se puede ver, el bloqueo naval del litoral mexicano impuesto por los yanquis no afecta a generales vendepatrias mexicanos exiliados que a cambio de un par de millones de dólares les han prometido entregarles el país (o que los han engañado prometiendo que les entregarán el país) y tampoco a buques de vapor de la marina de su majestad británica la Reina Victoria, por aquello de que no se puede interrumpir el pago mensual de la deuda inglesa, y que el gobierno de México debe a todos esos tenedores de bonos de la *city* de Londres que allá por 1826 le prestaron una fortuna en condiciones ruines y ruinosas con intereses capaces de acabar hasta con la riqueza de la mismísima familia de los Rothschild. Ante la comunicación del capitán del *Hermes*, el capitán Blake le dijo a la tripulación y a los pasajeros que echarían ancla y esperarían con el *Hermes* junto a la Isla de Sacrificios a que los yanquis tomasen Veracruz, y que, una vez realizada la ocupación del puerto, podrían desembarcar. Paciencia. *Patience*. No tenía sentido, dijo, ir ahora hasta Tampico o tomar rumbo al sur y desembarcar en Sisal.

Pero Luis no tiene *patience*. Luis quiere subirse a uno de esos vapores yanquis y ponerse a degollar gringos. Anclados junto a la Isla de Sacrificios, Luis se ve forzado a presenciar lo que le resulta imposible: cómo la marina angloamericana destroza Veracruz sin poder hacer nada para remediarlo. Si volvió fue para luchar. No para ver cómo hacen arder su tierra. Cómo la agreden. A base de bombazos. Catherine le preguntó una y otra vez por qué. Que qué había hecho ella para que Luis sintiera la necesidad de irse. Que qué harían los niños sin él. Que qué haría ella. Luis llora. No importa que sea un catedrático de Saint Andrews, un hombre hecho y derecho de treinta y tres años de edad. El rector de los colegios mayores de Saint Salvator's y Saint Leonards y catedrático de física, David Brewster, le dijo a Luis que dejara de pensar en regresarse a México, que podía hacer más para ayudar a su país desde allí. Llora sobre la cubierta del *Hermes* como un niño. Le queman los ojos. Llora de rabia e impotencia. Le dijo a Catherine que tenía que volver. Que no podía seguir cruzado de brazos. Se lo dijo a sus alumnos. Que se trataba de su patria. Invadida por los bárbaros esclavistas de los Estados Unidos de Norteamérica mientras que el mundo parecía haberse vuelto sordo. No le había quedado otra opción. Pero les dijo que venía a luchar, carajo, no a ver cómo los yanquis arrasan Veracruz, cómo la destruyen, sádicos, crueles. ¿De qué sirven todos los doctos libros que cubren las estanterías de su casa en Saint Andrews si no puede evitar escenas como esta? ¿Para qué sirve leer y escribir e impartir cátedra si luego vienen hijos de la chingada como estos pinches yanquis desgraciados y les es posible invadir un país que no es suyo, y cañonearlo, y matar a su gente, y quemar sus casas, sin que haya consecuencias o represalias? ¿Dónde está Dios en todo esto? El tiempo para leer y escribir y reflexionar y dar clase terminó. ¡Terminó! Es hora de matar. De hacerles todo el daño posible a esos cabrones para que aprendan a no volver a atacar a su tierra y a su pueblo nunca más. ¡Chinguen a su madre!

XIV

—¿Adónde vas, Nicanor? Nunca estás aquí.

—Ya sabes, Cándida, el trabajo, mujer...

—Pero ¿cuál trabajo, Nicanor? ¿No has terminado todavía el retrato de la esposa del senador? ¿Por qué te está tardando tanto? Ni que estuvieras pintando un cuadro para cubrir toda una pared del Palacio Nacional. Normalmente, esa clase de retrato la despachas en cosa de días. ¿O no? No me lo explico.

Julio entra en el comedor corriendo con Alejandro detrás.

—¡Devuélveme el caballo, pendejo! ¡Es mío!

—¡Quítamelo si puedes!

—¡Niños!

—El arte tarda lo que se tiene que tardar —prosigue Nicanor—. No se puede apresurar una obra de arte, Cándida. Te lo he dicho mil veces. No me atosigues.

—Te puedes tardar todo lo que quieras, Nicanor. Eso es, si me prometes que no nos vamos a quedar sin dinero antes de fin de mes. Porque si dependemos de que te pague ese senador, mejor que termines el cuadro ya de una vez para que nos pague, ¿no crees? Que estamos ya a mediados de marzo. Claro que, ¿qué vas a saber tú de lo que nos hace falta en esta casa si nunca estás aquí ni en casa de tu madre? ¿Ya te enteraste de que le amputaron la pierna a tu sobrina Mar?

—No seas así, Cándida. Por Dios. Estoy aquí todas las mañanas y todas las noches.

—Y durante el día, ¿dónde te metes?

—Y dale. Déjalo ya, ¿no? Estoy terminando el cuadro de la esposa de don Felipe Díaz Giménez. Ya te lo dije.

Alejandro tira un tiesto de flores que hay sobre uno de los muebles a la cabeza de su hermano mayor. No le acierta, pero el tiesto revienta contra la pared dejándolo todo salpicado de tierra, pétalos y pedazos de cerámica rotos. Julio suelta una carcajada, excitado de haber esquivado el tiesto, grita: «¡Torpe! ¡A qué no me alcanzas!», y sale corriendo del comedor, con el caballo de juguete de su hermano, a la vez que Alejandro no se detiene para pedir perdón y se abalanza sobre él, persiguiéndolo por el pasillo hacia otra parte de la casa.

—¡Devuélveme el caballo!

—¡Julio! ¡Alejandro! ¡Vengan aquí ahora mismo! —grita Nicanor, intentando demostrarle a Cándida que se toma su papel de padre en serio. Pero Cándida no ha terminado.

—Cuando me pregunta tu madre dónde estás, no sé qué decirle, Nicanor. Cuando me preguntan tus hijos que cuándo volverás esta noche, tampoco sé qué decirles. Esto no puede seguir así. No puede seguir así.

—Cuando te casaste con un pintor, sabías perfectamente, Cándida, que ibas a tener un marido con horas de trabajo erráticas. No te me pongas así, mujer.

—Tú me escondes algo. Que te lo noto.

—Que no, cariño. Pero qué cosas dices. ¿Qué te voy a esconder?

—No sé. Tú no me lo estás diciendo todo.

—Ahora resulta que mi esposa tiene celos del senador Díaz Giménez. Ven acá, tontita.

Nicanor se va hacia a Cándida para abrazarla, pero ella no tiene ganas. Lo aparta de él.

—Ya. Ahora me vienes con esas.

Cándida está harta de las idas y venidas de su marido, de su ausencia, de su descaro, esa manera que tiene de hacer lo que le dé la real gana y que todos se lo agradezcan. Cándida está cansada. Nicanor nunca está y cuando está todo es caos. Si antes se lo perdonaba todo por ser así de guapo y pícaro, ya no se deja engatusar por sus excusas y ojos de carnero triste. No. Ya basta. Ya no le encuentra la gracia. Es ella la que se pasa todos los días manteniendo la casa a flote, levantándose temprano para preparar el desayuno, llevar los chamacos a la escuela, hacer las compras, volver luego y no parar, que si hace falta hacer las camas, sacar el polvo, llevar la ropa al lavadero, fregar, barrer y luego cocinar el almuerzo y después la cena, poniendo la mesa y recogiéndolo todo después, mientras hace lo imposible para que sus hijos no se maten el uno al otro cuando no se están madreando en el patio del colegio. Siempre discutiendo. Siempre peleando. Julio, con sus diez años, pareciera no saber hacer otra cosa que incordiar a Alejandro, que tiene dos años menos que él, chincharlo, hacerle daño. Cualquiera creería que odia a su hermano desde que nació. Y una vez a la semana su madre le presta a doña Pascuala, para ayudarla con los menesteres de la casa, pero lo hace todo con tan poco entusiasmo que es como si no viniera.

Por las noches, cuando Nicanor quiere que retocen, está siempre cansada. Está agotada. Para él todo es diversión y glamur. Es fácil para él decir eso de que son todavía jóvenes y libres, que la vida está ahí para ser vivida, que no se preocupe tanto. Que las cosas ya se arreglarán. Que por qué no se van al teatro o a bailar. Es fácil para él. Porque quien se pasa todo el santo día preservando el orden en aquella casa es ella y no él. Y le sabe mal ser la que dice que no siempre, la que no le quedan fuerzas, la que dice aquello de mejor irse a dormir. Le irrita ser la que le ha tocado hacer de aguafiestas, de ser la aburrida, que le haya caído el papel de esposa rezongona e irritable. Ya le gustaría ser ella la juerguista y la mitotera. Ella no es una cascarrabias ni una antipática. Nunca lo fue. A ella le gustaría también ir a fiestas, y lucir ropa nueva, vestidos de moda, y tomar champaña y bailar polkas hasta entrado el amanecer, pero nunca hay tiempo. Y si lo hay, para esas horas de la noche, ya no puede con su alma.

—¡Julio! ¡Alejandro! ¡Vengan aquí ahora mismo! ¡Que se los ordeno yo! ¡No me vayan a hacer enfadar! Los quiero aquí ahora mismo —Nicanor está interpretando el papel de padre autoritario de familia. Como si con esta breve representación teatral pudiera lograr que Cándida olvide todas las recriminaciones que le acaba de soltar, todo su malestar.

Julio y Alejandro aparecen en el umbral de la puerta, rojos y sudados de tanto correr. Alejandro está lloriqueando.

—¡Papá! Julio tiene mi caballo.

—Me lo prestó.

—¡Mentiroso! ¡No te lo presté!

—¡Silencio! ¿Qué manera es esta de comportarse? Miren cómo quedó el comedor después de que tiraran ese tiesto contra la pared.

—Eso fue Alejandro —dice Julio.

—¡Fueron los dos! Le piden perdón a su madre ahora mismo.

—Perdón, mamá.

—Perdón, mamá.

Cándida está demasiado cansada para insistir, para seguir peleándose con Nicanor y con sus hijos.

—Está bien. Párenle, nomás. ¿Sí? Y tú también, Nicanor. Me tienen todos agotada. En fin. Me voy a hacer la cena.

Mejor que vuelva a la cocina. Si no, no tendrán qué cenar. De haberle dicho alguien antes de que se casara que esto era el matrimonio, quizá Cándida se lo hubiera pensado dos veces.

XV

—¡Lo del alto al fuego va en serio, señores! —Tiquismiquis tiene los ojos agrandados al no poder ver nada mientras se limpia las gafas—. Está Santa Anna en las afueras, en la Villa de Guadalupe, ya llegó, y Gómez Farías y Peña parecen dispuestos a parlamentar.

—¿Por esto vienes tan alterado?

—Esta mañana, tempranito, fueron José María Lafragua y Mariano Otero de parte de los moderados, y ahorita debe estar con Crescencio Rejón, ahí para representar a los puros. Pero es que esto no es todo. ¡Para nada! Yo les puedo decir, aunque esto no lo sabe nadie y quizá sea mejor esperarnos antes de darlo a conocer, que, según una fuente fidedignísima cercana al presidente...

—Es que no sé cómo le haces. ¡Eres único, Tiquis!

—¡Calla y escucha! Una fuente fidedignísima, digo, cercana a Santa Anna y que no puedo nombrar, obviamente, porque eso sería infringir la confianza que la gente tiene en mí y un secreto profesional es un secreto profesional, ¡evidente!, pues me dijo que los días de Gómez *Furias* están contados. ¡Están contados!

Tiquismiquis se pone las gafas y se queda mirando a Reynaldo y Abelardo como si les hubiera revelado algo verdaderamente insólito.

—Pero, vamos a ver, Tiquismiquis, como que eso se veía venir, ¿no? Si ya se lo dice don Quijote a Sancho Panza: «Con la Iglesia hemos topado» —ríe Abelardo.

—Tú ríete. Pero esto va muy en serio, Abelardo, pero que muy en serio.

—Yo no digo que no vaya en serio, Tiquis. Cálmate. Es solo que si tienes a la Iglesia en contra, tarde o temprano vas a tener que ceder...

—Y eso que fue Santa Anna el que le pidió a Gómez *Furias* que impusiera un impuesto forzoso de veinte millones de pesos a la Iglesia. ¡Veinte y no quince! ¡Santa Anna! —Tiquismiquis está verdaderamente alterado hoy. De haberle quedado hojas en las ramas, se hubieran caído en ese momento de lo violentos que son sus movimientos.

—Pero, vamos a ver, ¿qué nos estás diciendo exactamente, Tiquis? ¿Que Santa Anna va a apoyar a los polkos?

—Es que vio cómo está el patio, carajo, y está claro que lo que le urge es que se dejen de matar los mexicanos para hacer frente a los yanquis. ¡Evidente! Especialmente ahora que acaban de tomar Veracruz. No tiene tiempo. ¡No tiene tiempo! La única manera de que la Iglesia le dé algo, es removiendo a Gómez Farías y anulando el decreto del 11 de enero. Eso me dijo mi fuente. Eso me dijo exactamente. Ya ven. Que por eso Santa Anna, aconsejado por Lafragua, según me dijo, va a suprimir el cargo de vicepresidente para deshacerse de Gómez Farías y así tener contentos a los curas y a los polkos y va a reunir un gabinete de moderados mañana mismo, con la esperanza de maniobrar las cosas en el congreso de tal modo que salga electo el general Pedro María Anaya de presidente interino el día 1 de abril. Si le sale bien la jugada, me dice mi fuente fidedignísima, que los curas le han dado a entender a Santa Anna que ahora sí le dará la Iglesia algo.

—¿Cuánto?

—Se habla de un préstamo de un millón y medio de pesos. Que no son quince millones, ¡evidente! Pero no es moco de pavo, tampoco.

—Eso es un chantaje.

—No, si es que ya lo dice don Quijote: «Con la Iglesia hemos topado, amigo Sancho». ¡Menudo país! —suspira Abelardo—. Más que un país esto parece un circo.

Reynaldo se da cuenta de que el componedor nuevo parece consternado. Se disculpa con Abelardo y Tiquismiquis y va a verlo.

Se llama Adán. Lleva un mes trabajando en la imprenta de la calle Ontiveros. Tiene labios carnosos y la mirada triste.

—¿Qué pasa, Adán? Te veo preocupado.

—Nada, don Reynaldo. Que se quedaron atoradas estas letras. Pero creo que ya sé cómo sacarlas.

Reynaldo observa a Adán sudando a su lado, sus manos delicadas y fuertes al mismo tiempo, que desplazan de uno en uno los tipos de la caja al componedor. Es un joven enternecedoramente tímido y vulnerable. Tiene ojos verdes e intensos. Una sonrisa dulce y una manera irresistible de fruncir el ceño cuando está concentrado. Se muerde el labio inferior sin darse cuenta de ello. Es demasiado joven para él. Debe tener la edad de su sobrino Raúl. Poco más de veintiuno. A sus cincuenta y dos años, Reynaldo todavía tiene los mismos deseos de cuando tenía veinte, pero, por bien que se conserve, cuando se mira en el espejo sabe que sería una locura que se enamorara ahora de un hombre que tiene treinta años menos que él. ¿Qué vería Adán en un viejo arrugado como él? Cuando Reynaldo y Abelardo habían empezado a verse, Adán ni siquiera había nacido. Lo digno es brindarle su amistad, pero nada más.

—¿Problema resuelto, pues?

—Sí, todo bien, don Reynaldo. Disculpe.

—Perfecto. Descuida. No hace falta que te disculpes. Y nos podemos tutear, ¿sabes? Llámame Reynaldo, por favor. Aquí todos nos tuteamos.

Hay veces, últimamente, que Reynaldo se detiene para pensar en todo aquello que fue y se perdió. Debe ser la edad. Se le van horas enteras recordando. Añorando el ayer. No tanto esa época oscura cuando se apagaba los cigarros en el antebrazo. Sino esas tardes con Abelardo de hace años cuando se desnudaba delante de él y no lo dejaba escribir. Añorando el ayer, pero también lo que no llegó a suceder. Ese ayer que no fue. Que pudo ser, pero que se quedó en intención, en propósito, en deseo que no se llegó a cumplir. Le resulta triste que una vez que se desecha una oportunidad, ya nunca más sea posible volver atrás y recuperarla. No hay manera de corregir los extravíos del ayer, las insensateces, los errores. Lo hecho, hecho está. Reynaldo corre el peligro de convertirse en una estatua de sal. Ahora solo quedan los remordimientos, como un mal sabor de boca que nunca acaba de irse, por mucha azúcar que le pongas al café.

Reynaldo se asoma a la calle con sus paredes balaceadas, los milicianos dedicados a desmontar las barricadas de la esquina bajo el sol tórrido de la tarde, las campanas al vuelo anunciando el regreso de Santa Anna, y piensa si lo mismo podría decirse de este país. ¿Qué sabían ellos, en 1821, qué decisiones debían tomar? ¿Cómo debían gobernarse? ¿Lo harían de otra manera ahora? ¿O lo volverían a hacer igual?

—¡Reynaldo! ¿Qué diablos haces ahí? ¡Ya deja de contemplar la calle, carajo! ¿Publicamos lo que dice Tiquis o no?

XVI

—Usted no sabe lo que esto significaba para la Iglesia. Lo siento, pero no lo sabe apreciar.

—Pero, diablos, Raúl, estamos en guerra.

—¿Y ese es problema de la Iglesia, padre? Que pague la tesorería nacional, ¿no? Que para algo la gente paga impuestos...

—¿Pero la Iglesia no es mexicana, Raúl? ¿No tiene responsabilidades y obligaciones como todo mexicano?

—Usted no entiende, padre. No es lo mismo. Confunde lo que es de Dios con lo que es de la república.

—Pues no, no entiendo, porque la Iglesia es nuestra Iglesia, carajo, y no nos apoya cuando más lo necesitamos. No lo entiendo, Raúl. Dices bien. Para nada. ¡Qué diablos! Cuando nos está invadiendo un ejército extranjero, de un país protestante, es más. Es que no tiene sentido. ¡Con la de lana que tiene la Iglesia!

—Por favor, Pancho, Raúl, déjenlo, ¡párenle! —intercede Amalia, cansada, regresando a la sala de estar con una bandeja con café recién hecho y las galletas que trajo su hijo. Pancho ve por su expresión que debe estar pensando, exasperada, que ni siquiera lleva él veinticuatro horas en esta casa y ya se está peleando con uno de sus hijos.

Pancho llegó ayer de San Luis. Viene cansado del largo viaje. La herida le duele y le pone de mal humor. No llegó a tiempo para unirse a Santa Anna, que partió para Veracruz hace una semana, el pasado 3 de abril. Le dijeron que iba gritando ronco a la multitud que lo fue a despedir: «¡Unión, mexicanos, unión!», una y otra vez hasta que se quedó sin voz. Es escuchar a su hijo Raúl y no ver cómo carajo es posible que haya unión entre los mexicanos. Pero Pancho decide hacer caso de Amalia y dejarlo. No sirve de nada enfadarse con él. Aunque a veces a

Pancho le resulta difícil dejarlo ir, y le cuesta aceptar que Raúl sea hijo suyo. ¿De dónde le vienen estas ideas? ¿Cómo pudo salirles un hijo cura?

Ayer no fue fácil tampoco, la verdad. Pero es siempre igual. Cuando Pancho regresa del frente, al principio les cuesta hablarse. A todos les cuesta. Pancho no es capaz ni quiere describir a su esposa o a su suegra, a sus hijos o a sus nietos, lo que han visto sus ojos en el campo de batalla, los cadáveres putrefactos que se amontonan en pilas sin honor ni gloria, cubiertos de moscas, antes de prenderles fuego porque la tierra es demasiado seca para enterrarlos en una fosa común; hablarles del olor que desprende la carne humana cuando es incinerada, tan distintivo y repugnante, o de la violencia que lo permea todo, que se cala en lo más hondo de su ser y que llega hasta a sudar por sus propios poros cuando arremete contra el enemigo. Cuando vuelve a casa, al principio, le cuesta a Pancho saber de qué hablar. Y es obvio que a Amalia le cuesta recordar, por su cuenta, todo lo que lleva meses queriendo decirle a Pancho. Ahora que lo tiene en casa, delante de ella, es como si se hubiera olvidado de todo, como si la mente se le hubiera puesto en blanco de tanto que le quiere contar. Y sus hijos se cohíben con él. Se les ve inicialmente incómodos. No saben cómo sentarse delante de él, qué decirle. Al menos durante los primeros días.

Le supo muy mal ver a la pobre María del Mar estirada en la cama con solo una pierna. Pobrecita. Pero la hizo reír y pudo leerle un cuento anoche, a ella y a su hermana Concha. Es en momentos como ese, como el de anoche, haciendo reír a Mar y a Concha, lejos de los horrores de la guerra, lejos de todo, que a veces Pancho piensa que Amalia quizá tenga razón y que es hora de dejar las armas y dedicarse a sus nietos. Y si bien sabe perfectamente que Nicanor es un sinvergüenza, a Raúl no hay quién lo entienda. ¿Cómo pudo salirles un hijo tan raro? De todos sus hijos es con el que peor se lleva. Es verse y empezar a discutir. No sabe exactamente qué tiene Raúl que lo saca de sus casillas.

—Ya dices bien, Amalia. No insisto. Mejor hablar de otra cosa.

—Me dijo mi madre que lo hirieron, padre —comenta Raúl, buscando complacer a su madre.

—Sí, pero no es nada serio, hijo. Dentro de unos días saldré para Veracruz para integrarme a las fuerzas de Santa Anna.

Pancho nota cómo Amalia lo mira disgustada, pero hace como que no la ha visto fruncir el ceño.

—¿Dónde anda Felisberto?

—No sé. No para de hablar de que quiere hacerse cadete ahora que cumplió los dieciséis años. Que ya no necesita nuestra autorización. Yo le digo que termine la escuela antes. Que no hay prisa.

—Le aconseja usted bien, madre —asiente Raúl llevándose la taza de café a los labios.

A Pancho le resulta curioso lo bien que se lleva con Felis, a diferencia de Raúl. Aunque no sea propiamente hijo suyo, Felisberto se comporta en cierta manera más como un hijo que Raúl. ¿Cómo puede ser? El muchacho lo adora y siempre que Pancho está de vuelta quiere estar con él. Le pide que le hable de sus aventuras, de lo que es la vida del soldado, de cómo es tener miedo y saber ser fuerte y superarlo. Y Pancho lo quiere como si fuera su hijo. A fin de cuentas, lo han tenido en casa desde el 33, cuando apenas tenía dos años.

—No sé qué decirte, Amalia, si Felisberto quiere ser cadete, lo deberíamos apoyar, ¿no? Nos hacen falta jóvenes patriotas como él en el ejército. Ahora más que nunca.

—Acabas de llegar, Pancho. No empecemos...

—Yo solo digo...

—Ya sé lo que dices. Lo dices siempre. Y yo no quiero un sobrino muerto, Pancho. Del mismo modo que no quise que ninguno de nuestros hijos acabara en el ejército. Es así de sencillo. Ya me basta con estar sufriendo todos los días pensando que a ti te van a matar. Solo me falta estar sufriendo por ti y por Felisberto. No. Por ahí no paso. El cólera ya se ocupó de llevarse a los padres y hermanos de Felis. No. Felis no. Ni hablar. Yo digo que no, y no se hable más del asunto.

Amalia muy deliberadamente decide cambiar el tema de la conversación.

—Cuéntale, Raúl, a tu padre cómo te va ahora que eres diácono. Debes estar muy ocupado y no sé cuánto sabe él de cómo es tu día a día ahora.

—Con mucho gusto, madre.

Pancho calla. Sorbe el café. Se dice a sí mismo que necesita tener paciencia. Hacer un esfuerzo en recordar que siempre es así cuando regresa de la guerra. Que necesita tiempo para volver a habituarse. Para acordarse de la dinámica de la casa. Que aquí no manda él y su familia tampoco es un regimiento o una brigada al que él pueda dar órdenes. Pero en cuanto Raúl empieza a hablar de las celebraciones de matrimonio que ha presidido, los bautismos que ha oficiado, las ocasiones recientes que ha predicado y asistido en el altar, la infinita bondad de Dios, Pancho deja de escuchar. Piensa en cuáles serán las decisiones que estará tomando Santa Anna para frenar el avance de Winfield Scott y las tropas que han desembarcado en Veracruz. En lo difícil que va a ser para él dirigir la campaña de Veracruz junto con Santa Anna cuando vaya para allá con este dolor constante en el hombro.

—¿No le parece, padre?

Pancho no sabe de qué le está hablando Raúl, pero no se atreve a confesar delante de Amalia que hace tiempo que no escucha, que su mente está en otra parte.

—Sí, totalmente —asiente—, totalmente. ¿Hay más café, mi amor?

XVII

—Ha quedado verdaderamente magnífico, don Felipe. El parecido es extraordinario. Es como si tuviéramos a Cayetana sentada ahí mismo delante de nosotros, ¿no? ¡Y la luz! La luminosidad del retrato, los colores radiantes, la perfección de su rostro... ¡Ha quedado divino! ¡Di-vi-no! No sé cuánto le costó, don Felipe, pero es obvio que valió hasta el último peso que se debió gastar en encargarlo.

Don Felipe asiente orgulloso a las palabras de admiración de doña Ana Lilia Montes del Puente, como si fuera él quien hubiera pintado el retrato. En una esquina del salón, un cuarteto de cuerdas ameniza la velada que ha organizado don Felipe para la presentación del cuadro. Interpreta temas festivos barrocos mientras que los invitados deambulan bajo los candelabros diamantinos con copas resplandecientes de champaña en la mano, a la vez que la luz de la tarde decora las paredes del fondo con sus estiradas siluetas ambulantes. Se toman todos su turno para pararse frente al caballete donde se expone el retrato, y admirarlo con el debido respeto y una perfecta mezcla de digno decoro y comedido entusiasmo. Entre los invitados está lo más selecto de la alta sociedad capitalina, aunque hay familias, amigas de la esposa finada de don Felipe, que han optado por mandar sus disculpas en vez de comparecer y ser vistas allí en persona por encontrar el matrimonio del sexagenario senador con la niña Cayetana precipitado y de mal gusto.

Nicanor, por su parte, agradece los halagos y las alabanzas, e intenta mostrarse serio y profesional, pero le resulta imposible quitarle los ojos de encima a Cayetana. No puede dejar de pensar en cómo, hace menos de una hora, estaba haciéndole el amor parado contra los estantes de la biblioteca de don Felipe, aprovechando que el senador había salido por media hora para asegurarse de que el cochero iría a recoger a su hermana en su casa de San Cosme y no de la de Chapultepec. Él había dicho que estaba loca. Que no tenían tiempo. Que los descubrirían. Pero Cayetana lo hizo callar besándole en los labios, desabrochándole los pantalones, agarrándole la verga y subiéndose la falda, revelándole que no llevaba nada puesto debajo. Nicanor la había cogido ahí de pie, ella apoyada en las estanterías con la sección de libros de historia, estadística y geografía detrás, aferrada a él, arañándole la nuca y los hombros con sus uñas afiladas, mordiéndole el cuello, gritando cuando se vino, chillando su nombre, sin importarle que la pudieran oír los criados que estaban arreglando las mesas para la recepción en la sala de abajo.

—Don Nicanor.

Nicanor deja de admirar a su amada y se encuentra con que le está hablando el padre de Cayetana, Basilio Gurruchaga Ibarra.

—Don Basilio, ¡qué gusto!

—Impresionante. Francamente impresionante.

—Es usted demasiado amable.

—No, no, lo digo en serio. Es un retrato exquisito de mi hija. De hecho, de tanto que me gusta, quisiera encargarle que me pintara a mí. Hoy me siento extravagante después de haber cerrado un negocio redondo con el gobierno. Con este gobierno sí me entiendo. Me siento extravagante y un tanto egocéntrico. ¿Cómo ve? Para que me recuerde la posteridad, ¿no?: «El gran agiotista don Basilio Gurruchaga Ibarra que prestó al gobierno de México una fortuna cuando más falta le hacía a la patria tener recursos para financiar la guerra». Le puedo asegurar que le pagaré bien. No me falta dinero. Lo que le haya pagado don Felipe por el retrato de mi hija, yo le pagaré el doble. Ya le dije que estoy de buen humor y me siento extravagante.

—Será un honor y un placer.

Allá en el fondo de su conciencia, en un rincón medio perdido, Nicanor se pregunta si además de un honor y un placer será también un grave error pintar a don Basilio. Algo le dice que esto acabará mal. Para Cayetana. Para él. Para su familia. Pero el cuarteto entona un rondó y Cayetana se les acerca para preguntar que traman el pintor y su padre, y don Basilio le anuncia lo que acaban de acordar, y todos ríen y brindan, y Nicanor se deja llevar por la alegría del momento, sin dejar que aquel incómodo presentimiento le vaya a aguar la fiesta.

XVIII

—¡Oye! ¡Tú! ¡El nuevo! ¿Cómo te llamas? Yo soy Leandro Valle, y este de aquí con cara de idiota es Agustín Melgar Sevilla.

—Felisberto.

—Mucho gusto, Felisberto.

—¿Felisberto qué? —pregunta Melgar.

—Figueroa Velasco

—¿Figueroa Velasco?

—Sí. Mi padre era el impresor Figueroa, de la imprenta Figueroa de la calle Ontiveros. No sé si la conocen. Pero murió con mi madre de cólera cuando yo tenía dos años. En el 33. El que ha sido como un padre para mí, por eso, quien me ha educado, de verdad, es mi tío el general Francisco Cienfuegos.

—No mames. ¿El general Cienfuegos?

—¡Órale!

—Es un gran general —comenta el compañero de la litera de al lado. Es el más serio de todos. Lleva callado desde que el sargento acompañó a Felis a los dormitorios del Colegio Militar y le mostró el que sería su camastro a partir de ahora. Aunque es más joven que los demás cadetes que están allí, es obvio que es el líder del grupo. De estatura mediana, delgado, tez morena, ojos negros sin fondo, apuntándole apenas el bigote, irradia inteligencia y autoridad. Deja el libro que tiene en las manos a un lado.

—Tu tío no es solo valiente y arrojado, es un gran estratega. ¿Sabías?

—Sí, claro.

—¿Y tú cómo chingadas sabes eso, Miguel? —se ríe Valle.

—A diferencia de ti y de todos ustedes, que no sirven para absolutamente nada, yo estudio los libros que nos dan para eso en clase y leo los partes de guerra cuando salen en el periódico. ¿Pasa algo, Valle?

—Es cierto —se ríe Melgar—. El compañero Miguel, aquí donde lo tienes tan serio, cuando no está haciendo calaveradas, que las hace, no te creas, está leyendo ese tomo que tiene allí del señor Antonio Enrique Jominí a todas horas. Él y Jominí son inseparables.

—¡Ni que estuviera enamorado de Jominí! —se burla Valle—. Ay, cómo te quiero, Jominí, corazón, mi amorrrr, muéstrame tus tácticas y yo te enseño mi...

—No les hagas caso, Figueroa. Nacieron así de mensos. No tienen remedio.

—¿Y tú te llamas?

—Miguel. Miguel Miramón y Tarelo. Mi padre también es militar. El coronel Bernardo Miramón. Pero no es tan célebre como lo es tu tío. No lucha desde hace años. Trabaja de fiscal militar. Oye, ¿traes tabaco?

Felis se siente a gusto allí. Feliz. Sabe que ha tomado la decisión correcta. Su tía Amalia pondrá el grito en el cielo cuando se entere. Pero acabará por aceptarlo. Porque su tío Pancho lo apoyará. Lo defenderá, seguro. Estará orgulloso de él. Felis lleva años queriendo unirse al ejército, poder ponerse el uniforme de cadete y estudiar en el Colegio Militar allá en el Castillo de Chapultepec. Ser un héroe como su tío. Sacrificarlo todo por la patria. Ahora más que nunca. Quiere aprender a ser militar para darles una lección a los yanquis.

Fue ascender la cuesta hasta la fortificación de Chapultepec, ver el Valle de México a su alrededor, los volcanes quietos hacia el sureste, bajo un cielo despejado y transparente donde las nubes apenas empiezan a congregarse en la distancia formando una sierra de montañas que surge de detrás del horizonte, y saber que pertenece aquí. Desde que llegó, se siente como en casa. Sabe que aquellos muchachos que acaba de conocer serán amigos de por vida. Hay algo imposible de definir que ya los une, o que siente en lo más hondo de su ser que los une. De alguna manera son todos huérfanos y hermanos al mismo tiempo. Su vida cobra sentido allí. Portando el uniforme que le acaban de dar, oyendo las músicas marciales que provienen del patio allá afuera, Felis se siente emocionado de poder estar allí y de ser quien quiere y debe ser a partir de ahora.

—Sí, aquí traigo —Felis se acordó de comprarlo rumbo al Colegio Militar. Ya se lo dijo su tío una vez, en una de las muchas ocasiones que charlaron juntos y a solas de la vida castrense: el tabaco ayuda a hacer amistades entre la tropa, que por eso el tío Pancho siempre lleva tabaco encima, aunque ya sea general de brigada y hace años que dejó de fumar.

—Así me gusta, Figueroa —sonríe Miramón—. Veo que vienes preparado. No sé estos pendejos, pero tú y yo nos vamos a llevar bien.

XIX

A Amalia le gusta cuando Pancho se queda dormido abrazándola por detrás. Le gusta el peso de su brazo sobre las costillas, la mano posada sobre uno de sus pechos, el calor de su cuerpo de guerrero rendido arrimado a ella; todo ello la reconforta. O la debiera reconfortar. Normalmente lo haría. Hay algo que sigue siendo, después de todos estos años, extraordinariamente maravilloso de tenerlo ahí junto a ella; esa intimidad, la proximidad, desnudos los dos bajo las cobijas, la familiaridad de su tacto, el olor de su piel después de que hayan hecho el amor, el sonido tranquilizador de su respiración, su aliento sobre la nuca. Es algo así como un ritual. Aunque nunca lo hayan dicho en alto; expresado abiertamente con palabras, al menos. Hacer el amor la noche antes de que parta Pancho para el frente. El amarse convertido en una manera de decirse adiós. De recordarse el uno al otro lo mucho que se quieren, fundidos en uno, antes de que se tengan que volver a separar. Por si es la última vez, aunque ninguno de los dos lo diga. Un acto desafiante, pues: una reivindicación vital ante la cercanía de la muerte. Y un truco que Amalia usa para poder seguir oliendo a él cuando se haya ido. Ese olor a canela y pan recién hecho que desprende; a ahuehuete, a tierra batida por el sol, a masculinidad. Así huele a él, al menos por un día más. Y no importa si son años de acostarse juntos, de dormir el uno al lado del otro, arrimados, que aquello incluso sea un acto cotidiano; la magia es la misma. Y la debiera reconfortar.

Porque cada vez que Pancho la envuelve en su abrazo y Amalia puede hacerse pequeña dentro de sus brazos de león soñoliento, siente que el mundo se detiene y que todo es paz; que puede dejar de preocuparse, que todo está en su sitio y como debe ser, que de alguna manera todos los problemas que no la dejan dormir se resolverán y sabrán salir todos adelante. Pero esta noche tiene que hacer un esfuerzo para no pensar que Pancho se irá mañana. Que, de nuevo, esta sea quizá la última vez que la envuelve su hombre en su abrazo; las nalgas apretadas contra su miembro adormilado, de alguna manera fusionada a ese cuerpo cálido de héroe suyo que duerme el sueño de los justos.

Le rogó a Pancho que no se fuera a Veracruz, pero no hubo manera. Por algo es el general Cienfuegos. Amalia se dice a sí misma que deje de pensar. Que tiene que dormir. Que se concentre en ese abrazo. Que no es la primera vez que se va Pancho a la guerra, ni será la última. Que siempre acaba por volver. Ya se sabe, la mala hierba... Y sin embargo, esta noche es distinto y Amalia no sabe decir exactamente por qué. Tiene un mal presentimiento. Esta vez es diferente de alguna manera.

CAPÍTULO QUINTO

Cerro Gordo

I

Víctor se acaba la copa. La apura de golpe. El aguardiente le sienta bien. Le da vida, calor. Una sensación electrizante de bienestar. Por un instante, al menos, hace callar esas voces que lo atormentan, que le dicen que no sirve para nada, que es mala persona, que está sucio por dentro y siempre lo estará. Así se está bien, qué carajo. Y es entonces cuando lo ve más allá de las puertas oscilantes, bajo el sol del mediodía, pasar despacio junto a la cantina. No lo ha visto en años. Pero allí está, es él, caminando, como si nada, todo serio y formal en su sotana, la Biblia en una mano, hablando paternal y solemne con el monaguillo de turno. Su próxima víctima más bien, si es que no lo ha tocado ya, ahí donde no se debe tocar, diciéndole que no se lo diga a nadie, que será su secreto particular. Puede que sea viejo ahora, que se haya vuelto calvo del todo, pero para Víctor es inconfundible. Es verdaderamente él. No lo puede creer. No hay duda de que es él. El hijo de puta del padre Vicencio.

Víctor siente cómo la rabia que lleva dentro desde aquel día de hace dieciocho años se apodera de cada partícula de su ser. Lo ciega. Siente cómo se pone a temblar de la furia. No lo piensa. Tiene ganas de vomitar. En vez de eso, sale atropelladamente de la cantina como un energúmeno. No le importa que el cura cabrón tenga ahora setenta u ochenta años. Que sea un viejecito desgraciado e indefenso. El pederasta de mierda destrozó su vida. No hay día en que no recuerde cómo el padre Vicencio lo invitó a su aposento en aquella casa de vecindad del barrio de San Rafael, donde en el patio central jugaban niños como él sin saber lo que pasaba en la casa del cura. Para que fuera a conocer a los cachorros que recién había parido su perra, Chocolate, y sin más le puso la mano debajo de los pantalones; un niño de once años que no sabía qué hacer o lo que estaba pasando en aquellos instantes, confundido por la monstruosidad de aquel acto, abrazado, asustado, a aquel cura perverso, porque no sabía adónde aferrarse. Convertido desde esa fecha inmunda en un bien dañado, un pecador sin cura ni remedio, *in secula seculorum.*

Víctor sale a la calle, agarra al viejo cura por la nuca y, antes de que pueda reaccionar el anciano, le rompe en la cabeza la botella vacía de aguardiente que lleva en la mano. Es un golpe tremendo que suena a ladrillo roto y cristales que caen al suelo. El cura cae de bruces gritando de dolor, el cráneo agrietado, las manos en la cabeza ensangrentada, y apenas llega a balbucear: «Pero ¿qué hace?», antes de que Víctor le empiece a pegar patadas furibundo. En la cara. En el estómago. En el pecho. Con rabia. Patada tras patada. El monaguillo intenta interponerse, a pesar de que está llorando, asustado; intenta defender a su sacerdote, pero Víctor lo aparta de un golpe que lo hace estrellarse contra la acera. Dos soldados se paran a reírse y a animarlo.

—¡Así! ¡Dale fuerte, mi carnal! Se lo merece. Pinche cura traidor.

—¡Eso les pasa por ir apoyando a los polkos, curas de mierda! ¡Dale fuerte, mijito! ¡Así! ¡Que aprenda el cabrón!

Víctor se abalanza sobre el pederasta septuagenario, le hinca las rodillas en el pecho, y se ensaña con él a base de pegarle puñetazos repetidamente, uno tras otro, hasta que le duelen los puños, hasta que el viejo asqueroso deja de quejarse, inconsciente, la cara deformada por los moretones y las heridas, tosiendo y atragantándose con su propia sangre. Golpes que castigan al hijo de puta, pero que no acaban de diluir o hacer desaparecer el dolor, la vergüenza y la rabia que fluyen por las venas de Víctor como un veneno espeso y coagulado que forma ya parte íntima e intrínseca de su ser. Y le seguiría golpeando excepto que varios hombres se le vienen encima y lo apartan del cura indefenso, inerte. Le gritan que qué hace. Que cómo puede. Que deje al pobre viejo en paz. Que ya basta.

—Miren nomás qué le hizo al padre Ramiro. ¡Padre Ramiro! ¡Padre Ramiro! ¿Está vivo, padre Ramiro? No se nos vaya, por Dios. ¡Padre Ramiro!

Víctor no entiende por qué el monaguillo se refiere al padre Vicencio como el padre Ramiro.

—Víctor, ¡por el amor de Dios!

Víctor ve a su cuñado Raúl frente a él, salido de la nada, mirándole con cara de espanto. No entiende qué hace su cuñado allí, los quejidos del monaguillo.

—El viejo —logra decir— es el padre Vicencio, ¿verdad?

—No, Víctor, no. Es el padre Ramiro, de aquí de la iglesia de San Lorenzo. Pero ¿qué has hecho?, ¿por qué?, ¿por qué, Víctor?

II

Nicanor se concentra en pintar a don Basilio Gurruchaga Ibarra, el agiotista más poderoso de México, según ha descubierto desde que aceptó el encargo de retratarlo. Aparte de haber estado detrás de la revuelta de los polkos, también le han dicho a Nicanor que lo apodan el «vampiro del erario» por la manera en que le chupa la sangre a la tesorería con los intereses desorbitantes que cobra por cada préstamo que le hace al Estado, especialmente en tiempos de guerra. Y que vaya con cuidado. Con mucho cuidado. Eso le han dicho. No una, sino varias personas.

—Ese hombre es peligroso, Nicanor.

Y Nicanor los ha escuchado, pero no se ha dejado atemorizar por las habladurías de la gente. A fin de cuentas, don Basilio le ha prometido que le pagará generosamente por el cuadro —una pequeña fortuna— y no deja de ser, después de todo, el padre de la hermosa Cayetana de sus sueños. A Nicanor no le importa demasiado lo que se diga del potentado que tiene ahora frente a él. Es un rico vanidoso como cualquier otro.

Se hallan en la biblioteca de la casa de don Basilio de la calle Vergara, y su mecenas le ha pedido que lo retrate de pie junto a un globo terráqueo, con una mano posada sobre varios libros de economía, la otra, relajada, en el bolsillo del pantalón. Detrás de él se erigen las estanterías y los anaqueles cubiertos de libros, dando a entender que es un hombre de cultura, a pesar de que comprara todos esos volúmenes al por mayor y por metros. Quiere figurar ante la posteridad como un caballero erudito que controla el mundo en el que se mueve y que maneja bien los asuntos económicos. La mano en el bolsillo es un gesto de confianza, de relajación; el de un pensador despreocupado porque todo está en orden y donde debe estar, soberbio de pie allí en su chaleco y levita franceses.

—Cuando yo era joven como usted, pensaba que para ostentar el poder hacía falta estar metido en la política; que era imprescindible hacerse legislador, mover cielo y tierra para ser concejal, primero, luego diputado, y, con suerte, ir subiendo la escalera hasta que, quién sabe, algún día salir electo presidente. Pero ¿sabe qué? El presidente de la república no ostenta poder alguno. Es un pobre desgraciado. Fue algo que aprendí con el tiempo, no se crea. El congreso lo tiene maniatado, así de plano; pero aun si no fuera así, seguiría siendo un títere. ¿Qué puede hacer un presidente? Poca cosa, la verdad. Prometer el oro y el moro. Y párale ya. El verdadero poder, don Nicanor, lo detentan aquellos que controlan la tesorería y el vaivén de la economía. ¡Esos! No se le olvide nunca. Quienes tienen la plata mandan. Es así de sencillo. No se deje engañar. Nosotros, los que tenemos la plata, pues, somos los mandamases. Compramos a quien haga falta comprar, tenemos los fondos para costear la revolución de turno si así nos conviene, o para salvar al gobierno, si es preferible esa opción, siempre a cambio de favores y concesiones que nos sirven para enriquecernos todavía más y, de paso, seguir influyendo en el acontecer político. ¿Cómo ve? Y lo bueno es que nadie nos odia o nos quiere derrocar porque no estamos a cargo del gobierno y nadie tiene ni la menor idea de quiénes somos.

—Habla en plural, don Basilio...

—Sí, claro. No soy el único agiotista aquí. Está mi muy buen amigo Escandón y ese británico de la nariz como una berenjena y a quien le gusta demasiado el vino de Burdeos, Ewen Mackintosh. Pocos, pero buenos. ¿Y sabe qué más le digo?

—Soy todo oídos. Pero no se mueva tanto.

—Que la llegada de los americanos nos puede incluso llegar a favorecer. Fíjese. Ya sé que puede sonar poco patriótico decirlo ahora que ya han ocupado Veracruz y están a punto de enfrentarse a las fuerzas de nuestro intrépido pero inútil presidente. Pero si los americanos vienen aquí e imponen el orden; un orden duradero como el que tienen allá en los Estados Unidos donde las leyes y las instituciones no son cuestionadas a cada momento, y de paso invierten su lana en nuestra economía, pues a lo mejor no sea tan mal asunto esto de la invasión. ¿Cómo ve?

—Eso usted lo sabrá mejor que yo. Yo solo sé de pintura, don Basilio. Si usted lo dice... Pero le ruego que se esté quieto.

—¿Y sabe qué más le digo? Que si es cierto que se está viendo con mi hija a espaldas de mi buen amigo don Felipe Díaz Giménez, tenga por seguro que haré que lo maten de tal forma que no solo se arrepentirá usted de haber nacido, pero no habrá ni Dios quien encuentre su cadáver. ¿Me entiende?

III

Hace tiempo desde que Pancho vio a Lucas la última vez. No recuerda exactamente cuándo fue. ¿Rumbo a Yucatán hace cosa de no sé cuántos años? ¿Más recientemente, puede ser? Es el mismo de siempre, solo que no tiene pelo y ha engordado, y camina más despacio y lleva lentes para leer, y se está volviendo medio sordo, y tiene ahora, además, la irritante manía de pedirte que repitas lo que acabas de decir continuamente y de tocarte cuando habla, cada dos por tres, algo que no hacía antes, al mismo tiempo que pregunta: «¿sí?». Pero es el mismo. Igual que a Pancho, los años y los traumas de las últimas décadas han cubierto su cara de arrugas y lo han vuelto más triste, más meditabundo. Pero, igual que Pancho, de alguna manera sigue siendo el mismo colegial que se excitaba hablando en el patio de la escuela de las noticias que les llegaban de las proezas de Allende y el padre Hidalgo; el mismo que se fugó de San Ildefonso hace ya una eternidad para unirse a las filas de la revolución; el mismo que lloró amargamente el día que mataron a José María en las afueras de Cuautla.

—Anda tu sobrino Luis por aquí. Me vino a ver hace una semana. Que te lo hiciera saber si pasabas a verme. Tu sobrino Luis, ¿sí?

—Sí, ya te oí la primera vez. El académico. El que se fue a Escocia. No sé si lo sabe mi hermana. Hará cosa de quince años que se fue, creo.

—Dijo que ha vuelto para luchar. Ya ves. Por la patria.

—¿Sabes dónde está?

—¿Qué?

—Que si sabes dónde está.

—Me dijo que tras lograr huir del puerto y presentarse aquí lo metieron con las fuerzas del general Ciriaco Vázquez. De cabo.

Quizá fue de alférez. No recuerdo. Así directamente porque sabe leer y escribir. Eso me dijo.

—Ya preguntaré por él.

—Pero ¿tú cómo estás?

No se han visto en años, pero retoman la conversación en el jardín de la casa de Lucas, bajo la misma higuera inmensa donde hace veintiséis años Pancho se enteró de que había muerto su padre, como si se hubieran visto apenas ayer. Con esa confianza, esa naturalidad. Sin que haya momentos incómodos; esas elipsis en las que pueden naufragar amistades menos robustas que la suya, amistades de papel que se disuelven en las aguas del tiempo. Hablan como si se hubieran visto ayer y no hubieran pasado los años, aunque han pasado, ¡Dios! ¡cómo han pasado! En esos años que han venido y se han ido en un abrir y cerrar de ojos, Lucas se enamoró tarde, ya entrados los cuarenta, de su adorada Chabelita, con quien se casó para luego quedar viudo cuando su joven esposa murió durante el parto, y se ha dedicado desde entonces a cuidar solo a su única e idolatrada hija Zoraida.

—Cansado, Lucas, estoy cansado.

—Imagino.

—No lo digo por el viaje acá a Xalapa. Lo digo de forma más general. No sé. Estoy cansado dentro, en el alma. Tengo los huesos cansados. Hasta los tuétanos. Agotados. El corazón. Todo. Agotado de este cuento cruento de nunca acabar. De estar en guerra todos los días, todos los años. Siempre. Si no es contra nuestros hermanos, es contra extranjeros hijos de la chingada como estos angloamericanos que nos vienen ahora a conquistar. Y a veces es hasta contra hermanos *y* extranjeros hijos de la chingada al mismo tiempo, a la vez. ¿Lo puedes creer? No veo que aprendamos de nuestros errores, amigo. Cuando termine esta guerra, si ganamos o perdemos, no importa, empezará otra guerra antes de que tengamos tiempo siquiera de retirarnos a nuestras casas y ver a nuestras familias.

—Tú no estás cansado, Pancho. Lo que estás es insoportable. Insoportable, ¿sí? Así que ya párale. ¡Basta! Estas no son maneras de hablar. Aquí nadie se rinde y menos tú, ¡qué carajo! Háblame de Amalia. De los hijos. ¡De los nietos!

Pancho intenta hablar de Amalia, cuyo mechón lleva todavía en el bolsillo del pantalón en aquel guardapelo de plata que le dio hace treinta y cinco años. Hace un esfuerzo para explicarle a Lucas lo preocupada que está su esposa, de las ausencias de Nicanor, de lo mucho que toma su yerno, de la pierna que perdió su nieta María del Mar, de lo exasperante que encuentra a su hijo Raúl, que apoyó a los polkos, de cómo Felisberto se hizo cadete a pesar de sus objeciones, pobre Amalia, pero le cuesta. En su mente ya acampan las inquietudes de la campaña por venir y le resulta difícil concentrarse. Lucas le habla de lo mucho que Zoraida se parece a su madre, del miedo que tiene de que se enamore, ahora que ya tiene quince años, de un sinvergüenza y eche su vida a perder, y enciende otro puro, y los dos toman otra taza de café de Coatepec, pero Pancho no acaba de concentrarse en lo que le dice su viejo amigo.

—¿Sí? No me estás escuchando, Pancho.

—Lo siento. Es que...

—No hace falta que te disculpes. Te conozco de sobra. Ya sé. No te envidio. Esta próxima batalla va a ser decisiva e infernal, ¿verdad?

Pancho asiente con la cabeza. Ya lo dijo bien. Decisiva e infernal. Porque si no detienen a los angloamericanos aquí y ahora, la capital caerá seguramente, en lo que se tarde Winfield Scott en adentrarse hasta el corazón de la república.

IV

Raúl trajo a Víctor esta mañana. Justo cuando Lupe estaba a punto de dar la alarma al no haberlo visto el día de ayer y no haber dado él señales de vida en toda la noche. Lo trajo a casa sucio y harapiento, la cara gris, incapaz de hablar, aunque estaba sobrio, y le explicó lo del altercado con el padre Ramiro, cómo había pasado Víctor la noche en el calabozo y que lo habían dejado salir esta mañana bajo fianza y después de que Raúl intercediera por él.

—El alguacil me conoce —había dicho su hermano a modo de explicación.

—Ayúdale a limpiarse. Él ya te contará. Rezaré por él. Reza tú por él, también, hermana. Lo va a necesitar. Pobre hombre. Que Dios se apiade de él.

Por suerte las niñas siguen en casa de su madre.

Su marido parece haber encogido. El cabello mojado tras lavarse, con la ropa limpia, Víctor parece un niño, de repente, sentado frente a ella en la cocina, diminuto y vulnerable, aunque al mismo tiempo, inquietantemente, tiene cara de viejo: es un niño indefenso de veintiocho años que tiene el rostro demacrado de un alma en pena. Tiene ojos de anciano que han visto más de lo que debieran tras una existencia sumida en el dolor y la vergüenza. Entre sollozos, balbuceando, mortificado por la golpiza que le dio al padre Ramiro, horrorizado por la manera en que lo dejó, apenado por ser quien es, le fue contando a Lupe mientras lo ayudaba ella a limpiarse y a vestirse, sin entrar en demasiados detalles, lo que le hizo el padre Vicencio cuando tenía apenas once años. Mientras Lupe lo escuchaba, en el dormitorio se hizo de noche, aunque afuera lucía el sol inmisericorde de mediodía. Una noche negra, sin luz, poblada de monstruos y pesadillas.

—Raúl dijo que estaba vivo. Que vivirá. No te preocupes por él.

—Estaba convencido de que era él. ¡Era él! Lo vi con mis propios ojos. Te lo juro.

—Ya sé, mi amor. Ya sé. Está bien. Ahora vamos a ser fuertes. Por ti. Por las niñas. Vamos a ser fuertes y vamos a salir adelante, ya verás. Más unidos que nunca.

—Necesito un trago.

V

Nico y Cayetana contemplan las curvas sinuosas y perfectas de sus cuerpos desnudos que se mueven acompasados en el espejo largo que Cayetana acercó a la cama antes de que acabaran haciendo el amor allí, antes siquiera de que las campanas de Nuestra Señora de Loreto dieran las tres de la tarde. Se ven perfectamente, seres imposiblemente hermosos, moreno él, blanca ella, excitados, excitantes, de rodillas los dos sobre las sábanas revueltas, subiendo y bajando, meciéndose para delante y para atrás, despacio y seguido, poco a poco, más y más. No se quitan los ojos de encima, no pueden, hipnotizados por el reflejo de sus cuerpos acoplados, húmedos, erizados, las manos de Nicanor agarradas firmemente a la cintura de ella por detrás, el pecho enhiesto, mientras que Cayetana, frente a él, los brazos extendidos delante de ella, el cabello suelto colgando delante de sus pezones duros, mira los ojos de Nico en el espejo con una expresión de deleite que podría ser de dolor solo que en ella se atisba también el deseo ardiente que la consume. Es Nicanor quien se viene antes. Con un gemido en el que alcanza a susurrar el nombre de Cayetana. Y enseguida Cayetana lo tumba en la cama, se le monta encima y cabalga violentamente sobre él, admirándose a sí misma en el espejo al mismo tiempo, mientras que las manos de Nicanor se aferran a sus pechos, hasta que no puede más y llena los cuatro rincones de la casa del senador con sus gritos; gritos despavoridos y escandalosos de éxtasis, de gata posesa.

Cayetana se desploma sobre él jadeando, y lo besa y lo vuelve a besar, y Nicanor, exhausto, ríe y se ve a sí mismo riendo en el espejo, el cuerpo fabuloso de Cayetana reluciente de sudor adherido a su piel encendida, estirada sobre él, a la vez que recupera la respiración. Es entonces cuando se vuelve a acordar de la amenaza de don Basilio. Amenaza que no se va, aunque la intente olvidar, ignorar. Las palabras siniestras del padre de Cayetana lo han perseguido por todas partes desde aquel día, como una inquietud, un mal recuerdo que lo azota cuando menos se lo espera. Estará Nicanor atravesando el Zócalo y se sentirá nervioso, sin saber por qué. Entonces se acuerda. Le dijo que lo mataría. No parecía una fanfarronada. Lo decía en serio. Cayetana se levanta para ir al baño. Y Nicanor, despatarrado en la cama, mientras oye a Cayetana orinar en la habitación contigua, la vista puesta en el techo de vigas de madera oscura que se extiende palaciego sobre él, se da cuenta de que no se lo ha comentado a Cayetana. Al verla regresar, escultural, y dejarla quedarse abrazada a él, estirada a su lado en la cama, Nicanor decide que se lo tiene que decir.

—Tu padre me amenazó el otro día. ¿Sabes?

—¿Y eso? ¿No le gustó el retrato? ¿Te atreviste a retratar todas y cada una de las arrugas que pueblan su frente?

—Hablo en serio, Cayetana. Me dijo que, si descubría que había algo entre tú y yo, me mataría.

—¡Ups! —ríe Cayetana.

—¿Cómo que ups?

—Tarde o temprano se va a enterar, Nico.

—¿Qué quieres decir?

—Tarde o temprano se va a enterar todo Dios, ¿no?

—No necesariamente...

—Y por mí, ¿sabes qué? Que se entere mi padre ya de una vez y así aprenda que no puede tratar a su hija como si fuera una mercancía u otra de sus inversiones. —Cayetana se apoya en el pecho de Nicanor y lo mira, irresistible, con ojos pícaros y desafiantes. —Hace ya más de tres semanas que no me viene la regla, Nico.

—¿Qué me dices?

—Pues eso, que creo que estoy embarazada y llevo a tu hijo aquí dentro —y Cayetana toma la mano de Nicanor y se la pone en el vientre liso y sudado.

—¿Y ahora me lo dices? —Nicanor se aparta de Cayetana y se sienta al borde de la cama. En el espejo ve su cara de horror reflejada sin que pueda disimularlo.

—Nico, si temías que me quedara embarazada, lo podrías haber pensado antes. ¿Qué creías que iba a pasar? Todas las veces que hemos cogido, ni una sola se te ha ocurrido ponerte uno de esos condones de tripa de cerdo o cordero que gastan los catrines cuando no quieren sembrar su semilla por el mundo a diestra y siniestra.

—Pero, Cayetana. Yo soy un hombre casado. Tú sabes. Tu padre...

—Eras un hombre casado cuando cogíamos hace unos instantes. Y mi padre siempre ha estado allí. ¿Qué es lo que ha cambiado, Nico? No chingues. ¿Tienes miedo? Si es niño lo podemos llamar Basilio para chingar a mi padre. Si es niña, Amalia, como tu madre. ¿Cómo ves?

Nicanor no sabe qué decir. Se le ha vuelto la mente en blanco. Se queda sentado como una estatua al borde de la cama, estupefacto. Petrificado. No sabe qué va a hacer. No entiende cómo Cayetana puede tomar todo tan a la ligera. Cayetana se arrodilla a su lado en la cama. Le besa el hombro. Lo vuelve a besar. Lo acaricia. Se mira en el espejo acariciándolo.

—¿Estás cansado? Nos deben quedar al menos dos horas antes de que regrese el vejestorio de mi marido...

Nicanor siente cómo la mano de Cayetana se desliza entre sus piernas.

VI

—No entiendo por qué se tuvo que ir mi papá.

Catherine contempla desde la playa el mar gris de Escocia que tiene frente a ella, las nubes violáceas y negras que se persiguen sobre las olas, las gaviotas que luchan con el viento en el aire, y no sabe exactamente qué es lo que le puede decir a Mark, porque ella tampoco lo entiende. Y Mark, con sus siete años recién cumplidos, hace como su madre, y mira el mar como si fuera posible alcanzar a ver los volcanes de México de que le hablaba su padre, allá en la distancia, asomándose apenas perceptibles, al otro lado del horizonte, donde el cielo traza su línea sobre el mar.

—Si fuéramos en barco todo recto, mami, ¿llegaríamos a México? —pregunta—, ¿podríamos ver a mi papá?, ¿y las minas de plata que me dijo que un día serán mías?

Catherine acaricia el cabello revuelto de su hijo. Tobías y Emily están jugando a pillapilla corriendo patosamente por la playa. Miss Maples, la nana, va detrás de la beba, Jane, que apenas tiene un año y empieza a andar, tambaleante en la arena, intentando seguir a sus hermanos, que se persiguen riendo a su alrededor. Luis debería estar allí. Jugando con sus hijos. Explicándole a Mark por qué los hombres son tan estúpidos que sienten la necesidad de matarse entre sí por ideas que luego la gente olvida, por patrias que crecen y luego encogen o cambian de nombre sin que les importen las vidas de todos aquellos que se sacrificaron por ellas, o por un Dios que, si fuera todopoderoso y misericordioso, no dejaría que las páginas de la historia de la humanidad estuvieran escritas con la sangre espesa y profusa de tantos combatientes que inútilmente dieron sus vidas por Él. Luis debería haber estado allí para ver los primeros pasos de su hija Jane.

El horizonte de abril que se extiende frente a ella, de mar embravecido y nubes que, como sus hijos, se persiguen atropelladamente, tiene tantos grises como, según le decía Luis, hay pardos de diferentes tonalidades allá en el llano potosino. Los grises de Escocia se multiplican frente a ella mostrando sus millares de matices distintos en constante movimiento, desde los más claros y los más azulados a los que devienen casi negros como el carbón, ondulantes y removidos por las olas del mar, zarandeados por el viento.

Catherine mira a Mark y no deja que se le note el dolor que la agrieta por dentro. Las ganas que tiene de volverse a poner a gritar hasta quedarse sin voz.

—No, Mark. Si fuéramos todo recto en barco iríamos a parar a Noruega o Dinamarca. México está en el oeste. Si se pudiera ver del otro lado del océano, sería desde el otro lado de Escocia.

—¿Podemos ir, mami?

—Pero, no se ve, Mark. Aparte de que está Irlanda de por medio, no se ve porque está muy lejos. Muy muy lejos.

—Pero un día sí iremos, ¿verdad? A México. Para reunirnos con mi papá. Cuando gane la guerra. A ver a la abuelita Clara. Y las minas que un día serán mías.

—Sí. Un día iremos todos —miente Catherine.

Siente las manos de Jane agarrarse a su falda y la ve, aferrándose determinada a sus pliegues para no caerse.

—Muy bien, Jane. Así. No dejes que te tumbe el viento —y vuelve a contemplar las olas que, unas tras otras, rugiendo, golpean la playa dejando tras de sí tremebundas explosiones de espuma, y se siente como su hija pequeña, solo que, en su caso, es el vendaval del destino el que la zarandea, de alguna manera traicionada por su marido, agarrándose a lo que sea para poder seguir ahí de pie al frente de su familia abandonada y sobrevivir.

VII

El fuego de artillería es intenso. El estruendo de la fusilería y los cañonazos es ensordecedor. A veces es difícil ver qué está pasando de tanto humo que hay. El olor a pólvora te seca la boca. Te llena los ojos de lágrimas y los pulmones de bocanadas de fuego y ceniza que no te dejan respirar. Lo que es obvio desde hace ya cuatro horas es que los angloamericanos están obcecados en hacerse ahí enfrente con el cerro del Atalaya. Lo que unos llaman el Cerro Chico. Es lo que dijo anteayer que sucedería el rechoncho y engreído jefe de ingenieros Manuel Robles Pezuela. Si no fuera tan pomposo, quizá Pancho le hubiera dado la razón. Pero no hubo manera de convencer a Santa Anna de que repartiera las tropas entre el Telégrafo y el Atalaya y se fortificaran los dos cerros debidamente —el Cerro Gordo y el Cerro Chico—. Según Santa Anna, en lo que concernía al Atalaya, que se dejara Robles Pezuela de pendejadas, que por ahí no podía pasar ni un pinche conejo, carajo. Y quizá tenga razón Santa Anna, piensa Pancho, ¡ojalá la tenga! Estas son sus tierras después de todo. Le pertenecen. Las debe conocer como la palma de su mano. Quizá, reza Pancho, quizá no logre el enemigo ocupar la cima del Atalaya. Porque entonces... Mejor no pensar en ello.

—¡Disparen! ¡Afinen esa puntería, mis valientes! ¡Que no pasen, carajo! ¡Que no pasen! ¡Fuego!

Es como en la Angostura, solo que al revés, se permite Pancho pensar momentáneamente. Ahora son los mexicanos los que están atrincherados en posiciones bien guarecidas, cuesta arriba, recibiendo al enemigo, que intenta remontar la montaña, a base de cañonazos y balazos. Son los yanquis los que esta vez no pueden desplazar a su caballería con facilidad y cuyos hombres están cayendo como moscas al exponerse, buscando la manera de llegar hasta las fortificaciones mexicanas. A la vez que suben por las barrancas, teniendo que abrirse camino, Dios sabe cómo, por entre las ramas y las zarzas del denso chaparral, las fuerzas mexicanas diezman sus tropas abriendo fuego sobre ellas sin descansar. Solo que los yanquis debieran estar concentrándose en atacar el cerro del Telégrafo, donde Santa Anna los está esperando, y es Pancho quien está teniendo que improvisar de este lado del cerro para encontrar la manera de que no se adueñen del cerro del Atalaya que yace al norte del Telégrafo; una movida que Robles Pezuela anticipó pero a la que Santa Anna no dio importancia alguna por resultarle inverosímil e irrealizable debido al terreno.

Santa Anna ya les dijo a Robles Pezuela y a Pancho que sus opciones eran limitadas: «Seamos serios, señores». No era como que les sobraran hombres para ir repartiéndolos por todas partes a su antojo. Por ello, era importante que el grueso de la tropa estuviera posicionado en el Telégrafo, que domina completamente la cañada. Por algo al Telégrafo lo llaman el Cerro Gordo. Desde allí sí que podían impedir que las tropas de Scott pudieran ascender la montaña por el único camino carretero que hay allí y que serpentea de Plan del Río rumbo a Xalapa, abrazándose a la ruta que traza el río Coyolar por entre las barrancas y el chaparral. Era por ahí que tenían que venir los yanquis. Era ahí donde iba a ser su ataque frontal para ganar acceso a Xalapa y de ahí al altiplano. Y es, de hecho, por ahí donde están intentando subir desde el mediodía y donde Santa Anna los está rechazando con vigor y ganas. «No tiene sentido perder el tiempo poniéndonos a fortificar el Atalaya también. ¡No insista, carajo!», le espetó Santa Anna a Robles Pezuela, exasperado. No tenía sentido, pues, desplazar soldados al Atalaya cuando hacían mucha más falta acá en el Cerro Gordo, ¡Acá, demonios! Pero Pancho no puede olvidar las palabras de Robles Pezuela, en estos momentos, aquello de que, si los yanquis se hacen con el Cerro Chico, los podrán cañonear desde el norte del Telégrafo, y lo que es peor, facilitar que sus fuerzas los puedan luego flanquear y atacar simultáneamente por la retaguardia.

Aunque ya no puede más, Pancho no descansa. Les grita a sus hombres que disparen, que sigan disparando. Pero es evidente que tarde o temprano los yanquis se harán con el Atalaya. Y cuando eso suceda, y se haga de noche, entonces no les quedará a Pancho y a sus hombres más remedio que rezar, rezar con todo el corazón, para que no sean capaces los pinches angloamericanos de subir sus cañones hasta allí arriba. Porque de ser así, mañana cuando amanezca lloverán desde el Cerro Chico bolas de cañón y metralla sobre las posiciones mexicanas y se les van a abrir las puertas del mismísimo infierno.

—¡Que no decaiga, carajo! ¡Fuego! ¡No descansen! ¡Fuego!

VIII

—Ándale, mi amor. Tú puedes. Ven a abrazar a tu abuelita. Ándale.

María del Mar mira a su abuela esperándola al otro lado de la plazoleta. Es obvio que le cuesta acostumbrarse a caminar apoyándose en la muleta. Pero lo intenta. No se cansa de intentarlo. No se rinde. Quiere complacer a su abuela y a su madre. Pero también lo hace por ella misma. Aunque le cuesta. Por lo que le ha dicho a Amalia, todavía siente la pierna amputada: «Es como si estuviera todavía allí, abuela». El instinto la lleva a querer apoyarse en ella, pobrecita, cuando se pone a andar. Pero no está. Se ha caído ya varias veces. Tiene miedo de volver a intentarlo. Pero la animan.

—Ándale, Mar. Tú puedes.

—¡Ándale, mijita!

Hay poca gente en la plaza de Santo Domingo. Lejos de los campos de batalla y ahora que la revuelta de los polkos es cosa del pasado, la ciudad hace su vida como si nada. Van y vienen de un lado a otro calesas sin prisa, viandantes ruidosos o callados, cada cual ocupado en sus asuntos: mujeres de compras, hombres de negocio y letrados animados, el cura de turno. Bajo los portales se han instalado los vendedores ambulantes con cestas llenas de frutas de todos los colores, dulces y mercancías. El pordiosero de toda la vida pide limosna, patético y lastimero, sin desplazarse del atrio del templo, a la vez que un grupo de niños harapientos que debiera estar en el colegio se persigue jugando frente al antiguo palacio de la inquisición.

Aunque María del Mar tiene miedo, se lanza a caminar hacia su abuela. A través de la plaza de Santo Domingo. Avanza audaz. Temblequeando. La muleta bajo el sobaco. Concentrada en ir turnándose entre mover un pie adelante y luego la muleta. Paso a paso. Así. La pierna y luego la muleta. Ligeramente tambaleante. Poco a poco. Y en su cara de ángel venido del cielo, las mejillas sonrojadas, los tirabuzones cayéndole por los hombros, temblando con el movimiento, hay una expresión de determinación inaudita; la clase de determinación férrea con la que se puede conquistar el mundo. Amalia se siente profundamente orgullosa de ella. Le recuerda a la abuela Trinidad. Le recuerda a ella misma, también, en cierta manera. Determinada, por no decir terca. Mujeres fuertes. Mar es definitivamente una Figueroa. Aunque Amalia se corrige a sí misma. No por ser mujer y miembro de la familia Figueroa significa que una es necesariamente tozuda y valiente. Su hija Lupe parece haber salido demasiado débil, para ser propiamente una Figueroa, no sabe bien por qué. Aunque quizá no es justo decirlo y Amalia se regaña a sí misma por pensarlo. Lo que pasa es que Amalia no entiende cómo soporta Lupe a Víctor. Nunca lo ha entendido. Aunque quizá la lealtad que muestra su hija hacia él no es otra cosa que una forma distinta de expresar esa clase de determinación que Amalia quiere asociar con las mujeres de la familia Figueroa. Amalia debería ser más comprensiva. Lo sabe. Más paciente. Más tolerante con Víctor. Sin embargo, tiene claro que el día en que descubra que su yerno le ha puesto la mano encima a su hija, va a saber lo que es bueno. Por ahí no pasa.

Mar, cojeando, poco a poco, apoyándose en la muleta cada vez con más confianza, logra atravesar la plaza hasta su mamá a quien abraza. Luego abraza a Amalia.

—¡Qué lista eres, Mar! ¡Qué valiente!

—¡Guapa!

IX

Don Gaspar Bustos Herrejón está esperando abajo. Ha venido a cobrar el alquiler para el mes de abril.

—¿No le pagó Nicanor a principios de mes?

—No, doña Cándida. Y mire que le he escrito a su marido al respecto no una, sino dos veces. Dos veces, doña Cándida, hágame el favor.

—Ya sabe, anda muy distraído.

—Sí, ya sé. No es la primera vez. Ya me advirtió mi madre que me debía andar con cuidado alquilando la casa a un artista.

—No se preocupe, ahora le encuentro el dinero. Hace poco que le pagaron por el retrato de la esposa del senador Felipe Díaz Giménez. ¿Lo conoce? Y en estos momentos le ha encargado un cuadro el magnate Basilio Gurruchaga Ibarra. Nos va bien, de veras, no se crea...

—Me parece muy bien todo lo que me dice, doña Cándida. Pero sin querer ofender, no vengo aquí a platicar, sino a que se me pague lo debido.

—Sí, claro, disculpe. Siéntese aquí, mientras espera. Ahorita voy a buscar el dinero y se lo traigo enseguida. ¿Se le ofrece algo para beber? ¿Un agua de jamaica? ¿Algo más fuerte?

—No, gracias, doña Cándida. Tráigame la renta nomás y me voy. Tengo mucho que hacer hoy, gracias. Estamos a 18 de abril. Soy un hombre paciente, pero no tanto.

—Entendido. Ahorita vengo, pues.

Suerte que Julio y Alejandro están en el colegio. Si no, no sabría Cándida qué hacer si se ponían los dos a gritarse groserías o darse madrazos delante de don Gaspar. Cándida entra en la habitación que Nicanor hace servir de despacho. Es un desbarajuste. Hay papeles por todas partes. Sobre todas las superficies. Esparcidos por el suelo. Facturas entremezcladas con dibujos y bocetos. Libros y carpetas. Las estanterías son un pandemonio de volúmenes, hojas de papel, cajas de cartón y tomos viejos cubiertos de polvo. ¡Cualquiera se atreve a entrar allí a limpiar! Hay cajas y baúles abiertos rebosantes de objetos varios que todavía no ha desempacado su marido, aunque ya llevan dos años viviendo en esa casa: pinceles, estuches, estatuillas, ilustraciones, litografías y quién sabe qué. Cándida tiene ganas de estrangularlo. ¿Cómo puede ser tan desordenado?

¿Dónde diablos habrá puesto la plata su dichoso marido? Cándida empieza a abrir cajones, primero los del escritorio, luego los del secreter. Hay lápices por todas partes. Es difícil saber si hay alguna lógica particular en la manera endemoniada en que su marido guarda y archiva las cosas o si simplemente lo pone todo en el primer lugar que se le ocurre sin pensárselo dos veces. Eso parece. Tampoco sabe Cándida a qué hora vuelve hoy y no puede pedirle a don Gaspar que venga en otro momento. Desesperada, abre el último cajón del secreter y decide sacarlo todo. Si conoce bien a su marido, seguro que habrá escondido el dinero allí. Al final o muy abajo, debajo de todo lo que hay aplastado en aquel cajón. Y acierta. Hay un sobre de piel que reconoce enseguida y que cuando lo abre está lleno de dinero. Cándida suspira aliviada.

—¡Ya tengo el dinero, don Gaspar!

Es cuando está a punto de sacar el monto justo para pagar al caimán de don Gaspar Bustos Herrejón que ve, asomándose de una carpeta que ha quedado medio abierta y que estaba también en el fondo de ese cajón, parte de un dibujo en el que se ven los pechos turgentes de una mujer joven. Cándida se queda sin aire por un segundo. Se dice que es mejor no hurgar. Pero la curiosidad la vence y abre la carpeta del todo para encontrarse con una serie de dibujos pornográficos. Por un momento le cuesta entender lo que ve. Son dibujos de una mujer desnuda. Desde diferentes perspectivas. Las encuentra obscenas todas. Cándida se siente desvanecer. La cabeza se le vuelve ligera y por un segundo cree que se va a desmayar. Pero es ver que la modelo es la misma y algo se remueve en su interior que la endurece. Esa mujer, la misma, aparece desnuda en todos los dibujos. No son desnudos habituales. Son escandalosos. Perversos. Se le ve de frente. Por detrás. Estirada. Sentada. Siempre desnuda y sonriendo, degenerada. Cándida intenta convencerse de que son dibujos de una prostituta. Que tal vez Nicanor las hizo de joven, antes de conocerla a ella, antes de casarse. Ya se sabe. Los artistas. Tienen otra noción de la moral. Pero hay una nota entre aquellos dibujos. Cándida, de rodillas junto al cajón del secreter abierto, rodeada de hojas de papel, la toma en una mano y la lee temblando. Dice: «Guárdamelos, Nico, mi amor. Para que no los encuentre el viejo. Y así, de paso, me puedes ver como más te gusto cuando no estemos juntos. Tu Cayetana».

Cándida tiene ganas de vomitar. Siente como si alguien la acabara de acuchillar. En el pecho. En el estómago. La sobrecoge un dolor agudo junto al corazón. Le cuesta respirar. Es como si la hubieran navajeado, una y otra vez, del cuello al vientre. No lo puede creer. Tiene ganas de llorar. De gritar. De matarlo. ¿Cómo se atreve el muy cerdo? ¿Cómo ha podido hacerle esto? ¡Después de todo lo que hace ella por él! ¡Después de todo lo que ha sacrificado! Mientras ella se está matando, limpiando aquella casa, cuidando a sus hijos, comprando y preparándole la comida, el señorito está fornicando de lo lindo y dibujando desnuda a la puta esposa del senador. ¡Hijo de la chingada!

—¿Doña Cándida? ¿No dijo que ya encontró el dinero? El tiempo es oro, doña Cándida.

—Sí, sí. Ahorita bajo —logra contestar Cándida, aunque el corazón le palpita tan deprisa y con tal fuerza que cree que le va a estallar de un momento a otro.

Piensa rápido. No es el momento de armar la de Dios es Cristo. Ya habrá tiempo para vengarse. Decide por ahora devolver la carpeta a su lugar, aunque se guarda la nota en el delantal. No hará nada cuando vuelva Nicanor. Mejor esperar. No se lo dirá a nadie, tampoco. Por ahora. Sí, mejor esperar. Esperará. Esperará al momento propicio. Esperará a cuando sea el mejor momento para enfrentarse a su marido, cara a cara, y mentarle la madre, y exigirle explicaciones con aquella nota incriminatoria en la mano. Hijo de su madre. ¿Cómo se atreve el desgraciado? ¿Cómo se ha podido atrever? Por ahí no pasa. Se las va a pagar. ¡No veas cómo se las va a pagar!

X

Santa Anna no habla. No ha dicho nada desde que le dijeron que los yanquis saquearon Manga de Clavo; que le prendieron fuego a su casa. La retirada de Cerro Gordo no tiene honor ni gloria. Es más bien patética, triste, deshonrosa. Les dijo Santa Anna aquella mañana a Pancho y a los pocos oficiales que lo acompañan huyendo a caballo que cuando lleguen a la Ciudad de México presentará su dimisión. Que otro general asuma el control del ejército de la nación. Tras la derrota de Cerro Gordo dice que él ya no puede seguir al frente del ejército. O del país. Pancho no contestó. ¿Qué puede decir? No tiene palabras. Le duele más que el hombro en estos momentos. Atrás quedan miles de muertos. Miles. Por lo que han llegado a saber, mientras que, a la sombra de la noche, emprendieron la retirada, entre avergonzados y desesperados por salir con vida, haciéndose camino a través de ríos, bosques y barrancas, parando primero en las afueras de Córdoba y luego Orizaba, murieron el general Ciriaco Vázquez y el coronel Rafael Palacios. Murieron los comandantes Prudencio Velasco y José María Osorno. Murió Nicolás de la Portilla, que estuvo con Pancho en la campaña de Texas, en la jornada de funesta memoria de las ejecuciones de Goliad. Pancho no sabe qué fue de su sobrino Luis, pero se teme lo peor. La compañía de Vázquez pereció luchando valientemente junto a su general. Y no se hable de todos los demás, de los miles de jóvenes mexicanos que dieron sus vidas en Cerro Gordo. Pancho vuelve a sentir rabia y pena al mismo tiempo. Es como se sintió después de Puruarán hace todos esos años. Igualito.

¿Por esto lo dejó todo Pancho con dieciséis años para unirse a la insurgencia y luchar por Dios y libertad? ¿Dónde está Dios, dime? ¿Qué fue de la libertad, de nuestra libertad? Antes acaso Pancho hubiera sentido rabia. Ahora, de lo cansado que está, solo siente desesperación. Cabalga junto a Santa Anna en silencio. Quizá debiera hacer como Santa Anna. Renunciar. Dejar que militares más jóvenes, ambiciosos, con ideas nuevas, con ganas y energía, se hagan cargo de las pocas fuerzas que les quedan y den cara al invasor. Porque él ya no sabe si tiene fuerzas para ello. O sepa cómo hacerlo de tal modo que venzan al enemigo. El Tigre de El Palmar está viejo. El problema es que, a estas alturas, ¿qué otra cosa sabe hacer Pancho *El Indio* Cienfuegos? Es demasiado viejo para aprender un nuevo oficio. No se ve pasando el resto de sus días ganándose la vida despachando legajos en una oficina, vendiendo quién sabe qué, quietecito, en un comercio, sentado en una mecedora esperando la muerte. Ni renunciará Santa Anna —no se lo permitirán—, ni dejará las armas. No sabría cómo. Aunque Pancho no ve cómo le van a poder dar la vuelta a la situación.

Santa Anna cabalga callado. Pancho lo acompaña en silencio. Nadie habla. Atrás queda la agonía de la derrota de Cerro Gordo. Los cadáveres insepultos de miles de hombres sobre las cuestas del Telégrafo. Frente a ellos tienen el camino de regreso al Valle de México, donde tendrán que hacer lo imposible para frenar al ejército estadounidense. ¿Qué le dirá Amalia cuando se lo cuente? Que Dios los agarre confesados.

XI

Clara lee la de carta de Luis. Debería hacerle ilusión. Está fechada a principios de abril. Desde Xalapa. Hacía tiempo que no recibía una carta de su hijo. Y por lo que le dice, está aquí. En México. Por primera vez en años. Pero le cuesta leerla. Porque ahora, con la carta en la mano, Clara entiende la pesadilla de la otra noche. Dice Luis que ha vuelto para luchar. Por la patria. Su hijo que nunca se peleó con nadie. Que se pasaba los días leyendo. Que costaba hacerle salir a jugar con los otros niños. Que se hizo universitario. Ratón de biblioteca, estudiante eterno. «Madre, que sepa que vendré a verla tan pronto acabe todo esto. Estoy convencido de que triunfaremos. La justicia y la razón están de nuestro lado. Lo que están haciendo los angloamericanos esclavistas del norte, atentando contra un estado soberano como lo es el nuestro, es un acto nefando que, por su propia iniquidad no puede prosperar, y que será condenado por la historia». Y el padrastro de Luis, James, tiene razón. Todo es posible. La esperanza debiera ser lo último que se pierde. A estas alturas, tal vez Luis, junto a su hermano Pancho y las fuerzas del general Santa Anna han rechazado la ofensiva de los yanquis. Los han forzado a retirarse a sus barcos y el pabellón tricolor vuelve a ondear, desafiante, en la plaza de armas del puerto de Veracruz. «Vendré a verla una vez venzamos. Y vencer, venceremos, madre, ¿porque qué puede hacer un ejército expedicionario de tantos miles de soldados contra el pueblo armado de todo México? Está allí el ejemplo de España para alentarnos. Ya sabemos todos cómo le fue a Napoleón». Clara sabe muy adentro que eso no es lo que ha pasado. No han rechazado la ofensiva de los yanquis.

Mira a James frente a ella en la sala de estar de la casa grande de San Luis con lágrimas en los ojos y recuerda otra ocasión hace muchos años cuando leyó una carta similar de su hermano Pancho, encontrándose en los Jazmines, con su marido de aquel entonces, Marcos Peredo Gutiérrez, incapaz de entender al principio la magnitud de lo que aquello significaba. Pero es distinto hoy.

—*But, that's good, isn't it? Surely. He's here. In Mexico. We should see him soon, Clara, darling.* ¿Por qué lloras?

Es distinto de aquella vez porque Clara, por mucho que sufriera pensando que su hermano chiquito podía morir luchando con los insurgentes, no tenía la certeza de que estaba muerto. Clara sabe que Luis está muerto. No sabe cómo es capaz de intuirlo, cómo puede estar tan segura de ello. Pero lo sabe. En lo más hondo de su ser. No le cabe ya duda alguna al respecto. Desde hace dos noches, tiene una extraña sensación de que algo terrible le ha sucedido a Luisito. No podía imaginar qué le podría haber sucedido al otro lado del Atlántico allá en el burgo apacible de Saint Andrews, donde no pasa nada. Ahora, con la carta en la mano, lo entiende. Claro. Luis no estaba en Saint Andrews cuando Clara tuvo esa pesadilla. Estaba aquí. Luchando. No hay otra manera de explicarlo.

Clara despertó en medio de la noche de un sobresalto. Soñó que Luis se estaba ahogando y que ella le gritaba desde la orilla del río, pero no lo podía salvar. Le gritaba y le gritaba. Que se aferrara a un tronco. A lo que fuera. Que nadara hacia ella. Que no dejara de nadar. Vio cómo luchaba Luis, desesperado, con la corriente. Cómo le gritaba él a ella: «¡Madre! ¡Mamá! No voy a poder. ¡Te quiero mucho!», y luego desapareció su hijo debajo del agua y no volvió a salir a la superficie.

Clara despertó sudando despavorida. Temblando. Y si bien notó cómo algo se había apagado dentro de ella, se convenció a sí misma de que aquello no había sido más que una terrible y cruel pesadilla. Pero ahora que sabe dónde estaba Luis hace dos días... en un campo de batalla, lo más seguro, no le cabe ya duda alguna sobre el significado de aquel sueño.

—Luis está muerto, James.

—No puedes saber eso.

—Créeme. Lo sé.

Las paredes de la casa grande de San Luis quisieran ser sordas. Quisieran poder levantarse e irse a otra parte. Se agrietan y crujen al oír los aullidos despavoridos e inconsolables de Clara que llenan cada rincón de la casa. Es un llanto como ningún otro. Lo desborda todo. Gritos que rompen cristales, desgarradores. Que lo rompen todo. Que calan hasta en lo más hondo de los muros y los cimientos de la casa. Lo cubren todo de dolor. Se adentran en todas partes. Es un dolor que lo abarca absolutamente todo. Todo. El dolor inimaginable de una madre que ha perdido a su único hijo. Para siempre.

«Venceremos, madre, porque este es nuestro país. No es el suyo».

XII

—No lo puedes tener.

—¿Cómo que no lo puedo tener?

—Tienes que deshacerte de él.

Cayetana mira a Nicanor, incrédula. El sol de principios de mayo entra por las ventanas de la biblioteca de la casa del senador. Las cortinas se inflan y desinflan despacio al vaivén de la brisa. Es una mañana diáfana antes de que llegue la época de las lluvias. Desde afuera llega la cacofonía habitual de la mañana. La gritería de los buhoneros y los mercaderes ambulantes. ¡Mantequía de a rial y dia medio! ¡Ceciiiinaaaa bueeenaaaaa! ¡Gorditas de horno calientes, mi alma! ¡Tejocotes por venas de chile! ¡Tequesquite por pan duro! ¡Ceciiiinaaaa bueeenaaaaa!

—Quieres que mate a nuestro hijo. Me estás diciendo que quieres que mate a nuestro hijo. No lo puedo creer.

—Cayetana, por Dios, no lo puedes tener. ¿No te das cuenta? Si lo tienes nos matan a los dos. Tu padre me mata a mí, para empezar, y tu marido te mata a ti.

—No digas estupideces. Pensé que eras más valiente, Nico. Que eras un hombre y no un gusano.

—Pues ya ves, te equivocaste.

—¿Me amas?

—No importa si te amo o no, Cayetana.

—¿Me amas? ¿Sí o no?

—Lo tienes que entender. Yo estoy casado. Tú lo estás también, Cayetana. No podemos dejarlo todo y ponernos a vivir juntos. La vida no es así de sencilla.

—¿Por qué no?

—Pero, Cayetana, por Dios, sé sensata. Es cosa de sentido común.

—¿Qué hay de sensato en vivir prisionera de un viejo apestoso con quien me casó mi padre contra mi voluntad? Yo no escogí esta vida, Nico. Te escojo a ti. Y escojo tener a nuestro hijo.

—Yo no puedo escogerte a ti, aunque quisiera. Y no puedes tener un hijo mío.

—¿Qué quieres entonces? ¿Qué quieres de mí? —Nicanor no sabe qué decir. Mira el suelo, avergonzado, y Cayetana no espera a que le responda. Se contesta a sí misma—: No hace falta que me lo digas. Ya lo sé, Nico. Tú nomás quieres chingar conmigo. Seguir casado con tu señora esposa y hacértelas de honrado padre de familia mientras te diviertes conmigo. ¿Es así o no? ¿Lo digo bien? Yo soy nomás una diversión para ti. Y ahora que las cosas se pusieron serias me vas a dejar tirada.

—Cayetana, no es así.

—Sí es así. Te vas a regresar con esa infeliz de Cándida y vas a negar que tuviste nada que ver conmigo. Si es que lo veo venir. Y te vas a desentender de este hijo que llevo dentro. Y me ignorarás cuando me veas en la calle. ¡Qué miserable eres!

—No. Seguiremos juntos. Ya verás. Pero no puedes tener esa criatura.

—Seguiremos juntos, ¿cómo?, ¿de qué manera? ¡No chingues, Nico! ¿Llevando una doble vida? ¿A escondidas?

—¡Cómo diablos pensabas que iba a ser!

XIII

Tiquismiquis lleva toda la mañana dándole vueltas a las noticias que van llegando atropelladamente a la imprenta de la calle de Ontiveros desde los cuatro puntos de la república más todas esas otras que ha podido averiguar por su cuenta y que no sabe bien qué hacer con ellas. El descalabro de Cerro Gordo ya es de dominio público. Como lo es la caída de Xalapa y ahora de Puebla, ocupada por las fuerzas del general William Worth, anteayer, día 15 de mayo, sin haberse encontrado resistencia alguna. Según un corresponsal poblano anónimo de Tiquismiquis —«Dar a conocer su nombre sería una falta de profesionalismo por mi parte, así que no pregunten, por favor»—, los yanquis no solo ocuparon el palacio de gobierno de Puebla, sino que la están pasando de lo lindo en las posadas, cafés y fondas de la ciudad. —«Es increíble. El pueblo o anda dormido o no ve nada ofensivo o extraordinario en que tenga un ejército invasor instalado allí en su ciudad. Aunque, en honor a la verdad, debemos reconocer que tampoco tenían los poblanos un ejército con qué defenderse de los angloamericanos»—. Según otra fuente fidedigna, Santa Anna volvió a ofrecer su renuncia, pero no le dejaron. Insistió con la mayor sinceridad en que, si para la salvación de la república se considera su persona un obstáculo bajo cualquier aspecto, está resuelto a renunciar a la Presidencia y al mando del Ejército. El general Tornel insistió en que no hiciera tal cosa. Está por regresar a la capital de un momento a otro para ponerse al frente de la defensa del valle de México.

—Hay gran descontento entre los generales —prosigue Tiquismiquis, melodramático, capaz de sorprenderse a sí mismo con las revelaciones que se pone a compartir con Reynaldo y Abelardo. Tras haber estado con uno de ellos, cuyo nombre no puede divulgar por obvias razones—, los generales culpan a los partidos que, por desgracia, dividen el país en vez de proclamar, como debieran, la reconciliación y estrecha unión de todos los mexicanos. Los militares se quejan de los estados que no secundan al gobierno en sus providencias y se niegan a mandarle los recursos necesarios para el cumplimiento de sus más altos deberes. Están enojados con la prensa, también, por dizque difundir el desaliento en los pueblos. Y desesperan de la indiferencia del pueblo, de su acostumbrada apatía, de que no hace absolutamente nada para defender su patria. Que no se levanta en armas.

—¿Qué hacemos con toda esta información, señores? ¿Qué me dicen? ¿Nos centramos en la falta de patriotismo de nuestro pueblo? ¿De la de los poblanos? ¿Damos a conocer lo que piensan los militares exponiéndonos a que nos acusen de «difundir el desaliento en los pueblos»?

Reynaldo nota que Abelardo lleva callado toda la mañana.

—¿Qué piensas, Abelardo? —le dice, esperando sacarlo de su ensimismamiento—. Tú eres, a fin de cuentas, el editor de *La Voz de Anáhuac*. Yo nomás soy el impresor.

—Te lo vengo queriendo decir toda la mañana. No sabía cuándo era el mejor momento —Reynaldo ve a su amigo y antiguo amante cabizbajo, titubeante, los hombros encogidos, avergonzado, y sabe enseguida que lo que va a decir va a ser un golpe duro para todos. Un golpe bajo.

—Me voy.

—¿Cómo que te vas?

—Bueno, nos vamos. Para ser exactos. Nos vamos Maricela, los niños y yo. Nos vamos de México.

—¿Y eso?

—Tú me entiendes ¿verdad, Reynaldo? —dice Abelardo al fin—, Maricela tiene miedo. Bueno, lo tenemos todos. ¿Tú no? Esto va a ser horroroso. Solo se vive una vez. Mis hijos... No sé qué más decirte.

—No hace falta que digas nada. Cuídate mucho, Abelardo. Y sigue escribiendo tus artículos. Mándanoslos y seguiremos publicándolos.

Los dos se levantan. Abelardo va a darle la mano a Reynaldo, pero este le abraza y Abelardo se deja abrazar. Es un abrazo largo. Doloroso. Reynaldo lo besa en la mejilla y se despide de él acariciándole la nuca diciendo:

—Sobreviviremos.

—Eso espero.

XIV

Víctor le rompe la nariz a Lupe con el puño. Pasa todo tan rápido que Lupe no tiene tiempo para darse cuenta de lo que acaba de pasar a la vez que se estrella contra el armario que hay en una de las paredes de la cocina y los platos que hay guardados en él caen a su alrededor mientras que su cabeza se estrella contra las losetas del suelo. En un instante estaba vaciando en el lavadero una botella de aguardiente que había encontrado escondida detrás de los libros de la estantería de la sala de estar. En el siguiente, Víctor, borracho, tras hallarla deshaciéndose de su licor, le está gritando que cómo se atreve. Antes de que Lupe le pueda contestar, la golpea con tal fuerza que Lupe siente cómo se le aplana la cara y le cruje el hueso de la nariz igual que un lápiz partido en dos, y se encuentra tumbada, mareada del dolor, con sangre chorreándole por la boca, y el suelo a su alrededor cubierto de platos rotos.

Puede oír a las niñas chillando. Chillan aterrorizadas. Su padre se ha vuelto loco y su madre está postrada en el suelo delante de ellas con sangre por todas partes, incapaz de levantarse, ciega de dolor. Oye a Víctor que pasa de rugir e insultarla a pedir perdón repetidamente. Que le pregunta si está bien y le dice una y otra vez que lo siente, que no quería. Que por favor se levante. Pero luego se pone a gritar a las niñas como un energúmeno que se callen, que se callen hijas de la chingada, que no le dejan pensar, y Lupe eso no lo va a tolerar. Nunca. Con dificultad, cortándose las manos con los platos rotos, se levanta, apoyándose en el mueble contra el que se estrelló hace apenas un minuto. Víctor se acerca para ayudarla.

—No me toques. No te me acerques o no respondo de mí —le gruñe a su marido, feroz, sin levantar la voz.

—Perdóname, Lupe, perdóname.

Víctor se pone a llorar. Lupe lo ignora. Muy deliberadamente.

—Niñas, nos vamos. Nos tenemos que ir. Ahora mismo.

—Sí, mamá —dice Concha sin dejar de llorar, temblando de miedo. Lupe ve que hay un pequeño charco junto a sus zapatitos de charol. Concha se ha orinado encima. María del Mar le quiere pegar a su padre con la muleta, pero no es capaz de darle y mantenerse de pie al mismo tiempo.

Víctor agarra a Lupe por la muñeca.

—No te vayas. Te lo ruego. No te vayas, Lupe. No me puedes dejar.

—¡Suelte a mi mamá! —grita María del Mar.

—¡Que te calles, carajo! —vuelve a rugir Víctor.

—Mátame, Víctor, si me tienes que matar. Mátanos a todas. Pero nos vamos. Aquí no nos podemos quedar.

—Escúchame, Lupe. Lo siento. Fue un error. ¿Me oyes? Se me fue la mano.

—Escúchame tú a mí, Víctor. Nos vamos. No podemos quedarnos aquí un momento más. Estás enfermo. Yo te he querido ayudar. Lo he intentado. ¡No sabes tú cómo! Pero esto no. Esto no, Víctor. Así no. No puedo más.

—Apiádate de mí, Lupe. No me abandones. Te lo ruego. Lupe. Lupita. ¡Te quiero!

—Ahora suéltame, porque me haces daño y nos vamos. Nos vamos, Víctor.

—¡Suelte a mi mamá! —vuelve a gritar Mar.

Lupe toma la mano de Víctor y lentamente consigue que suelte su muñeca.

—Nos vamos. Ahora vete a dormir. Ya hablaremos. Pero ahora, las niñas y yo nos vamos y no vas a hacer nada para impedirlo. Vas a dejarnos ir porque en el fondo eres un buen hombre. ¿Sale?

Víctor murmura: «Sale», casi imperceptiblemente, rendido, y se sienta a la mesa de la cocina, derrotado.

Sin correr, aunque deprisa —«apúrenle, niñas»—, Lupe, casi como un autómata, sin dejar que el pavor o las emociones la paralicen, en un acto de supervivencia, se lleva a Concha y a María del Mar al vestíbulo, donde hace que todas se pongan sus abrigos y, sin perder tiempo en limpiarse la cara ensangrentada, salen a la calle.

—Vamos, hijas.

La nariz le duele como nunca. Como si tuviera mil alfileres en la cara. Le arden las manos cortadas. Pero Lupe camina. No se detiene, con las niñas a su lado. Concha llora. Mar cojea apoyándose en la muleta en silencio. Están fuera. Están en la calle. Ya no las puede retener. No sabe qué será de Víctor. Siente una lástima infinita por él. Pero no podían seguir así.

—Vamos, hijas, vamos. No se detengan.

XV

—¿Cómo no se te ocurrió decírmelo?

—Madre, no se ponga así. ¿Qué iba yo a saber? No tengo costumbre de darle a usted los nombres de todos mis clientes.

Amalia volvió casi corriendo a casa, despavorida e indignada, y se ha encontrado a Nicanor en el zaguán a punto de salir, el paraguas en una mano, al haber venido a visitar a su hermana Lupe y a las niñas para ver cómo están después de los acontecimientos desagradables de la otra noche.

—Pero, Nicanor... ¡estamos hablando de Basilio Gurruchaga Ibarra!, ¡por Dios! ¿Cómo no se te ocurrió decírmelo?

Nicanor la mira, perplejo. Con ganas de irse y no detenerse a platicar sobre los Gurruchaga. Pero Amalia está fuera de sí. Estaba saliendo de la dulcería El Paraíso Terrestre de la calle del Coliseo Viejo, donde había ido a comprar algunas golosinas para Concha y Mar, y así darles una alegría después de lo de Víctor, cuando se topó con él. Con Basilio. Después de todo este tiempo.

Hacía años que no lo había visto así de cerca. Había estado medio al tanto de cómo le había ido a Basilio. Que había sido concejal del ayuntamiento hace muchos años, luego diputado por Querétaro durante una época, y que una vez que se casó con Romana Peribáñez Arizmendi, por la muy obvia razón de que era la heredera más rica de México, con una dote calculada en millones y millones de pesos, Basilio se había retirado de la política para dedicarse a especular en la bolsa y prestar dinero al gobierno a cambio de intereses ruinosos, convirtiéndose en uno de los capitalistas más influyentes de la república. También recordaba haber leído en algún lugar, o quizá se lo dijo Tiquismiquis, que su esposa, doña Romana, murió joven en un accidente, tras haber dado a luz a una niña, ahogada en circunstancias misteriosas durante una excursión al lago de Texcoco.

Casi chocó con él. Allí estaba igual de presumido y arrogante y soberbio, aunque más enjuto que antes y de cabello cano. Y fue verlo y golpearla, como si hubiera sido ayer, el recuerdo horroroso de la delación de su padre, de su muerte, de cómo Basilio se intentó aprovechar de ella el hijo de puta, de cómo ella le mordió en la boca para desprenderse de sus garras, y luego, de cómo Hernán, que en paz descanse, lo retó a un duelo y lo humilló y le hizo jurar que nunca más se acercaría a su familia.

—No puede ser. ¿Amalia Figueroa Valdés? ¿La hermanita de Reynaldo? ¡Cuánto tiempo! ¡No lo puedo creer!

—Tengo prisa, Basilio. Si me disculpas.

—¡No has cambiado nada! ¡Tan hermosa como siempre!

—Veo que tú tampoco has cambiado. Tan siniestro como siempre.

—Amalia, por favor, ¿qué modales son estos?

—Los que te mereces. Si estuviera vivo Hernán te recordaría cómo te pusiste a llorar miedica cuando te batiste con él en el cementerio de San Lázaro.

—Ah, sí, el doctorcito. Allá esté en la gloria. El que se enojó tantisísimo porque le dije que te estabas viendo con quien ahora es tu marido, mira por dónde, el impertérrito Verdugo de Goliad. ¿O es ahora el Vencido de Cerro Gordo?

—Chinga tu madre, Basilio. ¿Me oyes? Chinga tu madre y déjame en paz.

—Pero no te enojes, mujer. No es para ponerse así. ¿No te dijo Nicanor que lleva las últimas cinco semanas pintándome? Ha quedado muy bien el retrato, la verdad, y le pagué generosamente.

Amalia se había quedado de piedra en medio de la calle cuando se lo dijo, sin poder creerse lo que le acababa de decir aquel hombre vil y nefasto, de sonrisa maléfica de cascabel. No tenía sentido. Era totalmente descabellado. Incongruente.

¿Nicanor? ¿Su Nicanor? Fue como si le hubiera estallado una bomba en el cerebro. Basilio había soltado una carcajada al ver la cara de estupor de Amalia.

—Tiene mucho talento tu hijo. Es todo un artista. Te debes sentir muy orgullosa. Me impactó lo mucho que se parece a tu marido actual y, sin embargo, su padre fue el difunto Hernán, ¿verdad? Misterios de la vida...

—Te ruego me dejes en paz.

—Cómo no. Lo último que quiero es molestar a mi buena y vieja amiga y madre del joven y talentoso indio Nicanor. Dios me libre. Que tengas buen día. Aunque te diré una cosa, Amalia. Todavía creo que es una pena que me rechazaras hace todos esos años. Nos habría ido bien a ti y a mí. Nos hubiéramos divertido. De veras. Para empezar, los hijos los hubieras tenido todos blancos. Claro que nunca es tarde. ¿Qué me dices? ¿Una canita al aire...?

—¿Cómo se te ocurrió aceptar un encargo de él? ¡De Basilio Gurruchaga!

—Me pagó bien, madre.

—Pero, Gurruchaga Ibarra...

—Mire, madre, no entiendo por qué se pone así. Yo pinto a toda clase de gente. Tanto a gente buena como a políticos corruptos y perversos. ¿Qué quiere que le diga? Es mi oficio. Mientras me paguen, no pregunto. Ahora me tengo que ir.

—Tu abuelo se murió en la Acordada porque ese malnacido lo delató —ruge Amalia.

—Madre, yo no sabía...

—Y el muy malnacido estuvo a punto de abusar de mí. ¿Me oyes?

—¿Y cómo iba a saber yo eso si no me lo ha explicado usted nunca, madre? Lo siento. ¡No sabía! Se lo juro.

—¿Y ya terminaste el cuadro?

—Sí, sí, descuide... —a Nicanor se le ve incómodo.

—¿Y ya no tienes que tratar con él?

—No, no... no creo, vamos...

—¿Cómo que no creo? ¿Sí o no? ¿Por qué lo tienes que pensar?

—No, nada, madre, no es nada, por Dios, se lo aseguro, ya no tendré que ver a don Basilio, en serio, estese tranquila...

—¿Qué es lo que te callas? ¿Le debes algo a ese hombre?

XVI

—¡Luuuupeeeee!

Lupe se levanta de la cama. No puede ignorarlo por más tiempo. Siente pena por él. Estos últimos días no deja de pensar si será capaz de sobrevivir sin ella, qué será de él ahora que lo ha dejado. Si se hundirá del todo en una espiral infernal de pulque y aguardiente. Y se siente responsable, aunque se dice a sí misma repetidamente que no lo es. Va a tener que hablarle para que se calle de una vez. Para que deje de armar este escándalo. Adolorida todavía por la manera que la agredió hace una semana, la nariz granate e hinchada como un chile ancho, Lupe prende el quinqué, se pone la bata. Se va rápida al dormitorio de las niñas. Les dice que se estén quietecitas, que se vuelvan a dormir. Concha pregunta que qué hace su papá allí, que por qué grita. Mar le pregunta si le va a hacer daño a su mamá otra vez. Lupe les vuelve a decir que cierren los ojos e intenten dormir. Se voltea y se encuentra a sus padres en camisón en medio del pasillo. Lo que faltaba.

—¿Qué pasa? —pregunta su madre recién despierta y claramente desorientada.

—Es Víctor, madre. Está gritando ahí afuera. Ahora voy y le digo que se vaya.

—¿Quieres que baje a hablar con ese desgraciado? —gruñe su padre, los ojos medio cerrados, el cabello gris cómicamente aplanado sobre la frente, pero erizado detrás de la cabeza.

—No, ya me ocupo yo, papá, gracias. Que usted me lo mata y no es cuestión ahora...

—Como te vuelva a tocar, te juro que... —dice Pancho.

—No lo voy a dejar, padre. Estese usted quieto aquí. ¿Sabe qué? Vaya a ver a las niñas. Que se tranquilicen.

—¡Luuuupe! ¡Ábreme! ¡Sé que estás ahí!

Lupe baja las escaleras, descalza, y se va hacia la puerta que da a la calle. Pero no la abre. No la piensa abrir. No se quiere arriesgar. Por mucha lástima que sienta por él, por mucho que lo quiera ayudar, no olvida el puñetazo que le destrozó la nariz, la manera en que les gritó a las niñas. No puede permitirse olvidarlo. Esa violencia injusta y atroz. No puede ni va a volver con él.

—Víctor, ¿qué te dije? Vete. Te tienes que ir.

—Lupe, no me hagas enfadar. ¡Luuupeeeee!

—¡Calla! Hablaré contigo el día que hayas dejado de tomar. Ahora no. Ahora vete.

—Lupe, abre la puerta, chinga tu madre. ¿Es así como tratas a tu marido? ¿Te parece bien? ¡Luuupeeeeeee!

Víctor empieza a golpear la puerta con fuerza, frenético. La puerta retiembla como si estuviera a punto de tirarla abajo.

—¡Lupe! ¡Ábreme! ¡Ábreme!

De repente, Amalia aparece de detrás de Lupe, con una escoba, abre la puerta y se abalanza sobre Víctor, que no esperaba encontrarse de cara con su suegra. Antes de que Lupe pueda decir nada, su madre, en camisón, en medio de la calle, escoba en alto, le masculla feroz a su yerno, aunque sin levantar la voz:

—Usted se va de aquí ahorita, ¿me oye? Ahorita mismo. Y va a dejar a mi hija en paz. Y nos va a dejar a todos en paz. Y como lo vuelva a ver por aquí le rompo la cresta. ¿Me oye?

—Señora Amalia... —contesta Víctor, tambaleante y confuso.

—¿Qué le dije? No me hable. No-me-hable. ¡Váyase! ¡Váyase al infierno! ¡Ya!

—Mamá. Deja.

Lupe sale a la calle. Se une a su madre y mirando a los ojos vidriosos y relampagueantes a su marido ofuscado, le dice, también firmemente, aunque sin perder los estribos, que se vaya.

—Víctor, vete y no vuelvas más. Te tienes que ir. Estás haciendo el ridículo. Lo nuestro acabó. Para siempre. ¿Me oyes?

Para siempre. Ahora tú tienes que serenarte y encontrar la manera, Dios te ayude, de dejar de tomar. Has de dejar de tomar, Víctor. El día que dejes de tomar tu vida cambiará. Créeme. Ahora vete. O llamámos al sereno.

Víctor quiere decir algo, pero las palabras se le escapan, se le vuelven espesas debajo de la lengua, y no quiere tenérselas con su suegra que, aunque hable calladito, lo está mirando, ahí al ladito de Lupe, de tal modo que da miedo. Como una tigresa. Después de una pausa que se alarga de forma interminable y en que Víctor lo piensa y repiensa, cabeceando cada dos por tres, incapaz de sostener el peso de su cabeza firmemente en un mismo lugar, al final recapacita, da su causa por perdida, se voltea, y se va serpenteando y maldiciendo hacia la plaza de Santo Domingo, perdiéndose en la oscuridad al final de la calle, en medio de una noche sin luna y sin estrellas.

XVII

Pancho, sentado en un extremo de la cama de Mar en la oscuridad, al oír que se cierra la puerta abajo y poder percibir por las voces serenas de su esposa y su hija que Víctor debe haberse ido, respira aliviado y les dice a sus nietas que ya es hora de que se vayan a dormir.

—Pero ¿cómo termina el cuento, abuelo? —le pregunta Concha.

—Se lo acabaré de contar mañana, ¿sale? Se lo prometo. Pero, ahora a dormir, jovencitas, que es tarde.

Concha le pide que antes de que se vaya les cante a Mar y a ella esa canción que le cantaba el bisabuelo y que tanto les gusta.

—Por favor, abuelo. La de los «gües de la Juana».

Y Pancho cede. No sabe cómo decirles que no a sus nietas. Sin saber bien cuántas generaciones de hombres de la familia Cienfuegos han cantado esa canción, Pancho la vuelve a entonar en la penumbra con los mismos tonos pausados y melancólicos que le daba su padre cuando se la cantaba siendo él un niño allá en la casa grande de San Luis: «dicen los gües de la Xuana que nun comen bien la yerba; llévalos al agua, Xuana, al fonte de la Peña».

Es una vez que se acaba la canción y las niñas parecen haberse quedado dormidas que Pancho, muy despacio y de puntillas, aunque le crujen los huesos, sale de la habitación intentando no hacer ruido. Se encuentra a Lupe en el pasillo, que le dice que todo está bien, que Víctor ya se fue. Lupe se parece tanto a su madre. La besa en la frente, le da las buenas noches, y se mete en su dormitorio, donde se encuentra a Amalia sentada en la cama, apoyada en las almohadas; el quinqué encendido en la mesita de al lado llena la habitación de una luz anaranjada que puebla parte del techo y una de las paredes de siluetas tiritantes y misteriosas que resultan imposibles de descifrar, como todos los problemas que ocupan la mente de su esposa.

—Mi hermano Fernando dice que se lleva a Esmeralda y a su suegra a Toluca. ¿Me voy con ellos? ¿Me llevo a mi madre, la tía Gertrudis, Lupe y las niñas, Pancho? ¿Cómo ves? Reynaldo ya me dijo que él se queda. Aunque Abelardo y Maricela ya se fueron. A Morelia, se ve. Pero me preocupa mi madre, francamente, y la tía Gertrudis. Mi madre está muy mayor. La veo muy frágil. Y me preocupan también Lupe y las niñas. No sé qué harán Nicanor y Cándida. Nicanor esconde algo y a Cándida la he encontrado muy arisca recientemente. No sé qué les pasa, Pancho, te lo juro. Julio y Alejandro siguen dando la guerra como siempre. En fin. Y Felisberto, ya sé, como tú, se tendrá que quedar para dar cara a los angloamericanos. Raúl se piensa quedar también. Dice que tiene que quedarse para impedir que los yanquis profanen la catedral. ¿Tú lo puedes creer? En fin. No nos andemos con rodeos. Dime. Cuando lleguen los angloamericanos esto va a ser terrible, ¿verdad? ¿Tú que piensas, Pancho? ¿Nos deberíamos ir? Antes de que ocupen la ciudad...

Pancho quiere decirle a Amalia que no hace falta que se vaya nadie. Que el ejército permanente junto con la Guardia Nacional frenará su avance. Que Santa Anna está haciendo maravillas para fortificar las garitas de la ciudad. Que lograrán rechazarlos antes de que los yanquis puedan penetrar las calles de la capital. Pero no está seguro de ello. De hecho, después de Cerro Gordo, teme lo peor. No tienen hombres suficientes. O armas. O municiones. O pólvora. O dinero. Y desde que ha vuelto le inquietan las desavenencias que ha podido ver con sus propios ojos que agrian las relaciones de sus compañeros generales; generales que lucharon en bandos opuestos en las muchas y varias contiendas civiles que han padecido hasta la fecha y que se la tienen jurada, y que teme se querrán vengar de afrentas pasadas saboteando las operaciones que realicen sus antiguos enemigos ahora cuando tengan a los angloamericanos aquí enfrente.

—Sí. Mejor que se vayan —llega a decir.

Amalia se queda mirándolo, ahí, estirado a su lado.

—¿Qué vamos a hacer, Pancho?

—No sé.

—El mundo se va a pique.

—Sí. Cierto. Pero todavía nos tenemos el uno al otro.

Amalia apaga el quinqué. Pone las almohadas a un lado. Se estira junto a Pancho y lo abraza, y Pancho, de dejarse abrazar, la abraza a ella, su cuerpo cálido arrimado al suyo, y así permanecen, quietos, los pies entrelazados, respirando juntos, hasta que se quedan dormidos, abrazados en medio de la noche, inseparables en medio de un mundo que se está desplomando a su alrededor, que está a punto de terminar irrevocablemente, un mundo olvidado de Dios.

CAPÍTULO SEXTO

Lejos de Dios

I

El cementerio de Santa Paula se va haciendo más grande. Cada día hay más tumbas y panteones. Se muere la gente. Es ley de vida. Y hay que encontrar espacio donde enterrarlos. Para que descansen en paz. Allí entre los cipreses y los ahuehuetes se suceden las tumbas y las cruces. Una pequeña ciudad de muertos, con sus calles y avenidas desiertas, donde estuvo conservada durante un par de años para su veneración la pierna que perdió Santa Anna luchando contra los franceses durante la guerra de los Pasteles hasta que irrumpió aquella turba y la hizo desaparecer durante la Revolución de Tres Horas. El camposanto, donde se hallan todos reunidos y que Amalia recordaba ubicado más allá del hospital de San Andrés y las últimas casas al norte de la ciudad rumbo a Tepeyac, se esparce a las afueras de una urbe que hoy día también ha crecido y que lo va rodeando poco a poco, convirtiendo el lugar de reposo de su padre y del pobre de Hernán en un barrio más de la capital.

Los congregados están allí para despedirse por última vez de doña Úrsula Valdés de la Torre de Figueroa. Abren la tumba del antiguo notario don Nicanor Figueroa Valderrama, fallecido en la Acordada en 1812, hace treinta y cinco años, para que el féretro de doña Úrsula se pueda unir al de su difunto marido, y descansen juntos los dos hasta el fin de los tiempos. Amalia no puede dejar de llorar. Se veía venir. No la debiera haber sorprendido. Su madre tenía ochenta años, a fin de cuentas. No podía vivir para siempre. No es como si Amalia no hubiera tenido presente que se podía morir cualquier día de estos. Cada mañana cuando la iba a despertar a su habitación por las mañanas temía que, cuando llamara a la puerta, llegaría un día en que no contestara y que se la encontraría muerta en la cama. Pero ayer, entre una cosa y otra, mientras estaban empacando y hacían las preparaciones necesarias para partir a Toluca el fin de semana próximo, su madre había estado más parlanchina que de costumbre. En un momento había atrapado a su nieta Lupe y se había pasado un buen rato contándole historias de cuando ella era niña, de cómo le gustaban los vestidos y las pelucas de su tía Remedios, hablándole de sus padres, de cuando acordaron que se casara ella con Nicanor, de la primera vez que lo vio.

—Pensé: «pues me podría haber ido peor». «No es feo este abogado Figueroa», me dije. Tiene ojos amables. Me fijé sobre todo en sus ojos. Tenía ojos de buena persona. Y eso que se pasaba la vida leyendo, nietecita, imagínate.

Por la tarde, después de almorzar, Amalia había dejado a su madre sentada en el patio, con una mantita sobre las piernas, viendo cantar a los canarios y los jilgueros, mientras se fue con la tía Gertrudis para prepararle un té de manzanilla y decidir qué ropa de su madre era imprescindible llevar a Toluca. No se la podían llevar toda. Cuando regresaron vieron que doña Úrsula se había quedado dormida. La tía Gertrudis dijo que era mejor no despertarla, dejarla descansar. Pero Amalia pensó que si se quedaba dormida su madre ahí afuera se podía resfriar. Decidió que la despertaría para que hiciera la siesta adentro, solo que cuando la fue a despertar, su madre no reaccionó. Amalia se dio cuenta enseguida de que había fallecido, pero, de alguna manera, no lo quiso creer, e intentó despertarla varias veces, suave pero insistentemente. Hasta que la tía Gertrudis se la encontró llorando desconsolada junto a su madre pidiéndole que se despertara, por favor, que aquí se iba a constipar, y la abrazó y le dijo que ya está bien, niña, que su madre había pasado a la eternidad.

Raúl ofició el funeral. Lo hizo con tacto. Con esa voz meliflua que tiene, que, aunque monótona, resulta reconfortante. Ofreció un breve recuento de la vida de su abuela, de cómo nació en 1767, sin poder reprimir esa necesidad suya de mencionar que ese fue el año en que el rey afrancesado de las Españas decretó la expulsión de los jesuitas de todos sus reinos. Habló de los sacrificios de doña Úrsula, de su dedicación a sus hijos y nietos, del golpe que representó para ella el arresto injusto y la muerte de su marido durante la guerra de Independencia. Celebró su religiosidad y su generosidad. Amalia notó que se incomodaba Pancho, de uniforme para la ocasión, todo serio a su lado, pero no dijo nada.

Si hay un consuelo, le susurra la tía Gertrudis mientras se suena la nariz, es que su madre, al morir ayer 6 de agosto de 1847, no llegará a ver la que todos temen será la peor de las humillaciones que padecerá su joven patria, lo que el viejo padre Anselmo predice será el fin de México, especialmente si acaba siendo conquistado del todo y anexionado por el Coloso del Norte. Doña Úrsula no tendrá que ver cómo ondea la bandera de las barras y las estrellas desde el Palacio Nacional o cómo los rige un militar angloamericano que obedece las estrictas y nefandas órdenes de Washington, o cómo tienen todos que aprender a hablar el inglés y aceptar que se llene la ciudad de templos heréticos y protestantes.

—¿Te imaginas a tu madre hablando inglés? —dice Pancho. Y por un momento, en medio del luto y la tristeza, Amalia se pone a reír.

—De oírla, desistirían los yanquis de intentar conquistarnos. Adiós, mamá. Que descanses en paz. Amén.

II

—Estoy embarazada.

Cayetana se lo ha tenido que decir dos veces a don Felipe. La primera no reaccionó.

—Pero ¿cómo? —dice al final. Es obvio que no lo puede creer. No lo entiende. Sabe que él no es el padre. Pone cara de incomprensión. Como si Cayetana le acabara de decir, allí en la sala de estar de su casa, recién llegado de haber estado en el senado, que mañana se irán a vivir a la luna.

Cayetana observa cómo palidece su marido. Se pone tan blanco allí de pie frente a ella, sin haber tenido tiempo de quitarse la levita que trae puesta de venir de la calle, que parece un espectro. La piel se le vuelve traslúcida. Se le ve la calavera debajo del bigotito ridículo que se tiñe y que ha empezado a lucir desde hace cosa de dos meses.

—No es tuyo. —Cayetana decide ir al grano, no darle más vueltas al asunto. Lo hecho, hecho está. Está por cumplir cinco meses desde que tuvo la regla la última vez y ya no hay manera de esconderlo por más tiempo, por mucho que se apriete el corsé y lleve vestidos holgados.

—¿Quién es el padre? —logra balbucear el senador que, de haber palidecido, se está volviendo ahora rojo como un sarpullido. Le tiemblan la barbilla y el bigotito. Por un momento Cayetana piensa que su marido sexagenario es capaz de morirse ahí mismo de un ataque de apoplejía.

—Eso no importa. El hijo lo voy a tener, tanto si te gusta o no, y como no se te va a parecer en nada, aunque tampoco nadie te creería capaz de tenerlo, seamos honestos, me vas a encontrar una casa donde me pueda instalar con él cuando nazca. ¿Estamos? En una ciudad bien lejos de aquí. Así no les darás de qué hablar a las malas lenguas, nos evitaremos un escándalo, y las ganancias y los beneficios que tú y mi padre pudieron obtener con nuestra unión quedan ahí sin que esto los afecte en lo más mínimo. Ya ves. No solo pienso en mí.

—Sí. Veo que has pensado en todo —contesta don Felipe, despacio. Se tiene que sentar, apoyado en su bastón, al costarle respirar después de lo que acaba de escuchar. Cayetana lo observa asqueada y con desprecio mientras que don Felipe, con el sol encima, entrando por los ventanales que tiene al lado, se saca un pañuelo inmenso del bolsillo y se lo tiene que llevar a la cara para secarse las gotas de sudor que han empezado a brotar por entre las arrugas de su frente de viejo decrépito y repugnante.

—Puedes decirles que me fui a vivir a tu hacienda de Durango. Que creíste que hacía falta allí una mujer. ¿Qué sé yo? Que será más seguro allí para tu descendencia. Di lo que quieras. Nadie sabrá que no es tu hijo. No tendrán el modo de saberlo. Y cuando se enteren, lo más seguro es que ya habrás pasado a mejor vida. Ni tú te enterarás de cuándo sepan que tuviste un hijo prieto. Tampoco te debe quedar demasiado tiempo.

—¿Tú estás loca?

Cayetana no sabe si la pregunta va en serio o si es la manera que al senador le ha dado por mostrar que no está conforme.

—No, no estoy loca, Felipe. Estoy perfectamente bien y sé lo que quiero.

—No, Cayetana, cariño —insiste don Felipe, de repente, con una sonrisa inusualmente sardónica agrietándole el rostro—, me temo que estás loca. De remate. —Y de sonreír se vuelve muy serio de golpe, y, poniendo una expresión de lástima infinita, como si estuviera hablando con una huérfana o una mendiga a la salida de la iglesia añade—: Estás mucho peor de lo que pensaba. Qué pena. Pobrecita. Con la vida de lujo que tenías por delante. Voy a tener que hablarlo con tu padre.

III

Aunque Nicanor nunca se llevó bien con su abuela Úrsula, su muerte no dejó de ser triste. Quizá es por la partida a Toluca de su madre y la muerte de su abuela que despertó malhumorado esta mañana. Sin embargo, dejando de lado las circunstancias de la familia, tampoco es que esté el patio para tirar cohetes. Deben faltar días para que los angloamericanos se presenten en el valle de México y los golpee a todos la realidad de la guerra. Se sabe que partieron de Puebla entre el 7 y el 9 de agosto. A las dos de la tarde del día 9, de hecho, todos se sobresaltaron por el cañonazo de alarma y las dianas que habían sonado desde los diversos cuarteles de la capital para anunciar que el enemigo había empezado su avance hacia la Ciudad de México. Nicanor encuentra incongruente que estén aquí festejando el onomástico de su hijo Alejandro por todo lo alto cuando le gente de bien se está yendo de la ciudad, despavorida y a marchas forzadas, y, de un momento a otro, va a empezar a rugir la artillería. También lo vuelve a preocupar su situación económica. Después del retrato de don Basilio, aunque le pagó generosamente, no ha tenido más encargos. La gente anda distraída preguntándose qué va a suceder cuando lleguen los yanquis. Y no ha vuelto a ver o saber nada de Cayetana desde que lo echó de su casa hace ya casi dos meses. Hace un esfuerzo para no pensar en ella y en el niño que lleva dentro.

Están todos sentados alrededor de la mesa del comedor esperando a que Cándida emerja de la cocina con el pozole que lleva preparando toda la mañana. Sobre el mantel ya ha colocado Cándida los platillos de orégano, rábanos, cebolla picada, chile de árbol, limones, lechuga y tostadas. Nicanor decide guardarse su malestar para sí mismo y se esmera en parecer jovial y se asegura, de paso, de llenar con vino las copas de los invitados. Están sus suegros, don Ignacio y doña Lucía, su cuñado Gonzalo, con su esposa e hijos, y la prima de Cándida, Maribel, con su marido y prole correspondiente. Sus suegros son tan piadosos que a veces le dan ganas de blasfemar tan solo para escandalizarlos. Y su cuñado es más bruto que un carretero. No tiene dos dedos de frente, cree que a México le iría mejor si volviera a ser una monarquía y tuviera a un príncipe europeo en el trono, porque la experiencia desastrosa del imperio de Agustín I demostró que no se podía nombrar emperador a un mexicano —«A menos que encontraran al descendiente legítimo de Moctezuma, claro»—. Su esposa no es mucho mejor: una santurrona reaccionaria que se santigua a todas horas y que no se corta a la hora de echar pestes sobre los ateos demagogos que amenazan con descatolizar México. De misericordiosa no tiene ni un pelo cuando se pone a despotricar de los puros y decir que habría que ahorcarlos a todos. En lo que concierne a la primita Maribel, flaca y feúcha como es, aun y cuando está casada y tiene a su marido e hijos ahí presentes, no deja de mirar a Nicanor de forma insinuante, como si pudieran tener una relación extramatrimonial ahí mismo sin que nadie fuera capaz de enterarse.

Al menos Alejandro está feliz. Eso es lo que importa, se dice Nicanor. Es su santo. Cándida le compró un par de marionetas de mano y un teatrito de madera con telón y todo, con los que ha estado jugando toda la mañana, poniendo diferentes voces, inventando historias en las que sus personajes siempre acaban peleándose. Nicanor contempla cómo Alejandro disfruta de ser el centro de atención, lo que sucede solo una vez al año, sentado a la mesa con una de sus marionetas, sonriendo mientras espera a que llegue la comida, feliz a pesar de que su hermano Julio, verde de envidia, aunque sea mayor y acapare la atención de toda la familia el resto del año, está haciendo todo lo posible para estropearle el día.

—Julio, deja a tu hermano en paz.

—¿Por qué no le dice que me deje la marioneta un rato, padre?

—Porque es suya y hoy es su santo. Déjalo en paz.

—De volver a ser un imperio y tener un rey europeo, no se atreverían los yanquis a atacarnos —suelta Gonzalo—. Lo digo en serio. Para empezar, habría orden. No sería este caos al que nos hemos malacostumbrado. El chiste malo de la república en todas sus versiones. Que si federal. Que si central. Que si popular y luego militar. Tendríamos un ejército como Dios manda para defendernos. Nada de estas guardias nacionales que solo sirven para sublevarse contra el gobierno de turno. Pero además nos apoyaría la potencia europea de donde procediera nuestro monarca, y los yanquis lo pensarían dos veces antes de intentar invadirnos. Lo digo en serio. Pongan que nuestro rey fuera pariente de la reina Victoria. ¡Imagínense! Se la tendrían que ver los yanquis con nosotros y con la Royal Navy de su majestad británica. ¡Palabras mayores!

Aparece Cándida, finalmente, con la cazuela en la que viene el pozole y todos aplauden. Se la pone delante a Nicanor y le pide que sirva a los invitados. Solo que cuando Nicanor está a punto de hacerlo, Cándida lo detiene con una mano y le dice que cambió de opinión, porque Nicanor no se va a quedar a comer.

—¿Cómo que no me voy a quedar a comer? —Nicanor no entiende la broma.

—Digo que tú no comes aquí. Porque te vas a la chingada.

Nicanor se queda de piedra. Siente como un golpe la agresión de Cándida. El corazón se le dispara. Varios de los presentes sueltan gritos sofocados de horror. Esas palabras violentas —que se vaya a la chingada—, dichas así y de esa manera, resultan mil veces peores salidas de la boca de Cándida. Nunca nadie la oyó decir algo semejante. Delante de sus hijos, es más. Delante de toda la familia. Se palpa la tensión que de golpe estremece el comedor. Nadie lo puede creer. Antes de que Nicanor pueda reaccionar, estupefacto, Cándida le tiende una hoja de papel garabateada que, al tomarla en la mano, reconoce enseguida como la nota con la que Cayetana acompañó el envío de los desnudos que hizo de ella.

—Por si piensas que no lo digo en serio, Nicanor. Los encontré. Quiero que te vayas de esta casa ahora mismo.

Nicanor levanta la mirada y se encuentra con las expresiones de incomprensión de todos y la mirada terrible de Cándida, que se ha quedado de pie a la cabeza de la mesa.

—Cándida, deja que me explique.

—No hay nada que explicar, Nicanor. Adúltero de la chingada. Quiero que sepa toda mi familia lo hijo de puta que eres. —Y dirigiéndose a todos—: Porque aquí donde lo tienen, mi marido el señor pintor, no solo estuvo chingando con la esposa del senador Felipe Díaz Giménez, sino que, además, depravado, le dio por dibujarla encuerada como Dios la trajo al mundo. No tiene nombre, Nicanor. No tiene nombre. Sal de aquí, degenerado. Quiero que te vayas de esta casa y que no vuelvas más.

Nicanor ve las caras espantadas de sus hijos. Las caras indignadas de sus suegros y su cuñado. La cara de estupefacción de la prima Maribel. Se da cuenta de que no le queda de otra que salir de allí. No tiene caso intentar justificarse. Especialmente delante de todo el mundo.

—¿Qué esperas? ¡Vete! ¡Quiero que te vayas!

—Está bien. Me voy.

—¿Papá? —balbucea Alejandro, sin entender, a punto de romper a llorar.

—No te preocupes, Alejandro. Julio. Nos veremos. Su mamá y yo tendremos que hablar de todo esto. No se preocupen. Pero de momento, me voy. Ya oyeron a su madre. Quiere que me vaya.

Temblando, Nicanor se levanta y sale del comedor. Está temblando como una hoja. Se va directo al recibidor, donde toma la levita antes de la salir a la calle. Está demasiado atolondrado para poder pensar. Le tiemblan tanto las manos que le resulta imposible abrocharse los botones de la levita. Se siente mezquino, sucio, ridículo. Se le agolpan demasiadas cosas en la cabeza. Le cuesta pensar. Por lo pronto se irá a casa de su padre. No sabe qué otra cosa hacer. Ya luego verá. Las palabras de Cándida, mientras tanto, arden en su interior, le queman por dentro. Le duelen. Mucho. «Degenerado. No vuelvas más».

IV

—No me puede meter aquí. Padre, por piedad. No puede. Estoy embarazada. Por Dios, tenga piedad. ¡Tenga piedad!

Del final del pasillo llegan más gritos escalofriantes de hombres y mujeres que están desesperados por salir de allí, por escapar de su locura, por huir del infame y tenebroso Hospital de San Hipólito, donde la acaba de traer su padre. Aun si no saben dónde están o no recuerdan quiénes son, no les cabe duda alguna de que necesitan salir de este infierno. Porque están en el infierno. Y Cayetana necesita salir de allí. Ahora mismo. Enseguida. Por favor. No puede permitir que la encierren allí. Que la encarcele allí su padre. Lo intenta, pero no la dejan. Los dos hombres que la arrastran hasta aquella celda son demasiado fuertes para ella.

Es para asustarse. Pasaron junto a alcobas enrejadas separadas por barrotes de madera, enteramente cerradas, las ventanas allá a lo alto, inalcanzables; celdas como jaulas envueltas en penumbra, el suelo cubierto de serrín sucio y pestilente; calabozos llenos de gente desquiciada, desesperada, seres humanos convertidos en animales salvajes, que aúllan como perros. Los vio meciéndose de un lado a otro; vio a una mujer que se cubría la cara con sus propias heces, a otra que se puso histérica y se empezó a dar de cabezazos contra las rejas. Cayetana no puede creer que la estén internando con ellos en un manicomio de jaulas estrechas, mal ventiladas, que apestan todas a orina; la orina que han absorbido las vigas de madera de todos los locos que han estado allí encerrados. No le cabe en la cabeza que la vaya a dejar su padre pudriéndose allí por ser «anormal», por tener «impulsos anormales», eso dijo, por padecer de «deseos anormales». Los dos hombres, exconvictos por lo que dijo el doctor Sahagún Llorente antes de irse, que bruscos y a golpes han metido a Cayetana en aquella celda, que la han arrastrado hasta allí, chillando, cierran con llave el cerrojo de la puerta de barras y se empiezan a ir dejándola allí con su padre del otro lado.

—Avísenos cuando quiera salir del hospital, don Basilio.

—Me voy en cosa de un minuto. Si me espera uno de ustedes, me puede acompañar hasta la salida ahora mismo.

—Padre, por favor, se lo ruego, no me deje aquí...

Cayetana intenta agarrar a su padre a través de las rejas. Llora histérica, desconsolada, incrédula.

—Cálmate, Cayetana, y escúchame. Al menos conseguí que tengas tu propia celda, hija —le contesta él, impertérrito. Como si volviera a ser ella una niña y la estuviera dejando en la casa de unos primos lejanos por el fin de semana—. Estarás agradecida. Me aseguré de que te tengan registrada como paciente distinguida. Estarás mucho mejor, hija mía, que si tuvieras que haber compartido tu jaula con una de esas locas que pasamos de camino aquí. ¡Qué espanto! Te atenderán bien. Ya verás. El doctor Sahagún Llorente te ayudará a sanar. Es un médico brillante. Viene muy bien recomendado.

—Padre, no me haga esto. Yo no estoy loca. No me deje aquí. No estoy loca, por Dios. Usted sabe que no lo estoy. Mi hijo no puede nacer aquí.

—Tu hijo se lo llevarán al orfanato tan pronto nazca. Olvídate de tu hijo, Cayetana. Deja de hablar de él, te lo ruego. Por tu propio bien. Será como si nunca lo hubieras tenido. Ya luego veremos si te pones bien y hay manera de sacarte de aquí y llevarte a un convento. Necesitas sanar. Necesitamos curarte de tus tristes instintos anormales...

—¿No tiene corazón, padre? ¿Así trata a su hija? ¿Qué diría mi madre, que en paz descanse? ¿Así trata a su nieto?

—¿Qué nieto? Yo no tengo nietos prietos, Cayetana. Los Gurruchaga somos criollos, ¿o se te olvidó? No nos mezclamos con indios. Y somos honrados y gente de bien y no vamos armando escándalos. Por eso, es obvio que estás mal de la cabeza y necesitas que te ayuden a sanar, que te quiten lo anormal. Lo hago por ti, hija mía. Aquí en San Hipólito se especializan en casos como el tuyo. Ya verás cómo todo saldrá bien. Ya verás cómo dejarás de hacer locuras y decir disparates y te pondrás bien.

—Padre, no me haga esto.

—Ponte bien, mi amor. Aprende a callar y a obedecer. A ser normal, hija. A ser normal. ¿Me oyes? —Se vuelve al exconvicto, que se ha quedado para esperarle y le dice—: Listos, pues. Acompáñeme a la salida. —Y le da la espalda a su hija y se va de allí mientras Cayetana se pone a gritar como si con sus gritos pudiera derrumbar esas paredes, y si no tirarlas abajo, al menos ayudarla a morir allí mismo y en ese instante, antes de que nazca su hijo y se lo arrebaten; antes de que enloquezca de verdad.

V

Pancho no es nadie para juzgar a su hijo. Lo ve sentado a la mesa de la cocina alicaído mientras él prepara unos huevos revueltos con cecina y pico de gallo para los dos y recuerda que Amalia y él concibieron a Nicanor estando ella a punto de casarse con el doctor Hernán Moreno Montesinos. Pancho mismo fue el producto de la infidelidad de su padre, don Braulio, y la india huasteca Chuyém. Pudiera ser cosa de los Cienfuegos. Algo que ver con su sino. Afuera se oye la lluvia. Cómo cae en la oscuridad de la noche. Torrencial de finales de verano. Aguacero que azota las ventanas y forma ríos y charcos en el patio, donde callan los pájaros y tiritan las azucenas.

Le sabe mal ver a su hijo tan triste, a quien tiene en casa desde anteayer. No importa que ya sea un hombre hecho y derecho, que tenga treinta y dos años. Para Pancho sigue siendo un chamaco. Habiéndose quedado Pancho solo tras la partida a Toluca de Amalia y las mujeres de la casa, no le disgusta verse acompañado inesperadamente por su hijo, aunque las circunstancias que han llevado a Nicanor a estar allí no sean precisamente felices. En cierto sentido es idéntico a él, piensa mientras bate los huevos, y en otro, es completamente distinto. Dejando de lado que se le parece en lo físico, a como era Pancho a esa edad, cuando estaba de diputado yorkino por San Luis Potosí, de tez morena y rasgos indígenas, aunque alto y estirado como lo era su padre, Nicanor es también terco como lo era él. Si bien Pancho ignoró los consejos de su padre y se fugó para unirse a la insurgencia, no hubo manera de persuadir a Nicanor de que escogiera una carrera que no fuera la de artista. Tampoco es que Pancho insistiera demasiado. En eso no fue autoritario como su padre y dejó que Amalia decidiera cómo debían educar a sus hijos. Ella no quiso ponerle impedimento alguno y Pancho no fue más allá de expresar su preocupación de que a Nicanor no le alcanzaría para vivir si se hacía pintor.

Ahí estriba una de sus diferencias: Pancho no comparte la sensibilidad de Nicanor, le cuesta entenderlo cuando se pone a hablar de arte. Lo reconoce. Tampoco puede evitar pensar en que su relación con Amalia no puede compararse con la de su hijo y Cayetana. No tienen nada que ver. Hay parte de él que lo quiere regañar, que quiere decirle: «pero ¿cómo pudiste ser tan bruto?». Pancho estaba enamorado de Amalia, de pies a cabeza. Hubiera dado la vida por ella. Y desde que se casó con Amalia no le ha sido infiel ni una sola vez. Ni se le ocurriría. No está tan seguro de que Nicanor ame a Cayetana de la misma manera. Si es que la ama todavía. Y, aunque quizá sea hipócrita de su parte pensarlo, no le parece bien que Nicanor se haya liado con ella, estando Cándida y sus nietos de por medio. Pero se lo guarda para sí mismo. Tampoco es que le haya hecho muchas preguntas al respecto. De estar Amalia, hubiera sido ella quien lo hubiera interrogado cariñosamente y sonsacado todos los detalles de aquella desafortunada historia. Pancho no ha insistido y Nicanor se ha limitado a compartir con su padre, a grandes rasgos, lo esencial de lo acontecido: que le fue infiel a Cándida con Cayetana, que Cayetana cortó su relación con él en junio, y que Cándida lo descubrió todo y lo echó de casa anteayer estando toda su familia presente para el santo de Alejandro. Eso sí, le cuesta a Pancho aceptar que su hijo se pudiera relacionar con la hija de Basilio Gurruchaga Ibarra. La hija de Basilio, ni más ni menos. ¡Por favor! Hay que ser necio o irresponsable o las dos cosas. Nicanor le juró a su padre que no sabía que Cayetana era la hija del infame Gurruchaga Ibarra cuando se empezaron a ver ni sabía nada del pasado truculento del vampiro del erario una vez que fueron presentados.

De momento no le ha dicho nada al respecto a Amalia, aunque Pancho le escribe todos los días desde que se fue a Toluca. No es cuestión de disgustarla más de lo que ya está. Que su hijo tuviera un romance con la hija de Basilio Gurruchaga Ibarra. Que su nuera lo haya echado de patitas a la calle y que está con él en casa. Especialmente ahora que la campaña del Valle de México está a punto de empezar; cuando lo más seguro es que le ordenen mañana que movilice su batallón de la Ciudadela a las fortificaciones del Peñón Viejo. Ya encontrará el momento adecuado más adelante.

Mientras Pancho sirve la cena y se sienta a la mesa a comer con su hijo allí en la cocina, el chaparrón inundando las calles afuera, le choca pensar, aunque todo el mundo lo sepa, que nunca nadie haya dicho o confesado abiertamente que él es el padre de Nicanor. Hacerlo sería reconocer públicamente que Amalia le fue infiel al doctor Moreno Montesinos, al que fuera su primer marido. Y mientras estaba viva doña Úrsula prefirieron todos reiterar aquella mentira que se le ocurrió a Hernán hace todos esos años de que Nicanor había salido calcado a su bisabuelo medio gitano. El de Yucatán. Ahora que doña Úrsula ha pasado a mejor vida, ya no hay razón para continuar diciendo aquel disparate. Solo que tampoco es el momento de ponerse a hablar de ello, aunque quizá sirviera para consolar a Nicanor.

Pancho contempla a su hijo comiendo el revoltillo en silencio frente a él y se da cuenta de que, aunque hablan poco, se entienden. Es algo que lo reconforta a él al menos. A pesar de sus diferencias, hay un vínculo no dicho, invisible pero duradero, que los une. Eso quiere creer. Saben de alguna manera qué es lo que están pensando, se dice a sí mismo, qué es lo que callan. No hace falta que le diga que es su padre. Su padre de verdad. Porque los dos lo saben y no hace falta decírselo. Siempre lo ha sido. Y del mismo modo, no hace falta que le diga que lo quiere mucho, que le sabe mal cómo ha acabado toda la historia de Cándida y Cayetana, porque es obvio y los dos lo saben y no hace falta que lo digan en voz alta. De haber estado Amalia, no habría dejado de hablar de todo ello con su hijo. Pero por algo Pancho es un hombre. Cenan los dos hombres en silencio. Cada uno encerrado en su mente, aunque pendientes el uno del otro. El padre, alerta a la tristeza de su hijo, claramente golpeado por la separación de su amada, su esposa y sus hijos. El hijo, consciente de que quizá mañana le toque a su padre movilizarse al Peñón Viejo, al sureste de la ciudad, y que no regrese. Se pueden pasar varias horas juntos sin hablarse, no importa. Se entienden perfectamente. O así lo quiere creer Pancho, ya que se pone incómodo cuando se ve forzado a hablar de sus emociones con sus hijos. Cada uno tiene sus preocupaciones, sus pensamientos, sus recuerdos. A Pancho lo espera otro enfrentamiento duro con los angloamericanos de un momento a otro. Reflexiona sobre los puntos que han fortificado para defender la ciudad: el Peñón Viejo por si vienen por el oriente; Mexicalcingo, la hacienda de San Antonio y el convento y puente de Churubusco, por si atacan por el sur; Chapultepec por si se aproximan por el suroeste, habiéndose fortificado también las garitas de Belén, San Cosme y Santo Tomás. No por ello es insensible al sufrimiento de su hijo. Y a Nicanor lo absorben los acontecimientos de los últimos meses. Es obvio. El idilio con Cayetana Gurruchaga Peribáñez, la ruptura con Cándida. No por ello ignora Nicanor, piensa Pancho, la ansiedad que debe sentir su padre antes de tener que volver al fragor de la batalla.

Cuando terminan de cenar, Pancho recoge y lava los trastos al haberse ido doña Pascuala con Amalia a Toluca. Nicanor lo ayuda a secarlos sin que se lo pida.

—¿Qué quieres hacer ahora? Yo tengo que escribir a tu madre.

—¿Me deja que lo dibuje, padre? ¿Mientras escribe?

—Sí, claro, como quieras. Pero no me pidas que me esté quieto ni me tenga que sentar de tal o cual manera, ¿estamos?

—Usted escriba su carta y haga como que no estoy.

Se van los dos, padre e hijo, a la que fuera la biblioteca del abuelo de Nicanor y, tras encender los quinqués, mientras

Pancho le escribe a Amalia y luego vuelve a poner sus asuntos en orden, dejando apuntes de lo que deberá hacer su familia si no sale vivo de la próxima acción de armas, Nicanor retrata a su padre sentado frente a él. La lluvia golpetea los vidrios sin cesar, a la vez que el lápiz de carboncillo se desliza, rápido, sobre la página en blanco y, como por arte de magia, al cabo de una hora, quizá dos, aparece allí sobre el papel el rostro concentrado de Pancho, cabizbajo, la pluma en una mano, escribiendo algo así como su testamento, perfectamente dibujado. Ya se sabe, la mala hierba nunca muere, solo que, después del susto de la Angostura y la debacle de Cerro Gordo, el hombro doliéndole todavía, Pancho ya no está tan seguro de ello. Y ahí está, retratado para la posteridad, meditabundo, preso precisamente de esas inquietudes y el temor inesperado a la mortalidad; un temor que no es tanto a la nada o a la gran aventura de la muerte, sino a qué será de Amalia y sus hijos si muere en batalla, si no vuelve, si ya no está allí para ellos.

—¿Le gusta? —Nicanor se lo enseña.

—Mucho. Tengo cara triste, por eso.

—Se le ve pensativo, diría yo.

—Sí. Pensativo.

—¿Hubiera usted querido que fuera militar como usted, padre? —le pregunta Nicanor, de repente.

—¿Por qué me preguntas eso ahora? ¡Qué pregunta! No, claro que no.

—De ser yo militar, nos podríamos haber ido a luchar juntos mañana contra los angloamericanos. ¿No le hubiera gustado?

—Y no tendría este maravilloso dibujo para darle a tu madre y para que me recuerde, si es que me pasa algo. No, Nicanor. Te quiero tal y como eres. No digas disparates. Vámonos a dormir antes de que digas más tonterías. Mañana toca madrugar.

—Como usted diga, padre. ¿Le he defraudado? ¿Se avergüenza de mí?

—No. ¿Cómo crees? Estoy muy orgulloso de ti. Ándale, no digas sandeces y vámonos a dormir. Basta de estupideces, ¿sale?, que es tarde.

Se levantan los dos, Pancho le da dos palmadas en la espalda a su hijo, y cada uno, después de desearse las buenas noches, se va a su dormitorio en el silencio de la noche, a la vez que la tormenta de agosto empieza a amainar. Pancho sabe lo mucho que se aman padre e hijo sin que haga falta proclamarlo a bombo y platillo; sin importar que Nicanor lleve el apellido del primer marido de su madre en vez del apellido del general. Se han querido desde que se conocieron en el zaguán de aquella casa, el mismo día en que se consumó la independencia. Para Pancho, al menos, no hay duda alguna al respecto. Pero, por si acaso, justo antes de que se retire a su dormitorio, se arma de valor y alcanza a decirle a Nicanor:

—Me encantó el dibujo. Te quiero mucho, hijo. Lo sabes, ¿verdad? Que duermas bien.

A lo que Nicanor le contesta:

—Y yo lo quiero mucho a usted también, padre. Que descanse.

VI

Tienen prisa. Corre la voz de que ya se han divisado tropas estadounidenses en Chalco y rumbo a Ayotla; al sur de la ciudad. Tarde o temprano tenía que suceder. Ya vienen. Por lo que pronto estarán aquí los herejes angloamericanos y cuando lleguen esto va a ser Sodoma y Gomorra. Lo van a robar todo. No van a respetar nada ni a nadie. Ni siquiera lo que es de Dios. Nadie lo duda por un momento. Raúl no se detiene. Baja las escaleras deprisa, alumbrando sus pasos con una vela en una mano, la sotana rozando las paredes, mientras que en la otra lleva una patena inmensa de oro macizo bajo el brazo.

Ayer el arzobispo Manuel Irizarri expidió una pastoral animando a la población a implorar el auxilio divino para nuestros combatientes, y ha exhortado a los obispos y sus sacerdotes que aprovechen toda ocasión para inspirar a sus feligreses para que recen con todas sus fuerzas por la victoria de las armas nacionales. Tienen que rezar. Con toda el alma. Para que el Padre de las Misericordias, por la intercesión de la inmaculada Virgen María, haga desaparecer esta guerra sangrienta que tantos y tan trascendentales males está causando a nuestra patria. Porque si no los socorre Dios todopoderoso, ahora en la hora de la verdad, lo tienen mal. Muy mal. Si no obtienen el patrocinio poderoso de la inmaculada y santísima Virgen María madre de Dios para que su Divina Majestad les conceda la paz cristiana que tanto anhelan, haciendo que los ejércitos de los Estados Unidos de Norteamérica tengan que regresar a su país, el arzobispo no sabe qué será de la pobre república o de la importancia de la que todavía goza la Iglesia católica apostólica romana en las vidas de este pobre pueblo mexicano. El mismo arzobispo reconoce en privado que hará falta que se produzca un milagro para que no arrasen los yanquis con el país.

El arzobispo viajó en persona hasta el Peñón Viejo, donde Santa Anna ha establecido su cuartel general, para ofrecer una misa de gracias, y bendecir las banderas de los diversos batallones que se acaban de dirigir allí. Raúl sabe, porque se lo dijo Nicanor, que también se ha movilizado su señor padre allí, al frente de la brigada Cienfuegos, que estaba estacionada en la Ciudadela. Sin embargo, no por ello ha dejado Irizarri de dar órdenes estrictas en la catedral metropolitana de que empiecen a esconder todo lo que haya de valor. Absolutamente todo. De cara al público el arzobispo no se cansa de proclamar que Dios está de su lado, del lado de los buenos católicos apostólicos y romanos, de los mexicanos, del lado de quienes tienen fe, quienes obedecen a sus pastores, quienes creen en la Santísima Trinidad, el santo Dios, su hijo Nuestro Señor Jesucristo, el Espíritu Santo y en los sublimes dogmas de la Santa Iglesia, y escuchan con respeto y sumisión sus oráculos divinos. Pero de puertas adentro, Raúl le ha oído confesar a sus presbíteros y diáconos más cercanos que tienen los días contados, que ni por un momento se cree que sean capaces Santa Anna y sus generales de frenar el avance del ejército expedicionario enemigo.

Ante lo inevitable, es imprescindible que escondan el tesoro de la catedral antes de que lleguen los yanquis. Apúrenle. No pierdan tiempo. De ahí que Raúl, el padre Arsenio y varios hermanos cercanos al arzobispo lleven desde que amaneció recogiendo todo lo que hay de valor en la catedral. A Raúl no le extraña que el arzobispo dude de la habilidad de defenderse de las fuerzas militares y del pueblo mexicano. Él mismo duda de la habilidad de su padre bastardo, hijo de madre huasteca, hombre de poca fe, de hacer nada meritorio. Son un pueblo pobre, mezquino, sucio, innoble, de léperos e indios, donde no hay pureza de sangre ni pureza de alma ni pureza de nada. No merecen la libertad de la que gozan. No han sabido qué hacer con ella. Desde que fueron libres se creyeron dioses y dejaron de obedecer los preceptos de la santa Iglesia, perdieron las costumbres religiosas que han sido el sostén y alma de su pueblo, les dio por dar más importancia a las políticas absurdas de sus gobernantes corruptos que a la voz de Dios y sus representantes en la tierra. Preocupados tan solo por lo terrenal y lo inmediato sin pensar en la vida eterna y lo verdaderamente trascendente. Claro que perderán la guerra. Dios debe haber renunciado a ellos desde hace años, pueblo desagradecido, desde que desaprovecharon la dádiva divina de la independencia para perseguir utopías apóstatas que solo podían llevar al caos primitivo. «Permíteme, Señor, que te pregunte —murmura Raúl para sí a la vez que vuelve a bajar las escaleras—, si acaso dejarás que los yanquis nos ocupen para que el mundo vea con una claridad deslumbrante cómo has castigado a un pueblo renegado que no ha sabido venerarte como mereces ni hacer buen uso de la independencia que le concediste como el mayor de sus bienes».

VII

Se les acabaron los cartuchos. No tienen ya con qué defenderse. Una granada acaba de destrozar el último depósito de municiones. Si siguen luchando, los matarán a todos a balazos. Los acribillarán por no poder devolverles el fuego. ¿Es posible que no nos queden balas?

—No queda nada, mi general —dice un sargento, aterrorizado—. Nada, mi general. Los cartuchos que quedan no son del mismo calibre.

Pancho mira al general Pedro María Anaya, que tiene la cara quemada por la explosión de una granada y que le cuesta abrir el ojo izquierdo, y sabe lo que le va a decir. Quiere anticiparse a él. Encontrar la manera de convencerlo de que no se pueden rendir. Que deben luchar con las manos si hace falta. Hasta que no quede nadie de pie. Pero incluso él mismo sabe que eso es absurdo. Lo único que se oye en estos momentos es la artillería enemiga. Ellos ya no tienen nada con qué dispararles. Bajo el cielo rojo cubierto de inmensas nubes torturadas y turbulentas, grises y negras, al irse agotando el parque, sus hombres han estado luchando cuerpo a cuerpo, haciendo uso de las bayonetas, usando lo primero que han tenido a mano. Pero al menos había quien los cubriera con alguna que otra ráfaga de fusilería. Ahora que no les queda ni eso, ni un solo cartucho disponible, no tiene sentido morir por morir. A los hombres que todavía luchan con sus bayonetas a la entrada del convento los están matando a tiros sin que puedan hacer nada para impedirlo. Es una masacre.

Anaya le dice lo que temía que le iba a decir.

—No podemos seguir luchando, Cienfuegos. Ya oyó. Se nos acabaron las municiones.

El general Joaquín Rincón asiente con la cabeza a la vez que masculla: «Chinga su madre».

Pancho sabe que han luchado con honor. Que resistieron durante casi tres horas el ataque al puente de Churubusco. Sobrepasados numéricamente. Que, aun cuando perdieron el puente, continuaron resistiendo. Se replegaron al convento de Churubusco y continuaron luchando allí como fieras, devolviéndoles el fuego durante varias horas más. Sembrando el campo de cadáveres yanquis. Dándoles una lección. Aguantando su posición con firmeza para así cubrir la retirada de la población civil de los pueblos de San Ángel, San Agustín de las Cuevas y Coyoacán, que se fuga despavorida como migraciones de pájaros espantados en desbandada, desperdigada por las milpas y los caminos, aterrada, huyendo hacia la capital; resistiendo desde el convento para proteger el repliegue de las fuerzas derrotadas en Padierna ayer por la estupidez del general Gabriel Valencia, a quien se le ocurrió desobedecer a Santa Anna y lanzar una ofensiva sobre los yanquis solo, sin tener a las demás divisiones lo suficientemente cerca de él para poder ir a apoyarlo cuando la batalla se empezó a torcer. Han resistido, sí, una hora tras otra de fuego intenso, de bombardeo y horror, bajo este cielo plomizo de nubes retorcidas cargadas de rabia sombría; han aguantado durante las suficientes horas para que Santa Anna haya podido fortalecer las defensas de la capital. Porque de aquí, la próxima parada para los invasores es ya el corazón de la Ciudad de México en sí. Ahora sí que caerán sobre la capital de la república.

—¡Icen la bandera blanca! —ordena Anaya—. ¡Ícenla ya de una vez, carajo!

Pancho se dirige a la tropa a continuación y da órdenes de que abandonen lo que estén haciendo y se formen inmediatamente en el centro del patio del convento. Los oficiales salen corriendo y se encargan de que la orden llegue hasta la tropa y Pancho ve cómo sus hombres se empiezan a replegar, dejan los parapetos, los muros, las troneras, las trincheras improvisadas, algunos cojeando, otros sangrando profusamente, y se congregan, estoicos, las carabinas vacías y sin municiones, en el patio desolado, donde se forman cada uno con su batallón. Una vez están todos perfectamente formados, Pancho y los otros dos generales, Anaya y Rincón, se cuadran delante de sus hombres, les saludan mano en alto, les agradecen su valor, los llaman valientes, se voltean, y se quedan parados, firmes, lado a lado, encarando la entrada al recinto. Se ponen a esperar. Un silencio extraño y sepulcral se esparce por el convento, bajo el cielo encapotado, oscuro como el momento por el que están pasando. Es como si hubiera dejado de tronar de golpe. Las nubes descienden sobre el paisaje, lentas, titánicas, pesadas. Silencio. El enemigo deja de disparar al ver la bandera blanca; al darse cuenta de que ya no les están devolviendo el fuego. Lo que no saben es que no les devuelven el fuego por falta de ganas, sino porque se han quedado sin parque.

Cuando aparecen las fuerzas yanquis en el convento y se los encuentran formados allí esperándolos, no saben qué pensar. Pancho oye cómo se gritan unos a otros en inglés hasta que aparece frente a ellos quien debe ser su comandante general. Dicho general, junto con sus oficiales más cercanos y un intérprete, se encaminan hacia los generales mexicanos. Les saluda. Ellos le devuelven el saludo. Se presenta. Dice que es el general David Twiggs. Les dice que a partir de ese momento son todos prisioneros de guerra. Pancho asiente con la cabeza. El general Twiggs pide a través del intérprete que le den el parque. Antes de que Pancho pueda responder, contesta Anaya, seco:

—Si hubiera parque, no estaría usted aquí.

Pancho se da cuenta de que está lloviendo; una lluvia amarga que se confunde con las lágrimas que bañan las caras de sus hombres y que no le dejan ver bien. Prisionero una vez más. Derrotado.

VIII

Tiquis vuelve a estar alterado. Ha irrumpido en la imprenta dando voces. Ni siquiera se quita la levita. Se va directo a la oficina de redacción, pasado el hermoso y melancólico Adán, y Reynaldo deja lo que está haciendo para unírsele. Trae una hoja en una mano. Hace tres días desde que Santa Anna aceptó la propuesta de Scott de declarar un armisticio. Para «que puedan ser escuchadas las proposiciones que, para el término decoroso de esta guerra, haga el señor comisionado del presidente de los Estados Unidos de América». Todos saben de los desastres de Padierna, Contreras y Churubusco. Lo que no sabe Reynaldo es si su cuñado está muerto o si lo han hecho prisionero. Lo que sabe por su sobrino Nicanor es que no ha vuelto a casa y no han tenido noticias suyas. Reynaldo tampoco ha tenido noticias de Abelardo desde que se fue a Morelia, excepto para decirle que llegaron bien.

—¿Qué pasó? —pregunta Reynaldo, cansado. Les rebasan las noticias en estos momentos; son tantas, y son todas tan terribles.

Los ojos de Tiquismiquis pestañean exagerados bajo sus quevedos de lentes como lupas.

—¿Tú lo puedes creer?

—No sé de qué me hablas, Tiquis. Desembucha.

—El diputado Ramón Gamboa...

—¿Qué le pasa al diputado Gamboa?

—Lo traigo aquí. La copia que hice de la acusación que entregó esta mañana al presidente del Congreso —y le pasa la hoja de papel que trae en la mano. Antes de que Reynaldo lea los apuntes garabateados de Tiquis, el ahora editor en jefe de *La Voz de Anáhuac*, sin poder contenerse por un segundo más, suelta de golpe, desbocado, la noticia que lo viene consumiendo por dentro desde que dejó el recinto del Congreso para volverse corriendo a la imprenta. Que esta mañana, día 27 de agosto, el diputado Gamboa ha acusado a Santa Anna de traición. Lo acusa de traición por lo acontecido en la batalla de la Angostura y en la batalla de Cerro Gordo, por el abandono de Puebla, por haber dejado expedito el camino desde Puebla hasta el valle de México, por no haber auxiliado a Valencia en Padierna, por dejar flanquear el puente de Churubusco, por el infame armisticio que ha celebrado con Scott, cuando hay en la capital más de quince mil hombres que claman venganza y que están listos para pulverizar a los siete mil soldados que trae consigo el enemigo. Reynaldo lee la acusación que termina con las palabras: «Lo acuso, por último, de que por su causa se ha perdido el territorio, la nacionalidad de México, el honor y la gloria de este pueblo desgraciado».

—No tiene sentido —logra decir—. Sería conveniente que fuera cierto, ¿no? De esta manera nos libramos todos de cualquier responsabilidad que hayamos podido tener en este desastre. Virgen santa. ¿Adónde iremos a parar?

Reynaldo sabe por su cuñado que la acusación es absurda. Un hombre íntegro como lo es su cuñado, el general Pancho *El Indio* Cienfuegos, no sería leal a Santa Anna como lo ha sido todos estos años si lo creyera capaz de tamaña traición. Claro que ante la magnitud de los eventos trágicos que están azotando a la nación lo fácil es culpar a un hombre. En este caso al presidente y general en jefe de las fuerzas mexicanas. Como si pudiera un individuo ser responsable de cada uno de los reveses que han golpeado al país; determinar él solito que sus ejércitos luchen mal y pierdan cada vez que se enfrentan al enemigo, que tengan peores armas que los yanquis, que la gente se calle y no haga nada, que los partidos se dediquen a derrocarse unos a otros en vez de unirse frente al enemigo, que los generales no se apoyen unos a otros cuando más hace falta por rencillas que les vienen de rivalidades personales pasadas, que los estados se nieguen a mandar fondos y tropas al centro, que la Iglesia haga lo propio para evitar que sirva su riqueza para financiar la defensa de la patria. ¿De eso es responsable Santa Anna? No fue Santa Anna quien empezó la revuelta de los polkos, sino moderados, como el mismísimo Gamboa. Es muy conveniente acusar a Santa Anna de traición. Es más fácil culpar a Santa Anna, definitivamente, que tener que asumir y enfrentarse todos a todas las trágicas razones por las que como pueblo no han podido rechazar de momento esta terrible invasión. Reynaldo suspira. Ni modo.

Lo tendrán que publicar. De eso no cabe duda alguna. Aparte de que una noticia así venderá periódicos, es su responsabilidad hacerlo.

—Voy a poner de titular: «Santa Anna traidor» —exclama Tiquis.

—Yo pondría: «El diputado Ramón Gamboa acusa a Santa Anna de traición». Es todo tan deprimente —y añade, irónico, a la vez que regresa a la sala de la imprenta donde sigue Adán, imposiblemente bello, arreglando las letras, mordiéndose el labio inferior mientras se concentra—: Te das cuenta, Tiquis, de que estamos haciendo precisamente aquello de que nos acusan los generales. Vamos a «difundir el desaliento en los pueblos» con noticias como esta.

—¡Será eso! Chinga tu... —ríe Tiquismiquis.

IX

Víctor lleva tantas copas encima que le cuesta entender lo que está pasando. Tampoco sabe exactamente dónde está. Todo le da vueltas. Que se encuentra en una cantina, es obvio. Ahí está ese olor pesado de alcohol, sudor, desesperación y a hombres patéticos. Pero no es una cantina que recuerde frecuentar. Hay una barra, un viejecito detrás que limpia vasos, un par de mesas, y entra poca luz de la calle. Como él, hay otro hombre con los ojos medio cerrados acodado en la barra. Hay dos comensales más, sentados, bebiendo en una de las mesas. Se hablan en susurros. Lo que más importa es que la botella que tiene frente a él está vacía. Se lleva una mano al bolsillo y descubre que no le queda dinero, aunque eso le lleva a acordarse de que sí tenía plata. ¿Y eso?

Hace un esfuerzo por reconstruir en su cabeza cómo ha llegado hasta allí. Algo recuerda de que su amigo de parranda, Melitón, le dijo que podían ganarse unos pesitos si llevaban un carro de víveres a Tlalpan, ¿o era otro pueblo al sur del valle de México? Era rumbo al sur. Le vienen imágenes sueltas del trayecto. Haciéndose camino por entre centinelas mexicanos y luego angloamericanos. Carreteras agujereadas por los cañonazos. Cadáveres en la cuneta. Varias casas destruidas por el fuego. Y un carro lleno de sacos que se esmeró en subir y bajar de él. Sacos llenos de pan. Ahora recuerda. Bollos y más bollos de pan. Eso. El suficiente pan para alimentar una tropa. Alguien dijo eso. Melitón dijo que los yanquis pagaban bien. Mejor que los mexicanos. Puede ver a Melitón riendo, mostrándole su boca desdentada.

Pero no sabe dónde está Melitón o qué hace él en esta cantina. Lo que sí recuerda es que en su casa ya no hay nadie porque su mujer no lo quiere y se fue a vivir con sus suegros. Eso y que es una desgracia de hombre y un miserable pecador y aquello de que Melitón le dijo que les había encontrado chamba a los dos. Que ahora con el armisticio se había acordado de que las autoridades mexicanas no harían nada que obstruya el paso de víveres de la ciudad o del campo que necesite el ejército americano, y que el primo de Melitón tenía un cuate panadero a quien le iba a salir un negocio redondo aprovechándose de esa coyuntura para venderles pan a los gringos. Que los americanos comen pan y no tortillas. Era cosa de ir y volver, y entonces Víctor se acuerda de que decidió quedarse en Tlalpan o como sea que se llame ese pueblo. Había encontrado aquella cantina abierta y le había dicho a Melitón que él se quedaba un ratito nomás, con los pesitos que le habían adelantado, que necesitaba un trago antes de volver a la ciudad, que si Melitón tenía prisa, pos que se volviera él solo con el carro y el caballo a México, que él se quedaba a tomarse su mezcalito como Dios manda.

Lo golpean las voces de un grupo de hombres que irrumpen en la cantina y se acercan a la barra. Están hablando en inglés. Víctor se voltea y ve que tiene a varios soldados yanquis a su lado. No entiende. Aunque entonces se acuerda de que Tlalpan o donde sea que fueron a llevar el pan ha sido ocupada por los yanquis, y según el armisticio pueden quedarse los pinches americanos en los pueblos que han ocupado. Pero es verlos allí riendo y no entender de qué carajo están hablando y Víctor siente que algo se le subleva dentro: es un escozor de indignación. Siente por un segundo cierto ardor patriótico y está a punto de mentarles la madre a los yanquis, y gritar aquello de Viva la Virgen de Guadalupe y mueran los putos yanquis, cuando se da cuenta de que no le queda plata en los bolsillos.

—Oye, míster, ¿me pagas un pulquecito? —Y Víctor le toma el brazo al soldado que le queda más cerca para que lo escuche mientras que con la otra mano hace el gesto de tener un vaso que se lleva a la boca para beber—. Pulque —vuelve a decir despacio—. Pul-que, ¿sí? *Yes?*

—*Go fuck yourself, you asshole!*

Víctor no necesita entender inglés para saber que el yanqui lo acaba de mandar a la chingada. Le rompe la botella vacía en la cara y lo acuchilla en seguida con la botella rota que le queda en la mano. Antes de que pueda atacar al amigo más cercano del soldado que tiene ahora la cara cubierta de sangre y se ha doblado sobre sí chillando de dolor, uno de los yanquis que está a dos pasos de ellos le pega un tiro en la frente. En el segundo en que le entra el balazo en la sien y le estalla la cabeza, Víctor se da cuenta de que esto es el final, de que va a morir como un perro aquí en una cantina miserable, muerto por un soldado yanqui, y tiene un brevísimo instante de claridad. Curiosamente, no se siente triste. Se da cuenta en ese segundo de lo mucho que ama a Lupe y sus hijas, de lo mal que se comportó, y aunque siente vergüenza y algo parecido al arrepentimiento, al mismo tiempo se le hace obvio que después de lo que le hizo el cura Venancio hace todos esos años, nunca iba a encontrar paz, torturado por dentro por lo que pasó, y ahora, por fin, de esta manera, podrá cerrar los ojos sabiendo que no los tendrá que volver a abrir. Ya no le podrá hacer más daño a su amada esposa y a sus hijas sin querer. Ya no continuará sintiendo dolor. Ese tormento que le consume, todos los días, dejándole el alma cubierta de llagas y cicatrices abiertas por dentro, ya nunca más lo volverá a padecer. Y por el instante que dura un parpadeo, alcanza a sonreír. Tendrá paz, por fin. Paz. Y ese yanqui de la chingada tendrá una cicatriz en la cara para el resto de su vida. Chinga tu madre, *asshole*.

X

Le duele tanto. Felis ve cómo el facultativo está acabando de coserle el vientre mientras muerde una correa para no chillar y, en seguida, irrumpe un pelotón de soldados yanquis en la enfermería. No tiene ningún arma a mano, porque si no... Es entonces cuando se da cuenta de que a Melgar, que está en la camilla de al lado, lo han cubierto con una sábana. Pero si estaba vivo hace nada, carajo. Lo hirieron antes que a él. Miramón y él llevaron a Melgar en brazos hasta la enfermería, las balas silbándoles a su alrededor. Fue volver a sus posiciones y entonces lo alcanzaron a él. Es que no se vale.

Los yanquis les están gritando. El facultativo levanta las manos en alto, sosteniendo en ellas la aguja y el hilo con que está cosiendo la herida abierta de Felisberto.

—Ya está. Se acabó —masculla el facultativo entre dientes.

El dolor es tan fuerte que Felisberto se siente desvanecer, pero la rabia lo mantiene despierto, en vilo. Intenta levantarse para atacar al sargento yanqui que les está gritando quién sabe qué en su puto idioma, pero el facultativo le pone la mano en el pecho y le dice: «Quieto, soldado».

Se acabó, pues. Todo se ha ido a la chingada. Si tienen a los yanquis allí en la enfermería dando órdenes es que ha caído Chapultepec, y si ha caído Chapultepec ya no habrá quien impida que tomen la ciudad, gringos de mierda. Apaga y vámonos. Felis se pregunta si estará vivo Miramón, que estaba luchando a su lado cuando aquel disparo le perforó las entrañas. A Leandro lo destinaron a otra parte de la ciudad, porque si no, hubiera estado allí con ellos, los cadetes del Colegio Militar convertidos en la última esperanza, el último bastión, los últimos en poder frenar la entrada de los angloamericanos en la gran Tenochtitlán, después de que el armisticio fuera hecho trizas y cayeran las tropas nacionales en la carnicería de Molino del Rey. Y Melgar está muerto. Felisberto quiere llorar, pero la rabia que lo consume es tan intensa que no le deja. Más bien quiere levantarse allí mismo, aunque se le salgan los intestinos mientras lo hace, y matarlos a todos. Hijos de la chingada.

Pensar que se quejaba de estar siempre de desfile. De repetir los mismos pasos una y otra vez, los mismos ejercicios. Felisberto lo que quería era luchar. No dejaba de decírselo a Miguel y los compañeros. Dar una lección a los angloamericanos. Eso quería. Y de manera perversa se había alegrado hace todos esos meses cuando no le fue bien a Santa Anna en Cerro Gordo. De esta manera llegarían los angloamericanos al valle de México y se las podría tener con ellos. Mano a mano. Enseñarles lo que es bueno. Tener la oportunidad de mostrar su valor. Lucirse. Ser un héroe con tan solo dieciséis años. Soñaba con eso. Con ser un cadete heroico, un niño héroe.

Y Felisberto ve a los soldados yanquis revisando la enfermería, llevándose las armas que encuentran, volviendo a decir que los facultativos y los muchachos heridos que están allí son ahora prisioneros de guerra y le cuesta entender cómo han podido llegar hasta aquí. No es así como debía terminar todo esto. ¿Dónde está la justicia en ello? ¿Dónde? ¿Cómo se puede entender que ganen una guerra quienes defienden valores tan infames y odiosos? Que pueda venir el ejército de una nación desalmada y con esclavos e invadir al país vecino sin que le haya hecho nada, y que Dios lo permita. ¿Qué sentido tiene eso? ¿Qué sentido tiene ya nada?

Miguel le recordaba, serio, que los desfiles eran importantes para la disciplina: «Debemos esmerarnos en hacerlo bien, Cienfueguitos». Si eran capaces de marchar en armoniosa sintonía, lucir los uniformes perfectamente abrochados y arreglados, tener las botas y las armas pulcramente limpias, serían capaces en el fragor de la batalla de cualquier cosa, de acatar las órdenes con precisión y eficazmente. Lo de desfilar no lo hacían para demostrar lo bien que sabían andar al unísono y ponerse firmes todos al mismo tiempo cuando se los decían. —«No seas menso, Cienfueguitos»—. Lo hacían para demostrar que podían actuar en conjunto como un organismo bien engrasado y letal, obedecer las órdenes exactamente tal y como eran dadas. Dime, Miguel, ¿de qué nos han servido tantos pinches desfiles y tantos estúpidos ejercicios cuando ahora que llegaron los yanquis han podido hacer con nosotros lo que han querido? ¿Para qué?

XI

Reynaldo nunca pensó que llegaría este día. Las tropas de los angloamericanos están empezando a avanzar por las calles de la ciudad hacia el centro. Se ven los uniformes azules en la distancia. Sus caballos y cañones. Se oyen sus tambores y sus bandas marciales. Progresan hacia el centro. Los han avistado desde el final de la calle Ontiveros. Desde la azotea. Vienen. Ahora sí. Y la población, por fin, al verlos cara a cara, ha despertado ante lo que aquello significa, que ahora sí va en serio, que los angloamericanos están a punto de tomar su ciudad, la capital de la república, que la guerra no es un cuento chino que se había inventado Santa Anna para cobrar más impuestos y enriquecerse con la lana de la Iglesia. Están aquí. Los angloamericanos están aquí. Y vienen armados, carajo, y disparan a la gente. No les importa que sean civiles o mujeres o niños. El pueblo de México ha despertado. Tarde, pero ha despertado. Y la gente los está atacando desde las azoteas, las ventanas y los portales de sus casas. Con lo que tengan a mano. Les tiran piedras, muebles, vacían agua hirviente sobre ellos. Les disparan, si tienen arma. Les atacan con bastones, azadones, cuchillos, con sus uñas y sus dientes, con su rabia desbordada. Intentan montar barricadas. Que vienen, carajo. Que vienen.

Tiquismiquis reaparece en la entrada de la imprenta habiendo corrido a su casa para traerse el mosquetón arcaico que dice pertenecía a su abuelo.

—¿Y con eso nos vamos a defender? —dice Reynaldo, incrédulo.

—¡Evidente! Es la única arma que tengo.

—No perdamos tiempo. Hay que cerrar las puertas. Tapiar las ventanas con lo que sea. ¡Adán!

—No tenemos tiempo para eso.

—Ya están aquí, don Reynaldo —dice el joven Adán.

Se oyen los gritos de la gente. Cómo los reciben. Un vocerío espinoso y estridente de indignación y furia, de insultos y dolor. Desde las aceras, desde las ventanas. Les gritan que se vayan. Que cómo se atreven. *Gringos go home!* ¡Hijos de la chingada! Se les tiran encima, intentan frenarlos con puñetazos e improperios, pero los soldados los apartan con las bayonetas, las culatas de los fusiles, les disparan.

—¿Qué haces, Tiquis? ¡No seas loco!

Reynaldo ve cómo Tiquis se planta en medio de la calle, apunta con el mosquetón y dispara. Se voltea riendo para decirle a Reynaldo que le dio a uno de ellos. Una ráfaga de balazos deja a Tiquismiquis tumbado allí en medio de la calle, las gafas desapareciendo en el charco de sangre que rápidamente se esparce a su alrededor. Reynaldo no lo puede creer. Se da la vuelta y le grita a Adán que por lo que más quiera que no haga nada estúpido, que no lo siga, que es joven y tiene toda la vida por delante, que le diga a Amalia cómo murió su hermano cuando tenga ocasión y que se cuide de sacar la imprenta adelante, sea como sea. Y que ahora, por lo que más quiera, que se esconda hasta que acabe de todo esto.

—¡Júramelo!

A lo que Adán contesta asustado:

—¡Se lo juro!

Y Reynaldo agarra uno de los rodillos de hierro largos de recambio que hay junto a la máquina de imprenta y sale a la calle esgrimiéndolo como una espada y se abalanza sobre el primer soldado yanqui que encuentra, con la misma furia que atacó a Basilio Gurruchaga Ibarra en aquella aula del Colegio de San Ildefonso, en aquella época en que se apagaba los cigarros en el antebrazo. Logra clavárselo en el pecho antes de que lo derribe la fusilería del enemigo. Alcanza a recordar a sus padres con quienes ahora se unirá, a su hermana Amalia y su hermano Fernando, a su amado Abelardo, con quien descubrió que era posible ser quien era y feliz al mismo tiempo e, incongruentemente, recuerda a su perro Simbad, que lo recibía con brincos y lamidos cada vez que entraba en su buhardilla de la calle de Donceles.

XII

Pancho apenas puede ponerse de pie. No tiene fuerzas. No les dan de comer. Una tortilla, un día sí, un día no. Pan duro. Se olvidan de darles agua. Los tienen a todos allí, apretujados, unos encima de otros. Son tantos que no caben. Todos los prisioneros de las acciones del valle de México, de Padierna, Contreras, Churubusco, Molino del Rey y Chapultepec, todos están encerrados juntos en la Acordada. No se le escapa la ironía. Ahí estuvo el papá de Amalia hace treinta y cinco años, encerrado por los realistas. Ahí murió. Quizá en esta misma celda. Y ahora es él quien está allí. Él y su sobrino Felisberto. Nada cambia. Un día son españoles los que los matan y los encarcelan. Otro, son los angloamericanos. Los reos o los muertos son siempre los mismos. Pobre México.

Se ve que los yanquis dicen que es responsabilidad del ayuntamiento cubrir los gastos de su manutención y el ayuntamiento les ha respondido que son prisioneros de guerra de los americanos, por lo que consideran que lo de darles de comer debe correr de su cuenta. Entre unos y otros los están dejando morir allí de hambre. Débil, sentado con la espalda contra la pared, Pancho se encuentra rodeado de una humanidad vencida y mugrienta, que huele a sudor rancio, orina y derrota, sin espacio para estirar las piernas al estar todos apretujados allí, sin poder apartarse o deshacerse de los cuerpos febriles de los hombres que yacen en la penumbra casi encima de él. Es una vergüenza. Es muy pronto y ya está agotado. Le duele todo. El maldito hombro. Todos esos huesos que le crujen cada vez que se mueve como si se hubiera oxidado por dentro, las articulaciones agarrotadas. Se siente viejo. Es viejo, carajo. Seamos honestos. ¿A quién engaña?

Alguien dijo que sumaban más de tres mil prisioneros de guerra encerrados allí. Tres mil. Es una locura. De tantos que son, los criminales que antes tiranizaban aquellas celdas se han tenido que callar la boca, aplastados contra las paredes, empujados hacia el fondo, incapaces de dar órdenes o robar a soldados que, aparte de no llevar nada encima, les romperían el pescuezo si se metieran con ellos. Ya hubo un ratero que lo intentó y acabó mal. También llevan semanas diciendo que hay compañeros que han encontrado la manera de escapar de allí. Que hay guardias que se dejan sobornar o hacen la vista gorda. Que es cosa de saber quiénes son. Circula un rumor según el cual se han escapado algo así como seiscientos reos desde mediados de octubre. Pancho sospecha que los deben dejar escapar porque saben que no caben allí y no tienen con qué darles de comer. Le vino a buscar uno de sus oficiales anteayer, el teniente Arévalo, para decirle, mi general, que tenían un plan para fugarse y que si quería irse con ellos, pero Pancho le dijo que no, que su sobrino Felisberto todavía está débil, convaleciendo a su lado de la herida que sufrió en la defensa de Chapultepec, y no va a dejar al chamaco detrás.

Encontrar a Felis allí en aquel infierno fue inesperado; fue un momento agridulce. Por un lado, Pancho sintió una inmensa felicidad al reconocer a su sobrino entre aquel mar de hombres vencidos y caras devastadas, de descubrir que estaba vivo. Lo estrechó contra él como si fuera su hijo, y lo abrazó con fuerza, como hacía su padre, y lloró en silencio, triste por encontrarlo allí, por lo que le había pasado, pero dichoso de verlo con vida. Por otro, al mismo tiempo, sintió una profunda pena por él, de verlo herido, sufriendo, hundido por la derrota, abandonado allí entre esas cuatro paredes, sin espacio para moverse, envejecido por la experiencia. Y sintió vergüenza de que lo viera a él allí, a su idolatrado tío el general Cienfuegos convertido en patético prisionero, vencido también, y en esas espeluznantes condiciones.

Felis venía acompañado de un cadete amigo, también herido, que se apellida Miramón, y Pancho se ha esmerado en velar por ellos, aunque poco puede hacer para cuidarlos o ayudarlos a sanar en estas celdas sucias, atiborradas de prisioneros que apenas pueden levantarse por inanición, devorados por las chinches, burlados por las ratas que entran y salen por las paredes indiferentes a su calvario, acaso sorprendidas de que haya tantos de ellos. Se siente responsable por los chamacos. No solo porque los dos son todavía adolescentes, y él es el padre de Felis, en cierta manera, sino también porque es su general. Suerte que Felis y Miguel son jóvenes y fuertes, y sus heridas están cicatrizando. Si Felis fue capaz de sobrevivir el cólera en el 33 con tan solo dos años, se recuperará del balazo que recibió en el vientre. Seguro. Están vivos, se dice Pancho, una y otra vez. Están vivos. Eso es lo que importa.

XIII

Nicanor no entiende cómo ha terminado aquí. Las manos atadas a su espalda, dos soldados yanquis lo hacen subir las escaleras del patíbulo, donde lo espera el verdugo, hacia el taburete donde lo harán subir antes de atarle la soga al cuello. Es todo tan absurdo. Nada tiene sentido. Estaba en su taller cerca de la plaza del Volador, pintando un cuadro de tropas americanas desfilando en el Zócalo, la bandera de las barras y estrellas ondeando en el Palacio Nacional, cuando se presentaron cinco soldados yanquis y, sin dar explicación alguna, lo golpearon y esposaron, y le destrozaron su estudio delante de él, haciéndole trizas los lienzos y cuadros que había allí a medio terminar. Ya después, en un calabozo de la ciudadela, ocupada ahora por ellos, con la ayuda de un intérprete le dijeron que lo habían apresado por ser quien mató a tres soldados estadounidenses que se habían extraviado rumbo a Azcapotzalco el 31 de octubre, y que mientras las fuerzas de los Estados Unidos de América perdonan la vida a los prisioneros de guerra y a quienes lucharon contra sus fuerzas con honor en los campos de Marte, no se la perdonan a asesinos cobardes como él. Por mucho que él dijera que nunca había estado en Azcapotzalco ni matado a nadie, que era pintor, un civil, no sirvió de nada. No había razón para dudar de quien lo había delatado.

Con la soga al cuello, se da cuenta de que jamás había pensado que moriría así. No está preparado. Y se arrepiente de no haberse esforzado más por hacer las paces con Cándida, que no le ha dejado ver a los niños desde que lo echó de casa. De no insistir. Se arrepiente de haber, de alguna manera, enterrado su cabeza en la arena, de haberse escondido y hecho como si su mundo no se estuviera desplomando a su alrededor. Debió perseverar, pero ante la furia de Cándida optó por no volver por casa. Aunque se quedara sin ver a Julio y Alejandro. Le sabe mal, ahora. Se da cuenta, bajo este cielo de un azul triste y, a la vez, tan alto y tan pulcro por el que pasan volando a ráfagas varios gorriones nerviosos, que se arrepiente de tantas cosas. ¡Qué caray! De que no tuviera ánimos de intentar ver a su padre y a Felisberto en la cárcel, cuando Raúl vino y le dijo que los había encontrado en la Acordada la semana pasada. Que tan solo ayer le escribió a su madre después de todo este tiempo, para contarle lo de Cayetana y Cándida, que su padre y su primo están vivos, aunque los hayan hecho prisioneros los yanquis. Pero no mencionó el embarazo de Cayetana. Eso no se lo ha dicho a nadie. No tuvo fuerzas tampoco para escribirle a su madre sobre la muerte de su tío Reynaldo. Algo que no averiguó hasta hace cosa de diez días cuando se presentó en casa un joven llamado Adán Rubianes, llorando, para decirle que trabajaba en la imprenta de la calle Ontiveros, que llevaba escondido desde que ocuparon los americanos la ciudad, y que a los señores Gómez de los Pinos y Figueroa, que en paz descansen, los habían matado los soldados. De hecho, hay tantas cosas de las que se arrepiente Nicanor, de repente, que no le da tiempo, ahí de pie, con los minutos contados, de dedicarle el suficiente tiempo a todas ellas. Como que tampoco volvió a la casa del senador después de que Cayetana le gritó que se marchara. Debió regresar, se dice ahora. Averiguar cómo estaba su amada. Cómo está.

Es entonces cuando lo ve. Entre los pocos curiosos que han venido a ver cómo ahorcan los gringos hoy día a aquellos que matan a sus soldados ahora que dizque han pacificado la capital, ejecutados en esta plazoleta de mala muerte en el sur de la ciudad. Allí está Basilio Gurruchaga Ibarra. Viene todo elegante en su levita verde oscura, una pajarita de seda negra al cuello, chaleco estampado, pantalones grises, bastón con puño de plata en una mano, sombrero de copa; sombrero que se quita a la vez que lo saluda con una ligera inclinación de la cabeza en el momento en que se encuentran sus ojos. Y Nicanor lo entiende todo ahora. Ha sido don Basilio quien lo ha delatado por un crimen que no cometió. ¡Hijo de la chingada! Es así como va a cumplir el padre de Cayetana con la amenaza que le hizo de que lo mataría si siquiera tocaba a su hija. Y más que rabia o frustración, Nicanor se culpa otra vez de no haber ido a ver cómo estaba Cayetana después de que lo echara de su casa aquel día. ¿Qué le habrá hecho a ella el cabrón? Dios mío. ¿Qué habrá sido de la criatura que llevaba dentro? Pero no le da tiempo de pensar nada más. De siquiera mentarle la madre a Basilio, asqueroso asesino. El verdugo le da una patada al taburete y Nicanor muere al segundo, ahorcado, la nuca rota por la caída.

XIV

Son berridos espantosos y, sin embargo, por un segundo hacen callar a los demás gritos del pasillo. Silencian hasta a los pacientes más desesperados. Porque estos son los chillidos de un recién nacido, lloros rabiosos, pero vitales y alegres. Irrumpen con vida, anuncian la llegada de una persona nueva en este valle de lágrimas que, por diminuta que sea, por indefensa que esté, está dando guerra porque quiere vivir y luchará y hará lo que sea para salir adelante y desafiar a la muerte, y no hay nadie allí en todo ese lado del hospital de San Hipólito que no lo pueda oír. El bebé grita y llora a todo pulmón, y la comadrona, tras limpiarlo y envolverlo en una cobija, se lo acerca a su madre que, por un segundo, olvida dónde está y lo que va a pasar a continuación, y se deja llevar por el sentimiento inimaginable de infinito amor que la sobrecoge por sorpresa al ver a su hijo allí gimoteando en sus brazos, apoyado en su pecho.

Es una criatura preciosa, de piel morenita como la de su padre, cara chafada de anciano.

—Hola, mi amor —le susurra Cayetana al bebé—. Cosa linda. Yo soy tu madre. —Y aunque no puede evitar ponerse a llorar, abraza a su bebé y lo arrulla y le da besos y más besos, y le jura que, aunque no la van a dejar que lo cuide, el día que escape de este hospital y sea libre lo buscará—: Te lo juro. Mi hijo, mi ángel. Nicanor. Te voy a llamar Nicanor, aunque tu padre no te merece. Para que un día sepas quiénes fueron tus padres, Cayetana y Nicanor, y quién impidió que pudieras crecer con ellos. Quién te apartó de tu madre, que te quiere ya tanto sin conocerte todavía. Mi vida, vida mía. Nico de mi alma.

Mientras que la comadrona se ocupa de atender a Cayetana y ayudar a que salga su placenta, la monja que ha venido a llevarse al bebé se acerca nerviosa y le dice que se va a tener que llevar al niño ahora. Cayetana mira a la monja, y se da cuenta enseguida de que debe tener pocos años más que ella y es mestiza. Como su bebé. La mira a los ojos. Tiene ojos tristes. Asustados.

—Hermana. ¿Cómo se llama?

—Llámeme sor Antonia.

—Ya sé, sor Antonia, que no puedo hacer nada para impedir que se lleve a mi hijo. Mi padre es un hombre de mucha influencia.

—No lo haga más difícil de lo que tiene que ser, señora, por favor —le contesta, temiéndose lo peor.

—Puede estar tranquila, sor Antonia, que no armaré ningún escándalo. Tan solo quiero que me prometa dos cosas.

—Eso depende. Yo no puedo…

—Quiero que me prometa que escribirá en alguna parte, hoy mismo, antes de que se olvide, para que un día mi hijo pueda leerlo y saber cuál es su verdadero nombre, que se llama Nicanor. Nicanor, igual que su papá. Y que sepa que su madre fue Cayetana Gurruchaga Peribáñez de Díaz, y su padre, el artista Nicanor Moreno Figueroa. Quiero que se acuerde. ¿Se acordará? Cayetana Gurruchaga Peribáñez y Nicanor Moreno Figueroa. Cayetana y Nicanor.

—Sí. Cayetana Gurruchaga Peribáñez y Nicanor Moreno Figueroa —repite la monja.

—Y que su abuelo, el agiotista Basilio Gurruchaga Ibarra, me internó en esta casa de locos para castigarme por serle infiel al senador sesentón con quien me casó teniendo yo apenas veinticuatro años, contra mi voluntad. Y que fue él, su abuelo, quien no me dejó cuidarlo y criarlo como hubiera querido.

—Ay, señora.

—Me tiene que jurar que lo escribirá en alguna parte, en algún lugar seguro, que no se pierda. ¡Júremelo! Por el amor de Dios. Usted sabe que no estoy loca. Usted sabe que es mi padre quien irá al infierno por esta infamia. Mi hijo tiene el derecho a saber la verdad cuando sea mayor. ¡Júremelo!

—Está bien, está bien. Se lo prometo. Así haré. —Es obvio que la monja siente pena por Cayetana, encerrada en aquel manicomio cuando debiera estar fuera y viviendo en plena libertad. Cuando debiera poder amar a su hijo y criarlo.

—Y júreme que dejará constancia de lo mucho que lo amo. Porque lo amo de todo corazón. Más que a mi vida. Que no piense mi Nicanor jamás de los jamases que lo abandoné por no quererlo.

—Se lo juro. Pero ahora me lo voy a tener que llevar —Sor Antonia parece que está a punto de ponerse a llorar también.

Y Cayetana besa a su hijo en la frente, y con lágrimas cubriéndole las mejillas lo deja ir. Sor Antonia toma al pequeño Nicanor en sus brazos y el guardián de turno que está detrás de ellos, sombrío y callado, le franquea la puerta de la celda y la deja salir. Cayetana logra oír cómo la comadrona le dice que se esté quieta, que no ha terminado. Oye los berridos de su hijo que se alejan por los pasillos del hospital. Quiere taparse los oídos. No lo soporta. Son ensordecedores, aunque ya no se escuchen. La desgarran por dentro. Los aullidos de la separación. El sonido insoportable de la crueldad. De una crueldad inimaginable, crueldad anormal, crueldad que ha infligido su señor padre, crueldad que nunca perdonará.

XV

Hay que estar con los ganadores y no dejar que sentimentalismos absurdos interfieran con las decisiones que uno debe tomar, especialmente cuando son imprescindibles para que se pueda continuar gozando de los mil y un placeres que aporta el poder; poder que es mucho más que tener riqueza y propiedades, aunque eso ayuda, o una influencia considerable sobre las políticas del gobierno, lo que se agradece; sino más bien un poder puro y duro, que se traduce en prestigio, y un respeto hacia su persona por parte de todos que raya en el miedo y que cobra vida con la proliferación de aduladores a su alrededor, lo que no le deja de halagar, y que se evidencia sobre todo en la manera en que todo Dios busca congraciarse con él, aunque lo detesten. Basilio lo tiene claro. Nicanor tenía que morir. A su nieto lo tenían que hacer desaparecer. Y su hija permanecerá encerrada en San Hipólito hasta que aprenda a obedecerle sin chistar y entienda cuál es su lugar en el mundo. De momento, todos siguen dándole el pésame a él y al senador por la tragedia de la locura de Cayetana, como si se hubiera muerto: «¡Qué lástima! ¡Cuánto lo sentimos! Debe haber sido terrible para usted». Si siente algo es todavía la quemazón de las brasas que no se acaban de apagar de la indignación que lo llegó a consumir como una hoguera, en el primer momento, cuando se dio cuenta de que su hija había tenido la osadía de rebelarse contra él liándose con el hijo de Amalia ni más ni menos. Pensar que le había sido infiel al senador Díaz Giménez con ese pintor prieto que tanto se parecía al odioso Indio Cienfuegos; el origen de la humillación por la que le hizo pasar ese doctorcito Moreno que luego él tuvo a bien hacer asesinar. Aquello lo había hecho rabiar. Como nada lo había hecho rabiar en años. Que su hija tuviera la osadía. Y con él. Pero todo eso está resuelto ahora. A diferencia de su hermano, el idolatrado Íñigo, que murió en Badajoz hace ya casi cuarenta años por pendejo, él está vivo y coleando. Y si bien hacía falta deshacerse de Nicanor, del maldito bebé y poner a Cayetana en su sitio, ahora toca hacer migas con los puros y los yanquis. Es lo que dice: hay que estar con los ganadores.

La calesa de Basilio se para frente al convento del Desierto de los Leones, al sur de la ciudad. Hace fresco todavía. Mañana de finales de enero. Al bajarse del coche, Basilio los distingue bajo los árboles, sus nuevos amigos liberales del ayuntamiento, puros radicales todos ellos, enamorado cada uno del espejismo de la democracia y la modernidad que creen ver encarnadas en las costumbres y prácticas políticas del Coloso del Norte, y que sueñan ver introducidas aquí ahora que han ocupado la capital los yanquis, albergando la esperanza de que se queden por todo el tiempo que haga falta, quizá de forma indefinida. Están esmerándose en que esté listo el desayuno, la mesa puesta, con cubiertos para cincuenta personas, allí bajo un techo de lona en aquel rincón apartado, lejos de la mirada suspicaz de la población que, católica, supersticiosa e ignorante, no entendería qué hacen allí sus concejales liberales brindando con el invasor. Han invitado al general Winfield Scott y a sus comandantes más cercanos, que deben estar por llegar de un momento a otro, mientras un ejército de sirvientes y cocineros se afana en tenerlo todo preparado en fuegos y hornos improvisados allí al aire libre.

Es el abogado Miguel Lerdo de Tejada, intenso y nervioso, malhumorado, de ceño eternamente fruncido y bigote y patillas espesas, que lo ve primero y viene enseguida a darle la bienvenida.

—Hombre, don Basilio. ¡Qué bueno que haya podido venir!

—No me lo perdería por nada en el mundo.

Basilio sabe que Lerdo, igual que el alcalde Francisco Suárez Iriarte, que también anda por allí, no se acaba de fiar de él. Es un secreto a voces que Basilio apoyó la revuelta de los polkos que lanzaron los moderados contra el vicepresidente Gómez Farías y su partido hará pronto cosa de un año. Pero Basilio también intuye que Lerdo sabe lo rico y pragmático que es, lo oportunista, y cuando se tiene lana, incluso puros radicales como Lerdo, están dispuestos a escuchar a gente como él, halagarlo, darle incluso una segunda oportunidad. Nunca se sabe. En una de esas financie su partido o su próximo pronunciamiento.

—Es importante convencer a Scott —dice— de que tiene sentido que se queden. Que nos ayuden a gobernar este país de indios e idólatras, a forjar instituciones liberales duraderas. Que se beneficiarán si nos benefician. Que nos enseñen cómo debemos hacer respetar todos esos principios que compartimos con ellos y que nos son tan caros: el progreso social, el libre ejercicio de todos los cultos, la libertad de imprenta, un sistema judicial independiente que sea el mismo para todos, el libre comercio. Queremos ser prósperos, a fin de cuentas, igual que ellos. Tener buques de vapor, caminos de fierro, ríos navegables, salones llenos de niños de ambos sexos aprendiendo a leer y a escribir, labradores que levanten el arado en una mano y el periódico en la otra, tranquilidad y abundancia.

Lerdo asiente. Está tan convencido de sus ideales y de la necesidad de modernizar el país que no parece consciente de cómo magnates como Basilio se podrán aprovechar de sus reformas si algún día las llega a poner en práctica. Lo que viene diciendo el pensador liberal José María Luis Mora desde hace más de una década sobre la riqueza de la Iglesia, de que si se apropian de ella podrán pagar todas las deudas que ha contraído la nación desde que se consumó la independencia, tiene todo el sentido del mundo. Basilio reconoce que, si tuvieran un gobierno ateo que nacionalizara y pusiera a la venta las propiedades de la Iglesia, a él le iría muy bien, a Dios gracias. Ya se imagina comprando exconventos y antiguos monasterios y convirtiéndolos en viviendas para arrendar, expandiendo sus haciendas a la vez que se le permite comprar y apropiarse de todas las propiedades del clero que se subasten. Todo un negocio. Sería todavía más rico de lo que es ahora. Más poderoso.

Es entonces cuando llegan los americanos. Primero vienen varios militares a caballo para asegurarse de que no se trata de una emboscada. Luego llega Scott, acompañado del coronel Ethan Allen Hitchcock y su comitiva. Todos se saludan. Se dan la mano. Lerdo los invita a sentarse a la mesa cubierta del ambigú compuesto de chilaquiles de pollo, tocino, albóndigas, molito, frijoles, lomito de carnero asado, arroz blanco, chilitos verdes y tortillas. Un concejal ordena que se sirva el champán. Para todos. Lo que los camareros que se han traído consigo se esmeran en hacer. Lerdo les da las gracias a Scott y a sus oficiales por venir. Suárez hace lo propio, celebrando la victoria militar de los americanos. Gracias a su victoria, recalca histriónico, tienen la esperanza de aprovechar esta coyuntura para acabar con las tradiciones feudales de México, el poder opresivo de la Iglesia, el intervencionismo nefasto de sus militares golpistas, los caprichos insidiosos de todos esos caudillos que ejercen su perniciosa influencia personalista sin importarles lo que necesita o le conviene a la república; y concluye su perorata haciendo hincapié en que los señores allí presentes tienen la fundada esperanza de servirse del apoyo de los Estados Unidos para forjar instituciones democráticas duraderas, aun si es con la nación convertida en un protectorado de los americanos.

Es Basilio quien de repente se levanta y propone un brindis por los Estados Unidos, a lo que todos levantan sus copas y beben, y luego, otro para que a Scott lo nombren presidente de México.

—*To General Scott, President of Mexico!*

XVI

Amalia se baja de la berlina frente a su casa. Detrás de ella la siguen la tía Gertrudis, Lupe, las niñas y doña Pascuala. Son un grupo de mujeres vestidas de negro, con dos niñas, una de las cuales se hace servir de una muleta al faltarle una pierna, de pie las seis en la acera. Desde lejos parecen un grupo de cuervos. Han vuelto. Por fin. Las facciones de Amalia han endurecido desde que se fue. Y es consciente de ello. Se le ha alargado la cara al haberse ido volviendo cada vez más enjuta. Tiene ojeras violetas y arrugas alrededor de los ojos donde nunca las tuvo. Es la huella que han dejado tantas desgracias en su rostro; rostro que una vez fue joven e impactantemente bello.

Aunque el tratado de paz del 2 de febrero está por ser ratificado, se da por terminada la guerra. Era hora de regresar. Ya no hacía falta alargar por más tiempo ese exilio en Toluca. Hay paz, aunque todavía sigan los yanquis aquí. Los soldados americanos estacionados en la garita de Belén las han dejado entrar en la ciudad sin problemas. Amalia contempla la puerta de su casa, tan familiar, la que fuera la casa de sus padres, allá cerca de la plaza de Santo Domingo. La última vez que la abrió, estaba Pancho dentro. No habían perdido la guerra. Desde entonces, ha habido tantas muertes. Murió su hermano Reynaldo. Murió su hijo Nicanor. Murió incluso Víctor. Por lo que sabe, nadie ha franqueado esa puerta desde la mañana de noviembre cuando salió Nicanor para ir a su taller sin saber que lo vendrían a arrestar los yanquis allí, acusado de quién sabe qué.

No se atreve a abrir la puerta.

—Vamos, madre. Abra. Volvimos.

Una vez dentro es de alguna manera peor. La casa está como la dejó Nicanor ese día infausto en que se fue al taller y no volvió. Su cama está deshecha. Su habitación, desordenada. La ropa está en el suelo, sobre las sillas, tirada de cualquier manera, como era su costumbre dejarla de adolescente. En la mesa de la cocina están los platos sucios que no recogió. Y por todas partes hay polvo. El olor a cerrado. A flores que yacen muertas y disecadas en jarrones abandonados desde hace meses. También están muertos, pobrecitos, todos los pájaros que no pudieron salir de sus jaulas, y que se quedaron allí sin agua y sin alpiste.

Es encontrarse allí y ver el recuerdo de su padre, sentado en la biblioteca, y oírle preguntarle cómo está, pipa en mano, y decirle que no se deje vencer: «Amalita, hija. ¿Qué haces?». Es acordarse de él y saberlo; que tiene que ser fuerte por Lupe, por sus nietas, y por la tía Gertrudis, que cada vez se aclara menos y lo repite todo. Necesita encontrar fuerzas de donde sea para poder estar allí cuando llegue el día en que los tercos de Pancho y Felisberto puedan salir de la Acordada, pobres. No se puede rendir, aunque han tocado fondo. Ellos y el país. Porque si es verdad lo que decía Fernando, y se ratifica el Tratado de Guadalupe Hidalgo del 2 de febrero de 1848, México perderá la mitad de su territorio. Le amputarán más que una pierna a la república. Se llevarán la mitad de su país. Texas, Nuevo México, Arizona, California, Nevada y Colorado. Y más. «La línea divisoria que se establece por este artículo será religiosamente respetada por cada una de las dos Repúblicas». ¿Cómo pueden levantar la cabeza después de todo esto? Tantas pérdidas. Tantas desgracias. Tantas muertes.

De pie en la biblioteca, Amalia encuentra un dibujo de Pancho que le debió hacer Nicanor cuando estaban los dos aquí solos. Antes de Churubusco. Antes de que ahorcaran a su hijo. Si tan solo se pudiera volver el tiempo atrás. Y quiere ponerse a gritar. Que la entierren viva. Irse a dormir y no volver a despertar. Solo que desde el dormitorio de las niñas le llega el sonido de sus risas al reencontrarse con sus juguetes. Por ellas, Amalia debe hacer un esfuerzo. Por ellas y por Pancho. Y por Nicanor, también, que en paz descanse. Que su muerte y la de su hermano no sean en balde. Por los vivos y los muertos. Por sus vivos y sus muertos. Y Amalia se arma de valor. Respira hondo. Baja las escaleras y llama a doña Pascuala.

—Bien, doña Pascuala. A trabajar, pues. A limpiar y airear la casa de arriba abajo. Yo la ayudo.

—Sí, señora.

—Yo les ayudo también —dice Lupe.

—Puede que ganaran los yanquis la guerra, que no se diga que nos vencieron a nosotras.

—Ándale —sonríe Lupe, con un nudo en la garganta.

Y Amalia dice, como si de repente se hubiera convertido en su madre:

—¿Qué dirían los vecinos? Que no se diga que en esta casa nos hemos dejado ir, que ya no somos decentes, tan solo porque nos invadieron unos pinches yanquis. ¡Faltaría más!

XVII

¿Qué es la vida? Un día estamos aquí. Al siguiente nos hemos ido. Total, ¿para qué?, ¿por qué? Chuyém sube las escaleras a su dormitorio, dejando que la vela que lleva en una mano le alumbre el camino. Va despacio. Le cuesta. Necesita apoyarse en la barandilla. Le duelen las rodillas. Se siente débil. Ya llegó su hora. Lo lleva diciendo desde hace cosa de tres meses. Quiere morir. Los últimos meses, cuando se ha ido a acostar, al hacerse oscuro, tras rezar el padrenuestro, se ha convencido de que Dios se la llevará en cuanto se haya quedado dormida. Pero luego despierta, no sabe cómo, a lo largo de la noche, y tiene sed, o necesita orinar, y sigue allí. Viva. No entiende por qué Dios no se la lleva; por qué no se la quiere llevar. Ya ha cumplido, ¿no? Ya es hora. Ya no disfruta con las cosas simples que la han ayudado a pasar el tiempo todos estos años desde que murió Braulio y dejó de venir. Se cansa rápidamente. De todo. De asear la casa. De cocinar. De tejer. De cuidar el huerto. Regar las flores. De salir a pasear con los perros. Hasta de hacerse la trenza por las mañanas se cansa. Últimamente, ya ni hace eso. Lleva el cabello suelto. Una cascada de pelo largo y ceniciento.

Hace cosa de tres meses, cuando decidió que se quería morir, y pensó que Dios se la llevaría consigo cuando cayera la noche, le dijo a Samuel que ya dejara de venir, que no le hacían falta sus servicios, que se llevara los perros y las gallinas, y abrió las jaulas y dejó ir a los jilgueros para que fueran libres y no se murieran atrapados cuando pasara ella a mejor vida. Los vio salir volando, hermosos, con brío, y desaparecer en el cielo cerúleo. Puntitos alados que se perdieron en la lejanía azul.

Por costumbre sigue yendo al pueblo los domingos para oír misa. Hace dos meses que dejó de ir los miércoles. Cuando decidió que dejaría de comer. Como Dios estaba demasiado ocupado para llevársela consigo, llegó a la conclusión de que debía ocuparse ella sola de encontrar la manera de facilitárselo. De todas maneras, hace años que murieron doña Ana y doña Xareni. Cuando iba los miércoles hablaba, en vez, con sus hijas, que ahora son las que mercan las tortillas y la carne de res que antes vendían doña Ana y doña Xareni. Lo mismo pasó con don Octavio del rancho vecino de la Rosita. Falleció hace años. Hoy día es con su hijo Melquiades con quien se entiende. Fue su esposa, Francisquita, quien le dijo la semana pasada desde el otro lado de la valla, con un bebé en brazos y otra criatura, agarrada a su falda a la vez que se chupaba el pulgar, aquello de que ella no podría ser como doña Chuyém, usted perdone, que no sabría vivir sola, y por tantos años.

—Yo feliz de tener todos los hijos que me dé Dios. ¿Sabe por qué lo digo? ¡Para que siempre haya ruido y gente en casa! Y para que alguien me cuide cuando sea mayor como usted. No sé cómo lo hace. Sola y a su edad. Pero ¿de verdad que nunca tuvo hijos? ¿No hay nadie que pudiera venir a cuidarla o tan siquiera venir a platicar con usted? ¿Un nietecito que se pudiera interesar por usted?

Chuyém no se arrepiente de su vida. Encuentra las opiniones y la voz estridente de la vecina irritantes. Ella tuvo dignidad. Todavía la tiene. Tuvo amor. Tuvo independencia. Pero no se pudo contener y le contestó: «Pos sí que tengo un hijo, fíjese, doña Francisquita. Es un general muy importante en el ejército de Santa Anna». A lo que doña Francisquita le dijo que no lo sabía, que qué interesante, aunque se despidió con la excusa de que tenía que dar de mamar a este glotón, sin poder disimular que obviamente no se creía ni una palabra de lo que le acababa de decir Chuyém, aunque tampoco quería contradecir o contrariar a quien obviamente ve como a una pobre anciana.

Hacía años que Chuyém no pensaba en el niño Francisco. Cuando lo tuvo y dejó que Braulio se lo llevara, había jurado que nunca querría saber nada más de él. Como si no lo hubiera tenido. Pero luego apareció ese día, hace ya casi treinta años, y aunque le dejó claro que no tenía nada para él, que se olvidara de ella, se le quedó el recuerdo de haberlo visto. Alto como lo era Braulio, aunque tenía los mismos rasgos que su padre Chapik. La piel de su raza. Ya luego, con el tiempo, se enteró de que lo hicieron general. Como que también supo que la niña Clara, que le sigue pagando su mesada, se volvió a casar y que su único hijo se fue a vivir a un país de herejes en el extranjero y que cuando volvió el año pasado lo mataron los yanquis.

En el pueblo a veces le hablan de lo que pasa en San Luis. El padre Jeremías gusta de aludir a lo que ocurre en el mundo en sus sermones, de si está tal o cual señor de presidente, de si quieren atacar la sagrada religión del Santo Padre, o si vuelve a haber revolución, o si están en guerra, como lo han estado estos últimos dos años, con los protestantes angloamericanos del país vecino. Poco cambia, por eso. Nada de ello la afecta. Se trata de hombres blancos que se pelean por el poder en una capital remota mientras que a sus hermanos huastecos los tienen olvidados. Es lo de siempre. A las mujeres tampoco las dejan decir o decidir nada. No les hacen caso. No es como en España o Inglaterra donde, según ha oído, hay dos mujeres se ve, dos reinas, que mandan en los asuntos de sus tierras. Una se llama Isabel. La otra, Victoria. De eso se acuerda, aunque ni le viene ni le va. Cosas que no le incumben. Como todo lo que sucede más allá de Monte Caldera.

Se pregunta qué le diría a su hijo si se presentara ahora. ¿Cuántos años debe tener? ¿Cincuenta y dos? ¿Cincuenta y tres? Si le volvería a pedir que la olvidara. Pero no le dedica más tiempo de lo debido a la ocurrencia. No lo conoce. Nunca tuvo ocasión de conocerlo. ¿De qué sirve preocuparse por cosas que ya no puede cambiar, que pertenecen a otros tiempos? Porque de lo que no le cabe ya duda alguna es de que pertenecen a otra época. Su historia con Braulio. Cuando quedó embarazada. Cuando doña Cristina la echó de la casa. Una época que se empezó a ir cuando murió Braulio, y que se fue yendo, cuando murieron doña Ana, y luego doña Xareni, y don Octavio, y don Saturnino y doña Eugenia; época a la que pertenece y que terminó hace ya tiempo. Como la colonia. ¿Quién se acuerda hoy de cómo era la Nueva España? Chuyém se quiere ya ir con ella, con esa época partida, con el ayer. Ahora sí.

Pone la vela sobre la mesita que tiene al lado de la cama. La apaga con un soplo. Se mete en la cama en la oscuridad. Se cubre con las mantas. Suspira. ¿Esta noche sí, Señor? ¿Está noche me llevará consigo? *Ti kin t'ajchij an alwa'talab*. Por piedad. Y cierra los ojos, esta vez para siempre.

XVIII

Mañana, día 12 de junio, se marchan los yanquis. Lo han anunciado. Con el tratado ratificado, se van las últimas tropas que quedan en la capital y dejan el Palacio Nacional libre para que lo vuelva a ocupar el gobierno de México que de Querétaro se trasladará a la Ciudad de México en los próximos días. Como se van mañana, han decretado que hoy soltarán a los prisioneros de guerra que quedan en la Acordada; los que se negaron a acogerse al indulto.

Y ahí están Amalia y Lupe esperando, a la salida de la Acordada, a que salgan Pancho y Felisberto. Que los dejen salir. Después de todos estos meses. ¿Nueve? ¿Diez? Encerrados en ese infierno. Las niñas se han quedado en casa con la tía Gertrudis y doña Pascuala. Amalia quería venir sola, pero Lupe insistió en acompañarla. Se muere por volver a verlos; por ver y abrazar a Pancho, a su entrañable sobrino Felisberto. Aunque también tiene miedo de cómo los va a encontrar. Deteriorados. Derrotados. Después de todo lo que ha sucedido. Pensar en lo mucho que deben haber sufrido los dos ahí dentro.

No son las únicas personas que están allí esperando desde que ha empezado a clarear. Poco a poco se les han unido los familiares de los demás presos que serán puestos en libertad esta mañana. Ahora que la guerra ha terminado definitivamente. Con Santa Anna en el exilio después de que el gobernador liberal de Oaxaca, Benito Juárez, no lo autorizara a entrar en su estado para organizar ese ejército con el que planeaba contratacar a los yanquis asentados en la capital. Con el gobierno moderado de Manuel de la Peña y Peña habiendo firmado y ratificado ese tratado vergonzoso. La guerra se acabó. Definitivamente. Ganaron los angloamericanos. Ahora, por eso, lo único que importa es que se van los yanquis de aquí, mañana, y Pancho y Felisberto serán liberados de un momento a otro. Deben ser unas treinta o cuarenta gentes las que están congregadas a la salida de la cárcel. El sol ya se alza por encima de los edificios y los campanarios e ilumina la calle. El cielo vuelve a ser de un azul limpio de nuevo comienzo; del tono zafiro que tienen las segundas oportunidades.

—¿Saben a qué hora dijeron que los iban a soltar?

—Nosotros tenemos un hijo metido allí dentro.

—A mi hermano lo agarraron en Molino del Rey.

Entre los que esperan, Amalia descubre que lleva un par de minutos hablando con los padres del amigo de Felis, Miguel. Se presentan. El coronel Bernardo Miramón y doña Carmen Tarelo. A su hijo, igual que a Felisberto, lo hirieron defendiendo el Colegio Militar.

—Por lo que me ha dicho mi hijo, Raúl, que es cura y los ha podido visitar, son inseparables.

—Ah, sí, el padre Raúl. Y su marido ha velado por ellos, también. Lo tenemos muy presente. Estamos muy agradecidos. Es todo un señor varón su esposo, el general Cienfuegos. Todo un caballero. Miguel está endeudado con él. Lo estamos todos.

De repente se abren las puertas de hierro de la cárcel y empiezan a salir los prisioneros liberados. Salen de uno en uno, al principio. Luego de dos en dos, y al final en grupos. Un flujo constante de hombres grises, sucios y macilentos. Parecen fantasmas. Sombras tristes y encorvadas. El sol les golpea y parecen confundidos al principio. Desorientados. Se empiezan a oír los alaridos de felicidad de sus parientes cuando los ven y los saludan y corren a abrazarlos. Amalia mira, pero no ve a Pancho en ninguna parte. Es Lupe la primera que los ve.

—Dios mío. Ahí están. Son ellos.

Amalia mira y reconoce a Felis, pero sigue sin ver a Pancho. Hasta que se da cuenta de que es el hombre viejo y demacrado que tiene tambaleante delante de ella. Está irreconocible. Lleva barba. Una barba gris y errática, los cabellos de punta. Ha perdido mucho peso. Si ya era delgado antes, parece un esqueleto. Si soplara tan solo una ráfaga de viento lo tumbaría o se lo llevaría por los aires. Tiene la cara tan hundida que los pómulos le sobresalen de una forma espantosa, cadavérica, escondiendo sus ojos en las fosas oscuras que yacen tras ellos. Pero si es difícil reconocerlo, no es tanto por lo demacrado, por el aspecto harapiento que tiene de muerto de hambre, sino que se le han apagado los ojos. Ni siquiera están tristes. Se le ven opacos. Como si se hubiera muerto por dentro. Desesperada, Amalia lo abraza.

—Pancho. Mi vida. Soy yo. Amalia.

Siente la necesidad de recordarle quién es. De reanimarlo con el calor de su abrazo. Con sus besos. No porque Pancho se haya olvidado, sino para hacer que reaccione, que dé señales de vida. Y lo abraza. Con fuerza. Lo estruja contra sí. Como si al abrazarlo de esta manera pudiera devolverlo a la vida. Le cubre la cara de besos. Y aunque al principio los brazos enclenques de Pancho la abrazan débilmente, el contacto con el cuerpo de Amalia, sus labios en las mejillas, logran inyectar vida en el alma de Pancho y le dan fuerzas, y al cabo de un par de minutos eternos, recapacita, responde, y abraza a Amalia con más fuerza que nunca, como si se aferrara a una tabla en medio del océano, náufrago de esta y todas las guerras que la precedieron, de un país asediado por mil tormentas, y de repente empieza a temblar con un llanto silencioso, ronco, sin lágrimas; un llanto sísmico que los sacude a los dos, agarrados el uno al otro frente al infierno de la Acordada, temblando en los brazos de uno y del otro. La muerte de Nicanor pesa sobre ellos como nunca. Pero se abrazan. No se sueltan. Y sienten cómo Lupe y Felisberto se les unen, y los abrazan también. Cuatro cuerpos unidos por un abrazo, en medio de la calle, frente a la Acordada, que se consuelan unos a otros bajo el sol indiferente de junio y aguantan, todavía, quién sabe cómo, el paso de los años y su incomprensible sucesión de golpes inauditos y crueles, guerras y muertes, pérdidas y tristeza.

—Vámonos a casa —logra decir Lupe, que se ha dado cuenta de que ahora le toca a ella ser fuerte; ella quien saque a sus padres y a su primo de aquel atolladero, de la desesperación que lo invade todo—. Que nos esperan las niñas.

Y Pancho asiente con la cabeza.

—Sí. Mis nietas preciosas. Hace mucho que no las veo. Ya dices bien, Lupe, cariño. Vamos.

Felisberto se despide de Miguel, y los cuatro se encaminan hacia la plaza de Santo Domingo. Lupe va delante con Felisberto a su lado, y Pancho y Amalia les siguen, cogidos de la cintura, caminando despacio detrás.

—Mañana será otro día —dice Lupe, desafiante.

A lo que Amalia asiente, sin dejar de andar, mientras se aferra a Pancho.

—Ándale. Ya dices bien, hija —y lo repite—. Mañana será otro día...

CAPÍTULO SÉPTIMO

Los cangrejos

I

El daguerrotipista es un catalán barrigón, iconoclasta y frenético que debe rondar los cincuenta años, aunque tiene la energía indómita de un adolescente. Revolotea alrededor de Pancho y los miembros de la familia allí presentes en la sala de los espejos como si fuera un murciélago gigante. De forma enervante, parece más bien un paraguas negro que da vueltas sobre sí como un trompo, a la vez que viene y va por el salón, abriéndose y cerrándose en continuo movimiento como si se estuviera sacudiendo el agua de encima. Y para colmo de la ironía, mientras que el daguerrotipista no para de marear a todo el mundo, les vuelve a decir que van a tenerse que estar quietecitos por cosa de quince segundos o lo que se tardan en rezar el padrenuestro si así lo prefieren.

—*Quinze segons. Això es tot.* Lo importante es que no se muevan. *Si us plau.* Especialmente la joven —añade refiriéndose a María del Mar— que, por lo que veo, encuentra todo esto muy divertido. *Senyoreta, si us plau!*

—Ya dejen de reír, por el amor de Dios —les recrimina Lupe a Concha y Mar, a quienes les ha entrado la risa y no saben cómo parar—. Ni que todavía fueran chamacas.

Aunque en México la gente de bien se lleva haciendo daguerrotipos desde hace ya cosa de diez años, y ahora, por lo que entiende Pancho, con la introducción de un nuevo procedimiento, se tarda menos tiempo, y es más barato, sigue sin entender cómo diablos es posible que un momento en el tiempo pueda quedar plasmado sobre una lámina de vidrio que luego sirve para reproducirlo en forma de imagen. Es inaudito. ¿Cómo es posible que con exponer el agujero de una caja momentáneamente a un grupo de personas congregadas frente a ella, aparezcan luego retratadas, tal y como están allí de pie o sentadas, vestidas de domingo y con las miradas austeras, en una simple hoja de cartulina? No tiene sentido.

—*A veure*. Ya casi estamos, creo. Los abuelos sentados en medio, *així*. Los hijos en las sillas a sus lados, *perfecte*, y los nietos de pie detrás. *Vostè* el coronel Figueroa puede ponerse con los jóvenes, ¿le parece? A un lado, por eso. *D'aquesta* manera luce mejor su uniforme.

Pancho no entiende tampoco por qué Amalia está tan impaciente con él últimamente. Que se irrite con tanta facilidad. Se enoja con él a la primera, cuando opina sobre cualquier cosa o tose o se suena la nariz o se equivoca a la hora de hacerle algún recado, acusándole de no escucharla, de repetirse, de estar siempre diciendo lo mismo, recordando «los buenos tiempos» cuando no fueron tan buenos: de haberse hecho viejo a secas. Tildándolo de carcamal. No entiende desde cuándo se interesa Amalia tanto en la política, tampoco, ni por qué, y que le haya dado por defender a Benito Juárez y los constitucionalistas cuando están a solas y nadie la puede oír. Es Amalia la que le dice que no lo entiende, ni a él ni a Felisberto. Que puedan haberse puesto del lado de la reacción. De los asesinos de Tacubaya. Y él quiere decirle que no es capaz de asociarse con traidores dispuestos a entregarle el país a los yanquis —«¿Es que ya se olvidó Amalia que nos invadieron y se robaron la mitad del país? ¿Que fueron los yanquis los que mataron a Nicanor, a Reynaldo y a su sobrino Luis?»—. Pero se queda mirándola sin saber qué decir, porque, aunque le tiene afecto a Miramón, le cuesta defender las ideas y las acciones de muchos de los reaccionarios que apoyan al joven Macabeo. Es todo muy desconcertante. La verdad es que, aunque Pancho no ha estado de campaña desde el 47, habiendo sido relegado a fungir de burócrata en la Secretaría de Guerra y Marina por más de una década, cuando no lo han dado de baja los liberales por sus antiguas simpatías santanistas, le cuesta todavía encontrarle sentido al mundo lejos del fragor de la batalla.

El *senyor* Casasús se asegura de que todos estén donde deben estar. Pancho se halla sentado en medio de todos, de civil, con el frac azul marino puesto, la cadena del reloj visible saliéndole del bolsillo del chaleco, las manos sobre las rodillas, con Amalia a su lado luciendo un vestido largo y bermellón, cuya falda es inmensa, debiendo llevar dentro un sinfín de aros y crinolinas. A Pancho no le ha pasado desapercibido el que Amalia vaya de rojo en vez de verde; que haya escogido lucir el color de los liberales y no el de los mochos, como ha llegado a llamar a los conservadores de puertas adentro. A su derecha, Pancho tiene a su hijastra Lupe, con otro vestido de falda ampulosa, este sí del color de la menta, mientras que sentado a la izquierda de Amalia está su hijo Raúl, de sotana. Otra cosa que no entiende, puestos a hablar de su turbación actual, es cómo puede Raúl tener el rostro cada vez más blanco. Pancho no se lo explica. Y de pie, detrás de él se han colocado su sobrino el coronel Felisberto *Cienfueguitos* Figueroa, y sus nietos Julio y Alejandro, y Concha y María del Mar. Por la manera en que se está comportando María del Mar, nadie diría que ya tiene dieciocho años y que es maestra de piano.

—Mar, por favor —dice Amalia, exasperada.

—Es que no puedo evitarlo, abuela. Dígale a Concha que no me haga reír. —Y aunque Mar, sonrojada, intenta controlar la risa, mordiéndose el puño y mirando a otro lado, es voltearse, ver a su hermana Concha, y ponerse a reír otra vez. Carcajadas que salen de ella como serpentinas risueñas que vuelan ligeras por toda la sala, llenándola de espirales rebosantes de impetuosa e irreverente felicidad.

—¡Niñas! ¡Ya está bien! ¿Qué va a pensar el señor Casasús?

Ahora que se va a casar Julio el mes que viene, se le ocurrió a Amalia la idea de que se hicieran retratar. Le hace ilusión tener un daguerrotipo, o ambrotipo, o como se llame, de los Cienfuegos Figueroa todos juntos. Aunque conservan los maravillosos cuadros y dibujos que hizo Nicanor de ellos antes de que lo ahorcaran los yanquis inexplicablemente hace ya trece años, no se habían hecho retratar hasta la fecha y hay algo sorprendente y maravilloso de poder ver a todos los miembros de la familia juntos y captados tal y como son en la realidad. Al menos eso fue lo que le dijo Amalia cuando anunció que había citado al señor Casasús, al haber visto lo bien que había quedado el daguerrotipo que le encargó hacer su amiga María de los Ángeles de su familia.

—*Molt bé.* Cuando la *senyoreta* deje de reír y esté lista, que nos lo haga saber y tomaré el ambrotipo ya de una vez. Yo estoy listo. *Quan vulgui*, *senyoreta*, pues.

Al *senyor* Casasús está a punto de darle un patatús.

Mar anuncia que ya, que de veras, que lo promete, en serio, que ahora sí que se le ha pasado la risa, que la perdonen, y aunque todos están convencidos de que se va a poner a reír de nuevo, logra permanecer seria, aunque las mejillas le reluzcan de un rojo más intenso y más vital que el de las fresas silvestres al llegar la primavera.

Sentados y de pie en la sala de los espejos, con el sol de mañana entrando resplandeciente por las ventanas, inundando la casa de una nítida luz septembrina, frente a la cámara del *senyor* Casasús y a la vez que empiezan a contar en silencio, quietos como estatuas, esos quince segundos que se requieren para que su imagen quede incomprensiblemente impresa en una placa dentro de aquella extraña máquina, Pancho no deja de sorprenderse de lo rápido que pasa el tiempo y de lo mayores que se han vuelto sus hijos y nietos. La velocidad del tiempo es algo que también lo tiene desasosegado últimamente. La idea de que tiene a la pelona cada vez más cerca. Aparte de Santa Anna, exiliado desde hace cinco años, y Juan Álvarez, allá en su hacienda de La Providencia, pocos de su generación quedan con vida. Guadalupe Victoria murió en el 43. José Joaquín de Herrera, en el 54. Su amigo Lucas, en el 57. Pensar que Lupe ya tiene cuarenta y dos años. No da crédito de ello. Aunque su hijastra no se volvió a casar, es feliz dirigiendo la Escuela de Amigas que montó tras la guerra con los Estados Unidos en una casa de la calle del Puente del Espíritu Santo. Es igual de alarmante que Raúl tenga ya treinta y cinco y se la pase haciéndole de secretario al arzobispo Lázaro de la Garza Ballesteros. Cuando Pancho tenía treinta y cinco años, llevaba ya ocho años casado con Amalia, había sido ascendido a general tras la gloriosa acción de Tampico del 11 de septiembre de 1829, y Raúl tan solo tenía cinco años. ¡Cómo pasa el tiempo! ¡Cómo vuela! Le resulta incomprensible que su nieto Julio pueda tener ya veinticuatro y esté a punto de casarse con la hija del modisto francés Jean-Paul Montpelier, la encantadora Brigitte, y trabaja, lo que es hoy, muy formal él, de contable en la casa comercial Agüero González y Compañía. Hace tiempo que Julio no incordia a su hermano menor a cada instante, gracias a Dios. Por otro lado, quizá no debiera sorprender que Alejandro sea todo un sinvergüenza como lo fue su padre, y aunque no salió artista, dizque se gana la vida de actor en el Teatro de Iturbide. El tiempo no se detiene. Vuela. Sus nietas, Concha y Mar, ya no son esas niñas a quienes les cantaba la nana de los bueyes de la Juana antes de irse a dormir; son ahora dos mujeres hechas y derechas, y le han seguido los pasos a su madre al dedicarse las dos a dar clase. Aunque el que Mar sea pianista le viene de su abuela Amalia. De eso no le cabe duda alguna a Pancho. Y de pie, a un lado para que se le vea de pies a cabeza en su uniforme de coronel del ejército conservador, con veintinueve años, está el bueno de su sobrino Felis, fiel al joven presidente Miramón, regresado hace un mes de la campaña fallida para recuperar el interior de la república.

Por Felis, Pancho sabe que Miramón teme que tengan los días contados. Tras la intervención militar estadounidense a favor del gobierno de Juárez, radicado en el puerto de Veracruz, no hay nada que hacer. En la batalla naval de Antón Lizardo del 6 de marzo, los yanquis impidieron que los barcos de guerra conservadores pudieran apoyar el sitio del puerto bombardeándolo desde el mar. Miramón tuvo que regresar a la capital, por segundo año consecutivo, con la cola entre las piernas. Y tras la victoria reciente de las fuerzas constitucionalistas lideradas por Jesús González Ortega en Silao, el 10 de agosto, es solo cuestión de tiempo para que los liberales se hagan con Guadalajara y luego la Ciudad de México. Van a perder la guerra. Y cuando eso suceda, Pancho no sabe qué será de ellos, ya que se pusieron del lado de los tacubayistas cuando estalló el conflicto a finales del 57.

—¡Ya está! —anuncia el *senyor* Casasús—. Ya pueden moverse y hablar, y la *senyoreta*, *si vol*, puede volver a reír todo lo que quiera. Por mí no se corte.

II

Regresados a la casa grande de San Luis, Mark está furibundo. Se quita el sombrero de hongo y la levita y va directo al despacho de su abuela, con Clara detrás, soltando improperios tanto en español como en inglés que rugen como cañonazos. Va de *fuck* a chinga su madre y de chinga su madre a *fuck*, pasando por toda clase de variaciones de estas palabrotas subidas de tono, mientras que Clara hace como que oye llover. Mark no entiende cómo es posible que un general liberal, Santos Degollado ni más ni menos, haya podido, así por la cara, aquí cerca, en la hacienda de Laguna Seca, confiscar la conducta de plata que recién había partido rumbo a Veracruz. Esa conducta valía $1 127 414. ¡Más de un millón de pesos! *Jesus Christ! What was he thinking?!* Es un escándalo. O «una» escándalo, como no para de decir. De esa suma, $80 000 pertenecen a La Potosina, y Degollado los ha robado sin pensárselo dos veces.

—¿No son los liberales los que dicen, abuela, que todos debemos ser iguales frente *al* ley y que *los* leyes están para ser obedecid*os* y ellos representan la justicia y el imperio *del fucking* ley? *It's just bloody ridiculous! It's an outrage!* ¡Es *una* escándalo!

Mark y su abuela Clara vienen de ver al cónsul británico en San Luis, míster Charles Chabot, para poner una queja formal y exigir que intervenga el gobierno de su majestad británica en el asunto. Inmediatamente. *For Christ's sake*. *Esta* no se puede permitir, no puede quedar así. Sería absolutamente *preposteroso*. Que cañonee el *HMS Valorous* al gobierno de Juárez en el puerto de Veracruz si no les devuelve el dinero en seguida a los súbditos de la Corona británica. ¿Cómo se atreven?

—Bueno, bueno, Mark. Ya. Párale. Hemos hecho lo que teníamos que hacer. Chabot sabe lo que toca hacer. Ahora ya mejor olvidarse de ello de momento. No sirve de nada estar gritando todo el tiempo. ¿Te hago un café? ¿Sí?

Aunque Clara está igual de disgustada, le conmueve ver lo indignado que está su nieto. Mark se lo toma todo tan en serio. Como tiene que ser. Como si hubiera vivido con ella toda su vida. Como si los asuntos de La Potosina y los Jazmines fueran cosa suya desde que nació, un asunto personal. Aunque su apellido es Peredo a secas (en Gran Bretaña no se lleva el apellido materno, porque si no sería Peredo MacDiarmid), Mark es, de todas maneras y a todas vistas, un Cienfuegos de pies a cabeza. Hasta la médula. Por su sangre fluye ese sentido de la propiedad y del trabajo de su bisabuelo don Braulio Cienfuegos Lascuráin y que Clara ha tenido siempre muy presente. Se le nota a Mark por lo mucho que le enoja todo lo que les está pasando, pero, sobre todo, por esa inconfundible voz de mando suya, aun cuando solo tiene veinte años. Es oírle rugir como un león y poder oír de nuevo la voz de don Braulio rezumbando por toda la casa.

Desde que llegó a San Luis hace dos años de forma totalmente inesperada, un día de viento, anunciando que al ser ahora mayor de edad había decidido venir a México y aprender a hacerse cargo de la mina y la hacienda que heredó de su padre cuando murió hace trece años, Clara ha redescubierto lo que es sentirse feliz otra vez. Ha rejuvenecido al menos veinte años. No importa que cumpliera los setenta el julio pasado. Se siente joven. Llena de vida. Se ve en el espejo y parece de verdad veinte años más joven. Sin exagerar. Hay arrugas que de alguna manera se han suavizado, que han desaparecido. Ha recuperado la sonrisa. Es tener a Mark allí con ella y saber que tiene alguien a quien apapachar y que la ama, incondicionalmente, y que la vida sigue y se regenera y vuelve a tener sentido. Es tener a alguien que se interesa como ella en la mina y la hacienda y poder compartir con él los quebraderos de cabeza, pero también las alegrías de dirigirlas.

Sobre todo, fue verlo frente a la casa y pensar que tenía a Luisito delante de ella. Es clavadito a él. Incluso se pasa gran parte del día leyendo. Solo que comete toda clase de torpezas gramaticales cuando habla el español y tiene un ligero acento británico. Donde tropieza, una y otra vez, es con la concordancia, y aunque no destroza las vocales como hacía el bueno de James, que en paz descanse, se nota que es extranjero. Sin embargo, si no fuera porque la acción de Santos Degollado lo ha sacado de sus casillas y lo tiene en estos momentos echando pestes de este maldito país de pinches bandidos donde no hay ley que valga, desde que llegó a San Luis se ha dedicado en cuerpo y alma a abrazar su lado mexicano. Mark ha venido para quedarse y hacer de esta tierra su vida y su futuro.

Clara encuentra admirable lo paciente y tolerante, de hecho, que se ha mostrado Mark con México, especialmente cuando piensa en todos los horrores que le ha tocado presenciar. Se vino con dieciocho años, sin saber que había estallado una guerra civil, y se ha tenido que enfrentar a un sinfín de abusos y tropelías, a la vez que los ejércitos de un bando y otro se han turnado en ocupar la plaza y destrozarla, cometiendo toda clase de depredaciones, sin importar su tendencia política. Desde que llegó Mark, en junio de 1858, han tenido que lidiar con las exigencias del Ejército del Norte de Juan Zuazua y luego de Santiago Vidaurri, las de Miramón, las del cabecilla liberal local Víctor Chico Sein, las de Miramón otra vez, y ahora, de nuevo, las de Chico Sein. Cada ejército ha arruinado a la población con impuestos forzosos, llevándose lo que han querido sin que fuera posible impedirlo, incluso toda la mano de obra para convertirla, con la leva, en carne de cañón.

Mark ha venido decidido a quedarse y hacer de México, la patria por la que murió su padre, su país, y Clara lo admira por ello. Le enternece cómo se ha tomado a pecho aquella expresión que debió aprender de su padre estando en Escocia, eso de que «allá adonde fueres, haz lo que vieres». Mark lo ha probado todo: platos picosos, escamoles, gusanos, chapulines. Le divierte a Clara cómo se ha mezclado con los mineros de La Potosina, decidido a poner en práctica la filosofía laboral del empresario reformador galés Robert Owen, y aprendido toda clase de expresiones soeces que un caballero debiera guardar solo para aquellas ocasiones en las que no está en la presencia de una dama, especialmente su abuela, pero que suelta inapropiadamente de lo mucho que busca ser tan o más mexicano que los machos mexicanos más machos y más mexicanos que cabalgan por estas tierras abandonadas de Dios.

—Usted sabe abuela que me caen mejor los liberales que los conservadores. Eso no es *una* secreto. Pero que nos robe Santos Degollado de esta manera, ¡Me llevo la chingada!, es totalmente inaceptable. No lo puedo creer. Es *una* escándalo. Para ponerme del lado de los cangrejos. Se lo juro.

—Bueno, bueno. Un cafecito, ¿sí o no, Marcos?

—Sí, gracias, abuela. Lo siento. Es que lo encuentro tan injusto.

—¿Pan dulce?

—¿Quedan orejas?

—Ahora le digo a Elena que traiga dos con el café. Y cálmate. No es el fin del mundo.

III

—Me muero, Tavo. Así que escúchame bien. Ahora que salió Rodrigo.

Doña Eulalia no para de temblar, aunque está bañada en sudor, estirada en la cama frente a Tavo. Le cuesta hablar. Se le pegan las palabras al paladar. Tiene la piel amarilla. Los labios los tiene grises y agrietados. Necesita cerrar los ojos para luego tener las suficientes fuerzas para poder abrirlos cuando habla.

—Mi vida, ¿me escuchas?

—Sí, madre. Estoy aquí a su lado.

Tavo está asustado. Todavía no cumple los trece años y se le está muriendo su mamá. Quiere creer que Dios la sanará. Pero nunca la ha visto tan mal: la maravillosa mujer que lo adoptó siendo él un bebé, cuando todavía estaba casada con el bueno de don Martín, y se vinieron a vivir aquí a Guadalajara, al heredar ella la tienda de abarrotes, como le ha contado tantas veces, y donde Tavo ha crecido haciendo recados toda su infancia. Tavo siempre supo que era adoptado porque es medio indio, no como ellos, y porque a su mamá le gustaba contarle cómo ella y don Martín no podían tener hijos pero que un buen día la Virgen se apiadó de ellos, y un ángel de Dios atendió sus plegarias y les dio a Octavio, el niño más precioso del universo, para que lo apapacharan y lo hicieran suyo, y que ese había sido el día más feliz de su vida. Pero luego, cuando Tavo debía tener cinco años, murió don Martín y su mamá se volvió a casar un año después con el monstruo de don Rodrigo; un hombre que aparentó ser amable y bondadoso mientras la cortejaba pero que se volvió tacaño, violento y malhumorado, una vez que contrajeron matrimonio. Don Rodrigo lo llama «indio» y «estúpido» cuando no está su mamá presente, y le golpea con el fuete que conserva de cuando era oficial de la Guardia

Nacional. Golpizas que le da por ninguna razón excepto que es un indio y un estúpido y no es su hijo. Con don Rodrigo su mamá sí pudo tener hijos, güeros y consentidos los dos, y lo tratan con desprecio, aunque solo tienen siete y seis años.

—Escúchame, Tavo. Escúchame bien. Cuando muera, y debe faltar poco…

—Mamá, no diga eso.

—Tienes que callar y escuchar. Esto es importante —su madre tiene que cerrar los ojos y estarse quieta unos segundos antes de encontrar las fuerzas necesarias para volver a abrirlos y seguir—, me temo que don Rodrigo te va a hacer la vida imposible. Cuando yo muera, Tavo, no sé qué será de ti, si no estoy yo aquí para defenderte. Ay, Dios… ¿Ves la cajita que hay allí sobre el vestidor?

Tavo asiente, mientras intenta no llorar, secándose los mocos y las lágrimas con los puños y las mangas de la camisa.

—¿La cajita de sus joyas?

—Esa. Ábrela. Debajo de las joyas hay un compartimento secreto. Si miras bien, lo verás. Ábrelo y tráeme la carta que yace escondida allí.

—¿Qué es?

—Es una carta que escribió la monja que se ocupó de encontrarte para nosotros hace todos esos años cuando te adoptamos. Yo no la he abierto. No me interesa. Pero me dijo que allí están los detalles de quiénes fueron tus padres y por qué te dieron para ser adoptado. Ahora que me muero, pienso que a lo mejor se han arrepentido de no haberse quedado contigo. Que quizá puedan ocuparse de ti, cuando yo no esté y si Rodrigo te hace la vida imposible. No sé. Tal vez no. No sé qué más puedo hacer para ayudarte.

—No llore, madre. Usted es mi mamá. Mi mamá verdadera. Siempre lo ha sido.

—Lo sé. Y tú mi hijo. Y me sabe muy mal cómo han sido estos últimos años para ti. Perdóname. Y odio pensar qué será de ti cuando me vaya. Pero te tienes que cuidar. Prométemelo. Cuídate. Mucho.

Don Rodrigo irrumpe en el dormitorio acompañado del cura que viene atolondrado a darle a doña Eulalia los santos óleos y Tavo instintivamente esconde la carta en el bolsillo del pantalón.

—¿Qué haces todavía aquí, estúpido? ¿No te dije que fueras a llevarle el pedido de la señora Iturralde? —y al ver la caja de joyas abierta, truena—. ¿Le ibas robar las joyas a tu madre, indio ladrón?

—Rodrigo, no lo regañes, por favor. Le pedí que me las enseñara —logra decir su mamá.

—Sal de aquí antes de que te cruce la cara. ¡Fuera!

Una vez abajo, solo en el almacén, y a la luz de una vela, Tavo, temblando todavía y con lágrimas en los ojos, abre la carta y lee: *Nicanor Gurruchaga nació el 4 de diciembre de 1847. Su madre es Cayetana Gurruchaga Peribáñez. Aunque está casada con el senador Felipe Díaz Giménez, dejó constancia de que el padre de la criatura es Nicanor Moreno Figueroa. Tuvo al niño en el Hospital de San Hipólito, donde la tiene confinada su padre Basilio Gurruchaga Ibarra. Me dijo que no está loca, que está allí por la arbitrariedad de su señor padre, que ella ama al niño más que a nada en el mundo, y que de no ser por las disposiciones del Sr. Gurruchaga Ibarra, hubiera cuidado y criado a su hijo ella misma. Dejo aquí constancia de estos hechos, tal y como me rogó hiciera la madre de la criatura por si algún día necesitan salir a la luz. Sor Antonia, convento de Santa Inés, México, a 5 de diciembre de 1847.*

IV

Julio y Brigitte toman la pista de baile y empiezan a dar vueltas sobre sí abrazados ante la euforia, aplausos y algarabía de los convidados.

—¡Vivan los novios!

—¡Vivan!

No tardan en unírseles amigos y familiares que, en parejas, van llenando la sala de los espejos, girando sobre sí, al compás de las polkas, las trompetas de los músicos haciendo que sea casi imposible oír a los cantantes y los violines. Julio no podría ser más feliz. Los abuelos les han prestado la casa para la fiesta de boda. Se vinieron todos acá después de la ceremonia en la iglesia de Santo Domingo. Comieron como dioses y ahora que han quitado las mesas y apartado las sillas, la sala de los espejos vuelve a reverberar con los sones alegres de una boda. Alguien dijo que la última vez fue cuando se casaron la tía Lupe y don Víctor, que en paz descanse, hace veintiún años.

Julio contempla a Brigitte en sus brazos y se sabe increíblemente afortunado. Está radiante. Sus ojos zafiros lo miran llenos de amor. Aunque, como siempre, las numerosas dudas e inquietudes que lo acosan a diario no le dejan relajarse del todo y disfrutar del momento por completo. Está la ansiedad de la guerra civil que no acaba nunca y la infinidad de problemas que ha tenido que afrontar la compañía para mantenerse a flote. Si no se han arruinado hasta la fecha es de milagro. Las cifras de esa ruina inminente, a menos de que acabe el conflicto pronto y se pueda volver a comprar y vender mercancías con cierta fluidez una vez más, las tiene Julio muy presentes; tatuadas en negrita por todo el cerebro. Y no puede dejar de pensar en cómo sobrevivirán un mes más si el presidente Miramón impone otro impuesto forzoso; de dónde sacarán el capital para pagar todos los gastos de la empresa y los salarios del personal. Está la guerra civil, pero también está lamentablemente su hermano. Alejandro, que llegó a la ceremonia apestando a tequila y que, a estas alturas, está borracho y armando un escándalo en una de las esquinas del salón. Es triste decirlo, pero no le sorprende. Si pudiera haber apostado que Alejandro se emborracharía y haría todo lo posible por estropear la boda, Julio sería ahora rico y podría rescatar a Agüero González y Compañía con tan solo un porcentaje de sus ganancias.

Mientras Brigitte y él bailan y van dando la vuelta al salón, por el rabillo del ojo Julio es muy consciente de los gestos obscenos y las groserías que debe estar soltando su hermano, copa en mano, en un rincón, bajo el cuadro que su padre pintó del abuelo todo engalanado de general de brigada antes de la debacle del 47. No lo puede soportar. Cuando su madre, doña Cándida, echó a su padre de casa delante de la familia, hace todos estos años, Julio se puso enseguida del lado de su mamá y juró que jamás sería un hombre débil como él, inconstante, poco de fiar, y sin una carrera estable. Se aplicó a los estudios, sacó buenas notas, y trabajó duro para llegar donde está. En casa del señor Agüero, además, tuvo la buena fortuna de conocer a monsieur Montpelier, que, viudo, se había venido a México en 1854 «a hacer las Américas», pensando que la estabilidad propiciada por la dictadura de Santa Anna sería duradera, y que, a pesar de que un año después cundiera la Revolución de Ayutla, decidió quedarse. Fue a través de él que Julio tuvo la inmensa fortuna de ser presentado a su encantadora hija Brigitte, brindándole la oportunidad de casarse con una mujer inteligente, hermosa y talentosa, con una dote nada desdeñable.

Su hermano, en cambio, desde el momento que mamá echó a su papá de casa, se puso del lado de él, llegando a hablar de él como si fuera un pinche santo —san Nicanor—, después de su desgraciada muerte a manos de los yanquis; mártir por la manera injusta en que lo trató mamá, mártir por la manera arbitraria en que lo ahorcaron los angloamericanos. Para Julio, a su papá lo ahorcaron por catrín y desalmado, por no haberle dado a su familia el amor que merecía. Castigo de Dios. Haber vivido con un poco más de dignidad y compostura. Si bien Julio se dedicó a tomarse la vida en serio, a ayudar a su madre, a sacrificarse y a ejercer, en lo posible, aun siendo niño, la función responsable de hombre de la casa, jefe de la familia, Alejandro decidió seguir los pasos de su difunto padre, y hacer todo lo contrario. Y sin entender bien por qué, su madre se lo consintió todo: las incesantes calaveradas, todos esos días que hizo novillos, el que acabara haciéndose actor sin ganarse un real, viviendo una vida de juerguista degenerado. Lo detesta. Con toda el alma. Y que se atreva a venir aquí ahora a estropearle la que debería ser la noche más feliz de su vida.

Al acabar la canción, Julio oye distintamente cómo Alejandro le dice:

—¿Qué, hermanito? ¿Feliz? Pos lo deberías estar, pendejo. Aunque lo más seguro es que estás pensando en listas de ingresos y egresos y ni te has dado cuenta de la suerte que tienes de haberte casado, cabrón, con la mujer más bella del mundo.

—Ignóralo —le dice Brigitte—. Está borracho.

—Que te estoy hablando, pendejo. Claro que tu problema siempre ha sido que sabes el precio de todo, pero eres incapaz de apreciar el valor de lo que verdaderamente importa en la vida. ¿A que sí?

—Estás borracho, Alejandro. Sal a pasear y a que te dé un poco el aire. A ver si te serenas.

Los músicos empiezan a tocar la siguiente polka y la música impide que los congregados, que empiezan a sentirse incómodos, oigan lo que le contesta Alejandro a Julio. Pero él lo oye perfectamente.

—Sí, yo estoy borracho. Pero tú no te mereces a Brigitte.

Del puñetazo que le pega Julio, Alejandro cae para atrás y se estrella contra una mesa cubierta de vasos y botellas. Antes de que reaccionen todos, entre que la música festiva es ensordecedora y la gente ha empezado a bailar, Alejandro se levanta y ataca a Julio torpe pero brutalmente. Brigitte intenta separarlos, pero sin poder saberse si es Julio o Alejandro, uno de ellos la aparta con un revés que la lanza contra el suelo. Las mujeres más próximas se ponen a chillar. La música para. Los hombres que están más cerca se abalanzan sobre Julio y Alejandro y logran separarlos después de varios intentos mientras que los dos siguen forcejeando, buscando agredirse, feroces, con sangre chorreándole de las caras, manchando sus camisas blancas y su ropa de gala. A quien se oye gritar por encima de la barahúnda mientras se aferra furibundo a uno de los brazos de Alejandro, bajo su propio retrato, es al general Pancho *El Indio* Cienfuegos, que ruge:

—¡Basta! ¡Basta de pelearse entre hermanos! ¡Por Dios! ¡Basta de pelearse entre hermanos!

V

De afuera llegan los estampidos de los cañones, obuses que llueven sobre el centro de la ciudad desde las seis de la mañana, haciendo saltar las casas y las iglesias por los aires, cubriendo el horizonte de Guadalajara, visto desde la azotea, de columnas de humo negro que suben en espirales hacia el cielo azul. El sonido de los cañonazos es sordo, gutural, reverbera y hace temblar los cristales y ladrar a los perros del vecindario; es como el rugido de un trueno repetido, solo que cada explosión es corta y puntual y viene seguida de otra y luego de otra, sin ecos o secuelas de estallidos. Más que como una tormenta es como si hubiera un tambor gigante a las afueras de Guadalajara que marca el tiempo, el paso de los minutos, inexorable, pudiendo contarse las avemarías que separan una explosión de la siguiente, entre una detonación y otra.

Encerrados en la parte delantera de la casa donde radica la tienda de abarrotes, se oyen los cañonazos y los disparos de la fusilería en la distancia, y se oyen también las voces histéricas que vienen de la calle, de gente que huye despavorida, que busca dónde esconderse, que desgarra el aire con sus lamentos frente a la muerte espeluznante de sus seres queridos, recién reventados por uno de esos cañonazos, las paredes habiéndosele caído encima, o vienen a dar aldabonazos desesperados en la tienda de la señora Eulalia para rogar que les den de comer, que se mueren de hambre después de cinco semanas de asedio.

—No contestes, Indio. No contestes. Como si no estuviéramos —sisea don Rodrigo.

Hace ya semanas que lo taponaron todo. Cuando se formalizó el sitio el 22 de septiembre. Reforzaron la puerta con cadenas y candados. Tapiaron las ventanas con tablas de madera. Al principio, durante las primeras dos semanas, don Rodrigo hizo un negocio redondo vendiendo a escondidas maíz, arroz, sal, y lo que le quedaba de queso, embutidos, y conservas, a precios exorbitantes. Pero luego, cuando se hizo obvio que el sitio iba para rato, que ya no entraba ni salía nada de la plaza, y que había rateros hambrientos capaces de irrumpir en la tienda y llevárselo todo, don Rodrigo decidió que era mejor que se encerraran y parapetaran allí dentro, con su hermana doña Jimena ocupándose de cuidar a Jesús y José.

Doña Eulalia está muerta y si don Rodrigo no lo ha echado de casa es porque cree que Tavo, aunque sea un niño, es lo suficientemente alto y fuerte como para luchar a su lado para defender la tienda y a sus hermanastros, si es que llegan los liberales y hace falta. Puede que tenga cara de indio y don Rodrigo lo desprecie, pero es descomunalmente alto para un chamaco cerca de cumplir los trece. Más alto incluso que don Rodrigo. Y lo que es obvio es que don Rodrigo está aterrorizado. Lo necesita. Nunca lo había visto tan asustado. Aunque Tavo también tiene miedo. Ambos recuerdan las dos ocasiones anteriores cuando atacaron los liberales la plaza. Especialmente la segunda.

La violencia que se desencadenó en la ciudad con la entrada de Degollado en septiembre del 58 superó cualquier pesadilla que pudiera haber tenido Tavo hasta ese momento. Vio con sus propios ojos cómo los liberales colgaron desnudo del balcón del palacio episcopal al coronel Manuel Piélago frente a una muchedumbre que pedía sangre y venganza. Vio cómo se aflojó la cuerda y cayó el ahorcado estrellándose contra el suelo ante las carcajadas de aquella gente; cómo, estando todavía vivo, las piernas rotas, lo volvieron a colgar; y cómo, luego, por la noche, cuando lo bajaron, hubo quienes se entretuvieron quemándole el pelo. Ese mismo día Tavo también presenció junto con su amigo Sebas, cómo a un hombre que estaba entre el público, al gritar que eran todos unos infames, le pegaron un tiro en la cara ahí mismo, y lo acuchillaron entre risas, despedazándole completamente la cabeza. También vio cómo ahorcaron al coronel

Aniceto Monayo en medio de la plaza de armas entre burlas y chanzas crueles. Y recuerda lo asustada que estaba su mamá, que salió a buscarlo y los regañó a él y a Sebastián cuando dio con ellos, y se los llevó corriendo a casa, mientras que la plebe, al llegar la tarde, en una orgía de aguardiente, sangre y violencia, empezó a entrar en las iglesias y las casas de los reaccionarios a robar todo lo que pudo y a matar a los curas y los mochos y enseñarles a las monjas y las novicias lo que es «sentirse mujer».

Tavo no deja de pensar en lo que le dijo su mamá antes de morirse y en el contenido de aquella carta que arde en el bolsillo de su pantalón. Lo que no sabe es cómo diablos podrá encontrar la manera de ir a la Ciudad de México, ahora, estando como está la situación en estos momentos, o incluso el día remoto, de darse el caso, en que se calmen los ánimos de todos y haya paz, ya que no tiene dinero ni sabe cómo funcionan las diligencias o dónde puede estar el hospital de San Hipólito.

Los cañones no descansan y no lo dejan pensar. Siguen golpeando la ciudad. Cañonazo tras cañonazo. Esto es que el asedio debe estar entrando en su fase final. Están devastando las defensas de Guadalajara antes de que manden entrar la infantería. Tavo vuelve a subir las escaleras para asomarse a la azotea y ver qué está pasando. El perfil de la ciudad es uno de campanarios, llamaradas y espirales de humo ceniciento que ascienden lentamente; de Guadalajara convertida en un campo de lava con irrupciones volcánicas en la que el cielo celeste ha quedado embrutecido por la pólvora y el sacrilegio de los liberales. Y su madre está muerta desde hace mes y medio y Tavo no sabe qué hacer.

VI

Amalia mira a Pancho, que acaba de ponerse los guantes y la chistera antes de salir a la calle y no sabe con exactitud cuándo se metió en el laberinto en el que se halla perdido hoy día. Está tan perdido... Debe hacer ya más de diez años por lo menos desde que está así, desorientado, de mal humor, sin saber bien qué pensar de todo lo que está pasando a su alrededor. Se le ve tan consternado siempre. Diez años que Amalia debió decir algo, pero no lo hizo. Y si bien Amalia quiere abrazarlo y decirle que no se preocupe tanto, que saldrán adelante como siempre han hecho, hay veces también que quiere zarandearlo y gritarle que no sea tan terco, tan cascarrabias, que escuche lo que dicen los jóvenes.

La guerra contra los Estados Unidos lo cambió. Amalia es muy consciente de ello. O Pancho dejó que lo cambiara, que es y no es lo mismo. Los hubo que sí supieron pasar página. De eso tiene constancia. Pero allí están la humillación de la derrota, los meses que estuvo Pancho en la Acordada, la muerte de Nicanor. Y después, el que hubiera políticos dispuestos a negociar con los yanquis... Después de todo lo que había pasado, todo lo que les habían hecho; todo lo que había sacrificado Pancho. La traición de los moderados que firmaron el Tratado de Guadalupe Hidalgo. La de su amigo Santa Anna, que, regresado a la presidencia en el 53 y convertido en su alteza serenísima fue y les vendió a los gringos el valle de la Mesilla por diez millones de pesos. La de Benito Juárez y su gabinete liberal allá en Veracruz, que firmaron el tratado de McLane-Ocampo en diciembre del año pasado, dispuestos a prometerle el oro y el moro al gobierno de James Buchanan con tal de ganar la guerra civil con tropas, armas y lana angloamericanas, y por el que los yanquis pudieran haber entrado y salido de México como Pedro por su casa si no se hubieran negado a ratificarlo los miembros antiesclavistas del senado yanqui.

Hace ya más de diez años que Amalia pensó en decirle que debía dejarlo ir. Que debían aceptar la derrota y mirar hacia el futuro. Que Pancho debía esforzarse por hacerlo. Esforzarse más. Que no podía seguir así para siempre. No quedarse encasillado en aquel discurso repetitivo antiyanqui. Pero en aquel momento cualquiera le hubiera dicho semejante cosa a Pancho, y ella tampoco lo tenía tan claro. La muerte de Nicanor la sumió a ella también en un laberinto paralelo de pensamientos truculentos. En eso Amalia concuerda con Pancho: es imposible superar la muerte de un hijo. Desde que murió Nicanor, Amalia dejó de creer en Dios, y eso tampoco se lo dijo.

Lo ve salir a la calle y encaminarse hacia el Palacio Nacional a paso lento, cargando sobre los hombros sus sesenta y cinco años y los golpes de las últimas tres décadas por entre las calesas y los caballos que vienen y van por la calle, la luz de un lunes cualquiera extendiéndose por las paredes y las ventanas de los edificios señoriales que conducen a la plaza de Santo Domingo y de ahí al Zócalo, bajo el cielo despejado de noviembre, y Amalia sabe que no ha sido fácil para él adaptarse a una vida de reuniones interminables y comunicados churriguerescos, ahogándose en un mar de papeles, numeritos, sellos y firmas, lejos de la camaradería de la guarnición o las emociones fuertes de la campaña. Su querido y adorable héroe y hombre de acción convertido en funcionario. El Tigre de El Palmar devenido secretario de la mesa segunda encargada de inspecciones, de monitorear los presupuestos y el estado general de que deben constar los regimientos y batallones de infantería y caballería. A veces se le figura a Amalia como una pantera atrapada, yendo de un lado a otro de su oficina como si estuviera encerrado en una jaula.

Tras la guerra contra los Estados Unidos, el pobre de Pancho pasó por la afrenta de ser investigado por traición al haberse rendido en Churubusco, y aunque lo dejaron ir, se quedó sin brigada o guarnición, y con un amargo sabor de boca. De no haber sido José Joaquín de Herrera el presidente en aquel momento, que conservaba una buena memoria de cuando Pancho y él participaron juntos en la liberación de Puebla y la capital allá por 1821, el ministro de Guerra lo hubiera dado de baja de forma permanente en el 49. A partir de entonces, cuando no ha estado de baja, su marido ha dedicado su vida a servir al carrusel de secretarios de Guerra que se han ido sucediendo sin ton ni son y de forma caótica y vertiginosa mientras un presidente ha reemplazado a otro. Renunció en enero del 54, tras la firma de la venta de La Mesilla, y ya no lo fueron a buscar cuando triunfó la Revolución de Ayutla en el 55 y estuvieron Juan Álvarez y el moderado Ignacio Comonfort de supremos magistrados de la república. No gustaban a los liberales, fueran radicales o moderados, sus antiguas credenciales santanistas. Y los años que había estado Pancho de baja habían sido particularmente duros para él y para ella también. Aparte de que no sabía qué hacer consigo mismo, le resultó particularmente deprimente el que tuviera que humillarse yendo a rogarle a chamacos que ni siquiera habían nacido cuando él estaba luchando por consagrar la independencia de la nación, que se acordaran, por favor, de pagarle la pensión. Ya nadie se acuerda de la guerra de Independencia y menos de quienes sacrificaron sus vidas por consumarla. Dizque los próceres de la patria están ya todos muertos y enterrados. Descontando a Álvarez y a Santa Anna, lo están todos menos él. Su antiguo amigo Santa Anna se volvió odioso y neroniano durante su última dictadura y lleva en el exilio desde el 55 sin haberle escrito una sola carta desde que se fue.

Una vez que Amalia lo ha visto llegar al final de la calle, voltearse para despedirse con la mano, y desaparecer detrás de la esquina, se mete dentro de casa y cierra la puerta tras de sí. Aunque entiende o cree entender el desasosiego de su marido y lo compadece, también sabe que, hace años, debió corregirlo en el momento en que empezó a recordar el pasado, no como había sido, sino como lo quería recordar. Mientras Amalia va a la cocina y se hace un café, dejando que doña Pascuala se ocupe de limpiar la casa como mejor le parezca, reconoce que debe ser difícil para Pancho; el hombre que hace todos esos años luchara por Dios y libertad se encuentra con que esos valores están ahora enfrentados y han sido apropiados por bandos opuestos. Que los haya dispuestos a matar a sus propios hermanos por defender a Dios y la religión de sus antepasados. Que los haya dispuestos a hacerlo por consagrar una libertad que hasta la fecha los ha eludido.

A veces Amalia también se siente confundida. Lo que sabe, por eso, es que la familia, *su* familia, es lo que más importa, y que, por la familia, por sus hijos y sus nietos, han de ser fuertes y encontrar la manera de salir adelante y no dejarse vencer por el mundo cruel y violento que los rodea; un mundo sin Dios y sin sentido.

VII

El hermano mayor de Sandrita Paz, a quien Mar le está dando clase de piano en su casa, se asoma a la puerta de la sala de la música.

—Lo siento, pensé que ya habían terminado. ¿Se le ofrece algo, señorita?

—Descuide. Ya estábamos terminando. Muy bien, Sandrita. Pero, a ver si practicas esas escalas, que ya está bien. Porque si no se lo voy a tener que decir a tu madre...

—No, por favor, no se lo diga. Le prometo que lo haré. Descuide.

—O se lo digo yo —comenta Mateo Paz, burlón.

—No serías capaz.

—Ándale, ve a ayudar a tu mamá a preparar la cena. Está en la cocina.

Mar observa a Mateo Paz, de pie en el umbral de la puerta, y que no se atreve a entrar cuando Sandrita sale, y lo encuentra tierno. Tiene cara de niño, pecas, hoyuelos y ojos grandes, y se le ve nervioso. Es joven. La pajarita azul marino que lleva en el cuello es demasiado grande para un hombre de su tamaño. Quizá tenga dos o cuatro años más que ella. El venir a saludarla es obviamente un acto de valentía suprema por su parte. No da la impresión de tratar mucho con mujeres. No está temblando, pero se le nota tenso. Casi asustado. Iba a decir como un ratón, solo que es guapo. Tiene un rostro hermoso, de héroe de novela romántica, y labios suculentos. ¿Cuántas semanas debe haber estado planeando aparecer en este preciso instante, justo cuando Mar acaba de darle clase a su hermanita Sandra? Lo lleva viendo ocasionalmente desde finales de agosto, desde que le ha estado dando clase a la hija quinceañera del empresario Ismael Paz Villanueva, que trabaja en la casa comercial de Agüero

González y Compañía con su primo Julio. Por la manera en que la mira cuando se cruzan los jueves por los pasillos o al entrar y salir Mar de aquella casa, Mar está convencida de que le hace gracia al hermano de su alumna. Aunque no se ha atrevido a dirigirle la palabra propiamente hasta ese momento.

—No nos han presentado. Creo. Soy Mateo Paz. El hermano mayor de Sandrita.

—Yo soy María del Mar López Moreno. Llámeme Mar, por eso.

—Encantado —balbucea Mateo Paz, sin franquear la puerta.

—El gusto es mío.

—Y es usted maestra de piano, ¿no es cierto?

—Veo que es usted muy observador. —Mar se pone a reír y Mateo Paz se pone rojo como un chile bola.

—Lo siento, me voy, ya no la molesto...

—No se vaya. No me haga caso. Se lo ruego. Soy así de sardónica, a veces. No lo puedo remediar. Perdóneme. Mire, para compensar, le cuento algo que no sabe, ¿cómo ve?

—Sí, ¿cómo no?, lo que guste, aunque no quiero importunarla...

—Habrá usted notado que cojeo. Con lo observador que es...

Si el color de las mejillas de Mateo Paz estaba empezando a volver a adquirir sus tonos pálidos naturales, el comentario de Mar hace que se enciendan de nuevo como si estuviera al lado de una hoguera.

—No sé, tampoco, no, yo creo que no, en fin...

—¡Bah! Déjese de tonterías. Cojeo porque me falta una pierna. No pasa nada. Cojeo, pero toco el piano divinamente. Y soy guapa y a veces hasta me siento pletórica. —Vuelve a reír, coqueta—. Así que no se incomode. Pero a lo que iba, lo que no sabe usted es quién me hizo la prótesis que llevo puesta. ¿A qué no?

—¿La prótesis?

Mateo Paz la mira, atónito. Especialmente cuando Mar, con toda la naturalidad del mundo, sin levantarse del taburete frente al piano, se sube la falda y las enaguas y se quita la prótesis para que el maestro de matemáticas la pueda admirar.

—Es una maravilla de prótesis —anuncia Mar, orgullosa, mostrándosela con las manos—. ¿A que sí? Una obra de arte. ¿Adivina quién me la hizo?

—Pues, no sabría...

—¿No sabría decirme el nombre del fabricante? ¿En serio?

—Pues no, la verdad. —Mateo Paz se ha dado cuenta de que Mar le está tomando el pelo, pero, en vez de enojarse, le sigue la broma—. Lo siento, no es que esté muy al día yo, para serle sincero, en lo que concierne a los nombres de los artesanos que se especializan en... crear prótesis.

Mar vuelve a reír, traviesa, feliz como una mañana soleada de domingo, y hasta Mateo Paz logra sonreír.

—No, claro. Es un mercado muy nicho. Tiene razón. Es una pregunta injusta. Si se tienen las dos piernas, además... —Y Mar vuelve a reír—. Pues, fíjese. Yo se lo cuento. Esta prótesis que aquí ve tan linda y que me sienta tan bien la hizo ni más ni menos que el creador de todas las prótesis de Santa Anna.

—Ah, caray. Esa sí que es toda una revelación. Menuda prótesis. Entiendo que esté usted tan contenta con ella. Claro. No es una prótesis cualquiera, pues. Más bien, dentro del mundo de las prótesis, se trata de su alteza protesísima —logra decir Mateo Paz, haciendo un esfuerzo sobrehumano para estar a la altura de la conversación ocurrente de Mar. Y María del Mar, al sorprenderla el descaro inesperado de Mateo Paz, se le queda mirando boquiabierta por un segundo, antes de estallar riendo, soltando un arpegio de carcajadas.

—Veo que, aunque parece usted un mosquito muerto señor maestro de matemáticas, es medio radicalote, ¿no? —se mofa Mar mientras se vuelve a poner la prótesis—. Es verlo para creerlo. Ya, ya. ¿No será *sans culotte*?

—Mujer, tanto como un jacobino...

—Pues, váyase con tiento, Mateo Paz, deje que le avise, porque aquí donde me tiene, yo vengo de una familia de cangrejos y a mucha honra. —Y Mar vuelve a reír, irreverente, y acto seguido empieza a tocar al piano y a cantar la canción liberal de «Los cangrejos», dejando al maestro de matemáticas patidifuso.

Cangrejos, a compás,
Marchemos para atrás,
¡Zis y zis y zas!
Marchemos para atrás.

A lo que, cuando termina, Mateo Paz le dice, poniendo cara seria:

—¿De familia de cangrejos, dice? Vaya. Nadie es perfecto.

VIII

—Tengo mucho trabajo, Brigitte. Volveré tarde esta noche. No hace falta que me esperes.

Es la cantinela de los últimos días. Y es cierto que las noticias no son buenas en estos momentos. Al menos para los que apoyan al gobierno conservador. Guadalajara es de los liberales. La expedición de Márquez para recuperarla quedó en nada. Se dice que en cosa de un mes tendrán a las fuerzas del general constitucionalista Jesús González Ortega frente a las garitas de la ciudad. Que tras haber ocupado la capital de Jalisco se van a venir para acá. Pero Brigitte sabe perfectamente que esta no es la razón por la que Julio no quiere estar con ella. De hecho, a Julio no le importa quién gane la guerra, con tal de que se acabe de una vez y el comercio vuelva a prosperar sin interrupciones ni contribuciones arbitrarias. El problema es que en la intimidad se siente inadecuado y no quiere dejar que ella lo ayude. Y ella no puede insistir porque Julio acabará por preguntarle cómo es que sabe ella tanto de hacer el amor.

—¿Se le ofrece algo más a la señora? —le pregunta Ixchel.

—No. Ya es tarde. Puede irse a descansar.

—Gracias, señora.

Es cuando Ixchel se ha retirado a su aposento y después de que Brigitte haya apagado las velas de los candelabros que se esparcen por toda la casa para irse a dormir, que lo oye susurrándole desde el balcón: «Brigitte. Brigiiiitte. Ábreme». Sin acabarse de creer que aquella pueda ser su voz, toma el quinqué que hay al lado de la cama y se va hacia las puertas de cristal de la sala de estar contigua donde el balcón da a la calle, aparta las cortinas, y para su mayor asombro descubre que no se lo está imaginando. No sabe cómo, pero Alejandro ha trepado hasta allí arriba y la está mirando suplicante desde la barandilla del balcón.

—¿Qué haces aquí?

—*¿No es verdad, ángel de amor, que en esta apartada orilla, más pura la luna brilla, y se respira mejor?*

—¡Estás loco! ¿Cómo has subido hasta aquí?

Brigitte abre las puertas de cristal y deja que Alejandro la abrace, y la bese, y, por un instante, recorra su piel con sus manos. Pero se aparta de él.

—Párale. Que Julio estará de vuelta de un momento a otro.

—Lo acabo de ver en el casino y tiene para rato.

Brigitte se asoma por el balcón y contempla la calle allá abajo.

—¿Cómo diablos has subido hasta aquí?

—Con dificultad. Pero con suerte habrá manera de que me dejes salir por la puerta de abajo, ¿no, chula?

—Te he extrañado —Brigitte se lo dice sin pensarlo, sin detenerse a reparar en las consecuencias. Porque es verdad. Porque su matrimonio es un chasco y ella es joven y solo se vive una vez y lo tiene allí delante de ella. Apuesto, vulnerable y peligroso.

—Yo también a ti.

—No perdamos el tiempo.

Brigitte cierra las puertas del balcón detrás de Alejandro y lo lleva de la mano a su dormitorio, donde lo empuja para que caiga de espaldas sobre la cama y le pueda desabrochar los pantalones y montársele encima, mientras él la agarra de la cintura con fuerza y la llama su Inés.

IX

Mark no se puede creer que Miramón, hace cinco días, el 17 de noviembre, mandase a Márquez a la casa del agente de tenedores de bonos Charles Whitehead, allá en la Ciudad de México, y a mano armada rompieran el sello de la legación británica y se hicieran con los seiscientos sesenta mil pesos que allí había. Veinte mil de esos seiscientos sesenta mil son suyos e iban destinados a su madre en Escocia. Mark está fuera de sí. No importa si son liberales o conservadores, ¡son todos unos pinches rateros! *Fuck!*

Mark golpea la mesa del escritorio de su oficina allá en la mina de La Potosina. Salta el tintero, y la taza de café junto al libro de cuentas y su ejemplar de *Hamlet*. Le pide disculpas al administrador que le acaba de dar la noticia. No es su culpa. Lo sabe.

—Lo siento. De veras. Es que no lo puedo creer.

Pero antes de que pueda decirle que habrá que mandar otra representación al cónsul, incluso al ministro plenipotenciario que según se sabe se ha desplazado a Xalapa al haber roto relaciones el gobierno de su majestad británica con el de Miramón, los interrumpe un capataz que entra en el despacho sin siquiera llamar a la puerta.

—Don Mark, don Mark...

—¿Ahora qué?

—La gavilla del Tlacuache está ahí afuera. Es él. Dice que quiere hablar con usted.

—¿Cuántos son?

—Son el Tlacuache y cuatro hombres. Van todos armados, mi jefe.

Mark ya no puede más. Sabe lo que debe hacer, pero de repente se da cuenta de que no se le hinchan los huevos hacerlo.

Le dice al administrador que cierre la caja fuerte y esconda la llave. Abre el armario que tiene a sus espaldas, saca el fusil de palanca de repetición Spencer que adquirió hace un mes, capaz de disparar catorce rondas en menos de un minuto, y lo carga debidamente, rápido, como un autómata.

—No se va a atrever... ¿Está loco?

—Estoy hasta la madre de que nos roben, don Marcial. ¡Hasta la puta madre! *Fuck them!*

—Pero es una locura...

—Ya lo dice *esa* proverbio mexicano, ¿no? «Cuando te toca, ni aunque te quites; y cuando no te toca, ni aunque te pongas». Que pase lo que tenga que pasar. Yo estoy listo. Hijos de la chingada. ¡A bailar!

El Tlacuache lo está esperando en el patio de la entrada del edificio de la mina, todavía montado a caballo, igual que sus hombres. La guerra civil le sienta bien. Luce bordados de plata en la chaqueta de paño. No hay nadie ahí para imponer orden o ponerse a atrapar a bandidos como él. Andan todos distraídos matándose entre sí. Cuando han estado los conservadores al frente del departamento de San Luis, lo han dejado hacer de las suyas a cambio de que atraque y asesine a los hacendados liberales de la provincia, y cuando han sido los liberales los que han ocupado el palacio de gobierno, han hecho lo propio, con el entendimiento de que el Tlacuache les hará el favor de asaltar a los mochos de la región. Chingar y cantar. La buena vida, pues. Y ahí frente al edificio de madera donde se encuentran las oficinas de la mina, lo de hoy debería ser pan comido. Ha corrido la voz de que ahora se encarga de ella un chamaco inglés idealista que ha empezado a pagar a los mineros mejor que nadie y les está construyendo casitas nuevas para sus familias ahí junto a La Potosina, con una enfermería y una escuela para sus hijos. Como tiene costumbre, el Tlacuache le dirá que vienen de parte del gobierno de turno, que toca desembuchar una contribucioncita para la causa, y el joven hará lo que le piden porque es un catrín de ciudad y es lo que hacen todos cuando se encuentran cara a cara con el Tlacuache y sus hombres. Además, es extranjero, y ya se sabe lo cagones que son los extranjeros. Al menos esto es lo que imagina Mark que debe estar pensando el Tlacuache, convencido de que lo tiene fácil, que solo tiene que abrir la boca para que el señorito Mark haga lo que le mande. Cuenta con que tiene un par de segundos como máximo para tomar al bandido y su gente por sorpresa.

De ahí que no le da tiempo al Tlacuache siquiera de saludarlo. Mark abre fuego en cuanto franquea la puerta y sale a recibirlos a balazos. Le da al gatillo repetidamente, el rifle calentándose en las manos, un disparo tras otro, sin parar, acribillando a los cinco hombres que tiene enfrente de él, que caen de los caballos uno tras otro sin tiempo de reaccionar. El último alcanza a dispararle, pero yerra el tiro, y se desploma a continuación, el cuello atravesado por dos balazos consecutivos. Si hay algo que Mark lleva practicando en los Jazmines desde hace más de un año, además de montar a caballo como un charro, es disparar las armas varias que ha ido adquiriendo desde que llegó a México. Todo pasa en cosa de menos de diez segundos. Los caballos vienen y van ahora frente a la mina relinchando espantados. En el suelo yacen cinco cuerpos inertes cubiertos de sangre. Mark se acerca para asegurarse de que están muertos y al ver que dos de ellos no lo están, les da el tiro de gracia en la cabeza, uno tras otro. Sin pensarlo. Varios mineros se asoman a ver qué pasa. Don Marcial y el capataz salen de las oficinas estupefactos sin creerse bien lo que acaba de suceder.

—Ya ve —le dice Mark a don Marcial—, hoy les llegó *el* hora al Tlacuache y sus hombres. Ni les dio tiempo de quitarse. Así es la vida. Vaya y llame al padre Timoteo para que les dé santa sepultura. Aunque les espere *la* infierno en *el* otra vida, es lo mínimo que podemos hacer.

Mark se interna en el edificio, se va directo a su despacho, deja el fusil apoyado en la mesa, se sirve rápido un vaso de tequila que se bebe de golpe, y se tiene que sentar de lo mucho que ha empezado a temblar; como si el miedo enorme, que encerró sin pensarlo bajo candado quién sabe cómo dentro de él hace unos escasos minutos, acabara de escaparse y se hubiera posesionado de cada corpúsculo de su cuerpo. Es incapaz de servirse otro tequila de lo mucho que le están temblando las manos. Ni que estuviera padeciendo un ataque nervioso o se estuviera muriendo de frío. Hasta los dientes le rechinan. Lo único que se le ocurre en ese instante a la vez que tiemblequea violentamente y revive lo que acaba de pasar como si hubiera tenido lugar en un sueño o fuera un recuerdo ajeno a él, es que no le puede decir a su abuela que decidió enfrentarse a aquellos bandidos porque estará furiosa con él. Por arriesgar su vida innecesariamente. Aunque también piensa en ese momento en su abuelo Marcos, en cuyo honor su padre lo bautizó con el nombre de Mark, y que murió asesinado por una gavilla de bandidos al intentar razonar con ellos. Y Mark piensa en Hamlet. *The readiness is all.* Estar prestos lo es todo. Aunque la próxima vez que se asome un bandido se lo dará todo. ¡Qué diablos! ¿En qué estaba pensando? ¡Lo podrían haber matado! *Fuck!*

X

Era solo cuestión de tiempo. El padre Raúl se adentra presuroso en la catedral, que reverbera con los cantos del coro que lleva ya varias horas ensayando, en vísperas de las ceremonias navideñas que se avecinan con las misas correspondientes de Adviento y Navidad. Está poseído por una rabia que poco tiene de cristiana y que no suavizan las voces angelicales de los monaguillos. Raúl está convencido de que como el Indio Juárez sabe que se trata de una medida que no puede ni debe ser popular, se ha esperado hasta ahora para aprobarla porque debe estar convencido de que su partido de apóstatas y herejes malditos va a ganar la guerra después de todo. Esas son palabras difíciles de digerir. De decir, incluso. Que Juárez va a ganar la guerra. Raúl necesita sentarse.

Aunque Miramón resiste y ayer, por lo que se sabe, derrotó y apresó a Degollado, allá en Toluca, no tiene sentido engañarse. Tienen los días contados. Lo saben todos. Y es francamente deleznable: sobre todo que el Indio Juárez haya llegado a estos extremos y haya sido capaz, hace seis días y desde su guarida en Veracruz, de dar a conocer esta ley anticatólica y extranjerizante justo antes de Navidad; ley espuria que se ha empezado a implementar en la parte del país ocupada por las huestes liberales; lo que viene a ser casi toda la república. ¡Pobre México! Porque, aparte de la Ciudad de México y Puebla, poco controlan ya los conservadores.

El 4 de diciembre Juárez tuvo a bien legalizar la libertad de cultos. ¡En México! Cuando se enteró Raúl fue como si hubiera estallado una bomba en sus entrañas. Raúl se tiene que sentar en uno de los bancos frente a la capilla lateral de Nuestra Señora de la Soledad, por lo afligido que está, lo furibundo, antes de poder proseguir hacia las oficinas de la catedral, donde lo ha citado el arzobispo. Raúl se lleva las manos a la cara y se la frota exhausto, olvidándose de que al hacerlo está quitándose los polvos de arroz que le blanquean el rostro. Contempla a la Virgen de la Soledad, frente de él, preciosa, serena, orando divina de túnica blanca con un manto negro encima, de pie en el centro de ese extraordinario retablo barroco de oro, rodeada de las conmovedoras imágenes de la pasión de Cristo. Pero le es imposible tranquilizarse frente a ella y su infinita bondad. Le arden las venas. Si se pone a pensar en el calvario de estos últimos cinco años, resulta casi imposible creer que los liberales hayan sido capaces de causar tanto daño al país y a la religión, su religión, en tan poco tiempo. Y que vayan a ganar la guerra. Raúl está fuera de sí.

Han suprimido el fuero eclesiástico y nacionalizado los bienes de la Iglesia. ¡Han confiscado las propiedades de la Iglesia! Allí están robándose los monumentos más ricos, los inmensos tesoros del venerable clero, y de paso cometiendo toda clase de sacrilegios y profanando los lugares más sagrados y las cosas más santas. ¡Hijos de Satanás! Ya la maldita Constitución del 57 demostró que su intención era discriminar contra el clero, humillarlo; donde la religión católica no es invocada sino para subyugarla, donde es sagrado el trabajo de todos menos el del clero; donde es sagrada la representación de todos menos la del clero; donde es sagrado el derecho de todos menos el de la religión; sagrada la libertad de todos menos la de la Iglesia; y sagrados todos los pinches intereses del pueblo, menos los religiosos y morales. Hombres depravados todos ellos, bandidos que han perseguido de muerte y sin causa a los ministros del santuario. No por nada el Santo Padre circuló una alocución a finales de 1856, casi un año antes de que diera inicio esta horrenda carnicería, en la que les dijo a los mexicanos que era su deber como católicos desobedecer a su gobierno impío; gobierno que estaba atacando la religión católica, la Iglesia y sus sagrados ministros y pastores, sus leyes, derechos y propiedades, así como la autoridad de la Santa Sede.

Gobierno liberal que, cuando termine esta guerra y vuelva al poder, despreciará la autoridad eclesiástica y actuará con prejuicio de la religión del pueblo mexicano. ¡Dios nos libre!

Cuando entra en el despacho del arzobispo, Lázaro de la Garza y Ballesteros, que debe rondar los setenta y cinco años de edad, este le comunica que ha decidido que la Iglesia no puede seguir apoyando al gobierno conservador, a lo que Raúl asiente con la cabeza. Solemne, yendo directo al grano, la razón que da es sencilla, no les queda dinero. Ha sido ver a los conservadores entrando en las iglesias desde finales del verano y, en su desesperación por conseguir fondos, despojándolas de la plata y oro que han encontrado, llevándose cálices, vinajeras y un sinfín de objetos sagrados un día, para irse con las alhajas de los santos el siguiente, todo para empeñarlos, y llegar el arzobispo a la triste conclusión de que nada diferencia ya a los conservadores de los liberales. Les vale madres los derechos y las propiedades de la Iglesia. Garza y Ballesteros ha dado órdenes expresas de que se excomulgará a quien ose confiscar los bienes del clero, empezando por el mismísimo Miramón si lo intenta.

—¿Qué vamos a hacer? —le pregunta Raúl de golpe.

—¿A qué se refiere, padre Raúl?

—A cuando gane la guerra el Indio Juárez. ¿Qué vamos a hacer cuando ganen la guerra los demagogos?

El arzobispo suspira. Tanto él como Raúl saben que no se van a entender con el Indio Juárez; que el Indio Juárez tampoco va a buscar congraciarse con ellos. Acaso se va a vengar de ellos. Juárez culpa a la Iglesia de la guerra. Acusa al clero de ser el principal autor de las lamentables desgracias que ha padecido la nación; quien ha sostenido con su riqueza abundante la fuerza armada de la que se ha servido la reacción para oprimir al pueblo.

—Rezar, padre Raúl —contesta al cabo de un minuto que se hace eterno—. Rezar. ¿Qué más podemos hacer?

XI

La noche está despejada, el aire es cristalino y el cielo se ha atiborrado de estrellas. No caben de tantas que hay. Mar y Mateo Paz se despiden de Alejandro a la salida del teatro, a la luz del alumbrado de gas que desde hace tres años ilumina las calles del centro de la capital, y se encaminan despacio, acompañados de sus sombras, hacia la plaza de Santo Domingo.

—Lo hace muy bien su primo —dice Mateo Paz.

Lo acaban de ver en *Otelo*, encarnando el papel del joven Casio, el personaje de quien se sirve Iago para volver loco de celos al moro de Venecia engañándole con el cuento de que su joven esposa Desdémona le está siendo infiel con él.

—Sí, se le da muy bien lo del teatro, la verdad. Desde niño montaba obras con un pequeño teatro de títeres que le dieron para su santo. Claro que en casa es un secreto a voces que se está viendo con la actriz que hace de Desdémona.

—Ah, caray. O sea que no estaba mintiendo Iago...

María del Mar ríe de esa manera que solo sabe hacer ella. Llena la calle de felicidad y hace que Mateo Paz se enamore perdidamente de ella.

—No vaya a confundir el arte con la realidad, señor maestro de matemáticas.

—Pues puestos a hablar de Iago. Ahora en serio. Es el personaje que más me cuesta entender. ¿Usted qué piensa?

—Pos que es malo.

—Sí, obvio, pero ¿por qué es tan malo? Como que Shakespeare no nos da ninguna pista de por qué Iago quiere destrozarle la vida a Otelo.

—¿Por qué no le gustan los moros? A veces hay gente así, ¿no? Hay gente buena y gente requetemala.

—Pues fíjese que yo no lo tengo tan claro.

—¿Ah no?

—No. Yo creo que todos somos buenos en el fondo. Creo que la mayoría de las veces si la gente hace daño a los demás, es sin querer. Se equivoca y piensa que está haciendo lo que debe. No sé. O eso, o porque tiene miedo, o está dañada y solo sabe dañar a los demás. O es ignorante y no sabe comportarse de otra manera. ¿Me explico?

—El camino al infierno está empedrado de buenas intenciones.

—Exactamente. Es eso, exactamente. Pero Iago es sencillamente maligno. Diabólico. No se nos da a entender de dónde le viene esa inquina que siente hacia Otelo.

—No sé qué decirle. Quizá la gente como Iago sea la excepción. Pero sí que hay gente maligna por ahí, Mateo. Como Iago. Gente que disfruta haciendo sufrir a los demás. Y esta guerra pareciera demostrarlo. Como si todos lleváramos un monstruo dentro esperando a que llegue el momento justo para que pueda salir y cometer toda clase de salvajadas...

Se detienen meditabundos antes de cruzar la calle. Bajo la colmena de estrellas que zumban silenciosas allá en el cielo. Como si se estuvieran cerciorando de tener uno de esos monstruos escondido en sus adentros o no. Todavía hay gente y calesas por todas partes. Hay ambiente de fiesta. Mucha, como ellos, viene de salir del Teatro de Iturbide. La noche es joven y nadie sabría por la animación de los viandantes, o el ruido que sale jocoso de los cafés y las fondas, que el país está en medio de una guerra civil.

—Yo quisiera pensar que la humanidad es buena en el fondo —insiste Mateo—. Y que no habría tanta maldad si no hubiera tanta pobreza y tanta injusticia y desigualdad, y se pudiera educar a todo el mundo igual y ofrecerle las mismas oportunidades.

—Tú eres juarista, ¿verdad?

A Mateo Paz lo toma por sorpresa, más que la pregunta, el hecho de que Mar lo ha tuteado.

—Sí, pero no se lo diga a nadie —sonríe.

—Yo también creo que lo soy. Y me puedes tutear, Mateo, si quieres.

Mateo se la quiere quedar mirando de lo guapa que la encuentra allí iluminada por las farolas bajo el firmamento estrellado, pero Mar no se detiene. Ha soltado aquello de que le puede tutear como si nada y se hace camino por las aceras y las calzadas rumbo a la casa de sus abuelos, donde lleva viviendo desde aquella noche, hace años, en que su padre atacó a su mamá.

—Como tú —continúa Mar—, creo que lo que hace falta es educar a la gente. Solo educándola, y bien, además, vamos a poder poner fin a tanta injusticia y mejorar y progresar. Acabar con la gente maligna. Lo dice mi madre. Todos los días. De eso hablaba Juárez en su manifiesto el año pasado. Prometió que aumentaría los establecimientos de enseñanza primaria gratuita. Porque, y te lo voy a citar, Mateo, para que veas, «la instrucción es la primera base de la prosperidad de un pueblo, a la vez que el medio más seguro de hacer imposibles los abusos del poder». ¿Cómo ves? ¿A que no te imaginaste en ningún momento que acabaríamos la velada conmigo citándote a Juárez?—Y, sin embargo, tu familia es conservadora, Mar...

—Si mis tíos y mi abuelo se han puesto del lado de Miramón, lo han hecho porque creen que así están haciendo un servicio a la patria. No son malos. El que se equivoquen no significa que yo no los pueda querer.

—No, por supuesto.

—Habrá que educarlos. Eso es todo. ¿Y sabes qué, Mateo Paz?

—¿Qué?

—Que tú también me estás empezando a gustar. Tal vez acabo queriéndote a ti también.

Mar le da un beso fugaz en los labios a Mateo, y antes de que pueda él reaccionar, se despide de él riendo y se adentra en su casa donde la están esperando Concha, su madre y su abuela, muertas de curiosidad.

XII

Calpulalpan. 22 de diciembre de 1860. Las lomas y los campos que se esparcen frente a Felisberto se ven repletos de hombres a pie y a caballo que se atacan por varios frentes. Desde donde está, junto a Miramón, observando cómo se desarrolla la batalla, parece como si estuviera contemplando un hormiguero inmenso que ha sido pisoteado por un gigante. El paisaje está en continuo movimiento, las columnas de infantería y las unidades de caballería se desplazan frenéticamente de un lado a otro, como bandadas de pájaros que avanzan y retroceden y vuelven a avanzar. Luego van y chocan, dejando estelas de cadáveres, el campo sembrado de muertos, mientras los cañones de ambos bandos hacen retumbar la tierra con explosiones que dejan pequeñas nubes grises flotando en el aire.

Felisberto es muy consciente de que se lo juegan todo en esta batalla. Nunca ha visto nada igual; ni cuando era un cadete con dieciséis años luchando contra los yanquis, ni desde entonces. En todos los años que ha combatido junto a Miramón, lado a lado, inseparables los dos, contra los revolucionarios de Ayutla, en la batalla de Ocotlán y durante los sitios de Puebla del 56, y ya iniciada esta guerra civil, nunca ha visto una batalla así de grande. Lo impactante, visto desde su posición elevada, es la escala del enfrentamiento, el que las líneas de batalla sean tan largas, tan extensas, que abarquen hasta adonde llega la vista. Es la magnitud del choque de armas, y también lo es el ruido escalofriante que hace ese coro humano multitudinario de millares de hombres que se gritan llenos de miedo y de odio a la vez que se atacan y se matan entre sí.

Quizá no le debiera sorprender. Ahí están todos. Miramón se ha traído consigo a toda la plana mayor. Están los meros meros del ejército conservador: Leonardo Márquez, Tomás Mejía,

Miguel Negrete, Marcelino Cobos. Son ocho mil hombres aguerridos, con veinticuatro piezas de artillería de batalla, y dieciséis de montaña que no paran de rugir. Los estampidos de los cañones son ensordecedores. No dejan pensar. No les quedaba de otra. Y frente a ellos se esparcen las Divisiones Unidas, que González Ortega ha logrado amasar para tomar la Ciudad de México: las brigadas de Zacatecas, San Luis Potosí, Michoacán, Guanajuato, Jalisco y quién sabe cuáles más. Sus fuerzas suman más de dieciséis mil hombres. ¡Son tantos! Ocupan todo el horizonte y le apena a Felisberto pensar por un segundo que Leandro Valle debe estar entre ellos. Leandro, que se pasó al bando liberal hace ya años. Ni modo. Así de cruel y absurda es la vida. Pero no deja que eso lo distraiga. No hay tiempo para ello.

Las lomas de Calpulalpan sangran. Nunca habían tenido a tantos hombres y caballos recorriéndolas de arriba abajo como una urticaria. Ni que estuvieran en el zócalo durante las fiestas patrias, atiborrado de gente, solo que es un descampado ondulante en el que se están matando decenas de hombres a cada instante, cuerpo a cuerpo, encarnizadamente; decenas que rápidamente ascienden a centenares, y que pronto serán miles, fallecidos todos ellos en combate de una manera atroz.

Es una misión suicida. Lo sabe Felisberto. Lo saben todos. Les doblan en número y tienen más cañones que ellos y van a tener que hacer lo imposible para derrotarlos. Excepto que Felisberto ha acompañado a Miramón en todas las batallas de aquella maldita guerra y ha visto con sus propios ojos cómo, una y otra vez, a pesar de casi siempre tener menos hombres que los liberales, su amigo, el estudioso de Jominí, el que luego fue por un año catedrático de táctica en el Colegio Militar, ha sabido salir vencedor. En Ahualulco, en San Joaquín, en Estancia de las Vacas, en La Albarrada. No por nada lo llaman el Genio de la Guerra. Felisberto se aferra todavía a la esperanza de que Miramón sepa cómo darle la vuelta a la situación y brindarles la victoria contra todos los pronósticos, aunque la manera en que empieza a torcerse la batalla le trae el recuerdo amargo de Silao, cuando González Ortega desplazó sus cañones a pocos metros de sus posiciones durante la noche sin ser avistado y pudo despertarlos mediante cañonazos. Es evidente desde hace ya más de media hora que González Ortega ha estudiado las tácticas de Miramón, porque no se ha dejado engañar por el amago ofensivo que lanzó su enemigo. Lo preocupante es que González Ortega está enviando ahora el grueso de sus tropas sobre el centro de las posiciones de Miramón, como una marejada imparable de fusilería y rabia, y las está apoyando con el fuego nutrido de los más de treinta cañones que tienen allí enfrente, mientras la caballería constitucionalista no para de cargar contra sus flancos.

—Si no hacemos algo rápido, los liberales van a lograr situarse a nuestra retaguardia —masculla Miramón. Da órdenes enseguida de que la caballería que comanda su hermano Joaquín se aboque sobre las fuerzas liberales que ocupan el centro del campo de batalla. Cuenta con que no se lo estarán esperando. Una contraofensiva decisiva y contundente como la que aplastó a Degollado en Estancia de las Vacas.

Felisberto se lleva los prismáticos a los ojos y observa cómo Joaquín Miramón y la caballería conservadora carga contra la infantería liberal que ha empezado a tomar terreno allá en el centro de aquel vasto páramo infernal cubierto de hombres matándose unos a otros despiadadamente. Es un asalto vertiginoso. Salvaje. Sin embargo, son tantos los liberales que logran resistir aquel ataque inesperado. Aunque caen sus soldados como moscas, unos tras otros, segados por la caballería conservadora, hay tantos de ellos que se mantienen firmes. Y siguen resistiendo. Y empiezan a envolver a la brigada de Joaquín. Y es en ese momento que pasa algo totalmente inaudito. Felisberto ve cómo los jinetes conservadores, al verse rechazados y rodeados han entrado en un estado de pánico y dejan de luchar, y levantan las manos en alto rindiéndose, y algunos desmontan y, de repente, los hay que abrazan al enemigo. ¿Qué hacen? ¿Se han vuelto locos? Se detienen allá en medio mientras la batalla ruge a su alrededor, y parecen hablarse. Y entonces, de manera incomprensible, en vez de hacerlos prisioneros, los liberales los dejan volver a montar sus caballos. Felisberto no entiende qué diablos está pasando. Es Miramón el que se lo deletrea.

—Hijos de la chingada. ¡Se están pasando a las filas enemigas!

Felisberto se da cuenta en ese instante de que han perdido la batalla. Han perdido la guerra. Y el ataque de las tropas de González Ortega deviene, de golpe, y a partir de ese momento, implacable.

XIII

Lupe y sus hijas se hacen camino por la ciudad de vuelta a casa, conscientes de que algo tremendo está a punto de pasar. Aunque no hablan de ello y se esmeran en planear los detalles de la cena de Nochebuena para no tener que plantearse lo que una victoria liberal significará para la familia, el frufrú de sus vestidos, junto a los ecos de sus pasos en los adoquines, suenan diferentes de alguna manera. El aire es más espeso. Las nubes allá a lo alto han cobrado un color extraño que ni es blanco ni es gris y tiene ciertos tonos rosáceos.

Lupe lleva años haciendo lo imposible para no dejarse vencer por la vida y sus infinitos golpes. Es una mujer dura, hoy en día, seria. Pero sobre todo fuerte. Golpes como el que tuviera un marido borracho y violento. Que le tuvieran que amputar una pierna a su hija pequeña cuando no tenía todavía cinco años. Que perdiera a su hermano mayor, Nicanor, a quien quería tanto, ahorcado hacia el final de la guerra con los Estados Unidos. El que su padrastro y su primo Felis estuvieran presos en La Acordada. La desesperación de su madre. Se tuvo que volver fuerte. Por sus hijas. Por su madre. Por ella misma. Y descubrió que por sus venas corre la sangre de las Figueroa; mujeres como su mítica bisabuela Trini. Como su madre. Se tuvo que volver fuerte y así lo hizo. Sin necesidad de volverse a casar o molestarse en liarse con más hombres. Sola se montó su escuela de amigas, y, sin menospreciar el apoyo que le ha brindado su madre a lo largo de los años, ha sido ella la que ha cuidado y formado a sus dos hijas, asegurándose de que fueran educadas, con Concha ayudándola en su escuela de la calle del puente del Espíritu Santo, y Mar dando clases de piano. Porque si van a evitar repetir los errores del pasado ha de ser a base de aprender de ellos, de educarse; la educación convertida en salvación; la única verdadera salvación; la educación de todos por igual, tanto de hombres como de mujeres.

Lupe es muy consciente de lo mucho que se parece a su madre. Hay mañanas que, al verse en el espejo, se asusta al ver el rostro de Amalia reflejado frente a ella. Lupe es idéntica a como era su madre cuando Lupe debía tener la edad de sus hijas. Y sabe que se parece tanto en lo físico como en el comportamiento. ¿De dónde le viene esa fuerza interior si no? Aunque Lupe se considera más fuerte por eso, de alguna manera. Más enfocada. Más dedicada a ayudar a los demás, no solo a los miembros de la familia. Para su madre, su hombre y la familia lo son todo. Para ella, lo es la familia, sus hijas, pero también están todas las niñas que van a su escuela. Las niñas así en general. Es importante para Lupe el que aprendan a leer y a escribir, a sumar y a restar, pero también a no dejar que los hombres las golpeen o abusen de ellas cuando se hagan mayores. A ser compasivas, sí, pero a ser fuertes, también. Como las Figueroa. Que sepan no solo cuándo pueden y deben decir no, sino que tengan la confianza en sí mismas de hacerse respetar y no dejar que nadie las maltrate. Nunca.

Cuando llegan a casa, se encuentran que Felisberto está allí. Se le ve gris, pálido, de pie en medio de la sala de estar hablando con sus padres. El ambiente es tenso. Se nota tan solo entrar. Las golpea como si hiciera un frío sobrenatural en aquel salón. Como si los muebles se hubieran cubierto de escarcha y su primo, al hablar, dejara nubes de vapor flotando en el aire helado. Sus padres están sentados y parecen haber envejecido otros diez o veinte años; congelados de angustia. Lupe les dice enseguida a sus hijas que lleven las compras a doña Pascuala, allá en la cocina.

—¿Qué pasa?

—González Ortega no le dará garantías a Miramón a cambio de rendir la plaza. Van a entrar mañana, tanto si nos gusta o no.

Lupe va hasta su primo y lo abraza.

—Miramón acaba de irse a la legación española —añade su padrastro, cabizbajo—. Abandona el barco.

—¿Qué vas a hacer entonces?

—Se va a tener que esconder —contesta su madre—, y cuando encuentre la manera, escapar.

—Si me agarran me fusilarán lo más seguro, Lupe. Es cierto que González Ortega ha estado perdonándoles la vida a los prisioneros. Pero hay comandantes liberales como Carbajal a quien le gusta extraer los ojos de los prisioneros y echarles pólvora en las concavidades para luego prenderles fuego.

—¡Dios santo!

—Tú deberías esconderte, también —le dice Amalia a Pancho.

—Por mí no te preocupes. Yo no soy nadie hoy día. Soy un viejo inútil y no he hecho nada para los conservadores, excepto mancharme las manos de tinta —le replica él—. A lo sumo me volverán a suspender de todo cargo en la secretaría y me ningunearán.

—No vale la pena arriesgarse.

Es su madre la que toma la iniciativa.

—De momento, Felis, te quedas aquí escondido con nosotros. Luego, tan pronto lo veamos posible, te vas con Pancho a Monte Caldera. No se le ocurrirá a nadie buscarlos allí.

—¿A la casa de mi madre? —intercede Pancho, sorprendido.

—Allí.

XIV

—Soy Nicanor, el hijo de la señora Cayetana Gurruchaga. Por lo que tengo entendido está aquí. Vengo a verla.

—¿Ahora? —pregunta el portero, grasiento y sudado.

—Sí, ahora.

—¿Y quién dice que es?

—Su hijo Nicanor.

Si no fuera porque Tavo lleva la escopeta al hombro, una canana a la cintura, y es patente que es uno de los miles de milicianos liberales que acaban de inundar la ciudad, aquel hombre repugnante lo hubiera mandado a la chingada. Pero no lo hace. Se le queda mirando perplejo. Incómodo.

—Uta. Pos que sepa que no está muy bien.

—No me importa cómo esté. Necesito verla.

—Pero es que está retemal, mijito. ¿Seguro que la quiere ver? Espérese aquí mientras voy a buscar al doctor.

Entraron en la Ciudad de México esta mañana por las calzadas de Chapultepec, de la Piedad y de Oriente, convergiendo en Tacuba, desde donde desfilaron triunfales los más de veintiocho mil hombres que componen las fuerzas de las Divisiones Unidas liberales, todos juntos bajo una lluvia de flores y coronas por el Paseo Nuevo, las calles de Corpus Christi, Santo Domingo, Moras y del Relox, para terminar parándose en columna frente al Palacio Nacional. Continuaron desfilando luego por los portales de las Flores, Agustinos y la calle de la Independencia hasta llegar a San Juan de Letrán, pudiendo dispersarse allí. Tavo desfiló a pie, con la infantería, las músicas de las bandas reverberando con los vivas del pueblo a su alrededor, bajo las órdenes inmediatas del capitán norteño Jorge Pedrero, junto con las fuerzas a quienes se unió cuando ocuparon Guadalajara, pudiendo así huir de don Rodrigo, alucinado por la animación y el entusiasmo de la gente, el tamaño de aquella extraordinaria ciudad de palacios, de edificios monumentales, interminable, latente, llena de gente, de vida, sin dejar, por eso, de sentirse aterrorizado al no saber cómo encontraría a su madre ahora que por fin se hallaba en la capital; si seguiría en el Hospital de San Hipólito y en qué estado.

El doctor Anacleto Sahagún Llorente le hace la misma pregunta que el portero, que quién es. Le pregunta, además, si su abuelo sabe que está aquí. Tavo lo nota suspicaz.

—¿El señor Basilio Gurruchaga Ibarra?

—Sí, claro. A don Basilio, me refiero.

—No. Pero eso no debería importar, ¿no? Es mi madre.

El doctor lo tiene que pensar. Tavo ve que está incómodo. Le recuerda a cómo se ponía don Rodrigo cuando su mamá Eulalia le preguntaba si le había pegado a Tavo y se hacía obvio que le daba vergüenza admitirlo delante de ella, y se volvía esquivo y contradictorio y encontraba la manera de evitar contestarle.

—Si necesito su permiso, dígame dónde lo puedo encontrar.

—Está en París, joven. Lleva ya varios años que se fue a vivir a Francia.

—¿Entonces?

—Bueno. Vamos, pues. Le acompaño. Pero le aviso, joven, que no va a encontrar lo que busca.

Lo primero que golpea a Tavo al adentrarse en aquel edificio es el olor agrio a orina; una peste intensa a amoniaco que le provoca arcadas. Luego vienen los gritos escalofriantes de algunos de los pacientes que, cuando los ve, a través de las rejas de las celdas que se suceden rumbo al paradero de su madre, lo hacen encoger de espanto. Idos. Desesperados todos. La ropa manchada. Las caras desencajadas. Camina junto al doctor Anacleto Sahagún Llorente, el portero detrás, y no sabe qué hace allí, de repente. ¿Qué esperaba encontrar? Esto es el infierno. Una cárcel de almas en pena.

Cuando la ve, no sabe bien a quién está mirando. Es una mujer esquelética, despeinada, con ojos desorbitados, descalza, que lleva un camisón gris que apenas le cubre las piernas.

—Tiene visita, doña Cayetana. ¿Cómo ve?

El portero saca un puñado de llaves y se tarda unos minutos en abrir la puerta de la celda de Cayetana. Entra Tavo, despacio. Tiene al doctor Sahagún Llorente detrás.

—Madre, soy su hijo, Nicanor.

Cayetana se le queda mirando. Extrañada al principio. Curiosa. Se le acerca. Lleva su mano hasta una de las mejillas de Tavo y se la acaricia. Lo observa de cerca, en silencio, admirada. Justo cuando Tavo le va a volver a hablar, Cayetana le araña la cara de un zarpazo.

—¡Mal hijo! Yo no tengo un hijo —le sisea rabiosa mientras Tavo se lleva la mano a la cara, horrorizado—. Me lo robaron. A mi hijo me lo robaron. Lo que tengo es un mal hijo. Un mal hijo que se fue y me abandonó.

—Madre, soy yo. Su hijo —susurra Tavo.

—Tú eres un mal hijo. Ingrato. Vete a la chingada, Nicanor. ¿Me oyes? ¿Me oyes, Nicanor? Vete a la chingada. Vete. ¡Vete a la chingada! ¡Mal hijo!

Tavo no puede hablar. Asiente con la cabeza. Con la vista en el suelo le da la espalda a su madre, que le sigue gritando histérica que es un mal hijo y rehace junto al doctor el camino que va de la entrada del hospital a la celda de Cayetana. No sabe qué decir. Se le han secado las palabras. No sabe qué pensar. El corazón le late con violencia. ¿Qué clase de hombre es su abuelo? ¿Cómo pudo hacerle esto a su madre? La realidad de su orfandad lo golpea como si le hubiera caído el edificio encima. El mundo entero. Está solo. Más solo que nunca. Absolutamente solo. Su madre ni lo reconoce ni ya es su madre, y la que lo adoptó esta muerta. Hijo de la nada. Mal hijo. No tiene a nadie en el universo. Sale a la calle y no sabe adónde ir o qué hacer. Está solo en la Ciudad de México. Bajo el cielo sangriento del atardecer. Solo, sin más. Abandonado. Sin nadie que lo quiera. Solo frente a la vida y la muerte, con trece años, una escopeta al hombro y una canana en la cintura.

XV

A bordo del *Tajo*, las sotanas de los obispos y su séquito ondean en el viento, como banderas rojas y negras. Son una congregación incongruente de clérigos zarandeados por la ventisca salada del Golfo. Raúl contempla el Pico de Orizaba en la distancia y el puerto de Veracruz, San Juan de Ulúa y la Isla de Sacrificios, que se van alejando, el mar de por medio, de un azul marcadamente más oscuro que el del cielo, y siente ya una nostalgia enfermiza por aquello que apenas acaba de dejar atrás. Los campanarios de Veracruz. Las palmeras. Los zopilotes y los pelícanos. Las playas de arena. No sabe cuándo le estará permitido regresar a México. Desterrados el arzobispo Garza y Ballesteros y los obispos Munguía, Espinosa y Barajas, por el Indio Juárez, y con los liberales en el poder tras ganar la guerra, difícilmente volverán a pisar la tierra que los vio nacer. Raúl, aferrado a la barandilla de la cubierta de popa, el viento en la nuca, agitándole el cabello, con el humo del vapor huyendo por encima de él hacia la costa veracruzana que van dejando atrás, ya extraña los chiles y las salsas que allá en Europa será imposible encontrar; el aroma que desprenden las tortillas calentadas en el comal, la vista de los volcanes al sur de la ciudad.

Siente pena por su familia, a quien no sabe si volverá a ver nunca más, que se queda y tendrá que sufrir en carne propia la iniquidad de Juárez y su gobierno impío. Y siente pena por sí mismo, expulsado de su patria, condenado al exilio. Desde que el ministro Melchor Ocampo les comunicó que se tenían que ir, se ha intentado consolar pensando que se va a Roma, que estará cerca del Santo Padre en el Vaticano. Pero lo que siente es rabia; una rabia inmunda, descomunal, que le hace querer hacer daño a todos los liberales infames que han tenido la osadía de atacar la santa Iglesia y su ministerio. Un daño severo. Inimaginable.

Y sabe, porque lo predica, que la resignación es una forma de resiliencia; es la manera con la que debemos afrontar la adversidad, porque no está en nuestro poder cuestionar la voluntad de Dios. La resignación cristiana es una entrega voluntaria, amorosa. Escogemos activamente ponernos en las manos del Señor y someternos a sus divinas providencias, aunque no las entendamos, porque lo adoramos y nuestra fe, por ser fuerte, nos enseña que solo así obtendremos su perdón y la verdadera felicidad. Como Jesucristo, en el jardín de Getsemaní, que, al saber perfectamente cuáles serían los horrores del calvario que lo esperaba, rezó: «Padre, si quieres, aparta de mí este cáliz; pero no se haga mi voluntad, sino la tuya». Y Raúl sabe, porque lo predica también, que deben saber perdonar al prójimo, por muy terribles que hayan sido sus acciones; hacer un esfuerzo y aprender a comprenderlo y compadecerlo y rezar por él y su alma, «Porque si perdonáis a los hombres sus ofensas, os perdonará también a vosotros vuestro Padre celestial».

Pero Raúl contempla su patria, que se aleja y se va alejando, más allá de las olas, convirtiéndose en una franja corrugada que poco a poco como una cabalgata de nubes negras se va hundiendo en el mar, y lo que quiere es venganza: meter a Juárez y su calaña en calabozos donde los puedan castigar mediante torturas largas y nefandas; y humillarlos hasta que, patéticos, pidan perdón desesperados antes de exterminarlos. Los quiere quemar vivos a todos. Verlos arder en una gran hoguera donde puedan ir a morir todos los ateos y herejes liberales que se atrevieron a atacar a la santa religión de su Supremo Hacedor y que tanto daño han hecho a su patria; patria suya, patria católica, apostólica y romana; la patria del indio Juan Diego y la Virgen de Guadalupe, patria mexicana de su corazón.

XVI

Están en la casa de Chuyém, el que fuera el rancho de su madre. Casa que le dejó a Pancho en su testamento de forma totalmente inesperada: «A mi único hijo, el general Francisco Cienfuegos». Casa de la que se ha ocupado Clara desde que murió Chuyém, visitándola de vez en cuando, pagando para que alguien la asee, se ocupe del huerto, y se asegure de que los bandidos no piensen que está abandonada. Casa de la que, más recientemente, se ha encargado el nieto de su hermana, Mark, cuando no ha podido estar pendiente ella; joven que se parece de forma desconcertante a como era su cuñado don Marcos hace todos esos años, antes de que lo matara una gavilla de rateros, y a quien Pancho recuerda nítidamente, aunque era todavía un niño cuando se casó su hermana con él. Sin embargo, a quien recuerda con insistencia, especialmente desde que Felis y él se refugiaron allí hace ya más de tres meses, y mientras les prepara un café a los dos en aquella cocina sencilla, con su ventana con vistas del Cerro de San Pedro, pardo y piramidal, es a su padre. Don Braulio Cienfuegos Lascuráin.

Lo recuerda todos los días. Todavía. Aunque hace ya cuarenta años desde que murió. Aunque ya han pasado cuarenta y cinco desde que lo vio por última vez; cuando se pelearon el día después de que hubiera ido a ver a Chuyém, al haber descubierto que estaba viva y que su padre la seguía viendo, en esta misma casa, su casa chica; el mismo día antes de que Pancho partiera y se adentrara en la Sierra Gorda y de ahí tomara rumbo para el sur para reintegrarse a las fuerzas en retirada del padre Morelos. Hace tanto tiempo de ello y, sin embargo, allí está su padre.

Es como si lo pudiera ver frente a sí, sentado a la mesa de la cocina, malhumorado y sardónico, tomándose un café que le pudiera haber preparado Chuyém. Allí está su espectro. Como una presencia que lo sigue a todas partes. Es algo que Pancho ha aprendido a reconocer con los años: los fantasmas no son otra cosa que los recuerdos intensos de aquellas personas que, después de muertos, nos siguen acompañando y hablando todos los días; voces del ayer que, sin embargo, siguen vivas en nuestras mentes por la manera en que imaginamos, sin querer, lo que nos dirían si supieran lo que estábamos a punto de hacer, o lo que hicimos; sea para aconsejarnos, regañarnos o para celebrar nuestros logros, si es que los hubo. Llevamos nuestros muertos dentro, a todas partes. Y mientras nos hacemos viejos, rumia Pancho mientras sirve el café, cada vez hay más de ellos.

Mezcla cuatro cucharadas de azúcar en el café. Le gusta dulce. Para quitarse el sabor amargo que tiene su boca de carcamal. Le cuesta acostumbrarse a estar en aquella casa. Y no es porque esté llena de recuerdos. Nunca estuvo dentro. Su madre no lo quiso dejar pasar la única vez que habló con ella. Pero sí está llena de extrañas asociaciones y preguntas que Pancho no sabe responder, cada vez más confundido por la vida y el mundo. Especialmente ahora que vuelve a estar lejos de Amalia; que no la tiene allí para darle sentido a su existencia. Es la casa de una madre que fue y no fue su madre; que lo concibió, pero no lo quiso tener; que le dio vida, pero no quiso saber nada de él. Madre huasteca a quien debe sus rasgos indígenas, aunque no sepa hablar tének, y poco o nada sabe de la cultura y las costumbres de ese lado de su familia y su gente; una familia desconocida y anónima para él, educado y formado como hijo de español. Las canastas de hojas de palma trenzadas con lianas que se hallan vacías en las estanterías de la cocina, junto con las ollas y vasijas tradicionales, igual que los huipiles que cuelgan en el que fuera el dormitorio de Chuyém llenos de motivos huastecos, le resultan a Pancho totalmente extraños. Como si pertenecieran a otro universo. Sabe que le hablan de la cultura indígena de sus antepasados huastecos. Pero no le dicen nada. O no los entiende. Igual que su madre, son un enigma. Estar allí, rodeado de los objetos de su madre, le hace sentir más que nada y más que nunca el vacío inmenso que representó Chuyém para él: madre que lo rechazó, y de la que sigue sabiendo poco o nada, excepto que fue la amante fiel de su padre adúltero y que le exigió a Pancho, cuando la vio, que la olvidara. Vacío que, sin embargo, lo llena de desasosiego y que lo ha definido toda su vida: Pancho *El Indio* Cienfuegos. Indio que no es indio. Indio de rasgos y de piel, sin serlo de verdad. Rechazado por su madre, ignorante de quién fue, y, sin embargo, menospreciado por españoles y criollos, una y otra vez, por ser como ella, hasta que la guerra lo convirtió en héroe y general, y ya nadie se atrevió a meterse con él. Tigre de El Palmar. Verdugo de Goliad. Al menos antes de que se volviera viejo y acabara de chupatintas en una oficina perdida en el laberinto de pasillos desolados del Palacio Nacional, donde se esconde la Secretaría de Guerra y Marina. ¿Qué le diría su yo insurgente si entrara allí ahora y lo viera?

—¿Desde cuándo te hiciste mocho, viejo? Pero ¿cómo? ¿Desde cuándo te escondes, cobarde?

Le costaría a su yo joven entenderlo. No es que esté orgulloso de ello. Pero le intentaría hacer comprender que no había de otra, carajo. Su yo joven nunca supo lo que es luchar contra los gringos. No le sería posible imaginar que pudiera haber mexicanos capaces de entregarles lo que les pidieran, después de haber sido invadidos y humillados por ellos. Que fueran, es más, los liberales los que se postrarían a los pies de los yanquis, sin dignidad alguna, sin sentido del honor, traidores. Su yo joven, por joven, no sabía todavía que la vida está llena de decepciones y compromisos. No sabría, por eso, apreciar que si el Pancho mayor apoyó a la última dictadura de Santa Anna, al principio, y se puso del lado de Zuloaga y luego de Miramón, iniciada esta guerra civil inmunda, no fue tanto porque creyera en lo que los conservadores querían hacer con el país, sino porque le resultaba imposible apoyar a quienes se vendieron y aliaron a los esclavistas del Coloso del Norte.

Y es cuando, por otro lado, llegada la noche y a solas le resulta imposible conciliar el sueño, que se pregunta de forma inversa si el Pancho de ahora se hubiera unido a la insurgencia en 1812 como hizo el Pancho joven, o si, por muy difícil que resulte reconocerlo, hubiera adoptado la misma actitud que su padre. Dios nos libre. Le asusta pensar que se esté convirtiendo en él. Después de que se pelearan como hicieron, es irónico que acabe pensando como su padre. La diferencia, si es que la hay, es que Pancho sí fue revolucionario de joven, su padre no. Él sí albergó esperanzas de que un día vivirían en un mundo mejor. Más justo. Más libre. Pero, a estas alturas, no sabe Pancho si eso lo redime y hace más llevadera la postura que ha adoptado en años recientes, o si es peor. No es algo de lo que pueda sentirse feliz; el que hubiera una época en que Pancho tenía fe en la humanidad y, por extensión, en la democracia; y que, ahora, le cueste ver nada positivo en las propuestas de los liberales: utopías que, en la práctica, terminan en matanzas espeluznantes, como la Constitución de 1857 y la carnicería que provocó estos últimos tres años.

Allí están, Felis y él. Sentados al sol, tomando café, oteando la sierra y el llano en silencio. Cada uno ensimismado en sus pensamientos. Lejos de la Ciudad de México. Lejos de todo. Esperando quién sabe qué. Que el gobierno de Juárez anuncie una amnistía. Felis sabe por Concha Lombardo, la esposa de Miramón, que su amigo logró huir y se debe encontrar en Europa, a estas alturas. Saben por las cartas que les manda Amalia que Raúl partió rumbo a Roma con los obispos desterrados. Y los dos han leído las noticias, cuando Clara o Mark los han venido a ver y les han traído ejemplares recientes del periódico. Saben que Juárez anda peleado con todos sus ministros ahora que está en el Palacio Nacional. Saben que Zuloaga y Márquez no se rindieron y siguen en pie de guerra. Igual que Tomás Mejía, que permanece alzado en la Sierra Gorda, allá por Querétaro. Pero ni Felisberto ni Pancho se animan a volver a las andadas y unirse a las guerrillas conservadoras. Zuloaga es un cretino. Márquez, un asesino. Y Mejía lucha más por defender sus comunidades de la Sierra Gorda queretana de las políticas ateas de los liberales que por salvar al país en sí. Saben que no tienen ya cargo alguno en el ejército, al haber González Ortega abolido y desbandado el ejército permanente, por ser una institución retrógrada. Lo que no saben es si es demasiado pronto para entregarse a las autoridades. Si, de hacerlo, acabarían frente al paredón. Mejor seguir esperando. Aunque de tanto esperar, Pancho se está volviendo loco, atormentado por las voces de sus difuntos y por la rabia de ese Pancho joven que no lo deja de incordiar; ese Pancho que no arriesgó su vida fugándose de San Ildefonso hace cuarenta y ocho años para terminar así. Convertido tristemente en un cangrejo, patético y miserable.

XVII

—¡Voy a ser *maman!*

Amalia encuentra que le sienta bien el embarazo a Brigitte. Se ve dichosa, rebosante de salud. Las mejillas las tiene encendidas, los ojos todavía más grandes de lo normal, si eso fuera posible, y luce un vestido precioso traído de París, de un azul impactante, marino rayando en topacio, de falda abombada y escote bajo que la permite lucir el ostentoso collar de perlas del tamaño de uvas que sube y baja al ritmo de su respiración excitada y que le da varias vueltas a su estirado y elegante cuello. Julio, en cambio, parece perdido; como un ganso fuera del agua, acartonado en su frac dominical, sin saber qué cara poner ante la sensiblería de tantas señoras reunidas. Es obvio que está más cómodo entre hombres, el puro humeando entre los dedos, hablando de política y comercio, de la deuda astronómica a la que se enfrenta Juárez después de la guerra, que allí sentado sin saber dónde poner las manos, de visita, en uno de los varios sillones ampulosos que se reparten opulentos por el salón de música de la casa de su abuela, rodeado de mujeres y la euforia que produce la noticia del embarazo de su esposa.

—¡Enhorabuena! Me hacen muy dichosa. ¡Pancho y yo seremos bisabuelos! ¡Imagínense! ¡Qué alegría! —los congratula Amalia.

Concha y María del Mar hacen igual.

—¡Qué ilusión!

—¡Qué maravilla!

Las dos se levantan, la besan y la abrazan antes de volverse a sentar. Y es Lupe quien pregunta, dejando a un lado el libro de filosofía que perteneció en su día a su abuelo Nicanor y que tiene en la mano, quitándose las lentes de lectura por un momento:

—¿Ya saben cómo lo llamarán?

—Si es niña —contesta Brigitte—, Cándida, como la madre de Julio. Quizá Candide. Me gusta cómo suena en francés. Y si es niño, Francisco como su bisabuelo, el general.

La mención de Pancho la desarma. Del todo. Hace cinco meses desde que Pancho se fue a Monte Caldera con Felisberto, a principios de enero, fundiéndose en las sombras de la noche para no ser descubiertos. Y aunque debiera estar acostumbrada a tenerlo lejos, habiendo pasado, entre una campaña y otra, casi la mitad de sus vidas aparte, esta separación le cuesta más que nunca, no sabe bien por qué.

—No llore, abuela —le dice Mar, tierna, que se le acerca, se sienta a su lado en el sofá, la toma de la mano y le da un beso en la mejilla:

—Ay, abuelita.

—Son lágrimas de felicidad, María del Mar —logra decir—. No me hagan caso. ¡Una que se ha vuelto tonta! ¿Qué diría Pancho si me viera? Gracias, Brigitte. Gracias, Julio. Le hará mucha ilusión a tu abuelo cuando se lo diga. Aun si después nace Candide y no Francisco... Es todo un detalle. Gracias.

La tarde de domingo de mediados de mayo se llena de luz y esperanza. No solo son las personas allí reunidas que ríen. Los rayos del sol vuelven a irrumpir en el salón, como si la noticia del embarazo hubiera inspirado aquel golpe de resplandeciente luminosidad. Las lluvias del mediodía vinieron y se fueron dejando las calles allí afuera cubiertas de charcos en los que se ve el cielo zafiro reflejado, un mosaico de espejos azules que se reparten por los adoquines y dejan vislumbrar el aire cristalino y transparente que brilla puro y primaveral en estos momentos detrás de las ventanas salpicadas de gotas.

—¿Qué se sabe de mi abuelo y tío Felisberto? —se atreve a preguntar Julio, buscando encauzar la conversación hacia temas políticos que se siente más a gusto manejando.

—Están bien, Julio, gracias. Tu abuelo me escribe seguido. Más que nada están aburridos. Se distraen jugando a los naipes. Yo creo que a lo mejor podrían volver. Después de que vinieran un par de guardias a preguntar, al principio, si sabíamos el paradero de Felisberto, nadie los ha vuelto a buscar. Pero no es cuestión de arriesgarse. Eso sí, tu abuelo se ha podido ver un par de veces con su hermana Clara y con Mark, al estar en San Luis.

—¿El escocés?

—Sí, el nieto de Clara. Y yo tal vez me anime a ir a pasar unas semanas con ellos. ¡Extraño tanto a su abuelo!

—¿Y qué es de Alejandro? —pregunta Mar—. Mateo Paz y yo lo vimos en *Romeo y Julieta* hace cosa de una semana y estuvo verdaderamente brillante. ¿Es cierto el rumor de que se está viendo ahora con Ofelia Montés? Estuvo genial ella también haciendo de Julieta. En serio.

Amalia nota que a Brigitte se le escapa, aunque sea por menos de un segundo, una expresión de desconcierto o malestar, que, aunque la logra disimular rápidamente, acordándose de volver a sonreír con su alegría habitual, no deja de sorprenderla. Le viene en mente la trifulca de la boda. Igual que le sucedía con su hijo Nicanor, Amalia sabe que su nieto Alejandro es un granuja y que debe estar metido en quién sabe qué líos. Pero no es capaz de descifrar ese destello fugaz de contrariedad que cree haber visto escapársele momentáneamente a Brigitte. Es Julio quien contesta, visiblemente inquieto, anticipándose a lo que pueda comentar Brigitte al respecto.

—No sé. La verdad es que lo hemos visto en contadas ocasiones desde que nos casamos. Poco o casi nada, de hecho. Anda muy ocupado en el teatro. Ya saben cómo es la vida de los artistas. Si no están ensayando a todas horas, están de representación subida...

XVIII

Basilio es un hombre práctico, a quien le concierne la realidad y, naturalmente, el trasfondo del poder. Es un hombre de negocios. Sin embargo, no por ello deja de disfrutar de forma retorcida, mientras la calesa lo lleva rumbo al palacio de las Tullerías, de ese paisaje de hojas caídas, cielo encapotado, y ostentosa decadencia que lo rodea. Quizá es que se está haciendo viejo. Todos nos volvemos chochos al final. O quizá es lo decadente lo que lo atrae; esa sensación de decrepitud que flota en el aire y que se mezcla con la hojarasca.

La berlina avanza al son de los cascos de los caballos. Por la ventanilla Basilio vislumbra el Sena, que fluye a su lado, verde y silencioso dejando atrás un sinfín de edificios refinados e imponentes, de tejas grises y azuladas. Finalmente, se detiene frente a las majestuosas rejas que dan a la entrada del palacio donde varios lacayos se esmeran en abrirle la puerta del coche y guiarlo escaleras arriba hasta el salón donde tiene cita con la emperatriz Eugenia de Montijo, la ambiciosa e inquieta esposa de Napoleón III.

La carta que le llegó ayer a Basilio del doctor Anacleto Sahagún Llorente, anunciándole que su hija Cayetana pasó a mejor vida el 3 de julio, no lo entristeció como pensó que haría la noticia de su muerte, aunque no ha dejado de pensar en ella desde que la leyó. Más que nada siente alivio de que su hija ya no esté agonizando en el hospital de San Hipólito; alivio de que haya dejado, al morir, de ocupar un pequeño, aunque irritante espacio en su cerebro. Ya no está. El sufrimiento de su esposa, la joven y sacrificada Romana Peribáñez Arizmendi, hace todos esos años, fue mínimo en comparación, si se descuenta el tiempo que estuvieron casados. Romana, pobre, se ahogó por no saber nadar y su calvario, que duró el tiempo que estuvo chapoteando desesperada en medio del lago de Texcoco cuando se volcó la barca, sin que él moviera un dedo para salvarla, fue breve e hizo que sufriera relativamente poco una vez que la cubrió el agua. Lo de Cayetana ha durado demasiado tiempo, lo reconoce. No se lo desearía a nadie. Pero ahora su hija podrá descansar en paz. Por fin. Y él no tendrá ese resquemor que le viene escociendo en la trastienda de sus pensamientos, desde que la condenó a la tortura de pasar estos últimos trece años encerrada en un manicomio. Alivio, sí; pena, no tanto.

De hecho, le inquietó más a Basilio descubrir, hace cosa de seis meses, que su nieto había aparecido en el hospital fugazmente, según le informó el mismo doctor Sahagún Llorente en una carta anterior. Le disgustó el que estuviera todavía viva esa criatura desdichada que engendraron su hija y el hijo pintor de Amalia hasta el punto de que no se vio con ganas de ir al burdel de madame Hulot aquella noche, y sodomizar a la jovencita tahitiana cuya piel morena le recuerda a la de su Perséfone de antaño. Le impactó que esa aberración tuviera ahora trece o catorce años, fuera miliciano liberal y supiera, es más y para colmo de los colmos, quién era su madre y cuál era su paradero. Eso no debió haber pasado. Ese engendro no lo debería haber averiguado nunca; debería haber desaparecido de la faz de la tierra. Para eso Basilio pagó lo que pagó. Lo que demuestra que uno no se puede fiar ni de las monjas. Claro que ya tuvo Basilio tiempo de sobra para vengarse de forma anticipada, al haber hecho una pequeña fortuna especulando, comprando y vendiendo todas las tierras comunales, exconventos y propiedades de la Iglesia que pudo adquirir cuando los liberales aprobaron la Ley Lerdo allá por junio de 1856.

—Sírvase sentarse aquí un momento, *monsieur*. La emperatriz no se tarda.

Basilio prefiere permanecer de pie. Con el sombrero de copa en las manos a su espalda, contempla los cuadros de héroes y dioses romanos a ambos lados de los tapices flamencos que cubren las altas paredes del salón. Tiene tiempo para reparar, también, en las vistas del jardín que se esparce frente de él, junto al Sena, más allá de los inmensos ventanales, bajo el cielo nublado de noviembre. Se topa con su reflejo en uno de los espejos y descubre a un hombre de sesenta y seis años, distinguido y elegante, que, aunque se le podría considerar viejo, no deja de estar bien conservado. Todavía tiene pelo, aunque hoy en día es ceniciento. Se observa y se halaga a sí mismo convencido de que parece la clase de hombre mayor de quienes las mujeres jóvenes dicen que se enamorarían de haberlo conocido de joven.

Basilio intuye de lo que le quiere hablar la emperatriz. Desde que está en París se han visto en tres o cuatro ocasiones. La primera vez los presentó Juan Nepomuceno Almonte, el mismísimo hijo del prócer de la patria, el padre Morelos, el mismo al que su padre nombró coronel del ejército insurgente teniendo tan solo once años, y que se ha convertido en algo parecido al sultán de la colonia mexicana aquí en París: un grupo de monarquistas ultracatólicos exiliados que lleva desde que estalló la guerra civil exigiendo que intervenga Francia en el conflicto del lado de los conservadores y que imponga un príncipe europeo en el Palacio Nacional. Almonte y sus compañeros de cuitas no se cansan de hablar de cómo la experiencia fallida del imperio de Agustín de Iturbide demostró que no se puede inventar una dinastía de la nada.

Por lo que ha podido dilucidar Basilio de las pocas veces que ha intercambiado palabras con doña Eugenia, y por lo que repiten hasta la saciedad hombres como Almonte y el cangrejo de Hidalgo y Esnaurrízar, cuando se reúnen los *emigrés mexicains* de la Rue Faubourg d'Honoré, la emperatriz lleva ya años obsesionada con «salvar» a México, y, de paso, hacerse con la plata que hay en Sonora. El problema siempre ha sido que los Estados Unidos no les dejarían invadir México, por aquello de la doctrina Monroe. Y su marido, el bueno de Napoleón III, tampoco se ha querido lanzar a invadir México solito mientras su majestad británica, la Reina Victoria, y la Reina Isabel II de las Españas no se han animado a apoyarlos, y si no a apoyarlos, al menos a hacer la vista gorda. De hecho, hasta la fecha se han negado obstinadamente a hacerlo, a pesar de todas las arbitrariedades que han sufrido sus súbditos a manos de los bandidos y asesinos juaristas.

Hasta ahora no se habían dado las circunstancias propicias. Pero si Basilio está allí es porque sabe perfectamente que todo esto ha cambiado. Empezó a cambiar cuando los Estados Unidos se vieron despedazados por la guerra civil que estalló el pasado abril y que tiene al Coloso del Norte sumido ahora en su propio infierno. Los yanquis no están, en estos momentos, en condiciones de impedir que las potencias europeas manden sus tropas a México si así lo deciden. Y ya cuando circuló la noticia de que Juárez había decretado, el 17 de julio, que se suspendería por dos años el pago de las deudas externa y pública, se le hizo obvio a Basilio que las cortes de Inglaterra, Francia y España se pondrían rápidamente de acuerdo en que no iban a quedarse cruzadas de brazos ante semejante ultraje. Hasta donde sabe Basilio, se fueron a reunir representantes de las tres potencias en Londres la semana pasada para determinar las acciones que habían de tomar de forma conjunta para hacer recapacitar al gobierno de Juárez.

Aparece Eugenia de Montijo, salerosa y aristocrática, resplandeciente en un vestido de raso blanco, con una gran cola, y un elegante talle ceñido por un cinturón de diamantes.

—Emperatriz, ¿qué se le ofrece?

—Mi buen amigo, don Basilio. Déjese de reverencias. Estamos entre amigos. Quería ser yo quien le diera la noticia. Los británicos y los españoles, por fin, han dicho que nos apoyan. ¡Ya ve! ¡Por fin! Las tres potencias hemos firmado un convenio en Londres por el que vamos a poder intervenir en México. ¿No le parece maravilloso?

—¡Qué noticia tan grata! Su majestad es muy amable al haber decidido brindarme el honor de comunicarme tan fausta noticia en persona.

—Faltaría más, don Basilio. —Eugenia tiene un deje andaluz al hablar, a pesar de haber pasado tantos años lejos de Granada. Se come sutilmente el final de las palabras—. Porque mi marido puede contar con su apoyo, ¿verdá?

—Estoy a sus órdenes.

Basilio lo ha dicho siempre. Hay que estar con los ganadores.

CAPÍTULO OCTAVO

Camino de redención

I

Le quema todavía la cara a Alejandro, aunque hace más de cuatro horas desde que Brigitte lo abofeteó. Desde que se quedó embarazada, Brigitte no es la misma. Le cuesta reconocerlo a Alejandro, pero es la mera verdad. Alejandro pensó —ahora que han pasado ya más de cinco meses desde que nació el pequeño Francisco, en noviembre del año pasado, criatura preciosa que no le sabe decir Brigitte si es su hijo o si es del pendejo de Julio— que Brigitte se derretiría en sus brazos el día que, por fin, encontraran un momento para estar a solas. Se equivocó. Brigitte se puso como una fiera. Lo llamó de todo. Y cuando Alejandro la fue a acariciar creyéndose que con rozar su piel con la punta de los dedos, después de tanto tiempo de esperar para poder hacerlo, Brigitte dejaría de ponerle peros y se rendiría ante lo inevitable, le pegó una bofetada que se debió oír en la calle.

—¡No me toques! ¡Te dije que lo nuestro terminó, Alejandro! ¿En qué estabas pensando? ¡Pendejo!

—Sí, me lo has dicho choporrecientas veces, Brigitte. Me lo dices siempre. Pero luego bien que te dejas besar, caray.

—Pues ahora te lo digo de forma definitiva, Alejandro. Escúchame bien. Para que no haya malentendidos. Ya nunca más. Nunca más, ¿me entiendes? *Assez!* Ahora que soy madre, ¿cómo se te ocurre?

—Panchito podría ser mío.

—Ni lo pienses. No me vengas con esas. Ni se te ocurra decirlo. ¡Lo nuestro acabó! ¿Me oyes?

Se lo dijo Ofelia, la otra tarde, en el camerino, mientras se estaban preparando para la representación de la noche:

—La única razón por la que te obsesiona Brigitte es porque es la mujer de tu hermano. Si fuera soltera, ya ni pensarías en ella.

—No comprendes.

—Lo comprendo perfectamente, lindura. Que si lo nuestro es puro placer, pero que lo de tu cuñada es amor puro… ¡Mira que eres idiota! El día que te des cuenta de que nada de esto tiene que ver con ella, y que tiene todo que ver con tu hermano, ese día, ten presente, Alejandro, cariño, que te lo digo yo que te conozco, dejarás de devanarte los sesos por esa mujer.

Lo que lo subleva es que Brigitte prefiera a Julio. Y le duele. Mucho. Y si albergaba la esperanza de que quizá en el fondo Brigitte lo quería más a él, después de la bofetada de hoy sabe que se equivocó. Ya no hay duda al respecto.

Alejandro se vuelve a llevar la mano a la cara y quiere pedirle al Tabasqueño que le sirva otra copa, pero en estos momentos no hay manera de que lo oiga del barullo que está haciendo un grupo de unos seis hombres borrachos que acaba de entrar con bastones y armas detrás de un celador o vigilante de policía todavía más borracho que ellos, bigote en forma de gusano, gordo y con el uniforme manchado de sudor, que no para de gritar que es su responsabilidad encontrar y matar a toditos los franceses y quienes sean los traidores que los apoyan que andan escondidos por aquí.

—Yo les digo como su vigilante de policía, ¿me oyen?, su vigilante de policía y a mucha honra, que desde que el presidente Juárez decretó el 25 de enero pasado la Ley para castigar los delitos contra la Nación, ¿me oyeron?, para cas-ti-gar los de-li-tos contra la nación, en uso de las amplisísimas facultades que me abrogo, pos que nos corresponde cas-ti-gar con la pena de muerte a todo pinche me-xi-ca-no traidor culpable de com-pli-ci-dad, ¿me oyeron? ¿Están conmigo o no, carajo?

—¡Viva nuestro señor vigilante de policía!

—¡Viva!

—¿Y mi mezcal?

Los hombres que van detrás de él y ocupan el local con su rabia y su confusión, apestando a licor, asienten y le aplauden, los ojos vidriosos, todo con tal de que el señor vigilante de policía les consiga otro trago.

—Y de paso, digo, que ya basta de no hacer nada, carajo. Que se vienen los franceses. Que dicen que ya andan cerca de Puebla. ¿Oyeron? Cerca de Puebla. Y yo digo que castiguemos a todos los pinches franchutes que viven entre nosotros, ingratos, que merecen morir por tener la osadía de atacarnos. ¿No les parece? ¡Qué quién se creen! Venir aquí y pedir a su gobierno que nos invada. Hijos de la rechingada. Yo digo, cuando terminemos esta ronda, ¿nos sirve, mozo, ya de una puta vez? ¿O quiere que le cierre la cantina, pendejo?

—Ahorita les sirvo, don Cipriano, no se enoje, por favor. Estoy en ello...

—Ta bien. Pos eso. Como iba diciendo, yo digo, cuando terminemos la ronda que nos está sirviendo el amigo aquí el Tabasqueño, digo, nos vamos todos aquí a la calle de al lado, a la casa de un tal Julio Moreno Mendieta, traidor, que me consta está casado con una puta francesa, y los ajusticiamos como tiene que ser. ¿No les parece?

—O mejor que nos paguen, ¿no, jefe?, que desembuchen el traidor y esa francesa todita la lana que nos han robado a la nación, o eso, o les quemamos la casa.

—Yo digo que los ajusticiamos, carajo. ¿Me oyen? Que no digan en el extranjero que somos unos corruptos. Que yo interpreto y aplico la ley del 25 de enero como me da la real gana, ¿me oyeron? Porque soy aquí el mero mero; el vigilante de policía más chingón de este barrio y me sale de los pinches güevos hacerlo, ¿me oyeron?

Alejandro los ve apurar las copas, gritar y salir atropelladamente sin pagar, como un torbellino tambaleante de mala fe y puños en alto, rumbo a la casa de su hermano. Con la cara ardiéndole todavía y las ideas ofuscadas por el alcohol se pregunta si oyó bien lo que dijo el vigilante de policía o si se lo imaginó, y si debería hacer algo para impedirlo. En algún rincón de su interior una voz le grita que corra para ir a defender a Julio, a Brigitte y a su sobrino Panchito; que urge salvarlos, que por mucho que deteste a Julio, no deja de ser su hermano. Pero en aquel momento le escuece la cara y se dice a sí mismo que se chingue Julio por pendejo y que si se pega un buen susto Brigitte, pues que se lo pegue, por jugar con sus sentimientos, por mala mujer, por despreciarlo, y consigue, por fin, que el Tabasqueño le rellene la copa.

II

Julio despierta sobresaltado. No sabe qué horas son. Oye gritos que vienen de la calle. Gritos llenos de odio. Es de noche. Alguien está llamando a la puerta sonando aldabonazos. El corazón se le dispara. Panchito está llorando en la habitación de al lado.

—Brigitte, despierta.

—¿Qué pasa?

Los golpes se hacen cada vez más fuertes, como si de verdad alguien quisiera derrumbar la puerta de la casa. Se oye el sonido aterrador de cristales rotos, de ventanas que se rompen, que estallan en mil pedazos.

—Señor don Julio, señor don Julio. —Aparece Ixchel, asustada, en el umbral del dormitorio con el bebé Francisco gimoteando en los brazos—. ¡Hay gente afuera que nos viene a matar!

De la calle se oye alguien que grita:

—Salgan ya de una vez, carajo, si no quieren que le prendamos fuego a la casa. ¡Sabemos que están allí!

—¡Venimos a ajusticiar al traidor y su puta francesa!

Suenan más golpes, más crepitar de ventanas destrozadas, vidrios que saltan por los aires.

Julio enciende el quinqué. Se pone los pantalones deprisa. Brigitte, la bata. Julio no tiene tiempo de ponerse una camisa. Tiene que pensar rápido. No hay puerta de atrás ni manera de escapar por los balcones o la azotea.

—¡Abran!

—¡Puta francesa, sal si te atreves!

—¡Mueran los franceses!

—¿Qué hacemos? —pregunta Brigitte, tomando a Panchito de los brazos de Ixchel que no para de santiguarse y repetir: «ay, Dios mío» para sí.

Los golpes continúan. Son ensordecedores. No paran de gritar los hombres que los quieren ajusticiar.

—¡Abran! ¡Abran de una vez, carajo! ¡Se lo ordena su vigilante de policía!

—Voy a ir a hablar con ellos —dice Julio.

—Estás loco. Te van a matar.

Se le ponen los pelos de punta a Julio. Huele a fuego, a cortinas y tapices que arden. De abajo les llega, aterrador, un resplandor anaranjado y trémulo. Las escaleras se empiezan a llenar de humo. Pasa todo tan deprisa. Es difícil ver, es difícil respirar.

—¡Ay, Dios mío, señor don Julio, que nos van a quemar vivos!

—Si no salimos, nos morimos seguro. Vamos a tener que salir. ¡Vamos! ¡Ahorita! ¡Síganme! ¡Apúrenle!

Bajan las escaleras deprisa. Corriendo. Julio no se molesta en ponerse un abrigo. No hay tiempo. Ve la sala de estar, a un lado, que arde, los muebles en llamas, las cortinas convertidas en una hoguera. No hay tiempo para hacer nada excepto salir. Que sea lo que Dios quiera. Abre la puerta y sale a la calle, descalzo, con Brigitte, Panchito e Ixchel detrás. Lo recibe el frío de la noche, las caras desencajadas de seis hombres furibundos con antorchas en las manos, y un porrazo que lo derriba y hace rodar sobre los adoquines, la cara cubriéndosele de sangre. Son todo gritos: «¡Por ellos! ¡Denle fuerte! ¡Que no escapen!». Piensa que no puede dejar que le pase nada a Brigitte y a su hijo. Saca fuerzas de quién sabe dónde, se levanta y alcanza a golpear al matón que le está pateando. Dos de esos salvajes están intentando arrebatarle el bebé a Brigitte a la vez que Ixchel forcejea con ellos para que suelten a la criatura y a su señora. Las aceras se van llenando de vecinos curiosos.

—¡Aquí la ley soy yo! —grita el vigilante de policía con la porra en alto. Alejandro sale de las sombras y le rompe una botella en la cresta.

La aparición de Alejandro toma a todos por sorpresa. Ruge como si estuviera encarnando a Héctor o Aquiles en el Teatro de Iturbide. Tiene la voz estentórea de un titán.

—¡A mí si tienen güevos! ¡A mí!

En una mano tiene la botella rota, en la otra la porra que le acaba de arrebatar al policía panzón que yace inconsciente en medio de la calzada. Varios de los amigos del vigilante se voltean para atacar a Alejandro cuando, de repente, cinco disparos reverberan por la calle haciendo callar a todos. De la casa de enfrente han salido don Edmundo en camisón de dormir, con tres de sus hijos, todos ellos armados.

—¡Quietos todos, carajo! ¡Dejen en paz a doña Brigitte y a su bebé o los acribillo a balazos!

—Este hombre es un traidor —grita, indignado, uno de los hombres del celador—. Está casado con una pinche francesa. ¿No ve? Con esta puta extranjera.

—Como la toque una vez más lo mato. ¿Me oye? ¡Lo mato! —ruge don Edmundo mientras Julio y Alejandro se interponen entre Brigitte, Ixchel, la criatura, que llora desesperada, y los matones, desconcertados, que han venido a castigarlos.

—No se meta dónde no lo llaman, viejo —le gruñe uno de ellos a don Edmundo—. La ley del 25 de enero nos da derecho...

—Usted no sabe de lo que habla, pendejo. ¡Qué ley del 25 de enero ni qué carajo! Presten atención. Se van todos de aquí calladitos y sin alborotar, o los mando directo al infierno. ¿Me oyeron? Y que conste que el presidente Juárez ha dejado bien claro que los franceses pacíficos residentes en el país deben quedar bajo la salvaguardia de las leyes y autoridades mexicanas. Que lo sé yo porque soy juez, carajo. Y mi vecina Brigitte no ha hecho nada a nadie y yo me responsabilizo de que la protejan nuestras justas leyes. Que no se diga que los mexicanos somos todos unos salvajes como ustedes. Váyanse todos de aquí, carajo. ¡Fuera de aquí!

Julio repara en su hermano, de pie a su lado, frente a las llamas. Le pone una mano sobre el hombro. Lo mira a los ojos vidriosos, en medio de aquella baraúnda de gritos, de fuego y agua, y logra darle las gracias. Por un segundo eterno, a quien ve delante de él, es a ese hermano que siempre ha amado a pesar de todo. Tiene los mismos rasgos que su madre y los ojos negros de su padre y su abuelo. Julio se ve reflejado a sí mismo en él. Como si enfrente tuviera un yo dos años más joven y menos estricto y acartonado que él; una versión más divertida de él mismo, más irresponsable, pero una versión de él de todas maneras. Y Alejandro, con lágrimas cubriéndole la cara, le pide perdón, que lo perdone, y lo abraza con todas sus fuerzas, con uno de esos abrazos de oso como los del abuelo Pancho.

—No tengo nada que perdonarte, hermano.

—No importa. Perdóname, te lo ruego. Perdóname, por lo que más sea.

—Está bien. Te perdono. Pero no hay nada que perdonar. Perdóname tú a mí.

III

Se impone un silencio inesperado. Incomprensible después de ocho horas de combate. Ya no rugen los cañones enemigos. Ya no se oyen sus gritos y fuegos. Sus alaridos. Ya no suenan sus cornetas y sus bandas marciales. No se oyen los relinchos y los cascos de sus caballos cuando cargan. No se oye nada. Solo la lluvia que cae. Como si el estruendo que los ha machacado a lo largo del día fuera cosa de otra vida, otro mundo. Como si se lo hubieran imaginado. Aunque el pitido que ahora resuena estridente dentro de su cabeza, como si un silbato se le hubiera quedado atascado junto a los tímpanos, sirve para recordar a Felisberto que lo que acaba de vivir no ha sido ninguna aberración por parte de su fantasía enferma. La batalla tuvo lugar; batalla que acaba de terminar, que ha terminado, que terminó.

Al mismo tiempo que empieza a oscurecer y los grises del día se van volviendo turbios y apagados, esparciéndose bajo las nubes negras que cuelgan pesadas sobre sus cabezas, los franceses han dejado de disparar. Se van. Felisberto se lleva los prismáticos a los ojos y los puede ver yéndose. Bajo la lluvia bíblica que sigue cayendo implacable sobre la enfangada cuesta del cerro de Loreto donde se mantienen firmes los valientes que forman su brigada, Felisberto ve a las sombras de las fuerzas del conde de Lorencez emprendiendo la retirada hacia la hacienda de los Álamos, rumbo a Amozoc. Se van cabizbajos, con los hombros gachos, silenciados por la derrota. Lo que se oye es el silencio de la victoria. Abandonan sus posiciones y sus hombres, el campo embarrado sembrado de tropas heridas y cadáveres, la mayoría de ellos soldados franceses, cuyos uniformes azules salpican la tierra revuelta y encharcada de colores incongruentemente festivos. A lo lejos, Felisberto llega a ver cómo desaparecen majestuosos en la oscuridad con la llegada del anochecer, los remotos volcanes de la Malinche y el Pico de Orizaba, sombras altivas y, a la vez, indiferentes ante las matanzas que año tras año parecen sucederse unas tras otras como si fueran una parte intrínseca de las estaciones, como la época de lluvias que viene y va, en esta tierra violenta, indómita y abandonada de Dios.

—¡Ganamos, mi coronel! ¡Ganamos! —le grita el teniente Soto, incrédulo, la cara salpicada de pólvora.

Resulta difícil creerlo, pero es cierto. Las fuerzas mexicanas han triunfado, contra todos los pronósticos. Las armas nacionales se han cubierto de gloria. El ejército de Napoleón III ha sido derrotado. Hoy cinco de mayo de 1862, fecha para siempre memorable que Felisberto ya intuye pasará a los anales de la historia patria como una de las grandes proezas militares de su pueblo. Los mexicanos, con valor y constancia, han rechazado al agresor y dado una lección de soberanía e independencia al imperialismo europeo, las ambiciones injustas de Napoleón III y la perfidia de Márquez y los traidores que lo han apoyado. ¡Viva la independencia nacional! ¡Viva México!

Felisberto se siente agotado de golpe. No ha comido nada desde las siete de la mañana. Pero se siente feliz y orgulloso. Ve cómo sus hombres se abrazan al darse cuenta de la magnitud de lo que acaba de pasar. De que han triunfado. De que se ha terminado la batalla. Y tiene la conciencia tranquila. Lo sabe ahora. No siente remordimientos por haber puesto a un lado su odio a Juárez y decidido, a la hora de la verdad, cuando se supo que había dado inicio la intervención francesa, presentarse a las autoridades, y ofrecer sus servicios. Como él, muchos fueron los conservadores que se tragaron el rencor que todavía les dura tras la carnicería de la última guerra civil, y se mostraron dispuestos a ponerse bajo las órdenes del gobierno liberal contra el que habían luchado por tres largos años, por no decir desde 1855. Ante la noticia del desembarco de un ejército expedicionario francés, no había de otra. Felisberto se presentó y ofreció sus servicios, como lo hicieron Miguel Negrete y tantos otros, y Juárez, por necesitarlos, les perdonó sus antecedentes tacubayistas, y dejó que se incorporaran al nuevo ejército republicano. Han sido Negrete y él, dos antiguos conservadores, quienes han liderado la defensa de los cerros de Loreto y Guadalupe, allá en las afueras de Puebla. Hoy lo que es hoy, cinco de mayo de 1862, frente a la intervención francesa, Felisberto ni es conservador ni es liberal. Felisberto es mexicano.

IV

Amalia oye cómo en la sala de estar le está pidiendo Mateo Paz a su hija Lupe permiso para casarse con María del Mar. Se veía venir. La manera que apareció esta mañana todo arreglado y repeinado, oliendo a colonia, más nervioso de lo normal. Les sisea a Concha y a Brigitte, de pie a su lado en el pasillo, que hagan el favor de callar, que quiere oír lo que le contesta su hija.

—¿Te quieres casar con él, Mar? —le oye preguntarle a su nieta al haberla hecho llamar.

—Sí, madre. Sí quiero. Lo amo de todo corazón.

—Entonces no hay nada de qué hablar. No tengo nada que objetar.

—¡Gracias, mamá!

—Gracias, doña Lupe.

—Puede llamarme madre, Mateo Paz.

—Gracias, madre.

—¡Benditos sean!

Mar va a salir a buscar a todos para darles la noticia, solo que se topa con su hermana, su abuela y Brigitte agolpadas las tres allí mismo en el pasillo.

—Pero ¿qué hacen aquí?

—Espiando, ¿qué te crees?

—¡Enhorabuena!

La casa se llena de alaridos de felicidad, besos y abrazos. Amalia abraza a su nieta, y luego a Mateo Paz, y después a su hija Lupe que, por muy fuerte que se haya hecho desde lo de su marido hace ya quince años, está llorando como una Magdalena. Incluso Brigitte, que lleva viviendo en la casa de los Figueroa junto con Julio y Panchito desde lo del fuego, está tan emocionada que cuando habla tiene la voz más ronca que de costumbre.

—¡No saben la ilusión que le hará a Julio cuando se lo diga, ahora que regrese de trabajar!

Amalia se da cuenta de que Pancho no debe haber oído la conmoción que ha provocado el compromiso de Mar y Mateo Paz porque sigue sin aparecer.

—¿Y Pancho? —pregunta.

—Está afuera en el patio, creo, con su bisnieto —le contesta Brigitte.

Amalia encuentra a Pancho con Panchito en los brazos enseñándole los periquitos y canarios que les pían desde sus jaulas. Está a punto de interrumpirlo para darle la noticia de Mar y Mateo Paz, pero se contiene y se queda parada junto al umbral de la puerta, para poder contemplarlo en silencio sin que él se dé cuenta de que ella está allí detrás de él. Su buen y viejo amigo, Pancho. El amor de su vida. Tiene ya sesenta y siete años. Y allí está, tierno, hablándole a su bisnieto Panchito; criatura angelical que le recuerda a Amalia cómo era su hijo Nicanor cuando tenía casi un año.

—A este canario lo llamo Neza, de Nezahualcóyotl, ¿sabes?, porque tiene cara de poeta y pía muy lindo. ¿Le damos un poco de alpiste, Panchito, para ver si nos recita uno de sus poemas? ¿Te parece?

Lo ve allí de pie en el patio con su bisnieto en brazos y parece genuinamente feliz, pero no está segura de ello. Amalia no sabe si está bien, de veras, o si esconde ese ensimismamiento que lo lleva corroyendo por dentro desde la guerra contra los Estados Unidos. Le cuesta saber si su marido anda todavía más perdido de lo que estaba tras la victoria de los liberales, especialmente desde que dio inicio la intervención francesa, o si el nacimiento de Panchito le ha vuelto a dar sentido a su vida, si lo ha ayudado a encontrar cierta paz interior.

A Amalia le consta que el rechazo de Juárez lo dejó tocado. De eso no le cabe duda alguna. Igual que Felisberto, ante la noticia de la invasión, Pancho se presentó ante las autoridades.

Le dijo a Amalia que estaba dispuesto a poner a un lado sus diferencias políticas, que como en el 38, cuando se enfrentó con los franceses en la acción de Veracruz del 5 de diciembre, se sentía obligado a ofrecer sus servicios a la patria. No hubo manera de convencerlo de que desistiera, que ya estaba mayorcito para estos trotes. Y Juárez, como hizo con su sobrino, le perdonó sus simpatías tacubayistas, pero, a diferencia de Felisberto, no dejó que se reintegrara al ejército nacional.

Pancho estuvo insoportable. Convencido de que aquello debía ser un error, insistió en ir al Palacio Nacional y ver a Juárez en persona. Por lo que le dijo a Amalia después de verlo, el presidente fue perfectamente cordial con él. Se mostró respetuoso incluso, teniendo el detalle de alabarlo por su larga y heroica trayectoria militar, por haber «luchado por la gloriosa independencia de la patria» hace ya cincuenta años. Estaba bien informado. Sabía que Pancho había luchado por la insurgencia con Morelos y luego con Victoria; que había participado también en acciones de singular importancia como la de Tampico, y la del Palmar. Que incluso ya había peleado contra los franceses durante la guerra de los Pasteles, cuando Santa Anna perdió la pierna izquierda. Sin embargo, Juárez le rogó que se volviera a su casa y disfrutara de su merecida jubilación, que el gobierno estaba convocando a tomar las armas a todo mexicano entre las edades de veinte y sesenta años sin importar su clase, estado o condición, y, por ello, aunque Juárez estaba muy agradecido de que Pancho quisiera ponerse al servicio de la nación, se veía precisado a declinar su patriótica oferta, por ser ya un viejito de sesenta y tantos años.

—¿Qué haces allí?

—Los estaba admirando.

—Mira, Panchito, nos ha venido a ver la bisabuela. Nos estaba espiando. ¿Te parece bien?

—Yayayaya.

—Cosa preciosa.

—Le estaba hablando de Neza.

—Ya vi.

—Quizá algún día Panchito será poeta también.

—Todo menos militar.

—Ah, eso no te lo puedo prometer, Amalia.

—Gracias a Dios no depende de ti.

—Qué mala que eres.

—Y tú eres un viejo pesado. Suerte que eres guapo.

Amalia se le acerca y le da un beso en la mejilla a Pancho y luego otro a Panchito.

—Ah, ¡casi se me olvida! Mar y Mateo Paz se van a casar.

V

Basilio se asoma al balcón de la casa de los Tornel donde se está hospedando desde que está en Orizaba para ver cómo el mariscal Elías Federico Forey se monta a su caballo, arenga a su plana mayor, y se despide de las autoridades y la población congregadas en la plaza de armas que luce estiradas palmeras bajo los verdes intensos de las montañas con sus cafetales y platanales que se alzan como muros de maraña a su alrededor hacia las alturas del Citlaltépetl. Se va para ponerse al frente del ejército expedicionario que lo espera a las afueras de la villa. Aunque la vista de Forey poniéndose en marcha lo debería reconfortar, Basilio se siente inusualmente inquieto. Es posible que haya tomado demasiado café. El doctor Hugueny se lo lleva diciendo desde hace ya un par de años. No es bueno tomar tanto café a su edad, *s'il vous plaît*.

Pero Basilio sabe que no es eso. Le cuesta dormir desde que volvió a México en marzo. Ve cosas que no son. No sabe si es porque se está haciendo viejo y chochea. O si es porque con la vejez y la proximidad de la muerte se está volviendo blando, miedica; temeroso de lo que le espera en la otra vida. Quizá es que de estar tanto tiempo en París no se acaba de aclimatar a los aires pestilentes de Veracruz. En cierta manera le enfurece. Debería ser más fuerte. No dejarse asustar por estupideces. El que esté paseando por una de las calles empinadas de Orizaba y, por un segundo, tenga la impresión de haber visto a Cayetana mirándole desde detrás de una ventana. Es absurdo. Sabe que lo es. Como que hallándose el otro día atravesando la plaza mayor allá al fondo alcanzó a ver al pintor Nicanor desapareciendo entre la muchedumbre tras saludarlo con una leve inclinación de la cabeza. Nada de ello tiene sentido.

Desde que ha vuelto se le aparecen fantasmas. Y sabe que es su imaginación que le está haciendo estas jugarretas. Como si tuviera una conciencia perversa que se está burlando de él. Estando hace cosa de seis meses en Veracruz juraría haber visto a Romana en una barca, siendo llevada por un remero a uno de los barcos fondeados en el puerto. En otra ocasión, en la parroquia de Nuestra Señora de la Asunción le pareció ver a Hernán, al pinche doctorcito, el cuello cubierto de sangre, riéndose de él desde uno de los bancos al fondo; pero cuando volvió a mirar en su dirección había un desconocido que no se le parecía en nada. Es todo muy enervante. Basilio nunca se ha sentido culpable por nada de lo que ha hecho, y no va a empezar a hacerlo ahora. ¡Faltaría más! En esta vida o chingas o te chingan y él siempre supo arreglárselas para que no lo chingaran. Pero desde que ha vuelto a México no se acaba de sentir a gusto. Hay algo que se le revuelve dentro. Es como si tuviera una picada de zancudo que no lo deja en paz. Y lo de la carta le ha molestado. De eso no cabe duda alguna. Le irrita reconocerlo. No debería dejar que una nimiedad como esta estropee un día como el de hoy. Pero le irrita.

La saliva se le seca y su boca adquiere un sabor metálico, a cobre sucio. Basilio se dice a sí mismo que debería olvidarla y sentirse aliviado en estos momentos. Con Forey al frente del ejército expedicionario francés podrá volver a su casa de la calle Vergara. Ahora sí se asegurarán los franceses de que el gobierno de Juárez le pague lo que le debe por todos los préstamos que les dio a los liberales durante la Guerra de Tres Años, y de que, una vez que Napoleón III se haga con las minas de plata de Sonora y Baja California, podrá sacarse la tajada que le corresponde por intermediario y agiotista *par excellence*. Lo que tiene claro, de todas maneras, es que habrá que convencer a los franceses y al archiduque Maximiliano de Habsburgo, si es que acaban nombrándolo emperador de México, de que, aunque de momento tiene sentido, para granjearse el apoyo de conservadores como el pesado de Almonte, hablar de restaurar a la Iglesia todas las propiedades que le fueron arrebatadas por Juárez y su canalla, cuando llegue el momento es harto preferible que no lo hagan y dejen las cosas tal y como están. El dolor de cabeza que supondría para Basilio devolver todas las propiedades eclesiásticas que compró no vale la pena ni pensarlo.

Ve cómo Forey y sus hombres se van. Se vuelve a decir a sí mismo que debería sentirse aliviado. Pero le cuesta. Debería poder ignorar la carta. No dejar que lo inquieten los fantasmas del ayer. Están muertos, carajo. Pero lo siguen atormentando. Tan solo anteayer había un viejecito como él sentado bajo los portales con un libro de leyes en la mano y le recordó al padre de Amalia y Reynaldo; al viejo Nicanor, el notario. Era él. Aunque cuando lo miró de cerca, vio que no era. ¿Cómo iba a ser? Claro que los fantasmas acaban por desvanecerse en el aire. No le pueden hacer daño. Son los vivos los que le preocupan. Uno en particular.

Desde hace cosa de tres semanas recibió una carta de su mayordomo, don Anatolio, quien se ha ocupado de cuidar su casa de la calle Vergara durante su ausencia. En ella le explicó que un joven que dice ser su nieto volvió a aparecer por la casa preguntando por él. Que quiere saber cuándo volverá. Que lo quiere ver. Dice que quiere saber por qué su abuelo es un hijo de la chingada. Y que cuando lo vea, que sepa que lo va a hacer sufrir como él hizo sufrir a su madre. O peor. Como siempre, será cuestión de hacerlo eliminar; de chingarlo antes de que lo chingue. Pero Basilio no sabe quién es este joven que dice ser su nieto ni sabe cómo es ni dónde encontrarlo. Y eso le preocupa. Hay alguien que va por él; que sabe dónde vive.

Al ver desaparecer a Forey y sus oficiales por las calles estrechas de Orizaba montaña arriba, Basilio se adentra en la casa y le pide a la doña Herminia que por favorcito le traiga un vaso de agua, si no es demasiada molestia. Se siente seco por dentro. Como si se le estuviera agrietando el alma.

VI

Amalia y Lupe están atravesando la plaza de Santo Domingo de regreso a casa tras haber ido a comprar un caballito de madera para el pequeño Pancho. Es pasado el mediodía y el sol de febrero llena las calles de luz bajo un cielo despejado azul cian como el del mar del Caribe. En una esquina bajo los portales hay un grupo de soldados. Deben ser parte de las fuerzas que se están preparando para salir rumbo a Puebla a reforzar la plaza frente a la amenaza inminente de una nueva ofensiva francesa. Amalia le está hablando a Lupe de cómo, cuando era niña, tenía un caballito igualito a este. Es justo en el momento en que le va a decir que se lo hizo su abuelo porque Reynaldo no le dejaba jugar con el suyo, cuando Amalia lo ve. Es imposible. Se queda de piedra. A media frase. Apenas es consciente de la expresión de desconcierto que pone Lupe al verla así. Paralizada.

—¿Qué le pasa, madre?

Es un fantasma lo que ve. Tiene al fantasma de su hijo Nicanor enfrente. Está allí delante de ella. Como si fuera de carne y hueso. Amalia no puede hablar. Se está quedando sin aire. No puede respirar. No puede ser.

—¡Madre, por lo que más quiera! ¿Qué le pasa?

Es Nicanor cuando debía tener quince años. Poco más. Lo tiene delante hablando animado con tres o cuatro hombres en la esquina de la plaza. Soldados jóvenes. Cadetes. Es él. No lo puede creer. Pero es él. ¡Es él! Amalia no se puede contener.

—¡Nicanor! —grita—. ¡Nicanor!

—Pero ¿qué hace, madre? —le pregunta Lupe, estupefacta, consternada—. Nicanor está muerto. ¿Se ha vuelto loca? ¡Calle, por Dios! ¿Qué va a pensar la gente?

—¡Nicanor!

Solo que Nicanor se voltea, deja de hablar con sus cuates, y se acerca despacio a Amalia, intrigado, la escopeta al hombro, mirándola con una expresión de curiosidad y, al mismo tiempo, suspicacia. Amalia se siente desvanecer. Sabe que no puede ser él. Los fantasmas no existen. Además, va de uniforme. Nicanor se negó a llevarlo. Pero es clavado a él. Como cuando era un chamaco. Cuando era ese pequeño hombrecito, valiente y truhan que le decía a su padre que pensaba hacerse artista; que le decía a ella que se iba a estudiar a la casa de Juan Carlos cuando en realidad estaba haciéndole recados a una actriz de la que se había enamorado. Amalia percibe cómo Lupe, al verlo, se queda mirándolo con la boca abierta. No es solo ella quien ve al fantasma.

—¿Nicanor?

—¿Quién me habla? —el fantasma de su hijo le está hablando a Amalia—. ¿Cómo sabe mi nombre? ¿Cómo sabe cómo me llamo?

Obviamente no es su hijo. Tiene otra voz. Otro acento. Un dejo tapatío en el hablar. Pero el parecido es extraordinario. Tiene los mismos ojos de Pancho, la misma altura. Y se llama Nicanor. Es demasiada casualidad y, sin embargo, ¿cómo se entiende?

—Usted disculpe, joven —Amalia logra balbucear. Se siente avergonzada. El corazón quiere salírsele de la caja torácica de los golpes que está dando. Apenas puede respirar—. Hace años tuve un hijo que se llamaba Nicanor. Le dimos el nombre de mi padre. Mi hijo murió tristemente ahorcado por los yanquis durante la guerra contra los Estados Unidos. Se parecía mucho a usted. El parecido es extraordinario. Lo siento, joven. De verdad. Me he equivocado. Me estoy haciendo vieja. No quise importunarlo.

—Nicanor Moreno Figueroa.

Es oír el nombre completo de su hijo muerto y creer que el mundo se acaba. El nombre del hijo de Pancho, pero a quien le pusieron el apellido paterno del doctorcito, porque Hernán era su marido cuando nació.

—Sí. ¿Cómo lo sabe?

Amalia ya no sabe qué pensar; qué es lo real y qué lo maravilloso. Dónde termina la realidad y empieza la locura. Es como si el mundo se estuviera derritiendo a su alrededor. Las casas se caen. Se derrumba la iglesia. El cielo se les desploma encima y el suelo desaparece de debajo de sus pies.

—Nicanor Moreno Figueroa era mi padre —le dice el soldado lentamente—. Me consta que estaba casado con otra mujer cuando me concibieron él y mi madre. No sabía cómo encontrarlo. No sabía siquiera que estaba muerto. Tenía la tenue esperanza de que algún día lo encontraría vivo. Veo que nunca lo llegaré a conocer.

Amalia necesita varios minutos para acabar de entender y aceptar lo que le acaba de decir el soldado con la cara de su hijo difunto; soldado que es un chamaco. Que está triste al oír que su padre está muerto. Amalia no sabe qué decir. No entiende cómo puede ser el soldado el hijo de su hijo, aunque sea idéntico a él. Que sea su nieto. Un nieto que no sabía existía. Ante el silencio de Amalia y Lupe, ante su estupefacción, este otro Nicanor, el que asevera ser el hijo de su Nicanor, les dice que su madre se llamaba Cayetana Gurruchaga Peribáñez; que su abuelo, Basilio Gurruchaga Ibarra la encerró en el Hospital de San Hipólito cuando quedó embarazada y lo dio a él a las monjas del convento de Santa Inés al nacer. Para que se deshicieran de él. Para que lo dejaran pudriéndose en un orfanato o lo dieran a ser adoptado. Que su madre murió hace un año habiéndose vuelto loca en San Hipólito. Que sabe dónde vive Basilio, pero que las pocas veces que ha ido a buscarlo, le han dicho que lleva ya varios años viviendo en el extranjero. Vuelve a decir que tenía la esperanza de conocer algún día a su padre, pero que no sabía por dónde empezar a buscarlo. Es tan grande la Ciudad de México. Abre la mochila que lleva en la espalda y saca de ella una carta arrugada que le tiende a Amalia para que la pueda leer con sus propios ojos.

—Entonces yo soy tu abuela —finalmente logra decir Amalia tras releer las palabras garabateadas de Sor Antonia—. Y tú tienes que venir a casa a conocer a tu familia. Somos tu familia, Nicanor. Esta es tu tía Lupe.

Ahora es Lupe quien se ha vuelto muda.

—Tienes dos medios hermanos, Julio y Alejandro. Son más mayores que tú. Les hará ilusión conocerte —prosigue Amalia—. Julio vive en casa con su esposa Brigitte y su hijo Panchito. Todavía vive tu abuelo, mi marido el general Cienfuegos. Tienes dos primas, Concha y Mar. Somos tu familia. Ven aquí —le dice Amalia sin pensarlo y lo abraza como si estuviera abrazando a su Nicanor, como si lo hubiera reencontrado después de todos estos años; abrazando una extensión de su hijo que de alguna manera es él, y siente cómo él la abraza con la fuerza de su abuelo—. Te vamos a cuidar. Ya verás. Nieto mío. Nicanor.

VII

Clara vuelve a toser. Estirada en la cama, incapaz de moverse, sabe que le debe faltar poco para morir. Tarde o temprano tenía que pasar. Lleva ya más de dos semanas así y siente cómo cada día se debilita más, cómo los tosidos se hacen más prolongados y violentos, cómo su cuerpo frágil se ha convertido en un colador por el que está perdiendo sus energías, su vitalidad, las pocas fuerzas que le quedan; cómo más y más le cuesta permanecer despierta. Se está muriendo. Irremediablemente. En el mismo dormitorio de la casa grande de San Luis donde murió su padre. En la misma cama donde murió James. Algún día tenía que suceder. Se hizo vieja. No sabe cómo ni cuándo, pero las décadas se fueron sucediendo unas tras otras. Un día era una niña que vivía en la Nueva España con un virrey español asentado allá en la remota Ciudad de México, y al siguiente era una anciana y había un indio zapoteco de presidente de la República plantándole cara a los franceses. ¿Cómo se explica eso?

Está resignada ante la inevitabilidad de la muerte. Ha llegado su hora. La paradoja es que parece como si fuera tan solo ayer que Clara era una niña, sentada en la falda de su padre, don Braulio, pidiéndole que le cantara la canción de los «gües de la Juana» antes de irse arriba a su dormitorio. Últimamente los recuerdos de su infancia la sacuden, unos tras otros, a borbotones; momentos que daba por olvidados, que se le aparecen ahora con una nitidez extraordinaria, como si hubieran tenido lugar ayer o incluso esta misma mañana. Encuentra curioso recordar su infancia y los primeros años de su matrimonio con Marcos con esta lucidez deslumbrante. ¡Hace tanto tiempo de todo aquello! Y, sin embargo, hay décadas enteras que apenas recuerda, cuya memoria es una fusión nebulosa de eventos conjuntos que se entremezclan y se confunden de forma hasta ilógica.

Clara cierra los ojos y se deja llevar por los recuerdos. De cuando conoció a Marcos y se fueron a vivir a los Jazmines. De su caballo Rocinante. De todos esos embarazos que no dieron fruto. De la alegría inmensa cuando nació Luis. De las tribulaciones de su hermano insurgente. La muerte trágica de Marcos. La locura de su madre. La muerte de su padre. De cuando no le quedó más remedio que ponerse al frente de las minas y de la hacienda. La presencia de Chuyém. El bueno de James. La tristeza que le causó la partida de Luis a Cambridge. El que se quedara su hijo en el Reino Unido. Su muerte en Cerro Gordo. La de James. De lo feliz que ha sido estos últimos años al tener a Mark a su lado. Mark, que habla de casarse con la hija de los Marañones, pero que ella ve cómo mira a su chica, la dulce Anám, que la cuida y asea ahora que es una momia y está por llevársela la muerte.

—Abuela. —Clara abre los ojos y se da cuenta de que tiene a Mark a su lado—. ¿Cómo se siente? ¿Le traigo agua? ¿Quiere que le haga *una* chocolate caliente? ¿Té inglés? *A cup of tea?*

—Escúchame, Mark. Falta ya poco para que me vaya.

—No diga eso.

—De nada sirve engañarnos, Mark. Es ley de vida. Me estoy muriendo. Ya me he confesado. Quiero que me escuches atentamente.

—Está bien, abuela. Le escucho.

—Cuando me muera te ocuparás de los Jazmines y La Potosina. Son tuyas. La mina, la hacienda, esta casa. Y no tengo ya nada qué enseñarte al respecto. Has salido igualito a tu bisabuelo, mi padre. Tienes su voz de mando, su energía. Una buena cabeza para el dinero. Eres trabajador.

—Eso me viene de usted, abuela.

—Bueno, bueno. Algo de mí también tienes. Lo de los libros, por eso, te viene de tu abuelo y de tu padre, que en paz descansen. Pero me hablas de casarte con Lucinda Marañón Muñoz y, sin embargo, yo he visto cómo miras a Anám. Y cómo Anám te mira a ti.

—¿Qué cosas dice?

—Sé lo que digo. Haz como tu bisabuelo en lo bueno, pero no en lo malo.

—No entiendo.

—Si estás enamorado de Anám, cásate con ella. Aunque sea de familia humilde. Aunque sea huasteca. No te cases con Lucinda para luego acabar teniendo hijos con Anám.

—Pero, abuela, por Dios, ¡qué disparates!

—Lo digo en serio, Mark. Que no se repitan los errores del ayer. Prométemelo.

—Está bien, está bien. Lo que usted mande, abuela.

—Así me gusta. Y ahora ve y tráeme ese té negro, como lo hacía tu madre.

Clara ve cómo Mark sale del dormitorio. Se despide de él en su mente. Nieto querido de su alma. Se permite cerrar los ojos. Respira por una última vez. Y se entrega a Dios.

VIII

Tavo ya no es Tavo, sino Nicanor. Ya hace por lo menos dos años que no lo es, que asumió su nuevo nombre, que lo hizo propio, su nombre secreto, antiguo y original, el que le dio su sufrida madre Cayetana, que en paz descanse. Nicanor Gurruchaga. Ya hace también por lo menos dos años que, devenido soldado de infantería liberal, Nicanor se ha acostumbrado a la crueldad de la guerra y no se cohíbe a la hora de luchar y matar. No ha cumplido dieciséis años todavía. A veces se pregunta, cuando las noches se hacen eternas y la oscuridad viene a empaparle las entrañas y a salpicarlo de escalofríos, si es tan violento porque por sus venas corre la sangre del sádico de su abuelo Basilio, o si es porque ha salido militar como su abuelo el general. Se pregunta si este odio y esta rabia ancestral que lo embarga y lo consume y lo transforma en un guerrero letal cuando se encuentra en medio del campo de batalla le viene de los Gurruchaga o de los Cienfuegos o, posiblemente, de las dos familias, o si quizá incluso venga de más atrás, de un pasado remoto bañado en sangre que se remonta a los orígenes de esta trágica tierra, de esos antepasados iracundos que forjaron este país sanguinolento allá por 1521; conquistadores salvajes y genocidas; aztecas prontos a sacrificar, brutales, a sus jóvenes hermosos y valientes, destripándoles el corazón desde las alturas de todas esas pirámides cubiertas de sangre y más sangre; descendiente huérfano de caudillos y tlatoanis, asesinos y tiranos ensangrentados todos ellos. Pero en el fondo sabe que lo es porque no tiene más remedio. Por los fuetazos de don Rodrigo y tanta miseria y abandono. Por muy tierna que encuentre ahora a su familia, a los Cienfuegos Figueroa, es despiadado porque sus años tempranos y la guerra lo han hecho así. Lo han dañado, roto. Condenado a estar eternamente furibundo. Porque o chingas o te chingan, y no le queda de otra si quiere salir vivo de ahí. Tiene que matar para escapar.

Nicanor toma la navaja que le quitó el Ocelote a uno de los guardias zuavos sin que se diera cuenta de ello, la navaja con la que han logrado cortar las cuerdas que los tenían amarrados. Se aproxima lentamente al centinela que tiene más cerca, haciendo guardia allí en el valle donde se han detenido para pasar la noche. Más de doscientos prisioneros. Escoltados por los tiradores de Argelia. Más de ochenta franceses armados hasta los dientes, con un hijo de la chingada sádico sudanés de comandante. Rumbo a Veracruz. Se le acerca por detrás, sigiloso, una sombra alta y sinuosa mal alumbrada por las fogatas que se esparcen por entre los prisioneros y la tropa, asegurándose de que los demás guardias andan distraídos, y, así sin más, le corta el cuello de un tajo. Limpio. Rápido. Incisivo. El cuchillo afilado penetra la piel del soldado argelino como si entrara en un filete tierno. Cortándole el cuello por la mitad. Ni le da tiempo al guardia de quejarse. Cae al suelo, muerto en segundos, la sangre formando un charco virulento en la yerba negra a su alrededor.

—Apúrale, Ocelote —sisea—. ¡Vámonos! Ahora o nunca, cabrón.

Es hora. Hay que irse. El tiempo huye. Se oyen los gritos de los demás soldados franceses que dan la alarma y corren hacia ellos. Se escapan los prisioneros que acaban de ver a Nicanor degollar al guardia que los lleva atormentando desde Puebla. Huyen. Al menos los que Nicanor tiene más cerca. Se levantan y se dan a la fuga también. Salen corriendo de aquel campamento improvisado, donde iban a pasar la noche, encaminados hacia el Golfo, donde se rumorea que los van a meter a construir el ferrocarril de Veracruz, o embarcarlos para Francia o a la mismísima isla del Diablo.

Salen corriendo montaña abajo, desesperadamente, Nicanor, el Ocelote y aquellos pocos prisioneros que, al verlo cortarle el pescuezo al centinela, se han dado cuenta de que es ahora o nunca. Aunque estén maniatados algunos de ellos, corren. Desesperados. Que si los atrapan ahora, los fusilan por intentar escapar. Y corren hacia el río que ruge al fondo de la cañada, con la intención de desaparecer en la floresta mientras oscurece y antes de que salgan a buscarlos a caballo las fuerzas francesas que ya están disparando en su dirección. La noche se llena de gritos y balazos. Nicanor no mira hacia atrás, aunque es consciente de cómo caen tiroteados sus compañeros a su alrededor. La idea es tomar rumbo a Oaxaca, de donde es el Ocelote, y donde todavía no han llegado las fuerzas de la intervención.

Córrele, córrele. Nicanor corre como nunca. Las manos ensangrentadas. El Ocelote a su lado. Los tres prisioneros que todavía siguen con vida corren cerquita detrás. Hay que salir de ahí. Como sea. Los disparos de los franceses zumban a su alrededor. Se abalanzan cuesta abajo con la luna deslumbrante de junio. El conejo que Quetzalcóatl dejó plasmado en ella los observa cómplice desde un cielo sin estrellas. Y Nicanor siente que el corazón le va a reventar. Le tamborilea frenéticamente en su interior, un tambor de guerra que le sacude y hace temblar con un zapateo vertiginoso de terror. Pero no se detiene. Corre como una liebre, como un galgo. No se para, aunque ya no siente las piernas y todo le arde. Corre y se zambulle en las aguas oscuras del río. El Ocelote hace igual. Oye cómo uno de sus acompañantes grita que no sabe nadar. Oye cómo a otro lo derriba la fusilería de los franceses que los persiguen. Nicanor no mira hacia atrás. Ignora el frío del agua que lo envuelve y lo arrastra y nada como puede, ahogándose, hasta llegar a la otra orilla. El Ocelote y otro compañero salen del agua al mismo tiempo que él. Al final son tres nomás los que han escapado, que han logrado llegar a la otra ribera. Ahora sí que no los atrapan, aunque les siguen disparando desde el otro lado del río, y les maldicen en su idioma.

Nicanor se permite mirar atrás por un segundo, antes de enfilar la cuesta y perderse en la maleza con el Ocelote y el compañero

Enríquez. Atrás queda su cautiverio. Atrás queda el recuerdo de la derrota de Puebla. Un sitio que duró sesenta y dos días. Atrás queda la rendición de González Ortega, que ordenó destrozar todos los cañones y todo el parque, antes de entregar la plaza a Forey y a los infames mochos traidores que lo acompañan. Y más allá queda su familia, por fin descubierta, por fin hallada. Su abuela Amalia. Su abuelo Pancho *El Indio* Cienfuegos. Su tía Lupe. Sus hermanastros y sus primas. Atrás queda también la tarea pendiente de encontrar a su abuelo Basilio el día que regrese del extranjero y hacerle pagar por todo el daño que ha hecho.

—Vámonos pa Oaxaca, Gurruchaga —le dice el Ocelote. Su compañero de armas del batallón Morelos. Uno que fue ratero antes de que lo agarrara la leva y acabara en la brigada del general Porfirio Díaz.

El compañero Enríquez pregunta:

—¿A Oaxaca? Pero si eso está retelejos, ¿no?

—Nosotros nos vamos para Oaxaca, Enríquez. Tú haz como quieras.

—Con tal de ver mundo, me vengo con ustedes, ¡qué carajo! Aunque, dime, Ocelote, ¿cómo son las oaxaqueñas?

—Más guapas que ninguna.

—Órale, pues. Me vengo con ustedes.

La noche se cierne sobre ellos, pero no se detienen. Se adentran en el bosque, a la vez que a los árboles los platea la blanca luz de la luna. Los tres caminan callados. Están vivos, se dice Nicanor. Eso es lo que importa.

IX

—Ahora que ha vuelto monseñor Labastida, que hemos vuelto todos, y que lo han nombrado miembro del Triunvirato que asumirá la Regencia, mientras esperamos, eso es, a saber, si nuestros futuros emperadores, los archiduques Maximiliano y Carlota, aceptan venir a México, lo que todos anhelamos y esperamos, evidentemente, siento como que, por fin, las aguas del río empiezan a volver a su cauce. Bendito sea Dios. ¡Ya era hora! ¿No lo ven ustedes así?

Amalia debería estar feliz de volver a ver a su hijo Raúl, de tenerlo de visita de nuevo en casa. Hace tanto tiempo que no lo veía. Desde hace más de dos años; desde que Juárez lo corrió del país junto con el arzobispo Lázaro de la Garza Ballesteros y todos sus obispos carcamales. Se le ve tan feliz y locuaz, además. No para de hablar. Pero Amalia lo observa allí en el comedor, de sotana, absurdamente pálido, el rostro blanco como si fuera un arlequín ridículo, tomándose su tiempo en comerse los chiles en nogada que les ha preparado hoy doña Pascuala, hablando de la ocupación de México por parte del ejército de Napoleón III como si se tratara de una bendita liberación, y quiere regañarlo como cuando era chico y no se había portado bien.

—Ahora que volvemos a tener un arzobispo aquí en México, van a ver ustedes cómo se rectifican los errores y desvaríos de la impía demagogia de los últimos años. Ya verán. Se restaurará el fuero eclesiástico. Se abolirá la libertad de cultos. Terminaremos con el régimen civil que ha suplantado ignominiosamente las instituciones sagradas que siempre han sido y deben pertenecer a la santa Iglesia. Y vamos a asegurarnos de que todas las propiedades y todos los bienes de la iglesia, desamortizados y despojados por la sarta de rateros herejes juaristas que aprobaron todas esas leyes depresivas y ultrajantes para los ministros de Cristo y las vírgenes del Señor, sean devueltos como debe ser a sus verdaderos y justos propietarios. Cómo no ¡Ya verán! ¡Alabado sea el Señor!

Es escucharlo sermonearles y querer gritarle que se equivoca, que aquello es una tropelía inaudita, una injusticia, que cómo se atreve Napoleón III a mandar su ejército a conquistarles y cómo pueden los obispos y curas como él defender lo que están haciendo. Es un ultraje. No tiene nombre. Y le irrita a Amalia casi tanto, o más, el ruido que hace su hijo al masticar con la boca abierta, al hablar mientras come; un ruido repugnante a encías, saliva y comida pastosa triturada que ya, en su debido momento, cuando era niño, le intentó corregir, y que desde que ha estado en el extranjero parece haberse acentuado. Además, habla como si fuera un anciano. Como si fuera más viejo que Pancho y ella. Pomposo y arcaico y mojigato. Si apenas tiene treinta y ocho años.

Pero es su hijo y hace tanto tiempo que no lo ve —¡tanto tiempo!— y Amalia no quiere pelearse con él —¡ahorita no!— y están todos allí reunidos en familia y no es el momento de destrozar el encanto que pueda tener ese anhelado reencuentro insultando a Raúl, y de paso a Pancho y a sus nietos que parecen haber aceptado la llegada de los franceses, que se adueñaron de la ciudad hace ya más de cuatro meses, el 10 de junio, como si se tratara de nada más serio que un cambio en la temperatura o de las estaciones; como si lo de ver la capital ocupada por tropas francesas fuera tan natural como ver llegar las golondrinas con el verano. Amalia tiene ganas de ponerse a gritar, de darse de cabezazos contra la pared. ¿Cómo pueden estar todos allí riéndole las gracias a su hijo cura ultramontano y medio fanático mientras saben que Felisberto se halla luchando por la patria en el norte del país, del mismo modo que su nieto Nicanor está haciendo lo propio allá en el sur, tras haberse escapado? ¡Que alguien diga algo!

Raúl desembarcó en Veracruz hace menos de un mes, el 17 de septiembre, habiendo venido en el mismo barco que trajo al nuevo arzobispo de México, Pelagio Antonio de Labastida y Dávalos, junto con Clemente de Jesús Munguía, José María Covarrubias y toda una procesión de obispos, abades, sacerdotes y clérigos, exiliados en Roma desde el 61. Raúl llegó a la Ciudad de México anteayer, el 11 de octubre, y viene lleno de anécdotas sobre su estancia en la Ciudad Eterna, de ejemplos de la santa sabiduría del papa Pío IX, y de ideas estrafalarias sobre lo que está pasando en México. Sabe que Juárez y su gabinete huyeron a San Luis Potosí en mayo, tras la caída de Puebla, y que llevan desde entonces allí, pero le resulta imposible a su hijo aceptar que este sea el gobierno legítimo, o que es, dentro de lo que cabe, popular; o que su primo-hermano Felisberto se encuentre allí con Negrete y Manuel Doblado, al frente de las tropas que han acompañado al presidente de la República al norte del país. No es capaz de entender, tampoco, por qué su sobrino Nicanor del que tanto le han hablado, el hijo natural de su hermano Nicanor y Cayetana Gurruchaga, que en paz descansen, se encuentra en Oaxaca entre las tropas de Porfirio Díaz. Pero como tampoco nadie le lleva la contraria y parece que es solo Amalia la que está rabiando por dentro, es obvio que para su hijo Raúl la llegada de Labastida y sus prelados es bien vista no solo en todo México, sino en esta maldita casa.

Raúl habla. Come sin acabar de terminarse su plato de chiles en nogada que debe haberse enfriado hace ya rato porque no para de hablar. Y apenas presta atención a la sombra gris de su padre que está sentado como un espectro translúcido a la cabeza de la mesa y que no ha dicho nada en todo el almuerzo. Apenas le presta atención a Amalia; como si su madre fuera tan solo la señora que se ocupa de que haya comida en su plato y poca cosa más. Ni siquiera se ha detenido a preguntarle a su hermana Lupe cómo le va con su escuela para niñas que está en la calle del Puente del Espíritu Santo. Y no ha mostrado interés alguno en Julio, Brigitte y su hijo Panchito, que no se sabe estar quieto, ni tampoco en Alejandro, que se encuentra en estos momentos representando al Horacio de Racine en el Teatro Imperial. Amalia no está segura siquiera si se ha dignado saludar a Concha o a Mar y Mateo Paz, que han hecho el esfuerzo de venir desde San Cosme para darle la bienvenida. Solo piensa en sí mismo y en el pinche papa de Roma y en lo que espera logrará hacer Labastida, como si fuera posible dar marcha atrás en el tiempo.

Es cuando Amalia está a punto de perder el control y soltarle a su hijo cura un par de verdades como catedrales, que Mar anuncia de repente que está embarazada. Los toma a todos por sorpresa y desarma a Amalia de golpe, quien se olvida enseguida de lo mucho que quiere estrangular a su hijo y abraza a su nieta con todas sus fuerzas.

—¡Es una noticia maravillosa!

Es en el momento que Amalia la aprieta contra sí, que estruja a su querida nieta María del Mar con todo su amor, que sus ojos se encuentran con los de Pancho, que le sonríe, que la mira a ella y a su nieta desde el otro lado del comedor con un cariño infinito y avasallador. Y Amalia le devuelve la sonrisa, al reencontrarse con esos ojos negros e inmensos donde se bañaba desnuda cuando era joven. Hacía tiempo que no lo veía sonreír, a su muy querido Pancho. Lo redescubre en ese instante de dicha, su Pancho de antaño, el de siempre, el que últimamente yace escondido o perdido detrás o debajo de la máscara de su vejez, preso del estado de zozobra permanente en el que se halla hundido frente a un mundo que ya no es como era y que le resulta tan difícil de comprender.

—¿Sabes qué, hijo? —dice Pancho, inesperadamente, poniéndose de pie—. Ni los franceses ni Maximiliano van a anular las leyes de reforma. Desengáñate. Pero si eso quieren creer tú y tu amigo Labastida, no seré yo quien les agüe la fiesta. Pero ahora, dejemos eso para otro día y déjame pasar, que quiero ir a abrazar a mi querida nieta Mar, que va a ser madre, y a mi esposa, a quien quiero tanto.

X

Basilio apenas sale de casa hoy en día. Había pensado que quizá esta mañana haría una excepción. Almonte lo ha invitado a palacio. No todos los días llega a la capital un príncipe del extranjero. Es más, para ocupar el trono de México. Hoy es un día histórico. Pero es demasiado riesgoso. Basilio lo sabe. Habrá mucha gente. Mucho ruido. Muchas distracciones. No vale la pena arriesgarse. Aunque debería estar. Hacer acto de presencia. Sería bueno que se diera a conocer. Es importante para los negocios, sin duda; estar allí entre los invitados de honor que han sido convocados hoy día 12 de junio de 1864, y poder saludar en persona a sus majestades los emperadores Maximiliano y Carlota. Hacer migas con los miembros de la nueva corte imperial. Pero si va, ese nieto bastardo que lo quiere matar tendrá ocasiones de sobra para hacerlo. No le sería difícil encontrar un momento para dispararle o navajearlo por la espalda. Es demasiado peligroso. Le sabe muy mal, por eso. Pero mejor no. Mejor quedarse en casa.

Al principio, cuando regresó Basilio a su casa de la calle Vergara a finales de junio del año pasado, pensó que podía confiar en don Anatolio. Y en la cocinera, también. Doña Ignacia. Y en los demás sirvientes. Que con contratar a cuatro guardaespaldas que pudieran turnarse para que siempre hubiera dos de ellos velando por él a todas horas, estaría a salvo. Ni corto ni perezoso pagó además para que los hermanos Calatrava espiaran la casa de los Figueroa allá por la plaza de Santo Domingo para ver si descubrían el paradero de ese pinche desgraciado que se hace llamar *Gurruchaga*. De haber dado con él, tenía la certidumbre de que hubiera encontrado a alguien dispuesto a asesinarlo. Sin problema. Eso lo tenía muy claro. O lo hubiera delatado a los franceses. Acusándolo de juarista, que lo es.

Afuera suenan las campanas a vuelo de la catedral y de todas las iglesias de la capital. Es como si la ciudad entera hubiera sucumbido ante un terremoto de timbres, campanazos, y campanadas. Rugen los cañones. Las bandas marciales tocan con mayor ímpetu. El pueblo aclama a sus gobernantes con frenesí. Sus majestades los emperadores deben haber llegado al Palacio Nacional. Basilio se pregunta si quizá estaría más seguro si fuera a la recepción. Podría ser más peligroso permanecer encerrado aquí.

Recientemente, Basilio se ha preguntado si ese bastardo es capaz de pagar a la cocinera, a doña Ignacia, para que lo envenene. No es imposible. No sería la primera vez que a alguien se le ocurre semejante idea. O si le ha pagado a don Anatolio para que lo deje entrar de noche y le corte el pescuezo mientras duerme. Todos quieren su lana. No entiende por qué don Anatolio le ha dicho eso de que hace un día precioso. Para eso contrató los guardaespaldas, para que lo protejan de toda clase de eventualidades, incluso la alta traición de sus sirvientes más allegados, de alguien como don Anatolio. Pero hasta los guardaespaldas tienen un precio, y si piensan que traicionándole les irá mejor, no tiene duda alguna de que son capaces de matarle ellos mismos. Si se piensan que de esta manera pueden robarle...

En la oficina, el espejo que antes había en una de las paredes ya no está. Claro que en lo que concernía al tormento de los espejos, la solución siempre iba a ser fácil. Basilio los ha hecho tapar o sacar. Los que quedan colgados de las paredes los ha hecho cubrir con sábanas o mantas. Lo esencial es que no se vean. De esta manera no lo pueden sorprender el padre de Amalia, el doctorcito, la estúpida de Romana, Nicanor el pintor, o Cayetana, a quienes lleva viendo reflejados detrás de sí, de noche, desde que volvió a la calle Vergara, cuando se detiene un momento para contemplarse en el espejo. Sabe que se los imagina. Que es su mente enferma que los conjura y los hace aparecer. Que no pueden ser ellos. Porque siempre es lo mismo. Los ve por el rabillo del ojo, y cuando vuelve a mirar ya no están. Y no pueden estar porque están muertos. Pero los ve. Detrás de él. Reflejados a su lado. Con caras largas. Romana siempre mojada. El doctorcito con el cuello cubierto de sangre. A veces hasta los oye respirar. Pero ya no los puede ver. Ya no le pueden dar más sobresaltos, al no quedar espejo alguno expuesto en toda la casa. ¡Que se chinguen!

Basilio se sienta frente a la mesa de su despacho e intenta distraerse leyendo el periódico de ayer que trae la noticia de la inminente llegada de sus majestades los emperadores. Por lo que dice, estuvieron en Tepeyac para rezarle a la Virgen de Guadalupe. De afuera sigue llegando la conmoción y la algarabía de las celebraciones y, aunque se niega a mirar en la dirección de la ventana, siente que se le acelera el corazón al darse cuenta de que Cayetana vuelve a estar allí, en su camisón, como cuando era todavía una niña, respirando lentamente, habiendo apartado las cortinas con una mano, para tener una mejor vista de los festejos y la calle allá abajo. Es una presencia molesta que no acaba de irse. Basilio se voltea y lanza el tintero hacia su hija a la vez que le grita: «¡Vete de aqui, Cayetana! ¡Estás muerta!». El tintero se estrella contra las cortinas manchándolas de tinta negra, y es como si Cayetana hubiera desaparecido convertida en un pulpo.

—¿Está bien, don Basilio? —oye que le pregunta uno de los guardaespaldas desde el otro lado de la puerta.

—Sí, sí. No es nada. Todo bien.

De afuera vuelve a sonar la Marsellesa y se oyen los gritos del pueblo que vitorea a los emperadores y chilla incongruentemente:

—¡Viva México! —todo al mismo tiempo.

XI

Amalia le pidió que no fuera. Le dijo que ella no iría. Por nada del mundo. Que se negaba a acompañarlo al «alcázar» de Chapultepec. Que si se quería congraciar con el payaso de Maximiliano, allá él. Amalia no quiere tener nada que ver con sus majestades los emperadores. Y Pancho se lo intentó hacer entender. Por fin alguien había reconocido todos sus sacrificios por la patria. Después de tantos años, por fin le daban la atención debida. Lo aprecian, Amalia. Lo respetan. Juárez lo rechazó. Lo ninguneó. ¿Qué no se acuerda? Maximiliano, en cambio, está al tanto de cómo luchó por la independencia de joven, que estuvo con Morelos y Galeana, con Victoria, de que es de los pocos, para no decir el único antiguo patriota, de los que se unieron a la insurgencia hace cincuenta y tantos años, que todavía sigue con vida.

En la carta que le escribió el emperador, le alabó por la parte decisiva que tuvo en la guerra de Independencia, en la batalla de Tampico del 29, en la del Palmar del 32, en la campaña de Texas del 36, en la guerra de los Pasteles del 38, en el conflicto de Yucatán y en la guerra contra los Estados Unidos. Lo llamó por su apodo, el Tigre de El Palmar. Se dirigió a él haciendo alusión a sus «gloriosas acciones de armas» y a la «eterna gratitud que le debe la nación». Dejó constancia de que los mexicanos que tanto habían aplaudido sus triunfos verían con gusto el decreto que acababa de firmar nombrándolo Caballero Gran Cruz de la imperial y distinguida Orden de Nuestra Señora de Guadalupe.

—Aunque sea viejo, Amalia, yo no soy un don nadie. ¿Me oyes? No soy un don nadie.

—Nadie aquí dice que lo seas, Pancho, por Dios.

—Tú no, pero a todos esos liberales agringados les valgo madres. ¿O no? No me lo puedes negar. No soy nadie para ellos. ¿Y ellos qué hacían, dime, cuando yo me enfrentaba a los realistas o a las fuerzas de Barradas? Liberales agringados y traidores. ¡Nada! Mientras que su majestad el emperador, en cambio...

—*¿Su majestad el emperador? ¿Su Majestad dices?* —Amalia se puso furiosa—. ¿Al cursilón usurpador austriaco ese de la chingada lo vas a llamar *su majestad?* ¡En mi casa! ¿Emperador de qué, Pancho? ¿De quién? Tenemos a Felis luchando allá en el norte con nuestro presidente, el legítimo, aunque te caiga gordo, el de a de veras...

—Veo que no me entiendes.

—Escúchame, Pancho. ¡Por lo que más quieras! ¡Escúchame! Ese Maximiliano y su corte ridícula no te aprecia. No te aprecia a ti, carajo. No te dejes engatusar. Te quiere usar. Te quiere u-sar. ¿Me oyes? Lo que quiere es tenerte allí para que con tu presencia lo legitimes. ¿Qué no ves? Ese dizque *emperador* está convencido, el idiota, de que la gente le va a creer cuando dice, cínico, que defiende la independencia de México, que ama a este pueblo que alcanzó gloriosamente su independencia, que viene a darnos progreso y civilización y todas esas pinches mentiras, si te tiene a ti, uno de los héroes de la independencia, a su lado, formando parte de su ridícula corte. ¡No chingues! Pancho, ese emperador, *su majestad*, como, de repente te ha dado por llamarlo, no es mexicano. No es mexicano, Pancho. ¡Es el maniquí de Napoleón III! Por favor, no vayas, te lo ruego. ¡Por lo que más quieras! ¡No hagas el ridículo!

Antes de entrar en la sala de ceremonias donde le han informado que lo recibirán sus majestades los emperadores, Pancho, de uniforme una vez más, el bicornio de gran gala adornado con plumas tricolores bajo el brazo, de pie en un pasillo alineado por los soldados de la vistosa guardia palatina, consciente de que entre ellos se murmuran en alemán, intenta concentrarse en lo que le dice el gran maestro de ceremonias que lo acompaña. El gran maestro, muy serio y muy bajito, le recuerda que entre las formalidades que deben observarse, es menester que, cuando entre, desfile recto hasta más allá de la mitad de la sala y se detenga a dos metros del trono. Es de singular importancia, insiste, que el general Cienfuegos no se dirija al emperador antes de que su majestad haya tenido a bien dignarse hablarle primero, y que se acuerde de inclinar la cabeza cuando se forme frente a Maximiliano en primera instancia. Tiene que inclinar la cabeza así. El gran maestro de ceremonias le vuelve a recalcar que hoy es un fausto día para el general, por si se hubiera olvidado, y que, por ende, debe sentirse sumamente honrado y agradecido. No es todos los días que su emperador Maximiliano I nombra a un consejero honorario y le confiere, además, la Gran Cruz de la Orden de Guadalupe. Es un verdadero honor el que se reconozca públicamente y de esta manera, con todas las debidas formalidades, la ilustre carrera militar del general Cienfuegos, sus extraordinarios servicios a la patria, su valor sin par y su denodado patriotismo. A lo que Pancho, curiosamente nervioso de pronto, asiente con la cabeza. Tiene las manos sudadas.

Cuando entra en la sala de ceremonias, el gran maestro cede la palabra al oficial de órdenes, que lo está esperando en posición de firmes y de forma estentórea anuncia su entrada:

—El general Francisco Cienfuegos, héroe de la Independencia. ¡Presente!

Sus majestades los emperadores están sentados en sus tronos al fondo, bajo solio, y están acompañados a ambos lados de varios altos dignatarios de la corte. Todos los varones llevan levita negra, corbata negra y el listón de su condecoración correspondiente en el ojal. Por lo que le ha dicho el gran maestro de ceremonias se halla rodeado de la nueva nobleza de México que Maximiliano acaba de inventar: allí están el conde del valle de Orizaba, el vizconde de San Miguel de Allende, el Caballero de los Olivos y Amillaga, el gran chambelán de la emperatriz. Entre ellos, quienes dan la nota por los colores llamativos de su vestimenta son las damas, con sus exageradas faldas, joyas y tiaras, el capellán de la corte, que lleva una sotana cardenal, y el capitán de la Guardia Palatina, que luce un magnífico uniforme rojiblanco y lleva puesto un casco dorado con un águila mexicana encima. El sol que entra por los grandes ventanales con sus vistas espectaculares del valle de México hace que la sala de ceremonias resplandezca como si estuviera toda hecha de oro y plata. La vista de Pancho, por eso, ya no es lo que era y, de momento, aunque abra mucho los ojos, no distingue con claridad quiénes son los políticos o militares mexicanos que se encuentran allí para presenciar su condecoración. Avanza hasta donde le tiene dicho el gran maestro de ceremonias y se detiene, firmes, bajando ligeramente la cabeza frente a sus majestades los emperadores.

—General Cienfuegos. ¡Qué honor teneros aquí! —dice el emperador. Tiene un ligero acento alemán al hablar. La voz meliflua como las aguas sedosas del Danubio.

—El honor es mío, su majestad.

Maximiliano de repente tose, se levanta y camina hasta Pancho. Se le une el gran mariscal de la corte, que trae un cojín bermellón en el que yace la Gran Cruz de la Orden de Guadalupe que toma el emperador y cuelga del cuello de Pancho, que vuelve a inclinar la cabeza para que Maximiliano pueda ponerle el collar del que pende la Gran Cruz y así pueda descansar sobre su pecho henchido junto a todas sus medallas.

—Yo, Maximiliano I, emperador de México, otorgo al benemérito general Francisco Cienfuegos la Gran Cruz de la Orden de Guadalupe para dar testimonio público de mi deseo de recompensar los servicios distinguidos que habéis prestado a la nación con tanto patriotismo y noble abnegación.

La sala a su alrededor irrumpe en aplausos.

Pancho se da cuenta, de repente, de que el gran mariscal de la corte es ni más ni menos que Juan Nepomuceno Almonte. Es reconocerlo y acordarse de verlo de niño junto al río Mezcala, cuando Almonte debía tener diez años, allí junto a su padre, justo cuando iban a atravesarlo rumbo a Valladolid. El coronelito. Pancho recuerda entonces a Morelos. Como si fuera ayer. El Morelos de Cuautla. El que habló con José María, Lucas y él, allá junto a la tronera de Cuahuixtla, el que lo inspiró. El Morelos de los *Sentimientos de la Nación*. El que dijo que México era «libre e independiente de España y de toda otra nación, gobierno o monarquía». Contempla la sala de oropel a su alrededor y de repente nada tiene sentido. Al menos, *esto* no tiene sentido. ¿Qué hace aquí? ¿Para esto luchó el padre Morelos? ¿Para esto murió su amigo José María Robles y Obando allá en las afueras de Cuautla hace cincuenta y dos años? Lo vuelve a ver —al pobre de José María— joven, lleno de sueños, ideales y esperanza, corriendo en zigzag, el dragón saliendo a cazarlo, el caballo detrás, encima de él. Lo vuelve a ver lanceado. Lo puede oír. Hablando del sueño de la independencia bajo las estrellas prodigiosas que cubrían los cielos nocturnos y eternos de la Tierra Caliente. Los cielos nocturnos y eternos de su ardiente juventud. Pancho siente, de pronto, una vergüenza inmensa.

—Disculpen. Me voy a tener que ir.

—¿No os quedáis para el brindis?

—No, lo siento. Me acabo de dar cuenta de que soy un pendejo.

—No entiendo. ¿Es un chiste, sí? ¿Sentido del humor mexicano?

—No, para nada, su majestad. Solo que mi señora esposa, aunque me duele reconocerlo, tiene, como siempre, toda la razón del mundo. Ustedes disculpen. Me voy a tener que ir. Adiós.

XII

Nicanor ve la caravana de carros y caballos asomarse por entre las rocas, al fondo del barranco, levantando una densa polvareda a su paso. Ya están aquí. Figuras uniformadas que tiemblan envueltas en torbellinos tiritantes de calor. Prende fuego a la mecha y sale corriendo montaña arriba. Los llevan esperando él, el Ocelote y su banda de guerrilleros mixtecos toda la mañana, mientras la luz cegadora del sur ha empezado a calentar esta tierra agrietada, de polvo milenario y nopales. Tarde o temprano tenían que pasar por ahí; bajando de Huajuapan rumbo a Oaxaca por el camino carretero que atraviesa Nochixtlán y el valle de Etla. Vienen procedentes de México, cargados de armas y municiones para las fuerzas imperialistas del general Carlos Oronoz, que llevan estacionadas en la ciudad de Oaxaca desde que fue ocupada por los franceses el 9 de febrero de 1865, hace ya año y medio.

La dinamita hace estallar la carretera y los pedruscos a su alrededor justo cuando la escolta de jinetes imperialistas que va delante está a punto de cruzar el tramo donde Nicanor y sus compañeros guerrilleros tienen tendida la emboscada. El estampido es ensordecedor. Lo sacude todo. Por un momento parece que el valle se les va a venir encima. Llueven rocas del tamaño de casas y la cañada pedregosa se llena de humo negro, de llamaradas brutales y del eco que reverbera por los acantilados de los gritos escalofriantes de los soldados que han sido despedazados junto con sus caballos por la detonación. A los que han quedado sepultados bajo la avalancha de piedras no se les oye, pero de los peñascos desolados salen volando nubes de pájaros espantados cuyos graznidos llenan el aire de pavor. Al estallido lo sigue el traqueteo de los fusiles de la guerrilla de la que forma parte Nicanor que desde detrás de las rocas y la humareda rocía de perdigones y metralla a la tropa que acompaña el convoy.

Varios de los soldados imperialistas venidos a México desde quién se sabe qué punto remoto del planeta caen muertos y heridos sin tiempo de ponerse a cubierto al fondo de esta barranca que se ha convertido, de golpe, para el enemigo, en un infierno de fuego, sangre y humo que arde bajo un cielo de un azul zafiro incongruente y milagrosamente intenso. Son demasiados para intentar arrebatarles el parque. Pero les causan bajas, los atormentan con ese tiroteo que dura varios minutos más hasta que se impone el silencio y los compañeros de armas de Nicanor Gurruchaga desaparecen por entre los riscos que se alzan a ambos lados del camino, obedeciendo las órdenes estrictas de atacar y retirarse, mientras su general Porfirio Díaz organiza la contraofensiva que ha de tener lugar pronto, por lo que se les ha comunicado, un día de estos, allá por el sur de Oaxaca, rumbo a Miahuatlán, si consiguen, eso es, que Oronoz cometa el error de exponerse saliendo de Oaxaca para perseguirlos.

Lleva tres años en tierras oaxaqueñas. Sí, tres años. Se dice fácilmente. Desde el sitio de Puebla, desde la rendición de González Ortega, desde que se fugó con el Ocelote y el compañero Enríquez, allá hacia finales de mayo del 63. Ya una vez en Oaxaca, Nicanor se reintegró en el ejército republicano y siguió luchando. ¿Qué otra cosa iba hacer? No tiene estudios. No tiene chamba. No tiene padres ni hogar propio. Los franceses no acaban de irse. Y solo sabe defenderse y atacar. Pegar recio. Más fuerte, más rápido que el enemigo. Su vida ha sido luchar para sobrevivir desde que se fue de Guadalajara con las tropas constitucionales de sus generales González Ortega y Zaragoza. Su vida se reduce a luchar, matar y degollar. Un día tras otro. Aparte de emborracharse cuando puede, no hace otra cosa excepto guerrear. No sabe hacer nada más.

Tras su llegada, aquí en Oaxaca, hace tres años, él y los compañeros resistieron los avances de los franceses, cómo no, como tenía que ser, mientras que, en el norte, por lo que se supo, por las noticias que iban llegando, esporádicas y contradictorias, el señor presidente don Benito Juárez no se dejó atrapar, manteniendo de esta manera vivo al gobierno legítimo y soberano de la nación, encarnando la Constitución del 57 y las leyes, acosado en San Luis Potosí, en Monterrey, en Saltillo, en Chihuahua, en Paso del Norte. Dicen que se vuelve a encontrar en Chihuahua. Y aunque, al final, al general Díaz no le quedó más remedio que rendirse el 8 de febrero del 65, tras el sitio al que el mariscal Aquiles Bazaine sometió a la ciudad por más de siete semanas interminables, no se rajó. El general Díaz se fugó de prisión en septiembre del año pasado, y no descansan los patriotas oaxaqueños desde entonces. Aunque a decir la verdad, Nicanor en ningún momento dejó de luchar. Nunca descansó. A él no lo agarraron los franceses. No como en Puebla. Esta vez no.

Y ahí sigue chinga y chinga en las afueras de Oaxaca, en el valle de Etla. Matando a pinches franceses, belgas, austriacos, zuavos, sudaneses y traidores putos y apátridas. Matándolos como si no fueran personas, como si fueran perros rabiosos a los que hay que matar. Emboscándolos. Haciéndolos sufrir. Llenándolos de plomo. De tanto chingar a los imperialistas, el emperador en su desesperación aprobó el Decreto Negro del 3 de octubre, de hará pronto un año, condenando a muerte a criminales y bandoleros precisamente como él, Nicanor Gurruchaga, por ser enemigos de la causa del emperador, chinga su madre. Como si eso lo fuera a disuadir de seguir matando imperialistas. Pinche emperador estúpido.

Un día terminará esta pesadilla, se dice Nicanor a sí mismo, para no desesperar. Se rumorea, es verdad, desde que concluyó la guerra civil en los Estados Unidos el año pasado, que se están empezando a ir los franceses; que Maximiliano se va a quedar solo, sin nadie que lo defienda. Nada es seguro, por eso. Pero un día volverá a la Ciudad de México, se promete Nicanor, allí bajo el sol inmisericorde de Oaxaca. Un día sí se vengará de lo que les hizo su abuelo a su madre y a él. Un día se reencontrará con su familia. Los Cienfuegos. Los Figueroa. Un día aprenderá a amarlos y a vivir sin tener que estar matando al prójimo continuamente para sobrevivir. Un día...

XIII

No se mueve. Amalia debía estar muy cansada ayer. Pancho la mira estirada en la cama junto a él, quieta. Está de lado. De espaldas a él. Las manos bajo la almohada. Se le ve sosegada; los ojos cerrados, entregada al sueño; la expresión es de tranquilidad. De serenidad absoluta. Digno reposo. Pancho la mira y la encuentra infinitamente bella. No importa que el cabello lo tenga blanco o que por su rostro de piel de nácar estén todas esas finas arrugas que ha ido dibujando el paso de los años. Amalia sigue siendo para Pancho la mujer más hermosa del universo. Y la más paciente.

Normalmente Amalia ya se habría levantado. Pero ¿quién la va a regañar a su edad si la señora de la casa ha decidido quedarse en cama más tarde de lo habitual? Es fácil olvidarse de que Amalia tiene ya setenta años. Todavía anda tan ocupada siempre. Que si dando orden y sentido a esta casa y a sus vidas, ayudando a su hija Lupe con los varios menesteres de la escuela, o yendo a llevarle a su hijo Raúl, como si todavía tuviera doce años, el pastel de tres leches que tanto le gusta y que le prepara todos los jueves, para que lo comparta con los prelados. No para. Un día se hallará visitando a Julio, Brigitte, Panchito y Candide en su casa restaurada de la calle Moras, el otro regañando al sinvergüenza de Alejandro. Hay días enteros que está con María del Mar, Mateo Paz y su hija preciosa, la angelical Amalita. No deja de preocuparse de si Felis y Nicanor siguen vivos, hace tanto tiempo que no saben de ellos, a la vez que los franceses se van y Maximiliano se niega a abdicar. Y se ocupa de él, de su querido Pancho, que no la merece, haciendo milagros para que no sea tan gruñón y cascarrabias siempre. Anoche hubo un momento en que le llegó a decir:

—Tienes que aprender a perdonarte, Pancho. A perdonarte y a perdonar a los demás. A tus hijos, a tus nietos, a todos. Sin perdón, no hay amor, no puede haber paz. Olvídate de Juárez y Maximiliano. No consigues nada con estar siempre tan enfadado. Tienes setenta y un años. Eres ya bisabuelo. Deja que los jóvenes se ocupen de salvar a la patria. Tú ya cumpliste. De sobra. Lo que verdaderamente importa en la vida es tu familia, nuestra familia. No lo olvides.

Últimamente Pancho se despierta cada vez más tarde. A menos de que Amalia haya quedado en que irán los dos de mañana a ayudar con el cuidado de los bisnietos, en casa de Julio, un día, en casa de Mar, otro. Lo habitual es que cuando Pancho despierta, Amalia ya se haya ido. Pancho bajará a la cocina en bata para tomar el primer café del día, antes de afeitarse y ponerse la ropa, y resultará que Amalia y Lupe llevan ya varias horas despiertas; que ya han desayunado; que su hijastra incluso ya se ha ido a trabajar. Pancho se siente un poco desorientado al ser el primero en estar despierto esta mañana. Pero, si Amalia está cansada, que descanse. Qué carajo. Es verdad que estuvieron platicando hasta bien tarde anoche.

A Amalia le dio por ponerse a recordar. De cuando se veían a través de las rejas de la ventana abierta del salón que da a la esquina. De cómo sufría la tía Gertrudis cada vez que se encontraban paseando por la Alameda. Le dijo que recordaba como si fuera todavía ayer verlo desnudo parado junto al pie de la cama, las manos en las caderas, rastreando el suelo con la mirada en busca de sus calzones.

—¡Qué guapo eras!

La noche se pobló de recuerdos, de cuando eran padres jóvenes. Primero en la sala de estar, pero luego ya en el dormitorio, se la pasaron recordando las infancias de Nicanor, Lupe, Raúl y Felisberto; recuerdos felices y tiernos, de lo travieso que era Nicanor; lo cariñosa, Lupe; lo huraño y solitario que podía ser Raúl. —«Yo culpo a tu madre de que nos saliera beato»—. De cuando adoptaron a Felis, de lo buenazo que era, siempre desviviéndose por impresionar a su tío. Hablaron de las dificultades a las que se tuvieron que enfrentar, de cómo doña Úrsula sacaba a Pancho de sus casillas.

—Tampoco me exasperaba tanto...

—No mientas, Pancho. Si me exasperaba a mí, y yo era su hija. Que si la Champurcín y el qué dirán, la tirria que le tenía a Nicanor...

Rieron mucho. Aunque también recordaron tiempos menos felices. Todos los años que pasaron aparte cada vez que Pancho se fue de campaña. El trauma de la guerra contra los Estados Unidos. Lo mucho que sufrió Lupe a manos de ese energúmeno de Víctor. La muerte de Nicanor. El vacío que dejó. Si no fuera porque este pobre país está siempre en guerra, ¡qué dichosos hubieran sido siempre! Amalia se fue quedando dormida hablando del valor de María del Mar. De lo preciosa que es su bisnieta Amalia. De que tiene la esperanza de que el día que caiga Maximiliano y se restaure la paz y la república, volverán a la Ciudad de México, sanos y a salvo, Felis y Nicanor, y tendrán tiempo de conocer al hijo de su Nicanor y Cayetana, de apapacharlo, pobrecito, de darle la familia que nunca ha tenido. Porque «Pancho —Amalia se lo volvió a recordar—, la familia es lo que más importa en la vida. No son las batallitas ni la banda de general ni que ganen tirios o troyanos. Lo más importante es la familia».

Pancho se sienta al borde de la cama en camisón. Pone los pies sobre las losetas heladas. Se levanta despacio. Se despereza. Los huesos le crujen como si fueran ramas secas que han prendido fuego. Se rasca la espalda. Bosteza. Le duele el hombro, como todas las mañanas. Vuelve a mirar a Amalia. No se mueve. Va al baño. Orina. Se lava las manos y la cara. Tiene varias legañas incrustadas en las pestañas que le cuesta sacar. Regresa al dormitorio para ponerse la bata y encuentra que Amalia sigue dormida. El sol entra en el dormitorio por detrás de las cortinas. Se oyen los cascos de los caballos que van y vienen por la calle. Los pasos de la gente. Sus voces. El lamento monótono y triste del carbonero que se para en los zaguanes y grita: «¡Carboooosiú!, ¡carbooooosiú! Carbón, señor». El reloj francés que se encuentra sobre la cómoda marca ya las nueve y media. Amalia nunca duerme tan tarde. Pancho se le queda mirando por un minuto. Se pregunta si la debería despertar. Decide, en cambio, bajar a hacer el café. Tal vez el olor del café la despierte.

En la cocina encuentra a doña Pascuala lavando los trastes. Arisca, como lo ha sido toda la vida.

—¿Quiere que le haga el café, don Pancho?

—No, no hace falta, ya me lo hago yo, gracias.

—¿Y la señora?

—Pues fíjese que todavía duerme.

—¿Se fueron a dormir tarde?

—Estuvimos platicando hasta bien tarde, sí. Pero si está cansada, que descanse.

—La señora Amalia siempre ha sido madrugadora.

—Sí, bueno. También lo era yo cuando estaba de campaña. Nos hacemos viejitos, doña Pascuala. Ley de vida. Yo antes nunca hacía la siesta, y ya ve, ahora siempre me quedo sobado después del almuerzo.

Pancho procura no pensar en la quietud de Amalia. Se concentra en moler el café, en calentar el agua, en prepararlo y servirlo. Se sienta a la mesa de la cocina y sorbe su café tras ponerle cuatro cucharadas de azúcar. Se lo bebe despacio. Doña Pascuala lo ignora y sigue con lo que sea que está haciendo. Pancho alberga la esperanza de que Amalia baje de un momento a otro y le pueda decir que qué horas son estas de despertar. Que si se cree emperatriz o primera dama. Pero Amalia no aparece. Cuando termina el café se da cuenta de que tiene miedo de volver al dormitorio. Siente una comezón en el estómago como si estuviera vacío o tuviera un fantasma dentro de él. Sabe que no puede ignorar la situación por más tiempo y que algo está mal.

Pero se sirve otro café. Y espera. Lo bebe despacio. Es posible que esté equivocado. Que Amalia aparezca en la cocina de un momento a otro diciendo que no recuerda la última vez que se levantó tan tarde. Pero no aparece.

Al terminar el segundo café, Pancho se arma de valor y sube las escaleras. Entra en el dormitorio y encuentra a Amalia como la dejó. No se mueve. Está totalmente quieta. Se sienta a su lado de la cama y la contempla de cerca por lo que podrían ser varias horas. Amalia está tan quieta que ni siquiera respira. No lo entiende o no lo quiere entender, aunque sabe en el fondo, si es honesto consigo mismo, lo que está pasando, lo que ha pasado. Le acaricia la cara y Amalia no reacciona. No se mueve. Cuando a las dos de la tarde oye a Lupe que entra en la casa, encuentra su voz y la llama. Al verla en el umbral de la puerta del dormitorio le dice:

—Lupe, hija, no sé qué le pasa a tu madre, pero no se mueve.

Lupe se acerca. No hace falta que toque a su madre para saber que ha muerto.

—Papá, mamá está muerta.

Pancho entiende el significado de las palabras de su hijastra, pero no comprende lo que le dice. Y cuando, al cabo de unos segundos, se permite comprenderlas, el universo se le viene abajo y Pancho se deshace y sucumbe envuelto en un llanto como ningún otro, que no tiene consuelo ni puede tenerlo, triste como el fin del mundo y de todo lo que tiene sentido en la vida. Nada tiene sentido ya. Amalia está muerta y nunca nada será igual.

XIV

Al acabársele las balas a Nicanor, desenfunda el sable y entra como un torbellino en la parroquia de San Sebastián Mártir, desde donde les han estado disparando tres curas retrógrados. Se abalanza por las escaleras de la torre del campanario y al llegar arriba le hunde la espada en el cuello al primer clérigo, a quien toma por sorpresa y que se le pone torpemente delante. Poseído por una rabia atávica, Nicanor lo aparta con la mano, la cabeza colgándole a un lado, dejando que su cuerpo gordo y blando se deslice por las escaleras inerte, regándole la sotana y las repisas de sangre, a la vez que se lanza sobre el sacristán de la escopeta, haciéndole un corte profundo en un brazo y luego en el costado, de un par de sablazos, sin detenerse para empujarle contra la barandilla junto a la bóveda de la iglesia y de ahí al abismo, tirándolo a la calle allá abajo desde las alturas de la torre. Un último cura le dispara desesperado, pero hierra el tiro. Nicanor lo ensarta con la espada, lo atraviesa con ella, haciendo fuerza como si fuera una palanca hacia arriba, viendo como le sale un torrente de sangre por la boca a borbotones a la vez que grita de dolor, la cara desencajada.

—¡Ve con Dios, hijo de la chingada!

Le saca la espada del vientre y se la vuelve a insertar, estrellas de odio centelleándole en los ojos, y al sacársela una última vez, lo empuja, lanzándolo también al abismo, para que se estrelle contra la acera, el cráneo dejando tras de sí un sonido sordo a tiesto roto, ahí abajo junto a su compañero traidor.

Con el corazón latiéndole como si fuera un tambor de guerra, Nicanor se detiene para recuperar el aliento, sudando gotas gordas y espesas que le empapan la camisa y le cubren el rostro, y se permite el lujo de contemplar la ciudad de Puebla que se extiende a sus pies; ciudad de templos y campanarios que arde, con hogueras llameando desde diferentes puntos y barrios, esta gloriosa madrugada del 2 de abril de 1867, al mismo tiempo que las fuerzas republicanas del resucitado Ejército de Oriente, bajo las órdenes del general Porfirio Díaz, el intrépido vencedor de Miahuatlán y la Carbonera, van tomando calle por calle, cuadra por cuadra, asaltando una trinchera tras otra, en la calle de Alcantarilla, en la de Belem, en la de Iglesias, en la de Miradores, en la de Victoria, en la manzana de Malpica, a la altura del Noviciado, tomando el parapeto de San Agustín, los puntos fortificados del Carmen, avanzando inexorablemente hacia el centro, hacia la catedral y la victoria. El aire, espeso de humo, pólvora y muerte, bajo el cielo ensangrentado del amanecer, retiembla con el rugido de los cañones, las descargas cerradas de la fusilería, y los gritos de los valientes que no se amedrentan ante la artillería enemiga y avanzan y siguen avanzando. De golpe cesan los disparos y las calles rugen con vivas y vítores. Desde donde se encuentra Nicanor puede ver a hombres como él, siluetados en la distancia, celebrando la toma de la ciudad desde las torres de la catedral. Respira. Se seca el sudor de la frente con la manga de la camisa. Se toma el tiempo en respirar.

Nicanor se sienta sobre la barandilla y contempla los volcanes en el horizonte. Frente a él se levantan el Popocatépetl y el Iztaccíhuatl, imponentes, más allá de los escombros, de la ciudad incendiada, de las milpas y los maizales. El amanecer se bate en retirada perseguido por los rayos del sol, por encima de sus picos y lomas nevadas, a la vez que el nuevo día viene a iluminar tanto este como el otro lado de los volcanes donde sabe que le espera la Ciudad de México. Allí están la Ciudad de México y la libertad: libertad que será por fin realidad una vez que hayan ocupado la capital. Ay, la libertad. Ese ideal por el que Nicanor lleva luchando cinco años. Ciudad donde también espera cumplir esa promesa que se hizo cuando vio a su madre por primera y única vez en el hospital de San Hipólito hace ya siete años: dar con su abuelo Basilio Gurruchaga Ibarra y vengarse por todo el mal que ha hecho. Esa fue su solemne promesa. Promesa que cumplirá. Dios es su testigo.

XV

Es como si no hubiera pasado el tiempo, como si la última vez que se vieron fuera ayer. La conversación fluye entre los dos con la naturalidad y velocidad de un río ancho y profundo cuyas corrientes y aguas azules son parte de quienes son. La verdad es que se conocen desde hace ya tanto tiempo que es como si fuera desde siempre. Santa Anna ha envejecido, obviamente. Lleva bastón. Tiene menos pelo. Las cejas se le han adelgazado. Aunque, ¿quién es Pancho para reparar en las arrugas de su amigo? Han envejecido los dos. El tiempo no pasa en vano. Y, sin embargo, Santa Anna es el mismo. Como lo es Pancho, de alguna manera; Pancho que, estos últimos meses de actividad febril ha llegado a sentir que se ha reencontrado consigo mismo, con su yo de antaño, ese yo joven y verdadero que se fugó del Colegio de San Ildefonso por un ideal, que luchó durante nueve años para ver consagrada la independencia, con el mechón de Amalia en el bolsillo del pantalón, dentro del guardapelo de plata que le obsequió. Un yo que Pancho había perdido desde la guerra contra los Estados Unidos, si no es que antes. Que no sabía dónde estaba o cómo dar con él. Un yo esperanzado y combativo, ambicioso y temerario. Yo con el que Pancho vuelve a sentirse a gusto. Desafiante. Yo que no está confundido y vuelve a saber, por fin, lo que la patria necesita.

Es posible que le duelan las rodillas, la espalda, el pinche hombro de siempre; que, a veces, le cueste hoy en día acordarse de los nombres de personas y lugares que debiera recordar, o que despierte con frecuencia por la noche para ir al baño; una cosa no quita la otra. Pancho bien puede tener ya setenta y dos años, pero se siente joven, rejuvenecido, vivo. Y Santa Anna es tan audaz y divertido como lo fue siempre. Es maravilloso verlo de nuevo, y comprobar que es el mismo de toda la vida. Fue verlo y abrazarlo. Aquí están otra vez, pues: dos revolucionarios septuagenarios. Inquietos e incansables. Conspirando y tramando planes, fraguando pronunciamientos y levantamientos armados. Dispuestos a arriesgar la vida por la patria. Dos revolucionarios y militares a secas. No importa la edad. Ya lo decía Pancho, la mala hierba nunca muere.

Sentado a la cabeza de la mesa ante el banquete que le han brindado el general Luis Pérez Gómez y las autoridades de Veracruz en la isla-fortaleza de San Juan de Ulúa ahí frente al puerto, rodeado de velas y candelabros, ante una sala concurrida, llena de políticos y militares, es oír hablar y reír a Santa Anna, y no hay quien se le resista. Pancho se admira de que su amigo de antaño, con quien liberó Xalapa hace cuarenta y seis años —¡cuarenta y seis años!— no haya perdido ese don de gentes tan suyo, esa manera que tiene de seducir hasta a las piedras con el encanto de su voz y esa mirada cálida capaz de derretir glaciares.

El plan es que la guarnición y el ayuntamiento de Veracruz lancen un pronunciamiento a favor de la república y una comisión vaya a bordo del *Virginia*, a eso de las cinco de la tarde, para acompañar a Santa Anna al puerto donde se espera que el caudillo «fundador de la república» solemnice el acto de pronunciamiento con su augusta presencia. Ya tienen la proclama lista. Aunque el comandante imperialista de la plaza, Antonio Taboada, tiene sus dudas, los dignatarios veracruzanos presentes, los señores Manuel Sánchez, Ángel Arzamendi, Vicente Sánchez y Jorge Murcia, todos de frac y con pajarita blanca, tienen muy claro que prefieren rendirse a Santa Anna más que al general republicano Rafael Benavides, un pinche tamaulipeco que abandonó a sus camaradas conservadores para luchar por Juárez cuando dio inicio la intervención, que no pinta nada allí en tierras veracruzanas, y que lleva asediando el puerto desde marzo, desde que se fueron las últimas tropas francesas.

Pancho no ha parado desde que Santa Anna le escribió para que preparara la situación para cuando volviera el Héroe de

Zempoala y liberara Veracruz en nombre de la república. Ha recibido multitud de cartas de antiguos amigos y aun de adversarios políticos, de imperialistas desengañados y de republicanos que no se fían de Juárez, que le piden a Santa Anna que vuelva del exilio y reconcilie los elementos nacionales, para que toda la nación obre como un solo hombre. Les ha escrito incluso a Porfirio Díaz y a Jesús González Ortega, para intimarles las intenciones de Santa Anna, dos caudillos liberales que Pancho sabe aborrecen a Juárez por ser su animadversión un secreto a voces. Su amigo no viene a ponerse a la cabeza de la nación. Eso les dijo. Viene a restaurar una república liberal moderada, sin olvidar que fue un caudillo de la Independencia, que fue el primero en proclamar la república en 1822, que perdió la pierna batiéndose con los franceses en el 38, y que desea ardientemente que los mexicanos depongan su actitud hostil de hermanos contra hermanos, que todos somos mexicanos, al fin y al cabo, y que él lo único que anhela es que haya paz y concordia, como lo deseamos todos. Que no hay razón por la que Díaz u Ortega no se puedan hacer cargo de la presidencia, que Santa Anna los apoyará.

Es cierto que durante todo este tiempo Pancho no ha dejado de oír a Amalia susurrarle al oído que ya está viejo para estos trotes, que no haga el ridículo. Pero él está convencido de que con Santa Anna encontrarán la manera de impedir que salgan triunfantes los demagogos. Van a impedir que México acabe siendo un protectorado de los Estados Unidos. Ni Maximiliano ni Juárez. Ni mochos afrancesados ni puros proyanquis. El suyo va a ser un México liberal como el que defendió Iturbide en su Plan de Iguala hace cuarenta y seis años. Independiente, católico y en el que se garantice la unión de todos los mexicanos. Eso es lo que hace falta. Independencia, religión, unión. Por eso están aquí. Eso es lo que consagrarán tanto si le gusta a Juárez como si no. Ortega le dio las gracias a Pancho y dijo que se lo pensaría. Díaz le dio largas, pero no le dijo que no. Si Santa

Anna se impone en Veracruz mañana, todos van a tener que hablar con él. No lo van a poder ignorar. Quien controla Veracruz, controla el país. Las cosas se van a poner reteinteresantes. Ya verás, Amalia, mujer de poca fe.

—Porque ya me dirán —dice Santa Anna—, ¿qué tiene de criminal, ni de imperdonable, el que yo, como tantos otros, haya alguna vez desesperado de nuestra república, y aceptado el ensayo de una monarquía constitucional, establecida sin mi cooperación, que conste, y cuyo cetro no debía regir yo?

—Aquí todos lo hicimos y somos patriotas. Con usted aquí nos vemos con la confianza y con los ánimos de abrazar de nuevo la causa republicana.

—El que se me rechazara es porque Juárez nunca me ha perdonado el que me sirviera la mesa siendo él chamaco estando yo en Oaxaca en diciembre del 28.

—¿Lo sirvió a usted, mi general? ¿Así como si fuera su criado? ¿Benito Juárez?

—Así fue, exactamente, en casa del licenciado Manuel Embides y estando el general Manuel María Escobar presente. Allí me sirvió Juárez, tal y como se lo digo, con su pie en el suelo, ya que no calzaba zapatos y vestía una camisa harapienta y calzón de manta.

Pancho puede oír a Amalia riéndose de Santa Anna y de todos los presentes. La puede oír diciendo: «¡Eso sí que no es cierto! ¡Eso se lo acaba de inventar tu amigo! Pero ¿qué haces aquí, Pancho, hombre? ¿De verdad crees que México necesita que lo rescaten dos viejitos que apenas aguantan más de una hora montados a caballo? Regrésate a México, ándale. No seas terco. ¿Qué ya te olvidaste? Lo que más importa es tu familia. Todo esto es una farsa».

—Y bien, Pancho, mi querido general Cienfuegos. Esta vez, ¿qué te juegas que dentro de un mes me verás saludando al pueblo desde el balcón del Palacio Nacional? ¿Eh? Yo te apuesto el Ministerio de Guerra. Si lo logro, te hago ministro. ¿Cómo ves?

—Pues no te acepto la apuesta, Antonio. Lo siento.

La concurrencia emite un ruido a coro de sorpresa.

—¿Ah, no? ¿Y eso?

—Porque esta vez creo yo también que te veremos de presidente interino en cosa de un mes, mientras Ortega y Díaz se ponen de acuerdo en cómo hacer a Juárez a un lado y restaurar la república con una nueva constitución liberal.

—Ah, bueno, en ese caso habrá que pensar en otra apuesta —ríe Santa Anna.

La compañía presente asiente satisfecha. Hay quienes aplauden este último intercambio entre los dos viejos generales. Ángel Arzamendi grita atropelladamente: «¡Viva Santa Anna!». A lo que todos contestan: «¡Viva!».

Es Amalia la que exclama exasperada en el oído de Pancho:

—Pero ¿que no ves Pancho que todo esto es una quijotada y que van a acabar mal los dos? Sal de aquí antes de que sea demasiado tarde.

¡Viva Santa Anna, fundador de la república!

¡Viva!

XVI

Cuando al final dejan que Felisberto pase a ver a Miramón, le golpea la tristeza que empapa las cuatro paredes de la celda del convento de Capuchinas donde tienen encerrado a su viejo amigo, preso. No es solo que mañana lo van a fusilar junto al emperador y al general Tomás Mejía, allá en el Cerro de las Campanas, a la salida de Querétaro. Evidentemente la tristeza que impregna el aire estancado que recibe a Felisberto al franquear la puerta, es, sin dudas, la de una vida joven que va a terminar antes de tiempo. Miramón, igual que Felisberto, tiene tan solo treinta y siete años. Pero es más que eso. La tristeza espesa que embarga a Felisberto nomás entrar allí tiene algo que ver con el fin de toda una época. Y no es que Felisberto sea nostálgico. Nunca lo fue. Hace cinco años, cuando empezó la intervención francesa, a diferencia de su amigo el Macabeo, Felisberto puso a un lado su odio a Juárez y los yanquis y abrazó la causa de la república. Pero eso no impide que le impresione aquel silencio nocturno opresivo, ahogado en aflicción, la coagulada melancolía que casi lo asfixia al entrar allí. Es un pesar que viene cargado de la trágica resignación que respira Miramón, su aliento afligido llenando ese espacio encerrado con su amargo desconsuelo ante la inexorabilidad del fallo de la ley del 25 de enero de 1862 y la inevitabilidad de su muerte; el penar de un Miramón que ha sido definitivamente derrotado, que será fusilado a las siete de la mañana, que ha sido condenado por traición.

Felisberto es muy consciente de que mañana miércoles 19 de junio no solo se ejecuta a tres hombres; se ejecutan tres símbolos. Mañana caerán fusilados Maximiliano, Miramón y Mejía por la mano firme de la ley impasible republicana del México liberal de Benito Juárez, y con ellos el imperialismo europeo que se equivocó al pensar que se podría quedar con su patria, el caudillismo militar del México del cuartelazo y la asonada y su funesta manía de los pronunciamientos, y el conservadurismo fanático, religioso y popular de la procesión, el incienso y el cohete, con su devoción a la Virgen y su culto al clero, incapaz de arrodillarse ante la modernidad. Mañana acabará el México del ayer, colonial, feudal, autoritario, atrasado y envuelto en superstición, y nacerá un nuevo México independiente, liberal, republicano y constitucional, donde la Iglesia obedecerá al Estado, las instituciones democráticas serán respetadas y duraderas, y la ley será igual para todos.

Termina un periodo de la historia de México, otro, de forma definitiva, en un baño ritual de sangre, cruelmente circular, sacrificándose las vidas de guerreros enemigos apresados, para que un nuevo sol, un fuego nuevo, dé inicio a una nueva era. Por otros cincuenta y tantos años. Mañana Juárez eliminará de forma irreversible y contundente a los líderes de la reacción y pondrá fin al llamado segundo Imperio; mañana a las siete en punto, cuando mueran Maximiliano y los dos generales conservadores que lo han acompañado hasta el final, y que fueron condenados a muerte al habérseles encontrado culpables de apoyar la intervención, enjuiciados en el Teatro de Iturbide tras haber caído en manos de los liberales el 15 de mayo cuando el general liberal Mariano Escobedo tomó Querétaro tras un sitio que duró setenta días.

Pero esa mañana no ha llegado todavía. La triste figura de Miramón está allí frente a Felisberto, sentado sobre su catre. Se encuentran en esa hora extraña, intempestiva, en que ya no hay vuelta atrás, donde el pasado, pasado es y muerto está, pero donde todavía no amanece y no acaba de llegar el nuevo día en que se cumplirá su destino. Momento, presente que es un paréntesis, que no tiene sentido, que se sabe efímero e inconsecuente ante un pasado muerto que ya nadie puede resucitar, y, al mismo tiempo, frente un futuro que, para Miramón y su México, no es más que el punto final. Miramón ha adelgazado mucho desde que lo vio Felisberto la última vez hace siete años, tras el descalabro de Calpulalpan, cuando Miramón se refugió en la delegación española antes de partir al exilio y él se fue con el tío Pancho a esconderse en Monte Caldera.

—¡Hombre! ¡Cienfueguitos, qué sorpresa! ¿Qué haces aquí?

Se abrazan.

—Vine a despedirme, Miguel, amigo. Apenas llegué a Querétaro ayer. No pude venir antes. Mi brigada, ya te debes imaginar, está estacionada en San Luis Potosí.

—Escoltando al gobierno rodante de don Benito Juárez. ¿Quién hubiera dicho que acabarías haciéndole guardia a Juárez? Es verlo para creerlo.

—¿Quién hubiera dicho que tú acabarías luchando por un príncipe austriaco que nos impuso un ejército invasor?

—*Touché*. Ya ves. Da muchas vueltas la vida.

—Me duele que acabes así.

—Ni modo, Figueroa. Unos ganan, otros pierden. De ser yo el vencedor, también hubiera hecho ejecutar a Juárez. Tenlo por seguro.

—¿Por qué volviste de Europa? Cuando era obvio que Maximiliano tenía los días contados. Cuando te exilió a Berlín. Cuando el emperador les salió a ustedes rana y demostró ser liberal.

—Y tú, ¿cómo pudiste ponerte del lado de Juárez y tratar de compañeros a un Carbajal, a un Pueblita o a un Rojas que sacaban los ojos a mis valientes oficiales, ¿no te acuerdas?, cuando los tomaban prisioneros, y luego les daban libertad diciéndoles: «ahora vayan a defender a Miramón»? ¡Yo no podía ponerme bajo las órdenes de Juárez y sus compañeros asesinos! ¡Nunca!

—Pero, Napoleón III, la intervención, ese archiduque extranjero. Nos invadieron, Miguel, como lo hicieron los gringos.

—¡Bah! No hablemos de política, amigo. El otro día se tocó la cuerda de la política, que nunca ha sonado bien entre Concha y yo, y mucho menos en estas circunstancias, y mi señora esposa se volvió a enfadar conmigo. Yo volví por cuestión de honor, Figueroa, y porque había un asunto pendiente entre el señor Juárez y yo. Esto no tiene nada que ver con Maximiliano o los franceses, a quienes detesto, a decirte la verdad. Esto es un asunto personal entre Juárez y yo. O lo era... Pero ¿sabes qué, Cienfueguitos? Estos días he comprendido cuánto amo a Concha y que he hecho muy mal en no haberla escuchado.

Los dos hombres permanecen en silencio por varios minutos ante la tenue y tiritante luz del quinqué y se dan cuenta de que poco más pueden decirse. Al final es Miramón quien habla.

—El emperador, que tan gordo te cae, le rogó a Juárez que nos perdonara las vidas a Mejía y a mí, pudiendo él solo ser sacrificado. Por supuesto, Juárez se negó. No es tan mala persona Maximiliano. No creas. Estos últimos días Mejía y yo hemos estado jugando con él al dominó. Ya ves. Se le da bastante bien, aunque yo siempre le gano. Cómo no. En fin. Se hace tarde, Felisberto. Te agradezco que hayas venido.

—Faltaría más —contesta Felisberto con un nudo en la garganta—. Un amigo es un amigo. De por vida.

—Sí. Y la mía se acaba. Me he confesado de nuevo, estoy dispuesto y resignado con la muerte que Dios me ha deparado. He pasado dos días terribles con la ausencia de Concha: nunca he conocido como hoy lo mucho que la amo. Te encargo, Cienfueguitos, que le lleves esta carta a mi hermano. Te ruego que veles por Concha, por mis adorados hijos. Dale un abrazo de mi parte a tu querida novia Abelarda, un beso a mis sobrinos y principalmente a mi ahijado. Ahora que voy a comparecer en la presencia de Dios, protesto, por eso contra la acusación de traidor. Traidor nunca. Muero inocente de este crimen, con la esperanza de que Dios me perdonará y de que mis compatriotas apartarán de mis hijos tan vil mentira, haciéndome justicia.

Que yo no luché por el invasor, más bien contra Juárez y sus rateros proyanquis. Te encargo que te ocupes de decírselo al mundo.

XVII

Desde la cubierta Pancho ve cómo sale el sol por encima de las olas, más allá del mar purpúreo del amanecer, a la vez que el vapor zarpa hacia las Españas, dejando atrás el puerto de Veracruz. Se tenía que ir. No había de otra. Se lo rogó Zoraida, la hija de Lucas, asustada.

—Si no se va, cuando entre Benavides en la ciudad lo van a venir a buscar, don Pancho, y me lo fusilarán igualito como hicieron con el emperador y sus generales. ¡Váyase, por el amor de Dios! Por lo que más quiera. Mi marido le puede conseguir un camarote en el *Infanta de Castilla*, que parte mañana. No se quede, don Pancho. ¡No se vaya a quedar que me lo matan!

La noticia de las ejecuciones de Maximiliano, Mejía y Miramón de hace cosa de tres días corrió de voz en voz como una corriente de electricidad. Los vendedores de periódicos se volvieron roncos de tanto anunciarla. Sacudió la tertulia de los cafés de los portales como un huracán. Como los nortes que, cuando soplan, se llevan las mesas y las sillas de un lado a otro de la plaza de armas junto con los sombreros y las risas rotas de los comensales zarandeados. Golpeó a Pancho como si alguien le hubiera pegado un puñetazo en la cara. Al principio no se lo creyó. Nunca pensó que Juárez sería capaz de hacer fusilar a un Habsburgo. Después de que el mundo entero le rogara que no lo hiciera. Desde Víctor Hugo hasta la reina Victoria. Y, por lo que se sabe, la Ciudad de México está a punto de sucumbir al ejército liberador del general Porfirio Díaz. Es tan solo cuestión de días para que también caiga Veracruz. Benavides sigue allí a las afueras del puerto, emperrado en ocupar la plaza. Esto se acaba. Es el fin. Juárez va a triunfar. A Pancho le cuesta reconocerlo. Pero así es. Si no fuera porque los gringos volvieron a darle una ayudita, por eso, otro gallo cantaría. De eso Pancho está seguro.

Pancho se muerde el labio inferior. De la rabia. No se ha recuperado todavía del disgusto que le produjo el que el comandante del buque de guerra yanqui *Tacony*, un tal Francis Asbury Roe, tuviera la osadía de abordar el *Virginia* y secuestrar a Santa Anna. Lo inconcebible. Y Pancho lo tiene claro. De no haber impedido los yanquis que desembarcara Santa Anna como estaba previsto esa tarde del 7 de junio para proclamar la república, su situación sería otra. ¡Claro que sería otra! Todavía le cuesta creerlo, a pesar de que se encuentra ahora solo sobre la cubierta de un vapor español de camino al exilio y un futuro incierto. Futuro en que estará totalmente solo. Lejos de sus hijos, de sus nietos y sus bisnietos. Quien sabe dónde y por cuánto tiempo. No es justo.

Cuando Pancho fue con Arzamendi a recoger a Santa Anna esa tarde, convencido de que ahora sí iban a hacerse escuchar, al descubrir que no se hallaba en el *Virginia*, y que se lo habían llevado los gringos a su barco por lo que les dijo un Bonifacio Tosta totalmente alterado, Pancho no se lo pensó dos veces. Ordenó a los lancheros que lo llevaran al *Tacony*, anclado en la isla de Sacrificios, para tener ocasión de parlamentar con Roe y averiguar qué diablos estaba ocurriendo. Haciendo uso de un intérprete que había a bordo del buque de guerra estadounidense, Pancho no se cortó. Era el general Francisco Cienfuegos. El Verdugo de Goliad. No les tenía miedo a los gringos. Quería saber cuál era la razón por la que marinos norteamericanos se veían con el derecho de intervenir en los asuntos de México. Le preguntó a Roe que qué interés podía tener un comandante yanqui en que la plaza obedeciera a tal o cual mexicano, que estaban todos esperando a que desembarcara Santa Anna para proclamar la república, y que era menester que lo dejara en libertad. Luego luego. Que no se metiera míster Roe donde no lo llamaban.

Roe fue cortés con Pancho, pero breve.

—Tengo órdenes de impedir que desembarque en Veracruz.

—Pero ¿cómo? ¿Por qué? ¿Con qué derecho tiene usted a mi general Santa Anna prisionero?

—No, general Cienfuegos, se equivoca. No está prisionero Santa Anna. Es nuestro invitado. Un invitado de honor. No queremos que le pase nada. Sencillamente, se va a quedar con nosotros esta noche y mañana lo dejaremos ir. Así que tranquilícese. Puede estar seguro de que lo cuidaremos muy bien. He querido evitar que se derrame sangre en Veracruz, eso es todo.

—Pero esto es inaudito. ¿Cómo se atreve?

—Como le digo, mi general, dejaremos que su amigo regrese a su barco mañana con la condición expresa de que no desembarque en Veracruz. No le pasará nada. Le doy mi palabra.

Pancho no puede ver el puerto o las montañas que se alzan detrás de él. No puede ver tampoco el azul del mar o las gaviotas que aletean alrededor de los mástiles y la humeante chimenea, dejando que el viento se lleve sus llamadas estridentes. No puede ver el horizonte hacia donde navegan ni el litoral que van dejando atrás. No ve nada porque las lágrimas no le dejan ver. Un llanto volcánico lo deja temblando agarrado a la barandilla de cubierta. Sin Amalia. Sin su familia. Sin su patria. Sin fuerzas ni esperanza. Pancho ya no es nada. No es más que un pobre viejo sin futuro. La realidad de su vejez y su soledad lo golpea como si le hubiera caído el cielo encima. El mundo entero. Como si el vapor en el que va se hubiera hundido hasta el fondo del mar. Se ahoga. Se está ahogando. No puede respirar. Los sollozos no lo dejan respirar. Está solo. Más solo que nunca. Allá en España no tendrá a nadie. No conoce a nadie. Con lágrimas en los ojos, ronco por el llanto, Pancho parte para el exilio, totalmente solo bajo el cielo transparente del Golfo. Solo, sin más. Solo, a secas. Solo frente a la vida pasada y la muerte que lo acecha, con setenta y dos años, una bolsa de cuero con algunos enseres a su lado sobre la cubierta, y el guardapelo de plata de la difunta Amalia en el bolsillo.

XVIII

Nicanor golpea la puerta repetidamente. Con fuerza.

—¡Abran! ¡Abran ya de una vez, carajo!

Nada. Nadie contesta.

—Tal vez se fue —le dice el Ocelote, harto de estar allí. Llevan más de media hora llamando. Rondando la casa de Gurruchaga de la calle Vergara, intentando ver si hay alguien dentro a través de las ventanas por los dos costados de la esquina.

—Está. Sé que está. Tiene que estar el cabrón.

La criada de la casa de enfrente, una señora sesentona, oronda, de cabello largo cano, que los ha estado observando desde el portal del edificio de los señores sus amos, al final no puede aguantarse más, cruza la calle limpiándose las manos en el delantal, y se les acerca para averiguar qué está pasando.

—Venimos a arrestar a Basilio Gurruchaga Ibarra —le contesta el Ocelote—. Está en la lista que circuló anteayer el general Porfirio Díaz de imperialistas que debían presentarse en el plazo de veinticinco horas. No se tienen noticias de él. ¿Lo vio usted hoy? ¿Sabe si salió?

Nicanor quería venir a enfrentarse con su abuelo en cuanto tomaron la capital el 21 de junio, pero no hubo manera de ausentarse de su batallón, ni siquiera después de que ocuparon la plaza. Ni para ir a ver a los Cienfuegos Figueroa. Pero fue ver el nombre de Basilio Gurruchaga Ibarra en la circular del general Díaz y decirle a su teniente que lo llevaran a la comisión encargada de perseguir a quienes no se hubieran entregado, que él sabía dónde encontrarlo, y pedir autorización para que los dejaran ir, al Ocelote y él, a arrestarlo.

—Ese viejo asqueroso está ahí dentro. Seguro. Créanme —remata la criada de enfrente—. Ya antes de que corriera a todos sus sirvientes, apenas salía de casa el viejo. Desde que regresó del extranjero se encerró ahí dentro. Créanme. Antes no vean la de fiestas que montaba el señor. Eso era jauja. Eran auténticas bacanales. Polkas. Champaña. Se lo digo en serio. Pero desde que volvió, nada. Que lo sé yo, que llevo trabajando aquí toda la vida. Me contaba a mí don Anatolio, antes de que lo echara de patitas a la calle ese don Basilio, que Dios lo castigue, que se pensaba que todos lo querían matar y fue deshaciéndose de ellos, ya ven, uno tras otro, que si la cocinera, primero, luego el cochero, luego doña Graciela y la Alfonsita, como si doña Graciela y la Alfonsita pudieran siquiera hacerle daño a una mosca, pobres, hasta quedarse retesolo. Hasta corrió a don Anatolio, imagínense. Está loco. Es un viejo asqueroso y podrido. Lo digo en serio. El pobre de don Anatolio había trabajado para ese desgraciado toda su vida. ¡Toda su vida! Era leal como él solo. Créanme. Es que no hay justicia.

—A ver, señora, no nos maree —le dice el Ocelote al final, exhausto con solo escuchar a aquella mujer chismosa pegarles el discurso de turno.

—Espérate, Ocelote. Dígame, señora, ¿cómo está tan segura de que está ahí dentro?

—Porque lo veo salir todas las mañanas, ¿no le fastidia? Cuando apenas ha salido el sol se va a hacer sus compras al mercado de aquí al lado. Poca cosa. Lo suficiente como para no morirse de hambre, pinche viejo roñoso. Sale siempre a la misma hora, encapotado y con el sombrero calado para que no lo reconozcan. Pero yo sé quién es. Y se viene de regreso deprisa deprisa y luego ya no sale más hasta el día siguiente. Así todos los días. Una vez al mes lo visita un señor que creo es su abogado o su administrador, ¡vayan ustedes a saber! Y antes, cuando estaban los franceses, había un generalote gordinflón y viejo que lo frecuentaba. Pero no sale. Es lo que les digo. No sale. Está ahí. Lo sé. Lo vi esta mañana salir y volver.

—Gracias, señora. Insistiremos, pues.

—Insistan, jóvenes, insistan. Que no escape. Merece que lo pasen por las armas como a ese archiduque Maximiliano y todos los pinches traidores que lo entronizaron. Por lo que me contó don Anatolio, ese hombre ha hecho cosas terribles. ¡Mejor no les cuento!

—Bueno, bueno, señora —la interrumpe el Ocelote—, deje que nos ocupemos de atraparlo pues.

Nicanor vuelve a golpear la puerta. Nada. El sol de la mañana baña la calle de Vergara, allí cerca del Zócalo y la catedral. Mañana diáfana de finales de junio. A su alrededor la gente viene y va, cada quien con sus alegrías, pesares y pensamientos; afectados todos ellos de alguna manera por estos años de guerras; guerras repetidas e interminables, que cuando terminan dan paso a otras. La gente pasa por el costado de Nicanor y el Ocelote, por delante y detrás de ellos, a pie, a caballo, y en calesas ruidosas, despacio y deprisa, cada individuo un mundo aparte, zarandeado por el vaivén de la Historia, afectado por las mareas de los conflictos, que vienen y van, y que dejan tras de sí una resaca de dolor, odio y espanto. Todos deben tener familiares que lucharon en ambos bandos, familiares entre los que hubo ganadores y perdedores, y ahí van, yendo esta mañana a trabajar, de compras o de visitas, cargando cada uno con ese luto invisible y a la vez abrasador, que han ido sembrando todos aquellos parientes y amigos suyos que murieron antes de tiempo, a quienes se los llevó la enfermedad o esa manía que tiene este pueblo maravilloso y trágicamente violento de estar matándose a todas horas entre sí, unos a otros.

—El viejo no abre, Nicanor. ¿Qué quieres hacer? ¿Volvemos luego o quieres que fuerce la puerta?

—Abre la puerta.

El Ocelote apoya su escopeta contra la pared de la casa y va hacia la gran puerta de madera de roble con la ganzúa de hierro que trajo consigo para tal eventualidad. Hace palanca y tras otro cuarto de hora, entre gruñidos e improperios, finalmente logra forzarla, haciendo saltar la tranca en astillas. Nicanor desprende la escopeta que le cuelga del hombro y la toma en las manos, el dedo en el gatillo, y entra con el Ocelote detrás. La criada de enfrente se queda en el zaguán a sus espaldas intentando descifrar lo que alcanza a ver en la penumbra de la casa de Gurruchaga a la vez que se internan en ella los dos soldados del Ejército de Oriente.

—¿Hay alguien?

Nadie contesta.

Antes de que se acostumbren sus ojos a la oscuridad, les golpea el hedor de bacinillas que no han sido vaciadas y de comida que nadie se ha molestado en tirar. Un olor pestilente, agridulce y emponzoñado; a heces y carne podrida. El aire es denso. Putrefacto. Está estancado. Nicanor oye al Ocelote arquear. Frente a ellos está la escalera que sube a las plantas superiores. A sus lados hay dos salas en las que se han ido amontonando cajas y muebles sin ton ni son, algunos de ellos cubiertos por sábanas mugrientas, otros no, como si sirvieran de basureros las dos recámaras que dan a la calle.

—Tú registra la planta baja. Yo me voy para arriba —dice Nicanor, convencido de que su abuelo debe estar escondido en una de las habitaciones del primer o segundo piso.

—Te juro que no quiero ver cómo debe estar la cocina.

Nicanor ignora el comentario. La casa está patas arriba. Es una pocilga.

—Si te lo encuentras, me llamas. Basilio Gurruchaga es mío, ¿entendido?

—Que sí, hombre, que sí.

Al tocar la barandilla de la escalera, los dedos de Nicanor se vuelven empalagosos de polvo. Un polvo espeso que se pega a la piel. Nadie ha limpiado esta casa en años. Empieza a subir los escalones. Uno a uno. Poco a poco. Al llegar al rellano le choca ver que en el suelo y sobre las superficies de los muebles que hay allí, bajo el candelabro ofuscado cubierto de telarañas, y los cuadros de figuras siniestras que adornan las paredes, hay decenas por no decir centenares de velas y quinqués apagados. En algunos casos amontonados unos sobre otros. Es como si su abuelo tuviera miedo a la oscuridad y necesitara tener velas cerca siempre para poder así prenderlas rápidamente en caso de sentirse asustado y alumbrar los rincones tenebrosos de esta casa de ventanas cerradas y poca luz. Nicanor siente cómo un escalofrío le recorre la espalda como un latigazo; como si percibiera que está cerca del mal encarnado, de un ser diabólico capaz de llevárselo consigo al infierno. Le inquieta la locura que impregna toda la casa de arriba abajo. El caos, la suciedad, y todos esos cirios sueltos. Se está quieto y escucha. Por si lo oye. Pero nada. Solo puede oír su propia respiración entrecortada, los pasos torpes y las quejas del Ocelote que proceden de alguna parte de la planta baja de la casa, y los ruidos que vienen de la calle: los cascos de los caballos en los adoquines, la voz de un buhonero que grita: «Aguuuujas, alfileeeeres, dedaaaales, tijeeeeras, botoooones de camiiisaaa, bolitas de hiiiiilooooooo».

Decide entrar en la primera habitación con la que se encuentra y lo ve, de repente, sentado al otro lado de un escritorio. Sus ojos lo delatan en la sombra al reflejar chispeantes la luz que entra a duras penas por las grietas de las cortinas. Huele a vela apagada. Nicanor se queda paralizado. Se queda sin voz. De repente, el espectro que yace al otro lado del despacho le habla con una voz tétrica, de ultratumba, gangosa e inquietantemente chillona. De momia vieja.

—¿Qué haces aquí, Nicanor? ¡Vete! ¡Te he dicho mil veces que te vayas! ¡Estás muerto! ¿Que no recuerdas, pendejo? Te hice matar. Hice que los yanquis te ahorcaran. ¡Vete al infierno y deja de incordiarme!

Nicanor se da cuenta, de repente, de que Basilio lo confunde con el hijo muerto de Amalia y Pancho. Con el fantasma de su padre el pintor. Y lo aturde la revelación de que Basilio lo hizo matar. A su padre. Que encerrara a su madre en San Hipólito y matara a su padre.

—¿Que no me oyes, indio? ¡Vete! Tú a mí no me puedes hacer nada porque estás muerto. ¡Estás muerto, Nicanor! ¡Te maté!

—¿Como mató a mi madre también, abuelo? ¿Y a quién más? —consigue decir Nicanor, conteniéndose la rabia.

Basilio se sobresalta al oír hablar a Nicanor. Casi se cae de la silla. Los ojos se le agrandan en la penumbra. Nicanor es consciente de los movimientos frenéticos del viejo en la oscuridad.

—¿Quién eres?

—Soy Nicanor Gurruchaga.

—¡No puede ser! ¡No existe ningún Indio Gurruchaga! ¿Me oyes? ¡Ninguno que se llame Nicanor! ¡Eres un mentiroso! ¡Impostor!

—Soy el hijo de Cayetana y Nicanor. El nieto de Amalia y Pancho. Y su nieto también, por desgracia mía.

Nicanor se acerca a la ventana y corre las cortinas para ver mejor a Basilio y a lo que se enfrenta. La luz del mediodía irrumpe en el despacho caótico de su abuelo. Por un segundo lo ciega. Hay papeles y cajas por todas partes. Velas y quinqués en las estanterías, sobre la mesa castellana, en el suelo. Libros despedazados. Todas las superficies tienen una espesa capa de polvo. El desorden está en todas partes. Y sentado delante de él hay un viejo retorcido, mal afeitado, cadavérico, de piel amarillenta, medio calvo, que va vestido de bata escocesa a cuadros, y que lo está apuntando con una pistola. El estallido del disparo es ensordecedor y Nicanor siente como si un gigante lo tirara contra la pared que hay detrás de él. Le duele el hombro izquierdo como si se lo hubieran cortado de un machetazo. Los huesos y los cartílagos han quedado hechos trizas. La piel y la carne se desprenden de donde estaba su hombro, que ahora es una dolorosa flor roja.

—Te estoy esperando desde que regresé a México. Sabía que llegaría este día. Pero si pensabas que me ibas a matar, te equivocaste. —Basilio se pone de pie, sin dejar de apuntar a Nicanor, desplomado en el suelo de madera. Con la pistola en su mano temblorosa se le acerca despacio, dándole la vuelta a la mesa, arrastrando las zapatillas a su paso—. O chingas o te chingan. Y a mí no me chinga nadie. ¿Me oyes, indio? Ni los vivos ni los muertos. Y menos tú. Criatura espuria que nunca debió nacer.

Le pega otro tiro a Nicanor. Este le alcanza en la pierna izquierda junto a la ingle. Es como si le hubieran clavado una lanza. Nicanor se retuerce de dolor. Grita. Al ver al Ocelote aparecer en el umbral de la puerta Basilio le dispara también a él. No se deja sorprender. Nicanor, a través del dolor, ve cómo su amigo, atónito, se dobla sobre sí sin entender y se derrumba en el pasillo, el pecho cubriéndosele de sangre. Nicanor oye horrorizado cómo aquel viejo asesino suelta una risilla patética y cruel.

—¿Qué? ¿Y ahora qué me dices, indio? ¿Que pensabas que me ibas a hacer pagar por encerrar a tu madre en San Hipólito? ¿Por dejar que se pudriera allí hasta enloquecer? ¡En tus sueños! Se lo mereció, carajo. Por no obedecerme. ¿Me oyes, indio desgraciado? Igual que tu abuela Romana. También la maté yo. ¿Sabías? Sí, la maté. Dejé que se ahogara la simple. Allá en el lago Texcoco. Y puestos a compartir. Delaté a tu bisabuelo hace un titipuchal de años. Durante la guerra de Independencia. Él también se llamaba Nicanor, y murió de tifo en la Acordada. Y eso no es todo. —Basilio ríe ahora de buena gana—. Hice matar al que fue el primer marido de tu abuela Amalia. Eso sí que no lo sabías, ¿verdad? Al pinche doctorcito cabrón que pagó con la vida por haberme hecho quedar en ridículo en un duelo que debí ganar de plano. Como digo, o chingas o te chingan. Y ahora al matarte a ti, ya no quedarán Figueroas o pinches Cienfuegos que me puedan venir a chingar y podré descansar en paz.

Nicanor recuerda, no sabe bien por qué, los fuetazos que le daba don Rodrigo. Quizá es porque el dolor del hombro y la pierna le recuerdan al dolor que sentía cuando don Rodrigo le pegaba. Y recuerda a su pobre madre adoptiva, la buena de doña Eulalia, y lo mucho que sufrió, y lo mucho que sufrió su madre verdadera, Cayetana, y lo mucho que ha sufrido él todos estos años. Su vida ha sido un constante dolor. Y piensa en lo dulces que fueron sus abuelos Amalia y Pancho con él, y ve al viejo grotesco de Basilio de pie frente a él, pistola en mano, burlándose de él, su amigo el Ocelote inerte en el pasillo, y se da cuenta de que no puede dejar que gane este monstruo de hombre, y lo posee una rabia titánica que le da las fuerzas para agarrar de un pie a Basilio y tumbarlo al suelo de un solo tirón, haciendo que se dé en la cabeza contra la mesa al caer. Rugiendo de dolor, Nicanor se abalanza sobre el anciano, cayéndole encima, las rodillas sobre los brazos, impidiendo que el viejo asqueroso se mueva, y con el puño derecho lo golpea hasta romperle la nariz y la mandíbula.

Basilio gime de dolor. Gimotea e intenta hablar a la vez que se retuerce e intenta escabullirse bajo el peso del cuerpo de Nicanor. La sangre le burbujea sobre los labios grises y agrietados.

—¿Qué dice, hijo de la chingada? Que no le oigo —le grita Nicanor, feroz.

—No me mates, hijo —alcanza a decir Basilio, patético, despacio, las palabras atragantándosele con el dolor y atorándose en las burbujas de sangre que babea bajo la mirada furibunda de su nieto—. Por favor. Yo soy rico. Muy rico, Nicanor. Te puedo hacer rico a ti también.

—Tranquilo. No lo voy a matar, abuelo. Puede estar seguro de ello —escupe Nicanor, entre dientes, soportando no sabe bien cómo la agonía que le está aguijoneando el hombro y la ingle—, pero no porque usted me compre, chinga su madre, porque usted no me puede comprar. ¿Me oye? Yo no soy un asesino como usted. No seré yo quien lo mate. Lo fusilará la patria, la patria, ¿me oye?, tras ajusticiarlo por ser un hijo de la chingada y un traidor imperialista. Lo voy a llevar a usted frente a mi general Porfirio Díaz para que lo ajusticie por todos los crímenes y todas las afrentas que ha infligido a la nación, y que se lo lleven al paredón. Ya verá. La ley del 25 de enero le va a venir a usted de perlas, abuelo. Porque para que lo sepa, en el México de Benito Juárez no hay espacio para hijos de la gran puta como usted.

Nicanor toma la pistola de Basilio de donde ha caído en el suelo y golpea una vez más a su abuelo, esta vez con el puño del arma, abriéndole la frente y dejándolo inconsciente en el suelo. Gruñendo de dolor, Nicanor logra ponerse de pie y usando su escopeta como una muleta se acerca al Ocelote. Suspira aliviado al ver que está vivo. Se arrastra de allí hasta la barandilla de la escalera y llama a la criada chismosa a todo pulmón, con la esperanza de que siga allí abajo frente a la entrada de la casa.

—¡Señora! ¡Señora! ¿Sigue ahí? ¡Suba! ¡Rápido!

La criada lo oye y sube las escaleras, santiguándose al ver a Nicanor, con sangre en el hombro y en la pierna, apenas de pie al lado del Ocelote, que yace estirado en el suelo con una mancha de sangre en el pecho, y frente al despacho donde se encuentra el viejo demonio de don Basilio tumbado, inerte aunque vivo, con la cara golpeada.

—Hágame el favor de ir a buscar ayuda. Inmediatamente.

La criada baja las escaleras corriendo, dando voces, y Nicanor se sienta junto a su amigo.

—Aguanta, Ocelote. Aguanta, amigo. Saldremos de esta, ya verás. La mala hierba nunca muere.

Vendrán los guardias del destacamento más cercano. Se los llevarán a enfermería. Y al maldito Basilio Gurruchaga Ibarra lo postrarán delante del mismísimo general Porfirio Díaz que lo mandará pasar por las armas inmediatamente, sin más diligencia judicial que la identificación de su persona, tanto porque ha incurrido en las penas vigentes establecidas por la ley del 25 de enero de 1862, como por las circulares que expidió el 21 de junio, y, sobre todo, por la parte principal que tuvo el prisionero en la prolongación de la guerra, sosteniendo la causa imperialista con sus fondos, enriqueciéndose al hacerlo, y para que sirva de ejemplo su ejecución a los que todavía no han cumplido las órdenes de Díaz de entregarse y rendirse. Y Nicanor y el Ocelote se curarán de sus heridas. Nicanor está seguro de ello. Y, antes de lo que se imaginan, una vez que Nicanor esté restablecido, irán los dos a la plaza de Santo Domingo a buscar a su familia, a sus tíos y sus primos, allá en la casa de los Figueroa, y Nicanor les presentará al Ocelote, y, quién sabe, a lo mejor se quedará Nicanor con ellos, que son ya demasiados años de rabiar y matar, de andar por ahí solo guerreando con el enemigo y su orfandad, y porque Nicanor, ese Nicanor que hubo una época en que se llamaba Tavo, quiere poder, un día de estos, amar y dejarse amar.

XIX

La locomotora penetra el valle de México al ritmo de la percusión de los durmientes y los rieles, la máquina al frente soltando fumarolas espesas y almidonadas, a la vez que el maquinista hace pitar el silbido del tren para que se entere todo el planeta de que el ferrocarril procedente de Veracruz está ya llegando a las afueras de la Ciudad de México. Ha dejado atrás los volcanes, y no tardará en internarse en la capital para terminar deteniéndose junto a los andenes concurridos de la nueva y reluciente estación de Buenavista. Pancho contempla el paisaje que traquetea agitado y temblante en dirección contraria por las ventanas de su vagón y siente, a la vez que empieza a reconocer los cerros y los campos de las afueras de la ciudad, que el corazón se le va a salir por la boca de la emoción que lo embarga. Aunque tiene ganas de llorar, se reprime. Está demasiado feliz para llorar. Se muere por ver a Lupe, a Felis y Abelarda, a sus nietos y bisnietos, y a los de su hermana Clara también. A su nieto Nicanor. Por abrazarlos y sentirlos cerca. Se muere por volver. No llora, pero se tiene que sonar la nariz y respirar hondo.

Es increíble que haya llegado este día. El día de su retorno. Después de seis años en el exilio. Tiene que pellizcarse para cerciorarse de que no está soñando. Pancho no fue incluido en la ley de amnistía del 13 de octubre de 1870, como tampoco lo fueron Santa Anna y el siniestro de Leonardo Márquez. Cuando se enteró de que Juárez había decidido excluirlo, por poco se murió de pena. Pensó que ya nunca más podría volver a México y ver a su familia. A diferencia de su hijo Raúl, asentado en el Vaticano y sin intención de regresar, para Pancho el exilio ha sido un largo y brutal calvario, empeorado por la vejez, la soledad y una enfermiza y desgarradora añoranza. La suerte fue que Sebastián Lerdo de Tejada, que, por lo que se ve, no le tiene la misma tirria que don Benito, sí tuvo a bien perdonarlo. ¡Después de tantos años de no poder volver! Es difícil aceptarlo, la verdad. Que sea realidad. Que esté de vuelta. Ahora sí. Pancho ya se había hecho a la idea de que moriría lejos de México y que sería enterrado en el camposanto del pueblo de Villaviciosa, allá en esa España tajantemente inhóspita, también en convulsión continua, junto a sus antepasados asturianos; entre las tumbas de los hermanos del Yayo, que le contaba cuentos de osos, brujas, del Puzu de La Vachota y de l'home de piedra; esos hermanos que se quedaron y sus descendientes. Pero Lerdo de Tejada asumió la presidencia en diciembre del año pasado, tras la muerte inesperada de Juárez, y fue cosa de Felisberto ir a verlo al Palacio Nacional para interceder por su tío y este dejarse convencer. ¡Lo inaudito! Un milagro. Se lo comunicó Felisberto a Pancho en una carta que le escribió de forma atropellada esa misma mañana tras ver al presidente. Lerdo de Tejada extendía con fecha del 1 de marzo del presente año la amnistía general promulgada en 1870 al general Francisco Cienfuegos, estándole por tanto permitido regresar a la patria cuando fuera de su conveniencia.

Y aquí está. Por fin. Rodeado de pasajeros que se han puesto de pie para observar las casas que empiezan a poblar el paisaje en movimiento, admirados por la novedad del tren y el panorama trepidante que se abre alrededor de los vagones rodantes. Están a punto de arribar a la Ciudad de México, curiosamente la tarde de un 27 de septiembre. Otro 27 de septiembre. «¡Qué de casualidades tiene la vida!», piensa Pancho. ¡Qué de vueltas! 27 de septiembre de 1873. Exactamente cincuenta y dos años después de que desfilara por esta prodigiosa ciudad de palacios montado a caballo junto a José Joaquín de Herrera, el bicornio puesto, en las filas del Ejército Trigarante, allá detrás del libertador Agustín de Iturbide y el general Vicente Guerrero, convencido de que aquel era el principio de un lisonjero porvenir; de que con la consumación de la independencia daría inicio una época de felicidad desconocida para los hombres, fecunda en prodigios, sublime en recuerdos, y rebosante de luces, entusiasmo y libertad. Que seríamos amos de nuestro destino. Nosotros y nadie más. Ese día juraba México en los altares del eterno la independencia respecto al Imperio y daba fin a la prolongada noche de tres siglos de despotismo español. Hace exactamente cincuenta y dos años. Cincuenta y dos años de guerras crueles, derrotas y pérdidas. Aunque quizá tenga Lupe razón cuando le dice que desde que se restauró la república las cosas marchan mejor. Ojalá así sea. Y hace cincuenta y dos años, claro, que Pancho se volvió a encontrar con Amalia que, por aquel entonces, ya era viuda y había tenido a Nicanor y a Lupe. Aquel fue un principio también. De una historia de amor que lo definió y lo define, aun cuando Amalia falleció hace siete años.

Viendo las casas y los edificios nuevos que han aparecido de la nada y que se extienden ahora a ambos lados de la vía del tren, donde antes no había más que milpas y descampados, como si hubieran surgido de la noche al día poblaciones y ciudades enteras alrededor de la capital, con barrios y plazas y calles y fábricas y mercados, parece como si los eventos de hace cincuenta y dos años hubieran acontecido en otro universo, otra vida. No hace cincuenta y dos, sino miles de años. Y, sin embargo, Pancho roza con los dedos el guardapelo de plata que todavía conserva en el bolsillo del pantalón, y es como si hubiera sido ayer. Como si hubiera sido ayer que se despidió de su amada Amalia a través de las rejas de la ventana y se fugó con José María y Lucas para unirse a la revolución una noche de luna de enero de 1812. De eso hace ya más de sesenta años. Palabras mayores. Toda una vida. Pensar en ello, en el tiempo pasado, le resulta a Pancho de repente tan increíble y absurdo como que este octubre que viene cumplirá setenta y ocho años. Setenta y ocho años que han pasado volando. Demasiado deprisa. Díganme: ¿dónde?, ¿dónde se fue el tiempo?

Zarandeado por el traqueteo del ferrocarril y los recuerdos, Pancho abre bien los ojos y mira asombrado, como un niño, la ciudad en la que se adentra el tren y no acaba de creerse que esté de vuelta. Parece que fuera ayer, hallándose en el casino que frecuentaba en Gijón, allá en esa Asturias de lluvias y vendavales de donde originaron los Cienfuegos, donde solía ir todos los días a leer el periódico, a jugar al ajedrez con el sacerdote, don Zacarías, y a esperar noticias provenientes del otro lado del mar, cuando, una mañana gris de junio, con el chirimiri del Atlántico empañando las ventanas y la vista de los mástiles agitados del puerto y de la marejada verde y convulsa más allá, apareció el cartero diciéndole que había una carta «para el amigo mejicano».

—¿Qué dice, don Pancho? ¿Buenas nuevas?

Pancho tardó en contestar. Tuvo que releer la carta varias veces antes de convencerse de que lo que decía era cierto.

—Me dejan volver. Es de mi sobrino. Me dejan volver. Podré regresar a México.

Esa vez sí lloró. *A mucu tendíu.* Y don Zacarías lo abrazó y le dijo que no llorara, que debía ser feliz, alabado sea el Señor. Todo llega a aquel que espera.

Alguien anuncia que falta poco para llegar. Pancho siente cómo se le acelera el corazón. Aunque lleva años soñando en este momento, nunca se imaginó que sería en tren. Se imaginaba bajando de la diligencia. O viniendo en caballo como hizo tantas veces en el pasado. Tiene que reconocer que la locomotora es prueba en sí de que progresan. De que el tiempo avanza. Porque de venida aquí, hubo momentos en que lo dudó. Precisamente al pasar junto a los volcanes, otra vez, como tantas veces anteriores, indiferentes hoy como lo fueron ayer ante el sufrimiento de su gente, viendo el trajín revolucionario y violento de su pueblo, las oleadas de invasiones a lo largo de los siglos, sin molestarse nunca en intervenir, Pancho se llegó a preguntar si la Historia no sería quizá como una polka. Se dan pasos para adelante y para atrás, en un continuo vaivén en el que se deshacen a medias los pasos al frente, y aunque parezca que se avanza inexorablemente, que se progresa en círculos, dando vueltas y más vueltas alrededor del salón de baile del tiempo, siempre acaban volviendo al mismo lugar. Ha habido veces, tantas, de hecho, lo reconoce, que Pancho se ha convencido de que la historia se repite; de que continuarán cometiendo los mismos errores de sus antepasados, incapaces de aprender de los errores del ayer, condenados trágicamente a repetir las acciones de sus padres y abuelos. Como si la sangre que llevan dentro dictara su manera de proceder, esclavos del pasado, de los crímenes de sus progenitores, y de sus orígenes violentos. Pero es ver este tren en marcha y el México por el que se han ido haciendo camino al son del tacatá de los vagones, ascendiendo montañas imposibles y cruzando barrancas inverosímiles sobre puentes que desafían las reglas de la gravedad y darse cuenta de lo mucho que han cambiado este país y el mundo; en particular este país que ni siquiera era una nación independiente cuando Pancho se fue a estudiar con catorce años al Colegio de San Ildefonso en la capital del que era entonces el virreinato de la Nueva España.

Cuando el tren se detiene, Pancho tarda en bajarse. El corazón se le agita tanto que necesita volver a sentarse un momento para recuperar el aliento. No quiere olvidarse de nada tampoco. Alguien tendrá que bajar su baúl. Pero entonces levanta la vista y los ve. Están todos en el andén. Han venido a darle la bienvenida: su hijastra Lupe, a quien crio como si fuera su hija; su sobrino Felis, al que también cuidó como un padre hubiera hecho. Felis que, hoy en día, es el general Felisberto Figueroa, está casado con Abelarda Pacheco Benavente, y tiene tres hijos. Ve a su nieta Concha con un hombre que debe ser su marido, don Nuño. Y a su adorada nieta María del Mar, riendo como siempre, cogida de la cintura de Mateo Paz, que mira hacia el tren claramente ilusionada, acompañada de sus hijas Amalia, Úrsula y Concepción. Están también allí sus nietos. Julio se encuentra a un lado del grupo con Brigitte, y su adorable bisnieto Panchito, además de cinco criaturas más. Alejandro parece todo un don Juan. Por lo que le ha contado Lupe sigue siendo soltero, actor y un truhan de cuidado. Y, por si fuera poco, ve que junto a ellos están también Mark y su esposa Anám, que han venido desde San Luis Potosí con los bisnietos de su hermana: Clara, Braulio, Marcos y Julieta. Es verlos y volver a sentir que el mundo es un círculo. De alguna manera están presentes Amalia y Clara, en las caras de sus nietos y sus bisnietos, en sus gestos y sus voces. Están también Braulio, Chuyém y Cristina, Nicanor y Úrsula. Están allí, para quien sabe mirar, su recuerdo y su sutil, aunque perenne, presencia. Y en medio de todos, Pancho distingue a su nieto Nicanor, de uniforme militar; la viva imagen de su hijo Nicanor y de Pancho cuando tenía veintiséis años como él y toda la vida por delante. Lo acompaña una joven y hermosa mujer que según le contó Lupe en una de sus cartas se llama Leonor.

Delante de Pancho están los rostros y las expresiones del ayer, pero no son los mismos exactamente. Porque son las siguientes generaciones las que tiene enfrente. Y es que la vida sigue. Como tiene que ser. No se detiene. Se reinventa y se adapta a las nuevas circunstancias y sobrevive y sale para adelante. ¿Quién sabe si esta paz será duradera? ¿Si dentro de otros cuarenta y tantos años estallará otra revolución o habrá otra guerra infernal y sus descendientes volverán a las andadas y otro Pancho Cienfuegos se preguntará si la Historia es un círculo y sus vidas un eterno volver? Lo que importa en estos momentos es el ahora, es su familia, es que ha vuelto y está con ellos. Por fin.

Pancho se baja del tren y se sumerge y se inmiscuye y se funde en un mar de humanidad, de abrazos, besos y alaridos de felicidad. No hay mayor dicha que esta. No puede tener la vida más sentido de la que tiene ahora, rodeado de su familia, junto a ellos, juntos. Los abraza a todos con la fuerza que lo abrazaba su padre, don Braulio, con lágrimas en los ojos. Exprimiéndolos.

Como un oso. Como si no los fuera a soltar nunca. Y ellos lo abrazan a él con la misma fuerza.

—¡Ven, bisabuelo! —le grita Panchito, que debe tener ya doce años—. ¡Ven!

Y Pancho ríe y le contesta:

—¡Ahorita vengo!

Agradecimientos

Estoy endeudado con varias personas. Sin ellas, o no habría escrito esta novela o, de haberla escrito, hubiera sido una obra totalmente distinta. Para empezar, debo dar gracias a Javier Sánchez Bolado y Carmina Rufrancos, quienes directa o indirectamente me alentaron a escribir una novela histórica. Entre los dos me hicieron ver que tenía sentido que dejara de escribir novelas esotéricas dirigidas a nichos muy específicos (van siete, todas ellas hasta la fecha inéditas) y me lanzara a probar suerte con este género, aprovechando de paso mis conocimientos como historiador del México del siglo XIX. Doy gracias a mi querido y gran editor David Martínez, que no solo apoyó la publicación de esta obra, sino que me alentó a convertir la que era, inicialmente, una novela sobre la guerra de Independencia en una saga familiar mucho más ambiciosa que abarca casi todo el siglo XIX. De no haber sido por David, esta novela hubiera sido mucho más corta y no hubiéramos sabido qué fue de Pancho Cienfuegos y Amalia Figueroa Valdés más allá del 27 de septiembre de 1821. Y, paradójicamente, doy gracias a Mara Itzel Medel Villar, quien luego me ayudó a convertir el mamotreto de más de 243 000 palabras que acabé por escribir en una obra mucho más digerible de apenas 167 000.

Agradezco también a Jordi Larios y Montserrat Lunati por su entrañable amistad y su generosa disposición a leer y comentar los borradores de mis novelas (¡tanto si se publican o no!). Mis amigos historiadores Flor de María Salazar Mendoza y José Antonio Serrano Ortega también leyeron el primer borrador de *Patriotas*, brindándome detalladas sugerencias. Y agradezco a mis buenos amigos e historiadores Eduardo Flores Clair, Luis González, Peter Guardino, Pablo Mijangos y González, Juan Ortiz Escamilla, Érika Pani, Anne Staples, Héctor Strobel del

Moral y, en particular, a Verónica Zárate Toscano, por haberse tomado el tiempo de contestar las preguntas que me fueron surgiendo sobre un sinfín de detalles de la vida cotidiana de aquel entonces.

Ya por último, no puedo sino dar gracias a mi familia: a mis hijxs y sus parejas: Tom y Zöe, Effie y Robin, y Flo; a mis padres y suegros, presentes siempre, aunque algunos de ellos ya no estén con nosotros, W. S. Fowler, Rosa María Laffitte y Peter y Susan Wilkes; y, sobre todo, a Caroline, a quien dedico esta obra. Sin ella, México no se hubiera convertido en una parte íntima e intrínseca de nuestras vidas (tanto de las nuestras como las de nuestrxs hijxs), y yo no hubiera escrito una saga familiar sobre esta tierra que, a decir de Pablo Neruda, «vive en mi vida como una pequeña águila equivocada que circula en mis venas».

Saint Andrews, Escocia,
junio de 2021 a agosto de 2023